Biografía

J. J. Benítez (1946) nació en Pamplona. Se licenció en Periodismo en la Universidad de Navarra. Era una persona normal (según sus propias palabras) hasta que en 1972 el Destino (con mayúsculas, según él) le salió al encuentro, y se especializó en la investigación de enigmas y misterios. Ha publicado cuarenta libros. En julio de 2002 estuvo a punto de morir. Dice que seguirá viajando e investigando hasta que su «Dios favorito» quiera. Antes tenía más de ciento treinta nuevos libros en preparación. Ahora vive sólo el presente.

J. J. Benítez

Materia reservada

Planeta

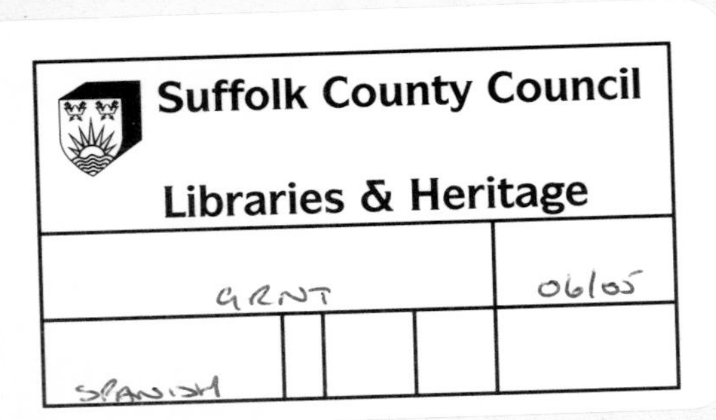

Avinguda Diagonal 662, 6.ª planta. 08034 Barcelona (España)

Diseño de la cubierta: adaptación de la idea original de Compañía de Diseño
Ilustración de la cubierta: © AGE Fotostock e Index
Fotografía del autor: © José Antonio S. de Lamadrid
Primera edición en Colección Booket: marzo de 2004

Depósito legal: B. 6.512-2004
ISBN: 84-08-05113-X
Composición: Víctor Igual, S. L.
Impresión y encuadernación: Litografía Rosés, S. A.
Printed in Spain - Impreso en España

Índice

A Víctor Sierra y Mariano Carmona,
que conocen el secreto ovni

Nota aclaratoria

Con el fin de que mis informantes no puedan ser identificados, y por razones de seguridad personal, he introducido en el texto algunos «errores» de menor importancia.

Respuestas

¿Existe la casualidad? ¿No será que alguien mueve los hilos? Desde hace tiempo, la célebre frase evangélica —«pedid y se os dará»— ha sido borrada de entre mis escasas seguridades. Mejor dicho: maticemos. Desde que, al fin, logré comprender que la prisa es un insulto a la vida, la sentencia en cuestión ha sido redondeada, con el permiso, claro está, de mi admirado Jesús de Nazaret. Desde entonces, como digo, sólo pido «respuestas». Y doy fe que esa fuerza invisible (?), más tarde o más temprano, cumple. Y el lector se preguntará —sobrado de razón— a qué vienen tan tempranas elucubraciones. ¿No es éste un trabajo de investigación sobre ovnis y militares? Sí, ésa era mi intención. Pero veinticuatro horas antes de cortar las amarras con el mundo exterior, dispuesto a escribir, ocurrió algo que ha zarandeado mis esquemas. Y no sería honesto silenciarlo. Puede que me equivoque. Estamos ante la milenaria cuestión: ¿razón o instinto? ¿Por cuál debe inclinarse el ser humano? La primera, cruel y caprichosa. Como decía el novelista A. France, «las tres cuartas partes de nuestros males proceden del pensamiento». El segundo, el instinto —algunos preferimos ennoblecerlo, elevándolo al rango de intuición—, cuando somos capaces de seguirlo, nos transporta irresistiblemente. Pues bien —y el lector sabrá ser indulgente con esta pequeña debilidad—, aquella desazón fue amaneciendo en mí cuando, en enero de 1993, me afanaba en rematar algunas de las pesquisas en curso. Las investigaciones sobre militares que han protagonizado experiencias ovni fueron iniciadas por este impenitente soñador hace ahora veinte años. En mis archivos se hallan depositados más de trescientos casos. Pero, a decir verdad, en todo ese dilatado período, las circunstancias mandaron. Salvo contadas excepciones, ningún militar se atrevió a hablar públicamente de los «objetos volan-

tes no identificados». Sencillamente, estaba prohibido. O, para ser exactos, la disciplina militar establecía que los miembros de las Fuerzas Armadas no podían hacer declaraciones sobre materias clasificadas. Y el tema ovni —a pesar de no existir, según los recalcitrantes de siempre— aparecía sujeto al secreto. Pero el tiempo —ese gran educador— fue amansando criterios. Y merced al esfuerzo de muchos —simpatizantes o investigadores del fenómeno— y, en especial, al lógico cambio generacional y de ideas en el seno de las propias Fuerzas Armadas, se hizo el milagro. Y en 1991, los rumores sobre un posible levantamiento del secreto, en lo que al archivo ovni del Ejército del Aire español se refiere, se dispararon, alimentando —cómo no— toda suerte de conjeturas. (Intencionadamente he dejado para un segundo volumen parte de la sabrosa salsa que ha rodeado el poco conocido proceso de desclasificación del asunto ovni y que los mediocres de turno han tratado de capitalizar.)

Y en febrero de 1992, dejándome arrastrar por la siempre sutil intuición, puse manos a la obra. El momento estaba cercano. Una vez liberados del pesado y anacrónico cepo de la prohibición, los militares que, libre y voluntariamente, así lo estimasen podían confesar sus encuentros con los «no identificados». Y amén de descongelar aquellos sucesos ovni que, respetuosamente, conforme a la palabra dada a los testigos, habían dormido durante años en el silencio de mis archivos, me lancé a una frenética y tenaz búsqueda de nuevos casos. Un rastreo por el territorio español en el que, en doce meses, he devorado 110 000 kilómetros... Un esfuerzo donde, por supuesto, ha habido éxitos, estrepitosos fracasos, soledades, riesgo físico y, por encima de todo, una riquísima información, preñada de sorpresas. Algunas, imaginadas o intuidas. Otras, desconcertantes y —quién sabe— puede que hasta desestabilizadoras. Pero todas —ese creo, al menos— elocuentes..., sobre el enigmático y escurridizo fenómeno por el que he apostado e hipotecado mi vida.

Y ahí, justamente, brotó el problema. Y con él, la desazón ya mencionada. Allí, sobre mi mesa, pujaba por nacer a la luz una primera selección de encuentros. La mayoría inéditos. Todos auténticos y minuciosamente investigados. Pero algo no iba bien... Y durante días cualquier pretexto fue bueno para distan-

ciarse de los cuadernos de campo, de las cintas magnetofónicas y del arsenal de datos, tan pacientemente acumulado. Y una alarmante y peligrosa duda se instaló en mi corazón: ¿merecía la pena publicar otro libro sobre ovnis? ¿Otro más? ¿Qué pretendía con una nueva sucesión de casos, por muy espectaculares que fueran? Lo reconozco. Quizás sea la consecuencia de una inexorable ley matemática: el hombre avanza a pasos y no a saltos. Pero cuando esos pasos discurren en mitad de la irritante y espesa niebla de los misterios, uno corre el riesgo de impacientarse. O lo que es peor, de rebelarse. Y puede que ésa fuera la razón de mi desasosiego. No quiero demostrar que los ovnis existen. No, después de veinte años de constantes pruebas. Me niego a entrar en polémicas. Sólo los mal informados y los ponzoñosos —aunque invoquen hipócritamente el nombre de la Ciencia— se atreven hoy a negar la realidad ovni. Pero, entonces, ¿para qué tanto tiempo, energía y dinero sacrificados? Y poco faltó para que, en uno de esos violentos arranques que caracterizan a los tímidos, devolviera la información a las catacumbas. Fue en esas agitadas jornadas cuando, en un instante de lucidez, me dirigí a los cielos y solicité una respuesta. Como pregonaba Fournier, ni siquiera tuve que formular la pregunta. Bastó con el gesto de alzar el rostro. Y en mi mente se dibujó algo que ya sabía pero que —torpe y obstinado— me resistía a valorar. Más de una vez, los pocos que me conocen lo habían señalado, casi como un reproche: «Investiga. De acuerdo. Difunde lo que encuentres. Está bien. Pero, al mismo tiempo, abre las compuertas de ti mismo.»

La idea me tentó. ¿Y por qué no? ¿No es hora ya de ser fiel a uno mismo? La negatividad, y aun el escepticismo, cuando las evidencias se cuentan por millares, no son bandera de rigor y seriedad, sino de espíritus tortuosos y de haraganes.

Y aunque siempre defendí la realidad ovni como un complejo entramado, cuyo origen, tecnología e intencionalidad escapan —de momento— a la razón, bueno será comprometerse un poco más y ligar la más rigurosa investigación con el vuelo libre de la imaginación y con mis íntimas creencias.

Éste, en suma, es el objetivo del presente trabajo. Casos, sí, pero escoltados por hipótesis y respuestas. Ideas, a fin de cuentas, que —como las chispas eléctricas— tienden a provocar y es-

timular las del lector. La certera imagen no es mía, sino del prestigioso filósofo alemán Engel.

Y asumo que puedo resbalar al formular tales juicios. Pero confío en mi buena estrella. ¿No dijo Metastasio que la fortuna y la osadía van casi siempre unidas? De algo sí estoy seguro. Nadie, a partir de ahora, podrá acusarme de tibieza, cobardía o de escatimar lo mucho o poco que he ido filtrando y asimilando en esta larga marcha tras una de las más antiguas incógnitas de la humanidad: los ovnis. Después de todo, ¿hay algo tan noble como desnudar los pensamientos?

En Landaluce, a 1 de febrero de 1993.

1

Una inefable «clasificación»

¿Exagero? Sinceramente, no me gustaría. Pero el lance da qué pensar... Veamos. Aquella tarde, con la debida autorización del coronel Muñoz, jefe de la Comandancia de la Guardia Civil de Vizcaya, decidí probar suerte en uno de los cuarteles de la Benemérita donde, según mis noticias, residían y prestaban servicio dos guardias, testigos de un interesante caso ovni registrado en la madrugada del 1 de marzo de 1992 y al que me referiré en su momento. Las pesquisas discurrieron con normalidad y, cuando me disponía a abandonar el lugar, el amable y servicial comandante de puesto tuvo la feliz iniciativa de presentarme a un joven teniente. A los pocos minutos, el oficial me ponía en antecedentes de otro suceso ovni, protagonizado por un familiar, hacía la friolera de treinta y cinco años. Sé que, para muchos, esta anécdota carecerá de importancia. Y, aparentemente, puede que lleven razón. Pero cuando uno examina el cúmulo de «coincidencias» que termina saliendo al paso de los investigadores «de campo», no puede por menos que extrañarse. Y a lo largo del presente libro iré desgranando algunos ejemplos, altamente significativos. Que cada cual, según su justo saber y entender, destile la opinión que más le plazca...

Aquella nueva «casualidad», lejos de borrarse de mi memoria —hecho no menos singular—, permaneció intacta en el recuerdo. Yo diría, incluso, que misteriosamente pertinaz. Hasta que —lo digo sin tapujos— esa «fuerza» que parece guiar mis movimientos me forzó a consultar de nuevo al paciente coronel Muñoz. La respuesta, imaginada, vino a ratificar las sospechas: en aquel septiembre de 1992, la plantilla real de guardias civiles en las tres provincias del País Vasco ascendía a unos tres mil. Y este investigador había ido a coincidir —

en el tiempo y en el espacio— con uno, de entre tres mil, que estaba en condiciones de facilitarme una nueva «pista». Que los expertos en matemáticas sometan el tema al cálculo de probabilidad. El resultado les llenará de ceros y de sorpresa...[1]

Días después, ya en la comunidad levantina, tuve oportunidad de conversar con Ángel Fuentes, el familiar del oportuno teniente. Se trataba de un hombre de ochenta años, afable y de una mente clara y segura. Había vivido veinticinco años en Guinea, desempeñando, entre otros, el cargo de instructor de la llamada Guardia Colonial. Se retiró como teniente de la Guardia Civil. Pues bien, en abril de 1957...

Pero, ahora que lo pienso, antes de meterme de lleno en la exposición y análisis de esta primera selección de casos ovni, protagonizados por militares de los tres ejércitos, Guardia Civil, Policía Nacional, Local, inspectores, etc., creo justo y necesario abrir un paréntesis y razonar por qué, precisamente, me he decidido por esta clase de testigos. La «culpa», en el fondo, la tienen los propios militares. Me explico. Hace ahora quince años, un alto oficial de la Fuerza Aérea Española puso en mis manos —de forma confidencial— dos voluminosos informes, redactados por el entonces Ministerio del Aire, y en los que se daba cuenta de sendos e interesantes casos ovni. Unos documentos, todavía «secretos» —quizás sean desclasificados a lo largo de 1993 o 1994—, que no he revelado en su totalidad, de acuerdo a lo pactado con mi amigo y confidente. Pues bien, en uno de los anexos aparece una curiosa clasificación de los testigos ovni, de acuerdo a la «calidad» de los mismos y, en definitiva, al «grado de fiabilidad» que pueden inspirar al juez-instructor (siempre un militar de alta graduación) que entiende del caso y que debe practicar la correspondiente investigación oficial.

Dicha clasificación —elaborada en los primeros meses de 1975 y con carácter interno; es decir, como una normativa, básicamente planeada para la mejor ejecución de los informes ovni por parte de los sucesivos jueces-instructores del Ejército del Aire español— contemplaba cuatro categorías.[2] Obviamente, los militares «copaban» los primeros lugares. Los últimos en el «escalafón» de la credibilidad —cómo no— volvían a ser los de siempre: campesinos, obreros, comerciantes y, en suma, personas sin estudios ni profesión... Por supuesto, estoy y no estoy de acuerdo con tales categorías. Y trataré de explicarme a renglón seguido. Pero antes completemos el cuadro. Diecisiete años más tarde, con fecha 31 de marzo de 1992, y como parte del referido proceso de desclasificación del asunto ovni, el Mando Operativo Aéreo (MOA), con sede en Torrejón, remitió al Estado Mayor del Aire la propuesta denominada «IG-40-5» («Normas a seguir tras la notificación de avistamientos de fenómenos extraños en el espacio aéreo nacional»). En dicha Instrucción General —actualmente clasificada como «confidencial» y enviada a los altos mandos de los Sectores Aéreos, bases, «picos» de radar, etc.— se incluye un apartado en el que, con más voluntad que acierto, la Fuerza Aérea Española trata de «modernizar» la antigua «clasificación» de 1975, sustituyéndola por otras cuatro «categorías», que pretenden fijar igualmente el grado de credibilidad de los testigos ovni.[3] No hace falta ser muy despierto para deducir que, una de dos, o los artífices de la «IG-40-5» no tienen ni idea de lo que es y de cómo debe llevarse a efecto una investigación ovni o tras esa «lista» hay «gato encerrado»... Pero debo contenerme y seguir el consejo del moralista inglés Smiles: «La mejor manera de hacer muchas cosas es hacer solamente una cada vez.» Tiempo habrá de revelar algunas de las oscuras «maniobras» de los «vampiros» de la Ufología[4] en este recién estrenado proceso de desclasificación del archivo ovni del Ejército del Aire.

Y decía que estoy y no estoy conforme con estas «clasificaciones» por algo que se me antoja elemental. Es comprensible que el ser humano —gran experto en etiquetar cuanto le rodea: sea visible o invisible— procure racionalizar la metodología de la investigación ovni. Hasta ahí, nada que objetar. Más aún: después de veinte años de continuas pesquisas, y de haber interrogado personalmente a más de diez mil testigos, estoy de acuerdo en que —en determinadas circunstancias—, y subrayo la puntualización, algunas, muy concretas y específicas, profesiones pueden ser decisivas a la hora de calificar un supuesto fenómeno ovni. Cualquiera entiende y admite que un meteorólogo, un piloto civil o de combate —por hacer uso de un ejemplo discreto—, por la naturaleza de su oficio, está teóricamente capacitado para discernir lo que se mueve y deja de moverse en los cielos. Pero, ¡atención!, de ahí a elaborar una «lista» de buenos, regulares y malos observadores —guiados básicamente por una especie de enfermiza «titulitis»— hay un abismo. Lo diré sin rodeos: tanto una (1975) como otra «clasificación» (1992) resultan inconsistentes, por no utilizar una expresión sangrante.

Los militares, responsables de ambas «listas», parecen haber olvidado que nos enfrentamos al fenómeno de los «no identificados». Y que por su huidiza y desbordante naturaleza, una de las piedras maestras que sostiene y justifica el edificio de una investigación es la honestidad de los testigos. Los títulos universitarios —siendo generoso— quedarían en segundo plano. La «sólida formación científico-técnica» —que según la «clasificación» vigente eleva a los observadores ovni al rango de impecables— tiene una lectura secundaria y desprovista de un auténtico criterio de objetividad. Un individuo puede alcanzar una «sólida formación científico-técnica» —¿quién, en su sano juicio, puede ser árbitro de semejante entelequia?— y, al mismo tiempo, ser un consumado inmoral. Hace ciento cincuenta años, el escritor alemán Zschokke nos advirtió de algo que sigue a la orden del día: «Quien funda todo valor en su apariencia externa (y en su "curriculum" me atrevo a añadir); confiesa con ello que hace caso omiso de todo valor interno o que lo perdió ya.»

A determinadas personas conviene recordarles una frase de Gracián: «Por grande que sea el puesto ha de mostrar que es mayor la persona.» No se precisan muchas luces para saber que la dignidad —al menos de momento— no se otorga en los claustros universitarios, ni depende del listón social o económico. Y el índice de bondad de un testigo ovni —mire usted por dónde— está siempre marcado por esa virtud, la dignidad o calidad de digno, que, incomprensiblemente, no se menciona ni una sola vez en las clasificaciones de marras. Todos conocemos a gentes sencillas —curiosamente los últimos en la «lista» de la credibilidad— que, además de ser mejores observadores que los hombres de ciudad, son fieles practicantes, por naturaleza, del principio de Goethe: «El que se precia de ser algo jamás menosprecia a los demás.» Pero no desearía que mis palabras fueran mal interpretadas. No quiero, no debo y tampoco puedo entrar en descalificaciones personales. Dios me libre... Me limito a ejercer el derecho a la crítica. Una crítica constructiva que —en esta ocasión— se centra sobre un texto escrito. Conozco a algunos de los oficiales del Servicio de Inteligencia que recibieron el incómodo encargo de estudiar la desclasificación ovni y que han tomado parte activa en la redacción de la citada «IG-40-5» y me consta que son personas honorables. Pero, sinceramente, desde mi modesto punto de vista, no han acertado en la elaboración de los criterios sobre la «calidad» de los testigos. ¿Más ejemplos? Veamos. En la categoría «A», entre los impecables, sólo se contempla a los universitarios, científicos y técnicos «relacionados con el aire/espacio». ¿Y qué ocurre con los millares de casos ovni que se registran en tierra o en la mar? ¿Es que los ingenieros de minas, de canales y puertos, los marinos, los artilleros, mecánicos de mantenimiento de aviones, capellanes castrenses, médicos, etc., están ciegos? ¿Es que los ingenieros en física nuclear o en computadoras —por no hacer interminable la lista— no son potenciales observadores de «sólida formación científico-técnica»? ¿Por qué estos titulados universitarios —cuya no vinculación al «aire/espacio» es discutible— han sido desplazados automáticamente a la segunda categoría?

Y siguiendo con el inefable «escalafón B», ¿quién, en esta sociedad deshumanizada, es capaz de juzgar si un testigo disfruta de una «sólida formación intelectual»? Y lo que resulta más dudoso: ¿esa «sólida formación intelectual» tiene que ser sinónimo de honestidad?

En cuanto a la inclusión en este apartado de «gran fiabilidad» de los miembros de fuerzas y cuerpos de seguridad, el asunto tampoco se sostiene. Acepto que inspectores de policía, guardias civiles, policías locales o autonómicos están teórica y prácticamente entrenados y que, también en hipótesis, son instituciones donde la honradez y el honor constituyen unos principios básicos. Pero, con la mano en el corazón, ¿cuántos de esos sacrificados miembros de la Seguridad del Estado han tenido la fortuna de recibir una «sólida formación intelectual»?

Estamos, una vez más, frente al problema de fondo. Los criterios seleccionados por los militares a la hora de fijar la «calidad» de los testigos están viciados. No sirven. Se prestan a confusión. Ni los «altos niveles universitarios», ni la «sólida formación científico-técnica», ni tampoco la «sólida formación intelectual» constituyen garantía de credibilidad. En el mejor de los supuestos —si el observador ovni es verdaderamente honesto—, esos conocimientos y experiencia ayudarán al esclarecimiento de los hechos, pero difícilmente pueden anteponerse al requisito clave: la sinceridad. ¿O es que la verdad precisa de expedientes académicos? Una ama de casa, un estudiante de COU, de formación profesional o de Teología, un parado, un pescador de bajura, un mayoral de reses bravas o un perito industrial —todos ellos relegados a la tercera y cuarta categorías (poco más o menos, los «parias» de la credibilidad)— tienen el mismo derecho que un astrónomo o un piloto de «caza» a figurar en el primer puesto. En los tribunales de Justicia, cuando se trata de dilucidar algo tan grave como la inocencia o culpabilidad de un ciudadano, los jueces —que yo sepa— no cometen la torpeza de echar mano de una lista en la que un título universitario favorece, de entrada, la credibilidad del testigo. Y en el fenómeno ovni —se quiera o no—, lo primero y más importante a despejar es precisamente si el testigo o testigos dicen la verdad.

Y un último apunte sobre dos observaciones contenidas en el apartado «D», el de los «apestados». Aunque anecdóticas a primera vista, tienen su importancia. En especial por el abuso que se hace de las mismas: «Alucinaciones y alcohol.»

Si los autores de la descafeinada clasificación hubieran consultado a psiquiatras y demás especialistas habrían evitado caer en un nuevo desliz. En primer término, las alucinaciones, aunque se dan, no son tan frecuentes como se pretende y, cuando se registran, raras veces coinciden con las habituales descripciones del fenómeno ovni. Es muy cómodo —pero inexacto— zanjar una observación o experiencia de este tipo dictaminando que el sujeto sufría una alucinación. Generalizar es arriesgado. Pero si además se mueve uno en el laberinto de la psiquiatría, la sentencia puede rozar el ridículo. Un juez-informador que pretenda llevar a cabo una investigación ovni con el rigor exigido y deseado —si aparece la sombra de una hipotética inestabilidad mental en el observador— debe confiar la solución a los expertos. Los trastornos perceptivos, los psiquiatras lo saben bien, constituyen una ciénaga mal conocida, en la que conviene moverse con exquisitas precauciones. Las alucinaciones, en general, obedecen o tienen un origen patológico.[5] En consecuencia, es poco probable que una persona, psíquica y físicamente normal, pueda caer, de la noche a la mañana, en tan compleja dinámica. Sin embargo, cuantos llevamos un cierto tiempo en este mundillo de la Ufología estamos hartos de ver cómo un enjambre de informes ovni es devaluado por decreto —sin el menor examen médico— y amparándose en la tópica y facilona salida de pata de banco, tan querida por los mercachifles y demás «vampiros»: «el testigo fue víctima de una alucinación». Y como soy un malvado, citaré un par de sentencias que demuestran cuanto afirmo y que figuran en una pomposa «enciclopedia ovni», obra de un no menos prepotente «pontífice» de la Ufología hispana.

Refiriéndose a un caso que, por descontado, jamás investigó, y en el que un guardia civil observó cómo un ovni se transformaba en un lujoso automóvil, el «drácula» de marras escribe textualmente:

«La posibilidad de que el "avistamiento" sea fruto de alguna forma de desajuste mental parece que no debería descartarse en este caso.»

Habría que preguntarle a qué tipo de «desajuste mental» hace alusión: ¿alucinación, seudoalucinación, alucinosis, ilusión o agnosia? Y lo más glorioso: si ni siquiera conoce al testigo, ¿cómo puede insinuar un trastorno mental? A esto llaman investigación científica...

Segunda «perla», en la que el sesudo autor enjuicia la multitud de sucesos en los que han sido vistos extraños y solitarios seres, sin la presencia simultánea de ovnis:

«Esas figuras —dice— creemos deben más bien tomarse como "apariciones" de índole diferente, probablemente de raíz psicológica.»

¿Qué se entiende por «raíz psicológica»? La «explicación», desde mi corto conocimiento, es confusa. Todo, en la vida, desde las ideas hasta el más simple movimiento no reflejo, tiene un origen psicológico. La psicología, como parte de la filosofía, estudia el alma, sus facultades y operaciones y, más particularmente, los fenómenos de la conciencia. Me viene a la memoria un caso ocurrido en la base aérea de Talavera la Real, en Badajoz. Una noche, tres soldados y un perro pastor alemán, especialmente adiestrado, fueron sorprendidos por un solitario y singular ser de gran altura sobre el que dispararon veintiún tiros. ¿«Aparición de raíz psicológica»? Si los centinelas hubieran sido individuos con periódicas alteraciones mentales —y existe un dictamen médico que rechaza tal hipótesis— la cuestión sería discutible. Pero ¿desde cuándo los perros sufren «apariciones de raíz psicológica»?

Como vemos, también la Ufología se ve salpicada por la demagogia. Y es que, como escribía Maret, «hay verdades tan evidentes que no hay posibilidad de que penetren en los cerebros». (De los necios, añado por mi cuenta y riesgo.)

¿Y qué decir del no menos manoseado recurso del «alcohol»? Ahí está, colgado sin pudor en la célebre categoría «D», la de los «parias» de la credibilidad.

Si se sospecha que una persona —vienen a decir los militares— se hallaba bajo los efectos del alcohol durante la observación, queda automáticamente descalificada. La contradicción —nacida de una pésima o nula información médica— es igualmente clamorosa. Es hora ya de fijar criterios. Cualquier psiquiatra sabe —y entiendo que todo ser humano con un mínimo de sentido común— que un borracho, en el estado de enajenación que caracteriza la embriaguez, no está facultado para ver más allá de su propia nariz. Y a veces, ni eso... En consecuencia, no es que deba ser relegado a la última categoría. Sencillamente, no existe como testigo. Este argumento debería ser suficiente para borrar, de una vez por todas, esas lamentables y habituales burlas a que son sometidos los testigos de ovnis y que, en definitiva, ponen de manifiesto la ignorancia de los acusadores.

Otra cuestión diferente —que conviene matizar— son las posibles alucinaciones visuales, provocadas por un muy concreto y conocido estado de obnubilación de la conciencia y que, frecuentemente, tiene su origen en el alcohol. La base de

Don Ángel Fuentes,
teniente de la Guardia Civil.

Un gigantesco ovni
—en forma de zepelín—
permaneció estático y en
silencio frente al teniente
de la Guardia Civil.
(*Ilustración de J. J. Benitez*)

este trastorno suele ser una psicosis tóxica o infecciosa, cuyo modelo viene dado por el llamado *delirium tremens*, que se presenta en alcohólicos crónicos. Una situación que, en general, se hace patente durante los primeros días del período de abstemia. Y digo bien: en plena abstemia. Es decir, cuando el enfermo lleva un tiempo sin probar el alcohol. En esos casos, además, las alucinaciones son muy específicas: visiones de animales (zoopsias), acompañadas de síntomas o signos característicos, tales como temblor de manos, sudoración, agitación, desorientación espacio-temporal, etc. Estas psicosis tóxicas remiten con rapidez, teniendo el sujeto la impresión de haber vivido la experiencia alucinatoria como un sueño.

Y retornamos a la esencia de la cuestión. Aunque no es justo ni cristiano dudar de la honorabilidad de nadie —mientras no se demuestre lo contrario—, en el caso de individuos con flagrantes trastornos o enfermedades mentales, es la propia dinámica de la investigación la que los aparta. Pero ello no debe presuponer que la persona falta a la verdad. Sencillamente, no reúne las condiciones mínimas de equilibrio. No tiene sentido, por tanto, incluirlos en una clasificación en la que se está midiendo el grado de credibilidad. ¿Sería lógico relegar a un ciego a la cuarta y última categoría —la de los «parias»— por no estar facultado para la vision?

Y cierro el paréntesis.

Lo más lamentable —al fin y a la postre— no es ya la dudosa solidez de estas «clasificaciones». Lo increíble es que, aun aceptando los criterios de los militares, cuando uno lee los expedientes ovni recién desclasificados, esa normativa aparece como papel mojado. Me limitaré a enunciar el sospechoso problema. La verdad es que encierra tal gravedad que merece un tratamiento aparte. Pues bien, como digo, aunque la mayoría de los observadores ovni que figura en dichos informes oficiales pertenece al estamento militar —en otras palabras, encuadrados en la categoría de «máxima fiabilidad»—, son sus propios compañeros, los oficiales de Inteligencia del MOA, quienes terminan descalificándolos. ¿Absurdo? Mucho me temo que las razones que impulsan estas actuaciones poco tienen que ver con la transparencia informativa. Y me arriesgo a plantear algo que otros investigadores y estudiosos tampoco ven con nitidez: ¿cuál es el auténtico y secreto objetivo de la desclasificación ovni, inaugurada en 1992?

¿Se equivocaba el genial Julius Marx (Groucho) cuando escribía: «Inteligencia Militar son dos términos contradictorios?»

Pero estamos donde estamos. E intuyo que hay «Instrucción General 40-5» para rato. Esas «clasificaciones» —antigua o remozada— marcarán el rumbo a las futuras indagaciones de la Fuerza Aérea Española sobre «avistamientos de fenómenos extraños». Curiosa sutileza, por cierto, y digna de estudio, la empleada por el MOA en esta flamante normativa. Hasta marzo de 1992, la casi totalidad de los documentos del Ejército del Aire relacionada con el tema hablaba de «ovnis». Ahora, quién sabe por qué, se evita dicha definición y se elige la de «fenómenos extraños».

No importa. Juguemos con los naipes que ellos han seleccionado. Si están o no «marcados», el tiempo y el análisis de los casos nos lo dirá. Si el personal militar, guardias civiles, policías y demás miembros de la Seguridad del Estado constituyen los testigos de «máxima fiabilidad», aceptémoslo. Pero hagámoslo con todas sus consecuencias.

¿Qué dicen haber visto estos observadores? ¿Se trata únicamente de «fenómenos extraños»? ¿Tienen una explicación convencional? ¿No será que nos enfrentamos a una «tecnología» y a unas «inteligencias» (en plural) ajenas a la Tierra?

Ajustándome a esta filosofía, como digo, he puesto manos a la obra, peinando España en todas direcciones, a la búsqueda de observadores de las categorías «A» y «B»: aquellos que, en definitiva, disfrutan de las máximas bendiciones apostólicas. Supongo que, fieles a la consigna de los Estados Mayores, los militares no se atreverán a dudar de la autenticidad de tales testimonios. Y no me refiero a las «interpretaciones». Éstas, en el fenómeno de los «no identificados», como todo asunto acaparado por la «alta política», son maquilladas a conveniencia. No nos engañemos. En la milicia, como en el resto de las capas sociales, algunos muy determinados círculos tienen la misión de sacar a pasear del brazo a la verdad y a la mentira. Y son tan buenos profesionales que resulta difícil distinguir cuál es cuál.

Pero es hora ya de saltar a la arena...

Como había empezado a relatar, en aquel lejano abril de 1957, un teniente de la Benemérita —Ángel Fuentes—, a la sazón director de la cárcel de Bata, en Guinea, recibiría una de las mayores impresiones de su vida. He aquí, en primicia, la síntesis del suceso:

> ... Por aquel entonces —me explicó un tanto sorprendido por el hecho de que alguien pudiera interesarse por un acontecimiento tan antiguo— yo tenía la costumbre de levantarme muy temprano. Tomaba café. Me fumaba un primer cigarrillo y llevaba a cabo una ronda de inspección. Raro era el día que no sorprendía dormidos a los centinelas.
>
> ... El campamento, edificado en un alto, gozaba de una inmejorable visibilidad.
>
> ... Recuerdo que la noche era espléndida. Sin nubes. Tranquila y con el firmamento cuajado de estrellas.
>
> ... Y a eso de las cuatro de la madrugada, recién prendido el cigarrillo, «aquello» apareció por el sur. En un primer momento me pareció una estela. Pero, de pronto, se detuvo. Y permaneció inmóvil, frente a mí, al menos por espacio de tres minutos. Yo miraba hacia el oeste, hacia el mar. Aquella «cosa», sin lugar a dudas, se hallaba sobre el agua y, aunque soy incapaz de calcular la distancia, tenía que ser enorme.
>
> ... Me recordó esos dirigibles de principios de siglo. Pero, por supuesto, nada tenía que ver con un zepelín. Y por qué, se preguntará usted. Muy sencillo. «Aquello» maniobró como jamás había visto. Tras permanecer estático trazó un «zigzag», desapareciendo hacia el norte a una velocidad inconcebible.
>
> ... Durante el tiempo que lo tuve a la vista, sinceramente, no supe qué hacer ni qué pensar. Tentado estuve de correr a la casa y avisar a mi mujer. Pero, consciente de que podía desaparecer, me quedé clavado. Ensimismado. Absorto.
>
> ... Le aseguro que era algo increíble. La masa principal, el gigantesco «pepino» era verde. Un verde vivo. Claro y brillante. Y a todo su alrededor, como un halo, una luz blanco-rosada, pero vibrante. No sé si podré explicarme. Esa especie de «aureola» que rodeaba el objeto tenía vida. Se agitaba. Bullía.
>
> ... Pero lo más sobrecogedor era el silencio. No se escuchaba un solo ruido. Fíjese si han pasado años... Pues bien, la imagen sigue intacta en el recuerdo. Parece que lo estoy viendo.

... En la zona, en aquellos tiempos, sólo había un modesto aeródromo. Pero «aquello», como comprenderá, no era nada conocido. Ni avión, ni helicóptero, ni globo...

... «Aquello» se comportaba inteligentemente. Alguien tenía que tripularlo. Y yo digo: ¿sería de este mundo?

Este sencillo caso —frecuentísimo en la casuística ovni— reviste, sin embargo, unas características que lo hacen casi inexpugnable. En primer lugar, nadie puede acusar al testigo de afán de protagonismo. Treinta y seis años de silencio lo dice todo. Y así habría continuado de no ser por aquel oportuno y joven teniente de la Guardia Civil.

En segundo término, en abril de 1957 la carrera espacial daba sus primeros y tímidos pasos. En enero, Estados Unidos disparaba el primer cohete Thor. En mayo, la antigua URSS hacía lo propio con el A 2, alcanzando la altura de 212 kilómetros. Y sería en octubre cuando, oficialmente, quedaría inaugurada la era del espacio, con la puesta en órbita del Sputnik 1. Aquel satélite artificial —no lo olvidemos— tenía cincuenta y ocho centímetros de diámetro... Atribuir, por tanto, la observación del señor Fuentes al ingreso en la atmósfera de chatarra espacial o al paso de un misil, explicaciones favoritas de los «eunucos» de la Ufología, no son de recibo. Claro que peores historias hemos padecido en este delirante reino de taifas de la Ufología, en el que la falsa ciencia es más letal que la ignorancia.

Y me resisto a saltar al siguiente suceso ovni sin antes dejar libre un pensamiento. ¿Por qué se detuvo aquella gigantesca nave —a las cuatro de la madrugada— frente al perplejo señor Fuentes? ¿Y por qué el caso resucita ahora, a los treinta y seis años? Mi maestro y amigo, Ignacio Darnaude Rojas-Marcos, veterano investigador, suele resumir la cuestión con una frase lapidaria: «El fenómeno ovni es el mayor teatro de la historia.» Todo parece milimétricamente programado. Incluso, algo tan aparentemente futil como lo ocurrido frente a la ciudad de Bata. Dicho avistamiento, como otros muchos, puede estar «calculado» —por qué no— para que sea conocido en el momento oportuno y con unos efectos mentalizadores que, a Dios gracias, escapan al sentido y a los horizontes del investigador. Imagino lo que pensarán los cínicos de siempre. Están en su derecho. Pero, ya se sabe: «un asno puede rebuznar cuanto quiera —escribía Eliot—, pero no hará temblar a las estrellas».

NOTAS

1. Aunque estoy convencido de que el azar es una magnífica demostración del excelente sentido del humor de Dios, permítame el lector que vaya enumerando algunas de las «casualidades» vividas por este investigador a lo largo de los últimos doce meses de pesquisas.

2. Cito textualmente el contenido del referido anexo:

Métodos de clasificación

Para establecer el grado de fiabilidad de las declaraciones de los testigos se pueden establecer los criterios siguientes: A) Calificar al testigo. Esto se llevará a cabo teniendo en cuenta la profesión, conocimientos técnicos o aeronáuticos o las circunstancias personales de los mismos. B) Calificar la observación. Se clasificará según la forma en que se llevó a cabo, es decir: si fueron uno o más testigos, su calidad y si lo fue desde un mismo punto de observación o desde diferentes.

A) Por la calidad del testigo:

1.ª Categoría: Pilotos militares o civiles de compañías comerciales, ingenieros aeronáuticos, astrónomos, meteorólogos, científicos.

2.ª Categoría: Militares, marinos, pilotos privados, guardias civiles, policías, jefes de empresa, periodistas de publicaciones de prestigio.

3.ª Categoría: Campesinos, obreros, bachilleres, comerciantes y otras profesiones.

4.ª Categoría: Periodistas de publicaciones sensacionalistas, personas sin estudios ni profesión que no estén incluidas en el apartado anterior o bien cualquier persona que durante la observación se sospeche que padezca o esté bajo los efectos de: crisis nerviosa, alucinaciones, alcohol, drogas, debilidad mental o bien que se pueda demostrar que en alguna ocasión hayan padecido estas circunstancias.

3. En un total de quince líneas, la «IG-40-5» dice textualmente:

a. *Grado de fiabilidad de cada informe*

Al finalizar cada uno de los interrogatorios, el Oficial Informador/Investigador le asignará una clave, compuesta por una letra (A/B/C/D) y un dígito (1/2/3/4), indicativa del grado de fiabilidad de la información proporcionada.

Las letras indicarán la «calidad» del testigo, según los criterios siguientes:

«A»: Estudios de nivel universitario y sólida formación científico-técnica relacionada con el aire/espacio. (Piloto militar o civil-Ingeniero Aeronáutico-Astrónomo-Meteorólogo, etc.)

«B»: Titulados universitarios, miembros de fuerzas y cuerpos de seguridad, y, en general, personas de sólida formación intelectual.

«C»: Estudiantes, y personas de cultura media.

«D»: Personas sin profesión ni estudios o que, clasificables en las categorías anteriores, se sospecha que durante la observación estaban bajo los efectos de crisis nerviosas, alucinaciones, alcohol, drogas, etc. Se tendrán en cuenta los posibles antecedentes de manifestaciones de estos tipos.

4. Para los no avisados, califico de «vampiros» de la Ufología a una serie de individuos que «investigan» por correo o por teléfono, «nutriéndose» sin escrúpulos —y en nombre de una supuesta Ciencia— de los informes ovni trabajados por los esforzados investigadores «de campo».

5. No es el momento, ni estoy capacitado, para redactar un tratado en torno al sutil problema médico de las alucinaciones. Pero, a título meramente orientativo, he aquí algunos de los aspectos básicos del asunto. El lector podrá verificar la intensa oscuridad de algo de lo que se suele echar mano —en especial por parte de los «vampiros»— con tanta alegría como desconocimiento y que, en infinidad de ocasiones, sirve para apuntillar y negar la autenticidad de un caso ovni.

En primer lugar, el investigador debe tener presente que existen cinco grandes bloques que la psicopatología y la psiquiatría considera y diferencia con razonable precisión. Todos ellos pueden calificarse de «patología o enfermedad de la percepción de nivel elevado». Y aunque tienen su eje en el trastorno conocido como alucinación, conviene matizar las características y el posible origen de cada uno. Por supuesto, no es lo mismo una alucinación, que una seudoalucinación, que una alucinosis, una ilusión o una agnosia.

La alucinación es definida clásicamente como una «percepción sin objeto» (Ball). Queda delimitada, por tanto, por las características propias de la percepción normal, pero en ausencia del objeto y con convencimiento de la realidad del fenómeno por parte del sujeto que la sufre. Siguiendo, pues, las definiciones de especialistas tan reconocidos como Claude y Ey, la alucinación verdadera o psicosensorial debe definirse en función de: *a)* Proyección objetivante en el espacio exterior al sujeto, cuya personalidad entera queda implicada en este acto perceptivo anómalo *b)* Ausencia del objeto *c)* Juicio de realidad positivo (no conciencia de enfermedad). Por ejemplo, ver una cara inexistente sobre una pared blanca, con convencimiento del sujeto acerca de la presencia objetiva de la misma.

En infinidad de encuentros con ovnis, amén de la visión objetiva de la luz, de la nave o de sus tripulantes, quedan huellas en el terreno y pasto o árboles abrasados o deshidratados, etc., por no mencionar los clásicos efectos electromagnéticos en automóviles, motocicletas, aviones, etc. Estas circunstancias constatables y medibles invalidan por tanto la posibilidad de excusarse en la socorrida expresión: «El testigo sufrió una alucinación.»

En cuanto a la seudoalucinación —también conocida como alucinación psíquica—, la cosa se complica. Se trata de uno de los trastornos más frecuentes en las esquizofrenias y en otros delirios crónicos. Sus características recogen elementos de fenómenos normales, como la percepción y la representación mental. El dato más definitorio es su aparición en el espacio interior del individuo. Atención a esta peculiaridad que —como saben muy bien los investigadores «de campo»— no encaja, ni remotamente, en la mayoría de los fenómenos ovni. Cuando uno de estos objetos no identificados es captado en las pantallas de radar, perseguido por los aviones de combate y, al mismo tiempo, observado desde el suelo por un testigo, no podemos atribuir la observación a una seudoalucinación. Para nada guarda relación con la exclusiva «aparición en el espacio interior del sujeto».

Para Ey, la seudoalucinación debe ser considerada como la «percepción de objetos interiores». Es decir, objetivación relativa de los fenómenos del pensamiento y del lenguaje. Tiene, pues, una objetivación psíquica, pero no espacial. Al igual que en la primera —la alucinación—, el sujeto tiene una evidencia o juicio de realidad positivo o, lo que es lo mismo, ausencia de conciencia de enfermedad. Un ejemplo: oír voces interiores, distintas del lenguaje interior, con convencimiento por parte del individuo acerca de la realidad de tales estímulos. Los estudiosos del tema ovni habrán percibido la íntima conexión de este capítulo con los llamados «contactados»., Pero ésa es otra historia...

Tercera modalidad: la alucinosis.

Estamos ante percepciones sin objeto, pero correctamente criticadas por el sujeto, que vive el fenómeno como patológico. En otras palabras, es consciente de que «aquello» es fruto de una enfermedad o trastorno. (Vuelvo a recordar que en la casi totalidad de los casos ovni la buena salud mental del observador es condición obligada para encarar la investigación. Y aquí, como vemos, nos estamos moviendo en un terreno opuesto.)

A diferencia de las anteriores, la alucinosis es típica de enfermedades somáticas o del cuerpo. Otro ejemplo: ver figuras de gran colorido que se mueven delante de la persona. Pero, insisto, el individuo es consciente de su carácter irreal y, por tanto, de su significación patológica. Por sentido común, dudo mucho que un enfermo de esta naturaleza —sabedor del mal que le aqueja— se atreva a hablar de experiencias ovni, incluso aunque las haya podido vivir realmente.

La ilusión —cuarta modalidad— supone una falsificación o deformación de una percepción real. Es el único caso en el que el «problema» puede aparecer en individuos sanos o enfermos. Ejemplo: a partir de las ramas de un árbol, ver caras y figuras diversas. Ésta, en el supuesto de un testigo sano, sí puede constituir una seria dificultad para el investigador. Pero, de surgir la duda, son los especialistas quienes deben resolver.

Queda, por último, la agnosia o trastorno en el reconocimiento de los estímulos sensoriales, producida por lesiones cerebrales localizadas. Constituyen trastornos de naturaleza y expresión estrictamente orgánica. No merece mayor comentario. Un observador ovni de estas características —aunque el avistamiento fuera genuino— quedaría invalidado.

Obviamente, los psiquiatras saben que estas cinco formas de trastornos perceptivos no deben ser confundidas con las denominadas «percepciones o interpretaciones delirantes», que son juicios falsos que se emiten sobre percepciones correctas y que son ubicadas entre los trastornos del pensamiento. Por ejemplo: alguien ve encender un cigarrillo y lo interpreta como una señal amenazante para el propio sujeto.

Con estas superficiales pinceladas sobre las alucinaciones debería bastar y sobrar para comprender que dichos trastornos no pueden ser esgrimidos a tontas y a locas para simplificar y sentenciar la observación ovni de un testigo. En consecuencia, la inclusión del factor «alucinaciones» en el apartado o categoría «D», en la clasificación de los militares sobre la «calidad» y «fiabilidad» de los observadores, no es correcta. De hecho, insisto, si una persona padece cualquiera de estas enfermedades o se demuestra que está bajo los efectos de las drogas, ni siquiera debe ser incluida en la lista de marras. Pero, con el ánimo de despejar cualquier asomo de duda, haré una rápida incursión al terreno de las explicaciones psiquiátricas sobre las posibles raíces o causas que motivan los mencionados trastornos de la percepción y que —no me cansaré de repetir— NO PUEDEN SER ENDOSADOS A UN INDIVIDUO NORMAL Y MENTALMENTE SANO.

Según especialistas tan cualificados como los doctores Serrallonga, Vallejo, J. Poch, Bulbena, Grau y González, entre otros, podemos establecer una serie de situaciones a partir de las cuales aparecen trastornos perceptibles de diversa índole. A saber:

I. Lesión de los receptores o de las vías sensitivas periféricas. Suelen ser trastornos perceptivos elementales de tipo alucinósico, ya que son adecuadamente criticados por el sujeto que reconoce su naturaleza patológica. Pueden producirse por actividad espontánea de los receptores, por depresión sensorial o por diversas circunstancias, como presiones mecánicas o acciones circulatorias. (Y uno, en su ignorancia, se pregunta: ¿la proximidad de un ovni, con los múltiples efectos físicos conocidos sobre los testigos —incluyendo el formidable capítulo de los secuestros— no podría ser, a veces, la causa del desencadenamiento de las lesiones mencionadas?)

II. Afectación de zonas centrales. Su carácter es igualmente alucinósico, aunque en determinadas situaciones (por ejemplo, algunas crisis epilépticas), en las que se da un cierto enturbiamiento de la conciencia, el sujeto puede creer transitoriamente en la realidad de la percepción. Los tumores corticales en general pueden dar trastornos perceptivos de variado estilo sensorial (visual, auditivo, gustativo, etc.). Aunque no lo he mencionado, dentro de las alucinaciones se conocen doce variantes: auditiva, cenestésica, gustativa, cinestésica, hipnagógica, liliputiense, mnésica, motriz verbal, olfativa, psíquica, táctil y visual.

III. Variaciones en el nivel de activación neurofuncional. Desde esta perspectiva pueden observarse las llamadas alucinaciones fisiológicas normales típicas del estado de sueño y las visiones hipnagógicas e hipnopómpicas, características del momento de dormirse y despertar, respectivamente. En el terreno de la patología cristalizan frecuentemente en el fenómeno conocido como «onirismo», que viene caracterizado por imágenes polisensoriales, en especial visuales, de contenido normalmente penoso para el paciente, que las vive con una adhesión afectiva marcada. Pueden producirse por afectación difusa del sistema nervioso a causa de procesos infecciosos o tóxicos. También por afectación local de las áreas mesodiencefálicas pueden producirse variaciones en el nivel de conciencia. Tal es el caso de la alucinosis peduncular de Lhermitte, secundaria a procesos orgánicos como tumores, inflamaciones, etc., que inciden en estas zonas produciendo imágenes visuales que semejan escenas de cine mudo, por su composición y movimiento.

IV. Variaciones de la afectividad. Las situaciones en las que el estado afectivo del sujeto se encuentra especialmente incrementado son propicias para que se produzcan anomalías perceptivas. Así, el sujeto normal puede hacer distorsiones catatímicas de la realidad (ilusiones) cuando se encuentra en circunstancias adecuadas. Por ejemplo: la interpretación diferente de la misma jugada entre los espectadores de un partido de fútbol. Como ya mencioné en el apartado de la «ilusión», este capítulo —el único que puede afectar a personas sanas— sí reviste una cierta dificultad para el investigador. Pero, cuando se trata de un auténtico caso ovni, conviene tener muy en cuenta que la alteración del estado afectivo del observador siempre se registra durante y después del encuentro. Antes de la observación, en general, la afectividad del testigo suele ser equilibrada. En otras palabras: un estado afectivo normal no origina la visión de un ovni. Es éste el que, en pura lógica, distorsiona el equilibrio del testigo. Y el miedo o la excitación —también es justo reconocerlo— sí pueden provocar anomalías en la percepción.

V. Trastornos psicóticos. Esquizofrenias y delirios crónicos. En este caso, los trastornos perceptivos se asientan en una anomalía importante de la personalidad como es la psicótica. Pero volvemos al problema de fondo: el testigo no es válido. Se trata de un enfermo.

VI. Aislamiento sensorial y social. Desde un punto de vista fisiológico se ha demostrado que la «deprivación» o aislamiento sensorial en animales y, sobre todo, en primates produce alteraciones morfológicas en las estructuras neuronales, así como alteraciones neuroquímicas y cambios electrofisiológicos. En humanos también se han hecho patentes los efectos psicológicos del aislamiento o desaferentización sensorial. En efecto, la desconexión total o parcial de los canales sensitivos (vista, audición, tacto) provoca trastornos psíquicos más o menos rápidos y profundos que están en función de la personalidad previa, la duración de la experiencia y el grado de aislamiento que se efectúe. Tras un período inicial de ansiedad, inquietud, zozobra y dificultad para organizar el pensamiento, se presentan, hacia el segundo día de la experiencia, vivencias alucinatorias, casi siempre visuales, que pueden adquirir carácter escénico relacionado con la biografía anterior del sujeto (alucinaciones mnésicas).

Se ha polemizado sobre la causa de tales fenómenos, cuya evidencia desmiente las expectativas iniciales según las cuales en estado de aislamiento el hombre mejoraría su capacidad cognoscitiva. Las diversas hipótesis planteadas sugieren que la reducción sensorial, un descenso del nivel de conciencia o la pérdida del contacto interpersonal son las causas de estos trastornos. Se haga una interpretación neurofisiológica o psicológica, lo cierto es que el ser humano precisa una información exterior cualitativa y cuantitativamente adecuada para mantener su equilibrio.

En la misma línea y corroborando lo dicho, se sitúan las experiencias sobre aislamiento en circunstancias naturales (exploraciones, naufragios, etc.) en las que no es infrecuente la aparición de alucinaciones visuales y auditivas o ambas.

Una interesante observación que los investigadores deben recordar a la hora de enfrentarse a testigos ovni que puedan haber vivido esta clase de circunstancias. Unas circunstancias —dicho sea de paso— que no son muy habituales.

2

«Mirlo uno»

25 de marzo de 1992. Miércoles.

Tras otra larga y laboriosa investigación por tierras valencianas fui a recalar en la ciudad de Alicante. Mi propósito era estudiar un plan que me permitiera penetrar en el EVA número cinco (Escuadrón de Vigilancia Aérea), situado en Aitana, en plena sierra de Alcoy. El ingreso en cualquiera de estos radares militares no es sencillo. Se requiere, obviamente, una autorización. Y quizás, de haber cursado la petición, el Cuartel General del Aire, en Madrid, hubiera contestado afirmativamente. Pero no se trataba de una visita normal y corriente. Por exigencias de uno de los casos que llevaba entre manos, me veía obligado a comprobar sobre el terreno una serie de datos y —lo que resultaba más comprometido— a fotografiar determinadas instalaciones consideradas como secretas. Pormenorizar en un escrito estos objetivos era una lamentable pérdida de tiempo. La negativa —con el «inri» añadido de que el solicitante es un incómodo y descarado investigador de ovnis— habría sido fulminante. No tenía, pues, alternativa. Si en verdad deseaba redondear el suceso y ofrecerlo a la opinión pública con un máximo de objetividad y precisión, no podía hacer otra cosa que intentar «colarme» en el EVA.

Y en ello estaba cuando, a las quince horas del referido miércoles 25 de marzo, forzado a efectuar una llamada telefónica, abandoné momentáneamente la reunión a la que asistía en uno de los salones del hotel Meliá.

Minutos más tarde, concertada la cita con un oficial de Inteligencia de la Armada, que debería colocarme en la pista de otro sugestivo caso protagonizado por militares, crucé el animado *hall*, dispuesto a reunirme de nuevo con las personas que podían auxiliarme en el arriesgado «asalto» al radar de Aitana. Pero, de pronto, fui abordado por alguien a quien no veía desde 1979. La asombrosa «casualidad» nos dejó perplejos...

Y mi viejo amigo Bienvenido Martínez —«de paso» por la ciudad—, en el transcurso de la breve charla, fue a desvelarme un asunto que me obligaría a posponer buena parte de las pesquisas en marcha. Ni él mismo lograba entender por qué la noticia había permanecido «olvidada» en su memoria durante tanto tiempo. Y mucho menos por qué fluyó con tan incomprensible prioridad, justamente en este irrelevante encuentro.

¿Por qué no lo hizo por carta o con una simple llamada? Y, sobre todo, ¿por qué en esos momentos, cuando servidor se hallaba encelado con el binomio ovnis y militares?

La revelación, en principio, era atractiva: alguien cuya identidad no estoy autorizado a desvelar por el momento tenía en su poder unos documentos gráficos de especial valor. Concretamente, un juego de fotografías ovni, al parecer, inédito.

E intrigado y curioso —«velocidades» que uno debe controlar como si circulara sobre hielo—, tras activar la primera fase del plan para acceder al radar de Aitana, me lancé a la localización de ese «alguien»: un capitán de la Fuerza Aérea Española. Un oficial al que, desde este momento, designaré con el sobrenombre de «Mirlo Uno». Sus informaciones han sido, y siguen siendo, providenciales.

Después de varios intentos fallidos, «Mirlo Uno», finalmente, accedió a reunirse conmigo en una determinada población extremeña. Y a esta decisiva entrevista le han seguido otras muchas.

Una vez ganada su confianza, factor clave en el terreno en el que me desenvuelvo, todo fue sencillo. Los que me conocen saben que el único tema en el que casi soy honrado es precisamente ése: el de los «no identificados». Con el tiempo, los investigadores «de campo» comprenden y aceptan que la prisa nada tiene que ver con la precipitación. En ocasiones es más rentable saber esperar —o congelar un dato— que colgarse en la solapa el dudoso éxito propiciado por la traición. No creo que sean los años la única fuente de experiencia.

Primer documento. Un ovni típicamente cupular sobrevuela una zona boscosa.

Segundo documento. La luz del sol refleja en la parte superior del ovni. Los expertos en fotografía han observado en esta toma una curiosa circunstancia, difícil de resolver en un trucaje. Mientras la cámara parece correctamente enfocada a infinito, con las ramas situadas en primer plano lógicamente desenfocadas, el objeto presenta una anómala distorsión. En principio, dado que el reflejo solar se halla bien definido, cabe la posibilidad —como simple hipótesis— de que lo que rodea el objeto sea humo, niebla o algún tipo de fluido elástico. En el supuesto de que la distorsión se debiera al propio movimiento del ovni, el problema se complicaría ya que, como digo, la imagen presena un enfoque correcto.

También las decepciones contribuyen —y de qué manera— a consolidar la amistad. Como pregonaba Graf, no es quien más ha vivido sino el que más ha observado, el que posee una mayor experiencia del mundo.

Y sólo cuando «Mirlo Uno» me hubo observado lo suficiente y estuvo seguro de mi respeto y sigilo —es decir, de la palabra dada— fue cuando consintió en mostrarme aquellas imágenes. Pero me rogó paciencia. En cuestión de meses cambiaría de destino. Entonces hablaríamos de nuevo. Y así fue.

Pero el contacto con este militar me depararía otras sorpresas. Y aunque habrá ocasión de volver sobre ello, ahí van unas pinceladas, a manera de anticipo.

Era asombroso. De entre los millones de españoles, quien esto escribe había coincidido con uno que —en 1953— fue testigo de excepción del célebre aterrizaje ovni en las proximidades de Villares del Saz, en la provincia de Cuenca. Mejor dicho, para ser exactos, este capitán —entonces un adolescente— fue uno de los privilegiados que pudo contemplar las huellas dejadas por el objeto y por los pequeños seres que descendieron del mismo. En ese verano, «Mirlo Uno» —¿casualidad?— disfrutaba de unas vacaciones en un campamento del entonces denominado Frente de Juventudes. Un campamento que se levantaba —¡oh increíble Destino!— a corta distancia del escenario de los hechos. Y alertados por la noticia, «Mirlo Uno» y el resto de sus compañeros —con los monitores a la cabeza— se personaron en la zona, verificando, en efecto, la existencia de unos extraños orificios en el suelo y de unas diminutas pisadas. Pero, amén de dar fe de las misteriosas señales, profesores y muchachos tuvieron una feliz iniciativa: poner a salvo las referidas huellas por el tradicional procedimiento de la escayola. Y «Mirlo Uno», a pesar de los cuarenta años transcurridos, ha conservado varios de estos preciosos moldes. Y vuelvo a preguntarme: ¿es esto normal? ¿Cómo entender que este investigador —fruto de una aparente casualidad en el *hall* de un concurrido hotel alicantino— terminara trabando amistad con tan interesante y desconocido personaje? Creo que era Albert Einstein quien defendía que «la casualidad es la forma que tiene Dios de fir-

Tercer documento. El objeto, aparentemente, ha sido captado a menor distancia.

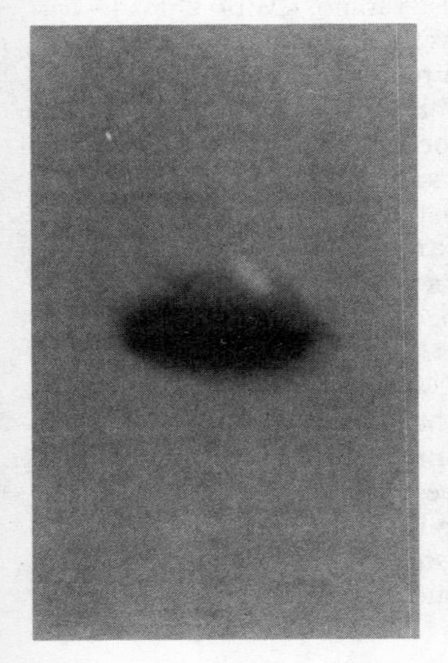

Ampliación del documento número dos.

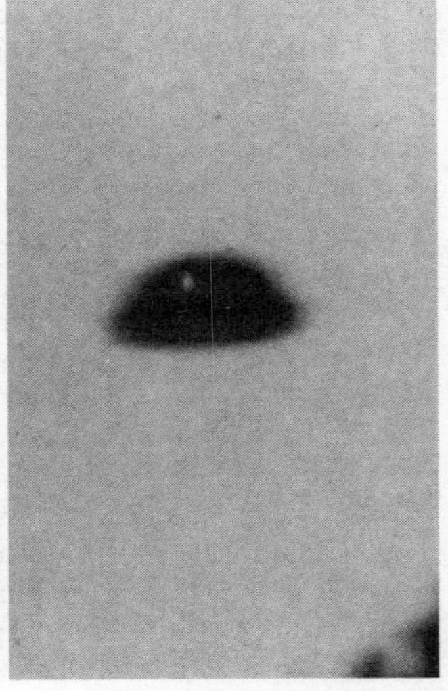

Ampliación del primer documento gráfico.

mar sus obras anónimas». Dicho queda. Como se cansó de repetir mi admirado Jesús de Nazaret, quien tenga oídos...

Pero en realidad, según mi confidente, aquella experiencia en Villares del Saz no pasó de ser una simple e intrascendente anécdota veraniega. El interés por el fenómeno ovni no despertaría en «Mirlo Uno» hasta nueve años después. En el otoño de 1962, cuando se hallaba destinado en la base aérea de Talavera la Real, en Badajoz, otro suceso parecido le hizo saltar las alertas interiores. Una noche, un amigo que circulaba en automóvil en dirección a la mencionada ciudad tuvo ocasión de observar, a corta distancia, el descenso de un objeto no identificado. La impresión fue tal que el testigo tuvo que ser atendido y calmado por un practicante. Pues bien, a la mañana siguiente, deseoso de averiguar lo ocurrido, «Mirlo Uno», en compañía de otro militar, recorrió el lugar, descubriendo «algo» a unos diez kilómetros de Talavera y a cosa de diez metros de la carretera. En mitad de los sembrados sobresalía un gran círculo, de veinticinco metros de diámetro. La tierra, en su interior, aparecía negra, calcinada y como si hubiera sido absorbida por una poderosa fuerza.

«... Parecía harina. Al caminar, nuestros pies se hundían una cuarta.»

El incidente, como ha ocurrido con tantas personas de mente abierta, no cayó en saco roto. Allí había sucedido algo fuera de lo normal. Y «Mirlo Uno», a pesar de su condición de militar y del secretismo que les atenazaba, se preocupó de todo lo relacionado con el fenómeno, adquiriendo con los años una muy notable carga documental y, en especial, el convencimiento de que estamos siendo visitados por civilizaciones «no humanas». Y a pesar de su habitual discreción, este interés y sus conocimientos sobre los ovnis fueron difundiéndose entre los casi siempre ávidos compañeros de milicia. Estas circunstancias, con seguridad, propiciaron el acceso en 1979 a los documentos gráficos mencionados por Bienvenido Martínez.

«... La forma en que llegaron a mi poder es tan simple como enigmática. Creo recordar que fue en el otoño. Yo era un suboficial, destinado en una importante instalación aérea, a orillas del Mediterráneo.»

Por expreso deseo de «Mirlo Uno» he suprimido cualquier referencia que pudiera identificarlo.

«... Mis compañeros, por supuesto, sabían de mi afición por estos asuntos. Y un buen día, en el pabellón de suboficiales, apareció una carta. Venía dirigida a mi nombre, pero sin remitente. En el matasellos, si no recuerdo mal, podía leerse "Alhama". Tanto el destinatario, la dirección y la escueta nota que acompañaba a las fotos y a los negativos habían sido escritos a mano. Deduje (y puedo estar equivocado) que se trataba de alguien con escasos estudios. ¿Quizás un soldado que hubiera hecho la "mili" bajo mis órdenes? Quién sabe... Y en el interior, como te decía, junto al papel, tres fotos en color. La nota en cuestión decía textualmente: "¿Es esto lo que le gusta a usted?"

»Al principio, entre las diferentes hipótesis, contemplé también la posibilidad de una broma. Pero, después de tantos años, lo he descartado. Si alguien hubiera querido tomarme el pelo, tarde o temprano se habría descubierto. Y, ya ves, en casi catorce años no he vuelto a tener noticia del asunto. Por supuesto, jamás han salido a la luz pública. Y todos mis esfuerzos por averiguar el origen de las mismas han sido infructuosos. Ojalá tú tengas más suerte y el autor —si es alguien de este mundo, bromeó "Mirlo Uno"— se decida a establecer contacto contigo...»

La secuencia fotográfica —ofrecida en primicia en estas páginas— ha sido minuciosa y exhaustivamente analizada en el laboratorio. El resultado, según los expertos, es positivo. Y aunque el trucaje es un fantasma que planea siempre sobre el fenómeno ovni —en fotografía pueden hacerse auténticas maravillas y «milagros»—, en este caso hay altas posibilidades de que nos encontremos ante un documento de estimable fiabilidad. A los análisis propiamente dichos —composición, estudio de luces y sombras, enfoque, etc.— debemos sumar un elemento tan decisivo como el veredicto de los especialistas: el dilatado período de tiempo transcurrido desde la ejecución de las tomas hasta su difusión. De no haber sido por el ya mencionado cúmulo de «coincidencias», lo más probable es que dichas imágenes seguirían durmiendo el sueño de los justos en los archivos de «Mirlo Uno». No puede hablarse, por tanto, de afán de protagonismo, ni de intereses comerciales. Catorce años de silencio —creo yo— constituyen un argumento aceptable, que garantiza un mínimo de credibilidad.

Y tengo que rematar este capítulo retornando al punto de partida. ¿Semejante tela de araña es consecuencia de la casualidad? ¿Por qué tuve que tropezar en Alicante con aquel amigo, a quien no veía desde, justamente, 1979? Cuando uno vive sucesos como éstos, ¿a qué conclusiones puede llegar? La lógica se desmorona. Y los mil ensayos para racionalizar lo acaecido terminan reducidos a cenizas. Ante hechos así, aferrarse al clavo de la lógica no es de hombres sensatos o comedidos, sino de necios.

Pero lo magnífico —diría yo— es que este tipo de «cosas» no es patrimonio de unos pocos. El fenómeno de las aparentes e infinitas casualidades se repite en todo y en todos. Constituye algo natural en la espiral de la vida. Desde antes del nacimiento hasta la muerte. Y puede que también después... Son tantas y tan continuadas que, precisamente por ello, pierden el rango de «casual». Lo lamentable es que uno necesita decenas de años para descubrirlo. Más aún: la mayoría de los mortales cruza el puente de la existencia sin caer en la cuenta de que ha sido estafada. Desde la infancia, el mundo se encarga de «graduar» los ojos del alma, obligándonos a usar las lentes del azar. Y hombres y mujeres vivimos así, engañados de por vida, creyendo que esa «óptica» es la única posible.

3

El misterio de la furiosa persecución de un Grumman

Y hablando de deformación de la realidad, el suceso que me dispongo a narrar es un elocuente ejemplo de cómo —también en la investigación ovni— se cumple el principio de Emerson: «El tiempo puede desvanecer la sólida angularidad de los hechos.»

La presente historia planea sobre la Ufología desde hace casi treinta años. Y siempre, como es propio de la «rumorología», con un vuelo corto e inseguro.

Regularmente, con mayor o menor énfasis, pilotos militares amigos o conocidos me han hablado del asunto. Algo sabían. Algo habían escuchado. Pero el férreo mutismo de los protagonistas y el largo período de tiempo transcurrido han ido modificando la esencia de lo sucedido realmente. Peligroso arrecife. Un frecuentísimo escollo que el investigador debe saber sortear. De ahí la inmensa trascendencia de la búsqueda directa y personal. Fiarse del relato de segundas o terceras personas implica serios riesgos. En cuestión de rumores, como defendía Esopo, «la rueda más deteriorada del carro es la que hace más ruido».

Pues bien, esa historia, tal y como me ha ido llegando de fuentes militares, podría resumirse así:

«... En la década de los años sesenta, un avión Grumman de la Fuerza Aérea Española con base en Las Palmas de Gran Canaria se vio involucrado en un increíble suceso. Mientras efectuaba un vuelo nocturno sobre el archipiélago canario — y sin que nadie haya podido explicarlo satisfactoriamente—, "algo" extraordinario hizo que, de buenas a primeras, el aparato "apareciera" en las proximidades de Smara, en el desierto africano. Y la tripulación —toda ella militar— se vio obligada a dar la vuelta y desandar los cientos de kilómetros que la separaban de Las Palmas y que —según mis informadores— no tenían conciencia de haber recorrido. Más aún: que ni siquiera estaban contemplados en el correspondiente plan de vuelo.

»Y ante lo insólito de lo acaecido —rezaban los rumores—, los tripulantes del Grumman se conjuraron para guardar el más absoluto de los silencios.»

Ésta ha sido —hasta hoy— la versión más generalizada y frecuentemente oída en los círculos del Ejército del Aire. Y asombrosamente, la totalidad de mis confidentes —todos de alta graduación— creía a pie juntillas en la autenticidad de tales hechos. Unos hechos que, en cierta medida, se vieron consolidados a raíz de la aparición del libro de Antonio Ribera *Platillos volantes en Iberoamérica y España*. En dicho trabajo, Ribera —citando información contenida en una monografía sobre ovnis, obra del desaparecido comandante Antonio González Boado, uno de los pioneros militares en la investigación y estudio de los «no identificados»— proporcionaba una serie de datos relacionados con este suceso. Algunos, como veremos, correctos. Otros, en cambio, fruto de la «rumorología», falsos sin paliativos. He aquí algunos de los sabrosos párrafos escritos por Ribera en aquellas lejanas fechas y que, una vez más, ponen de manifiesto el grave riesgo de la investigación «indirecta»:

«... Jugando al escondite con los ONI (objetos no identificados). Que los pilotos de avión, tanto civiles como militares, han tenido reiterados encuentros con los ONI, lo saben hasta en el Ministerio del Aire, que es el último lugar a donde llegan esta clase de noticias. Como para muestra basta un botón, ahí va uno o, mejor dicho, tres. Los protagonistas permanecerán en el anonimato, por razones que el lector comprenderá si sigue leyendo (con la CIA hemos topado)...»

Ribera, incomprensiblemente, no parecía estar al corriente de lo que sucedía con el matrimonio «ovnis-Fuerza Aérea». Basta echar una ojeada a los expedientes desclasificados para comprobar que el más antiguo —según la versión oficial— se remonta a 1962. Es decir, un año antes del caso que nos ocupa.

Pero prosigamos. Tras relatar sucintamente un primer suceso ovni, protagonizado en junio de 1967 por varios pilotos militares, y al que me referiré en un próximo capítulo, el inefable Ribera enuncia el llamado «caso número dos» y dice:

«... Éste y el siguiente han sido extractados de una monografía sobre objetos volantes no identificados, redactada por un capitán del arma de aviación (S. V.), presentada a unos cursos de capacitación y que resultó galardonada.

»Un comandante y un capitán del 61 Grupo Antisubmarino volando de noche en un Grumman Albatros siguieron, durante horas, con las luces de su avión apagadas, una luz brillante que en ocasiones permanecía estacionaria, mientras otras veces se desplazaba a gran velocidad; durante el vuelo estacionario, la luz penduleaba anormalmente. A su regreso a la base aérea de Gando, el comandante comunicó su extraña experiencia al Estado Mayor de la Zona Aérea de Canarias.»

Aunque correcta en líneas generales, la noticia presentaba unos aparatosos vacíos, lógica consecuencia —insisto— de una investigación poco rigurosa. El propio capitán Boado, con fecha 16 de marzo de 1964, escribía a Ribera, puntualizando algunos pequeños errores. En la carta, entre otras cosas, el malogrado aviador decía textualmente:

«... En las citas que usted hace de mi trabajo se desprende que el seguimiento de la luz se hizo desde un avión del 61 Grupo Antisubmarino, lo cual no fue así. El comandante, cuando escribí el citado trabajo, formaba parte del 61 Grupo, pero no así ahora, ni cuando ocurrió el incidente...»

Si Ribera hubiera interrogado a los protagonistas de este vuelo nocturno se habría dado cuenta de que Antonio González Boado —militar a fin de cuentas— había silenciado una parte de la historia. Ni en la monografía —que sigue clasificada como «secreta»— ni tampoco en la misiva ya mencionada, que obra en mi poder, se hace referencia a esa, digamos, «delicada situación» que vivieron los tripulantes del Grumman y que, en resumidas cuentas, originó su mutismo y las posteriores elucubraciones.

¿Y cuál fue ese misterioso episodio, tan celosamente guardado?

Después de no pocas vueltas, consultas y agotadoras esperas tuve al fin, ante mí, a los pilotos del célebre avión Grumman. Ambos se encuentran retirados. Hoy son coroneles. Uno, el que fuera segundo en los mandos en aquella noche, reside en Canarias. El otro vive en el sur de la Península. Y a pesar de los treinta años transcurridos me rogaron que no destapara sus identidades. Y aunque la clave que justifica esta actitud es discutible —fundamentalmente por la ancianidad del suceso y las escasas posibilidades de que puedan ser amonestados—, siguiendo la sagrada norma de respetar la voluntad de los testigos, así ha sido y así será. Y no hay juez en la tierra capaz de arrancarme el secreto.

Pero procedamos a reconstruir los hechos desde el principio y en su totalidad...

—Ocurrió la noche del 17 de enero de 1963...

A petición mía, los pilotos consultaron sus cartillas de vuelo, con el fin de fijar la fecha con exactitud. Y a decir verdad, salvo algunos detalles, lógicamente difuminados por el demoledor rodillo de tres décadas, el incidente seguía fresco e intacto en sus memorias. Una característica propia —bien lo saben los investigadores— de esta clase de fenómenos y que, a nivel anímico, nos arrastraría a unas profundidades insospechadas e igualmente dignas de estudio. Si las huellas, una vez impresas en la memoria —como afirmaba Quincey—, son indestructibles, las originadas por un encuentro ovni tienen la mágica virtud, además, de convertirse en permanente foco de duda. Una duda violenta e inmisericorde que hace crujir principios, comportamientos y criterios.

—... Fue una noche infernal, meteorológicamente hablando. A eso de las once se recibió en el SAR de Las Palmas una llamada de socorro (una "121.5") procedente, al parecer, de un avión inglés en apuros. Se trataba de un Pioner GAPLN, que volaba de vacío de Marrakech, en Marruecos, a la capital de Gran Canaria. Y cumpliendo órdenes, un total de seis hombres nos apresuramos a embarcar en el AD1-3, un Grumman Albatros, con la misión de intentar localizar el aparato supuestamente siniestrado.

—¿Seis hombres?

—En efecto. Dos pilotos, un navegante, un mecánico, un radio y un buscador. Es decir, dos capitanes, tres sargentos y un cabo, respectivamente.

»Y hacia las 02.30 horas, cuando nos hallábamos en pis-

El avión «Grumman» de la Fuerza Aérea Española se lanzó a una furiosa persecución de las enigmáticas «luces». (*Ilustración de J. J. Benítez*)

Trayectoria seguida por el «Grumman». Con líneas de trazos, el recorrido tras el ovni: alrededor de doscientas millas.

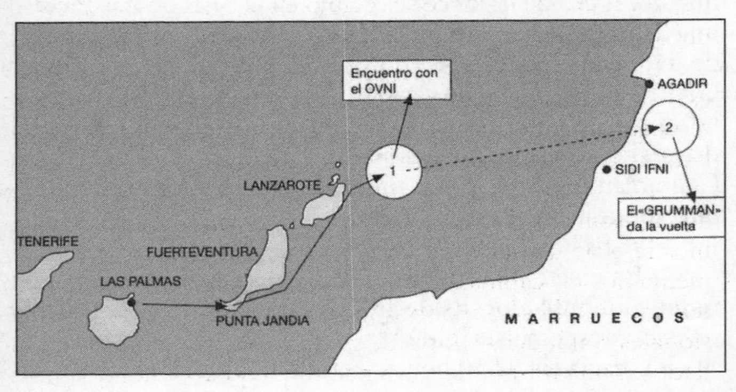

ta, en conexión con la torre y dispuestos a despegar, el comandante de un Superconstelation de Iberia, que estaba escuchando las conversaciones y que acababa de emprender el vuelo hacia Guinea, nos advirtió de las pésimas condiciones meteorológicas, recomendándonos que cancelásemos la operación.

»A pesar de la prudente advertencia del Iberia, el CCS (Centro Coordinador de Salvamento) decidió que saliéramos. Y así lo hicimos. La visibilidad era horrible. No llovía, pero las nubes y las turbulencias nos hicieron pasar un mal rato. Y pusimos rumbo a Lanzarote. Vimos el aerofaro de Punta Jandía y decidimos repasar la isla. Bajamos de 1 500 a 500 pies y buscamos sobre el mar. Y al cabo de un rato, zarandeados por aquel infierno, pensamos bordear Fuerteventura, siempre a la altitud reglamentaria. Es decir, a 500 pies (algo más de 160 metros) del agua.

»Y a la hora de vuelo observamos una potente luz por encima de nosotros. Parecía el foco de un coche. Se hallaba estática y fuera del campo de nubes. Y lo primero que se nos ocurrió es que, quizás, se tratase de un sistema de localización, lanzado por el Pioner siniestrado. ¿Una bengala?

»Y nos fuimos hacia ella. Ascendimos a 5 000 pies y comenzamos a acercarnos. Entonces, ante nuestra sorpresa, comprobamos que, en realidad, eran dos luces. Y llegamos a cuatrocientos o quinientos metros. Y las luces, inmóviles y perfectamente alineadas hasta esos instantes, se movieron, dibujando una trayectoria pendular y describiendo un arco de unos quinientos metros...

El comandante del Grumman fue el primero en advertir estas anómalas oscilaciones. Y alertó al capitán que, en esos momentos, gobernaba el avión. Y el segundo piloto dio un bandazo, con la intención de rodearlas.

—... Pero, en plena maniobra, las luces suspendieron aquel asombroso «pendular» y empezaron a alejarse. Tuvimos la clara sensación de que nos habían visto. Y así lo comentamos en cabina. Entonces sucedió algo para lo que no tenemos explicación. Sobre todo, tratándose de unos profesionales con muchas horas de vuelo y que jamás habíamos fallado en una misión de salvamento... No hace falta que insistamos en la trascendencia de una labor de rescate. Por eso, y por lo que sucedió a continuación, es por lo que hablamos de «incomprensible comportamiento de la tripulación».

A qué negarlo. Estaba en ascuas.

—... Y sin saber cómo, ni por qué, apagamos todas las luces del Grumman. Y sin mediar palabra forzamos los motores al límite, lanzándonos en su persecución. Subimos a 18 000 pies, olvidando, incluso, el oxígeno. Nadie abrió la boca. Y los cinco, inexplicablemente, hicimos una piña en cabina. Sólo teníamos un objetivo: dar caza a las luces. Pero, a pesar de que volábamos a 150 o 160 nudos (la máxima potencia), «aquello» se desplazaba a diez veces nuestra velocidad. Seguíamos teniéndolo a la vista pero siempre a distancia.

»Y así hubiéramos continuado, quién sabe hasta cuándo, de no haber sido por la súbita llamada del SAR, solicitando nuestra posición. ¡Oh, santo Dios!., Nos hallábamos en el desierto del Sahara. Al este de Ifni, a unas cincuenta o sesenta millas de la costa. Y el SAR nos ordenó regresar. El «inglés» había aparecido. Nadie sabe cómo pero el avión consiguió amerizar y un pesquero acababa de rescatar a los tripulantes. Allí perdimos de vista al ovni.

Según los datos proporcionados por los pilotos españoles, la persecución se prolongó durante cuarenta y cinco o cincuenta minutos. Un tiempo respetable. Cuando, finalmente, fueron «conscientes» de su posición, en pleno territorio marroquí, la distancia que les separaba de Las Palmas oscilaba alrededor de las trescientas millas (algo más de 570 kilómetros). En total —según las cartillas de vuelo—, la odisea había durado tres horas y cuarenta minutos. Naturalmente, no hubo comunicado oficial alguno sobre lo ocurrido. Ni en el aire ni en tierra.

—... La historia era tan poco creíble que nos conjuramos para no decir ni «pío». Además, y ésa fue nuestra gran preocupación, estaba claro que habíamos olvidado la misión de localización del aparato inglés, violando, para colmo, el espacio aéreo de otro país.

»¿Qué podíamos alegar en nuestra defensa? ¿Cómo demostrar que seis individuos hechos y derechos fueron víctimas de una especie de enajenación temporal? Porque, sinceramente, quedamos como hipnotizados ante la visión de aquellas luces. Si nosotros no sabíamos cómo justificar aquel insólito comportamiento en unos militares profesionales, ¿qué podían deducir nuestros superiores? ¿Comprende usted la razón que nos empujó a semejante mutismo?

»Así que, de mutuo acuerdo, optamos por el silencio. Y nadie, que sepamos, ha contado jamás la historia completa. Con el tiempo, es lógico, se han ido filtrando detalles. Pero, casi siempre, deformados o erróneos.

—Me pregunto qué hubiera sucedido si el SAR no acierta a comunicar con ustedes...

—Ni idea. Lo más probable es que, en las condiciones en que nos encontrábamos, hubiéramos proseguido aquella absurda y enloquecida persecución. Y dado que la autonomía del Grumman era de dieciséis horas, cualquiera sabe...

Para los militares de la Fuerza Aérea Española, protagonistas de esta experiencia, aquel par de «luces» —separadas entre sí por unos cinco u ocho metros— formaba parte de un único objeto.

—... De eso no cabe duda. Y también es seguro que «aquello», lo que fuera, se hallaba gobernado. Su comportamiento «inteligente», forma de navegar, capacidad para el estacionario, increíble velocidad, etc., demuestran que algo o alguien, muy superior a nosotros, lo controlaba o dirigía.

Pocos comentarios puede añadirse a tan singular historia. Si acaso, amén de algunas interrogantes que vienen a sumar perplejidad a la perplejidad, ratificarme en lo anteriormente mencionado. A saber:

1. Ante la ausencia de datos objetivos, aquellos que escucharon campanas terminaron por deformar y magnificar un suceso que, como hemos visto, no necesita de mitificación alguna. En sí mismo encierra ya una alta dosis de espectacularidad y misterio. Y es que, en el fenómeno ovni y en la vida en general, la realidad supera siempre a la ficción.

2. No existe informe oficial. Y bien que lo habrán lamentado los servicios de Inteligencia norteamericanos...

En cuanto a las interrogantes, ahí queda una muestra. Quizás el lector sepa resolverlas:

¿Por qué el ovni «arrastró» al Grumman hasta el desierto?

¿Por qué los tripulantes se apiñaron en cabina, perdiendo toda noción de su trabajo?

¿Tuvo algo que ver el ovni con el percance del aparato inglés y con el no menos increíble amerizaje?

¿Por qué el SAR no estableció contacto con la tripulación durante esos cuarenta y cinco o cincuenta minutos? En unas condiciones meteorológicas tan adversas y enfrascados en una misión de esta naturaleza no es lo habitual.

Y, sobre todo, ¿qué clase de «influjo» pudo ejercer el ovni sobre unos pilotos con 4 000 y 3 000 horas de vuelo, respectivamente, para que no se percataran de la posición del Grumman y de que estaban violando la soberanía de otro país? Un acto así, cuando menos, podría haber creado un conflicto diplomático e, incluso, la nada remota posibilidad del derribo del avión español por parte de los siempre suspicaces marroquíes.

4

Sigue la «puesta en escena»: El ovni que se dejó tocar por un guardia civil

Una serena tarde de otoño, paseando frente al mar, ese peso pesado de la Ufología que es Ignacio Darnaude Rojas-Marcos fue a simplificar el irritante problema ovni como si de un cuento se tratara. Un «cuento» que comparto y que podría ser válido para el caso del Grumman y de cualquier otro. Darnaude, con su habitual gracejo andaluz, vino a expresarse en los siguientes términos: «Mira, en esta labor de concienciación del torpe género humano, los que controlan el fenómeno ovni van y le dicen al subordinado de turno: "Tú, tío, prepárate. Baja. Déjate ver. Móntale un "show" a fulanito y desaparece. Dentro de veinte años ya nos ocuparemos de que salga a la luz."»

Y a la vista de lo expuesto —y de lo que colea—, ¿qué otra explicación puede satisfacernos? ¿O es que estamos locos? Es posible pero, como defendía el poeta alemán Prutz, siempre elegiré esta maravillosa locura. Ser cuerdo en nuestros días resulta barato...

¿Otro ejemplo?

Ahí va y que Dios nos pille confesados...

El 29 de abril de 1991, a eso de las catorce horas, este pecador se encontraba en el gabinete de huellas de la Jefatura Superior de Policía de Bilbao. Y aunque mis delitos son innumerables y tengo la certeza de estar «fichado» por los servicios de inteligencia de medio mundo, que nadie piense mal. Mi presencia en la policía científica obedecía a «razones profesionales» y, en este caso, divorciadas del fenómeno de los «no identificados». Por ello, al recordar lo ocurrido, vuelvo a ratificarme en la creencia de Darnaude: «Teatro, querido amigo. Puro teatro.»

Andaba yo por aquel entonces en plena tarea de documentación, de cara a la redacción de una novela: *La gloria del olivo*. Y he aquí que a la mencionada hora —según consta en mi cuaderno de campo—, mientras escuchaba atentamente las explicaciones de los técnicos en huellas, un joven inspector a quien, creo, no tenía el gusto de conocer se aproximó a quien esto escribe y, con cierto aire de misterio, le anunció que tenía algo que decirle. No supe qué pensar. Y me puse en lo peor. ¿En qué nuevo lío me había metido?

Poco después se despejaba el enigma. Al bajar al gabinete de prensa, el policía hizo un discreto aparte y, mostrándome una vieja hoja de papel en la que figuraba un texto mecanografiado, comentó: «Si te interesa, hablamos.»

Procedí a la lectura de las veinte líneas y, perplejo, le exploré en centésimas de segundo. Por pura inercia respondí afirmativamente.

Y ahí arrancó una nueva investigación ovni. Un caso inédito del que, en un primer momento, y mi amigo el inspector nunca lo supo, desconfié. ¿Y qué motivos había para esta actitud tan poco elegante? Todos y ninguno. Lamentablemente, en estos veinte años de persecución ovni, esa peligrosa ralea a la que he bautizado como «vampiros» de la Ufología ha maquinado más de uno y más de dos casos «trampa», con el diabólico propósito de ridiculizarme. Algún día me explayaré en esas repugnantes maniobras de los «terroristas» del ovni, que de todo hay en la viña del Señor... La mecánica es tan simple como ponzoñosa. Inventan un suceso ovni. Se ponen de acuerdo con los falsos testigos. Procuran, incluso, que la «noticia» aparezca en los medios de comunicación. Fabrican fotos fraudulentas y todo lo necesario para que el fiasco parezca genuino. El resto es fácil de imaginar. El investigador o investigadores «de campo», a poco que se confíen, muerden el cebo. Si dan el caso por bueno y cometen la torpeza de hacerlo público están perdidos. Los carroñeros del ovni caerán sobre ellos, despedazándolos. Y me expreso con conocimiento de causa. Aunque también es cierto que estos necios parecen ignorar que todo mal llega con alas y huye cojeando...

Así que, receloso, emprendí las pesquisas en una dirección que poco o nada tenía que ver con el suceso ovni propiamente dicho. Pero, antes de seguir, ¿qué contenía aquella misteriosa hoja de papel que me entregó el inspector de policía?

He aquí el texto íntegro, ofrecido también en rigurosa primicia:

21 de mayo de 1964.

A las siete horas del día de ayer y por el propietario del caserío BASACHU, sito en el camino del mismo nombre en San Vicente-Baracaldo, don Marcelino ZURRUTUZA, fue visto un cuerpo extraño en dicho camino próximo al caserío, de unas dimensiones aproximadas de 1,50 metros de alto y de unos 70 cm de diámetro, por ser éste de forma cilíndrica, el cual era de un color blanco y que se observaba perfectamente desde larga distancia, pues le había visto bajar del espacio, el cual permanecía a unos 90 cm del suelo.

Dicho Marcelino ZURRUTUZA puso el hecho en conocimiento del puesto de la Guardia Civil de aquella residencia, siendo acompañado por el guardia 1.º ANTOLÍN FERNÁNDEZ GUTIÉRREZ para comprobar de qué se trataba, viendo tal objeto en la forma ya manifestada.

El susodicho guardia, tomando un palo en la mano, tocó por la parte central al objeto en cuestión, adhiriéndosele al mismo parte de una materia espumosa de la que estaba compuesto el mismo, la cual desapareció momentos después, optando por esta circunstancia de poner el hecho en conocimiento de su comandante de puesto; pero antes de abandonar dicho punto, pudieron comprobar igualmente que se había desintegrado sin dejar el más mínimo rastro.

El documento presentaba «pistas» suficientes como para bucear en el curioso suceso con relativa comodidad. «Sólo» había que localizar a los testigos. Claro que se interponía un «insignificante detalle»: veintisiete años...

El lector habrá captado cómo mi proverbial falta de luces es sobradamente compensada por un optimismo casi sobrenatural. Era George Ward quien insistió en la idea de que «el pesimista se queja del viento; el optimista espera que cambie».

Pero, como apuntaba hace un instante, lo primero es lo primero.

Y tras algunas discretas averiguaciones en torno a la lámina y a los círculos frecuentados por el inspector, con el único fin de verificar si existían posibles lazos entre él y los malnacidos «terroristas» del ovni, di un nuevo paso, explorando el origen y, en definitiva, la consistencia del documento que me había confiado.

Debo aclarar —quizás para mi sonrojo— que, amén de no hallar nada sospechoso en la intencionalidad del inspector, una supuesta acción del policía, prestándose a un «juego» tan vil, hubiera terminado perjudicándole. Sólo por ello debería de haber espantado mis recelos. Como decía Cardinal de Retz, «más frecuentemente nos engaña la desconfianza que la confianza». Espero que mi amigo sepa disculpar esta deformación profesional.

Y mucho más tranquilo —sabedor de que el caso podía ser auténtico— fui tanteando los «canales» por los que había circulado el «parte oficial». Porque, tal y como me advirtiera el inspector, de eso se trataba: de un parte de incidencias, redactado por la Guardia Civil al día siguiente de los hechos. Es decir, con una saludable proximidad en el espacio y en el tiempo. Como hemos observado en la historia del Grumman, el distanciamiento de un suceso —si no se penetra en la noticia con el rigor de un cirujano— puede conducirnos a la mitificación o al escarnio cuando, probablemente, no sea ni lo uno ni lo otro. El investigador ovni —hora es de reconocerlo— también desempeña, en la medida de sus posibilidades, la loable misión de historiador. Poco importa la burlona sonrisa de los intelectualoides. Los acontecimientos ovni están ahí. Los investigadores «de campo» los estudian y rescatan y, algún día, la historia hará justicia. No olvidemos que las verdades, cuando nacen, son siempre perseguidas. Graham Greene defendía que «los historiadores son personas que se interesan por el futuro cuando éste ya ha pasado». Pues bien, con los «notarios» del fenómeno de los «no identificados» —por un incomprensible «milagro»— sucede lo contrario. Indagamos y damos fe de hechos pasados y presentes que, con los años, serán el futuro.

Sobre el plano de la ciudad de Baracaldo, el caserío «Basachu», el lugar de encuentro con el ovni y el camino recorrido por el testigo hasta el cuartel de la Guardia Civil, en el barrio de San Vicente.

Marcelino Zurrutuza Caro.
La investigasción continúa.

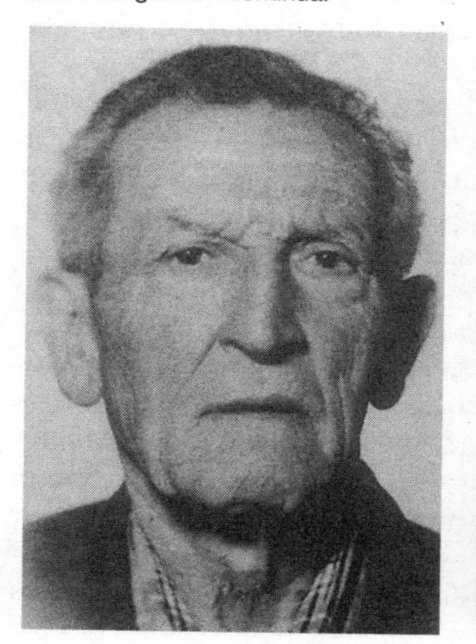

El guardia civil Antolín Fernández Gutiérrez.

Pero, una vez más, vuelvo a perderme en disquisiciones. Supongo que es inevitable cuando uno trabaja con las ventanas del alma de par en par...

Decía que, paso a paso, fui dibujando el interesante y confidencial sendero seguido por el «parte oficial». El documento, redactado en primera instancia y con una conmovedora ingenuidad por el Puesto de la Benemérita de San Vicente (un barrio de Baracaldo), fue examinado posteriormente —de acuerdo al procedimiento— en la Comandancia de Bilbao. Finalmente, conforme a lo establecido, el informe fue remitido al Gobierno Civil de Vizcaya, «para conocimiento y efectos». Y según mis pesquisas, dado que el asunto «no contenía un carácter político o social», fue archivado sin más. Por supuesto, eran otros tiempos...

Y justamente en este último escalón la historia se repite. El funcionario de turno, que, como cada día, ve pasar decenas de «partes» de toda índole, no es un funcionario cualquiera. ¿Casualidad? Este hombre, que desempeñaba el cargo de secretario en el referido Gobierno Civil, y con el que sostuve una larga conversación al respecto, es aficionado a «estos temas». Y movido por la curiosidad (?) hace una copia y la guarda entre sus papeles personales. Y ahí permanece —prácticamente olvidada— durante veintisiete años... Pero la película no termina ahí.

En ese fascinante tejer y destejer del destino, con el tiempo, un hijo de este providencial funcionario —inspector de policía— descubre (?) el rancio «parte» en los archivos de su padre. Y consciente del interés del asunto muestra el documento a un amigo, gran aficionado a estos temas. Y, ¡oh casualidad!, este «aficionado» es también un viejo conocido de quien suscribe. La reacción de Rafael Brancas —el amigo común— es inmediata: «Eso es cosa de Juanjo Benítez.» Meses más tarde, realizadas algunas comprobaciones, el policía intenta ponerse en contacto conmigo, sin éxito. Y es en esa mañana del 29 de abril de 1991 cuando —¿por casualidad?— ambos coincidimos en el gabinete de huellas.

Sencillamente, mágico...

Las siguientes indagaciones fueron positivas y negativas. El Puesto de la Benemérita en San Vicente no existía. Y tras revolver infructuosamente los archivos del cuartel más próximo —el de Baracaldo— fui a parar al centro neurálgico y obligado: la Comandancia de La Salve, en Bilbao. Mi objetivo en dichas dependencias fue doble: por un lado, tratar de encontrar el oficio original. Por otro, solicitar información acerca de uno de los testigos: el entonces guardia primero Antolín Fernández Gutiérrez. Con el primer asunto no hubo suerte. A pesar del esfuerzo desplegado por el subteniente Pedro Reina y sus hombres, dado el enorme tiempo transcurrido, muchos de los papeles de 1964 habían sido lógicamente destruidos. Afortunadamente disponíamos de la copia «salvada» por el secretario del Gobierno Civil.

Respecto ál examen de la personalidad y trayectoria profesional del guardia civil —hoy retirado—, además de tener acceso a la ficha, el propio subteniente Reina, que conoció a Antolín durante años, confirmó las claves de dicha hoja de servicios. La información, a la que difícilmente puede acceder el interesado, decía textualmente: «... Hombre normal. Sin antecedentes, ni problemas psiquiátricos. Sano. Templado, prudente y de pocas palabras. Digno de toda confianza. Sufrió las enfermedades normales: gripes, cólicos, etc.

»Pasó a Destinos Civiles en 1965. En junio de ese año le aparece una úlcera...»

Y antes de atacar el último y decisivo capítulo —el de los testigos—, empecinado en contrastar la noticia por todos los medios a mi alcance, dirigí los esfuerzos a la localización del entonces comandante de puesto en San Vicente y de los restantes compañeros de Antolín en dicho cuartel. Como era de esperar, algunos habían fallecido. Otros, como Eutiquio Vázquez y M. Moreno, sencillamente, no sabían o no recordaban. Pero tuve suerte. El comandante de puesto, hoy capitán retirado, cuya identidad no debo revelar, dado que sigue residiendo en el conflictivo País Vasco, sí fue de utilidad.

Y el 16 de mayo de ese año de 1991 tuve la oportunidad de interrogarle.

Recordaba, en efecto, al bueno de Antolín y, muy difusamente, lo acaecido en las primeras horas de la mañana de aquel 20 de mayo de 1964, así como la cara de susto de los protagonistas.

Fue suficiente.

Y aunque no encontraba razones de peso para dudar de la autenticidad del suceso, continué trasteando alrededor del objetivo central. Ahora que lo pienso, parece como si, a nivel inconsciente, tratara de demorar al máximo ese obligado encuentro con los hombres que vieron y tocaron el misterioso «cilindro». La intuición —ese eficaz subalterno en la cuadrilla espiritual que acompaña a cada ser humano— sabe de la lidia que debe recibir cada toro, antes, incluso, de que aparezca por el portón de la vida. Lástima que el «espada» —agarrotado por el miedo— no vea, no escuche y no entienda...

A lo que iba. Con un temor absurdo, engañándome a mí mismo, me alejé de los testigos, afanándome en menesteres que —aunque interesantes— no eran la clave. Por ejemplo: asumí el penoso calvario que significaba intentar dar con el paradero del oficio original. Quién sabe —traté de justificarme—, quizás, si conseguía encontrarlo, pudiera descubrir una nueva luz, algo que ampliara el escueto contenido del documento. Y víctima de un perfeccionismo que, a buen seguro, me conducirá a la tumba, me dirigí al único lugar donde podía hallarse todavía el informe remitido en su día por la Comandancia de la Guardia Civil: los archivos del Gobierno Civil de Vizcaya.

La cara del jefe de Prensa, mi viejo amigo Julio Campuzano, fue un poema. Pero, acostumbrado a peores historias, prometió buscar la aguja en el pajar. Y durante un fatigoso año, cuatro funcionarios fueron turnándose en la franciscana tarea de revisar los legajos del casi prehistórico 1964. Aquellos que, por desconocimiento, presuponen que la labor de investigación ovni viene a ser poco más que un frívolo pasatiempo tendrán que reconocer —a la vista de lo expuesto y de lo que nos aguarda— que estaban en un profundo error. Y en ocasiones, ese derroche de tiempo y energía resulta estéril. Aparentemente estéril.

Éste fue el caso del peregrinaje por los polvorientos archivos del Gobierno Civil. El oficio en cuestión no existía. Razón de más —digo yo— para valorar en su justa medida la extraña circunstancia del «salvamento». El cómo y porqué el aludido funcionario terminó ingresando en la secretaría particular de dicho Gobierno Civil constituyen un pasaje tan fuera de lo común que prefiero evitarlo, aliviando así al indefenso lector. Cuanto imagine se quedará corto...

Cuando, por mediación del inspector, pude llegar a esta providencial pieza en el rompecabezas, el ex funcionario —hoy jubilado— sonrió divertido. Por sus manos, a diario, desfilaban decenas de escritos. Y difícilmente hacía copia de ninguno de ellos. Pero cuando aquel suceso cayó en su poder, algo incomprensible le forzó a prestarle más atención de la que realmente debía.

«De hecho —explicó— no hubo investigación complementaria. Lo que verdaderamente importaba en aquellos tiempos tenía otro cariz. Esto, en el fondo, consolida el valor del suceso. Como usted comprenderá, la Guardia Civil no perdía su precioso tiempo redactando partes sobre ovnis, a no ser que el incidente hubiera ocurrido realmente.»

El argumento era contundente.

Y movido por su personal interés hacia estos temas, el funcionario practicó algunas diligencias, corroborando la autenticidad del caso.

«... El tal Zurrutuza, según mis noticias, regresaba al caserío de su propiedad, después de haber finalizado el servicio en la Policía Municipal de Baracaldo, donde trabajaba como agente. Hacía el camino a pie y, cuando se encontraba a unos metros de la casa, vio bajar un objeto del cielo. El ovni se quedó estático sobre la carretera, a corta distancia del suelo y cortándole el paso. Y alarmado dio media vuelta, corriendo al cuartel de la Guardia Civil más próximo. Es decir, al de San Vicente. Y reclamó la presencia de la Benemérita.

»Cuando Zurrutuza y el guardia se personaron en el lugar, el extraño objeto —blanco luminoso y con forma de cilindro— continuaba en idéntico punto y posición: vertical, inmóvil y a cosa de un metro de la tierra. Entonces, sin saber muy bien qué hacer, el guardia civil tomó un palo y fue tocando el cilindro. Y, según me contaron, a cada toque, la masa que formaba el ovni se retraía... Parecía algo vivo.

»En un primer momento —concluyó el todavía sorprendido ex funcionario— pensé que podía tratarse de una burbuja...»

Hoy, casi treinta años después, el ex secretario del Gobierno Civil estuvo de acuerdo conmigo: la hipótesis de una «burbuja» carecía de fundamento. En cuanto a las restantes posibles explicaciones lógicas —un fenómeno óptico o meteorológico desconocidos— tampoco se sostienen. Según la información recogida por el Observatorio Meteorológico de Sondica, aquel 20 de mayo de 1964, miércoles, presentó las siguientes características, en lo que a Vizcaya se refiere:

Precipitaciones: ninguna. Humedad: 52 por ciento. Nubosidad: 5/8. Viento: del NE y con una velocidad media de once kilómetros a la hora. Temperatura máxima: 18,4. Mínima: 13 grados centígrados.

Como el lector podrá suponer no existe «reflejo óptico» conocido que disfrute de los rasgos descritos por los testigos. En cuanto a la manoseada historia de los «rayos globulares» —a la que parecen abonados los «vampiros» de la Ufología—, no hay por dónde cogerla. Estos fenómenos de la naturaleza —más infrecuentes que los propios ovnis— precisan unas muy específicas condiciones atmosféricas que, por supuesto, no se dieron en la fecha de autos. Por otra parte, con suerte, estos «rayos» en forma de diminutos globos tienen una cortísima existencia, que raras veces va más allá de un puñado de segundos. En el incidente del «cilindro», al margen de las dimensiones y del singular comportamiento del mismo, observamos otra circunstancia que descalifica la absurda hipótesis del «rayo en bola». Según las mediciones efectuadas sobre el terreno, Marcelino Zurrutuza —hombre alto y de gran fortaleza física— pudo cubrir el trayecto existente entre el lugar donde se hallaba el ovni y el puesto de San Vicente en veinte o treinta minutos.[1] Naturalmente, a la carrera. En el camino de regreso —teniendo en cuenta que bregaban con una pendiente—, el tiempo mínimo estimado para reencontrarse con el objeto no pudo bajar de los cuarenta o cincuenta minutos. No olvidemos que el policía municipal estaba a punto de cumplir los cincuenta y siete años y su compañero de aventuras rondaba los cincuenta...

Siendo optimistas, por tanto, el cilindro «tuvo la gentileza» de esperar a la autoridad por espacio de una hora.

Lo dicho: si «aquello» era un «rayo globular», servidor es el obispo de Roma...

Claro que los recalcitrantes de siempre podrán argumentar que el «espumoso chisme» consistía en un prototipo secreto, lanzado por rusos o norteamericanos, o quizás la reentrada en la atmósfera de «chatarra» espacial. Si echamos un vistazo a los experimentos en los que se hallaban embarcadas las grandes potencias en 1964 nos daremos cuenta que, tanto unos como otros, con las series de primitivos «cosmos», «geminis», «ecos» y «velas» tenían más que suficiente. Además —y estamos ante la eterna canción—, ¿por qué hacer descender y perder un artilugio de tan alta tecnología en las proximidades del caserío Basachu? ¿O es que las vacas del bueno de Marcelino Zurrutuza merecían semejante derroche? Como escribía Montague, «nunca están los hombres más cerca de la estupidez como cuando se creen sabios».

Y llegó el momento de la verdad. La localización e interrogatorio de los testigos no admitían nuevas demoras.

Y sucedió algo poco frecuente en la investigación ovni. «Algo» que no consigo entender y que —a fe mía— tiene que esconder alguna secreta intención.

El suceso estaba allí. La frialdad de los hechos era incuestionable. Milagrosamente se había salvado de la implacable guadaña del tiempo. Sin embargo —para mi desesperación— los auténticos protagonistas se hallaban al margen de la historia. Violentamente separados, añadiría.

Era increíble. El incidente consiguió «sobrevivir», prescindiendo de los hombres que le dieron forma...

El primero —Marcelino Zurrutuza Caro— abandonó este mundo el 11 de marzo de 1990, a los ochenta y dos años de edad. Trece meses antes de que la Providencia tuviera a bien ponerme al corriente del caso. También es mala pata...

El segundo —Antolín Fernández, el guardia primero—, nacido en 1914, residente en la actualidad en una población del País Vasco cercana a la costa, había sufrido tres infartos y su cerebro se hallaba sensiblemente mermado.

A pesar de mis esfuerzos, de la lectura del oficio que él mismo redactó y de la paciente y entusiasta colaboración de la familia por esclarecer su memoria, no hubo posibilidad de que recordara un solo detalle. Todos los intentos —intencionadamente espaciados a lo largo de meses— se estrellaron contra una opaca e inoportuna amnesia.

La esposa e hijos tampoco aportaron luz al asunto. Como especifica la hoja de servicios del guardia civil, sus reservas en cuestiones de trabajo eran absolutas. Curiosamente fue este pecador el que les llevó la primera noticia.

Y ahí se habría cerrado la última página de este desconcertante caso, de no haber sido por la tozudez que me caracteriza. Cabe la posibilidad de que me equivoque. Quizás lo que voy a relatar no guarde conexión con lo expuesto. Que sea el lector quien juzgue y decida.

Y aunque Marcelino Zurrutuza se hallaba muerto y enterrado, en ese afán —casi enfermizo— por acumular datos, concerté una serie de entrevistas con los familiares más cercanos. Y la escena se repitió. Los Arrese —sobrinos del difunto— no conocían la historia del ovni. A pesar de haberlo acogido en su casa durante los últimos años de su vida, jamás le oyeron hablar del incidente. Sí me contaron, en cambio, «algo» que les mantuvo en vilo y que, al ignorar el encuentro de 1964, lo interpretaron de muy diferente forma.

«... Él "veía" cosas que los demás no veíamos...»

Pero, antes de entrar en detalles sobre esas extrañas «visiones» del policía municipal, conviene hacerse una idea de cuál era su personalidad.

«... Marcelino murió soltero. Tenía pocos amigos. Su vida transcurrió siempre entre su trabajo en la policía y sus vacas, en el caserío. Hablaba lo justo. Era reservado para sus cosas. Poco dado a la fantasía. Más bien nada. Siempre iba armado. Entre sus conciudadanos, como agente de la autoridad, tenía fama de duro, frío y distante. De una honradez a toda prueba. Incapaz de mentir. Durante la guerra fue "gudari". Esa experiencia, como soldado del ejército vasco, debió marcarle. Era culto. Todos los días dedicaba un tiempo a la lectura del periódico. Veía poco la "tele". En cuanto a su salud, siempre fue buena. Su fortaleza física era considerable. A los ochenta años aún se le veía cargando grandes piedras en el caserío. No bebía y apenas fumaba. Hacia 1984 fue operado de un cáncer en la lengua. Fue a raíz de esa intervención cuando se vino a vi-

El guardia civil tocó el «cilindro» con un palo. (*Ilustración de J. J. Benítez*)

El escenario de los hechos. El camino hacia «Basachu» aparece hoy asfaltado. (*Foto de J. J. Benítez*)

El muñeco que provocaba los miedos de Marcelino Zurrutuza. (*Foto de J. J. Benítez*)

vir con nosotros, aunque seguía frecuentando el caserío y cuidando de su propiedad...»

Y fue en esa postrera etapa cuando la familia Arrese comenzó a percibir un comportamiento impropio del carácter de Marcelino.

«... Nosotros, la verdad sea dicha, lo achacamos a su pasado como policía. Lo interpretamos como si tuviera miedo de alguien...»

La cuestión es que, un buen día, los sobrinos descubrieron que el anciano Zurrutuza «veía» y «experimentaba» cosas extrañas frente a un determinado muñeco. Un payaso de enorme cabeza y ojos pintarrajeados, propiedad de la pequeña de la casa.

«... Y lo raro es que, aunque en la habitación de nuestra hija había casi un centenar de muñecos, era ése el que le aterrorizaba. Cada vez que entraba en el cuarto y lo veía quedaba paralizado. Y gritaba: "¿No lo ves? ¡Vienen a por mí!"»

El terror fue tan intenso que, en alguna ocasión, se orinó en los pantalones.

«... Estando en la cama, con el payaso en lo alto del armario, comenzaba a gritar y repetía fuera de sí: "¿No lo ves? Mira cómo bajan... ¡Me van a coger!"»

El pánico alcanzó tal grado que, en una oportunidad, Paquita Arce, la sobrina, lo encontró encerrado en un armario, temblando.

«... Inexplicablemente, aunque sus temores los provocaba un solo muñeco, siempre hablaba en plural.»

En plena agonía, incluso, Marcelino siguió refiriéndose a los invisibles personajes que —según él— «venían a capturarle».

«... ¡Míralos —se lamentaba—, ya están aquí otra vez!»

Cuando me entrevisté con sus viejos compañeros en la Policía Municipal de Baracaldo, todos coincidieron en algo: Zurrutuza fue siempre un hombre templado, que no se asustaba con facilidad. Era emprendedor y decidido. Hasta el punto que, una vez jubilado, se empeñó en comprar un coche y, a pesar de la edad, aprobó el examen de conducir. Respecto a la interpretación de la familia Arrese de aquellos extraños miedos, provocados, quizás, por su pasado policial, tanto el suboficial Félix González Ramos como el cabo Salvador Barceló Pozo mostraron su extrañeza.

«... De haber sido así —manifestaron con lógica— no hubiera frecuentado la ciudad con la naturalidad que le caracterizaba.»

Estaba claro, pues, que los temores de Zurrutuza tenían otro origen. Pero ¿cuál?

A título meramente especulativo —y dado que se trataba de una persona psíquicamente normal— se me ocurre uno, muy difícil de verificar, lo sé, pero que tampoco debemos rechazar a priori. Lo que en realidad conocemos del fenómeno ovni es sólo la punta de un iceberg, tan mágico como profundo. Por tanto, no sería arriesgado pensar que el protagonista principal del encuentro de mayo de 1964 —como ha ocurrido en otros casos— hubiera sido víctima de un «seguimiento», por parte de los «responsables» de aquel lejano suceso. Y metidos en preguntas, ahí van algunas que no consigo quitarme de la cabeza desde que me vi envuelto en esta complicada historia: ¿fue el «cilindro» lo único que vio Zurrutuza? ¿Pudo protagonizar otro u otros avistamientos posteriores? ¿Llegó a contemplar a los tripulantes? ¿Eran éstos de menguada estatura y grandes cráneos, relativamente parecidos al muñeco que desencadenaba sus temores?

Sea como fuere, lo cierto es que el comportamiento del ex policía municipal en sus últimos años de vida no cuadra con la trayectoria profesional y, mucho menos, con su forma de ser, tan alejada de fantasías. Si Zurrutuza vivió un segundo y extraordinario incidente ovni, su inexpugnable reserva lo ha estrangulado. Y se ha llevado el secreto a la tumba. ¿O no? En este sentido, intentando apurar todas las posibilidades, con el beneplácito de la amable y servicial familia Arrese, procedimos a un exhaustivo registro del caserío Basachu, con la quizás utópica idea de hallar algún escrito en el que Marcelino hubiera dejado constancia de lo ocurrido. Pero, hasta el momento, la operación ha sido infructuosa. Y aunque la investigación, obviamente, continúa abierta, uno no puede seguir esquivando la gran pregunta. La que, en mi opinión, encierra todas las claves:

¿Por qué aquel objeto no identificado se interpuso en el

camino del policía? ¿Casualidad? ¿Estaríamos frente a un hecho fortuito? Ante la filosofía ya expuesta, no tengo más remedio que rechazar el azar. El municipio de Baracaldo, con sus 45,3 kilómetros cuadrados y dieciséis montañas, repletas entonces de bosques de pinos, castaños, robles y hayas, ofrecía un sinfín de lugares recónditos y apartados en los que los «responsables» del suceso podían haber hecho descender el dichoso cilindro. Pues no. El objeto fue a «caer» en el sendero que conduce al caserío de Basachu. En otras palabras: de entre las 2 566 hectáreas «disponibles» —que configuraban la superficie agrícola de Baracaldo en 1964 y que podríamos considerar como terreno abierto— nuestros «amigos» fueron a seleccionar un minúsculo paño de tierra por el que, justamente, segundos después del «cuasi aterrizaje», tenía que cruzar Marcelino Zurrutuza. Y por si las dudas, en el centro de la calzada, cortándole el paso.

¿Por qué no «estacionaron» el cilindro a derecha o izquierda del camino, en los campos circundantes?

¿Por qué no efectuaron la maniobra durante la noche o minutos después, una vez que el policía hubiera entrado en el caserío?

Y lo más llamativo: ¿por qué los «propietarios» del ovni se arriesgaron a mantenerlo en la zona durante una hora o quizás más?

¿Por qué esperaron el retorno del municipal y del guardia civil?

¿Por qué permitieron que Antolín tanteara el cilindro? Este tipo de «concesiones» no es muy común en la casuística ufológica. Muy al contrario...

Y si el objeto disfrutaba de la capacidad de autodisolverse (?) —así consta en el parte oficial—, ¿por qué no se quitó de en medio mucho antes?

Este rosario de interrogantes quedaría justificado —no sé si explicado— si aceptásemos la teoría de Darnaude: una pulcra y minuciosa «puesta en escena». ¿Y con qué fin?

Si el cilindro —como creo— era una especie de sonda teledirigida (?), de las de «usar y tirar», ¿cabe suponer que buscaban información sobre los agentes de la autoridad? Mas bien me inclino por la tesis «darnaudiana». Teniendo en consideración la sublime tecnología de estas civilizaciones, una prospección de esta naturaleza no necesitaría del lanzamiento de vehículo alguno. La «escenificación», en definitiva, pudo ser concebida para contribuir —a treinta años vista— al ya referido proceso de concienciación del colectivo humano. Una mentalización trascendental a medio y largo plazo, con una sencilla consigna: «no estamos solos». La sencillez, después de todo, como escribía el alemán Boerhave, es el sello de la verdad.

NOTA

1. Amén de mis propios cálculos, solicité de la Policía Municipal de Baracaldo que efectuase un estudio de tiempos y distancia entre el caserío Basachu y el cuartel de San Vicente. El camino seguido por Zurrutuza —a través de Cruces y Landaburu— suponía un total de tres kilómetros y novecientos metros. El trayecto completo fue, por tanto, de casi ocho kilómetros.

5

A la «caza» del brigada

Dice un adagio catalán: «¿Quieres ser Papa? Mete esa idea en tu cabeza.»

He aquí uno de los motores que distingue al buen investigador: la constancia. El escritor y filósofo inglés J. Blackie me ha alentado en momentos de desánimo. En especial, una de las recomendaciones contenida en su obra *Speech*: «Los errores se producen con facilidad. Son inevitables. Pero no existe error tan grande como el de no proseguir.»

Algo así vino a sucederme con la historia del «ciclista». Poco faltó para que —descorazonado por las apariencias— abandonara las pesquisas y colgara el cartel de «cerrado por defunción».

Todo empezó —como tantas veces— con una escueta nota, remitida por Manuel Osuna; otro que conoce el secreto de los ovnis...

Tras hacer mención de un caso ocurrido, al parecer, en las instalaciones de la Academia General del Aire en San Javier (Murcia), hacia enero o febrero de 1963, el gran pionero de la Ufología andaluza, ya desaparecido, escribía textualmente:

«Pocos días después.

»Un brigada iba en bicicleta cerca de donde se hallan los aviones (en la mencionada Academia General del Aire), cuando se le vino encima otro objeto similar al descrito. Dicho señor se tiró de la bicicleta y se refugió debajo de los aviones. Pero aquello ascendió análogamente a como lo había hecho días antes el otro ovni. (Es curioso —añadía Osuna— que pudieron comprobar que todos tenían la ropa empapada, a pesar de ninguno haber sentido calor, pero sí mucho miedo ante lo que no se parecía a nada conocido.)

»(Debe consignarse que a la sazón —concluye el investigador de Umbrete— nos hallábamos dentro de una oleada correspondiente al período cíclico marciano, según rezan las estadísticas.»)

Con los años, la noticia levantada por Osuna en la década de los setenta adquirió solera. Y tomó posiciones en la pequeña-gran historia de los ovnis.

Pero ¿era correcta?

Y ocurrió algo similar a lo ya expuesto en el caso del Grumman. Uno de los «vampiros» de la Ufología —fiel a su rigurosa y científica metodología de «investigar desde la poltrona»— se hizo eco del incidente, publicándolo en uno de sus libros. Y el hecho —«bendecido» por los «sumos sacerdotes» de los «no identificados»— fue aceptado tal cual. La reseña de marras decía así:

«Diciembre de 1965 (06.15 h.). Base aérea de San Javier (Murcia). Año aproximado.

»Un oficial maquinista subalterno de la base, que se dirigía hacia ella en bicicleta, fue derribado por un objeto volante sin identificar. Abrióse la investigación oficial y se descartó la posibilidad de una broma. El oficial subalterno estaba atemorizado cuando llegó a la base. Quedó demostrado que no había ningún vuelo de aeroplano o helicóptero en el área.»

A primera vista —leyendo el informe—, uno deduce que el «vampiro» está seguro de lo que cuenta. O bien tuvo acceso a la documentación oficial que menciona en la reseña o se hizo el milagro y, tras lanzarse a las carreteras, localizó al oficial maquinista, interrogándole. Pero, no sé por qué, el instinto me decía que estaba soñando. ¿Un «vampiro» haciendo investigación «de campo»? ¿Gastando tiempo y dinero en la búsqueda de un anónimo testigo? Eso sí que era una alucinación...

Y me puse en marcha.

El objetivo prioritario no podía ser otro que el brigada. No es que dudase de la fuente primigenia —el escrupuloso Manolo Osuna—, pero era evidente que el caso no había sido redondeado. Los investigadores del ovni conocen los enormes abismos que, en ocasiones, se abren entre las primeras o segundas noticias que llegan a nuestros oídos y la realidad desnuda. Y en este asunto, lamentablemente, Osuna no tuvo la fortuna de entrevistar al mencionado militar. Para presentar el hecho, por tanto, con rigor y fiabilidad era menester intentar primero y por encima de todo la localización del suboficial, escuchando el testimonio de sus propios labios. Lo demás —a mi corto entender— era música celestial.

Y de nuevo me vi peleando no con un suceso ovni propiamente dicho sino con algo peor: un acorazado ejército, reclutado por el tiempo, que gozaba de la mareante ventaja que supone veintisiete años. Pero, en mi caso, es ese colosal obstáculo el que provoca la fulminante ignición de los motores interiores, transformándome en un superbombardero. He aquí una de las claves para quien desee comprenderme y comprender mi trabajo. Éste, como otros episodios, se alzó desafiante, convirtiéndose en un reto a mi capacidad profesional, a la constancia y —¿por qué no?— también a mi propia dignidad. No se trataba ya de esclarecer un posible encuentro ovni, sino de algo íntimo y, en consecuencia, de mayor trascendencia. En realidad volvía a medirme a mí mismo. Rousseau, con otras palabras, definió el proceso a la perfección: «La dignidad de un hombre no se halla a merced de los demás; está en él mismo y no en la opinión pública. No se defiende con la espada ni con la rodela, sino mediante una vida íntegra e irreprochable.»

¿Y qué puede haber más denigrante para un investigador que la rendición?

El lector no tiene por qué saberlo y, mucho menos, creerlo. Pero ésa ha sido, es y será la brújula que guía mis movimientos. El día que deje de batallar —que la palabra «imposible» entre en mi vida— la Providencia me retirará sus favores. No me asustan los errores. Como decía Phelps, «el hombre que no yerra, generalmente no hace nada». Lo que sí me preocupa es que llegue la fecha en que no reaccione ante los siempre calculados envites de los cielos. Lo peor no es perder los trenes de la existencia. El mayor delito es darles la espalda, automarginándonos.

Y con el nuevo y estimulante reto clavado en lo alto fui a peinar el escenario de los supuestos hechos: la Academia General del Aire, en la localidad murciana de San Javier.

COPIA DE LO MANIFESTADO POR EL BRIGADA MECANICO MANTENIMIENTO DE AVION DON CELSO ATANES MARTINEZ.

Sobre las 0640 horas locales, cuando se dirigía desde su domicilio, en la Ciudad del Aire, a la Base en bicicleta, y cuando ya estaba en la carretera general y había sobrepasado el Pabellón de Deportes Fernandez Tudela, vió una luz muy brillante, pensando al principio que era la de un coche que le pedía paso. Al mirar hacia atrás no vió ningún vehículo, pero sí una de las paredes del citado Pabellón completamente iluminada. Esta iluminación fué instantanea, algo así como un relampago, de color violeta muy claro. Al darse cuenta de que no procedía de ningún coche, miró hacia el cielo y vió una especie de luna llena rodeada de un halo. El disco central era de color gris plomizo y el haló de color humo claro, estaba situado en dirección a Cabo de Palos y a una altura aparente de unos 500 ó 600 mts. Siguió el declarante su camino en bicicleta, observando que el objeto luminoso aumentaba de tamaño y se dirigía hacia la Ciudad del Aire. Viendo que se le seguía acercando, y cuando creyó tenerlo a una distancia aparente de unos dos o trés Kmts., se bajó de la bicicleta, la dejó apoyada sobre la pared de una casa y se refugió en una palmera. En aquel momento el diametro aparente del circulo era de unos dos metros y el del halo de uno. No percibió ningún destello luminoso más ni oyó ningún ruido. Al cabo de un minuto aproximadamente, el objeto luminoso, sin cambio aparente de dirección se alejó en dirección hacia Alicante, perdiendose de vista en un minuto.

COPIA DE LO MANIFESTADO POR EL BRIGADA MECANICO MOTORISTA DON SALVADOR OLIVARES RUIZ Y POR EL BRIGADA FOTOGRAFO DON REGINO CABREJAS GOMEZ.

A las 0630 horas locales del día de hoy, se encontraba el Brigada Olivares dentro de un vehiculo de esta Base aparcado en la Ciudad del Aire calle Ronda de Levante, frente al número 21 A, esperando recoger al Brigada Cabrejas, cuando vió un destello muy brillante parecido a un relampago. Como le llamó la atención, salió del vehículo así como también su conductor el Soldado ANTONIO SANCHEZ SANCHEZ. Miraron al cielo y vieron una especie de nebulosa hacia el norte.

A las 0635 horas locales salió de su casa el Brigada Cabrejas. Les pregunta que estan mirando, y le dicen lo que han visto. Dos minutos más tarde entran en el coche emprendiendo el camino hacia la Base, pero a los pocos segundos, exactamente cuando llegaban a la altura del número 3 de la citada calle, observaron un objeto luminoso en forma de disco. Pararón el coche, se bajarón para ver de que se trataba. Lo vieron en dirección a las salinas de San Pedro y con un asimut de unos 30 grados. Se didrigía hacia Elche aparentemente. Al principio, el disco luminoso, de color nube blanca y rodeado de un halo de color difuminado, tenía un diametro aparente de un metro aproximadamente, Después, fué acercandose, aumentando hasta unos dos metros. Se le pudo observar durante unos cuatro minutos. El Brigada Cabrejas, antes de que desapareciese el objeto luminoso, se dirigió a casa del Teniente Coronel Don ARSENIO LAS HERAS MEDINA, con objeto de que dicho Jefe pudiese observarlo, cosa esta que no pudo realizarse por haber desaparecido a la vista rapidamente.

San Javier a 16 de Noviembre de 1.965
-El Oficial de Vuelos-

Otro documento oficial y secreto que ha permanecido oculto durante veintisiete años. El informe-ovni se hallaba depositado en la llamada «sala Bruselas», en la Academia General del Aire, en San Javier (Murcia). Una sala blindada en la que son custodiados los papeles confidenciales de dicha AGA.

Las gestiones —encaminadas a la caza del brigada— se vieron oscurecidas por la herrumbre de tres décadas. Sólo los más viejos del lugar —eso pensé— podían auxiliarme. Pero éstos, a su vez, se hallaban desperdigados o desaparecidos. Y durante semanas, bebiendo de la tenacidad, recorrí media costa mediterránea y un sinfín de poblaciones de Andalucía oriental. Las posibles pistas, sin embargo, fueron desmoronándose una tras otra. Las hipotéticas identidades del suboficial del Ejército del Aire —barajadas por los militares supervivientes que podían haberle conocido en la década de los sesenta— se cruzaron y entrecruzaron, formando un asfixiante nudo gordiano. En mi caso, la solución practicada por Alejandro Magno, resolviendo la difícil prueba con un tajo de su espada, me colocaba de nuevo en la línea de salida. E inexplicablemente, desoyendo los consejos de los más sensatos —invitándome a abandonar— forcé la maquinaria, replicando con toda la artillería pesada. Y cuán cierto es que Dios atempera el viento para el cordero trasquilado...

Porque en ese desesperado machetear con el tiempo —¿aparentemente por casualidad?—, en una de mis habituales visitas a «Mirlo Uno» surgió un hilo de luz. El providencial capitán, al presentarme a dos jóvenes aficionados al tema ovni —empleados civiles en la referida Academia General del Aire—, hizo diana sin proponérselo.

La búsqueda, polarizada hasta esos momentos en el estamento militar, no había contemplado al personal civil. Craso error.

Si la noticia aseguraba que el encuentro tuvo lugar en la pista, o cerca de ella, y que el suboficial se refugió bajo los aviones, ¿por qué no probar entre los mecánicos? Podía ocurrir, incluso, que el *flash* lanzado por Osuna estuviera equivocado y el testigo no fuera militar.

Y como reza el proverbio castellano, lo que no pasa en un año sucede en un instante.

Y servidor, atónito, se pregunta por enésima vez: ¿qué sentido o qué misteriosa intencionalidad encerraron esas laboriosas semanas de «estéril» rastreo? La interrogante, ahora, montado en la perspectiva, es artificiosa. Esa búsqueda, con sus múltiples contactos con militares —el lector lo habrá intuido—, dio fruto. La invisible y magistral «mano» que conduce mis movimientos trabajaba ya en otras historias que ni yo mismo conocía... Y, con todo derecho, sólo puedo maravillarme. La suerte —como los tréboles de cuatro hojas— no es un capricho de la naturaleza. En todo caso, el eco de Dios.

Y el 18 de noviembre de 1992, a las cinco de la tarde, una semana después de la entrevista con «Mirlo Uno» y los dos jóvenes civiles, se producía el «milagro». Uno de mis «espías» en la Academia conseguía en horas lo que yo no pude despejar en un mes.

El traído y llevado brigada, protagonista del suceso, había existido, en efecto. La «liebre» levantada por Osuna era correcta.

Su apellido: Atanes.

Pero, lamentablemente —sentenció mi amigo—, había fallecido.

Los investigadores «de campo» podrán comprender mi desolación. ¿Qué puede haber más decepcionante que la pérdida de un testigo al que nadie tuvo acceso?

Y durante un tiempo me debatí en una peligrosa duda. ¿Daba el caso por cerrado?

Sólo quedaba un último y más que hipotético cartucho: la familia. Quizás Atanes les había hecho partícipes de su experiencia.

Y probé con la pista proporcionada por mi confidente: un hijo, también militar, residente en la Península.

A decir verdad, aquella conversación fue un postrer ejercicio de perseverancia. Y los resultados le dieron la razón a Cicerón cuando, en su obra *Oraciones*, asegura que «la constancia vence con frecuencia al talento y al arte». Yo, que presumo de haberlo visto casi todo, quedé boquiabierto. La Providencia —jugando con este infeliz mortal— vino a demostrar que las peores derrotas se producen cuando el ser humano no concluye lo que ha iniciado.

Atanes hijo me dejó hablar. Asintió, confirmando que conocía el suceso y, finalmente, con una divertida sonrisa, hizo una aclaración que trastornó mis parámetros:

«... Hubo un encuentro con un objeto volante no identificado. Eso es cierto. Pero viene usted mal informado. Ni fue como asegura esa noticia ni mi padre está muerto. Que yo sepa, goza de una excelente salud.»

¡Dios bendito! Aquello parecía un manicomio. Por un instante imaginé qué habría sucedido si, en lugar de montarme en la incómoda constancia, hubiera elegido el carro del sentido común. Y me eché a temblar.

Días más tarde —el 10 de diciembre de ese año de 1992—, en una importante ciudad castellana, tuve la oportunidad, al fin, de conocer a Celso Atanes Martínez, el protagonista de la vieja historia. Era la primera vez —según sus propias palabras— que aceptaba narrar los hechos para que fueran difundidos. De haber continuado en activo en el Ejército del Aire, lo más probable es que se hubiera negado. Hoy, en situación de retiro y con la desclasificación ovni en marcha, sí era el momento. Y alabé a la Providencia por su calculado y genial «trajín».

Contra todo pronóstico, el teniente de aviación —especialista en mantenimiento de aviones— disfruta de una memoria envidiable. Recordaba la secuencia como si acabara de ocurrir. Ello, en un caso tan remoto, facilitó mi labor extraordinariamente.

Y entre feliz y sorprendido —sin conceder demasiada importancia al asunto— procedió a relatar lo realmente acaecido en aquella madrugada del 5 de noviembre de 1965 y que, como veremos, nada tiene que ver con lo publicado por los que se autoproclaman abanderados del «rigor y de la seriedad». Y es que en Ufología también se cumple el certero adagio: «Vanidad y engreimiento cojean siempre. Por eso necesitan los bastones de la necedad y de la ineficacia.»

> ... ¿Cómo olvidarlo, mi querido amigo? Pasé tanto miedo...
>
> Yo tenía entonces cuarenta y cuatro años. Era brigada, sí, pero no oficial maquinista. El que ha escrito eso es un perfecto ignorante. Como jefe de línea estaba al cargo del mantenimiento de los aparatos del escuadrón número cuatro, en la referida Academia General del Aire. Mi obligación era preparar los aviones.
>
> Entraba a las siete de la mañana y ese viernes 5 de noviembre, como siempre, a eso de las 06.15 o 06.20 salí de

El capitán del Ejército del Aire Salvador Olivares Ruiz, otro testigo ovni de «primera categoría». (*Gentileza de la familia Olivares.*)

Regino Cabrejas Gómez, en 1965 brigada del Ejército del Aire.

El teniente del Ejercito del Aire Celso Atanes Martínez, testigo de un ovni en la madrugada del cinco de noviembre de 1965. Perteneció a la Fuerza Aérea Española durante cuarenta años. Entre sus destinos más destacados figuraron la Academia General del Aire (1963-1967), la 905 Escuadrilla de Torrejón, como jefe de mecánicos, y el Ala 12 «Phantom» (1973-1977).

Santiago de la Rivera. Paseo maritimo. El brigada Atanes fue a refugiarse detrás de las palmeras. (*Foto de J. J. Benítez*)

casa, en el número 14-A de la calle de la iglesia, en la colonia de Aviación, en Santiago de la Ribera.

En septiembre tuve la mala fortuna de fracturarme un pie y, por recomendación del médico, solía hacer el recorrido en bicicleta. Eso favorecía mi recuperación.

Total, que emprendí el camino habitual. Era de noche. Entré en el solitario paseo marítimo y, nada más dejar atrás el edificio del Casino, me llamó la atención un fortísimo reflejo luminoso. Surgió a mis espaldas. Y sin dejar de pedalear eché una mirada, pero no vi nada. Y aunque me extrañó continué la marcha con toda calma.

Sin embargo, a los pocos segundos, por mi izquierda y hacia el cabo de Palos, descubrí algo que me dejó atónito: una enorme y blanca «luna», flotando en el cielo a baja altura. Proseguí, aunque sin dejar de observar y, como le digo, cada vez más alarmado. Y al llegar a la altura del entonces hotel Los Arcos, aquella inmensa «luna llena» avanzó hacia la costa. Parecía venir a mi encuentro.

Como usted comprenderá, me asusté. Entonces, bajándome de la «bici», fui a ocultarme detrás de una de las palmeras del paseo. Y desde allí seguí contemplando las evoluciones del increíble objeto. Volaba a unos quinientos metros del agua y en un silencio sobrecogedor. Aunque la luz era muy intensa (reflejándose incluso en el mar), la circunferencia se distinguía a la perfección. Como le digo, tenía que ser enorme.

Y aterrorizado, seguro de que se dirigía hacia mí, no se me ocurrió otra cosa que apagar el foco de la bicicleta. Eso, digo yo, fue mi salvación. Porque, instantáneamente, la «luna» hizo un quiebro, dirigiéndose al norte, hacia Alicante. Al poco la perdí de vista. Y temblando de pies a cabeza monté de nuevo y partí hacia la Academia pedaleando como un poseso. Eran las 06.40 horas.

Cuando le interrogué acerca de la caída de la bicicleta, Celso lo negó en redondo.

... Falso. Como le he explicado, tampoco es cierto que me encontrara cerca de los aviones. Eso son infundios. Puedo asegurarle que, de no haber sido por el comentario que hizo Rosendo, el cantinero de la Academia, no hubiera abierto la boca. Al entrar en la base, siguiendo mi costumbre, fui al bar con el fin de tomar un té. Todavía tenía el susto en el cuerpo. Y, de pronto, Rosendo me explicó que «venía acobardado». A la misma hora, cuando circulaba por la carretera de San Javier, con dirección a la Academia, vio un objeto —«como una luna»— que volaba de oeste a este. No cabe duda de que se trataba del mismo ovni o de otro muy similar.

En resumen, como era de esperar, la noticia corrió como la pólvora y, esa misma mañana, un compañero (un armero) ponía el asunto en conocimiento del jefe de vuelos y del teniente coronel Rafael Las Heras, ya fallecido. Y muy a mi pesar, a las pocas horas me vi sentado frente a un grupo de pilotos, capitanes y tenientes, que me sometieron a un intenso interrogatorio. Tomaban notas y recuerdo que no podían comprender por qué había sentido miedo ante el ovni. Las Heras salió en mi defensa, argumentando que era lógico. «Aquello», inmenso, redondo, silencioso y con una capacidad de maniobrabilidad que para sí quisieran rusos o americanos, hubiera impresionado al más pintado.

Y eso es todo, mi querido amigo. Poco más puedo contarle.

Insistí en la circunstancia del interrogatorio. ¿Cabía la posibilidad de que estuviéramos ante una investigación oficial, como afirmaba el «vampiro» valenciano en su reseña?

Atanes lo dudó.

... Nunca redacté ni firmé parte alguno. Si las anotaciones de los pilotos fueron enviadas a Madrid, al Estado Mayor, honradamente, jamás lo supe. Y en estos años nadie ha vuelto a interesarse oficialmente por el asunto.

Cuando uno consulta el listado ovni,[1] única guía conocida de los expedientes que —según el Cuartel General del Aire— constituyen el archivo sobre «objetos volantes no identificados», el caso del «ciclista», en efecto, no aparece. Pero que no figure en dicho listado ¿quiere decir que los militares no tienen constancia de lo ocurrido? Como veremos más adelante, al estudiar otros sucesos, las pruebas obtenidas por este pecador demuestran lo contrario...

Ni que decir tiene que no se me ocurrió poner en cuarentena la versión del teniente. Su testimonio, amén de sincero, aparecía sólidamente reforzado por otros hechos incuestionables:

1. Atanes había permanecido en silencio durante veintisiete años. Fui yo quien salió a su encuentro. Y es ahora (1993) cuando el incidente ve la luz pública por primera vez. Nadie puede acusarle, por tanto, de afán de protagonismo o de otras mezquindades, tan al uso entre los mercachifles de la Ufología.

2. Atanes no fue el único testigo. Además del cantinero de la Academia General del Aire y de otro vecino de la localidad de Los Nietos, que vio un objeto en la misma fecha y hora y también con forma de «luna llena», decenas de observadores en Huesca, Madrid, Segovia y Murcia dieron cuenta de sendas observaciones ovni a lo largo de una serie de días próximos al mencionado 5 de noviembre de 1965.

Como no pretendo aburrir al lector con una exhaustiva y prolija relación de esos avistamientos —tan comunes en la casuística que casi no son noticia—, me limitaré a esbozar un par de ellos, como confirmación de cuanto digo.

11 de noviembre de 1965. Seis días después del encuentro del «ciclista».

La agencia de prensa Logos transmitía a toda España:

«Un raro objeto luminoso fue observado hoy jueves, 11, en el espacio por los vecinos de la localidad segoviana de Sangarcía. Dicho objeto, con forma de esfera, llevaba unos brazos que se encogían y estiraban al tiempo que se iluminaban. El paso de la esfera brillante duró un minuto.»

17 de noviembre de 1965.

El diario *La Verdad*, de Murcia, publicaba en primera página:

«Un extraño objeto luminoso fue visto ayer sobre el cielo del sureste.

»En distintos puntos de la región pudo ser observado ayer un extraño fenómeno luminoso que fue presenciado por numerosos testigos. Según nos comunican de Cartagena, a las seis y media de la madrugada, varias personas afirman que cruzó el firmamento "como una estrella echando fuego, parecido a un meteorito". En La Unión, un empleado de La Maquinista de Levante con residencia en El Algar, informó a

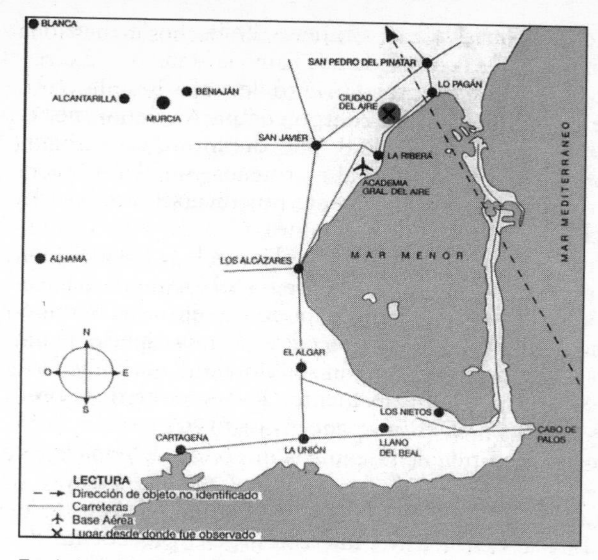

En el plano diseñado por Regino Cabrejas, la trayectoria seguida por el ovni. Minutos antes, hacia las 05.44 h, otros vecinos de Murcia capital, Alcantarilla y Beniaján observaron también un gran disco luminoso que se desplazaba de oeste a este.

Una enorme y silenciosa «luna llena» se precipitó hacia el solitario ciclista.

nuestro corresponsal que a primeras horas de la mañana, cuando aún reinaba la oscuridad, le llamó la atención un efecto óptico parecido al desprendimiento de varias estrellas, formándose a continuación un cuerpo compacto, de un metro de diámetro aproximadamente, que durante diez minutos voló sobre las playas del litoral marmenorense. Tal versión nos fue confirmada posteriormente por diversos vecinos de Llano del Beal, Estrecha de San Ginés, El Algar y La Unión. También en la población de Blanca, el joven Luis Cano Cano, que se encontraba [la información pasa a la segunda página del periódico] con varios amigos, pudo presenciar el extraño fenómeno luminoso, que fue precedido de una especie de relámpago al que no siguió ningún sonido y que por unos momentos oscureció (?) el firmamento. Todos los testigos presenciales coinciden en afirmar que el objeto en cuestión tenía forma de círculo brillante y seguía la dirección de poniente a levante.»

La noticia de *La Verdad* concluye con un teletipo de la agencia Logos, también del miércoles, pero procedente de Cataluña:

El Servicio Meteorológico de Lérida ha dado a conocer la siguiente nota: «A las 06.45 horas del día de hoy, 16 de noviembre, se apreció un círculo luminoso a través de capas de nubes altas y finas que entonces cubrían el cielo, precisamente en la dirección este-sureste, desplazándose a gran velocidad hacia el norte y muy cerca del horizonte. Dicho círculo era de tamaño doble a la luna llena y de causas completamente desconocidas. Se difuminó a los diez minutos de su aparición.»

Lo que nunca supieron los periodistas murcianos es que, en esa misma madrugada del 16 de noviembre, dos suboficiales de la Academia General del Aire, en San Javier, fueron igualmente testigos de excepción de uno de los ovnis que sobrevoló la región levantina. El asunto, lógicamente, fue clasificado de inmediato como «secreto». Y así ha permanecido durante veintisiete años.

En septiembre de 1992, uno de mis «espías» en dicha Academia General del Aire me ponía al corriente de la existencia de un documento confidencial en el que —afortunadamente— había quedado constancia del hecho.

El escueto informe —que reproduzco íntegro en estas mismas páginas— abarca en realidad dos sucesos ovni. El primero, protagonizado por Celso Atanes. El segundo, por los también brigadas Salvador Olivares y Regino Cabrejas. Y aunque el escrito aparece fechado el 16 de noviembre de 1965, deduciéndose de la lectura que ambos incidentes tuvieron lugar en la misma madrugada, personalmente creo que hay un error. No sé si por comodidad, desidia o, sencillamente, como consecuencia de una confusión, los avistamientos del 5 y 16 de noviembre fueron acomodados a una única fecha. Atanes sostiene con firmeza que «su» encuentro con el ovni ocurrió en las primeras horas de la mañana del 5.[2] De hecho, si los dos casos se hubieran registrado casi simultáneamente —como se desprende del parte de la AGA—, lo lógico es que los interrogatorios se habrían producido en el transcurso de una sola mañana. Esto no fue así. Más aún: si el ovni o los ovnis hubieran sido observados por los tres suboficiales en un único momento —bien el 5 o el 16—, el revuelo en la Academia habría sido tal que, necesariamente, Atanes, Olivares y Cabrejas hubieran coincidido y comentado el extraño suceso. Pero nada de esto ocurrió.

Sea como fuere, lo cierto es que otros dos militares asistieron atónitos al paso de una enorme y silenciosa «luna llena». Mejor dicho, dos brigadas y el conductor.

Meses más tarde de la recepción del mencionado documento confidencial, tuve oportunidad de entrevistarme con uno de estos suboficiales, Regino Cabrejas Gómez, hoy en la reserva. Salvador Olivares Ruíz había fallecido años atrás.

Y éste fue el testimonio del entonces brigada especialista en cartografía y fotografía del Ejército del Aire:

> ... Recuerdo que me estaba afeitando. Y poco más o menos hacia las seis y pico de la mañana tocaron el timbre. Era el conductor del coche oficial que debía trasladarme a la Academia General del Aire.
>
> ... Al salir a la calle, Olivares descendió del vehículo. Y saliéndome al encuentro comentó: «Ha dado un "lapo".» Y señaló hacia el norte. «¿Un "lapo"? —le pregunté—, ¿y qué es eso?» Me aclaró que se refería a un relámpago. Y cuando es-

tábamos hablando, volvió a repetirse el destello. Pero no le dimos mayor importancia.

... Luego, reflexionando, comprendí que el «relámpago» no tenía explicación. La noche era serena.

... Montamos en el coche y empezamos a rodar por la Ronda de Levante, al encuentro con la carretera de la costa y rumbo a la base.

... Y cuando habíamos recorrido unos cien o ciento cincuenta metros apareció «aquello». Los vimos a través del parabrisas. Yo iba delante, junto al soldado conductor. Era enorme.

... Tenía la forma de una luna llena y volaba en dirección Cabo de Palos-Murcia. Más o menos hacia el noroeste.

... Paramos y descendimos. ¡Era asombroso! En los veinte años de servicio que llevábamos ambos en el ejército ninguno había visto una cosa igual. No escuchamos ruido alguno. Se movía rápido y a no demasiada altura, aunque, sin referencias, era difícil estimar dicha altitud.

... No te mentiré. Nos acobardamos. «Aquello» no era un avión, ni nada conocido. Y navegaba majestuosamente. En total llegamos a verlo alrededor de cuatro o cinco minutos.

... Y en esos instantes, dado que nos encontrábamos muy cerca del domicilio del entonces teniente coronel Arsenio Las Heras, meteorólogo, se me ocurrió correr hasta la puerta y llamarle. Pero, para cuando se asomó, el ovni había desaparecido por el horizonte.

... Y eso fue todo. Después, hacia las once, Olivares y yo fuimos interrogados en la Oficina de Información Aeronáutica, en la Academia. Creo recordar que tomó notas el oficial de vuelos, el capitán Teófilo Álvarez del Amo. También nos llamó Plaza, el capitán ayudante. Le contamos lo ocurrido y comentó: «Ahora sí que creo en los ovnis.»

... Ni Olivares ni yo firmamos nada. Simplemente, hicimos una declaración verbal.

Como vemos, lo acaecido en esas madrugadas del 5 y 16 de noviembre de 1965 poco tiene que ver con lo publicado por los «vampiros». Ni el «ciclista» era un maquinista subalterno. Ni los testigos fueron derribados por los ovnis, ni tenían las ropas empapadas...

Como defendía Juvenal en sus *Sátiras*, «nunca te fíes de las apariencias».

Y añado de mi cosecha: la barba no hace al filósofo y, mucho menos, al investigador. (No va por ti, Julio Marvizón...)

NOTAS

1. Puesto que las referencias a este listado ovni del Ejército del Aire serán obligadas a lo largo del presente trabajo, he decidido incluirlo íntegramente, tal y como le fue facilitado en marzo de 1992 al inquieto y audaz investigador Manuel Carballal. El cómo y de quién obtuvo Carballal esta interesante «pieza» del rompecabezas ovni merece un capítulo aparte que será desarrollado a su debido tiempo. Dicho documento —en un solo folio— dice textualmente:

EXPEDIENTES CASOS OVNIS — ANEXO 1

6 AGO 62	San Javier	Luz	inf.
17 MAY 67	Lérida	OVNI	inf.
3 JUN 67	Torrejón-Talavera	OVNI	INF.L*
14 MAR 68	Canarias-Sahara	Luz	INF.L
15 MAY 68	Diversos puntos Península	Luz	inf.
6 SEP 68	Madrid y otros puntos	OVNI (sonda?)	inf.
17 SEP 68	Tenerife-Las Palmas	Luz	inf.
13 OCT 68	Algeciras	OVNI	inf.
4 NOV 68	Vuelo Valencia-Sagunto	Luces	inf.
6 NOV 68	Castellbisbal (Barcelona)	Círculo lumin.	—
NOV-DIC 68	Puente de Almuhey (León)	Disco luminoso	inf.
DIC 68	Palenc., Madrid, Almería, Vizcaya	Varios	—
19 DIC 68	Madrid	OVNIs	inf.*
24 ENE 69	Madrid	Luz parpad.	inf.
8 FEB 69	Sacedón (Guadalajara)	Bola roja	inf.
25 FEB 69	Sagunto (Valencia) vuelo	OVNI destell.	INF.M*
2 ABR 69	Becerra (Lugo)	Nave	—
13 MAY 69	BA de Reus	OVNI	INF.L

26 SEP 69	Gerona	OVNI	INF.L*
16 JUN 70	Burgos	OVNI	inf.
23 FEB 71	Varios puntos. Vuelos	Luces	INF.M*
14 MAR 71	Majadahonda (Madrid)	OVNI	inf.
26 SEP 73	Valencia	OVNI luminoso	INF.L*
20 MAR 74	Aznalcóllar (Sevilla)	OVNIs	INF.M*
24 NOV 74	Tenerife-Gran Canaria	Luces	INF.M*
1 ENE 75	Burgos	OVNI	INF.L*
2 ENE 75	Polígono Bárdenas	OVNI	INF.L*
10 ENE 75	Burgos	OVNI	INF.L copia
14 ENE 75	BA Talavera	Ecos GCA	inf.*
23/24 MAR 75	Madrid	OVNI	INF.L
3, 4, 5 AGO 75	Pozuelo (Madrid)	Peonza lum	inf.
22 JUN 76	Gran Canaria	Luz	INF.E*
19 NOV 76	Fuerteventura y G. Canaria	Efecto óptico	INF.E*
19 NOV 76	Aeropuerto de Málaga	Cúpula brill.	—
ENE 77	BA Talavera la Real	Extraterr. ??	—
13 FEB 77	Gallarta (Vizcaya)	Platillo. Seres	INF.E
meses 78	Alcorcón (Madrid)	Luz móvil	— fotos
4 JUL 78	Barcelona	OVNI	—
24 OCT 78	Menorca	OVNIs	INF.L
14 FEB 79	Andraitx (Mallorca)	Luz desde avión	—
5 MAR 79	Gran Canaria	Luz	INF.E diaposit.
13 MAR 79	Mediterráneo-Valencia	Extraña traza	inf.
11/12 NOV 79	Palma-Manises (Sóller)	Diversas luces	INF.E
17 NOV 79	Sur-Este peninsular	Traza. Luces	INF.L fotocopia
28 NOV 79	Madrid	Eco radar. Luces	INF.L fotocopia
29-31 MAR 80	Zaragoza	Ecos y luces	INF.L
22 MAY 80	Gran Canaria. Sur	OVNI luminoso	INF.M
8 DIC 80	Atlántico altura RIF	Acc. aéreo ?	—
JUN 81	Valencia (carta)	OVNIs	—
19 AGO 82	Blanes (Gerona)	Disco	—

12 JUL 83	Benicasim (CS). Torrejón	OVNI luminoso	inf.
11 ENE 84	Villanubla Sonda?	—	
12 FEB 85	Lanzarote	OVNI luminoso	
23 DIC 85	Atlántico (barco)	Luces	—
1 MAY 88	Burlada (Navarra)	OVNI	—

CLAVES DE REFERENCIA

INF.E = Informe extenso
INF.M = Informe de extensión media
INF.L = Informe breve
inf. = Algún tratamiento
— = No se trató
* = Entregado a J. J. Benítez el 20 de octubre de 1976

Aunque no es el momento, como decía anteriormente, de desguazar y examinar esta curiosa «guía» de las Fuerzas Aéreas, quiero llamar la atención del lector acerca de algunos sabrosos «detalles». Simplemente, para que vaya reflexionando sobre ellos.

Por ejemplo: entre los cincuenta y cinco sucesos aquí mencionados brillan por su ausencia unos cuantos, tan espectaculares como conocidos por los estudiosos e investigadores. ¿Es que el Ejército del Aire estaba en las nubes —no quería hacer un chiste— cuando ocurrieron? Difícil de creer...

Por ejemplo: ¿por qué el interesante incidente del 19 NOV 76 (Fuerteventura y G. Canaria) aparece, al final, con un signo de interrogación? ¿Es que los militares no saben si dicho informe obra en mi poder? ¡Qué divertido «misterio»!...

2. Consultadas las órdenes de guardia de la AGA (Academia General del Aire), el brigada Atanes, en efecto, aparece como titular de Mecánico de Pista para ese 5 de noviembre de 1965.

6

El disco que «adelantó» a los Sabres

Me he propuesto sincerarme y lo cumpliré. Puede que Oscar Wilde llevara razón cuando escribió que «un poco de sinceridad es una cosa peligrosa y que, en gran escala, resulta absolutamente fatal».

Correré el riesgo. De todas formas, diga lo que diga, sé que mis enemigos buscarán mi ruina...

En el caso que voy a exponer a continuación —cómo definirlo— subyace un hecho aparentemente trivial que, sin embargo, viene a reforzar la hipótesis «darnaudiana». Una curiosa circunstancia que, aun reduciéndola a lo que posiblemente es: una miniatura más en mi íntima colección de «sucesos extraños», me ha obligado a reflexionar. Y ya es mucho, en los tiempos que corren, que algo sea capaz de hacernos meditar. Ojalá el lector me acompañe en ese saludable ejercicio de interiorización.

La cuestión que, en definitiva, intento transmitir es tan ardua como difícil de verificar:

¿Quién actúa sobre la memoria del ser humano?

Los racionalistas —no sé si con fundamento— replicarán que la respuesta es obvia: «sólo el hombre y sus circunstancias».

Richter defendía que la memoria es el único paraíso del que no podemos ser expulsados. Y no digo que no. Pero ¿en verdad podemos creer que disfrutamos del control de ese paraíso? El problema se adorna con un ropaje tan familiar y cotidiano que, muy posiblemente, nadie se lo haya planteado en serio. ¿Cuántas veces culpamos a la vejez o, sencillamente, a nuestro saturado cerebro de esas inexplicables «lagunas mentales»?

Naturalmente, estoy contemplando a personas sanas y razonablemente equilibradas.

Pues bien, vayamos al hecho concreto, origen de estas elucubraciones.

Junio de 1978.

Servidor —para no variar— se hallaba enredado en diferentes pesquisas, todas relacionadas con los «no identificados» y, más concretamente, con experiencias ovni protagonizadas por militares.

Y el 19 de ese mes de junio —guiado por la casualidad (?)— mis impíos huesos fueron a parar a la base aérea de Gando, en Gran Canaria.

Allí, en una intensa jornada, conocí el suceso que narraré de inmediato: tres aviones militares —Sabres—, en junio de 1966, fueron «adelantados», eso sí, por la izquierda, por un resplandeciente disco.

Entre los amigos que asistieron a la conversación —según consta en mi cuaderno de campo— recuerdo a los siguientes oficiales de la Fuerza Aérea Española: Nacho Casado, Antonio Munaiz Ferro-Sastre, Fidel Galán, Manuel Bareño, López Palomar y el teniente coronel Crespo.

Y encelado con tan atractivo caso puse manos a la obra, iniciando la obligada localización de los pilotos. Y, ¡oh casualidad!, esa misma tarde, a las 14.30 horas, uno de los protagonistas tomaba tierra en el aeropuerto de Las Palmas. La Providencia suele permitirse estos lujos...

Dicho piloto había abandonado el Ejército del Aire y prestaba sus servicios en la compañía Iberia.

Y el comandante pasó a relatarme, con todo lujo de detalles, lo ocurrido aquella luminosa mañana de junio de 1966, cuando se disponían a aterrizar en Torrejón.

Y aquí surge lo desconcertante, motivo de las anteriores reflexiones.

Por razones que no he conseguido determinar con precisión —probablemente porque me desvié hacia otras investigaciones, ¿o fue, quizás, porque me «desviaron»?— el tema de los Sabres fue a caer en la oscura profundidad de mis archivos. E, inexplicable y misteriosamente, olvidado por completo. Y digo bien: borrado de mi memoria, a sangre y fuego, durante catorce años.

Lo lógico —suponiendo que la lógica tenga algo que ver

con el fenómeno ovni— es que, en tan dilatado tiempo, en mi frecuente trajinar con los miles de documentos que forman los mencionados archivos, hubiera tropezado más de una y más de diez veces con el informe en cuestión. Sobre todo cuando, en esos años, lejos de apartarme de los «no identificados», me volqué en una febril labor de difusión, publicando diez libros sobre el particular.[1] El caso era lo suficientemente importante como para haberlo incluido —con toda seguridad— en cualquiera de los trabajos que vieron la luz en esa época. Sinceramente, no puedo achacar tan monumental «olvido» a un simple fallo neuronal y, muchísimo menos, al azar. Estoy convencido de que «alguien» interceptó mis movimientos y mis escasas luces.

Sin embargo, cuando esa o esas inteligencias que gobiernan los hilos del Destino lo estimaron oportuno, el dossier estalló en mis manos como una granada. El «hallazgo» tuvo lugar a principios de 1992 cuando, como ya he referido, me decidí (?) a mostrar a la sociedad lo que han visto y lo que saben los militares. Ni antes ni después. En el momento justo.

Y aunque debería estar curado de espantos, el reencuentro con aquel amarillento informe me dejó perplejo. Dicen que la capacidad de asombro es el termómetro que marca la verdadera juventud del ser humano. Pues bendito sea el Padre de todos los cielos por semejante regalo.

Y cierro el paréntesis. Que cada cual saque las conclusiones que considere conveniente.

Y vamos con el encuentro ovni propiamente dicho.

Esta vez la localización de los dos pilotos restantes no fue muy laboriosa. Sólo uno continúa en la Fuerza Aérea. Hoy es general. Y en beneficio de este último he decidido ocultar las respectivas identidades, así como la fecha exacta del incidente. La razón es simple: que yo sepa, no hubo informe oficial. Y aunque es poco probable que pudieran ser molestados, si yo revelase ahora los nombres de los entonces capitanes del Ala de Caza N.° 6 y el día del suceso correríamos el riesgo de que alguien, de pronto, sintiera la tentación de abrir una investigación en toda regla. Guardar silencio sobre una experiencia ovni —actitud contraria a las normas— es bastante común entre los miembros de las Fuerzas Armadas. Y yo di-

Verano de 1966. Un resplandeciente disco «adelantó» a tres «Sabres» que volaban hacia la base aérea de Torrejón. (*Ilustración de J. J. Benítez*)

ría que perfectamente comprensible. ¿Qué significa «dar parte» de una incidencia ovni? Lo contrario a lo que podamos suponer: interrogatorios —a veces denigrantes para el testigo—, rellenar cuestionarios y oficios, sometimiento a tests médicos y psiquiátricos, dudas generalizadas entre los mandos superiores y, lo que es peor, quedar «marcados» y ser blanco de las burlas de los compañeros. Por no mencionar la muy alta posibilidad de perder los derechos de ascenso. Y no hablo de hipótesis. Sé de casos —en especial en las décadas de los años sesenta y setenta— en los que la visión de un ovni terminó arruinando más de una carrera.

En consecuencia, si la observación discurre en el estricto ámbito de las personas involucradas, no interviniendo, por ejemplo, radares, torres de control u otros observadores, es humano que los protagonistas enmudezcan. Como mucho, debido generalmente al impacto emocional que provoca el encuentro con uno de estos objetos, los testigos confiesan su experiencia a los círculos más allegados.

Pues bien, aquella mañana del verano de 1966, tres F-86 volaban en formación, rumbo a su base, en Torrejón (Madrid). El hecho, curiosamente, sucedió un año antes, poco más o menos, del célebre incidente de Montánchez —ya desclasificado— y que tampoco tiene desperdicio, tal y como veremos en el próximo capítulo.

El «adelantamiento» de un objeto volante no identificado se produjo hacia las once, en mitad de un cielo azul. Empleando el argot de los aviadores, en un vuelo de «sol y moscas».

El hoy general era el jefe de la escuadrilla. El ejercicio rutinario estaba a punto de concluir. Volaban a novecientos kilómetros por hora y a veinte mil pies de altitud (algo más de seis mil seiscientos metros).

Y llegando al «faro» de Torrejón, con rumbo oeste-este (90 grados), surgió algo insólito por la izquierda de los «cazas»: un enorme disco de color azul eléctrico, extraordinariamente brillante, con una luz propia semejante a la de la soldadura y sin ruido.

El objeto, desplazándose horizontalmente y al mismo nivel que los Sabres, les adelantó como si tal cosa y a una velocidad —según los atónitos pilotos— entre ocho y diez veces superior a la que ellos desarrollaban en esos momentos.

La observación —beneficiada por la excelente visibilidad— se prolongó por espacio de cinco o seis segundos. Y aunque ninguno de los reactoristas se atrevió a pronunciarse respecto a la distancia que les separaba del ovni, de lo que sí dan fe es de que era considerablemente más grande que sus F-86. El diámetro, como mínimo, alcanzaría los treinta metros. (Aquellos magníficos «cazas» tenían una longitud de 11,45 metros.)

«El disco —coincidieron los tres capitanes— era algo sólido. Metálico. Y no cabe duda de que se hallaba tripulado. El problema es por quién. ¿Podía tratarse de un avión experimental? Muy difícil. ¿Un prototipo redondo? ¿Silencioso? ¿Con una velocidad estimada entre siete y nueve mil kilómetros a la hora? ¿Sin indicativos ni banderas?

»Para que te hagas una idea, el Sabre no pasaba de 0,89 mach. Es decir, 1 072 km./h. Ése era el tope.»

Sin «indicativos ni banderas». Afilada matización. ¿Cuándo se ha visto que el ser humano no patente, encadene o etiquete sus propiedades? ¿Es el anonimato una flor oriunda de nuestro planeta?

«... Aquello —comentó uno de los pilotos— pudo hacer con nosotros lo que hubiera querido. Tanto la capacidad de maniobra como las seis ametralladoras de 12,7 milímetros y el misil Sidewinder del F-86 tenían que provocar la risa a los posibles tripulantes del disco.»

Los ex militares, prudentemente, no arriesgaron conclusiones. Servidor, en cambio, sí rematará la faena. A la vista de lo expuesto, sólo cabe una explicación: los perplejos capitanes del Ejército del Aire fueron «adelantados» por un artefacto «no humano».

Y aunque se me antoja una lamentable pérdida de tiempo, haré una breve concesión a la trasnochada teoría que, durante una época, estuvo de moda y que trató de solventar el misterio de los «no identificados», defendiendo que «estábamos ante armas secretas».

Si rusos o norteamericanos hubieran dispuesto en los años sesenta de ingenios aéreos como el descrito por los pilotos de los Sabres, ¿no estarían ahora —tres décadas después— plenamente operativos? ¿No los habrían utilizado en alguno de los muchos conflictos internacionales en los que han vencido o fracasado? ¿Por qué seguir volando, por ejemplo, el F-18, cuya velocidad máxima es de 1,8 mach (algo más de dos mil kilómetros por hora), si en 1966 disfrutaban de un aparato capaz de rondar los 8 mach... y sin estrépito?

En 1993, según noticias aparecidas en los medios de comunicación, uno de los secretos militares mejor custodiado (?) —todavía en fase experimental— era el relativo a los denominados aviones «invisibles» al radar. Un proyecto anunciado por Jimmy Carter y que sólo durante la era Reagan se materializó en prototipos concretos. Pero la fabricación y pruebas de dichos modelos no cuajarían hasta bien entrado el año 1982. Evidentemente, esto no cuadra con lo narrado por los aviadores de los Sabres. Hoy en día, incluso, la saga de los B-1, F-111, Stealth («Sigilo»), 117 —todos norteamericanos— o el Backfire ruso, por citar algunos aparatos con formas más o menos triangulares, no se asemejan, ni de lejos, al redondo, brillante y silencioso objeto de 1966. Por mucho que han maquinado, los ingenieros y expertos en aeronáutica no han conseguido eliminar la totalidad de las aristas en estos reactores «invisibles», elemento clave para burlar los radares enemigos. Por no mencionar el arduo problema que representa el camuflaje de los motores. Por cierto, ¿dónde se alojaban las toberas de aquel prodigioso ovni que «se dejó ver» en las proximidades de Torrejón?

Y aun aceptando la fantástica hipótesis de que el disco de 1966 fuera un arma secreta de las grandes potencias, ¿por qué iban a ensayar un ingenio de tan alta tecnología en un país como España y a las once de la mañana? Si no lo hacen con los mencionados aviones «invisibles», ¿se arriesgarían con un invento mil veces superior? ¿Y en plena «guerra fría»? Si el portentoso avión «circular» despegó y aterrizó en territorio español, o en países limítrofes, ¿cómo entender que los Estados Mayores de las Fuerzas Armadas nunca tuvieran conocimiento de un hecho de tanta trascendencia? Sólo el enunciado de estas incógnitas me parece ya ridículo.

Y más extravagante aún que alguien pretenda ampararse

en el «alto secreto» para explicar que un hecho así no haya trascendido. Como escribía La Fontaine en sus *Fábulas*, no hay nada que pese tanto como un secreto. Y si llevarlo lejos resulta difícil para las mujeres, en este aspecto conozco a hombres que son mujeres.

Y mire usted por donde cómo —sin proponérmelo— he ido a colocar el dedo en una de las úlceras del problema ovni. Porque es justamente esa envidiable tecnología —tantas veces exhibida por estas naves— la que ha justificado y sigue justificando la férrea cortina de silencio entre los militares y, por supuesto, su afán por capturarlas al precio que sea. Pero ésta es una historia que alguien —algún día— tendrá que exponer a la vergüenza pública.

NOTA

1. Entre 1978 y 1992 fueron editadas las siguientes obras, directamente vinculadas al fenómeno de los «no identificados»: *Tempestad en Bonanza*, *Encuentro en Montaña Roja*, *Incidente en Manises*, *El ovni de Belén*, *Los visitantes*, *Terror en la Luna*, *La gran oleada*, *Los astronautas de Yavé*, *La punta del iceberg* y *La quinta columna*. En esos catorce años aparecieron también los siguientes títulos de J. J. Benítez, indirectamente relacionados con los ovnis: *La rebelión de Lucifer*, la serie de los *Caballos de Troya*, *Sueños*, *La otra orilla*, *El Enviado* y *El misterio de la Virgen de Guadalupe*. *(Nota del Editor.)*

7

Juego sucio

3 de junio de 1967.

Un año después del caso de los Sabres.

Cuatro militares españoles —todos ellos pilotos de combate— intentan aproximarse a un ovni que ha sido detectado sobre la Península. Concretamente, en la vertical de Extremadura.

El suceso fue publicado en primicia en 1977, en mi libro *Ovnis: Documentos Oficiales del Gobierno Español.*[1] En un histórico 20 de octubre de 1976, el entonces general jefe del Estado Mayor del Ejército del Aire, Felipe Galarza, me hacía entrega de doce expedientes, confidenciales hasta esos momentos, en los que se aportaban pruebas incuestionables acerca del interés de los militares por los «no identificados». Mal que le pese a más de uno, aquélla fue la primera desclasificación ovni en la historia de España.

Pues bien, el informe sobre el encuentro de los reactoristas con el objeto que sobrevoló la Primera Región Aérea en junio de 1967 sumaba doce folios, mecanografiados a un solo espacio. Se trataba de la transcripción de las conversaciones sostenidas entre «Matador» (Escuadrón de Vigilancia Aérea N.° 2) y los pilotos que lucharon en vano por identificar al ovni. Después de un minucioso examen del texto —en el que participaron varios ex pilotos de «caza»— llegué a la conclusión de que los referidos diálogos habían sido intencionadamente mutilados. Y así consta en el mencionado libro. Pero he tenido que esperar dieciséis años para comprobar que acertaba en mis sospechas. Era Leopardi quien aseguraba que la paciencia es la más heroica de las virtudes, justamente porque no tiene ninguna apariencia de heroica.

¿Cómo descubrí que había sido burlado?

Curiosamente, por esos caprichos del Destino, otro 20 de octubre, pero de 1992.

Un jueves, día 8 de ese mes de octubre, se materializaba la segunda desclasificación ovni. Tras un largo y poco conocido proceso —al que espero dedicar en breve un nuevo volumen— los archivos de la Fuerza Aérea sobre los «no identificados» eran finalmente desvelados (?). Y de los sesenta y pico casos que —según fuentes oficiales— constituyen el citado archivo, vieron la luz pública un total de tres expedientes. Conviene aclarar que la actual mecánica de la desclasificación, llevada a cabo por los Servicios de Inteligencia del MOA (Mando Operativo Aéreo), contempla el riguroso estudio de cada uno de los informes ovni. Y sólo cuando han sido convenientemente «filtrados» son remitidos al Estado Mayor del Aire, donde sufren un nuevo y meticuloso examen antes de su definitiva aprobación. Todo esto —como habrá adivinado el lector—, además de ponernos en guardia respecto a la integridad de los casos, significa una apertura con «cuentagotas». Pero vayamos al asunto.

Como decía, el 8 de octubre de 1992 los tres primeros sucesos ovni, propiedad del Ejército del Aire, entraban en la biblioteca del Cuartel General, en Madrid. A partir de esa fecha —con los sellos de «desclasificado»— cualquier ciudadano podía consultarlos y fotocopiarlos. Pero servidor, enzarzado en lejanas investigaciones, no tuvo ocasión de aterrizar en dicho Cuartel General del Aire hasta el 20. Y a las diez de la mañana, en la Oficina de Relaciones Públicas, el entonces teniente David Libreros —hoy capitán—, con la eficacia y amabilidad que le caracteriza, depositaba en mis pecadoras manos los ansiados documentos. Sesenta y cinco folios. Los expedientes reflejaban las investigaciones secretas practicadas por el ministerio en torno a otros tantos avistamientos registrados en San Javier (agosto de 1962), Torrejón-Talavera (junio de 1967) y Canarias-Sahara (marzo de 1968).

En una nerviosa y rápida ojeada verifiqué y comprendí que el segundo dossier —«Torrejón-Talavera»— poco tenía que ver con aquellos remotos doce folios que me confió el providencial y siempre críptico general Galarza. A la luz de la recién inaugurada desclasificación, el incidente del 3 de junio de 1967 sumaba treinta y seis hojas. Posteriormente, con más calma, comparé ambos informes. Y fue entonces cuando detecté una de las partes censuradas en 1976. Hace dieciséis años, la mencionada transcripción de las conversaciones entre pilotos y el radar («Matador») constaba, como digo, de doce apretados folios. En el dossier desvelado en 1992, esa misma transcripción aparece en trece.

Interesante «aviso» a los navegantes...

¿Podía atribuir la mutilación a un descuido a la hora de organizar la documentación que me fue facilitada en 1976? Conociendo como conozco la escrupulosidad de los militares, sinceramente, no lo creo. Sobre todo cuando, en las líneas cuarta y quinta de ese folio que «nunca recibí», puede leerse algo que —con toda certeza— no debió gustar a la cúpula militar de aquella época. Y por eso lo suprimieron. Lo divertido es que el asunto ha pasado inadvertido a los actuales responsables de la desclasificación. Y es lógico que así sea porque el MOA, sencillamente, no ha cotejado la transcripción original con la que yo publiqué en *Ovni: alto secreto*. Y aunque el contenido de esas líneas se me antoja hoy de lo más pueril —la prueba es que el MOA no lo ha suprimido—, la pregunta es: ¿lo hubieran hecho de haber caído en la cuenta? Pero vayamos por partes. Tiempo habrá de volver sobre el significativo «lapsus» y los manejos —pasados y presentes— de los militares en el tema ovni.

Lo primero que llamó mi atención al leer el «nuevo» dossier del 3 de junio de 1967 fueron los dos folios que lo encabezan: un «resumen» y unas «consideraciones» sobre el caso en cuestión, firmados por el jefe de la Sección de Inteligencia del MOA. Toda una novedad. Y dado que constituyen una pieza de notable interés he optado por reproducirlos íntegramente. Podemos ver su contenido en las páginas 84 y 85.

Antes de entrar en harina recomiendo al lector que tome buena nota de los siguientes puntos, descritos en el «resumen» del MOA:

1. El reactor de entrenamiento T-33 —que recibe la peliculera designación de «Duende 20»— observa el ovni, por primera vez, cuando sobrevuela la localidad de Montánchez.

En esos instantes, el avión se halla a 22 000 pies de altura (FL 220). El objeto brillante —dice el texto redactado por Inteligencia— está situado «a las 11» (a la izquierda del morro del T-33) y a unos 5 000 pies por encima. Es decir, los dos pilotos que navegan hacia la base aérea de Talavera la Real, en Badajoz, estiman que el ovni se encuentra a 27 000 pies de altitud (alrededor de nueve mil metros).

2. Intentan alcanzarlo, pero el objeto se eleva.

3. Cada vez que el T-33 se sitúa bajo el objeto, las comunicaciones sufren interferencias.

4. El primer contacto radar lo establece el Escuadrón de Vigilancia Aérea N.° 3. Este EVA, ubicado en la localidad sevillana de Constantina, «ve» cómo el ovni «orbita» en la zona de Talavera. Atención a esa palabra. «Orbitar», al menos en mi pueblo, quiere decir que «da vueltas».

5. Diecinueve minutos más tarde, el EVA N.° 2 (situado en Villatobas, Toledo) «caza» un doble eco en sus pantallas. Es decir, registra la presencia en los cielos españoles de dos objetos volantes no identificados.

6. Los Sabres (F-86) que despegan de Torrejón —con los nombres claves de «EL-01» y «EL-02»— confirman el «nulo desplazamiento horizontal» del ovni.

7. Según el testimonio de los cuatro reactoristas, el objeto presenta una luminosidad más intensa en su extremo opuesto al sol.

Y un último «detalle», expresado por el MOA en las «conclusiones» y que, como veremos más adelante, entra en aparatosa contradicción con lo manifestado por sus propios compañeros militares: pilotos y controladores de radar, por no mencionar a los testigos civiles que se hallaban en tierra. En el penúltimo párrafo, el jefe de Inteligencia da por concluido el asunto con una discutible sentencia: «... Con las lógicas reservas, tanto la impresión general de los pilotos como el comportamiento y forma del objeto inducen a pensar que se trató de un GLOBO SONDA.»

La verdad es que he tenido que hacer un notable esfuerzo de voluntad para no entrar —ahora mismo— al trapo de esta desconcertante conclusión. Pero entiendo que resulta más ecuánime conocer primero los hechos —tal y como ocurrieron y en su totalidad— y las opiniones de los protagonistas, narradas por ellos mismos. Al final, supongo, estaremos en condiciones de valorar la «sentencia» del MOA con un mínimo de imparcialidad.

Y ya que lo menciono, ¿qué mejor imparcialidad que arrancar con las manifestaciones incluidas en este expediente recién desclasificado? Seleccionando las más importantes nos encontramos, por ejemplo, con lo siguiente:

MANDO DE LA DEFENSA AÉREA

INFORMACIÓN RELATIVA A UN OBJETO NO IDENTIFICADO

Torrejón, 8 de junio de 1967.

El pasado día 3 del presente mes y año, sobre las 16.20 horas Z, en las inmediaciones de Badajoz, fue visto en el espacio un objeto extraño por los Capitanes ——— y ———,[2] *que pilotando un T-33 (Duende-20) de la Escuela de Reactores de Talavera, procedentes de Torrejón se dirigían a aquella base. Próximos a su destino pudieron divisar un objeto brillante y desconocido, circunstancia que comunicaron a Matador (W-), quien, unos minutos más tarde (1659 Z), ordenó el despegue de una pareja de F-86F (EL-01) de la Base de Torrejón. Estos dos aviones fueron pilotados por el Teniente —y el Sargento—, ambos pertenecientes al 102 Escuadrón.*

De los informes hasta ahora recibidos en este Mando de la Defensa que fueron emitidos por aquellas personas que directamente tomaron parte activa en los hechos, se deduce:

1.° La existencia real de un objeto extraño en el espacio, que fue hallado sobre las proximidades de Badajoz.

2.° Este objeto no ha podido ser debidamente identificado por ninguno de los cuatro pilotos que lo vieron.

3.° Los tres aviones que volaron en torno al objeto, lo hicieron siempre por debajo; ninguno logró alcanzar la altura a que se hallaba aquél.

4.° Existen diversidad de criterios en cuanto a la forma del objeto desconocido. Parece ser que aparentemente variaba de forma según variase la posición relativa del observador con respecto a él.

CONFIDENCIAL

MANDO OPERATIVO AEREO	ESTADO MAYOR SECCION DE INTELIGENCIA

AVISTAMIENTO DE FENOMENOS EXTRAÑOS

LUGAR: -AVIONES EN VUELO SOBRE MONTANCHEZ (BADAJOZ)

FECHA: -1967 / día 3 de Junio

RESUMEN:

- DUENDE 20 (1 T-33 de la B.A. de Talavera, con 2 pilotos) despe a las 15:55Z de Torrejón con destino a Talavera. Al llegar a vertical de Montanchez (FL 220) observan un objeto brillante, a l 11 y unos 5000' por encima. Intentan llegar a su altura sin lograrl teniendo la impresión de que el objeto se elevaba también, aunque de forma constante. En dos ocasiones notaron fuerte interferenc radio al pasar bajo la vertical del objeto. La movilidad horizont era escasa o nula.

A las 16:26Z el EVA 3 tiene contacto radar con un objeto qu aparentemente, orbita en la zona de Talavera. Como el T-33 estaba contacto con el EVA 2, el EVA 3 se mantuvo a la escucha durante to el tiempo, sin intervenir.

A las 16:45Z el EVA 2 tiene contacto radar con el objeto, c doble eco en la pantalla de altura .

A las 16:59Z se ordena scramble a EL-01/02 (2 F-86 de Torrejó provistos de película. Llegaron a su vertical, repitiéndose sensación de cambios en la altura del objeto y su casi nulo desplaz miento horizontal.

Tanto unos como otros coinciden en el aspecto cambiante d objeto: color gris claro, muy brillante, con forma de balón deformad pirámide, dos conos unido por la base, etc. según el ángulo de visió En general coinciden en la posibilidad de que se trata de un glob aunque en ocasiones les parece que no, debido sobre todo a luminosidad mas intensa en el extremo opuesto al sol.

De las fotografías obtenidas solo figura 1 positivo de muy ba calidad: solo se aprecia un punto luminoso a las "2" del visor.

En el expediente figuran las declaraciones de todos los partici pantes, así como la transcripción de la cinta con las comunicacione entre EVA 2 y los distintos aviones. Ni la cinta original, ni la copi que se cita en el expediente, han sido remitidas al MOA.

Tanto el T-33 como los F-86 se recuperaron por combustible si poder aportar datos mas concretos sobre el fenómeno.

CONSIDERACIONES

- La doble detección radar (EVAs 2 y 3) hacen innegable la presenci de un objeto físico sólido, de desplazamiento horizontal muy lento.

- La apreciación de bruscos cambios de altura puede deberse a una apreciación subjetiva inducida por los cambios de forma (posibles cambios adicionales de tamaño aparente) y no está corroborada por datos extraidos del radar de altura, por lo debe aceptarse con ciertas reservas.

- El expediente no ha sido completado con consultas a los organismos que podrían ser causantes de la presencia de un globo en la zona.- A partir de la recuperación de los interceptadores, el eco fue clasificado como "amigo", por lo que no consta el "seguimiento de traza" ("overlay") posterior.

ASPECTOS DESTACABLES: Eco radar, posibles cambios bruscos de altura, aparente interferencia radio en su vertical, cambios de forma.

Con las lógicas reservas, tanto la impresión general de los pilotos, como el comportamiento y forma del objeto, inducen a pensar que se trató de un GLOBO SONDA.

En el contenido del expediente no se observan aspectos que hagan recomendable que continue su clasificacion como CONFIDENCIAL.

PROPUESTA DE CLASIFICACION: SIN CLASIFICAR

Torrejón, a 1 de Julio de 1992

EL JEFE DE LA SECCION DE INTELIGENCIA

5.° El desplazamiento horizontal del objeto debió ser muy lento o nulo en el largo espacio de tiempo que fue observado.

En el segundo apartado de este importante documento se aprecia ya una grave colisión con la mencionada «sentencia» del MOA. Pero sigamos avanzando. También los testimonios de los respectivos jefes de los radares que participaron en el seguimiento del ovni tienen su «miga». El primero que aparece en el dossier hoy desclasificado lo firma el teniente coronel jefe del EVA N.° 2, en Toledo. Lo que la Sección de Inteligencia ha estimado oportuno entregar a la opinión pública dice textualmente:

ESCUADRÓN DE ALERTA Y CONTROL NÚM.

INFORME RELATIVO AL «INCIDENTE» OCURRIDO EL DÍA 3 DEL ACTUAL

CAUSA: Aparición de un objeto extraño, no identificado, en el espacio de responsabilidad del Escuadrón de Alerta y Control N.° 3.

DESARROLLO:

- *A las 16.28 Z,[3] el Duende 20 (E-15) que procedente de Torrejón se dirigía a Talavera con nivel 300[4] comunicó a Matador[5] que observaba en posición JK 22[6] y sobre él a unos 50 000 pies, un objeto muy brillante de forma extraña.*
- *A las 16.37 Z, el piloto del avión citado fijó la forma del objeto en triangular, brillando más su parte opuesta al sol.*
  Matador lo comunica a Pegaso[7] pidiendo autorización, que le es concedida, para efectuar una interceptación. El Duende 20 mientras tanto orbita sobre el área comprendida a unas 30 millas de BZ, cuadrículas KJ y JJ.
- *A las 16.59 Z, despega la pareja EL-01, provistos de cámaras fotográficas.*
- *A las 17.03 Z, obtiene Matador contacto radio/radar con los EL-01, que se encontraban en LK 45.*

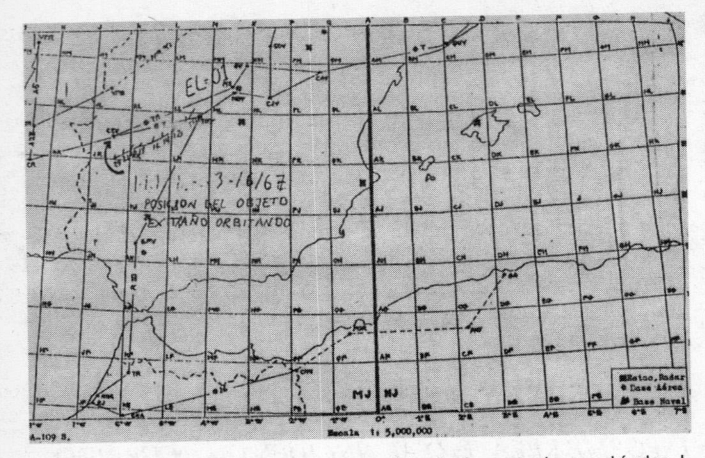

Gráfico procedente del EVA n.º 2 (Matador). La flecha, entre las cuadrículas J-J y J-K, marca la posición del ovni, orbitando hacia la derecha. En las cuadrículas contiguas (L-K, K-K y J-K), la trayectoria y los tiempos del «caza» EL-01.

Traza confeccionada por el radar de Constantina (Sevilla). Las líneas continuas señalan las «aerovías». En las cuadrículas K-K y J-K aparecen dibujadas las posiciones del ovni con los correspondientes tiempos: 26, 27, 28 y 31 minutos. El 33, encerrado en un círculo, significa que el objeto ha sido «reclasificado». Es decir, se ha cambiado de «amigable» a «desconocido».

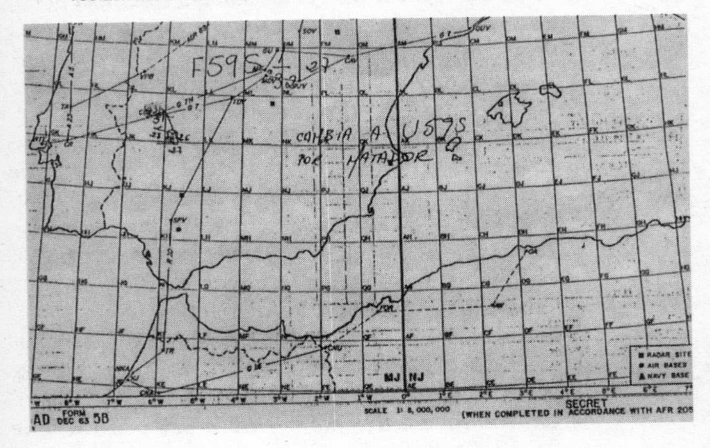

—A las 17.24 Z, consiguen contacto visual los EL-01 con el objeto desconocido (clasificado F 598 por Bolero)[8] *y Radio y visual con el Duende 20.*
El EL-01 asciende a 30 000 pies y el 2 a 42 000 pies, sin lograr acercarse al citado objeto que asciende.
—Tomadas fotografías los EL intentan durante 20 minutos su interceptación sin conseguirlo.
—A las 17.24 Z, el Duende 20, por orden de Pegaso se dirige a Talavera, donde toma tierra sin novedad a las 17.32 Z.
—Las comunicaciones utilizadas fueron: canales Defensa Aérea Común y Central Monitor.
Se adjuntan:
—Cinta magnetofónica (la original se ha pasado a una normal para facilitar la escucha).
—Conversaciones registradas en dicha cinta.
—Registro de trazas.

Villatobas, 5 de junio de 1967

EL TTE. CORONEL JEFE DEL ESCUADRÓN
[*En el escrito aparece la firma —censurada— y el sello del jefe del EVA*]

Al repasar este informe me ha asaltado una punzante duda. ¿Por qué el teniente coronel jefe del radar de Villatobas no hace mención del contacto registrado en la pantalla de altura?

Un hecho tan interesante —con un doble eco— debería figurar en la relación que envía al Mando de la Defensa. Prueba de ello es que el MOA lo incluye en su «resumen»:

«... A las 16.45 Z —escribe el jefe de la Sección de Inteligencia— el EVA 2 tiene contacto radar con el objeto...»

¿Fue censurado? Y en caso afirmativo, ¿por qué? ¿Incluía esa información de «Matador» otros «detalles» comprometedores que hubieran dado un giro al suceso? Lo extraño, sin embargo, es que la noticia clave sí ha sido respetada en esta segunda desclasificación. Si uno lee la transcripción de las conversaciones entre los pilotos del T-33 y el radar puede observar que, en el folio tercero, a las 16.45 horas, EVA 2 anuncia con perplejidad la aparición de un segundo ovni. Veamos el texto en cuestión:

16.45 Z.	*Matador*	—*DU-20 Para su información, ahora van 2 F86 ya a su encuentro.*
	DU (Duende)	—*Recibido, muchas gracias.*
	Matador	—*DU-20 No tiene película a bordo.*
	DU	—*Negativo no tenemos nada.*
	Matador	—*De acuerdo, los 2 F86 estos llevarán película para filmarlo.*
	DU	—*Recibido.*
	Matador	—*Para su información en nuestra pantalla de altura salen 2 objetos, tiene usted algún avión en sus inmediaciones.*
	DU	—*Negativo, puede ser que estoy cerca de la Aerovía.*
	Matador	—*Pues aquí el único objeto que nos sale es el de Vd y nos salen 2 objetos en la pantalla de altura, en la de exploración 1, en la de altura 2.*
	DU	—*Dígame si ese objeto está aproximadamente en rumbo 090*[9] *uno con relación al otro 270 y 090.*
16.49 Z.	*Matador*	—*Eso estamos mirando ahora.*
	DU	—*El DU-20 va virando a la derecha.*
	Matador	—*Roger,*[10] *el objeto este lleva unos 2 mil pies más bajo que ustedes.*
	DU	—*No, no, éste lleva muchísimos más entre nosotros y ellos tienen muchísimos más, yo le calculo cerca de 50 000 pies.*
	Matador	—*Recibido.*

¿Se trata de un despiste del MOA? Algún día lo averiguaremos. Lo cierto es que —según consta en la cinta grabada por EVA 2—, en un determinado momento, en el espacio aéreo español fueron detectados dos objetos no identificados. Uno a cincuenta mil pies o más, con rumbo 270 (oeste) y el segundo —importantísimo— volando en dirección contraria (090 grados: este) y a seiscientos metros por debajo del T-33.

Curioso. Muy curioso. Sobre todo, a la hora de valorar si estamos o no ante un «globo sonda»...

Pero no adelantemos acontecimientos.

Conozcamos ahora el segundo informe radar, tal y como nos ha sido entregado por el Estado Mayor. Dice así:

EJÉRCITO DEL AIRE

ESCUADRÓN DE ALERTA Y CONTROL NÚM.

INFORME RELATIVO AL OBJETO CLASIFICADO COMO F-59S EL DÍA 3 DE JUNIO DE 1967

A las 16.26 se detectó un eco Radar en la Zona de Talavera, siendo clasificado por Bolero como F59S, con rumbo oeste. Parecía estar haciendo órbitas en esta Zona.

A las 16.37 Z, se recibe comunicación de Matador indicando que el Duende 20, un avión T-33, tiene a la vista un objeto extraño muy brillante.

A las 16.55 Z, comunica Matador que han hecho Scramble[11] *de dos F86F (Eco Lima 01)*[12] *para interceptar el objeto visto por el Duende 20 y que Bolero esté a la escucha porque parece ser que al ponerse el avión en la Vertical del objeto se interfieren las comunicaciones.*

A las 17.22 Z, Bajo Control Matador los EL 01, interceptan al objeto y dicen que tiene forma piramidal y que sube y Baja.

Fue clasificado por Matador como U 59 S,[13] *hasta ser interceptado por los EL 01.*

El Jefe de Equipo de Pegaso informó por Teléfono más adelante que se volviese a clasificar AMIGO y que no se le tuviese en cuenta para nada.

El Overley[14] *que se adjunta no fue hecho en el momento del vuelo sino que ha sido confeccionado con los datos sacados de las Hojas de Recorder.*

Las marcaciones que figuran en estas hojas son:

Como F59S	*16.26 — KK-11*
	16.28 — JK-52
Como U59S	*17.27 — KK-10*
	17.31 — KK-04
	17.33 — JK-54

No se tiene registrado nada en cinta magnetofónica ya que Bolero solamente permaneció a la escucha de la conversación que mantenían Matador y los aviones.

Constantina, 5 de junio de 1967

EL COMANDANTE DEL ESCUADRÓN
[En el documento aparece la firma y el sello del jefe del EVA N.º 3]

Y aunque ardo en deseos de empezar el duelo dialéctico con el MOA, debo seguir sujetando mis impulsos. Tal y como he expresado, primero conviene conocer la «versión oficial». ¿Qué escribieron los pilotos militares a las pocas horas del fallido encuentro con el ovni? Así reza la documentación desclasificada por el Ejército. Informe del teniente que pilotaba uno de los Sabres:

... SCRAMBLE EL PASADO DÍA 3 DE JUNIO[15]

Hora del Scramble 16.44
Hora de despegue 16.59

Estando en el barracón de alarma, me llamó el Cpt. ———, que estaba de servicio en el C.O.C.[16] *diciéndome que iban a tocar SCRAMBLE, para ir a identificar un objeto extraño que se encontraba al NE de Badajoz y que lo había descubierto un T-33 de la Base de Talavera.*

Efectivamente, a unas 30 NM.[17] *de distancia del objetivo empecé a verlo, presentándose como un círculo brillante con un tamaño algo mayor que la piper del visor del Sabre. Observando que dicho objeto cambiaba de altura, pero no se desplazaba.*

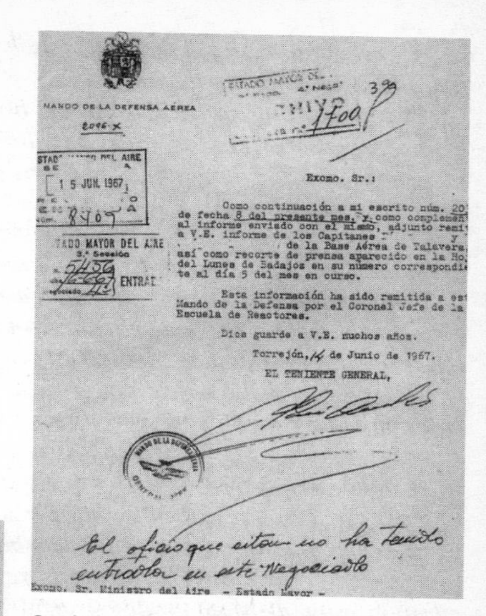

MANDO DE LA DEFENSA AÉREA

2096-X

ESTADO MAYOR DEL AIRE
15 JUN. 1967
8409

ESTADO MAYOR DEL AIRE
3.ª Sección
5456

ENTRADA

1700

Excmo. Sr.:

Como continuación a mi escrito núm. 20 de fecha 8 del presente mes, y como complemen al informe enviado con el mismo, adjunto remi a V.E. informe de los Capitanes y de la Base Aérea de Talavera, así como recorte de prensa aparecido en la Ho del Lunes de Badajoz en su número correspondie te al día 5 del mes en curso.

Esta información ha sido remitida a es Mando de la Defensa por el Coronel Jefe de la Escuela de Reactores.

Dios guarde a V.E. muchos años.

Torrejón, 14 de Junio de 1967.

EL TENIENTE GENERAL,

El oficio que citan no ha tenido entrada en este Negociado

Excmo. Sr. Ministro del Aire - Estado Mayor -

Según los pseudorracionalistass y pijoteros de siempre, «los ovnis no existen». Por eso el incidente del 3 de junio de 1967 llegó hasta las barbas del ministro del Aire...

¿Un «platillo volante» visto en Mérida?

El pasado sábado, sobre las siete y media de la tarde personas del mayor crédito, aseguran que vieron a gran altura un objeto luminoso que se cree pueda ser un "platillo volante". Fue visto en la plaza donde se halla el Parador Nacional de Turismo de Mérida. El objeto luminoso, estático al principio, se pensó pudiera un globo sonda, pero a gran altura era imposible y se descartó la idea. Dicen los testigos presenciales que se hallaba en posición nordeste y parecía metálico. En una hora avanzó como un metro. Su tamaño era superior a una estrella y a las ocho y media se veía con más nitidez y adquirió una forma triangular.

Numerosas personas —entre ellas varias autoridades— pudieron observar el fenómeno del que se decía pudiera ser un "platillo volante".

Interesante recorte de prensa, publicado por la *Hoja del Lunes* de Badajoz a las cuarenta y ocho horas del suceso. Ha sido incluido en el expediente oficial del Ejercito del Aire.

Conseguí una altura de 38 000 fts.[18] *y en los intentos de fotografiar dicho objeto, llegué a alcanzar los 41 000 fts.*

No puedo precisar el tamaño del objeto, aunque sí las distintas formas que tenía según el ángulo del que se mirase; éstas fueron: pirámide triangular, dos conos unidos por su base, un trapecio y una esfera.

En una ocasión estuve bastante cerca del objeto, pero en breve instante aumentó considerablemente su altura, calculándole que su intervalo de altura oscilaba entre 45 000/60 000 fts.

Tiré bastantes pies de película, aunque mi opinión particular es que no saldrá nada, debido a la distancia.

El color de dicho objeto era gris claro brillante, con la particularidad que cuando observé su forma de dos conos unidos por su base, el vértice más alejado del sol era el que brillaba con más intensidad. Requerí de Matador que me diera el viento en altura, en la zona en que nos encontrábamos, siendo éste de 50 kts.[19] *y sin embargo el objeto no se trasladaba, sólo variaba la altura.*

Cuando el combustible requería regresar hacia la Base, recibimos orden de Matador de recuperarnos dejando el objeto en el mismo lugar.

Mi opinión, es que no tengo idea de lo que pudiera tratarse. Quizás un globo,[20] *aunque me cuesta creerlo, desde el momento en que no se desplazaba teniendo un viento de 50 kts. Tampoco pienso que pudiera ser un objeto tripulado. En una palabra, no soy capaz de dar una opinión sobre lo que pudiera ser.*

Regresamos a Torrejón sin novedad, siendo la duración del vuelo de 1 h. 25 m.

Torrejón, a 5 de Junio de 1967

El teniente...

[*Firma y rúbrica censuradas por el MOA. Al pie del documento, el destinatario: ilegible* CORONEL JEFE DE INFORMACIÓN DEL MANDO DE LA DEFENSA. — TORREJÓN.]

Aunque conciso y sin literatura, el testimonio del piloto de combate resulta tan esclarecedor como sugerente. En ningún momento —como parece pretender el MOA— se inclina por la explicación del globo. Pero sigamos caldeando el ambiente...

¿Qué dice el informe del aviador que volaba el segundo «caza», el EL-02? Su lectura —para aquellos que mantienen los ojos bien abiertos— es igualmente sustanciosa. He aquí el texto, mantenido también en secreto durante veinticinco años:

[Ilegible]... SARGENTO D. PUNTO DE LA FORMACIÓN SACADA DE SCRAMBLE, LA TARDE DEL 3 DE JUNIO

Hora del SCRAMBLE 16.44
Hora de despegue 16.59

Aproximadamente a las 16.35 Z, recibimos una llamada de Pegaso, en la que se nos comunicaba que habiendo sido visto un objeto extraño al NE de Talavera por Duende, deberíamos salir, para comprobar su naturaleza.

A las 16.44 Z, tocaron SCRAMBLE real, tardando 15 m. en despegar, debido a que carecíamos de chasis para las cámaras de nuestros aviones. Puesta la traza[21] *dada por Matador, 240°,*[22] *comenzamos a divisar el objeto a 80 NM. de distancia, dando la impresión de una esfera luminosa, de color gris muy brillante, color que conservó durante toda la misión.*

Llegamos a la vertical del punto a [ilegible] 40 000 fts. estimando que aún nos faltarían 10 000 fts más para alcanzarlo. Permanecí a dicha altura, describiendo círculos a su alrededor, pero no siempre a la misma altura, puesto que en ocasiones me parecía que con sólo alargar la mano podría cogerlo, para al instante notar que había aumentado [ilegible] su [?] altura considerablemente. Su forma, dependía de nuestra posición relativa, ya que tan pronto lo veía como una pirámide [ilegible] base un trapecio, como triangular, e incluso la de un globo algo deformado. Me llamó la atención, que al contrario de lo que normalmente suele pasar cuando nos acercamos a un objeto, éste, no aumentaba su tamaño, estimando entonces que esto no podría ser más que, que la distancia por nosotros recorrida y la altura alcanzada, eran relativamente pequeñas con la que aún nos separaba, aunque insisto en que en ocasiones me parecía poder tocarlo con la mano. Esto del no aumento del tamaño lo considero de lo más interesante.

De cualquier manera, habiéndonos dicho que le sacáramos fotografías, lo intenté, y a pesar de haberme [ilegible]... parado [¿separado?] unas 50 NM. para hacerlo, tuve que poner a mi avión en una posición de morro de 30° sobre el horizonte, cosa que aunque al principio fue suficiente, un nuevo desplazamiento del objeto, hizo que tuviera que levantarlo otros 30° más sobre los que ya tenía. En esta posición saqué unos 15 fts.[23] *de película, siéndome imposible continuar, ya que debido a la posición del morro, me quedé rápidamente sin velocidad [ilegible] [¿empleando?] 4 000 fts. en recuperar mi velocidad, por lo que desistí [ilegible] [¿pues?] no habría tiempo de alcanzar nuevamente los 42 000 fts que tenía en el momento de sacarle las fotografías.*

Debido a las necesidades de combustible, tuvimos que abandonar la misión, recuperándonos sin novedad en Torrejón a las 1 h. 25 m de vuelo.

Resumiendo, me pareció un objeto de [ilegible] [¿material o naturaleza?] transparente o sumamente pulida, con mucho brillo, de multitud de formas, de tamaño de un balón de baloncesto, más brillante en la parte más alejada del sol y cuya altura estimo enorme y que no varió de tamaño en las 80 NM. y 40 000 fts que recorrimos desde que empezamos a tenerlo a la vista.

Torrejón, a 5 de Junio de 1967

El sargento
[La firma y rúbrica, en esta ocasión, han sido respetadas. ¿Descuido del MOA?]

En la redacción del sargento de «complemento» —dirigida al teniente coronel jefe de Información del Mando de la Defensa, en Torrejón— ni siquiera se menciona la hipótesis de un «globo sonda». Sí se alude, en cambio, a una serie de

En la imagen superior, el ovni del 3 de junio de 1967, dibujado por el hoy general Barrueco. «Era brillante como el aluminio y con dos líneas paralelas de gran intensidad luminosidad.» En la ilustración inferior, el mismo objeto, dibujado por el segundo piloto del «T-33», el general Tudó.

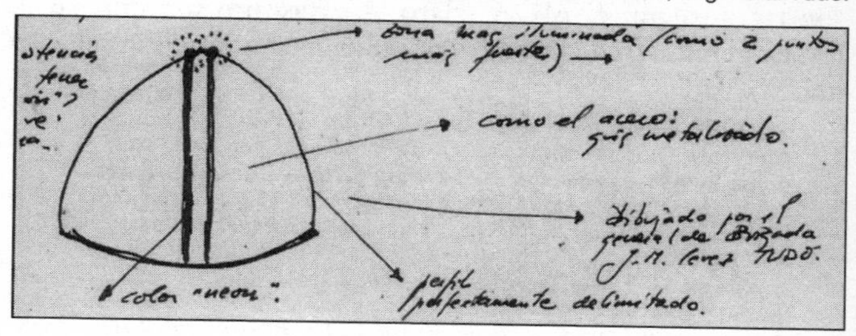

Un tercer dibujo, realizado por el piloto de la Escuela de Reactores de Talavera la Real, compañero de Barrueco y Tudó. Fue trazado hace veintiséis años, siguiendo las indicaciones de los testigos. La imagen es idéntica a la que me facilitaron los generales en 1992.

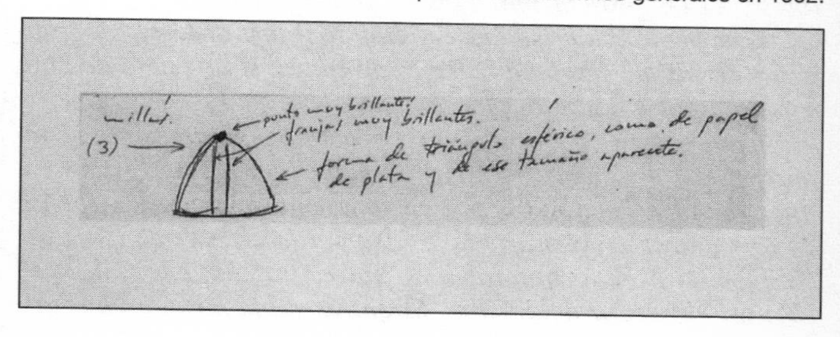

curiosas «circunstancias», ignoradas por el MOA al hacer balance del suceso. Eso, al menos, es lo que ha deducido este torpe investigador, cuya escasez de luces es sobradamente conocida. Pero dejemos el «fuego graneado» para el final del presente capítulo...

Y resta el último informe, elaborado por los militares que volaban el reactor de entrenamiento (T-33) y que fueron los que descubrieron el ovni, alertando primero a Matador, el radar de Toledo. El documento en cuestión fue enviado por el coronel jefe de la Escuela de Reactores de Talavera la Real, en Badajoz, al mencionado Mando de la Defensa. Y éste, a su vez, con fecha 14 de junio de 1967, lo remitió al ministro del Aire. (Véase reproducción del mismo en estas páginas.) Y hago notar que, a pesar de tratarse de un inofensivo «globo sonda» —según el MOA, claro—, el asunto terminó en la mesa del ministro... ¿Simple tramitación burocrática o «algo» más?

Demos lectura al escrito:

INFORME REMITIDO POR LOS CAPITANES DON ——— Y DON ———, SOBRE OBJETO NO IDENTIFICADO EN VUELO EL DÍA 3-6-67

Despegamos de Torrejón en un E-15 a las 16.55 horas locales, con destino a Talavera. [*Posible error de los pilotos. El despegue se produjo alrededor de las 16 h. Z.*] *El tiempo era tormentoso y no se pudo enlazar con Control Madrid en ninguno de los canales disponibles, haciendo la salida instrumental ordenada por el ATC,24 comunicamos no obstante el Punto Móstoles y TLD,*[25] *este último a las 17.10 horas locales.*

Una vez abandonado este radiofaro, fuera del Área de Control y en visual, habiendo alcanzado un nivel de vuelo de 260, comenzamos a descender lentamente.

Cuando nos encontrábamos aproximadamente sobre Montánchez y a un nivel de 220, observamos un objeto brillante a nuestras 11 a unos 5 000' por encima, en un principio se pensó en un paracaídas, descartada la idea por la altura que tenía decidimos subir para comprobar de qué se trataba, haciéndolo en círculos alrededor del mismo. Mientras subíamos notamos que el objeto iba aumentando de tamaño, pero en otra observación pudimos comprobar que la distancia ganada había desaparecido, pues el objeto estaba nuevamente a la misma distancia que al principio.

Se había alcanzado el nivel de 390 y no parecía que se ganara altura con respecto al objeto, decidiendo llamar a Matador en canal ———, pasando a canal ——— por no tener contacto en el anterior; una vez establecido éste le notificamos nuestra posición, que apoyada en el tacan[26] *de Torrejón era 120 millas en el radial de 240, y el objeto que teníamos a la vista. Matador preguntó que qué creíamos que era, y si sería necesaria la salida de la pareja de alarma; contestamos que podía ser un globo pero que por la forma y el brillo no lo parecía; Matador nos pidió, si podíamos y teníamos combustible, mantenernos en nuestra posición para mandar la pareja de alarma. Así lo hicimos, y mientras tanto, haciendo círculos por debajo, comprobamos que el objeto por la parte inferior tenía forma de triángulo esférico equilátero, de color plateado con dos líneas paralelas brillantes que iban de un vértice al centro del lado opuesto, este vértice asimismo tenía el mismo brillo que la franja y era el opuesto al sol.*

En dos ocasiones que pasamos por debajo del objeto nos quedamos sin transmisor, receptor e interfono debido a un ruido de fondo muy fuerte.

Mientras tanto la pareja de alarma vio el objeto, nos interceptó y debido a que teníamos 100 galones de combustible[27] *decidimos regresar a Talavera, abandonando nuestra posición a las 18.25 aproximadamente, enlazando con la torre y tomando sin novedad.*

[*Al pie del informe aparecen las dos firmas y rúbricas de los testigos, censuradas por el MOA*]

Dicen que la verdad precisa pocos argumentos. Y aunque los testimonios expuestos tienen el suficiente peso como para dudar de las «conclusiones» del MOA, quise apurar la información, interrogando personalmente a los principales protagonistas. Sé por experiencia que en los informes oficiales y en los fríos cuestionarios —a los que son tan aficionados los «eunucos» de la Ufología— raras veces se detallan sentimientos, sensaciones o la pléyade de matices y pequeños apuntes que, por supuesto, también dan forma a un suceso ovni.

Y arranqué con los pilotos del T-33, el reactor de entrenamiento. Los entonces capitanes son hoy generales de la Fuerza Aérea Española. Y ambos, a pesar de lo insólito de mi petición, accedieron a dar la cara, proporcionándome, incluso, sus correspondientes fotografías «de uniforme».

Sebastián Rodríguez-Barrueco Salvador y José María Pérez Tudó, en activo en el Ejército del Aire, colaboraron abierta y generosamente, autorizándome a entrevistarles cuantas veces creí oportuno.

Éste, en síntesis, es el resultado de esas conversaciones:

> ... No sé qué era aquello —expresó el general Barrueco—. Ahora bien, sí sé lo que no era. Y nadie puede convencerme de que se trataba de un globo sonda.
>
> ... Y también te digo que «aquello» nos tomó el pelo.
>
> ... El objeto, además, tuvo que bajar. Al día siguiente, en la prensa de Badajoz, pudimos leer una noticia muy interesante: el ovni había sido visto al atardecer y por numerosas personas de Mérida y su comarca.
>
> ... En varias ocasiones, cuando ascendimos tratando de darle alcance, el ovni dio un «tirón», subiendo a gran velocidad. Estaba claro que alguien o algo lo dirigía.
>
> ... ¿Y cuándo se ha visto un globo sonda o estratosférico con dos líneas o barras luminosas como el neón y uno de los vértices iluminado? Justamente, el situado en el lado opuesto al sol...
>
> ... En cuanto a las interferencias, siempre surgían cuando nos hallábamos debajo del objeto. Aquella especie de «carraspeo» era tan intenso como extraño. Ni siquiera nos escuchábamos dentro del T-33.
>
> ... Hasta ese momento nunca había creído en ovnis. Recuerdo una anécdota que, sinceramente, me ha hecho cavilar. El día anterior, viernes, yo había estado de capitán de cuartel en la base de Talavera la Real. Cogí una novela al azar y, mira por dónde, hablaba de extraterrestres. La leí y me dije a mí mismo: «¡Qué imaginación!» Pues bien, a las pocas horas ocurría lo que ya sabes...

También para el general Tudó aquel sábado, 3 de junio de 1967, será una fecha imborrable.

> ... La visión del objeto.— relató con todo lujo de detalles— permanece nítida en mi memoria. Nuestro primer comentario, al verlo en aquel cielo azul, fue el siguiente: «Mira cómo brilla esa estrella.» Pero inmediatamente comprendimos nuestro error. ¿Desde cuándo se ven las estrellas a plena luz?
>
> ... ¿Un globo sonda? Eso es una majadería. Cuando decidimos aproximarnos lo hicimos en amplios círculos, con el fin de no perder sustentación. Y al llegar a los treinta y seis mil pies, el ovni empequeñeció súbitamente. Era como si hubiera pegado un «tirón», colocándose a diez mil pies por encima de nuestras cabezas. ¿Qué globo puede hacer una cosa semejante?
>
> ... Estoy convencido de que las interferencias obedecían a un intenso campo electromagnético, provocado por el artefacto.
>
> ... ¿Y qué me dices de la potencia lumínica de aquel triángulo esférico perfecto? A las cinco y pico de la tarde, en pleno junio, cualquier luz habría quedado difuminada por la radiación solar. Sin embargo, lucía dos líneas o barras paralelas extraordinariamente brillantes. Y en el vértice del que arrancaban esos increíbles «tubos de neón» se distinguían también dos puntos de fortísima luminosidad. ¿Es esto propio de un globo?
>
> ... Por no hablar del viento. A la altura a la que se encontraba el ovni, las corrientes eran de cien kilómetros. Si las observaciones del T-33 y de los Sabres sumaron unas dos horas, ¿cómo entender que el supuesto globo meteorológico no se desplazara horizontalmente? Está en los informes: ni los radares ni los cuatro pilotos apreciamos ese tipo de movimiento. «Aquello» sólo subía y bajaba.

Si la fortuna estuvo de mi lado al entrevistar a los capitanes que pilotaron el reactor de entrenamiento, y también con el hombre que ordenó el «scramble», no puedo decir lo mismo de los aviadores que volaron los Sabres. Por más que lo intenté no aceptaron el diálogo. Y de acuerdo a mis propias leyes, he respetado su decisión, silenciando las identidades. En situaciones así procuro hacer mía la sentencia de Ovidio: «Si no posees un carruaje, camina a pie.»

[illegible]

Informe que presenta el Cap. D. [illegible] sobre objeto no identificado en [illegible] de 1961. (1)

[illegible]

Despegamos de Torrejón en un 615 a las 1655 hora local con destino a Talavera. [illegible] El transpondedor [illegible] y no se puede enlazar con [illegible] en ninguno de los canales disponibles, hacemos la salida instrumental ordenada por el ATC, comunicando no obstante el Punto [illegible] TLD, el cual [illegible] a las 1710 hora local. Una vez abandonado el radiofaro, [illegible] el Area de Control y en visual, habiendo alcanzado un nivel de vuelo de 260, comenzamos a descender. Cuando nos encontrábamos aproximadamente sobre [illegible] a un nivel de 270, observamos un objeto brillante a nuestras 11, [illegible] (2) [illegible] en [illegible] paracaídas, [illegible] la idea por la altura que tenía y distancia [illegible] cerciorarnos de que se trataba, [illegible] del mismo. Nosotros [illegible] notamos que el objeto iba aumentando de tamaño, pero en otro [illegible] que la distancia [illegible] por el objeto

[illegible] había alcanzado el nivel de 380 y no [illegible] a pasarla altura con respecto al objeto y [illegible] un llamamiento a Matador en canal 14, [illegible] a canal [illegible] por no tener contacto en el anterior canal; una vez [illegible] le notificamos nuestra posición y [illegible], que [illegible] en [illegible] de Torrejón [illegible] millas del radial 240, y el objeto que teníamos a la vista. Matador preguntó que qué creíamos que era y si era necesaria la salida de la pareja de alarma. Contestamos que podía ser un globo, pero que [illegible] por la forma y el brillo no lo parecía; Matador nos pidió, si podíamos y teníamos combustible, [illegible] en nuestra posición para mandar la pareja de alarma. Así lo hicimos y mientras tanto [illegible] por debajo [illegible] que el objeto [illegible] tenía forma de [illegible], de color plateado con dos [illegible] paralelas brillantes que [illegible] en su [illegible] al centro del lado opuesto, [illegible] el mismo brillo que la franja [illegible] (3)

En las ocasiones que pasamos por debajo del objeto [illegible] quedaban sin transmisión, [illegible] e interferencias debido a un ruido de fondo muy fuerte.

Mientras tanto la pareja de alarma vio el objeto, [illegible] (4) y debido a que teníamos 100 galones de combustible decidimos regresar a Talavera, abandonando nuestra posición a las 1725 aproximadamente, [illegible] lo [illegible] sin novedad.

Todo un documento para la pequeña gran historia de la Ufología. Posiblemente, el único borrador conocido de un informe ovni, redactado por pilotos, de la Fuerza Aérea Española.

Como decía, el encuentro con el hoy general de división Santiago San Antonio Copero sí constituyó un acierto pleno. Este afable militar —que en junio de 1967 desempeñó el cargo de capitán en el COC (Centro de Operaciones de Combate), en Torrejón— fue de gran utilidad en mis pesquisas. No sólo ratificó cuanto conocía y sospechaba respecto del ovni de Montánchez sino que, como veremos más adelante, tendría a bien proporcionarme algunos datos puntuales relacionados con otro polémico y no menos atractivo suceso: el del 15 de mayo de 1968.

«... En aquel verano de 1967 —explicó— me tocó ordenar el "scramble" que ya conoces. Y un año después, otro objeto no identificado me obligaba a sacar en alarma un "104". Y aun así, fíjate, sigo siendo escéptico. Pero también tengo que reconocer que allí arriba, en el caso del T-33 y de los Sabres, sucedió algo extraño. Nadie, en su sano juicio, puede dudar de la capacidad y de la seriedad de aquellos cuatro pilotos.»

Y alcanzado este peldaño de la historia, en beneficio de la verdad, no tengo más remedio que volver a encarar el increíble Destino. Porque, siempre al acecho, me reservaba otra sorpresa. En mayo de 1992 —es decir, en plena búsqueda de información del incidente protagonizado por Barrueco y Tudó—, un buen amigo y mejor investigador, el sevillano Julio Marvizón Preney, depositaba en mis poco recomendables manos un pequeño gran «tesoro»: el archivo ovni del comandante de aviación Antonio González Boado. Este pionero de la Ufología, desaparecido en circunstancias misteriosas el 1 de julio de 1969 cuando volaba sobre el Mediterráneo, había desplegado una intensa y fructífera labor de investigación y documentación en torno a los «no identificados». Y aunque no es el momento de desviarme hacia las pesquisas que he realizado y sigo realizando sobre la mencionada y nada clara desaparición del Grumman y sus siete tripulantes, lo cierto es que la coincidencia (?) fue providencial. Porque, entre los amarillentos y venerables papeles personales de Boado, fui a descubrir una serie de documentos inéditos, íntimamente vinculados al caso del 3 de junio de 1967. ¿Otra vez la casualidad? ¿Y en el momento justo?

Esas cartas, como digo, nunca, hasta hoy, habían visto la luz pública. Y vienen a confirmar —veintiséis años más tarde— lo manifestado por los testigos, así como el contenido del informe oficial del Ejército del Aire. Y entiendo que es justo y necesario darlas a conocer, demostrando por añadidura el magnífico talante de Boado como ufólogo. Un investigador en toda regla. Muy posiblemente, el primer militar español que tuvo la audacia —en los difíciles años sesenta— de indagar y preocuparse acerca de un tema casi maldito.

Lo primero que llamó mi atención, en relación al incidente de Montánchez, fue una misiva escrita por un compañero de Boado —también piloto de la Fuerza Aérea— y enviada desde la escuela de reactores de Talavera la Real en ese mismo junio de 1967. Enterado del caso, Boado debió solicitar información a este amigo. Y la respuesta —de inestimable valor por su carácter confidencial— no se hizo esperar. He aquí, en rigurosa primicia, el texto íntegro de la carta, así como los documentos que la acompañaron:

Querido Antonio. Ahí te mando ese papel, que es el borrador de un informe que han tenido que hacer los capitanes Pérez Tudó y Barrueco de un objeto no identificado que vieron el sábado pasado, 3 de junio, cuando venían de Madrid en un T-33.

Les pedí una copia pero ya lo tenían casi acabado a máquina y sólo tenían las dos copias que necesitaban. Este informe se lo han pedido de Madrid. Espero entiendas la letra. Porque me dieron el borrador que habían hecho. Le pedían que fuese lo más escueto posible. Así que donde te he puesto un número en rojo te lo ampliaré con lo que he hablado con ellos. En las palabras que creo se lee mal te la vuelvo a escribir arriba o debajo con mi letra.

(1) El nombre de los capitanes: José M.ª Pérez Tudó y Sebastián Rodríguez Barrueco.

(2) Creyeron estaba a unos 5 000 pies más alto y a unas 15 a 20 millas.

(3) (Incluye el dibujo del ovni y las anotaciones que se reproducen en estas mismas páginas.)

Estuvieron volando por debajo del artefacto como una hora aproximadamente, dando vueltas alrededor de él.

(4) La pareja de interceptores, vio el objeto desde unas 100 millas antes de llegar a él. Cuando llegaron vieron exactamente lo mismo, ya que no pudieron subir más alto. Según éstos y los del T-33 calculan que estaría el objeto a unos 50 000 pies de altura.

El GCI de Villatobas (Matador) que estuvo enlazado por radio logró cogerlo una vez en sus pantallas. Pero luego no, a pesar de seguir en el mismo sitio. Los dos Sabres le hicieron foto con la «ame foto». (No creo que haya salido mucho, ya que a esa distancia y apuntando al cielo no suele verse nada.)

Lo que más extrañaron éstos fue lo de los ruidos de la radio, cuando pasaban por debajo, que no podían aguantar y tenían que bajar el volumen del interfono al mínimo. (El interfono de este avión es muy claro y sin ningún ruido de fondo.) Y cuando salían de debajo se quitaba el ruido y ya podían hablarse y en la radio tenían que esperar un ratito después de pasar los ruidos para llegar a oír y hablar con Matador, como cuando enciendes el equipo y no se ha calentado aún, que aunque pulse el micro no sale la voz, ni oyes nada.

A la hora y pico se vio desde Mérida, según decía el periódico del día siguiente y daban la misma forma triangular. Pero lo que les extraña a éstos es que para que desde el suelo vieran la forma triangular tuvo que bajar, porque si no no lo hubiesen visto. Recuerdos a Blanca. Abrazos... Nos alegramos llegarais bien.

La carta fue complementada con dos folios —igualmente manuscritos— que, como anuncia el piloto de Talavera, constituían el borrador del informe que enviaron los capitanes del T-33 al Mando de la Defensa y que hoy puede leerse en el expediente desclasificado. El indudable valor histórico de los mismos me ha impulsado a reproducirlos tal y como los recibió Boado.

Segunda sorpresa. ¿Enésima casualidad? No para mí, que veo en el azar uno de los alias de Dios.

En el archivo ovni de Boado dormían el sueño de los justos otros providenciales documentos. Unos papeles —igualmente inéditos— que proporcionaban un nuevo giro al caso Montánchez. Una carta que, en definitiva, hacía buenos los argumentos avanzados por los pilotos del T-33 cuando —refiriéndose a la noticia publicada en la *Hoja del Lunes* de Badajoz— insinuaban la posibilidad de que el objeto hubiera descendido de nivel, situándose en cotas en las que los ciudadanos extremeños sí habrían podido distinguir su forma. Como se recordará, en la misiva enviada desde Talavera la Real, el compañero de Boado, tras conversar con los capitanes Barrueco y Tudó, le comunicaba textualmente: «A la hora y pico se vio desde Mérida, según decía el periódico del día siguiente, y daban la misma forma triangular. Pero lo que les extrañó a éstos [los pilotos del T-33] es que para que desde el suelo vieran la forma triangular tuvo que bajar, porque si no no lo hubiesen visto.»

Una interesante observación que tampoco fue tenida en cuenta por la Sección de Inteligencia del MOA y que deja malparada la célebre «conclusión» (globo sonda) que encabeza el expediente oficial.

Pero dejemos que los hechos canten por sí solos.

Un mes después del incidente —con fecha 5 de julio de 1967—, procedente de Getafe, llega a poder del malogrado Antonio González Boado Campillo el siguiente texto mecanografiado:

> Querido amigo: Hace días que quiero escribirte para darte una noticia que me llegó por casualidad. Es posible que no tenga ningún interés, pero eso tú que eres el especialista, lo decidirás.
>
> El mes pasado estuve cuatro días en Cáceres fumigando langosta con un helicóptero, y un día charlando en la Jefatura Agronómica, me preguntaron como aviador qué les podía decir sobre platillos. En resumen y lo interesante:
>
> El día 3 de junio de este año, el ingeniero agrónomo Felipe Casado, junto con el Ctn. Castillo Arévalo estaban en Santa Amalia de donde salieron con un helicóptero para Cáceres.
>
> Antes de despegar, a las 16 h. 15 m vieron una especie de disco blanco, algo más reducido que el sol, y que a este Felipe Casado le pareció según me dijo como si fuera un paracaídas, o sea como si fuera una media esfera, cóncava hacia ellos y a una altura que no podían precisar. Permanecía parado y luego se movía muy despacio. Empezaron a comentar la cosa

y unos chiquillos que había alrededor del helicóptero dijeron que era un cometa y ya no le prestaron más atención.

Lo curioso viene ahora. Éstos salieron de St.ª Amalia para Cáceres y tardaron bastante más de lo previsto porque tenían viento de cara que además siguió soplando el resto de la tarde y de la noche en la misma dirección.

A las 18 h. 00 m. en Trujillo, el ingeniero agrónomo Francisco Fernández estaba en los toros. Y me contaba, que todos vieron una cosa blanca redonda que pasó muy alta por encima de la plaza y que se paró y dio casi una vuelta a la vista de la plaza y se fue alejando muy despacio. Se corrió la voz de que era un globo y ya no le dieron importancia.

A las 20 h. 00, el hermano de este Francisco Fernández, también ingeniero agrónomo, vio sobre Cáceres un disco blanco que se desplazaba muy lentamente y por lo visto cundió la alarma de que se trataba de un platillo, porque la radio local, lo comentó y dijo que era un globo sonda lo que había alarmado a la gente.

Y ésta es toda la historia. Es posible que fuera un cometa y un globo, pero es mucha casualidad en el mismo día, y también es raro, es decir, imposible, que fuera el mismo, pues de tratarse de un globo, visto primero en St.ª Amalia, no podía caminar en contra del viento.

En fin, yo te lo cuento como me lo contaron, y las tres personas que te cito, no son entes raros ni incultos precisamente.

Te mando un croquis que hicimos con los sitios y las horas, las distancias y el viento.

Si tú puedes sacar algo en concreto porque coincida con otros detalles en otro sitio, me alegraría haberte proporcionado alguna información útil...

Con la comunicación se adjuntaba el mapa que reproducimos en la pág. 109.

La verdad es que siento rubor. Tener que comentar las «conclusiones» del MOA en un caso como éste me produce una incómoda sensación de vergüenza ajena. Sinceramente, no logro captar la intencionalidad del jefe de Inteligencia del Mando Operativo Aéreo de Torrejón al calificar el ovni de Montánchez de «globo sonda». ¿Fue ésa «la impresión general de los pilotos»? Está claro que no. Sus testimonios escritos o verbales no apuntan en esa dirección. ¿«El comportamien-

Los pilotos del «T-33» fueron los primeros en descubrir el ovni del 3 de junio de 1967.
(*Ilustración de J. J. Benítez*)

Antonio Gonzalez Boado, piloto de la Fuerza Aérea Española, misteriosamente desaparecido el 1 de julio de 1969 en la zona de Alborán, en el Mediterráneo.
(*Fotografía gentilmente cedida por la familia.*)

El hoy general del Ejercito del Aire José María Pérez Tudó, testigo de excepción del ovni de Montánchez.

to y forma del objeto inducen a pensar que se trató de un globo meteorológico»? ¿Por qué los responsables del levantamiento del secreto se han saltado, al más puro estilo torero, la información de meteorología? Con la lectura de la dirección y velocidad de los vientos habría sido suficiente para rechazar la hipótesis. Pero lo más increíble es que ese dato aparece, incluso, en las conversaciones entre «Matador» y los «cazas» (folio once). «A 40 000 pies —responde el radar de Villatobas a la pregunta de uno de los Sabres—, los vientos en esa zona son de cincuenta nudos (alrededor de cien kilómetros por hora) y de dirección noreste (rumbo 040).»

En caso de duda, el MOA podría haber reclamado el boletín diario del Servicio Meteorológico Nacional, confirmando las correctas apreciaciones de «Matador». En el sondeo de las 12 h. (TMG) para la región central, el centro de análisis y predicción de dicho Servicio Meteorológico Nacional estableció los siguientes valores para ese sábado, 3 de junio de 1967: a 300 milibares (alrededor de 10 000 metros de altitud), la dirección del viento fue 040 grados, con una velocidad de 35 nudos. A mayor altura —250 y 200 milibares—, rumbo y velocidad cambiaban a 050 grados y 40 nudos. Es decir, siempre procedentes del primer cuadrante (noreste).

Si el supuesto y extraño «globo» había seguido las leyes de la naturaleza —siendo arrastrado, como Dios manda, por los fuertes vientos procedentes de Cataluña—, ¿por qué se «detuvo» en la vertical de Extremadura? En pura lógica tendría que haber continuado hacia el sur. Sin embargo, no contento con esto, el milagroso globo se dedicó a hacer círculos sobre las cabezas de los extremeños. El informe del EVA N.º 3 (Sevilla) es inapelable: el objeto orbitaba en la zona de Talavera la Real (16.26 h. Z).

Pero el MOA se hace el sueco.

Ovnis observados desde tierra por el personal civil.

Los militares, sencillamente, esquivan este importantísimo capítulo. No consta en sus «conclusiones». Y es que, analizado con un mínimo de rigor, vuelve a vapulear la frágil teoría del «globo sonda». Para empezar, los datos meteorológicos tampoco cuadran con los movimientos de los objetos. Y como no me gusta hablar ni escribir de oídas, acudo nuevamente a la información sinóptica del referido Servicio Meteorológico Nacional. En su hoja complementaria número 154, referente al 3 de junio de 1967, dice textualmente:

«330. Synops de 00 h. (TMG): 41402
" " 06 h. " 01102
" " 12 h. " 20712
" " 18 h. " 40512.»

Que traducido al cristiano viene a decir:

En la región cacereña (330), las observaciones hechas desde el suelo y en las horas mencionadas arrojaron la siguiente información:

00 horas: nubes (4). En el argot meteorológico significa que el cielo aparecía cubierto en una proporción de 4/8. Viento (14). Es decir, de dirección este (140 grados). Velocidad del viento (02) equivalente a dos nudos.

06 horas: sin nubes (0). Viento (11) también de levante (110 grados). Velocidad (02).

12 horas: nubes (2). El cielo presenta nubosidad a razón de 2/8. Viento (07) procedente del primer cuadrante (070 grados). Velocidad de ese viento (12): doce nudos.

18 horas: nubes (4). Otra vez se cubre a 4/8. Viento (05). Sigue manteniéndose del este (050 grados). Velocidad (12).

Estas mediciones, como digo, corresponden a 1 000 milibares (nivel de superficie terrestre) y no deben ser confundidas con las señaladas para los vientos en altura, aunque prácticamente son coincidentes en cuanto a direccionalidad.

Pues bien, si entre las 12 y las 18 horas (TMG) los vientos soplaron del noreste, rolando en Extremadura y Andalucía hacia el sureste, ¿quién es el guapo que explica el anómalo comportamiento de los «globos» divisados desde Santa Amalia, Trujillo, Cáceres y Mérida?

Si el viento empujaba del primer cuadrante, ¿qué clase de globo podría permitirse la audacia de trazar casi un círculo en la vertical de la plaza de toros de Trujillo? ¿Y cómo entender que otros tantos «globos» fueran a inmovilizarse sobre Cáceres o Mérida? En esta última población —para consternación de los meteorólogos—, el chisme permaneció estático durante una hora.

Y el MOA sin enterarse. ¿O sí lo sabía?

Pero seamos condescendientes. Imaginemos, por un momento, que el objeto principal (?) —el que provocó el «scramble»— fuera, en efecto, un ejemplar de tipo estratosférico. En ese supuesto, si el viento en altura llevaba rumbo 040, ¿por qué no fue captado primero por los radares militares de Calatayud o El Paní, en Gerona? En buena ley, si el supuesto globo había sido lanzado por los franceses —los españoles no disfrutábamos entonces de tales lujos—, lo lógico es que los mencionados EVA lo hubieran «cazado» antes que los Escuadrones de Vigilancia Aérea de Toledo y Sevilla.

Pero hay más, para sonrojo de los autores de la desclasificación.

Como saben meteorólogos y operadores de radar —y quiero suponer que los militares del MOA—, estos artefactos meteorológicos, que pueden medir entre sesenta y cien metros de longitud, estaban fabricados con una especie de goma difícilmente reconocible por el radar. De hecho, sus «primos hermanos» —los llamados globos sonda (de 1,5 a 2 metros de diámetro)— arrastran una pequeña red metálica, que cuelga del globo y que sirve, justamente, para el seguimiento radar de dichas sondas. En los modelos estratosféricos ocurre algo similar.

Y en el colmo del despiste (?), en el primer párrafo de las «consideraciones», el MOA deja clara «la innegable presencia de un objeto físico y sólido, de desplazamiento horizontal muy lento». Las contradicciones, poco a poco, van adquiriendo un carácter escandaloso. Y es que, como decía Quintiliano, el manipulador ha de poseer una buena memoria.

Tampoco el término «estratosférico» —que define a esos globos que trabajan a gran altura— parece haber inquietado a los expertos del MOA. Me explico.

Estos ingenios están concebidos para moverse por encima de la tropopausa. O sea, a partir de los doce o quince mil metros. Pues bien, si bajan de nivel —por la razón que sea—, es casi imposible que vuelvan a subir. ¿Cómo explicar entonces los «tirones» descritos por los aviadores? A no ser, claro está, que no se tratara de un globo estratosférico y sí de Mary Popins.

Y vamos con otro «detalle», olímpicamente despreciado por los analistas de la Inteligencia militar.

¿Dónde encaja ese segundo ovni captado por el radar de Villatobas? ¿Por qué no aparece en las «conclusiones» del MOA? ¿No interesaba?

Mientras el rebelde «globo sonda» que permanecía a gran altura desafiaba vientos de cien kilómetros por hora, el que circuló a unos seiscientos metros por debajo del T-33 desarrollaba un rumbo contrario al viento. Obviamente era más cómodo «olvidarse» de tan espinoso tema. Además, revisando los horarios, uno comprueba que este fugaz objeto que voló en dirección este fue detectado por el EVA N.° 2 pocos minutos antes (16.49 Z) de la masiva observación registrada desde el coso taurino de Trujillo (17 h. Z). «Una cosa blanca y redonda —rezaba la noticia— que se detuvo sobre la plaza, trazando casi un círculo.» Y a las 16.26 Z, no lo olvidemos, «Bolero» (el EVA N.° 3) descubría en esa misma área un eco «que orbitaba». En el fondo comprendo a la gente del MOA. Demasiados círculos y globos estratosféricos para una sola tarde...

¿Y qué decir de las interferencias sufridas por el reactor de entrenamiento?

Hay que estar muy mal informado para culpar a un humilde globo sonda.

Pero continuemos con las sabrosas «consideraciones».

¿Por qué la Sección de Inteligencia no menciona la singular y potente iluminación que lucía el supuesto globo?

Todas mis consultas a meteorólogos han resultado negativas. Nadie logra explicar el cómo y el porqué de esas dos «barras» paralelas, brillantes como tubos de neón. Y mucho menos, la intensa luz en el vértice «opuesto al sol».

¿Para qué darle vueltas? El dicho taurino está en lo cierto: «lo que no puede ser, no puede ser y, además, es imposible».

Simplemente: no existen globos estratosféricos tipo «feria de abril de Sevilla».

Y abro un paréntesis.

Más de uno estará rumiando para sus adentros que quizás soy excesivamente duro en los juicios sobre los responsables de esta segunda desclasificación ovni. La verdad es que procuro ajustarme a los hechos. Pero, aun así, si alguien demuestra que voy descaminado, rectificaré. A lo que no estoy dispuesto —como predicaba Lessing— es a equivocarme por miedo a equivocarme. Que tenga la fortuna de contar con excelentes amigos entre los miembros de las Fuerzas Armadas —algo que me enorgullece— no significa que deba sepultar mis opiniones. Caro, el prosista y traductor de la *Eneida*, afirmaba con razón que «sólo al amigo y al sabio se les puede decir libremente cualquier cosa». Y en ello estoy. Y espero y deseo que los hombres del MOA —algunos me honran con su amistad— sepan encajar esta sinceridad y hagan suya, con deportividad, la sentencia de André Maurois: «Nos place la franqueza en aquellos que nos quieren bien. En los extraños, esa actitud se llama insolencia.»

Cerrado el paréntesis, al hilo de esa sinceridad, debo confesar que no consigo entender la demoledora seguridad que irradia el MOA en sus «conclusiones». Y me remito al informe del Mando de la Defensa, redactado el 8 de junio de 1967. Es decir, cinco días después del suceso. Si en dicho texto —presente en el expediente desclasificado— los militares que vivieron de cerca el caso Montánchez reconocen que «el objeto no ha podido ser debidamente identificado», ¿a santo de qué la Sección de Inteligencia les enmienda la plana y —¡veinticinco años y un mes después!— sentencia el dilema, reduciendo el complejo incidente a la simple visión de un «globo sonda»?

De acuerdo a mis cortas luces sólo caben dos respuestas.

Primera: los oficiales que han estudiado con lupa el informe original son unos incompetentes.

Rechazo de plano esta posibilidad. Conozco su formación técnica y humanística —todos son pilotos de combate— y no acepto que carezcan de la información necesaria y, mucho menos, de sentido común. Estos profesionales del aire, justamente, son fríos, equilibrados, racionales y dueños de unos reflejos mentales envidiables.

Segunda: por razones ajenas a ellos mismos —cumpliendo órdenes en definitiva— se han visto obligados a inclinar las «conclusiones» hacia un terreno convencional («globo sonda») que, a buen seguro, en lo más íntimo, tiene que parecerles tan ridículo como a cualquier mortal medianamente in-

Sebastián Rodríguez-Barrueco, hoy general de la Fuerza Aérea Española, junto a un «T-33».

El teniente David Libreros, de la oficina de Relaciones Públicas del Cuartel General del Aire, con los primeros expedientes ovni desclasificados en octubre de 1992. (*Foto de J. J. Benítez*)

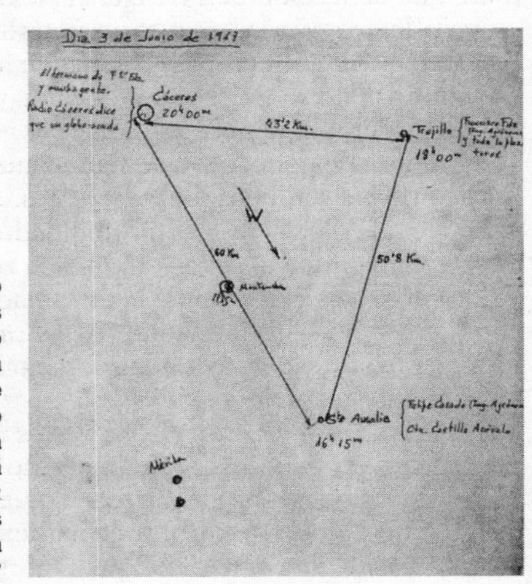

El rústico pero significativo croquis conservado por Boado pone de manifiesto la imposibilidad de que le ovni fuera un globo meteorológico. La flecha y la «W» marcan la dirección del viento: oeste. ¿Desde cuánto los globos navegan en contra del viento?

formado. Digámoslo sin rodeos: donde hay patrón no manda marinero.

Personalmente apuesto por esta última explicación.

¿Y qué «razones» son las que han provocado semejante desaguisado?

No hace falta ser muy despierto para suponer que, en todo esto, como ha sucedido en otros países, flota una consigna emanada de instancias más elevadas.

¿Desclasificación ovni? Sí, pero censurada y con una subterránea intencionalidad. Pero dejémoslo ahí, por ahora. Para pronunciarse con sensatez sobre tan ladina maniobra conviene aportar pruebas. Y lo haremos. Lo que sí debe estar muy presente —e insistiré en ello cuantas veces sea preciso— es el hecho de que asistimos a un juego poco limpio. Ya hemos empezado a verlo. Y lo que resta es todavía más preocupante. Los militares, en general, como creo haber mencionado, son especialmente metódicos y calculadores. Nada queda al azar. NADA. Pero ésta no es una actitud reciente. Sirva de ejemplo —aunque algo pueril— lo acaecido en la primera desclasificación. Lo apunté en páginas anteriores. El teniente general Felipe Galarza me escamoteó un folio completo: el que hacía el número doce en la conocida transcripción de las conversaciones entre Matador y los aviones que pujaron por identificar el supuesto «globo». ¿Por qué? La posible explicación, a mi entender, hay que buscarla en la cuarta y quinta líneas de ese folio censurado en octubre de 1976. Un folio que —por desconocimiento del MOA— ha salido ahora a la luz, amparado por la segunda desclasificación. ¿Y qué dicen esas «comprometedoras» frases? Veamos el texto íntegro:

01	*—Sí, hemos sacado película, pero ya te digo demasiado lejos.*
Matador	*—Entonces nada.*
01	*—Dime.*
Matador	—Es que me ha dicho Pegaso, eso, que saquéis película porque aunque mala, pero por lo menos, justifica la misión.

(El subrayado, indicado aquí en letra no cursiva, es mío.)

No voy a entrar a analizar la orden de Pegaso. Carece de importancia. La misión de los «cazas» quedaba más que justificada con el intento de interceptación, consiguieran o no la filmación del ovni. A lo que voy es al sutil gesto del Estado Mayor del Aire, mutilando en 1976 una parte de las conversaciones porque —pensaron los puntillosos militares— podía dejar en entredicho el trabajo de la Fuerza Aérea. Ridículo, lo sé. Pero provocó la censura del informe. Y eso es lo que cuenta y lo que, en suma, confirma lo ya barruntado: juego sucio. Ojalá el lector no pierda de vista esta importante advertencia. «Algo oscuro» se mueve detrás de la recién inaugurada desclasificación ovni.

Y a manera de conclusión, permítanme un *flash* de color personal.

Los objetos observados —y captados en los radares— el sábado 3 de junio de 1967 no fueron globos meteorológicos. Ni del tipo «sonda», ni «estratosféricos».

En mi opinión, el *show* —en un impecable estilo «darnaudiano»— fue puesto en escena por naves o máquinas tripuladas por seres en posesión de una tecnología casi mágica. Más claro aún: por una civilización «no humana». Por «alguien» capaz de dominar la materia, logrando, incluso, que un mismo objeto pudiera presentar muy diferentes formas a la vista de unos atónitos pilotos. En Ufología se han dado casos mucho más fantásticos.

En sus informes, los aviadores de los Sabres intentan racionalizar esos «cambios de forma» del ovni con lo único que tienen a mano: la lógica. «... Esas formas variaban según nuestra posición.» Pero, examinando el problema con calma, la lógica se queda coja. Con un ejemplo será suficiente. Si el objeto, en algunos momentos, ofrecía el aspecto de «esfera», aunque los «cazas» modificaran el ángulo de visión, seguirían viendo una «esfera». Y al contrario. Si lo que tenían a la vista era un artefacto similar a «dos conos unidos por la base», ¿cómo demonios podían identificarlo con una «esfera»? ¿Alucinación colectiva? No, por supuesto. Los reactoristas vieron lo que vieron. Ni exageraron ni mintieron. Otra cuestión es que no tengamos una explicación que satisfaga nuestra miope mentalidad. El sargento de complemento que pilotaba uno de los Sabres hace una leve alusión al asunto, aproximándose a la clave que intento transmitir. Como se recordará, al informar sobre los extraños cambios de tamaño del ovni, el aviador —con perplejidad— manifiesta que, «en ocasiones casi podía tocarlo con la mano». Sin embargo, el objeto —según el radar y los mencionados pilotos— se hallaba físicamente distanciado. ¿Cómo entender este fenómeno? Reconozco que, desde el prisma de la ciencia y de la lógica, uno se queda mudo. Pero, insisto, que no dispongamos de respuestas, ¿quiere decir que el fenómeno no fue real? ¿Hubiera admitido Napoleón que con una escuadrilla de F-86 su triunfo en Waterloo habría estado asegurado? Y la comparación sólo se remonta a siglo y medio. ¿Qué podríamos imaginar —desde el punto de vista puramente tecnológico— de una civilización que nos aventaje mil años?

Pero, de acuerdo al guión del presente libro, reservaré para el final ese fascinante capítulo sobre el DOMINIO DE LA MATERIA Y DEL TIEMPO que —según todos los indicios— poseen estas inteligencias extra o ultraterrestres que nos visitan. Hagamos desfilar primero los hechos. La siempre arriesgada aventura de las interpretaciones vendrá después. Y casi por sí sola. Dulce y mansamente. Unas interpretaciones —no se me escapa— que harán saltar lágrimas de alegría a los «vampiros» y «torquemadas» de la Ufología. No importa. Estoy resignado. En los tiempos que corren, los necios esconden su mediocridad bajo el ropaje de la ciega negatividad. «Estar a la contra» está de moda. Lo que ignoran estos usurpadores de la ciencia es que la verdad jamás fue amante de las modas.

Y hablando de hechos, casi lo olvido.

Puede que no guarde relación. O quizás sí. La cuestión es que, veinticuatro horas antes del suceso del 3 de junio de 1967, otro sonado acontecimiento ovni levantaba en España y en el resto del mundo una polvareda que aún persiste. Los estudiosos de los «no identificados» habrán adivinado a qué me refiero.

San José de Valderas. Uno de junio de ese mismo año. Al atardecer, un buen puñado de testigos tuvo la fortuna de asistir a la aparición en los cielos de la mencionada colonia madrileña de otro silencioso y discoidal objeto. El aparato lucía en su «panza» una enigmática «H». Y de ese ovni se hicieron —que yo sepa— dos colecciones de fotografías. El avistamiento en cuestión fue «anunciado» con antelación. La supuesta civilización «no humana», propietaria de la nave, procedía, al parecer, de un planeta llamado Ummo.

Y la pregunta surge natural:

¿Fueron los mismos ovnis los que se exhibieron sobre Extremadura y Madrid?

Y apuntaré más alto y más lejos:

De los numerosos casos ovni registrados en aquel verano-otoño de 1967 en España y resto de Europa, ¿cuántos podrían ser asociados a los discutidos «ummitas»?[28] Magnífico tema de investigación. Pero no caeré en la tentación de alejarme del hilo conductor de este trabajo: ovnis y militares. El asunto Ummo es tan apasionante, complejo y desconocido que bien merece una enciclopedia. Y en ello ando...

De algo sí estoy casi seguro. Esa cercanía en el tiempo y en el lugar geográfico —Extremadura, Madrid y Zaragoza— resulta, cuando menos, altamente sospechosa. Y he dicho bien: Zaragoza. Porque, a los díez días justos del *show* de Montánchez, otro avión militar español se las veía con un nuevo «globo» cuyas características y comportamiento fueron calcados de sus «hermanos» los ovnis «extremeños».

El piloto de aquel F-104, con base en Torrejón, es un viejo amigo. Hace años que disfruto de su benevolencia y amistad. En el fondo fue el «culpable» de uno de mis libros: *Encuentro en Montaña Roja*. En 1978, volando en la compañía Iberia, me advirtió de la presencia de unas anómalas «luces» en el interior de un cráter, en las islas Canarias. Hoy, Rafa Gárate, comandante de Jumbo, es un veterano y magnífico profesional, con tantas horas de vuelo que ha perdido la cuenta.

Su caso —el primero de los tres que ha tenido la suerte de vivir— ha permanecido inédito hasta ahora.[29] Supe de este encuentro hace quince años. Lo he sacado a relucir en diferentes oportunidades y, siempre, Rafael Gárate lo cuenta con las mismas palabras.

La experiencia —de la que no existe informe oficial—

ocurrió una luminosa mañana. Era el 13 de junio de 1967, martes.

He aquí el testimonio del entonces capitán de la Fuerza Aérea Española:

> ... Yo volaba el F-104 G, el famoso Starfighter, injustamente bautizado como «ataúd volante». Era un «caza» impresionante. Al menos para aquellos momentos de la aviación en nuestro país. Imagina lo que supuso saltar de la velocidad subsónica al mach 2...
>
> ... Recuerdo que estaba practicando baja aproximación a Zaragoza cuando, de pronto, la torre me pidió que identificara un objeto que se hallaba en su vertical. Al parecer había surgido una traza en el radar. Es decir, un «desconocido».
>
> ... Y me fui hacia él, ascendiendo a 31 000 pies. No tardé en divisarlo. En un primer momento, en la distancia, lo asocié con un globo meteorológico. Brillaba al sol y tenía forma de pera invertida. Algo parecido a una medusa transparente.
>
> ... Pero lo increíble ocurrió cuando intenté aproximarme. El «chisme», súbitamente, pegó un «tirón» y se elevó, dejándome con dos palmos de narices. Yo volaba a 0,8 o 0,9 de mach. No podía creerlo.
>
> ... Y seguí persiguiéndolo. Pero, a cada maniobra, replicaba puntual e inteligentemente, alejándose a «toda pastilla». Nunca había visto cosa igual. Y lo hacía en cualquier dirección: arriba, abajo, hacia la derecha o a la izquierda. Le daba lo mismo.
>
> ... Aquello, te lo juro, era cómico. Yo, con mi poderoso 104, parecía un cangrejo.
>
> ... No supe calcular el tamaño. Llegué a estar a unos dos mil pies y, supongo, tenía que ser enorme.

A la pregunta de por qué estaba tan seguro de que no se trataba de un globo meteorológico, el comandante fue rotundo:

> ... ¿Qué globo actúa así? De haber sido una sonda no hubiera sido difícil alcanzarla e, incluso, pincharla. El 104 iba armado con un cañón M-61 Vulcan, de veinte milímetros y, dependiendo de la misión, con dos o cuatro misiles Sidewinder.
>
> ... Aquel objeto tenía «vida». Volaba y maniobraba como si algo o alguien lo dirigiera. Me evitaba. Ponía espacio de por

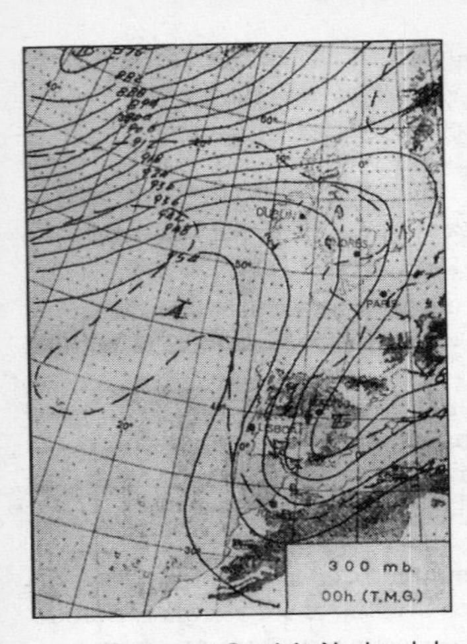

Mapa del Servicio Nacional de Meteorología correspondiente al día 3 de junio de 1967, con las direcciones de los vientos a 300 milibares (unos diez mil metros).

Una de las imágenes tomadas al atardecer del 1 de junio de 1967 en San José de Valderas (Madrid). Al contrario de lo que afirman los «vampiros» y demás ralea ufológica, del asunto «UMMO» queda mucho por hablar.

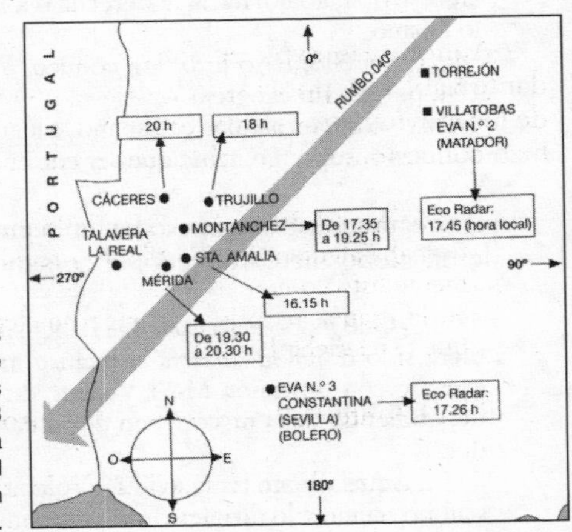

Poblaciones y radares militares desde los que fueron observados los ovnis en la tarde del 3 de junio de 1967. La flecha central marca el rumbo del viento en altura.

medio y cuando yo procuraba una nueva reunión cogía velocidad y ¡adiós!

... Si te digo la verdad, estuvo jugando conmigo. Aunque cueste creerlo, me tomó el pelo.

Curioso. Eran las mismas palabras del general Barrueco, uno de los pilotos del T-33.

... ¿Por qué reaccionaba justamente cuando le ponía la proa? Ni antes ni después. Se alejaba en el instante en que decidía volar hacia él. ¿Es que me leía el pensamiento? ¿Qué globo sonda o estratosférico tiene un comportamiento tan singular?

Aquellas reflexiones me recordaron las del también capitán Fernando Cámara cuando, el 11 de noviembre de 1979, fue sacado en «scramble» desde Los Llanos (Albacete), con el fin de interceptar a los célebres ovnis de Manises.[30]

Décimas o centésimas de segundo antes de que yo materializara cualquier procedimiento —comentaba Cámara—, aquel objeto que tenía a la vista me bloqueaba e inutilizaba el instrumental.

... Y también te digo —añadió Gárate— que, por su aspecto, habría engañado a cualquiera. De lejos parecía un globo.

Aunque las explicaciones y razonamientos del comandante hablaban por sí solos, insistí en el interesante capítulo de los movimientos «inteligentes». Pero el veterano piloto no hizo concesiones. Y se mostró inflexible.

... Me fusilan y sigo diciendo lo mismo: «aquello» lo gobernaba alguien. Y ese «alguien» tenía que ser lo suficientemente listo como para «camuflar» el artefacto de forma que, en la lejanía, pareciese un globo meteorológico. Me parece que te he dicho bastante...

Rafa Gárate había «pisado» mis propios pensamientos.

... Y te diré más. ¿Cuál es la velocidad ascensional de un globo meteorológico, en condiciones normales? Oscila entre diez y veinte kilómetros por hora. Pues bien, si yo mantenía el 104, a 0,8 (800 km./h.) o 0,9 mach (900 km./h.), ¿cómo es posible que aquella supuesta sonda pegara unos «tirones» cercanos o superiores a los 1000 kilómetros por hora?

La aplastante argumentación no admitía «peros». Lástima que el MOA no haya querido ver lo que parece evidente. Porque ese «detalle» de la anormal capacidad ascensional de los supuestos globos meteorológicos es transferible al caso del 3 de junio y, como veremos más adelante, a otros impecables sucesos ovni, igualmente devaluados por la Inteligencia Militar y los inefables «vampiros».

¿Nos enfrentamos a un problema de cerrazón mental? Con los responsables de la segunda desclasificación —como ya insinué— lo dudo. Con los «eunucos» de la Ufología es posible. Y a las pruebas me remito.

En diciembre de 1991, el semanario *Tiempo* publicaba un reportaje titulado «Ovnis: hablan los pilotos españoles que los han visto». En el documentado trabajo de Sebastián Moreno, entre otras cosas, se incluía parte de las conocidas conversaciones entre el T-33, los Sabres y «Matador», así como unas breves declaraciones de este pobre pagano que suscribe. Este último texto —al margen de algunas inexactitudes— reflejaba mi pensamiento con aceptable fidelidad. Decía así:

«El Ministerio de Defensa esconde una casuística alucinante procedente de informes militares (ver recuadro). En este sentido llevo mucho tiempo investigando y voy a publicar pronto muchas cosas», afirma el escritor y ufólogo Juan José Benítez, quien asegura que en muchas ocasiones, inexplicablemente, los complejos sistemas de radares militares aparecen en «alerta de vacío» o zona de silencio, a causa de extraños fenómenos aéreos. «Hace poco —cuenta Benítez— se detectó un fenómeno ovni que entró por la parte del sur de Portugal, disparando a los aviones de reconocimiento. Y conozco el caso de un comandante de la base de Zaragoza que el ovni se le puso encima del avión, le paró los generadores y jugó con él llevándolo como quiso. El piloto bajó lívido.»

Pues bien, a las pocas horas de la aparición del semanario, con fecha 11 de diciembre, uno de estos «pontífices» de los «no identificados» hacía llegar a la revista un fax —tecleado desde Almusafes—,[31] con las siguientes «revelaciones»:

En el, por otra parte, excelente reportaje de S. Moreno sobre los ovnis, aparecen graves errores en boca de un conocido novelista entrevistado por el autor, que conviene aclarar.

El caso «estrella» del artículo, y que aparece resaltado en forma de recuadro, ocurrió en 1967 y se debió a la observación de un globo sonda estratosférico, lanzado por el Centro Nacional de Estudios Espaciales (CNES) francés desde su base de Las Landas. Estas sondas meteorológicas tenían forma tetraédrica (véase fotografía), su volumen era de 500 000 m^3, sus dimensiones alcanzaban los 200 m de alto, llegaban a los 40 km de altitud y recorrían toda Europa impulsadas por los vientos dominantes, viéndose sobrevolar los cielos españoles en numerosas ocasiones.

Esta información —del todo banal— ya fue archiexplotada comercialmente por el novelista en cuestión hace cerca de 15 años, pero parece que sigue sin aprender.

De otro lado, el mismo novelista —que no el autor del reportaje— incurre en grave error al afirmar que «el Ministerio de Defensa esconde (sic) una casuística alucinante (sic)», cuando lo bien cierto es que el negociado de Seguridad de Vuelo del Ejército del Aire, razón más exacta pero menos pomposa, dispone sólo de un obsoleto archivo de una cincuentena de informes ovni, la mayoría de los años 60 y 70. Éstos no merecen ser llamados investigaciones, a excepción de una serie de casos ocurridos entre 1976 y 1980 y visualizados desde las Islas Canarias, que se debieron al lanzamiento de misiles balísticos desde una área situada a unos 800 km al Oeste del archipiélago canario.

Lamentamos que el sensacionalismo de unos pocos perturbe el desarrollo de los trabajos de investigación civiles en torno al tema de las presuntas observaciones ovni.

Pasando por alto las faltas de ortografía —que no dicen mucho en favor de un aspirante a Premio Nobel—, a este fax llamo yo una «brillante y rigurosa» conclusión.

«¿Globo sonda francés?»

Después de lo expuesto, sólo un necio seguiría montado en ese absurdo. Lo decía Montague: «Nunca los hombres están más cerca de la estupidez como cuando se creen sabios.» El propio MOA —siete meses después— dejaba al «vampiro» valenciano con el trasero al aire cuando, en sus «consideraciones», aseguraba que «el expediente —del 3 de junio de 1967— no ha sido completado con consultas a los organismos que podrían ser causantes de la presencia de un globo en la zona».

«Novelista.»

Nunca me habían obsequiado con un «insulto» tan honroso. Pero, en su vileza, este reptil no menciona que, además de las novelas, este paria de la Ufología ha escrito quince libros de investigación sobre los «no identificados».

«Explotador comercial.»

Otra vez el manoseado «topicazo». Si el fenómeno ovni diera tanto dinero como pretenden los ignorantes y malnacidos de siempre, ¿por qué el panorama literario español aparece tan mermado en lo que a obras de este género se refiere? Lo más repugnante es que esa expresión —«explotador comercial»— procede de alguien que sabe muy bien cómo funcionan las ventas de libros de ovnis en España. Porque lo que no dice este fariseo es que él mismo ha publicado cuatro obras en torno a los «no identificados». ¿No es eso «explotación comercial»? Y lo que tampoco menciona, claro está, es que —a la vista del fracaso de ventas—, la editorial (Plaza y Janés) le ha devuelto los derechos. (Dispongo de información sobre las liquidaciones semestrales recibidas por este hipócrita, pero por pudor prefiero silenciarlas..., por el momento.)

Lo he dicho muchas veces y me veo en la necesidad de repetirlo. En mi caso, para poder continuar las pesquisas, he tenido que recurrir a la narrativa. Sólo así es posible sufragar los siempre costosos viajes que implica una auténtica y honesta labor de investigación «de campo».

«Obsoleto archivo.»

El adjetivo significa anticuado o caído en desuso. Por supuesto, ninguna de las dos acepciones encajan con la naturaleza del archivo ovni de la Fuerza Aérea. Un archivo periódicamente incrementado con aquellas investigaciones —así me consta— que el Estado Mayor tiene a bien abrir y desarrollar. Otra cuestión es que el Ejército del Aire decida desclasificar o conservar el carácter de «secreto» para algunas de estas actuaciones.

«Los informes ovni de los años sesenta y setenta —dice el fax— no merecen ser llamados investigaciones.»

De nuevo la prepotencia. Y se atreve a juzgar y sentenciar un individuo que «investiga» por correspondencia. Como escribía el poeta inglés Pope, «con la gente de mente limitada sucede lo mismo que con las botellas de cuello estrecho. Cuanto menor es su contenido, tanto mayor ruido hacen al vaciarlas».

Pero, aun concediendo que algunos de esos expedientes oficiales se hallaran incompletos, careciendo de valor, ¿por qué el «vampiro» de marras se ha mostrado tan «activo» en los últimos tiempos, buscando —al precio que fuera— que el Cuartel General del Aire accediera a entregárselos? Si en verdad estamos ante un archivo «obsoleto» y sin el menor interés, ¿por qué ha solicitado al Ejército del Aire la aprobación de un «contrato» para colaborar en la desclasificación? Ni los estudiosos del tema ovni ni la opinión pública conocen esa oscura maquinación, que, con muy buen criterio, fue rechazada por la cúpula militar. ¿No será que deseaba apropiarse de dicha documentación para su «explotación comercial» en forma de libro? Y no escribo de oídas. Con fecha 2 de noviembre de 1992, el general Chamorro Chapinal, comandante en jefe del MOA, dirigía una carta al jefe del Estado Mayor del Aire, teniente general Sequeiros, en la que, entre otras cosas, le exponía que no veía conveniente un contrato entre el CEI (Centro de Estudios Interplanetarios) y el Ejército del Aire. Ese contrato o convenio laboral —propuesto por los «vampiros»— podría perjudicar la imagen del Ejército del Aire. «Sobre todo —explicaba Chamorro— porque podría malinterpretarse a nivel público.» —En dicha misiva —que he podido leer— se mencionan los dos «vampiros» que pretendían formalizar dicho contrato en nombre del CEI.

Las contradicciones, como vemos, no tienen fin. Y para cerrar este abominable capítulo sacaré a relucir otro polémico asunto, hábilmente capitalizado por este individuo y que —una vez más— pone de manifiesto su «doble contabilidad» interior.

Si ese medio centenar largo de expedientes ovni que custodia el MOA no vale un duro, ¿por qué tanto empeño en conseguir la desclasificación? Más aún: ¿por qué este pájaro —en el colmo de la desvergüenza y de la soberbia químicamente pura— alardea públicamente de «haber convencido a Defensa para desclasificar los informes ovni»?[32] Si esos documentos no «merecen ser llamados investigaciones», ¿a qué viene colgarse semejante medalla?

Aquellos que nos movemos en el mundo de los «no identificados» tenemos muy claro que el reciente proceso de desclasificación poco o nada tiene que ver con las presiones ejercidas —desde antiguo— por toda una legión de estudiosos e investigadores. Seamos realistas y sensatos. Si el Ejército del Aire ha decidido levantar el secreto no ha sido como consecuencia de los razonamientos de fulanito o menganito. Los Estados Mayores difícilmente actúan por «presiones» de esa naturaleza. ¿Y qué mejor demostración de cuanto afirmo que las palabras del propio comandante en jefe del Mando Operativo Aéreo?

Cuando, a principios de 1993, pregunté al general Chamorro Chapinal sobre este particular y acerca de la posibilidad de acceder —para su difusión— al conjunto de escritos y documentos de carácter «histórico», íntimamente vinculado al tema ovni y guardado desde hace más de treinta años en dicho Cuartel General del Aire, la respuesta del jefe supremo del MOA fue, como siempre, clara y contundente. Con fecha 11 de marzo de ese año de 1993, Alfredo Chamorro me enviaba la siguiente carta:

Distinguido escritor y apreciado amigo:

Después de un período de intensa actividad y plena dedicación mía y de mi Estado Mayor a la realización de ejercicios nacionales y aliados, puedo ahora dar respuesta a su última carta y nota, en las que me solicitaba información sobre los documen-

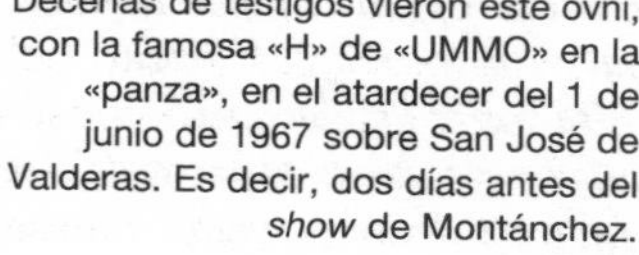

Decenas de testigos vieron este ovni, con la famosa «H» de «UMMO» en la «panza», en el atardecer del 1 de junio de 1967 sobre San José de Valderas. Es decir, dos días antes del *show* de Montánchez.

Teniente general Chamorro Chapinal, comandante en jefe del Mando Operativo Aéreo (MOA), una de las «piezas» clave en la segunda descalificación ovni. (Foto: Jorge Mata, gentileza de la *Revista Española de Defensa*.)

Rafael Gárate, capitán de la Fuerza Aérea Española. El 13 de junio de 1967 tuvo su primer encuentro ovni. A esas horas —once de la mañana—, el viento en altura (300 milibares) era de 30-40 nudos y dirección noroeste (340°). Si se trataba de un globo estratosférico, ¿cómo pudo desafiar unas corrientes que soplaban entre sesenta y ochenta km/h?

tos «históricos» que articulan la normativa del Ejército del Aire en relación con el fenómeno ovni, además de mi opinión sobre la aparición, en algunos medios de comunicación, de artículos en los que se afirma que el proceso de desclasificación del archivo ovni del E. A. se debe a las gestiones de un determinado investigador.

Hace algún tiempo, el MOA propuso la desclasificación de los citados «documentos históricos», hasta el nivel de DIFUSIÓN LIMITADA. La desclasificación ha sido recientemente aceptada por el JEMA[33] *y hace sólo unos días se han elaborado y propuesto unas directrices generales que, en cierta medida, clarifiquen la actuación de la Oficina de Relaciones Públicas ante las demandas para consultar esos documentos. En líneas generales, y a falta de la decisión final del JEMA, se propuso la desclasificación total de aquellos documentos con 10 o más años de antigüedad. Los demás podrán ser consultados, pero no fotocopiados o reproducidos, en tanto no cumplan el plazo de tiempo citado (10 años) desde su firma.*

Por lo que respecta a su consulta sobre las declaraciones del referido investigador, debe tener en cuenta que el proceso de desclasificación, como ya se ha reiterado en diversos medios de comunicación, obedece a dos motivos fundamentales:

En primer lugar, el interés mostrado en el tema, de forma continua, por los medios especializados. En segundo lugar, la perspectiva que dan al fenómeno ovni los 25 años de avistamientos de fenómenos más o menos extraños, sin que se haya podido deducir o comprobar que existiera alguna forma objetiva de amenaza para la seguridad nacional o las personas.

Dado el interés mostrado por diversas personas y organizaciones que han carecido de una visión global del tema, es comprensible que cada uno de los investigadores o escritores que se esforzaron en lograr dicha desclasificación se consideren como los autores principales de la misma.

Indudablemente, el peso específico que la actuación de cada uno de ellos en particular pudo tener en la decisión de desclasificación es diferente, y aun siendo todas ellas importantes, es la valoración general la que motiva, por parte de este Ejército, que se haya llegado a la decisión de desclasificación, no debiendo

entrar este mando en valorar si hubo alguna persona en particular que mereciera más importancia que otra.
Reciba un saludo muy cordial de

ALFREDO CHAMORRO CHAPINAL
[*Teniente general y comandante en jefe del MOA. Base Aérea de Torrejón*]

Dicho queda para la historia. Y poco más puede añadirse a tan nítida declaración. Siendo benévolo, la segunda desclasificación ovni es obra de todos y de nadie. En consecuencia, cualquier intento de «capitalizar» el hecho resulta tan ridículo como falso. Y por si alguien, en un venenoso intento de «echar marcha atrás», culpando, como siempre, a los periodistas, trata de corregir o modificar lo publicado en la Prensa, ahí va la puntilla: el 7 de enero de 1993, el señor que se autoproclama poco menos que «autor» de la desclasificación enviaba una carta a un investigador en la que no deja lugar a dudas. El penúltimo párrafo de dicha misiva personal dice textualmente:

A veces, las cosas son simples, si se quieren ver. En esto, un investigador civil, de nombre ———, tras años de trabajo conjuntamente con ———, convenció en 1991 al Estado Mayor del Aire a que iniciara el proceso de des clasificación de los informes ovni del Ejército del Aire español. Todo lo que no sea esto es querer «marear la perdiz» o, simplemente, mentir.[34]

O yo soy muy torpe —cosa más que probable— o este «vampiro» llama mentiroso al general Chamorro Chapinal.
«Misiles balísticos.»
Cuando alguien no tiene los suficientes arrestos para saltar a los caminos e indagar *in situ* —hipotecando tiempo, dinero y familia—, suele recurrir a estas inverosímiles «explicaciones». Y el resto de los mediocres aplaude con calor. Gellert dibujó a la perfección la verdadera lámina de estos «investigadores de poltrona»: «No hay necio que no encuentre a otro todavía más necio que lo admire.»

Y no satisfecho con semejante sarta de embustes y arbitrariedades, el «ufólogo de la Ford» vuelve a la carga y, con fecha 14 de febrero de 1993, refiriéndose a los incidentes de 1967 y 1968, declaraba al mencionado rotativo valenciano *Levante* que «todo se debía a una lluvia de globos franceses».

Una de dos: o esta obtusa actitud es fruto de una planificada maniobra de intoxicación o nos encontramos ante un borrico con orejeras. Un asno que, con su proverbial cinismo, esconde la impotencia como investigador bajo el falso barniz de un «dandismo» intelectual.

¡Pobres «vampirizados»! ¿Cuándo comprenderán que estupidez y vanidad son compañeras inseparables?

NOTAS

1. Esta obra, considerada como un clásico de la Ufología, fue reeditada por Editorial Planeta (1992) con el nuevo título de *Ovnis: alto secreto. (Nota del Editor.)*

2. Los nombres y apellidos de los testigos aparecen suprimidos en los informes puestos a disposición de la opinión pública.

3. Hora legal.

4. El avión volaba a 30 000 pies (unos diez mil metros).

5. Matador: designación del radar de Villatobas (EVA N.° 2).

6. El espacio aéreo se halla dividido en cuadrículas. Cada una de ellas tiene asignadas unas letras. En este caso se refiere a la «JK». (Véanse gráficos incluidos en la página 87). Los números, siguiendo las coordenadas, determinan la posición del tráfico en dicha cuadrícula.

7. Pegaso: designación del Centro de Torrejón. Gran Pantalla de Combate que recibe información de todos los EVA.

8. Bolero —nombre de guerra del EVA N.° 3, radar de Constantina— clasificó el ovni como «F» (*friendly* = amigable) y le dio el número «59» (orden de los tráficos captados hasta ese momento, en ese día) y la letra «S» (Sierra). El calificativo de «amigable» se otorgaba entonces a todo objeto que volase a menos de 300 nudos (unos 600 km./h.).

9. Rumbo 090: en dirección este.

10. Roger: en el argot aeronáutico, expresión que significa «sí», «conforme», «de acuerdo».

11. Scramble: significa que dan salida a los «cazas».

12. EL: Eco Lima.

13. La clasificación «F» (amigable) fue cambiada por «U» (*unidentified* = desconocido).

14. Overley: secuencia de documentos —generalmente mapas— donde

figuran trayectorias, tiempos y clasificación del objeto captado por el radar.

15. El lamentable estado de las fotocopias facilitadas por el Ejército del Aire hace ilegible el arranque de esta frase, así como otras muchas palabras del expediente.

16. COC: Centro de Operaciones de Combate, en Torrejón.

17. 30 NM.: millas (algo más de cincuenta y cuatro kilómetros).

18. fts.: pies.

19. 50 kts.: 50 nudos. Es decir, alrededor de cien kilómetros por hora.

20. El subrayado es del Ejército del Aire.

21. La traza: el rumbo.

22. 240 grados: suroeste.

23. 15 fts.: quince pies de película. Alrededor de cinco metros.

24. ATC: Air Trafic Control. Es decir, la Estación de Control de Tráfico Aéreo.

25. TLD: radioayuda situada en Toledo.

26. TACAN: Tactical Air Navigation (radioayuda de navegación táctica que proporciona al piloto azimut y distancia a la estación).

27. Al T-33 le quedaban unos doscientos cuarenta litros de gasolina.

28. De entre los innumerables sucesos ovni ocurridos en aquel verano y otoño de 1967 destacaré tres, sobradamente conocidos y reconocidos por los investigadores. El primero, en julio, tuvo lugar en la comarca valenciana de Buñol. El testigo presenció el ascenso de una enorme bola de fuego. El segundo y el tercero se produjeron en septiembre. Uno en las proximidades de Muñotello (Ávila). El otro en las cercanías de Sant Feliu de Codines (Barcelona). El incidente de Muñotello, en mi opinión, guarda una interesante semejanza con uno de los aspectos descrito por los pilotos que persiguieron el objeto de Montánchez. El protagonista, que regresaba al pueblo en bicicleta, fue sorprendido por un extraño disco que efectuó una serie de asombrosas maniobras. Lo más intrigante es que, una vez concluidas estas evoluciones, el ovni empezó a «cambiar de forma». Y del típico aspecto de «dos platos encarados» pasó a convertirse en un «huevo». Por último, antes de ascender y perderse en el cielo, el ciclista lo describió como una «esfera». Parece que llueve sobre mojado...

En el último caso, acaecido en la carretera comarcal 1413, entre las localidades de Sant Quirze Safaja y Sant Feliu de Codines, los testigos pudieron asistir —estupefactos— al paso de una singular criatura, de unos setenta centímetros de estatura y de apariencia humana (?). Antonio Ribera, que entrevistó al matrimonio —protagonistas del hecho—, describe al humanoide como un ser de cabeza en forma de huevo, sin rostro ni cuello, con brazos desmesuradamente largos y piernas proporcionadas al tronco. El misterioso personaje, observado desde el automóvil en marcha, atravesó la calzada al paso, acelerando en el último tramo. Parecía ir desnudo o, quizás, con una indumentaria muy ajustada al cuerpo. En el conjunto —según los testigos— destacaba también una voluminosa barriga y unas prominentes nalgas. Poseía unos enormes pies y, al caminar, el juego de rodillas y codos era extraordinariamente claro. La observación —estimada en unos ocho segundos— produjo en los automovilistas una sensación mezcla de miedo y repulsión.

29. Las dos últimas experiencias ovni del comandante Gárate son narradas en el mencionado libro: *Encuentro en Montaña Roja*, de la editorial Plaza y Janés.

30. Véase la obra *Incidente en Manises*, de J. J. Benítez (Plaza y Janés y Planeta). *(Nota del Editor.)*

31. El fax en cuestión, que obra en mi poder, figura con los siguientes datos: «11DEC '91-09: 56-34.6.1792437 FORD ESPAÑA E-AO/SN.» ¡Qué suerte tienen algunos! Sus «investigaciones» y correspondencia las paga la empresa. ¿O será que la Ford se dedica ahora a la Ufología?

32. Publicado el 23 de octubre de 1992 en el diario *Levante* y, posteriormente, en otros medios de comunicación.

33. JEMA: Jefatura del Estado Mayor del Aire.

34. La carta en cuestión ha terminado en los archivos de la Oficina de Relaciones Públicas del Cuartel General del Aire, en Madrid. Allí pude leerla y tomar las notas necesarias. Como es lógico, a la vista de estos narcisismos, los círculos militares del referido Cuartel General reaccionaron como era de esperar: reprobando los repetidos intentos de «capitalización» por parte del conocido «vampiro». Y poco faltó para que el Ejército del Aire emprendiera una acción judicial en toda regla contra dicho individuo. Pero, prudentemente, optaron por no darle más publicidad de la que merece. Así se escribe la historia de la Ufología hispana...

8

Histórica conclusión de la cúpula militar: «no son agresivos»

Y, aburrido, el F-104 pilotado por el capitán Rafa Gárate retornó a su base. Y el ovni —triunfante— siguió violando el espacio aéreo español, desafiando el supuestamente inquebrantable sistema defensivo de la Fuerza Aérea.

No olvide el lector esta cruda realidad, detonante, en numerosas ocasiones, del secretismo que rezuma el problema ovni.

Pero en mi mente se agita otra cuestión. Y no la esquivaré.

¿Puede atribuirse a la casualidad (?) que un mismo aviador sea testigo de excepción de tres avistamientos? El último, en 1977, más espectacular, si cabe, que los anteriores. Como relato en el mencionado libro —*Encuentro en Montaña Roja*—, en aquella oportunidad, un luminoso objeto no identificado «escoltó» al DC-9 de Iberia que gobernaba el comandante Gárate, prácticamente desde su despegue en Arrecife de Lanzarote hasta la llegada al aeropuerto de Las Palmas. En total, alrededor de veinte minutos.

Si estos encuentros —y sigo comulgando con la hipótesis «darnaudiana»— buscaban el doble objetivo de «convencer» al piloto de la existencia de naves «no humanas» y de procurar que diera fiel testimonio de cuanto había presenciado, vive Dios que lo han logrado y con creces. Porque Rafael Gárate ha cumplido y a plena satisfacción. Jamás silenció su identidad, brindándose siempre, sin recelos ni medias tintas, a narrar lo sucedido.

Y me pregunto: ¿cómo medir esa labor de concienciación?

Afortunadamente para este sincero y valiente profesional del aire, como para los testigos que no ocultan sus experiencias, ese delicado «trabajo» escapa a su control. Remedando al poeta francés Roux, hay dos tipos de hombres geniales: los que piensan y los que hacen pensar.

Éste fue el caso de otro ilustre militar, desaparecido en 1979: el teniente general del Ejército del Aire Carlos Castro Cavero.

Ahora —jugando con las cartas marcadas que reparte la perspectiva en el tiempo— no puedo pensar otra cosa. E intentaré razonar.

El avistamiento ovni que viviera Castro Cavero en compañía de su familia tuvo que encerrar una secreta intencionalidad, muy similar a la expuesta en el triple asunto «Gárate».

Disfruté del privilegio de conocerlo personalmente. Y escuché de sus labios el suceso que —sin temor a equivocarme— lo marcaría de por vida, convirtiéndolo en uno de los militares españoles que se atrevió a hablar en público sobre tan problemática cuestión. Y lo hizo —ahí es nada— en plena década de los años setenta, a pesar del férreo escenario en el que se movía.

Pero, antes de ponerle alas a este nuevo capítulo, recordemos el incidente. Así fueron las palabras del general, recogidas en cinta magnetofónica:

> ... Nos encontrábamos de vacaciones, en una finca que tenemos en Zaragoza. Concretamente, en Sádaba.
>
> ... Eran las once de la mañana. Cielo despejado. Día espléndido. De «sol y moscas». Usted ya sabe a qué me refiero...
>
> ... Charo, mi mujer, estaba barriendo el patio. Y mi gente, mis hijos, andaban por la casa.
>
> ... De pronto, en lo alto, en nuestra vertical, surgió «aquello». Y digo «surgió» porque nadie acertó a verlo llegar.
>
> ... Era un enorme triángulo equilátero. Brillante al sol. Magnífico. Espectacular.
>
> ... Estimé su altitud en unos 25 000 pies.
>
> ... Avisé a la familia y empezaron las especulaciones.
>
> ... ¿Un avión? Imposible. Estaba inmóvil.
>
> ... ¿Helicóptero? Menos aún. ¿Dónde se ha visto un modelo triangular y que haga estacionario a más de ocho mil metros?
>
> ... ¿Un globo estratosférico? Tampoco. Y le diré por qué. Como podrá suponer me faltó tiempo para telefonear a la

base de Zaragoza. El radar de Calatayud no lo tenía en pantalla. Y por orden mía se llamó a Francia. No habían lanzado globo alguno. Por otra parte, los fuertes vientos existentes a ese nivel hacían inviable que una sonda meteorológica pudiera permanecer quieta y, menos aún, durante una hora y pico. Porque ése, mi querido amigo, fue el tiempo que duró la observación.

... ¿Qué fue «aquello»? Nunca lo supimos. Mejor dicho, yo sí intuí de qué se trataba: un aparato o una máquina, llámelo como quiera, controlado o tripulado por una inteligencia que nada tiene que ver con la Tierra. Y usted se preguntará: ¿por qué pienso así? Muy simple. Al cabo de esa hora larga, el triángulo partió hacia el sur y a gran velocidad. Y volvió a detenerse. En esta ocasión sobre Ejea de los Caballeros. Pues bien, esa distancia entre Sádaba y Ejea, que en línea recta suma veinte kilómetros, la cubrió en un par de segundos. ¿Sabe lo que eso representa en términos aeronáuticos? Yo se lo diré: tres mil seiscientos kilómetros por hora, aproximadamente.

En la década de los años sesenta, los aviones F-104 podían desarrollar un máximo de 2 330 kilómetros por hora y a 11 000 metros.

Si un reactor, lanzado a más de 3 000 km./h., pudiera frenar en seco, los pilotos resultarían aplastados contra las paredes del habitáculo. Pues bien, eso, ni más ni menos, fue lo que hizo aquel asombroso «triángulo».

... Y el objeto, como le digo, se detuvo de nuevo. Esta vez por poco tiempo. Acto seguido, con una velocidad ascensional impresionante, desapareció de nuestra vista.

... El fenómeno fue observado por miles de personas en Aragón. Naturalmente intervino la Región Aérea Pirenaica. Y se abrió la correspondiente investigación oficial. Una investigación en toda regla que, lógicamente, de acuerdo a la normativa del Ministerio del Aire, fue clasificada como «secreta».

Interesante observación.

¿Y dónde se encuentra ese dossier? Ni siquiera consta en el «listado ovni» facilitado —aparentemente «bajo cuerda»— al investigador Manuel Carballal. ¿Se ha «perdido», como

Ángel Bastida, teniente coronel de la Fuerza Aérea Española. Un nombre para la historia de la Ufología.

Carlos Castro Cavero, teniente general del Ejercito del Aire. Un militar sincero y valiente que reconoció públicamente la existencia de los ovnis.

tantos otros, en el trasiego burocrático de los últimos veinticinco años?

Esta misma cuestión —en torno a los casos presumiblemente «traspapelados»— le fue formulada al representante de la Fuerza Aérea española que tuvo la gentileza de participar en el histórico curso sobre ovnis, celebrado en agosto de 1992 en El Escorial, bajo los auspicios de la Universidad Complutense.

La respuesta del teniente coronel Ángel Bastida —como es fácil imaginar— no convenció:

«¿Cuántos casos han quedado "traspapelados"? Eso no lo sabe nadie. Recientemente, antes de enero de 1991, se solicitó a todas las cabeceras de regiones aéreas que todo lo que existiese sobre fenomenología ovni fuera remitido a Operaciones del Ejército del Aire. Y se ha enviado todo lo que tenían localizable. Puede ocurrir, sin embargo, que se sepa que ha habido un expediente ovni y que, no obstante, se haya perdido. Pero, insisto, no hay casos que se hayan quedado en el "tintero" voluntariamente.»

Y digo que no convenció porque —como iremos desgranando— los hechos apuntan en otra dirección. No creo descubrir el Mediterráneo si afirmo que el rigor, la meticulosidad y el estricto cumplimiento de las ordenanzas han sido, son y seguirán siendo proverbiales en el Ejército del Aire. Me cuesta trabajo aceptar que unos documentos elaborados por profesionales y, para más «inri», ubicados en el nivel de «reserva» o «confidencialidad» se hayan quedado por el camino.

Pero regresemos al caso «Castro Cavero». Si el Estado Mayor ha conservado informes protagonizados por personal de rango inferior, ¿en qué cabeza cabe que un dossier abierto, estimulado y revisado por un teniente general —en el que figura su propia declaración— se «esfume» devorado por la desidia o la incompetencia? ¿No será que la contundencia de éste y de otros expedientes —a salvo en las cajas fuertes del MOA y en los que, en definitiva, se pone en tela de juicio el sistema defensivo español— ha aconsejado un prudencial «aparcamiento», en espera de tiempos mejores?

Sospechosamente, estas justificadas críticas al Ejército del Aire —creo recordar que vivimos en una democracia—

han hecho reaccionar a los «vampiros», colocándose, con sus declaraciones en la Prensa, del lado de los militares. De cara al futuro de la Ufología —y al quién es quién— conviene no olvidar esas manifestaciones:

«El teniente coronel Ángel Bastida —afirmaba uno de estos negadores profesionales del fenómeno ovni el 5 de febrero de 1993—, de la sección de inteligencia del MOA, publicó un artículo en el número de agosto de la revista *Aeronáutica y Astronáutica* en el que decía que el Ejército tenía sesenta y seis expedientes sobre ovnis, y ocurre que los civiles tenemos el doble de casos registrados. Entonces se alzaron voces de personajes y personajillos criticando de forma apriorística al Ejército por una supuesta ocultación de información.»

Y la nota de Prensa añade:

«... la explicación general sobre la no constancia de esos casos reside —siempre según este "vampiro"— en que el tema del ovni nunca fue prioritario para el Ejército. Siempre fue tratado como algo marginal. Las otras causas de la pérdida de esos documentos fueron circunstanciales: problemas en el proceso para archivarlos, cambio de destino del personal encargado de su custodia, etc.»

Tiene gracia. ¿Desde cuándo un asunto «marginal» provoca el despegue de interceptores, el nombramiento de jueces-instructores, la calificación de «secreto» o la redacción y puesta a punto de toda una normativa (la IG-40-5) sobre «avistamiento de fenómenos extraños en el espacio aéreo español»?

Como pregonaba Victor Hugo, «el hipócrita es un titán enano. Un espantoso hermafrodita del mal».

La pregunta era obligada. Cada vez que tenía la fortuna de entrevistarme con él, aun conociendo la respuesta, volvía a la carga:

«Y ahora, mi general, ¿sigue pensando que aquel avistamiento fue casual?»

Castro Cavero sonreía maliciosamente. Pero al fondo de aquella mirada transparente se adivinaba la duda. Una duda razonable. Y mal cobijado en un agrietado escepticismo solía repetir:

«Sólo soy un aviador. Usted, como investigador, sabe

Un inmenso y brillante triángulo permaneció durante hora y pico sobre la casa del general Castro Cavero, en la localidad zaragozana de Sádaba. (*Ilustración de J. J. Benítez*)

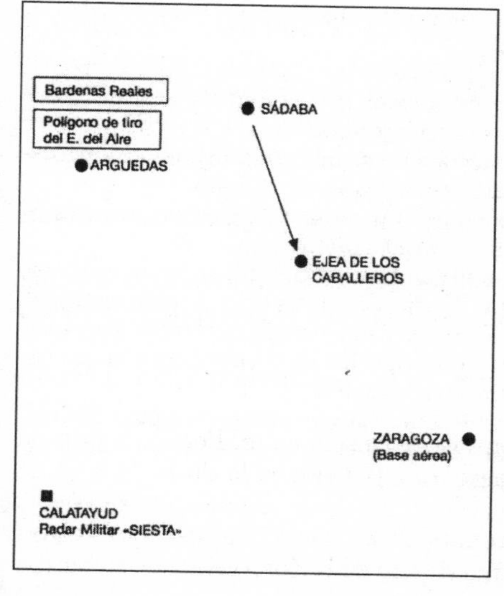

Marcada con la flecha, la trayectoria seguida por el gran triángulo observado por el general Castro Cavero y su familia.

más que yo. Más aún —bromeaba—, ¿no será usted uno de ellos?»

A su manera había respondido. Como militar, como hombre práctico y racional, le costaba aceptar que aquel luminoso triángulo pudiera guardar relación con su persona. En mi caso también estaba en el derecho de pensar que, quizás, la presencia de la enorme nave sobre la vertical de la casa del teniente general no obedecía a un hecho fortuito. Charo, la esposa del militar, en una de las conversaciones que sostuve con ella tras la muerte de su marido, dio casi en el blanco:

«Muchas veces lo comenté con él. Parecía como si aquel objeto nos hubiera estado tomando fotos...»

Y algo más, diría yo. Porque no puede ser casual que, algunos años después, este general —rompiendo las rígidas costumbres del Ejército del Aire— se atreviera a recibir a la Prensa, formulando declaraciones como éstas, publicadas en el *Diario de Las Palmas* (28 de agosto de 1975):

> ... En el Ministerio del Aire existe un gran interés por ir recopilando todos los datos posibles sobre el fenómeno ovni.
>
> ... El Ministerio analiza detenidamente cada caso denunciado y lo estudia seriamente para saber qué hay de verdad en cada uno de ellos.
>
> ... Para tranquilidad de todos puedo decir que en la mayoría de los casos estudiados no había nada anormal, pero otros no tienen explicación razonable.
>
> ... Existe un intercambio de información con otros países, ya que todos están interesados en este asunto.
>
> ... Es imposible que los ovnis sean artefactos terrestres. Si así fuera, ya se conocería su existencia.
>
> ... Desde el punto de vista oficial, mi creencia es la que tenga el Ministerio. Como Castro Cavero, a título personal, creo que existen los ovnis y que no son elementos terrestres. Pero ni siquiera puedo sospechar de dónde vienen ni qué sistemas utilizan para su navegación.
>
> ... Si el globo terráqueo hace experimentos para acercarse a otros planetas, puede haber otros planetas que hagan experiencias para acercarse a la Tierra.

Estas palabras, pronunciadas cuando Carlos Castro Cavero desempeñaba el cargo de jefe de la Zona Aérea de Canarias,

Torrejón, 2 de Julio de 1.992

J. J. B E N I T E Z

Apartado 31
48940 - L E J O N A
VIZCAYA - ESPAÑA

Distinguido escritor y apreciado amigo:

Acabo de recibir su amable carta de 28 de Mayo, en la que me da las gracias por haber accedido a la solicitud de la Universidad Complutense, para que un Oficial de mi Estado Mayor haga una presentación en el Curso de Verano sobre el tema OVNI.

Agradezco sus elogios hacia mi persona, pero no debe considerar mi actitud ante este tema como un empeño personal basado en decisiones propias, sinó como el resultado de un proceso de reflexión, que es consecuencia del análisis de una extensa documentación reunida durante muchos años.

La gran "oleada" de 1968/69 provocó una inquietud general, por lo que no era lógico entonces divulgar datos que, en cierta medida, podrían haber realimentado tal situación, produciendo un efecto de resonancia sobre la población civil.- Por otra parte, el Ejército del Aire no disponía de datos -recogidos después a lo largo de un período extenso de tiempo- que le permitiesen aportar una opinión fundada sobre el fenómeno OVNI.

En la actualidad, tras un cuarto de siglo sin evidencia manifiesta de que el fenómeno OVNI represente una amenaza para la nación, adquiere mayor peso específico la intranquilidad paralela que podría derivarse en la población española, se pensase que existen datos ocultos y, por consiguiente, inquietantes como todo lo desconocido. Este es el origen del actual estudio para iniciar un proceso de desclasificación.

Como Comandante en Jefe del Mando Operativo Aéreo, la realización de tal estudio cae dentro de mis responsabilidades, por lo que no debe ser interpretado como una iniciativa personal.

Le agradezco la afectuosa dedicatoria de su obra "A solas con la mar", en la que, junto a su reconocido mérito como escritor y poeta, pone de manifiesto su amor a la pintura.

Cordialmente

- Alfredo Chamorro Chapinal -

Dieciséis años más tarde el general Chamorro llega a la misma conclusión que Carlos Castro Cavero.

constituyeron un «bombazo» informativo. Nadie —y es de justicia reconocerlo— se había atrevido a encarar el fenómeno de los «no identificados» con tanta claridad como audacia. Nadie, al menos, que perteneciera al estamento militar. Y las manifestaciones del general, lógicamente, dieron la vuelta al mundo.

¿Era esto normal?

Pero Castro Cavero no se limitó a reflejar sus pensamientos públicamente. Durante su estancia en el archipiélago canario se preocupó de impulsar un buen número de investigaciones oficiales sobre otros tantos fenómenos ovni acaecidos en las islas. Nombró jueces instructores. Recopiló una extensa documentación e informó al Ministerio de cuanto sucedió bajo su mandato.

Y en junio de 1976 —todavía inmerso en el enrarecido halo derivado de la reciente dictadura—, este asombroso general de la Fuerza Aérea repetiría la hazaña, aceptando una larga entrevista que fue difundida por *La Gaceta del Norte* de Bilbao. El día 29 de ese mes de junio las principales agencias de Prensa se hacían eco de estas nuevas y desconcertantes manifestaciones que —sin duda— forman parte de la historia de la Ufología. En esta ocasión, Castro Cavero, en un gesto que le honra, fue más allá de lo previsible. Y a decir verdad, hasta el momento presente (1993), nadie ha sido capaz de superarle. Entre otras cosas afirmó:

> ... Hace tiempo que considero a los ovnis como astronaves extraterrestres.
>
> ... Yo mismo los he visto durante más de una hora sobre la vertical del pueblo zaragozano de Sádaba.
>
> ... Yo creo en la existencia ovni. Lo que ocurre es que los elementos oficiales somos tan difíciles para decir que una cosa existe como la Iglesia para afirmar, por ejemplo, que esto o aquello es un milagro.
>
> ... Por supuesto que creo que estamos siendo visitados con frecuencia por naves extraterrestres. Y no sé por qué tiene que asombrarnos.
>
> ... Si no se manifiestan es quizás por pudor. O quizás el problema resida en que no hemos encontrado todavía la fórmula para establecer ese contacto. Porque estos seres tienen un sistema de comunicaciones. Eso es indudable.

Emilio Alonso Manglano

Centro Superior de Información
de la Defensa
El Director General

Madrid, 5 de febrero de 1993
ID3/ 1516

Sr. D. Juan José Benítez
Apartado 31
48940 LEJONA (Vizcaya)

Mi querido amigo:

En atención a su carta del pasado 19 de enero, ponemos en su conocimiento que el seguimiento del fenómeno OVNI no se encuentra entre los objetivos actuales de este Servicio.

Esto no quiere decir, en modo alguno, que el Centro no considere de interés la casuística OVNI. Más bien al contrario, esta fenomenología podría considerarse, sin duda, competencia directa de este Organismo en aquellos casos en los que se viera implicada la Seguridad Nacional.

No obstante, en los casos detectados hasta el momento no se han identificado riesgos concretos a corto plazo para la Seguridad Nacional, por lo que el Centro no se ha visto en la necesidad de participar en el seguimiento ni en la investigación de estos asuntos, destinando sus recursos, en estos momentos de restricciones económicas, a otro tipo de amenazas que afectan de manera mucho más precisa e inmediata a la Seguridad y a los intereses nacionales.

El Centro no dispone, por tanto, de archivos relacionados con el tema OVNI, por lo que lamentamos no poder facilitarle el tipo de información solicitada.

Un cordial saludo,

EAM

Significativa carta del general Emilio Alonso Manglano. Más claro, imposible.

... La gente ignora que hay técnicos, tan avezados como los pilotos civiles o militares, que también los han visto y perseguido incluso. Los han llegado a tener al costado de sus aparatos y, cuando han intentado acercarse a ellos, los ovnis se han alejado o desaparecido a velocidades fantásticas, insuperables hoy por hoy para el ser humano. Y esos pilotos, lógicamente, saben distinguir.

... En estos momentos, el Ministerio del Aire lleva investigados más de una veintena de casos ovni. Han sido estudiados por profesionales competentes. Y resultan inexplicables.

... No puedo asegurárselo pero, entre esos casos, puede que haya habido intentos de acercamiento o llamadas o voces al éter.

... Hay otro aspecto significativo, tal y como sucedió en Canarias, a lo largo de una de estas observaciones ovni. En este caso, registrado en pantalla de radar, se comprobó que la velocidad del ovni era muy superior a todo lo conocido por el hombre.

... No creo que haya llegado el momento de exponerle a la gente lo que está sucediendo. En la actualidad, las naciones del mundo trabajan conjuntamente en la investigación del fenómeno ovni. Hay un intercambio internacional de información. Quizás cuando ese conjunto de países llegue a datos mucho más precisos y definitivos se pueda dar la noticia al mundo.

... Desde luego, ésa será una noticia importante. Porque no cabe duda de que esos visitantes extraterrestres tienen un simple deseo de acercamiento pacífico. Absolutamente pacífico. De no ser así se hubieran registrado ya otros síntomas.

Repito. ¿Es esto normal?

En lo que llevamos de siglo, ningún representante del Ejército del Aire español se ha expresado en público, con semejante contundencia, sobre los ovnis. Otros militares, por mucho menos, han sido amonestados, arrestados o relegados al ostracismo profesional. Algún día, si dispongo de la correspondiente autorización, proporcionaré ejemplos tan tristes como esclarecedores.

¿No es esta singular actitud de Castro Cavero un indicio —no me atrevo a llamarlo prueba— de que estaba siendo «controlado» o «teledirigido», por medios que escapan a nuestro conocimiento, por esas inteligencias no humanas que

CENTRO DE ESTUDIOS INTERPLANETARIOS

CONSEJO DE CONSULTORES

46020 VALENCIA (SPAIN)

Valencia, 22/4/92.

Estimado

Lo siento, pero no me interesan los libros que tienes. Te ofrezco realizarme una pequeña "investigación", que te compensaré con los dos volúmenes de Loren Gross, UFOs: A History, 1947-1949. Se trata de averiguar, con relación a la entrega de dos informes del Ejército del Aire a finales de 1978 a Juan José Benítez, lo siguiente:

1. General que realizó la entrega. ¿Castro Cavero?
2. Un caso es el fechado el 19/11/76 en Canarias. ¿Cuántas páginas tiene el informe?
3. Fecha del otro caso, lugar y número de páginas.

Si la ufología no se hubiese convertido en una forma fácil de ganarse la vida habría, como en otras disciplinas, un dinámico intercambio de datos e información. El estudioso tiene a veces que servirse de terceros para obtener información, que poder compartir con todos.

Abrazos,

Vicente Juan

Bajo el eufemismo de una «pequeña investigación», el autor de la carta pretende corromper al destinatario. Cree el ladrón que son todos de su condición...

se dejaron ver sobre su finca, en Sádaba? Esta afirmación —lo sé— roza más la poesía que la severa lógica. Pero, de acuerdo con el historiador inglés Froude, ¿no es el poeta el historiador más fiel?

La intuición me dice que no estoy equivocado. Y que en un futuro, cuando la Ufología se instale en la universidad, alguien demostrará que también un general puede ser un «contactado»..., sin saberlo. Entonces, las audaces declaraciones de Castro Cavero serán reconocidas en su justo valor.

Y antes de proseguir entiendo que merece la pena llamar la atención sobre una de las ideas de aquel magnífico militar. En la entrevista que tuvo a bien concederme en junio de 1976, el teniente general puso especial énfasis en el carácter «no agresivo» de los ovnis. Para los investigadores y estudiosos del tema dicha manifestación es una verdad de Perogrullo. Para el lector no avisado podría encajar en la parcela de las reflexiones personales. Conociendo como conocía a Carlos Castro puedo asegurar que, en efecto, se trataba de una deducción íntima, pero cimentada en algo más: en un minucioso y dilatado análisis de los informes elaborados y custodiados por la Fuerza Aérea. Casualmente (?), cuanto digo se ha visto confirmado por otros sobresalientes militares. Veamos. En julio de 1992, en carta personal, por el también general Chamorro Chapinal, comandante en jefe del Mando Operativo Aéreo (MOA). En agosto de ese mismo año, por el teniente coronel Ángel Bastida, en la mencionada e histórica comparecencia del Ejército del Aire en los cursos de verano de la Universidad Complutense de Madrid. Y en febrero de 1993 —también en comunicación privada— por el director general del Centro Superior de Información de la Defensa (CESID), general Emilio Alonso Manglano.[1]

En su interesante y polémica intervención en El Escorial, Ángel Bastida —de la Sección de Inteligencia del MOA— dejó perfectamente claro que «después de veinticinco años de estudio del fenómeno ovni no se habían detectado indicios que pudieran comprometer la seguridad nacional».

Si escrutamos las opiniones de Chamorro y Manglano es fácil deducir que la importantísima conclusión de «no agresividad» es plenamente compartida por la cúpula militar española. Pero —insisto— ¿son afirmaciones gratuitas o escasamente meditadas? El lector comprenderá que las interpretaciones de tan destacados generales no son fruto de la improvisación. Todo lo contrario. Tanto la Fuerza Aérea como el CESID (centro que reúne a la «crema» de los espías españoles) disponen de la suficiente información ovni —de su propia cosecha o trasvasada del extranjero— como para saber de qué están hablando. En este sentido, la comunicación de Manglano resulta reveladora. Leyendo entre líneas uno constata lo que siempre habíamos sospechado: el asunto ovni no es un problema trivial. Está presente —desde hace décadas— en las mesas de los responsables de la defensa nacional. Y, poco a poco, irá aflorando a la opinión pública, para vergüenza, escarnio y descrédito de cuantos se empecinan en descalificar dicho fenómeno.[2]

Y concluyo con un comentario de «obligado cumplimiento». Se lo debo al general Castro Cavero, fallecido el 8 de octubre de 1979. Y lo hago por dos motivos. Primero: porque siempre fue un hombre y un militar honesto y nadie —menos aún después de muerto— puede arrogarse la potestad de mancillar su memoria. Segundo: porque no consiento que se maltrate a mis amigos. En especial, utilizando argucias tan rastreras y subterráneas como la que me dispongo a revelar.

Este leve desahogo personal —el lector sabrá perdonarme— viene a cuento como consecuencia de una venenosa carta (confidencial, claro está) que pude interceptar a finales de abril de 1992. Una misiva en la que —por enésima vez— se dibuja el verdadero «rostro» de esos individuos que he dado en calificar de «vampiros» de la Ufología. Y a juzgar por el contenido de la misma puede que haya sido benévolo en dicho bautizo.

Todo arranca en el lejano año de 1978 cuando —extraoficialmente— dos coroneles y un general tuvieron a bien entregarme dos importantes informes ovni. Naturalmente —de acuerdo a la palabra dada—, sus identidades han sido y seguirán siendo silenciadas. Pues bien, he aquí que en la carta de marras —que reproduzco tal cual— uno de estos «pontífices» de los «no identificados», sin la menor base, se atreve a insinuar el nombre de Castro Cavero como uno de mis posibles informadores. Y en un vil insulto a la inteligencia del destinatario —un excelente investigador con quien me une una vieja amistad— le propone que intente sonsacarme el nombre de dicho general, apuntando, como puede leerse en la repugnante misiva, la posibilidad de que fuera Castro Cavero. Cuánta razón tenía Séneca al afirmar que «la maldad se bebe la mayor parte de su propio veneno».

Espero que los «vampirizados» y demás acólitos de esta casta de «sepulcros blanqueados» tomen buena nota de esas dieciocho reveladoras líneas. Ésta, y no otra, es la auténtica cara de los que se autoproclaman «científicos y prestigiosos investigadores de los ovnis». Victor Hugo los describió a la perfección: «Es cosa bien extraña la facilidad con que los infames creen merecer el triunfo, justificando lo injustificable.»

¿Desde cuándo la Ufología se ha convertido en una forma fácil de ganarse la vida? En todo caso será para aquellos que, como estas sanguijuelas, se nutren del esfuerzo, de los sacrificios sin cuento, del tiempo, del dinero y de los informes de los investigadores «de campo», elaborando libros y teorías sin levantar el trasero de sus cómodas poltronas. Como escribía Körner, «no hay bribón tan estúpido que no halle un motivo para sus bajezas».

NOTAS

1. La trascendencia histórica de ambas comunicaciones —desde el prisma ufológico— me ha inclinado a reproducirlas íntegramente.
2. La última «hazaña» conocida de los «torquemadas» y negadores profesionales del fenómeno ovni fue recogida en el semanario *Muy Interesante* (abril de 1993). En portada podía leerse: «Fraude ovni. Ni platillos volantes, ni extraterrestres, ni fenómeno paranormal, denuncian los científicos.» Todo un ejemplo de desinformación.

9

Villacisneros, 1968: otro informe ovni «maquillado»

«La misma verdad adquiere el color de la disposición de quien la dice.»

La frase de Eliot, aunque escrita en el siglo XIX, encaja matemáticamente con la nebulosa actitud de los responsables de la actual desclasificación del archivo ovni de la Fuerza Aérea española. En contraposición con la sincera y valiente postura del desaparecido teniente general Castro Cavero, la Sección de Inteligencia del MOA prefiere navegar en el proceloso mar de la ocultación, de las verdades a medias y de la intoxicación más descarada. Cuando el expediente de turno —a la vista del número y calidad de los testigos— no se presta a «conclusiones» sofisticadas, siempre queda el recurso del «maquillaje». Todo es válido con tal de no reconocer lo que resulta de una evidencia aplastante. ¿Qué otra cosa puedo pensar ante las «consideraciones» que encabezan el suceso ovni del 14 de marzo de 1968 en Villacisneros?

Maniatados por la contundencia del incidente, los analistas militares han optado por una explicación que no les comprometa, sembrando —de paso— la siempre eficaz semilla de la duda.

«Observación realizada por personal muy cualificado —dice el documento del MOA— y habituado a observar el espacio aéreo. La gran cantidad de testigos confirma la existencia de un fenómeno no habitual.»

¿«Fenómeno no habitual»?

¿Cómo debemos interpretar tan sutil definición?

El caso —ampliamente narrado en mi libro *Encuentro en Montaña Roja*— fue protagonizado, fundamentalmente, por la tripulación del avión Fokker (F-27), matrícula EC-BNJ, de la compañía Spantax, contratado por Iberia y que efectuaba

MANDO OPERATIVO AEREO	ESTADO MAYOR SECCION DE INTELIGENCIA

AVISTAMIENTO DE FENOMENOS EXTRAÑOS

<u>LUGAR:</u> -VILLA CISNEROS

<u>FECHA:</u> -1968 / día 14 de Marzo

<u>RESUMEN:</u>

- El Comandante y Segundo Piloto del vuelo SPANTAX IB/371-372 (La Palmas-Villa Cisneros), cuando se dirigían a tomar tierra, observaro una luz a su altura y, aparentemente, realizando una maniobra d tráfico contraria a la suya.- A su demanda, la torre contesta no tene ningún tráfico (el controlador no ve la luz).- A los pocos segundo (10 estimados) la luz desapareció.- Una vez en tierra, los piloto comentan el incidente.

- Al iniciar el vuelo de regreso a Las Palmas, poco después de despegue, se observa de nuevo la luz.- En esta ocasión, la observació es corroborada por gran número de testigos desde el suelo.

- La luz parece bastante lejana, por lo que continúan vuelo. Le acompañó durante casi todo el trayecto, con aparentes ascensos descensos esporádicos.- Al iniciar el descenso se perdió de vista debido a la existencia de una capa de estratos.

- La tripulación afirma no haber comunicado nada a la prensa, a l que acusan de sensacionalismo.

<u>CONSIDERACIONES</u>

- Existen discrepancias notables en cuanto a <u>distancias</u> (lógic tratándose de una luz de tamaño indeterminado), <u>color</u> (blanco por e Comandante, azulado el Segundo, rojizo desde la torre de contro mudando a blanco al alejarse, y rojo desde el istmo), y <u>tamaño</u> (desd el de una luz de navegación mas potente de lo normal, hasta magnitu similar a la del planeta júpiter, pasando por oscilaciones en s brillantez).

ASPECTOS DESTACABLES: Observación realizada por personal muy cualificado y habituado a observar el espacio aéreo. La gran cantidad de testigos confirma la existencia de un fenómeno no habitual.

No se apreció forma en ningún momento, a pesar de realizarse observaciones a través de prismáticos. La magnitud de la luz observada fue relativamente escasa (prácticamente puntual).

El aspecto mas anormal del fenómeno lo constituye la ubicación (cerca de un aeropuerto) y el comportamiento (desaparición tras el aterrizaje y acompañamiento en el viaje de regreso). La observación del fenómeno desde el suelo descarta cualquier hipótesis sobre un posible reflejo en la cabina.

DESCLASIFICADO			
Escrito: JEMA	Nº: 1275	Ref.: EMA 10/1-4	Fecha: 25-09-92
OBSERVACIONES: Expediente 680314			

«Resumen» y «consideraciones» del MOA sobre el encuentro ovni en Villacisneros, enviado desde Torrejon al Estado Mayor del Aire el 9 de septiembre de 1992 y desclasificado por el referido JEMA el 25 de ese mismo mes de septiembre.

el vuelo entre Las Palmas y Villacisneros, en el antiguo Sahara español. En síntesis —para no alargar la secuencia innecesariamente—, los hechos fueron los siguientes:

Unos minutos antes del aterrizaje (20.29 Z) del mencionado IB-371 en la pista 04 del aeródromo de Villacisneros, el segundo piloto, Paco Andreu, llamó la atención del comandante del Fokker, Andrés Ciudad, respecto a una extraña y brillante «luz» blanca que volaba por la izquierda y en paralelo con el avión de pasajeros. Andreu, que en aquellos momentos se encargaba de las comunicaciones, preguntó a la torre si podía tratarse de un tráfico. La respuesta fue negativa. Y el objeto, con forma de disco, les acompañó durante cuarenta o cincuenta segundos.

El Fokker-27 tomó tierra sin novedad y, como es lógico y natural, el asunto fue comentado entre el personal del aeropuerto.

A las 21.15 Z, Andrés Ciudad y Paco Andreu despegaron rumbo a Las Palmas, iniciando así el vuelo IB-372. Y el ovni volvió a presentarse. En esta ocasión, sin embargo, los primeros en detectar la presencia del objeto fueron el oficial de tráfico, el jefe del aeropuerto, un médico militar, un oficial de la Legión y otras personas.

«... Mientras ustedes rodaban del aparcamiento hasta la cabecera de pista —comunicó Eusebio Moratilla, oficial de tráfico, a los pilotos del Fokker—, la "luz" ha sobrevolado la torre de control, deteniéndose en la vertical del acuartelamiento de la Legión.»

Parecía como si el ovni hubiera «esperado» el despegue del avión. Y cuando el aparato comenzó a elevarse —apenas a unos ciento cincuenta metros del suelo—, el disco se desplazó hacia el Iberia, situándose a su costado derecho.

«... Y allí continuó —me explicaron los pilotos— durante todo el vuelo. En total, alrededor de una hora. De vez en cuando ascendía o bajaba de nivel, manteniendo nuestra velocidad: 210 nudos (unos 420 kilómetros por hora).

»Cambiaba de color, pasando del blanco al naranja.

»Y al iniciar la aproximación a Las Palmas lo perdimos entre las nubes.»

¿«Fenómeno no habitual»?

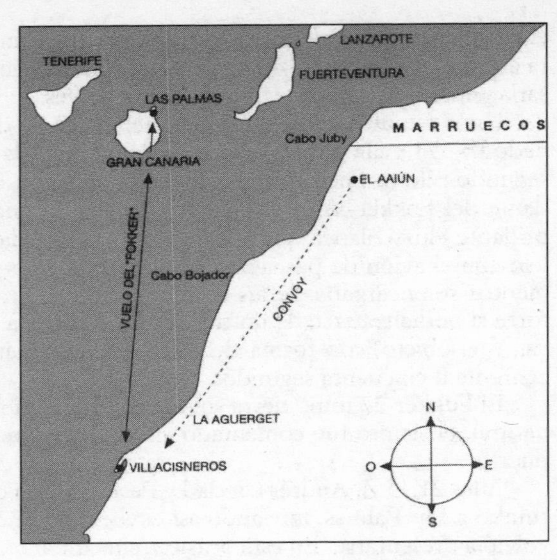

Dirección del convoy (línea de trazos) que observó el ovni a cien kilómetros de Villacisneros.

Antonio Murga, entonces comandante de Artillería.

El juicio de los militares —fechado y rubricado por el oficial de Inteligencia del MOA el 9 de septiembre de 1992— se me antoja casi diabólico. No dicen nada y lo dicen todo. De acuerdo con la Real Academia de la Lengua Española, el término «habitual» hace referencia a aquello «que se hace, padece o posee con continuación o por hábito o costumbre». Según esto, el fenómeno observado por la tripulación del avión de Iberia y por el medio centenar de testigos en tierra podría ser explicado de infinitas maneras, siempre que se ajuste a la brillante etiqueta de «no habitual». Por ejemplo: una vaca volando, la estrella de Belén o Superman. Astutamente los analistas del Mando Operativo Aéreo escurren el bulto y la responsabilidad. No dicen nada, pero claman a los cuatro vientos que no quieren reconocer la verdad. ¿Y cuál es esa verdad? Analicemos someramente el comportamiento y las principales características de aquel objeto.

Forma de disco. Algo «habitual» en los millones de casos ovni conocidos e investigados en el mundo. Una forma que no puede ser asociada a ningún ingenio aéreo humano.

La «luz» se aproximó al avión pocos segundos antes del aterrizaje, desapareciendo de la vista de los pilotos hacia las 20 horas y 28 minutos (Z).[1] La toma de tierra del Fokker se efectuó a las 20.29 h. Cuarenta y seis minutos después —a las 21.15 h. (Z)—, el ovni, tras sobrevolar la torre de control y hacer estacionario sobre el acuartelamiento de la Legión, se dirigió de nuevo al encuentro del Iberia.

¡Cuarenta y seis minutos esperando el despegue del Fokker!

No hace falta ser muy despierto para comprender que aquel disco se hallaba gobernado o pilotado. Y tampoco se precisa ser un premio Nobel para deducir que los seres o la inteligencia que navegaban en el interior (?) de dicho artefacto tenían un especial interés por el Fokker en cuestión. La prueba es que lo «escoltaron» durante casi una hora. Algo también muy «habitual» en Ufología.

La conclusión —para quien no esté dispuesto a practicar la política del avestruz— es sencillísima: una nave «no humana» se paseó sobre Villacisneros, acompañando a un avión de pasajeros hasta las proximidades de Las Palmas.

Todo un documento histórico. Imagen tomada el 14 de marzo de 1968, en el camino de El Aaiún a Villacisneros, pocas horas antes del avistamiento ovni. A la derecha, Enrique Laviña. Junto a él —con gafas—, el comandante Murga.

Una esfera acompañó al convoy en su camino hacia Villacisneros. (*Ilustración de J. J. Benítez*)

El aeródromo de Villacisneros, en 1968.

Y no tenemos más remedio que insistir en lo ya desmenuzado en capítulos anteriores. Si el incidente de Villacisneros puede ser catalogado como de «extrema claridad»», ¿por qué los responsables de la segunda desclasificación ovni lo «maquillan», buscando subterfugios y explicaciones «descafeinadas»»?

Parece obvio que a las cúpulas militares —y no militares— del mundo civilizado no les interesa, de momento, el reconocimiento de que la humanidad está siendo visitada por civilizaciones ajenas al planeta. Así de claro y redondo. Y en buena medida, esa férrea actitud —creo haberlo repetido hasta la saciedad— tiene una justificación. Tanto si el ovni de Villacisneros tenía un origen terrestre como extraterrestre, el papel del sistema defensivo —en este caso español— fue nulo. Y el irritante problema debe ser trasvasado a cualquier otro suceso ovni. Aquel disco violó el espacio aéreo de un país, dejando con el trasero al aire a la totalidad del entramado de las redes de vigilancia aérea. ¿De qué sirven los radares o los miles de millones de pesetas, dólares o rublos invertidos en aviones de combate? Para los militares no había y no hay salida. Frente a hechos como el protagonizado por el Fokker sólo cabe ocultar, distorsionar o mentir. Pero esa postura tiene un precio. Y la opinión pública —algún día— pasará factura...

¿Por qué el MOA —veinticuatro años más tarde— recurre a la retorcida solución (?) de «fenómeno no habitual»? Si uno consulta los veinte folios que arman el expediente de Villacisneros puede comprobar que los testigos seleccionados y el propio comandante que hizo de juez informador fueron mucho más honestos en sus apreciaciones. No supieron aclarar la naturaleza de la misteriosa «luz» —eso es cierto y así consta en los documentos— pero ninguno cometió el error de menospreciar el incidente con sutilezas como la de «fenómeno no habitual».

Es más. Cuando el caso del 14 de marzo de 1968 se filtró a la Prensa, el Ejército del Aire supo dar la cara. Dos días después —ante la lógica inquietud ciudadana— hacía pública una nota (la primera en la historia de los «no identificados» en España) en la que, tras explicar cómo un avión de la com-

A las 20.28 h (Z), el avión «Fokker» inicia la maniobra de aproximación al aeródromo de Villacisneros. El ovni lo acompaña durante casi un minuto.

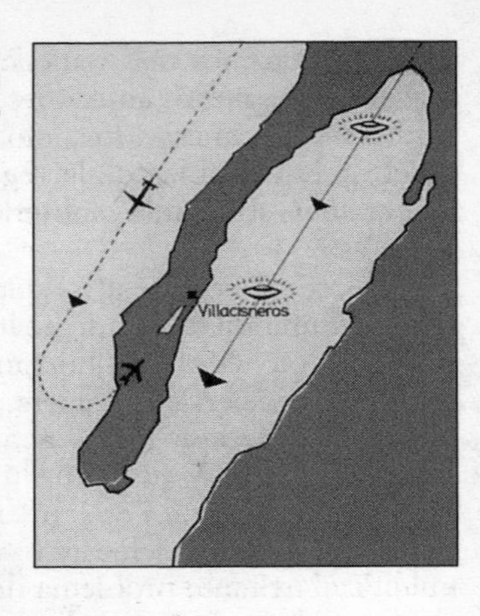

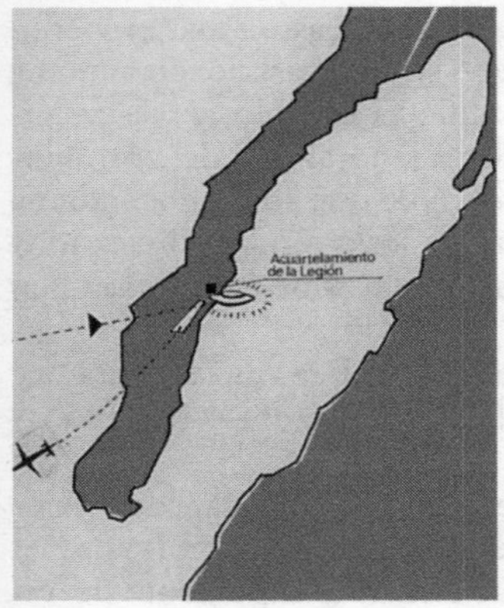

A las 21.15 h (Z), el «Fokker» pilotado por Ciudad y Andreu despega de Villacisneros. El ovni sobrevuela la torre de control y «escolta» al avión durante casi una hora. El aterrizaje en Las Palmas se produciría a las 22.30 h (Z).

Jenaro López Iñíguez, hoy teniente coronel del Ejército del Aire. En la noche del 14 de marzo de 1968 se hallaba en el aeopuerto de Villacisneros, siendo testigo de excepción del ovni que acompañó al avión de Iberia. En su declaración, el entonces teniente aseguró que la «luz parpadeaba, como si aumentara y disminuyera su intensidad».

pañía Spantax, en vuelo de Las Palmas a Villacisneros, había sido seguido por una luz desconocida, dejaba constancia de que «en ningún momento se había producido anormalidad en el vuelo, ni la menor alarma a bordo del avión».[2]

¿A qué obedece este sibilino cambio de actitud entre lo manifestado en 1968 y lo escrito por el MOA en 1992?

¿Por qué en el expediente recién desclasificado no ha sido incluida dicha e importante nota oficial? La respuesta es obvia: el implícito reconocimiento de la existencia de un objeto no identificado sobre territorio nacional atentaría contra el supuesto sagrado papel de los responsables de la Defensa, deteriorando —por añadidura— la «consigna» que, al parecer, impregna y preside el actual proceso de desclasificación ovni. Una cosa es que una serie de testigos —más o menos cualificados— afirme y jure por sus muertos que han visto un disco volante y otra muy diferente que sea el propio Ministerio del Aire quien asuma ese hecho en una nota oficial. Una nota, como digo, que los actuales analistas militares han cuidado de no incluir en el informe de Villacisneros. Pero no es éste el único pecado de omisión de la cúpula militar. Los hay más escandalosos...

Y hablando de omisiones, ¿por qué el oficial de Inteligencia del MOA que redacta el «resumen y las consideraciones» que encabezan el expediente del 14 de marzo de 1968 pasa de puntillas sobre ese testigo —un capitán de artillería— que también vio el ovni de Villacisneros?

Respecto a este interesante particular, en el folio séptimo, el juez instructor del caso, al informar a la Tercera Sección del Estado Mayor de la Zona Aérea de Canarias, escribe textualmente:

«... Al día siguiente de ocurrir el fenómeno se presentó en Villacisneros un Capitán de Artillería apellidado ———, que a la misma hora de despegar el avión se encontraba con un convoy a la entrada del Istmo, unos cincuenta kilómetros y que ignoraba totalmente lo ocurrido la noche anterior manifestando a muchos conocidos, entre ellos al Oficial de Tráfico Sr. ———, que al pasar el avión en sus proximidades observó una gran luz roja cerca del mismo. No se le ha podido tomar declaración por encontrarse en Madrid.»

Servidor tuvo conocimiento de la existencia de este oficial de artillería bastantes meses antes de la desclasificación del expediente de Villacisneros. Un miércoles, 8 de abril de 1992, aparentemente por casualidad (?), atascado en el aeropuerto de Melilla a causa de las adversas condiciones atmosféricas, tuve la fortuna de conocer y dialogar con un hombre entrañable —Antonio Botella Palop, a la sazón, jefe de dicho aeropuerto melillense— que, mire usted por dónde, estaba al tanto de lo ocurrido en Villacisneros y —¡oh casualidad!— era buen amigo del mencionado capitán de artillería. Y no tengo más remedio que preguntarme: ¿habría llegado a establecer contacto con este importante testigo si ese día no hubieran soplado vientos de cuarenta y tres nudos? Pero, para qué insistir en el fenómeno de las «causa-lidades»... Vayamos al grano.

Dos meses más tarde —el 3 de junio— pude estrechar la mano de Antonio Murga, hoy retirado en Galicia. El entonces comandante en jefe de la Plana Mayor del Grupo de Artillería de El Aaiun —y no capitán, como escribe el juez informador— recordaba el suceso con precisión:

> ... Me encontraba destinado en la plaza de El Aaiun, al norte del antiguo Sahara español. Cada dos meses nos desplazábamos a Villacisneros. Y ese 14 de marzo de 1968, alrededor de las seis y media de la madrugada, partimos de El Aaiun en dos Land-Rover.
>
> ... Fue curioso. Lo habitual era viajar en avión. Pero el día anterior coincidí en el casino con Enrique Laviña, ingeniero y jefe de Minas del Ministerio de Industria en el Sahara. Me comentó que se disponía a marchar a Villacisneros y me uní a su convoy.
>
> ... Laviña conducía el primer vehículo. Yo iba con él. En el segundo Land-Rover marchaban un guía de tropas nómadas, un teniente y otros militares, también compañeros.
>
> ... El viaje se desarrolló con normalidad. Comimos en una «grara», una zona de vegetación, y antes de alcanzar el Istmo (la estrecha península de Villacisneros), en el paraje conocido como «La Aguerget», mi buen amigo Laviña señaló algo en el cielo.
>
> ... Podían ser las seis y media o siete de la tarde. Aún no habían salido las estrellas.

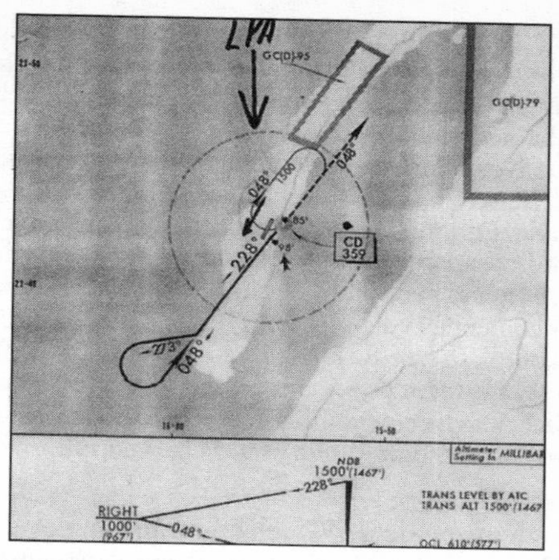

Según los «vampiros», el ovni observado por los pilotos del vuelo IB 371 (Las Palmas-Villacisneros) fue la estrella Arcturus. Y uno, en su ignorancia, a la vista de la carta de navegación aquí reproducida, se pregunta: si el ovni, un minuto antes de aterrizar, voló en paralelo con el «Fokker» y por su izquierda, ¿cómo podía ser Arcturus? La maniobra obligada de aproximación a la pista (rumbo 048°) exigía que el avión, al efectuar el giro (ver gráfico), volase durante unos instantes con dirección 273°. Durante ese tiempo, la posición del brillante disco fue Sur. En otras palabras: si Arcturus se encontraba en esos momentos (20.28 h) (Z) a 5° por encima del horizonte y en el Este, ¿qué fue lo que ocurrió? ¿Es que la estrella de marras cambió de posición y fue a colocarse en el Sur? Una de dos: o estos pajarracos de la Ufología «trabajan» para algún servicio de inteligencia, empeñado en la «intoxicación», o padecen de cretinismo congénito.

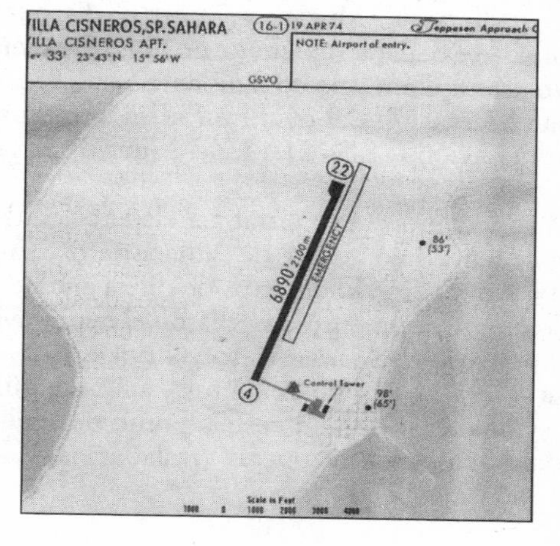

... ¡Mira lo que se ve ahí!, me advirtió Enrique. Y hacia el suroeste, por encima del mar, observamos una esfera de color naranja. Tenía el tamaño de la luna llena. No dejaba estela y volaba despacio, con rumbo sur.

... Nos llamó la atención, claro está. «Aquello» era muy raro. Marchaba por la derecha del convoy y ligeramente adelantada. Pudimos verla por espacio de casi media hora. Finalmente desapareció en la lejanía, siempre con dirección sur.

... Cuando entramos en Villacisneros, ya oscurecido, nadie hizo comentario alguno. Uno o dos días después nos enteramos por la Prensa de lo ocurrido con el avión de Spantax. Entonces, a lo largo de los cinco o seis días que permanecimos en Villacisneros, comentamos lo que habíamos visto con los amigos del aeródromo. Y ésa es toda la aventura.

En noviembre de 1992, el compañero del comandante Murga —Enrique Laviña Serrano— me ratificaba la versión del oficial de artillería.

Y ese mismo invierno —una vez desclasificado el informe en cuestión— volví a visitar a Antonio Murga. Y aunque no tenía motivos para dudar de su testimonio —siguiendo el «procedimiento habitual»— le rogué repitiera la historia desde el principio. Ni que decir tiene que la narración fue la misma.

Concluido el interrogatorio le mostré el documento redactado por el juez instructor del caso. Y al leer el párrafo anteriormente mencionado —en el que se hace alusión a un capitán de artillería—, Murga se mostró disconforme. La versión oficial se hallaba repleta de errores. A saber:

1. No era capitán, sino comandante.
2. La observación del ovni no fue «a la misma hora del despegue del avión» —las 21.15 Z—, sino hacia las 18.30 o las 19 h.
3. El convoy no se encontraba a «la entrada del Istmo», a unos cincuenta kilómetros de Villacisneros, sino en «La Aguerget»: a unos cien kilómetros de dicha ciudad.
4. En ningún momento observaron el ovni y avión simultáneamente. De hecho, jamás vieron el Fokker.
5. La esfera no era de color rojo, sino amarillento-anaranjada. «Como el sol cuando está a punto de ocultarse.»
6. Tampoco es cierto que se trasladara a Madrid. Una

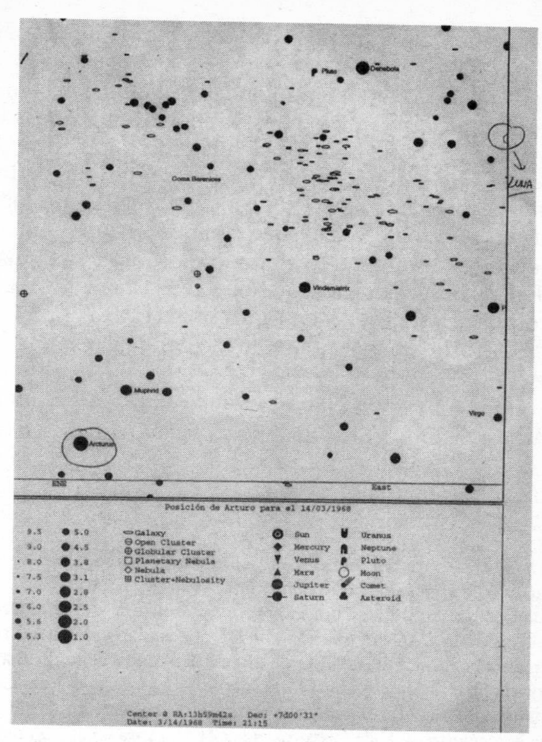

Como viene siendo habitual, nada más hacerse público el expediente oficial del 14 de marzo de 1968, los negadores profesionales del fenómeno ovni saltaron como billardas. Y uno de estos «vampiros» —sin haberse molestado siquiera en interrogar a los pilotos y demás testigos— hacía pública la siguiente aberración (diario *Levante*, 14 de febrero de 1993): «... la tripulación vio, probablemente —tanto al aterrizar como al despegar—, la estrella Arcturus, la cuarta más brillante del cielo, y desde tierra (se refiere al personal del aeródromo de Villacisneros) pudieron ver otras estrellas, ya que estaban predispuestos a ver algo, después que la tripulación les comunicara que habían observado una luz.» En el presente mapa estelar puede verificarse la elevación de Arcurus respecto al horizonte para las 21.15 h (Z) del citado 14 de marzo de 1968 (latitud 28°45' N y longitud 15°24' O). La magnitud era «0» y el color de la estrella «oro-amarillento». Arcturus se encontraba en aquella fecha a 34 años luz de la Tierra. Según los testigos, el ovni que acompañó al «Fokker», que se paseó sobre la pista del aeropuerto y que hizo estacionario sobre el acuartelamiento de la Legión, era de un intenso color blanco, cambiando en ocasiones al naranja. Por otra parte, si la estrella Arcturus empezó a asomar por el horizonte de Villacisneros a las 20.03 h (Z) (elevación 0°), y por Este, claro está, ¿qué fue lo que vieron los integrantes del convoy hacia las seis y media o siete de esa tarde y por el Oeste? (Gentileza de Javier Peña, director de la revista *Cosmos*.)

vez concluidos los ejercicios de tiro regresó de nuevo al Aaiun.

En conclusión: suponiendo que se tratase del mismo objeto, el convoy alcanzó a verlo unas dos horas antes que los pilotos del vuelo de Iberia y a unos cien kilómetros al norte de Villacisneros. Un dato de especial interés que, en definitiva, confirma la aplastante realidad de lo manifestado por los testigos del aeropuerto de Villacisneros. Unos testigos —me consta— que jamás leyeron el testimonio de Murga y Laviña. Entre otras razones porque es ahora (1993) cuando se hace público por primera vez y en rigurosa exclusiva...

Y los «torquemadas», empeñados en negar la existencia ovni...

Como manifestaba Flaubert, «la imbecilidad es inexpugnable».

NOTAS

1. Hora Z: la hora del meridiano, utilizada internacionalmente en aviación. En aquella época coincidió con la hora local de Canarias.

2. La nota hecha pública por el entonces Ministerio del Aire decía textualmente: «Madrid, 16. En relación con la noticia aparecida en la Prensa de la mañana de hoy, según la cual un objeto extraño había seguido al avión de la compañía Spantax que el día 14 hacía la línea Las Palmas-Villa Cisneros, se aclara lo siguiente: "En el momento en que el avión se disponía a tomar tierra en el aeropuerto de Villa Cisneros, a las 21.30 (hora local), el comandante de la aeronave observó una luz situada a unos 20 km y al otro lado del aeropuerto, por lo que preguntó a la torre de control si tenía contacto con algún avión en las cercanías, lo que fue contestado negativamente, tomando tierra a continuación sin novedad. Efectuado el despegue para realizar el viaje de regreso a Las Palmas, la torre de control preguntó al piloto si veía una luz a su derecha, lo que fue contestado afirmativamente, siendo preciso puntualizar que en ningún momento se produjo anormalidad en el vuelo ni la menor alarma a bordo del avión, que realizó su vuelo con toda regularidad."»

10

15 de mayo de 1968: los militares vuelven a pillarse los dedos

¿Maquinación? ¿Intoxicación? ¿Expedientes «maquillados»? ¿Información sesgada por parte de la Inteligencia Militar?

Más de uno —y más de dos— verán en estas críticas a los responsables de la segunda desclasificación ovni un enfermizo afán de desprestigio de la Fuerza Aérea. Lo he mencionado e insistiré en ello hasta el aburrimiento: la misión de un investigador es procurar la verdad. Y nada ni nadie debe apartarle de ese saludable fin. Si el todo nunca puede ser juzgado por una parte, tampoco estas denuncias representan una vara de castigo al conjunto del Ejército del Aire. De hecho —como es fácil deducir a lo largo del presente trabajo y de los que le seguirán— son muchos los militares que, abierta o confidencialmente, sabedores de mi discreción e independencia, me suministran pistas y testimonios de notable valor. Aun así, soy consciente de que reúno un buen número de papeletas para el sorteo de la maledicencia. Pascal, el insigne filósofo y matemático francés del siglo XVII, escribió un pensamiento que asumo con todas sus consecuencias: «Decir la verdad es útil para aquel a quien se dice, pero resulta nefasto para el que la formula, puesto que se hace odiar.»

Dicho esto, me esforzaré en aportar nuevas pruebas que demuestren cuanto afirmo. Es decir, que —hoy por hoy— nos hallamos ante una descarada manipulación de la mayoría de los informes oficiales sobre ovnis.

Mayo de 1968. Casos registrados los días 15 y 17.

El MOA vuelve a pillarse los dedos. Y lo tragicómico es que, detrás del desafortunado juicio de la Sección de Inteligencia que ha desempolvado y analizado dichos expedientes, aparecen los colmillos retorcidos de los «vampiros». En otras palabras: las informaciones facilitadas por los supuestamente «serios y rigurosos pontífices de la Ufología hispana» a los militares de Torrejón han servido para abonar la consigna de descalificación y desmantelamiento del fenómeno de los «no identificados». ¿Exagero? El lector juzgará por sí mismo.

Por aquello de respetar la objetividad y el «procedimiento», pasaré a exponer en primer lugar el contenido íntegro del informe fechado el 15 de mayo de 1968, tal y como fue entregado a la opinión pública en enero de 1993, tras veinticinco años de impenetrable secreto.

El viernes 15 de ese mes de enero de 1993, los capitanes Marcos y Libreros, de la Oficina de Relaciones Públicas del Cuartel General del Aire en Madrid, me facilitaban una copia de los referidos expedientes. En total, veinte folios. Nueve correspondían al suceso del 15 de mayo en Madrid y Barcelona. El resto recogía el incidente registrado dos días después, el 17, sobre Lérida.

El mazo de documentos aparecía encabezado por un oficio dirigido al general director del Instituto de Historia y Cultura. Decía textualmente:

ASUNTO: Avistamiento de fenómenos extraños en el espacio aéreo Nacional.

Para su archivo en la Biblioteca de este Cuartel General durante el período de un año, adjunto remito a V E los expedientes sobre el asunto, números 680515 y 680917. Una vez transcurrido este plazo deberán remitirse al Archivo Histórico del ejército del aire.

Asimismo, le informo que los citados expedientes han sido desclasificados y censurados los nombres y direcciones de las personas que participaron en los avistamientos, por lo que pueden acceder a los mismos aquellas personas que lo soliciten.

Madrid, 11 de enero de 1993.

EL SEGUNDO JEFE DEL ESTADO MAYOR
DEL EJÉRCITO DEL AIRE
Santiago Valderas Cañestro
[División de Operaciones. Sección de Espacio Aéreo]

A continuación, como es habitual en esta segunda desclasificación, el MOA presenta un «resumen» y las correspondientes «consideraciones». Dos folios que reproduzco íntegramente en las páginas 178-179 y que no tienen desperdicio...

Por último, como única documentación original —es decir, fechada y firmada en aquel mayo de 1968— se incluye un escueto escrito (folio y medio), a manera de síntesis y dirigido al ministro del Aire, y dos incompletas fotocopias de lo publicado por *El Eco de Canarias* en los días que siguieron al citado incidente ovni del 15 de mayo.

La «síntesis» en cuestión dice así:

INFORMES REMITIDOS POR EL MANDO DE LA DEFENSA AÉREA RELATIVOS A OBJETOS NO IDENTIFICADOS QUE FUERON VISTOS EN DIVERSOS PUNTOS DE ESPAÑA EL DÍA 15 DE MAYO DE 1968.

INFORMACIÓN RELATIVA A OBJETOS NO IDENTIFICADOS

El día 15[1] *del presente mes, hacia las 10.30 Z, el Oficial Controlador de servicio en el COC fue avisado por teléfono por un empleado de la Junta de Energía Nuclear de la Moncloa, para informarle que tenía a la vista un objeto a unos 10 000 pies de altura con una forma extraña; requerido por el controlador para que por medio de unos gemelos intentase localizarlo y dar una información más completa, notificó posteriormente que le parecía un objeto formado por tres cuerpos paralelos sin poder precisar más por haberse alejado y ascendido. Según la posición estimada se intentó localizar en el radar por medio de Matador, no consiguiéndolo, siendo sin embargo visto desde Torrejón. Requerida la Torre de Control de Torrejón para que por medio de gemelos informase del objeto, notificó ser un globo sonda, basándose el oficial de vuelos para esta información, exclusivamente en la percepción visual.*

Aproximadamente a las 100 Z, el escuadrón de A y C N.° 4 (Samba), llamó al Controlador del COC para notificarle que en el área de Barcelona, *tenía contacto radar con un objeto* no identificado a unos 3 000 pies *de altura, pidiendo permiso para*

MANDO OPERATIVO AEREO	ESTADO MAYOR SECCION DE INTELIGENCIA

AVISTAMIENTO DE FENOMENOS EXTRAÑOS

LUGAR: - MADRID/BARCELONA

FECHA: -1968 / día 15 de Mayo

RESUMEN:

- A las 10:30Z el Oficial Controlador de Servicio en el C.O.C. recibe una llamada telefónica, notificando la presencia de un objeto extraño (observado con prismáticos tenía apariencia de tres cuerpos paralelos) sobre Madrid .

No se detecta en el radar, pero es visible desde Torrejón: la torre de control informa que, aparentemente, se trata de un globo sonda.

El EVA 4 notifica al C.O.C. que en el área de Barcelona tiene contacto radar con un objeto no identificado a 3.000'. Solicita que sea reconocido por cazas del 102 Escuadrón que, en ese momento, realizaban una misión con el EVA 4.- La identificación no pudo llevarse a cabo por problemas de coordinación y falta de combustible.- Aviones de líneas regulares notifican a Control Barcelona que están observando un objeto en la posición descrita.

Debido a la simultaneidad de las observaciones, el C.O.C. ordena un "scramble" con película. Al mismo tiempo, ordenado por su mando, despega una pareja de F-100 USAF con el mismo propósito.- La gran altura del objeto impidió una identificación clara y la toma de película, aunque la opinión de los pilotos coincidió en que era un globo sonda.

La tripulación del vuelo inaugural de la línea Tenerife-Málaga-París observó el fenómeno, poniéndolo en conocimiento de Madrid Control quién, a su vez, lo notificó al C.O.C..- A requerimiento del Comandante del DC-9, un pasajero filmó con una cámara el "objeto", entregando posteriormente la película, para que fuese entregada al Mando de la Defensa.

Desafortunadamente, por motivos desconocidos, la película no llegó al 4º Negociado de la 3ª Sección del Estado Mayor del Aire y, por consiguiente, no figura en el expediente. Las gestiones recientemente realizadas para su localización han tenido resultado negativo.

DESCLASIFICADO			
Escrito: SESPA (MA/SA)	Nº: 158	Ref.: 10/1.4	Fecha: 11-01-93
OBSERVACIONES: Nº Expediente 680515			

CONSIDERACIONES

- Se trata de dos observaciones diferentes, pero de características muy similares, coincidentes en fecha y hora.

- Tanto el comportamiento (trayectoria y velocidad) como las apreciaciones de los testigos, inducen a pensar que se trataba de globos estratosféricos.

- La hipótesis de "globo estratosférico" adquiere un considerable peso específico si se tiene en cuenta la campaña de lanzamiento de globos estratosféricos realizada por el CNES (Centre National D'Etudes Spatiales - FRANCIA).

* La media anual de lanzamientos era, en los años 60, de 200 globos/año.
* La forma era de TETRAEDRO REGULAR de gran tamaño.
* Los lanzamientos que presumiblemente dieron origen a los avistamientos fueron realizados desde Aire-sur Adour:

DIA/MES	HORA	VOL.GLOBO
13/05	16:25	53.000 m3
14/05	14:35	15.000 m3
14/05	16:21	53.000 m3

ASPECTOS DESTACABLES: El hecho de que uno de ellos fuese detectado por el radar y el otro no, no debe considerarse diferenciador ni muy significativo.

Del 13 al 17 de Mayo de 1968 se registró una oleada de avistamientos sobre España, de características muy similares. En muchos casos la identificación de forma "piramidal", de "tetrápodo", de "seta", etc. coincide plenamente con la de los globos estratosféricos del CNES. También es uniforme la apreciación de brillo metálico y movilidad escasa o nula.- Tales parámetros, unidos a la coincidencia en tiempo con los lanzamientos indicados, avalan la hipótesis de que, en ambos casos, se trata de GLOBOS ESTRATOSFERICOS.

PROPUESTA DE CLASIFICACION: SIN CLASIFICAR

Torrejón, a 23 de Octubre de 1992

EL OFICIAL DE INTELIGENCIA DEL MOA

aprovechar los aviones de la misión «Charlie» (que estaba siendo llevada a cabo) del 102 Escuadrón, para identificarle. El objeto había sido visto al mismo tiempo por aviones de línea regulares con destino a Barcelona, los cuales lo habían notificado a Control Barcelona. Los aviones de la misión «Charlie» no pudieron identificar el objeto por confusión de alturas de los cazas con el mismo y por falta de combustible.

Simultáneamente, el objeto informado por la Moncloa que se había desplazado al N. [?] de Madrid, había sido visto por un avión argentino según notificación de Control Madrid. Por tanto y dadas las circunstancias y la coincidencia del otro objeto en el área de Barcelona, el Controlador del COC ordenó despegar un «scramble» con película para identificación del objeto, despegando casi simultáneamente una pareja de F-100 de la USAF (por orden de su Mando) con el mismo propósito. Sin embargo el objeto, por estar a una altura superior al techo de los aviones, no pudo ser identificado con certeza, informando los pilotos que les parecía un globo sonda de los usados para fines meteorológicos.

Pocos minutos después, Madrid Control informó que un avión DC-9 procedente de París con destino a Málaga había avistado el objeto al NE de Madrid y que un pasajero había tomado una película en color del mismo, *pareciéndole al pasajero, ser un objeto compuesto de tres cuerpos esféricos paralelos. El Controlador del COC sugirió a Madrid Control en contacto con el avión, pidiese al Comandante se incautase de la película, cosa que ya había hecho por su cuenta para ponerla a disposición del Mando de la Defensa, prestándose el pasajero libremente a colaborar. La película se envió a Madrid Control quien a su vez la remitió al Ministerio del Aire, al Jefe del Servicio Nacional de Control que a su vez la hizo llegar a este Mando.*

Madrid, 31 de mayo de 1968

Junto a este significativo informe, que firma el general jefe del Mando de la Defensa Aérea española y que conviene analizar cuidadosamente, los responsables de la desclasificación adjuntan el oficio (que reproduzco en estas mismas páginas) en el que se da cuenta al ministro del Aire de la entrega de la película obtenida por el pasajero del DC-9. Un oficio

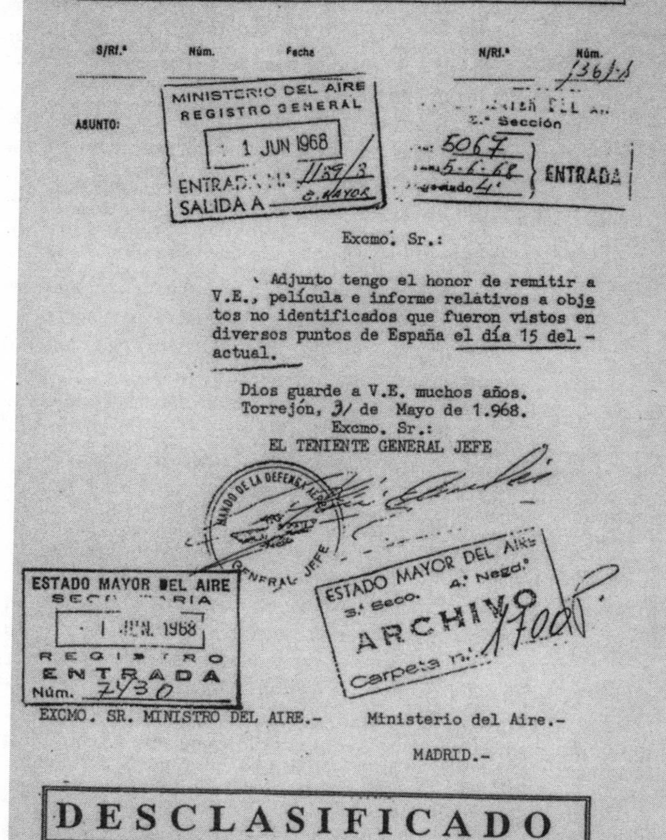
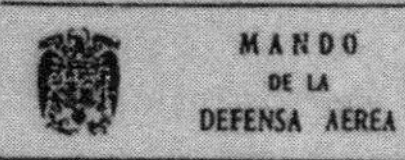

MANDO
DE LA
DEFENSA AEREA

Jefatura

S/Rf.ª Núm. Fecha N/Rf.ª Núm. 1361-A

ASUNTO:

MINISTERIO DEL AIRE
REGISTRO GENERAL
1 JUN 1968
ENTRADA N.º 1159/3
SALIDA A E. MAYOR

2.ª Sección
5067
5-6-68
4.ª
ENTRADA

Excmo. Sr.:

Adjunto tengo el honor de remitir a V.E., película e informe relativos a objetos no identificados que fueron vistos en diversos puntos de España el día 15 del actual.

Dios guarde a V.E. muchos años.
Torrejón, 31 de Mayo de 1.968.
Excmo. Sr.:
EL TENIENTE GENERAL JEFE

ESTADO MAYOR DEL AIRE
SECRETARIA
1 JUN. 1968
REGISTRO
ENTRADA
Núm. 7430

ESTADO MAYOR DEL AIRE
3.ª Secc. 4.ª Negd.º
ARCHIVO
Carpeta n.º 1700

EXCMO. SR. MINISTRO DEL AIRE.- Ministerio del Aire.-

MADRID.-

DESCLASIFICADO

Escrito:	Nº	Ref:	Fecha:
SESPA (MA/SA)	158	10/1.4	11-01-93

OBSERVACIONES: Nº expediente 680515

Oficio remitido al ministro del Aire, en el que se da cuenta del traslado de la película del ovni desde el Mando de la Defensa, en Torrejon, al antiguo Ministerio del Aire, en Madrid.

cuyos sellos de «entrada y salida» resultan de interés a la hora de estudiar el «peregrinaje» del film.

Pero vayamos paso a paso...

Honradamente, no sé por dónde empezar. Son tantas las mutilaciones y tal la desinformación introducida en este caso que no resulta fácil su esclarecimiento. Como defendía Tennyson, «una mentira que sea una gran mentira puede ser combatida inmediatamente; pero no es sencillo luchar contra una falsedad que contiene una parte de verdad». Ésta, creo yo, es la «llave maestra» utilizada por el Servicio de Inteligencia del MOA para reducir a la nada el suceso del 15 de mayo de 1968 y, como demostraré más adelante, el encuentro ovni ocurrido cuarenta y ocho horas después.

Como habrá apreciado el lector, en el informe oficial que acabo de reproducir salta a la vista que «faltan» documentos. De acuerdo a la normativa del Ejército del Aire, cada piloto de combate —participante en un «scramble»—, el propio jefe del escuadrón y los mandos de las estaciones de radar (los EVA) estaban —y están— obligados a redactar los correspondientes atestados, proporcionando todos los datos posibles sobre la misión efectuada. Lo hemos visto en el expediente ovni del 3 de junio de 1967. Pues bien, ¿dónde están los informes del oficial controlador del Centro de Operaciones de Combate (COC) de Torrejón y del oficial de vuelos de la torre de control de dicha base aérea? Ambos, según reza el escrito del Mando de la Defensa, tomaron parte activa en la localización y visualización del extraño objeto, «formado por tres cuerpos paralelos», que sobrevoló Madrid.

¿Por qué el MOA no ha incluido en el dossier recientemente desclasificado el informe y las trazas del EVA N.° 4 («Samba»), ubicado en el monte Paní, en Gerona?

¿Dónde están, en fin, las transcripciones de las conversaciones de los pilotos de los «cazas» con el radar? ¿Qué ha sido de los obligados «partes» que tuvieron que remitir al teniente general jefe del mencionado Mando de la Defensa Aérea? ¿Tampoco se sabe nada de la versión de los dos F-100 norteamericanos que —según Torrejón— «despegaron por orden de su Mando»? Por no mencionar los documentos elaborados en dicho Mando de la Defensa y en los que se enjuicia la película captada por el pasajero del avión de Iberia...

¿Es esto una desclasificación limpia y democrática? ¿A quién pretenden engañar? ¿Es que un caso ovni tan complejo como el del 15 de mayo de 1968 —con la participación de un radar, de, al menos, seis reactores y de varios aviones comerciales— puede quedar «reducido» a folio y medio? En el título que preside ese folio y medio, el propio Mando de la Defensa habla de «INFORMES», en plural. Pero los analistas del MOA, al parecer, no han reparado en el «detalle». Y al respetar dicho encabezamiento han cometido un nuevo error. Prescindiendo, incluso, de esa minucia, cualquier ciudadano medianamente bien informado percibe al instante que los militares han ocultado la mayor parte del expediente. ¿Por qué? Si los objetos en cuestión —tanto el divisado sobre Madrid como el que provocó el despegue de los interceptores, detectado por el radar en la región catalana— eran inofensivos «globos estratosféricos» (me remito a las conclusiones del MOA), ¿qué sentido tiene la mutilación del expediente? ¿O es que no se trataba de globos meteorológicos?

Analicemos este último punto.

¿«Globos estratosféricos»?

Las «consideraciones» firmadas por el oficial de Inteligencia del Mando Operativo Aéreo de Torrejón parecen contundentes. Proporciona, incluso, fechas, horas y volúmenes de los globos lanzados por los franceses y que —«presumiblemente»— provocaron los referidos avistamientos. Al leer estos razonamientos e informaciones, uno tiende a creer que el MOA ha evacuado las pertinentes consultas con el centro de lanzamiento de globos, en la localidad francesa de Aire-sur-l'Adour. He aquí otra verdad a medias. Pero no adelantemos acontecimientos. Vayamos por partes.

¿Qué decía la meteorología en esa intensa mañana del 15 de mayo de 1968? ¿Pudo un globo estratosférico sobrevolar la provincia de Barcelona a tres mil pies de altitud (unos mil metros)? ¿Cómo consiguió elevarse —en minutos— por encima del techo de los «cazas» que salieron a su encuentro?

Como siempre, me remitiré al Servicio Meteorológico Nacional. En el boletín correspondiente al 15 de mayo de

1968 —número 136— los radiosondeos arrojan los siguientes datos:

«A las 00 horas (TMG), la fuerza y dirección del viento en la zona de Cataluña eran de 23 nudos y 320 grados, respectivamente, a nivel "300 milibares" [aproximadamente a diez mil metros de altitud].»

En esa misma área, el sondeo efectuado a las 12 h proporcionó estas cifras:

«A nivel de superficie (1 000 milibares), el viento (190 grados) procedía del sur, con una fuerza de 06 nudos (alrededor de 12 km./h.).»

A mayor altura —400 mb.—, el viento soplaba con dirección 340 grados y una fuerza de 33 nudos.

Que «traducido» quiere decir algo muy simple y que, por supuesto, desmonta la hipótesis de los militares del MOA:

A lo largo de esa mañana, en la región de Cataluña, los vientos en altura fueron siempre del NOROESTE, variando entre 320 y 350 grados.

En cuanto al nivel apuntado por el radar del Paní (Gerona) —tres mil pies—, los vientos, entre las 00 y las 12 horas, soplaron del noroeste (310 grados) y del sur (190 grados), con velocidades comprendidas entre los cuatro y los seis nudos.

Y estamos en lo de siempre: si el supuesto «globo» se elevó más allá del techo de los reactores —muy por encima de los 10 000 metros—, ¿por qué no fue empujado por los vientos hasta el Mediterráneo? Como hemos visto, a esos niveles, las corrientes eran superiores a los sesenta kilómetros a la hora.

Pero hay más. Si el objeto —como defiende la Sección de Inteligencia del MOA— era un globo estratosférico, ¿qué demonios hacía a mil metros del suelo (tres mil pies)? Como ya he citado, la estratosfera —al menos en Pamplona, mi tierra— comienza por encima de los veintiséis mil pies.

«Pudo sufrir un pinchazo», argumentarán los militares. Muy bien. Aceptado. En ese supuesto también deberían admitir que ningún globo que haya entrado en pérdida es capaz de remontar el vuelo y, mucho menos, a la velocidad desplegada por aquel «angelito».

Refresquemos la memoria. Si el «globo» fue detectado

"El Eco de Canarias", 16/5/68

Novedad en el vuelo inaugural Canarias-Málaga-París

PLATILLO VOLANTE

Fue visto cuando el DC-9 de Iberia sobrevolaba Logroño

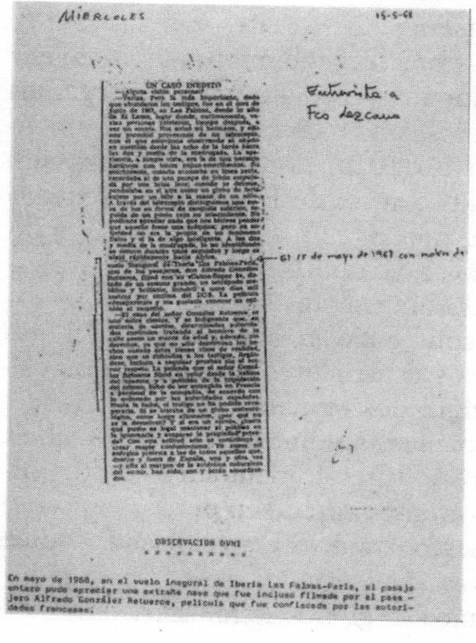

Miércoles 15-5-68

UN CASO INEDITO

OBSERVACION OVNI

En mayo de 1968, en el vuelo inagural de Iberia Las Palmas-París, el pasaje entero pudo apreciar una extraña nave que fue incluso filmada por el pasajero Alfredo González Retuerce, película que fue confiscada por las autoridades francesas.

Recortes de prensa con la noticia del avistamiento ovni por parte del pasaje del avión de Iberia que efectuaba el vuelo inaugural Canarias-París. Las fotocopias —incompletas y «empastelasdas»— forman parte del expediente desclasificado por el Ejercito del Aire.

por el EVA 4 a tres mil pies de altura, ¿cómo explicar que en cuestión de minutos se colocara a más de 60 000? Normalmente, el tiempo medio consumido en la materialización de un «scramble» (desde que se autoriza el despegue hasta que los cazas «se van al aire») oscila entre los cinco y diez minutos. Y como deberían saber los analistas del MOA (todos han sido o son pilotos), la velocidad ascensional de un verdadero globo meteorológico difícilmente supera los veinte kilómetros por hora. Insisto: ¿a quién pretenden engañar? No existe, ni ha existido, globo estratosférico que —una vez pinchado— baje a mil metros de la superficie terrestre para situarse después a más de veinte kilómetros de altitud.

¿Y qué decir del «globo» observado al norte de Madrid? Amén de la forma —«similar a tres cuerpos paralelos»—, desconocida para los meteorólogos, ¿cómo pudo mantenerse inmóvil? Los sondeos del Servicio Meteorológico Nacional —para la región centro y a 300 milibares (10 000 metros)— fijaron las siguientes medidas:

«A las 00 horas, vientos de 22 nudos y dirección noroeste (330 grados).»

El siguiente sondeo —a las 12 h.— fue prácticamente similar: «25 nudos y 330 grados.»

Es decir, a ese nivel —unos diez mil metros—, cualquier globo habría sido arrastrado de inmediato hacia las regiones levantinas y a razón de casi 50 km./h. Por supuesto, el objeto divisado desde Madrid a las 10.30 horas (Z) difícilmente pudo desplazarse hasta la provincia de Barcelona. El viento —recordémoslo— era del noroeste. Y tampoco el segundo objeto, el «globo pinchado», tuvo oportunidad de situarse sobre la capital de España. Las corrientes —a 3 000 pies— soplaban del sur (190°). En consecuencia, esa mañana del 15 de mayo de 1968, en los cielos españoles —que sepamos— se movieron dos ovnis. Perdón: dos «globos estratosféricos»...

Y a la vista de estos parámetros meteorológicos —al alcance de cualquiera que los solicite—, ¿cómo debemos enjuiciar las célebres «consideraciones» del MOA?

«Tanto el comportamiento (trayectoria y velocidad) —dice el escrito oficial— como las apreciaciones de los testigos, inducen a pensar que se trataba de globos estratosféricos.»

Una de dos: o los militares que han redactado este informe son unos incompetentes —cosa que dudo— o pretenden que la opinión pública comulgue con ruedas de molino.

Pero, aunque la información meteorológica —por sí misma— es lo suficientemente clara como para demoler las ridículas y tendenciosas conclusiones de la Sección de Inteligencia, honradamente, en mi ánimo quedó flotando una duda: «¿Y si el MOA tenía razón?»

La última parte de dichas «consideraciones» —aportando datos concretos, supuestamente procedentes del Centro de Lanzamiento de Globos, en la localidad francesa de Aire-sur-l'Adour— disfrutaba de un importante peso específico. Y naturalmente —como habrá adivinado el lector— me faltó tiempo para cruzar la frontera y visitar el mencionado Centro de Lanzamiento de Globos Estratosféricos, en la región de Las Landas.

A decir verdad, los casi setecientos kilómetros merecieron la pena. Tras una detenida gira por el moderno complejo —el único de Europa—, Pierre Faucon y Max Baron, jefe del CNES y responsable de lanzamientos, respectivamente, despejaron las incógnitas. Trataré de sintetizar sus demoledoras explicaciones:

1.ª El Centre National d'Études Spatiales (CNES), del que depende el referido Centro de Lanzamiento de Globos Estratosféricos, no tenía conocimiento —ni oficial ni extraoficial— de las alusiones del Mando Operativo Aéreo del Ejército del Aire español. Dicho de otra forma: el MOA jamás solicitó al CNES las informaciones que aparecen en los documentos firmados por el oficial de Inteligencia. Al menos, hasta el 5 de mayo de 1993, fecha de mi primera visita al CNES.

Entonces, ¿cómo obtuvieron los datos sobre los diferentes lanzamientos de globos?

Buena pregunta...

2.ª El 15 de mayo de 1968 no hubo lanzamiento de globos estratosféricos. Ciertamente, el MOA no menciona esa fecha. Pero sí cita el 14: lanzamientos a las 16.21 horas, con un volumen de 53 000 m^3, y a las 14.35, con 15 000 m^3.

Pues bien, consultados los archivos del CNES, Pierre

Faucon puso en mis malévolas manos la siguiente y determinante información:

Vol N.º 51 du 14.05.68. Lieu: Aire-s/Adour
BÉNÉFICIAIRE: Monsieur ACKERMAN-I A S. Bruxelles
BALLON UTILISÉ: 25 P 5, 57 000 m³
PROGRAMME: Études ionosphèriques
POIDS DE L'EXPERIENCE: 9 kg. 500
POIDS TOTAL ENLEVÉ. 31 kg. 250
HEURE DE DÉPART: 16 h. 21 TU
DURÉE DE LA MONTÉE: 01 h. 50
PLAFOND: 34 000 mètres
DURÉE DU PLAFOND: 13 h. 09
SÉPARATION à 07 h. 20
OBSERVATIONS: Bon vol
AIRE-S/ADOUR, le 31 Mai 68[2]

3.ª En el sexto y último folio de la documentación referente a este vuelo, Pierre Faucon fue a mostrarme un «detalle» que arruinaba definitivamente la tesis defendida por los militares españoles:

«El globo estratosférico propiamente dicho, lanzado a las 16.21 h del 14 de mayo de 1968, cayó en territorio francés. Concretamente, en las proximidades de Dax. Para ser exactos, a cinco kilómetros al sur de dicha ciudad.»

La pregunta a los «linces» del MOA es elemental:

Si el globo estratosférico francés terminó su misión poco después de las 07.20 h. —a más de trescientos kilómetros de la región barcelonesa y a quinientos de Madrid—, ¿qué era el objeto captado hacia las 10 h por el radar del Paní en la mencionada área catalana? ¿Qué fue lo observado hacia las 10.30 h de esa misma mañana del 15 de mayo de 1968 al norte de la capital de España?

Como queda demostrado, todo menos globos estratosféricos.

En el dossier que obra en mi poder —y que está a disposición del MOA— puede observarse cómo, a través del seguimiento por radar y telemetría, los operadores del CNES controlaron en todo momento las evoluciones de aquel globo liberado en la tarde del 14 de mayo de 1968. Y de acuerdo a esa recepción de datos, el famoso «Vuelo 51» jamás abandonó el espacio aéreo galo. Repasemos la documentación oficial del CNES:

Tras una hora y cincuenta minutos de ascensión, nuestro «amigo», el globo estratosférico, alcanzó su techo a las 18.11 h. Y lo hizo a poco más de treinta kilómetros al sureste de Aire-surl'Adour. Desde allí, empujado por los vientos, tomó rumbo 280 grados (oeste), manteniéndose en el techo previsto (34 000 metros) durante trece horas y nueve minutos. Concluidas las experiencias científicas programadas, los especialistas provocaron la llamada fase de «separación». Y el instrumental que colgaba del globo descendió a la tierra, auxiliado por paracaídas. Esta «separación» —que constituye el fin del experimento— tuvo lugar a primera hora de la mañana del día siguiente, 15 de mayo: a la ya citada 07.20 (Z) y a dieciocho kilómetros al noroeste de Dax. (No confundir los puntos de caída del globo y del instrumental. El mapa confeccionado por el CNES, que incluyo para evitar suspicacias, no deja lugar a la duda: el globo de marras no cruzó la frontera española en ningún momento.)

¿Y qué ocurrió con el globo, una vez consumada la «separación»?

Los mercachifles y negadores profesionales de la Ufología pueden esgrimir que «siguió volando y que terminó colándose en España».

Pues no. Por varias razones. Según los expertos del CNES, al activar —por radio— el mecanismo de separación del instrumental, el soporte (es decir, el gran globo) es inutilizado automática y simultáneamente. Bien mediante una explosión o, lo que es más habitual, abriendo las «mangueras» que liberan el gas. Y el globo —pulverizado o deshinchado— cae a tierra. Por razones de seguridad, así está contemplado en la normativa aérea, estos gigantescos globos no podrían seguir volando sin control.

Además, en el caso que nos ocupa —el «Vuelo 51»—, admitiendo que esa masa de 57 000 metros cúbicos (y no 53 000 como escribe el MOA) no hubiera podido ser inutilizada o destruida en el momento establecido, los vientos existentes a

102 000 pies habrían terminado arrastrándola al interior del golfo de Vizcaya. (Véase gráfico del CNES.) De hecho, si observamos el lugar elegido para la fase de «separación», comprenderemos que dicha decisión no fue gratuita. El globo, sencillamente, estaba a quince kilómetros escasos de la costa. De haber continuado su marcha, el equipo científico podría haber descendido en el mar.

Resumiendo: si en el instante de la «separación» (07.20 h. Z) el globo estratosférico francés viajaba con rumbo 280 grados (hacia el oeste), ¿cómo pudo «aparecer» a las 10.30 h. (Z) sobre Madrid y media hora antes sobre Cataluña? Y no olvidemos que ese 15 de mayo de 1968 no hubo lanzamientos de globos...

Y digo yo: ¿exageraba cuando calificaba a los analistas del MOA de manipuladores?

Ante semejante catarata de evidencias el lector se preguntará, con todo el derecho del mundo:

«Si un paria como el señor Benítez ha tenido acceso a estos inapelables informes de los franceses, ¿por qué la Fuerza Aérea española no ha hecho otro tanto?»

Una llamada telefónica o un fax, en efecto, habrían sido suficientes para que los amables y bien dispuestos científicos de Aire-sur-l'Adour les hubieran proporcionado la misma documentación que obra en mis indignas manos.

Hay algo, sin embargo, que desconcierta a cualquiera. Los analistas del MOA mencionan al CNES. Y aciertan en las fechas y horas de algunos lanzamientos de globos. Pero si no hubo petición oficial de información por parte de la Sección de Inteligencia del Mando Operativo Aéreo de Torrejón, ¿cómo obtuvieron esos datos?

Lo dije y lo repito: excelente pregunta.

La respuesta ya ha sido apuntada. Meses antes de la desclasificación, dos «vampiros» de la Ufología hispana (valenciano y catalán, por más señas) —movidos por intereses poco claros— tuvieron a bien enviar al Ejército del Aire, amén de informes, cuestionarios, propuestas y otras zarandajas, un «listado» de los globos lanzados desde Las Landas en la década de los años sesenta. En dicho «listado» se limitaban a enumerar lo ya sabido: fechas, horas y volúmenes, añadiendo

Seguimiento telemétrico del «Vuelo 50», correspondiente al globo estratosférico lanzado desde Aire-sur-l'Adour a las 14.35 h (Z) el 14 de mayo de 1968. La experiencia concluyó a las 02.13 h (Z).

VOL N° 50 DATE : 14.05.68 LIEU : A.S.A

Durée du vol	Heure Z	Origine	Relèvement vrai	Distance N. M.	Distance Km	Altitude Radar	Pression Baro.	Observatio[ns]
Préavis	13.40	MM						
Départ	14.35	Top à MM						
00.10	14.45	ASA - TM					800	
00.15	14.50	ASA - TM					680	
00.20	14.55	ASA - TM					580	
00,25	15.00	ASA - TM					480	
00,30	15.05	ASA - TM					410	
00.35	15.10	ASA - TM					335	
00.45	15.20	ASA - TM					230	
00.50	15.25	ASA - TM					175	
01.00	15.35	ASA - TM					104	
01,05	15.40	ASA - TM					80	
01.15	15.50	ASA - TM					43	
01.25	16.00	ASA - TM					23	
01.35	16.10	ASA - TM					12	
01,40	16.15	ASA - TM					8	
01,50	16.25	ASA - TM					5	
01.55	16.30	ASA - TM					3.5	
02.04	16.39	ASA - TM	Plafond				3	
02.50	17.25	ASA - TM					3	
03.50	18.25	ASA - TM					3,4	
04.54	19.29	ASA - TM					4	
05.23	19.58	ASA - TM					4,5	
05.35	20.10	ASA - TM					4.8	
06.35	21.10	ASA - TM					5	
06,56	21.31	ASA - TM					5,6	
07.44	22.19	ASA - TM					6	
09.40	00.15	ASA - TM					7.5	
10,54	01.29	ASA - TM					7.5	
11.38	02.13	ASA - TM	Arrêt du baro					

CENTRE DE LANCEMENT DE BALLONS
BOITE POSTALE N° 44
40 - AIRE-SUR-L'ADOUR

TÉL. [illegible]
TÉLEX : BALLON AIRAD [illegible]

Vol n° 50 du 14.05.68 Lieu : AIRE/ADOUR

BENEFICIAIRE : Monsieur REGIPA - CST/BA/BA

PROGRAMME : Essai ballon Terphane

BALLON UTILISE : 9 T 15.000

POIDS DE L'EXPERIENCE : ----

POIDS TOTAL ENLEVE : 4 kg 350

HEURE DE DEPART : 14 h 35 TU

DUREE DE LA MONTEE : 02 h 31

PLAFOND : -----' 3 mB

DUREE DU PLAFOND : 12 h 00

SEPARATION À ------

OBSERVATIONS : Bon vol

AIRE S/ADOUR, le 31 Mai 1968

Síntesis del desarrollo del «Vuelo 50». Como puede apreciarse en las «observaciones» se trató de un «buen vuelo». El globo y el instrumental cayeron en territorio francés. El MOA volvía a «equivocarse».

diversos «comentarios» que —prácticamente— han sido calcados por el MOA en sus «brillantes resúmenes». Obviamente, estos «rigurosos y científicos pontífices de los ovnis» tuvieron especial cuidado en no profundizar en el desarrollo de dichos lanzamientos de globos estratosféricos. El contenido de la documentación francesa —desvelada ahora por primera vez— habría desmontado sus torpes objetivos, que nada tienen que ver con la defensa del fenómeno de los «no identificados». En la carta anteriormente mencionada (2 de noviembre de 1992, del general Chamorro a Sequeiros) se dice —con total claridad)— cómo estos dos individuos proporcionaron al MOA información respecto al lanzamiento de globos franceses, en especial en el año 1968. Y aunque el Ejército del Aire, como fue desvelado, rechazó la clandestina oferta de un «contrato» con dichos «vampiros», al final de la misiva el comandante en jefe del MOA sugiere al jefe del Estado Mayor del Aire que, a título de «compensación» (por los servicios prestados), se les faciliten copias de los informes ovni, «una vez desclasificados». El escrito —confidencial, por supuesto— es demoledor. Lo que probablemente no saben los generales Chamorro y Sequeiros —¿o sí?— es que alguien incumplió esa orden y los «vampiros» tuvieron acceso a expedientes que aún no han sido desclasificados por el Estado Mayor. ¿Pruebas? Claro que las tengo. Pero las reservaré para mejor ocasión. El actual proceso de desclasificación ovni promete ser mejor que *Lo que el viento se llevó...*

Y la Sección de Inteligencia del MOA —feliz y convencida (?) de la seriedad de las informaciones suministradas por estos «fariseos»— dio por bueno el «listado», aprovechándolo para fortalecer su no menos oscura «consigna»:

«Desmontemos el incómodo asunto ovni. Confundamos a la opinión pública.»

Y tanto unos como otros debieron pensar:

«¿Quién, después de veinticinco años, se va a molestar en consultar los archivos del CNES? Dejémoslo así. La "explicación" de los globos estratosféricos franceses puede colar. Es racional. Científica. En otras palabras: inspira confianza.»

Pero no contaron con el «Atila» de la Ufología. Un alias

Un documento que invalida las «consideraciones» del Mando Operativo Aéreo (MOA). Procede de los archivos del CNESS, en la localidad francesa de Aire-sur-l'Adour. Se trata de la trayectoria seguida por el «Vuelo 51», el globo estratosférico lanzado el 14 de mayo de 1968 a las 16.21 h (Z). Tras alcanzar el techo *(plafond)* establecido —34 000 metros—, vuela hacia el noroeste. A las 07.20 h se efectúa la «separación» a unos kilómetros de la costa. El instrumental desciende en paracaídas al sur de la ciudad de Dax.

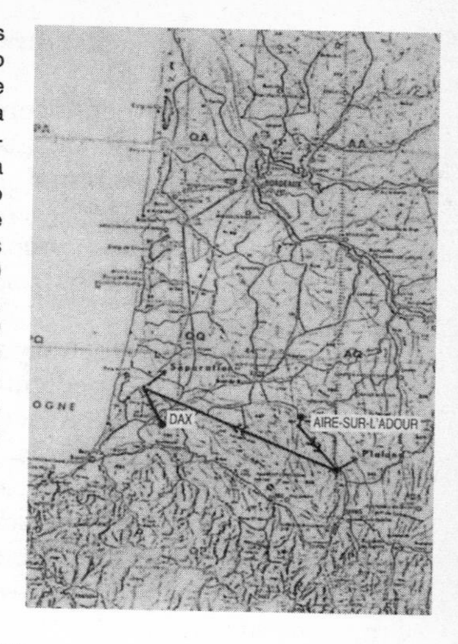

VOL N° 51 DATE: 14.05.68 LIEU: A.S.A.

Durée de vol	Heure Z	Origine	Relèvement vrai	Distance N.M.	Distance Km.	Altitude Radar	Pression Bars.	Observations
Préavis	15.00	MM						
Départ	16.21	Top à MM						
00.10	16.31	ASA - TM					348	
	[illegible]	ASA - radar	181°		7	20.000		
[illegible]	[illegible]	ASA - TM					600	
00.20	16.41	ASA - TM					480	
	16.47	ASA - radar	175°		8	30.000		
00.25	16.46	ASA - TM					390	
	[illegible]	ASA - radar	160°		13	40.000		
00.35	16.56	ASA - TM					250	
	17.02	ASA - radar	152°		21	57.000		
00.45	17.06	ASA - TM					155	
	17.10	ASA - radar	149°		26	[illegible]		
00.55	17.16	ASA - TM					110	
01.00	17.21	ASA - TM					55	
	17.36	ASA - radar	[illegible]		31	[illegible]		
01.19	17.40	ASA - TM					17	
01.50	18.11	ASA - TM	Plafond				6,4	
02.00	18.21	ASA - TM					6,4	
03.00	19.21	ASA - TM					6,4	
03.30	19.51	ASA - TM					6,4	
03.40	20.01	ASA - TM					6,9	
04.00	20.21	ASA - TM					7,1	
04.19	20.40	ASA - TM					7,8	
[illegible]	[illegible]	ASA - TM					7,9	
[illegible]	[illegible]	ASA - TM	[illegible]					
	07.20	ASA - TM	Squibage					
	07.25	ASA - radar	280°		[illegible]	[illegible]		
	07.42	ASA - radar	280°		67	46.000		
	07.46	ASA - radar	280°		67	43.000		
	[illegible]	ASA - radar	[illegible]		[illegible]	35.000		
	[illegible]	ASA - radar	[illegible]		70	22.000		

VOL N° 51 DATE: 14.05.68 LIEU: A.S.A.

Durée de vol	Heure Z	Origine	Relèvement vrai	Distance N.M.	Distance Km.	Altitude Radar	Pression Bars.	Observations
	08.23	ASA - radar	266°		69	6.000		
	08.31	ASA - radar	perdu					
	08.47		Fin d'opérations					

Tablas de seguimiento —por radar y telemetría— del «Vuelo 51», facilitadas a J. J. Benítez por Pierre Faucon, jefe del Centro de Lanzamiento de Globos Estratosféricos de Aire-sur-l'Adour, en Las Landas (Francia). A partir de las 07.20 h (Z) —momento de la «separación» *(squibage)*—, puede observarse cómo el instrumental, provisto de paracaídas, va descendiendo de nivel. A las 08.23 h se registra el último contacto-radar con ASA (Aire-sur-l'Adour). El rumbo era de 266°, la distancia —en línea recta— al Centro de Lanzamiento de 69 kilómetros y la altitud de 6 000 pies (unos 2 000 metros). Ocho minutos más tarde (08.31 h), la comunicación se pierde. A las 08.47 finaliza la operación. En consecuencia, si el globo francés deja de existir como tal a las 09.47 (hora local) —probablemente mucho antes—, ¿cómo pudo aparecer sobre Cataluña a las 11 y sobre Madrid a las 11.30 h?

que debo agradecer a otro preclaro investigador «de poltrona»...

Un «Atila» que procura compensar sus escasas luces con la práctica del principio de Ovidio: «O no comiences una cosa, o condúcela a buen fin.»

Pero, en beneficio del orden y buen concierto de este trabajo, aplazaré ese sinuoso y corto vuelo de los «vampiros». Tiempo y oportunidades para seguir desenmascarándoles no faltarán.

Esa mañana del 15 de mayo de 1968 —además de lo expuesto en el anémico expediente desclasificado— ocurrieron otros hechos, igualmente relacionados con los ovnis que sobrevolaron Madrid y Cataluña. Mejor dicho —y por aquello del rigor—, unos sucesos que arrancaron en la tarde del día anterior, 14. Y no descubro nada nuevo. En 1982, en mi obra *Terror en la Luna*, ya se hablaba de estas observaciones. Pero el MOA y los «vampiros» —cómo no— lo han ignorado olímpicamente...

Esa tarde del mencionado 14 de mayo de 1968, hacia las ocho, desde la Ciudad Condal, una serie de ciudadanos tuvo ocasión de presenciar las evoluciones de un extraño objeto. Uno de esos testigos —otra vez la casualidad (?)— fue Rafael Farriols, veterano investigador y relevante industrial, de probada seriedad. Escuchemos su testimonio:

«... Lo que observamos y fotografiamos era una mancha luminosa de forma más o menos triangular. Según su posición y dado su comportamiento, resulta difícil determinar su identidad. Podía tratarse de un globo sonda, siendo ésta la más sencilla explicación de los que estábamos observándolo. Podía ser otra cosa, de la que no tenemos la menor idea, puesto que su inmovilidad en determinados momentos eliminaba la posibilidad de fenómenos naturales por todos conocidos. Tampoco era un pájaro, ya que estaba demasiado alto y era demasiado grande. Muy bien podía tratarse de un VED (vehículo extraterrestre dirigido), aunque no podíamos asegurarlo. Lo que sí es seguro es que era un ovni, es decir, un objeto volante no identificado. Nos resistimos a creer que se tratase de un globo sonda, a pesar de que ciertos servicios meteorológicos franceses envían con cierta periodicidad globos de forma tetraédrica a la alta atmósfera, con fines de investigación...»

Veinte minutos después —hacia las 20.20 h.—, mientras Farriols, provisto de un teleobjetivo, se esforzaba en fotografiar el objeto, éste, que había empezado a derivar hacia el noroeste, aumentó su luminosidad y partió horizontalmente en dicha dirección.

«La velocidad —manifestó Rafa Farriols— fue tres veces superior a la de los satélites artificiales que veíamos en aquel tiempo.»

Aunque, con lo ya expuesto por parte del CNES queda desarticulada la hipótesis de un globo estratosférico, una simple consulta a la meteorología reinante a esas horas sobre Barcelona termina descalificando cualquier explicación de corte meteorológico. Los vientos en altura —a partir de los 500 milibares— soplaban con rumbo 360 y 340 grados. Es decir, en dirección contraria a la que, justamente, tomó el ovni.

Pero, a la mañana siguiente —de nuevo en el 15 de mayo—, el pertinaz objeto, encariñado con la Ciudad Condal, hizo acto de presencia por segunda vez. Y a eso de las 10.30 horas, Carmela Terrades Villasán, esposa de Farriols, en compañía de otros amigos, volvió a observar el ovni a placer. Recordemos que los sondeos meteorológicos efectuados a las 00 y a las 12 horas, en la región catalana, para niveles de 300 mb. (unos diez mil metros), hacían inviable el estacionamiento de un globo: las corrientes soplaban del noroeste (320 grados) y con una fuerza de 23 nudos (alrededor de cuarenta y seis kilómetros por hora).

Desde mi punto de vista, estas importantes observaciones de Rafael Farriols y su grupo confirman lo ya archisabido —que no hubo globo estratosférico— y algo más: que los militares han escamoteado información al contribuyente.

Veamos cómo, al final, la mentira se aleja siempre cojeando...

Según el parco informe del 31 de mayo de 1968 del Mando de la Defensa, el único radar militar que detectó un ovni en esa jornada del 15 de mayo fue el EVA N.° 4, en el monte Paní, próximo a Rosas. Así consta igualmente en el «resumen» del MOA que encabeza el expediente desclasificado. Sin embargo, en los documentos oficiales —a disposición de la ciudadanía— no aparece una sola mención a los incidentes registrados el día anterior, catorce. ¿Por qué? ¿Es que no existen? ¿O quizás se han «traspapelado» con el paso de los años? Permítanme que lo dude. Entre otras razones porque —justamente merced a los buenos servicios de Farriols— me fue posible acceder a una comunicación, fechada el 30 de julio de ese año de 1968, en la que un capitán del Ejército del Aire —cuya identidad, obviamente, debe ser silenciada— desvelaba cómo el EVA 4 «SÍ HABÍA "CAZADO" UN OVNI EL 14 DE MAYO DE 1968».

He aquí parte del significativo y comprometedor escrito:

> ... ESCUADRÓN DE ALERTA Y CONTROL N.° 4
> Comunicaciones y electrónica oficiales.
>
> ... [Censurado]... el ovni del 14 de mayo sobre Barcelona, fue visto y comprobado sobre las pantallas de radar del Escuadrón (Monte Paní) y confirmado por un avión norteamericano que pasaba por allí en vuelo hacia Alemania. De todos modos, una pareja de Sabres F-86 que despegaron de Zaragoza, en vuelo hacia el ovni, no lo localizaron. La verdad es que no nos hicieron mucho caso..., pero el día 15, por la mañana, apareció otro en Reus y Tarragona, a una altura de 7 500 metros, que originó el despegue de otros dos F-86 de Zaragoza, con más visos de realidad, pues fueron dos estaciones de radar las que los localizaron: la de Rosas y la de Calatayud. Al aproximarse la pareja en línea de vuelo y a la misma altura, el ovni se desplazó hacia arriba, verticalmente, hasta unos 15 000 metros aproximadamente, techo no alcanzable por los Sabres F-86. Se dio entonces orden de que saliera una pareja de F-104 de la base de Torrejón, y volvió a ocurrir lo mismo. Al aproximarse los reactores al ovni, volvió a subir, esta vez a más de 22 000 metros, techo inalcanzable sin cabina especial. Hablando con los pilotos, cuando tomaron tierra, declararon que tenía forma de «seta» y brillo metálico...
>
> ... Aquí, en Rosas, hay un destacamento francés, al mando de un capitán, que confirmó que no habían lanzado en este día ningún globo sonda ni cosa parecida. Desde entonces no se ha vuelto a detectar nada desconocido...

Modelo habitual de globo estratosférico. Al fondo, a la izquierda, globos de tipo «tetraédrico», como los utilizados en la década de los sesenta. Se necesita tener muy oscuras las intenciones para hacernos creer confundir estas estructuras con «discos», «esferas» o «dos conos unidos por su base». (*Gentileza del CNES.*)

Imágenes tomadas desde el instrumental que cuelga del globo estratosférico. A la izquierda, al alcanzar el techo, comparado con el Arco de Triunfo. A la derecha, al producirse la «separación», se abren los paracaídas. El instrumental científico desciende y el globo se deshincha automática y simultáneamente.
(*Fotografías gentileza del CNES.*)

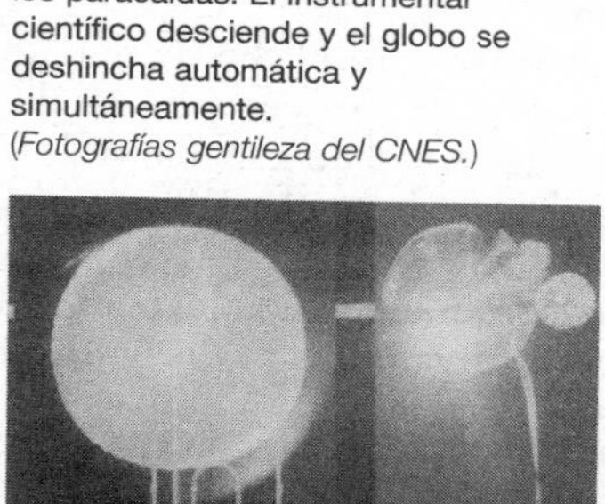

Pierre Faucon, director del Centro de Lanzamiento de Globos Estratosféricos en Aire-sur-l'Adour, en Las Landas (Francia) —en el centro de la imagen—, explica a J. J. Benítez la imposibilidad de que los ovnis observados en España en mayo de 1968 fueran globos franceses. A la derecha, Max Baron, jefe de lanzamiento y seguridad del CNES en dicho centro.

Está claro que alguien oculta información. ¿En qué caja fuerte duerme el sueño de los justos el obligado informe del jefe del Escuadrón de Alerta y Control N.° 4 sobre el ovni del 14 de mayo de 1968? Apuesto doble contra sencillo a que esos papeles, en estos momentos, son custodiados en Torrejón...

¿Y por qué en el expediente desclasificado no ha sido incluida la participación del radar de Calatayud?

Pero lo más asombroso es que la Sección de Inteligencia que redacta las «consideraciones» —en su afán por «descafeinar» el incidente— llegue a escribir:

«ASPECTOS DESTACABLES: El hecho de que uno de ellos (el ovni sobre la región de Barcelona) fuese detectado por el radar y el otro no (el de Madrid), no debe considerarse diferenciador ni muy significativo.»

Pues sí que estamos buenos...

Veamos si soy capaz de entenderlo. El hecho de que un objeto no identificado —con forma de tres cuerpos paralelos— se pasee alegremente sobre la capital de España, violando el espacio aéreo y no siendo detectado por los sistemas defensivos, no tiene la menor importancia.

Lo más lamentable de la sobresaliente deducción del MOA no es que mis impuestos no sirvan para nada. Lo triste es que, encima, me llaman tonto de capirote...

Quizás el MOA, a la hora de levantar el secreto sobre los ovnis, debiera tener presente una de las sentencias del libro de *Los Proverbios*. «Hasta el necio, cuando calla, es contado por sabio...»

Por cierto, al final, ¿qué sucedió con el enigmático ovni observado desde Moncloa, en Madrid, y por el personal de la base de Torrejón?

El informe del Mando de la Defensa, al hallarse mutilado, se presenta doblemente confuso. De no haber sido por la providencial comunicación del capitán destinado en el radar del Paní, uno no sabría si la pareja de reactores F-104 que despegó de Torrejón puso rumbo al objeto observado desde la capital de España o siguió la traza del situado sobre Cataluña. Todo parece indicar que los «ataúdes volantes» eligieron el segundo. Pero, insisto, ¿y qué fue del formado por tres cuerpos paralelos? La única referencia contenida en ese folio y medio aclara que el supuesto «globo» ascendió y se alejó. Eso ocurría entre las 10.30 y las 11 horas (Z), aproximadamente. Y como única pista, en el último párrafo de dicho informe oficial —en una redacción repleta de errores—, se alude a un avión de pasajeros que avistó el ovni al NE de Madrid.

Siguiendo el hilo del texto de la Fuerza Aérea española —por pura lógica— puede parecer que ambos objetos (el observado desde Madrid y el reportado por el DC-9 de Iberia) eran en realidad el mismo artefacto. Sinceramente, no estoy tan seguro. Veamos por qué.

Según el Mando de la Defensa, tanto el empleado de la Junta de Energía Nuclear como el pasajero que viajaba en el DC-9 y que filmó el ovni describieron el objeto como un cuerpo formado por tres bloques paralelos. Esto no es cierto. Al menos, en lo referente al testimonio de los pilotos que volaban hacia París.

El comandante de aquel vuelo inaugural fue José Luis Gahona. Con él viajaban José Antonio Atauri (segundo piloto) y Cecilio Yusta, radiotelegrafista. Habían partido del aeropuerto de Los Rodeos, en Tenerife, a las nueve de la mañana (hora local de Canarias). Y tras hacer escala en Málaga reanudaron el vuelo hacia Francia. Al tratarse de una línea inaugural, el pasaje era igualmente excepcional. Iberia había invitado —además de a un nutrido grupo de representantes de los medios informativos del archipiélago— a las primeras autoridades civiles, al jefe del aeropuerto de Las Palmas, al comisario jefe de policía, al cónsul de Francia en Gran Canaria, al secretario de la Cámara de Comercio y a un total de doce directores de agencias de viaje y de carga. Y al frente de todos ellos, el delegado de Iberia en Las Palmas.

> ... Cuando sobrevolábamos Madrid, Control nos proporcionó la primera noticia sobre el ovni.

Debo aclarar —aunque quizás no sea necesario— que José Luis Gahona, con sus 22 000 horas de vuelo, es uno de los pilotos españoles con mayor veteranía y experiencia. Ha volado en reactores militares e ingresó en Iberia en 1963.

Rafel Farriols, testigo de excepción de los ovnis del 14 y 15 de mayo de 1968 sobre Barcelona. (*Foto de J. J. Benítez*)

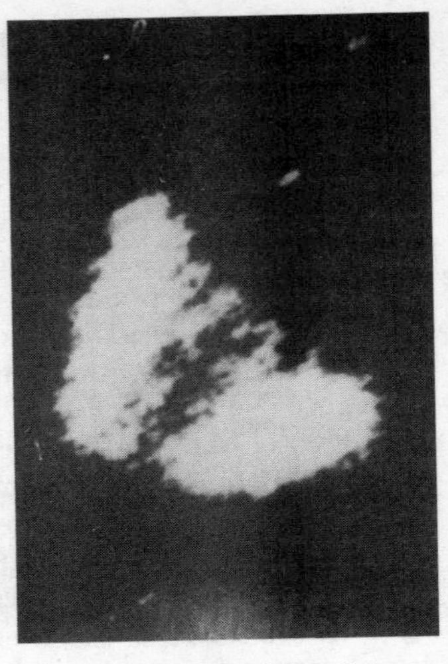

El ovni visto y fotografiado por Farriols en la tarde del 14 de mayo de 1968 sobre la ciudad condal. (*Gentileza de Rafael Farriols.*)

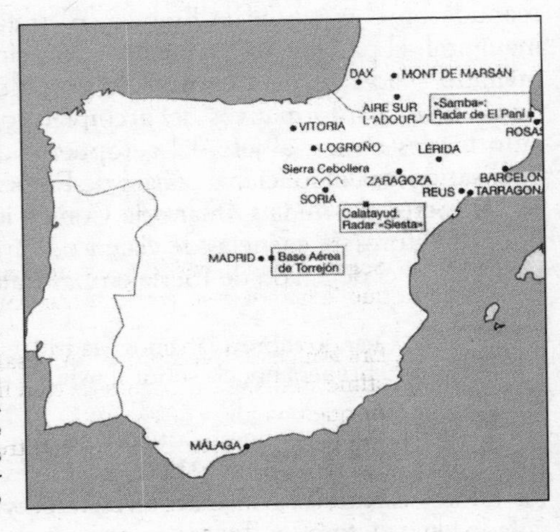

Catorce y quince de mayo de 1968. Dos radares militares —en el Paní y en Calatayud— detectan ovnis sobre Cataluña. El Ejército del Aire no ha facilitado los informes de estos EVA. Y uno se pregunta: si en opinión del MOA «sólo se trataba de globos estratosféricos», ¿por qué ocultarlo?

Desde entonces —en estos treinta años— ha tenido oportunidad de pilotar toda clase de aparatos. Nadie, por tanto, con un mínimo sentido común, puede dudar de su preparación aeronáutica.

Sigamos con su testimonio:

> ... La mañana de aquel 15 de mayo de 1968 fue espléndida. Cielo azul. Vuelo perfecto. Navegábamos a 30 000 pies y casi a mil kilómetros por hora.
>
> ... Como te digo, nos llamó Control Madrid. Y preguntó si podíamos desviarnos unos veinte grados hacia el oeste. Es decir, a la izquierda de nuestro rumbo. Al parecer, según nos comunicaron, habían visto un objeto volante no identificado. Y hablaron de unos «cazas» que despegaron de Torrejón pero que, por lo visto, no dieron con él. Aceptamos la sugerencia y giramos. Pero no vimos nada.
>
> ... Y hacia las 13.30 horas, sobre Sierra Cebollera, en la provincia de La Rioja, lejos y muy alto descubrimos «algo» extraordinariamente brillante.
>
> ... Alertados como estábamos por Control Madrid pusimos especial atención. Y nos fuimos aproximando, aunque siempre muy por debajo. Si nosotros volábamos a diez mil metros, «aquello» tenía que estar, como mínimo, a dieciocho o veinte mil. Y puede que me quede corto.
>
> ... La luz que emitía era asombrosa. Puedo asegurarte que no era el reflejo del sol.
>
> ... Al cabo de unos minutos avisamos al pasaje. Y la mayoría desfiló por cabina, contemplando aquella maravilla. Recuerdo que, también por megafonía, pregunté si alguien llevaba una cámara fotográfica. Entonces se presentó uno de los pasajeros, con una de aquellas cámaras de cine. Una «super-ocho», creo.
>
> ... Según mi reloj, desde que empezamos a divisar el ovni hasta que llegamos a su vertical, transcurrieron ocho minutos.
>
> ... Era inmenso. Descomunal. A pesar de la diferencia de nivel estimé su diámetro en más de cien metros. Posiblemente mayor que una plaza de toros.
>
> ... Era perfectamente esférico, con tres o cuatro soportes o «patas» en su parte inferior.
>
> ... Entonces, Atauri, el segundo piloto, tomó la cámara y filmó. Y lo hizo mientras lo tuvimos de frente y en nuestra

vertical. En esta última fase lo captó a través de la claraboya del DC-9.

... Se hallaba inmóvil. Y si se desplazaba, el movimiento era inapreciable.

... Lo más llamativo era su iluminación y las dimensiones.

... Mientras Atauri filmaba conversamos con Control Madrid y le explicamos lo que veíamos y cómo un pasajero se había brindado a ofrecer su cámara, para tomar película del ovni.

... Después, al rebasarlo, lo perdimos de vista. Y proseguimos el vuelo hacia París.

... Y el pasajero, como es natural, recuperó la «super-ocho».

... Entonces, no recuerdo bien si fue el Control español o el francés, nos pidieron que requisáramos la filmación. Se lo hice saber al pasajero pero éste se negó en redondo, aludiendo, con toda razón, que la película y la cámara eran de su propiedad. Y ahí, prácticamente, concluye la historia. Días más tarde, en el vuelo de regreso, pregunté a Control Madrid y me notificaron que el ovni, que había sido captado en el radar, desapareció poco después de nuestro encuentro.

Hasta aquí —en síntesis— la versión del comandante Gahona. Una versión que no coincide con el informe del Mando de la Defensa Aérea Española y tampoco con el «resumen» de la Sección de Inteligencia del MOA.

Tal y como manifestaba anteriormente, no parece que el objeto que «salió al paso» (?) del DC-9 tuviera mucho que ver con el observado desde Moncloa y Torrejón. Ni las formas, ni las horas, ni los lugares son coincidentes. Todos ellos, en cambio, incluyendo a sus «hermanos» de Cataluña, sí tienen algo en común: para irritación y sonrojo de los hipercríticos desafiaron los vientos en altura, permaneciendo inmóviles o navegando en contra de fuertes corrientes. La «plaza de toros volante», por ejemplo, estática a unos veinte mil metros sobre La Rioja, soportaba en esos momentos (entre las 13.30 y las 14 horas) unos vientos que oscilaban entre los 25 y 35 nudos. Y todos ellos de componente noroeste (330 grados).

A no ser, claro está, que el ovni descubierto sobre Madrid a las 10.30 h. (Z) ascendiera, cambiara de forma y aguardase el vuelo de Iberia sobre la Sierra Cebollera. Y sin querer vuelvo a hacer buena la hipótesis «darnaudiana». Una teoría que, en el caso de los ovnis del 14 y 15 de mayo de 1968 que sobrevolaron Cataluña, adquiere una especial intensidad. Rafael Farriols fue el primero que me alertó sobre este interesante particular. Curiosamente, el objeto fotografiado por él mismo no coincidía con lo observado a simple vista o con la ayuda del telescopio. Aunque sé que parece de locos, ambas formas no guardaban relación. Y para enredar del todo este «manicomio», ahí está la versión de los pilotos de los «cazas» que trataron de interceptar ese mismo ovni, en la mañana del 15 de mayo: «se asemejaba a una seta», comentaron al regresar a su base.

¿Es casualidad que estemos planteando el mismo problema suscitado en los avistamientos del 3 de junio de 1967 sobre Extremadura?

Honradamente, pienso que no. Y me acojo de nuevo a la tesis menos mala: esos objetos eran (y son) máquinas «no humanas», con una tecnología (?) tan excelsa que nos obliga a enmudecer. Si la soberanía del hombre —como defendía Bacon— se apoya en la ciencia, ¿no es hora de reconocer con humildad que, fría y objetivamente, esa excelencia no va más allá de nuestra propia nariz?

Y hablando de «narices», este caso del 15 de mayo de 1968 —todo un «clásico» en la Ufología hispana— las tiene y generosas... Y «tiene narices», sobre todo, en lo concerniente a la película obtenida desde el DC-9 de Iberia. Atentaría contra la verdad si no relatase lo ocurrido realmente con dicho film. La «historia» —como veremos— pone en evidencia, una vez más, lo escrito por los militares.

¿Qué dice el informe del Mando de la Defensa sobre el particular? Seamos escrupulosos y recordemos ese último y cínico párrafo:

«... Pocos minutos después, Madrid Control informó que un avión DC-9 procedente de París con destino a Málaga había avistado el objeto al NE de Madrid y que *un pasajero había tomado una película en color del mismo,*[3] pareciéndole al pasajero, ser un objeto compuesto de tres cuerpos esféricos paralelos. El Controlador del COC (Centro de Operaciones de Combate, en Torrejón) sugirió a Madrid Control en con-

Un inmenso y brillante ovni «coincidió» con el IB 912 sobre la vertical de La Rioja. (*Ilustración de J. J. Benítez*)

Comandante José Luis Gahoma, testigo de uno de los ovnis que se pasearon sobre España en la mañana del 15 de mayo de 1968. «Yo no requisé la película», declaró a J. J. Benítez

A la derecha, el ovni fotografiado por Rafael Farriols en la tarde del 14 de mayo de 1968 sobre Barcelona. Su forma no guarda relación con lo observado por los testigos a simple vista o con la ayuda del telescopio: dibujo inferior, realizado por Farriols.

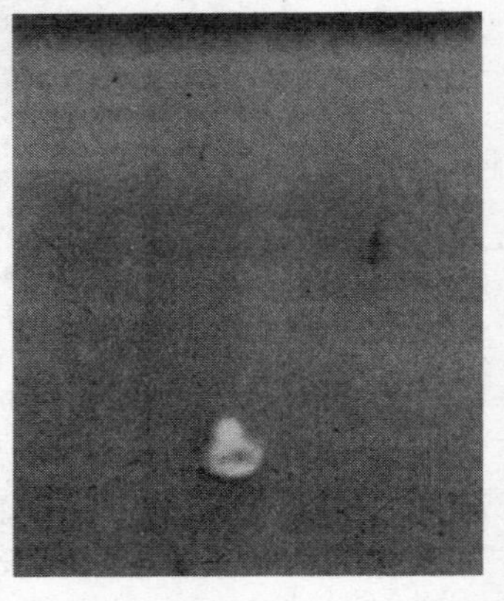

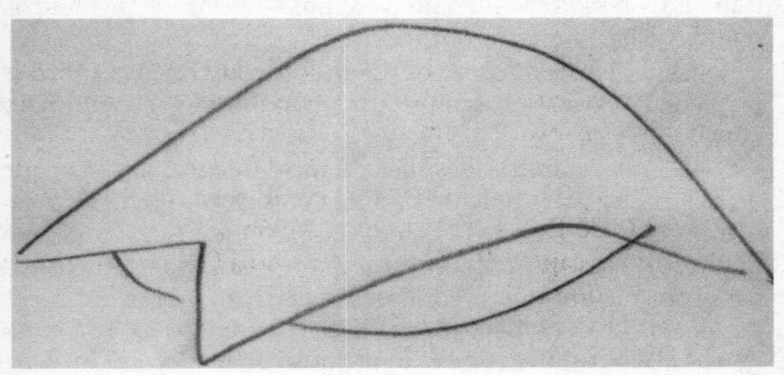

tacto con el avión, pidiese al Comandante se incautase de la película, cosa que ya había hecho por su cuenta para ponerla a disposición del Mando de la Defensa, prestándose el pasajero libremente a colaborar. La película se envió a Madrid Control quien a su vez la remitió al Ministerio del Aire, al Jefe del Servicio Nacional de Control que a su vez la hizo llegar a este Mando. Madrid, 31 de mayo de 1968.»

Por su parte, veinticuatro años más tarde, la Sección de Inteligencia del MOA, al elaborar el correspondiente «resumen» sobre el suceso, se muestra más cauta y —conocedora, quizás, de las irregularidades cometidas con el pasajero y la película de su propiedad— prefiere dar «una larga cambiada», limitándose a practicar el «deporte» de las verdades a medias...

«A requerimiento del Comandante del DC-9 —dice el MOA—, un pasajero filmó con una cámara el "objeto", entregando posteriormente la película, para que fuese entregada al Mando de la Defensa.»

Como se desprende de las palabras del comandante Gahona, la primera fase del «requisamiento» sí se ajusta a lo expuesto por el Mando de la Defensa en el escrito del 31 de mayo de 1968. Torrejón —a través de la «línea caliente» que le une con Control Madrid— «sugiere» que el piloto de Iberia se haga con la película. A partir de ahí, la versión presentada en el referido informe oficial es un monumental embuste.

Los hechos —tal y como fueron narrados por el pasajero en cuestión, señor González Retuerce, en aquellas fechas director de la agencia Interopa— ocurrieron de manera muy diferente.

El comandante José Luis Gahona, en efecto, lo intentó. Pero el providencial pasajero —en su perfecto derecho— se negó a entregar lo que era suyo. Y conservó la cámara en su poder.

A las 15.30 horas, con un pequeño retraso, el DC-9 aterrizaba en Le Bourget. Y la expedición se trasladó al hotel Hilton, en la capital francesa. El retorno a Canarias se produciría el sábado día 18.

Pero las autoridades militares españolas no estaban dispuestas a perder la batalla. Y esa misma tarde, cuando el grupo llegó al hotel, tres funcionarios de la Embajada española en París aguardaban ya al señor González Retuerce. Más celeridad, imposible. Y uno de ellos —de uniforme— se identificó como el agregado militar aéreo de dicha Embajada. Se trataba del coronel B. Martínez. Y fue directamente al asunto exigiendo la inmediata entrega del film.

«... El argumento del agregado aéreo —confesó González Retuerce— fue de lo más expeditivo: "Si no obedece la orden de Madrid nos veremos en la penosa obligación de retirarle el pasaporte."»

Ante semejante «chantaje», el director de Interopa tuvo que ceder. Y la película, convenientemente precintada, salió, por valija diplomática, con rumbo a España. Y el viernes, 17, era depositada en el despacho del general Gavilán, en Torrejón. Y el film —de cuatro minutos de duración— fue proyectado en una pantalla de tres metros. Y por dicha sala de proyección fueron desfilando los pilotos de combate del 104 Escuadrón que habían participado en los diferentes «scramble» de los días 15 y 17 de mayo de 1968, fundamentalmente. El Mando de la Defensa mostró un especialísimo interés en averiguar si el ovni que aparecía en la «super-ocho» era el mismo que habían perseguido los «cazas». La opinión de los reactoristas —con los que he podido conversar— fue unánime:

«El objeto filmado se hallaba tan lejos que resultaba imposible la identificación. Sólo se apreciaba un punto blanco. A esto había que añadir la vibración de la cámara y la suciedad de los cristales del avión. Total, que no sacamos nada en claro...»

A pesar de ello, cada piloto fue obligado a visualizar la película —según palabras de los tenientes y capitanes— «por activa, por pasiva y por perifrástica».

Y las preguntas surgen por sí mismas:

Si en realidad —como defiende el MOA en sus «conclusiones»— sólo se trataba de un vulgar y rutinario globo estratosférico francés, ¿a qué tanto empeño y tanto pase de película? Y, sobre todo, ¿por qué se recurrió al «chantaje», amenazando al pasajero con la retirada del pasaporte?

A estas alturas, nadie puede aceptar que semejante obstinación tenga algo que ver con la versión difundida hoy por los militares. Lo sabían en 1968 y también en 1992: los objetos que violaron el espacio aéreo nacional no eran globos meteorológicos.

Para este investigador que suscribe, la afirmación del Mando de la Defensa —«prestándose el pasajero libremente a colaborar»— resume a la perfección cuanto trato de transmitir:

«Algunos militares, en el fenómeno ovni, no juegan limpio.»

Y lo más increíble es que ese informe del 31 de mayo de 1968 iba destinado al ministro del Aire... En otras palabras: la máxima autoridad aérea española también fue engañada.

Y obviamente, si lo expresado por el Mando de la Defensa en dicho informe no se ajusta a la verdad, ¿por qué confiar en la Sección de Inteligencia del MOA cuando, en el último párrafo del «resumen», asegura que «desafortunadamente, por motivos desconocidos, la película no llegó al 4.° Negociado de la 3.ª Sección del Estado Mayor del Aire y, por consiguiente, no figura en el expediente...»? El rosario de engaños, mutilaciones y medias verdades es tan abultado que la desclasificación actualmente en marcha me recuerda el cuento del lobo...

¡Cuánto acierto contiene la sentencia del poeta alemán Rückert!: «El que miente una vez, generalmente debe habituarse a la mentira, porque necesita siete mentiras para ocultar una sola.»

«¿Por motivos desconocidos?»

Tengo la sensación de que el MOA se ha mostrado exquisitamente dulce y tolerante respecto a la «desaparición» de la película.

Si echamos una ojeada al oficio enviado por el teniente general jefe del mencionado Mando de la Defensa (reproducido en estas páginas) es fácil observar que en dicho escrito fueron estampados cuatro sellos que demuestran, teóricamente, que el film propiedad de González Retuerce sí ingresó en la sede del Ministerio del Aire.

Sigamos el peregrinaje de esos documentos y de la película:

Primer sello.

El Registro General acusa la entrada del envío procedente de la base de Torrejón con el número 1139/3 y fecha 1 de junio de 1968. De allí sale hacia el Estado Mayor.

Segundo sello.

Secretaría del Estado Mayor del Aire. Se registra la entrada ese mismo 1 de junio, bajo el número 7430.

Tercer sello.

La 3.ª Sección dice haber recibido el dossier el 5 de junio. Y le adjudica el número 5067 (4.° Negociado).

Cuarto y último sello.

El archivo de esa 3.ª Sección 4.° Negociado del Estado Mayor del Aire guarda los papeles —¿y la película?— en la carpeta número 1700.

En el «índice de documentos» de este expediente desclasificado, la Sección de Inteligencia del MOA hace una aclaración interesante:

«Consta anotación referente a la no recepción de la película en EMAIRE/3.ª SECCIÓN/4.° NEGOCIADO.»

Si aceptamos que el MOA dice la verdad y que en dicho archivo de la 3.ª Sección 4.° Negociado figura esa anotación de «no recepción del film», ¿a qué conclusiones podemos llegar?

Creo que todas ellas son, como mínimo, comprometedoras. Veamos.

Posibilidad número uno:

La película entró real y físicamente en el Ministerio del Aire, pero alguien la «levantó» en el transcurso de esos cinco días en que el mazo de documentos «viajó» de un departamento a otro. De acuerdo con los sellos, el film permaneció en la Secretaría del Estado Mayor desde el 1 de junio, sábado, al 5, miércoles. Tanto esa tarde del sábado, como el domingo, 2 de junio, el Ministerio permaneció cerrado, aunque con los habituales servicios de guardia.

¿Pudo alguien penetrar ese fin de semana en la Secretaría y apoderarse de la película? Por supuesto que sí. Naturalmente, una acción de esta naturaleza nos obligaría a cerrar el círculo de los posibles ladrones entre el personal destinado en esos despachos y con un conocimiento exacto del lugar donde se guardaba el expediente. Ese «alguien», además, tuvo

El pasajero Alfredo González Retuerce, propietario de la película-ovni del 15 de mayo de 1968, fue «chantajeado» por las autoridades aeronáuticas españolas. «O nos entrega el film o nos veremos obligados a retirarle el pasaporte.» (*Gentileza de la familia González Retuerce.*)

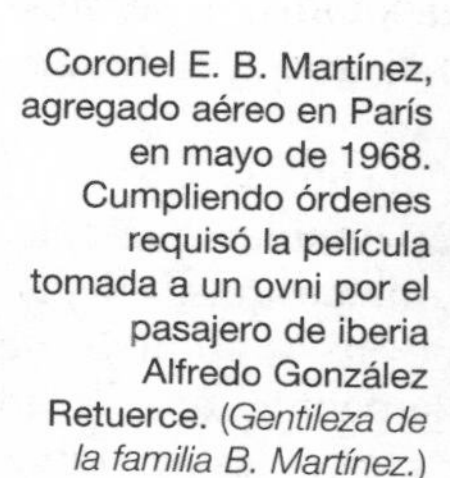

Coronel E. B. Martínez, agregado aéreo en París en mayo de 1968. Cumpliendo órdenes requisó la película tomada a un ovni por el pasajero de iberia Alfredo González Retuerce. (*Gentileza de la familia B. Martínez.*)

que ser un individuo cuya presencia —fuera de horario— no despertara sospechas entre los referidos servicios de seguridad. Conociendo como conozco la mecánica de esas dependencias, lo más probable es que el sujeto en cuestión portara una o más llaves, imprescindibles para acceder a determinados despachos y escritorios.

Posibilidad número dos:

La película llegó el 5 de junio a la 3.ª Sección 4.° Negociado. Y otro «alguien» la sustrae, procurando dejar constancia escrita de que «no ha sido recibida». Nos encontraríamos ante un panorama parecido al anterior. El ladrón o ladrones podía pertenecer a cualquiera de esos departamentos, incluyendo el archivo.

La hipótesis —aunque algo retorcida— es verosímil. Situaciones más cinematográficas se han visto, y se siguen viendo, en el tenebroso mundo del espionaje.

Posibilidad número tres:

A pesar de lo manifestado en el oficio del Mando de la Defensa, el film nunca entró en la sede del Ministerio del Aire, en Madrid.

¿Se quedó en Torrejón? ¿Se «perdió» por el camino? ¿Qué papel pudo jugar en este laberinto la CIA o las Fuerzas Aéreas norteamericanas destacadas en dicha base de «utilización conjunta»?

No debemos olvidar que en esa mañana del 15 de mayo de 1968 —según consta en el expediente desclasificado— dos «cazas» de la USAF despegaron igualmente en misión de interceptación de uno de los ovnis. Dicho de otra forma: los norteamericanos también estaban en el ajo. Y según mis informadores, la película fue visualizada y examinada —y de qué manera— por los pilotos y los mandos USA. Y se mostraron especialmente «interesados» en analizarla..., en los Estados Unidos.

A buen entendedor...

¿Dónde se encuentra hoy la «desaparecida» película, propiedad de un ciudadano español? Si mis pesquisas llegan a buen fin, creo que podré demostrar que en los archivos de un conocido edificio militar con forma de pentágono... Y no soy el único que tiene esa sospecha. Por cierto, las gestiones desplegadas por el legítimo propietario de la película confiscada jamás prosperaron. El Ministerio del Aire siempre dio la callada por respuesta. Ni siquiera las presiones ejercidas por el entonces gobernador civil de Las Palmas, Alberto Fernández Galar, y el delegado de Iberia, Luis Herrero —ambos testigos de excepción de la «requisa»—, obtuvieron resultado alguno.

Por supuesto —como habrá oportunidad de demostrar en su momento— no es éste el único caso de confiscación ilegal de una película o de fotografías sobre ovnis. Quizás por ello —curándose en salud y conscientes de que este tipo de actuaciones pueden acarrear serios problemas legales— el MOA, en la reciente y secreta normativa «IG-40-5», de 31 de marzo de 1992, incluye un apartado revelador. En el «anexo A», dedicado a los «Cometidos de los Oficiales Informadores e Investigadores», bajo el título de «Soportes gráficos», se lee textualmente:

«Los soportes gráficos que pudieran existir no pueden ser exigidos ni confiscados.

»Debe hacerse ver a sus poseedores el alto grado de interés que para el posterior análisis de los hechos supone el disponer de tales soportes gráficos, garantizando en cualquier caso su devolución, una vez analizados y reproducidos. También se devolverán, a menos que el remitente indique explícitamente lo contrario, los soportes gráficos voluntariamente remitidos por particulares a cualquiera de las Autoridades Aéreas responsables de la recepción de información de avistamientos ovni...»

Interesante «aviso a los navegantes». Lo malo es que estas disposiciones, como digo, son «confidenciales» y sólo ahora —bajo mi responsabilidad— son ofrecidas a la opinión pública.

NOTAS

1. El informe original aparece subrayado a mano.

2. Traducido al castellano: «Vuelo N.° 51 (14 de mayo de 1968). Lugar: Aire-sur-l'Adour. Beneficiario (persona y organismos que han patrocinado el experimento). Globo utilizado: 25 P 5, de 57 000 metros cúbicos de volu-

men. Programa: estudios ionosféricos. Peso del instrumental científico utilizado en la experiencia: nueve kilos y medio. Peso total elevado por el globo: treinta y un kilos y doscientos cincuenta gramos. Hora de partida: 16.21 (tiempo universal). Duración de la subida del globo: una hora y cincuenta minutos. Techo alcanzado por el globo: 34 000 metros. Duración o permanencia del globo en ese nivel de techo: trece horas y nueve minutos. Separación (del instrumental): a las 07.20 horas del día siguiente, 15 de mayo. Observaciones: buen vuelo.»

3. El subrayado es del Ejército del Aire.

11

«Vuelo 53»: otro mazazo al MOA y a los «vampiros», sus colaboradores

Decía Cicerón que «quien ha faltado una vez al pudor termina forzosamente siendo un desvergonzado».

Creo que con la actual segunda desclasificación ovni —al menos de momento— ocurre algo similar. Y por si alguien alberga todavía alguna duda respecto al sesgado rumbo de este proceso —supuestamente limpio y democrático—, aquí tenemos otra prueba: el caso del 17 de mayo de 1968. Enésimo ejemplo de manipulación informativa por parte de la Inteligencia Militar.

Hoy, veinticinco años después, sale a la luz, por primera vez, un incidente ovni en el que un piloto de combate español se jugó la vida al intentar filmar uno de estos objetos no identificados. Todo un gesto, que honra a estos magníficos profesionales de la Fuerza Aérea.

La historia es casi un calco de la narrada anteriormente: la acaecida el 15 de mayo. Y con ella —como veremos— se demuestra lo ya enunciado: los militares responsables de esta supuesta «apertura» de los archivos ovni nos están dando «gato por liebre».

Y en opinión de este «Atila» de la Ufología, no es eso lo más grave. A fin de cuentas, es público y notorio que los Servicios de Inteligencia fueron inventados para averiguar la verdad y, acto seguido, si es necesario, asesinarla. Lo más repugnante es que esas «conclusiones» descalificadoras han sido nutridas y jaleadas por los «vampiros». Unos «fariseos» que —de cara a la galería— se autoproclaman «fieles cumplidores de la ley y de la ortodoxia científicas».

Pero vayamos a los «hechos», tal y como figuran en los documentos desclasificados por el Ejército del Aire. Y seguiré un escrupuloso orden. El mismo que presenta el referido expediente oficial. Para empezar, como es habitual, la Sección de Inteligencia del MOA ofrece un «resumen» y unas «consideraciones» que apestan a «vampiro» (véanse las páginas 216 y 217).

Estas «consideraciones», firmadas por el oficial de Inteligencia del MOA con fecha 26 de octubre de 1992, vuelven a chocar frontalmente con lo reseñado por el Mando de la Defensa Aérea veinticuatro años antes. El Mando Operativo Aéreo —ellos y nosotros sabemos por qué— enmienda la plana de nuevo a sus propios compañeros.

¿Qué dice Torrejón al respecto?

He aquí la transcripción textual, remitida al ministro del Aire el 30 de mayo de ese año del Señor —y de los «globos estratosféricos»— de 1968:

MANDO DE LA DEFENSA AÉREA

INFORMACIÓN SOBRE UN OBJETO
NO IDENTIFICADO

El día 17 del presente mes, hacia las 10 horas locales, mientras se desarrollaba la misión «Bravo» N.° 40 entre SIESTA (W-1) y dos aviones C.5 del 102 Escuadrón, fue visto por los pilotos un objeto extraño situado sobre Lérida aproximadamente. Informaron a SIESTA (W-1) que tenían a la vista un objeto no identificado, de color metálico y posición estática. Fue detectado por el equipo de radar del W-1; comprobada su altura así como su movimiento ascendente. Se dio orden a los C.5 para que se acercaran a dicho objeto para identificarlo, siendo la altura de los cazas 48 000 pies y 76 200 la del objeto extraño.

Posteriormente, sobre las 11 horas locales, se ordenó un despegue de dos C.8 dotados con máquinas fotográficas.

De los informes recibidos del jefe del W-1 y de los oficiales del 104 Escuadrón, parece deducirse:

1.° Existencia real en el espacio de un objeto extraño no identificado en las proximidades de Lérida.

2.° La película salió velada debido a las circunstancias adversas en que fue tomada.

3.° La diferencia de altura entre el objeto y los aviones fue, como mínimo, de unos 20 000 pies.

4.° La forma no está bien determinada. Coinciden en que era un objeto muy brillante.

5.° El desplazamiento horizontal fue pequeño y queda reflejado en el Registro de Traza correspondiente.

SE ADJUNTA:

— Informe emitido por el Teniente Coronel Jefe del Escuadrón de Alerta y Control N.° 1 (Siesta).

— Informe de los pilotos del 104 Escuadrón (F-104), capitanes DON ——— y DON ———.

— Registro de Traza remitido por SIESTA (W-1).

Insisto, aunque me referiré a este informe más adelante, ¿en qué momento se habla de «globo estratosférico»? El Mando de la Defensa —trece días después del suceso y con los datos y testimonios todavía calientes— se muestra más prudente que el MOA. Habla, sencillamente, de la «existencia real en el espacio de un objeto extraño no identificado».

Y otro tanto ocurre con las versiones del jefe del radar W-1 («Siesta»), ubicado en Calatayud, y de los reactoristas que despegaron de Torrejón. Veamos lo que, al parecer, no ha querido «ver» el MOA:

ESCUADRÓN DE ALERTA Y CONTROL N.° 1
REGIÓN AÉREA PIRENAICA (OPERACIONES)

EXCMO. SR.

Tengo el honor de comunicar a V E que el pasado día 17, durante la misión «Bravo» N.° 40 con el 102 Escuadrón, los pilotos informaron que tenían a la vista un objeto extraño de color metálico y posición estática.

Como existía buen contacto radar con el objeto y el equipo de altura detectaba su movimiento ascendente, se ordenó a los interceptadores su aproximación para identificarlo. Al aproximarse, la altura de los cazas era de 48 000 pies y la del objeto 76 200.

El informe de los pilotos coincide en señalar un objeto aparentemente metálico de dos cuerpos superpuestos, siendo fuselada la forma del inferior. Estos aviones se recuperaron con los mínimos de combustible establecidos.

MANDO OPERATIVO AEREO

ESTADO MAYOR
SECCION DE INTELIGENCIA

AVISTAMIENTO DE FENOMENOS EXTRAÑOS

LUGAR: - LERIDA

FECHA: - 1968 / día 17 de Mayo

RESUMEN:

- A las 10:00L 2 C-5 (F-86 "Sabre") comunican al EVA-1 que tienen a la vista un objeto extraño, aproximadamente en la vertical de Lérida, estático y de color metálico y, en apariencia, compuesto por dos cuerpos superpuestos, siendo fuselado el inferior.

- El EVA-1 lo detecta en dicha posición, a 76.000' de altura y con movimiento ascendente. Indica a los C-5 que lo identifiquen, pero no logran acercarse lo suficiente y se recuperan por combustible mínimo.

- A las 09:55Z (10:55L) despegan 2 C-8 (F-104 "Star Fighter") provistos de cámaras fotográficas.- Establecen contacto visual a 15 NM con 45.000' de altitud. Observan una forma de "punta de lanza" invertida o como un "cuerpo de calamar y, posteriormente, como un avión con "TIPS" (depósitos de combustible situados en los extremos de las alas) suspendido de la cola.

- Alcanzan 59.000', encontrándose el objeto en ese momento a 81.000'. La gran diferencia de altitud (7 Km.) les impide alinear las cámaras y obtener fotografías.- En un intento posterior, y en condiciones muy precarias, dispararon la cámara pero sin resultado (película velada). Ambos aviones se recuperan por mínimo combustible.

- El radar de altura del EVA-1 detectó 2 ecos muy próximos, con leve movimiento ascendente. A las 18:00L, en posición BM-33 y con 83.000' de altitud, se perdió el contacto radar con el objeto.

CONSIDERACIONES

- Existe una gran concordancia en los testimonios, en cuanto a forma, color y comportamiento, coincidiendo también con los datos Radar.

- Desplazamiento horizontal rectilíneo y con una velocidad muy lenta (20-25 Km/h), no apreciable desde los aviones en vuelo.

- Desplazamiento vertical igualmente lento (7 metros por minuto como máximo)

- Del 13 al 17 de Mayo de 1968 se produjo en España un gran número de avistamientos de características similares, coincidente con el programa de lanzamientos de enormes globos estratosféricos del CNES (Centre National D'Essais Spatiaux). Concretamente, en Mayo de 1968 efectuaron 18 lanzamientos. Los que, presumiblemente, ocasionaron el avistamiento que originó el presente expediente pudieron ser:

DIA/MES	HORA	VOL.GLOBO
14/05	14:35Z	15.000 M3
14/05	16:21Z	53.000 M3
16/05	09:44Z	87.000 M3
17/05	06:18Z	53.000 M3 (Poco probable)

- Todo lo anterior hace suponer que, con un grado suficiente de seguridad, se trata de un globo estratosférico.

ASPECTOS DESTACABLES: Las modificaciones en la forma apreciada por los pilotos se produce al modificar éstos su punto de vista, y no son excesivamente importantes: todas ellas apuntan a una forma de huso alargado en su parte inferior.

El CNES empleó dos tipos de globos: los "tetraédricos" y los "esféricos". Estos últimos adoptan la forma típica de "gota de agua invertida" (200 m. en su eje mayor), con importantes deformaciones en función de múltiples factores (altitud, temperatura, pérdidas de hidrógeno, etc.).

La forma observada podría indicar que, en este caso concreto, se trataba de un globo "esférico".

El lento movimiento ascendente concuerda con la hipótesis de un globo estratosférico que, a primeras horas de la mañana y debido a la acción del sol, inicia un proceso de calentamiento-dilatación-ascensión.

La detección de dos ecos muy próximos por el radar de altura no es extraña, ya que del extremo inferior del globo propiamente dicho pende un cable de 250 m. al que están sujetos un paracaídas estabilizador, un telemando, un reflector radar y, finalmente, la carga de instrumental científico.

No se aprecian aspectos que hagan aconsejable mantener la condición de "MATERIA CLASIFICADA"

PROPUESTA DE CLASIFICACION: **DESCLASIFICADO**

Torrejón, a 26 de Octubre de 1992

EL OFICIAL DE INTELIGENCIA DEL MOA

DESCLASIFICADO

Escrito: JEMA	Nº: 9157	Ref.: 2 1011-4	Fecha: 11.11.92

OBSERVACIONES: Expediente 680517

Posteriormente se efectuó el «Scramble» de dos F-104 equipados con cámaras fotográficas, que fueron dirigidos hacia el objeto. Cuando informaron el contacto visual la altitud de los interceptadores era de 58 000 pies y la del objeto 81 000. El informe de los pilotos coincide con los de la formación anterior.

Las condiciones para efectuar fotografías eran muy deficientes debido a la gran diferencia de altitud, recuperándose con los mínimos de combustible establecidos.

El equipo de alturas detectaba una señal de dos objetos muy próximos, perdiéndose el contacto radar a las 18.00 y 83 000 pies de altitud en la posición BM-33.

Adjunto se remite el Registro de Traza correspondiente, en el que solamente se anotaron los desplazamientos sobre el terreno en las horas que ocurrieron.

Dios guarde a V.E. muchos años

Catalayud, 20 de mayo de 1968.

EL TTE. CORONEL JEFE ESCUADRÓN

Por su parte, los capitanes que fueron sacados en «scramble» tampoco mencionan la palabra «globo», ni remotamente. El interesante escrito de estos esforzados pilotos de los «ataúdes volantes» dice así:

INFORME QUE FORMULAN AL COMANDANTE JEFE ACCIDENTAL DEL 104 ESCUADRÓN LOS CAPITANES DEL ARMA DE AVIACIÓN (S.V.) D. ——— Y D. ———, CON MOTIVO DE SU VUELO, EFECTUADO EL PASADO DÍA 17 DE LOS CORRIENTES.

El día 17 fuimos programados para una misión G.C.I. [ilegible] — *A.V. con Siesta y cuando nos encontrábamos en cabecera de pista para despegar, el Jefe de Operaciones del 104 Escuadrón vino con el fotógrafo y nos colocaron una cámara fotográfica a cada avión al mismo tiempo que nos notificó que estableciésemos contacto con Siesta en el Canal 10.*

El despegue lo efectuamos a las 09.55 Z y a las 10.05 Z establecimos contacto con Siesta, que nos notificó la existencia de

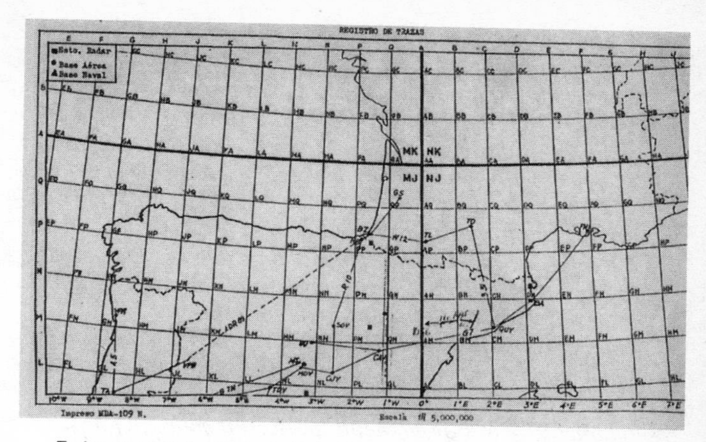

En las cuadrículas A-M y B-M, los movimientos del ovni, detectados por el radar «Siesta», en Calatayud. La región corresponde, aproximadamente, al triángulo formado por Reus, Fraga y Alcañiz.

Las horas del «Scramble» y del despegue de los «cazas» (F-104), con el indicativo de la misión: Tenis 37». El objeto desapareció del radar a las 18 h (Z), dejando la búsqueda veinte minutos después. Este tipo de documento no figura en el expediente anterior (caso 15 de mayo de 1968).

1 Día/mes/hora/min.		Z
2 Estación clasificadora	W-1	
3 Datos de la traza		
4 Acción Táctica y Hora	2 F104 . 09.45	Z
5 Estac. que ordenó o solicitó el «Scramble»	W-1	
6 Hora de la orden «Scramble»	09:40	Z
7 Hora de Despegue	09:55	Z
8 Hora DI		Z
9 Base de Despegue	TORREJON	
10 DI de		
11 Indicativo	TENIS 37	
12 Posición y Hora de la Interpretación	AM E-3 10H15	Z
13 Posición y Hora de la ID y RQ		Z
14 ID por		
15 Nacionalidad del Avión	N/A	
16 N.º y Tipo del Avión	N/A	
17 Matrícula del Avión	N/A	
18 Resultado y Hora		Z

20 Otras Acciones

21 Información Adicional
a Origen
b Destino
c IFF (modo)
d SIF (Código)
22 Embrollo

Estación	Tipo	Conducción	Hora
			Z
			Z
			Z
			Z
			Z
			Z
			Z
			Z
			Z
			Z
			Z

19 Agencias consultadas para obtener información:

COC	Z
AMIS	Z
E. A y C	Z
OTRAS	

23 Observaciones

[illegible]

Iniciales del Registrador
Iniciales del Jefe de Equipo
Firma del Controlador

un objeto extraño al que DOS F-86 no habían podido aproximarse lo suficiente para verlo y describirlo con cierta exactitud.

Con rumbo 070° nos dirigió ésta a las proximidades del objeto y a unas 70 millas antes de llegar al mismo aceleramos a 1.5 de mach y ascendimos a continuación a 45 000 pies y a unas 15 millas del objeto establecimos contacto visual con el mismo.

A la distancia del primer contacto visual (15 N.M.) el objeto aparecía con forma aproximada de una punta de lanza hacia abajo o como un cuerpo de calamar. Conforme nos íbamos acercando con el brillo del Sol se difuminaba el contorno del objeto y aparecía de forma indefinida y muy brillante.

En un primer intento llegamos a alcanzar 59 000 pies y aunque tenía cámara fotográfica instalada en el avión no podía alinear el eje del mismo con el objeto debido a estar casi en su vertical, así como tampoco, en estos momentos, discernir sobre su forma.

En un segundo intento, en que me separé del punto, aceleré de nuevo y ascendí a 52 000 pies y al aproximarme de nuevo al objeto aparentaba la forma de un avión con tips (T-33) con un ángulo de picado de unos 80°, es decir como si estuviese suspendido del timón de dirección. Seguía brillando mucho y aunque esta vez llegué a alinear el eje de mi avión con el objeto de hacer funcionar la cámara fotográfica la película salió velada.

A su vez mi punto, Capitán ———, antes de separarse de mí observó como dos formas fuseladas superpuestas y momentos después de habernos separado coincidía con mis apreciaciones, primeramente con la forma de cuerpo de calamar y posteriormente con la apariencia de un avión con tips suspendido del timón de dirección.

El objeto estaba aparentemente inmóvil y manteniéndose más alto que nosotros. Según Siesta mantenía una altura diferencial con nuestros aviones de unos 20 000 pies.

Lo que tenemos el honor de informar a Vd. para su conocimiento y efectos.

Torrejón a 21 de mayo de 1968.

[*Las firmas de los capitanes aparecen censuradas en el escrito original*]

Dos últimos documentos completan el expediente desclasificado: el registro de Traza dibujado por el personal del radar («Siesta») y la hoja con las horas del «scramble» y del despegue de los F-104 de Torrejón, respectivamente.

Antes de proceder al análisis de las peregrinas «conclusiones» del MOA, bueno será que repasemos y ampliemos algunos detalles. Por ejemplo, lo dicho en el informe del radar.

Calatayud. EVA N.° 1, más conocido en el argot de la Fuerza Aérea como «Siesta». El teniente coronel jefe de dicho Escuadrón de Alerta y Control es muy explícito. En la primera detección en las pantallas, el ovni —situado sobre Lérida— aparece «estático» y a 76 200 pies de altura (alrededor de 25 000 metros). Eran las diez de la mañana.

Examinemos las condiciones meteorológicas.

Para esa región, los radiosondeos efectuados a las 00 horas establecieron los siguientes valores:

«Entre 100 y 200 milibares (para altitudes comprendidas por encima de los 12 000 metros), los vientos oscilaron del oeste y del noroeste. Los rumbos concretos fueron: 280° para 100 mb., 330° para 150 mb y 350° para 200 milibares. Dichas corrientes soplaron con una fuerza de 16, 19 y 23 nudos, respectivamente.»

La información me fue facilitada por el Servicio Meteorológico Nacional (hoja complementaria número 138).

Y el «objeto metálico» —sigo transcribiendo el parte del radar— presentaba un «movimiento ascendente».

Curioso. El supuesto «globo estratosférico» no se movía —como manda el Señor— hacia el Mediterráneo, sino hacia arriba. ¡Extraño globo!

Una hora más tarde (hacia las once), dado que los «cazas» que volaban en la zona no habían conseguido alcanzarlo, despegan dos 104 de Torrejón. Recordemos que el «techo» de los F-86 (los reactores que participaban en la misión «Bravo» N.° 40) era de 16 170 metros. Es decir, según «Siesta», aquellos voluntariosos Sabres (F-86), al subir hasta 48 000 pies, casi colmaron su «techo» de vuelo. Y curiosamente, como si el ovni supiera lo que iba a ocurrir, cuando los 104 salieron a su encuentro, fue elevándose hasta situarse a 81 000 pies (unos 27 000 metros). Ni uno más, ni uno menos. La pantalla de altura del EVA así lo confirmó. ¿Y por qué me detengo en un diezmo de tan aparente menudencia? Muy sencillo. Porque —«causalmente» (?)— el «techo» de combate de los 104 era de 72 000 pies y, excepcionalmente, de ¡81000! Y digo yo: si sólo se trataba de un «globo», ¿por qué fue a estabilizarse a ese nivel, prácticamente prohibitivo para los Starfighter (F-104)? ¿Por qué no permaneció a la altitud que había mantenido hasta esos momentos? ¿Desde cuándo un globo estratosférico se halla programado para burlar aviones y —lo que resulta más increíble— para discernir entre el «techo» de un Sabre y el de un «Ataúd Volante»? Hablemos con sensatez: no hay globo meteorológico capaz de vencer aquellas condiciones atmosféricas y, mucho menos, con la inteligencia necesaria para «ponerse a salvo» cuando el Ejército del Aire decide cambiar de reactores.

Y no satisfecho con estos desafueros, el «globo» de marras y del MOA continuó en la citada posición (ver cuadrículas «BM») hasta las 18.00 horas (Z). O sea, hasta las siete de la tarde (hora local). Si las cuentas no fallan, el maravilloso artilugio desafió a los vientos durante ¡nueve horas!

A mi entender, esto es excesivo hasta para un globo francés...

Y por si fuera poco, «Siesta» concluye su informe asegurando que, al final, el equipo de altura detectó «dos ecos»: dos objetos metálicos muy próximos entre sí. ¿Es que hubo dos globos estratosféricos en el espacio aéreo nacional? Por supuesto que no. Más aún: en esa mañana del 17 de mayo de 1968 NINGÚN GLOBO ESTRATOSFÉRICO —ni francés ni chino— SE «COLÓ» EN ESPAÑA. Lo siento por el MOA pero, una vez más, ha metido la pata.

El oficial de Inteligencia que firma las «consideraciones» —cómo no— culpa al Centro Nacional de Ensayos Espaciales (CNES), de nuestros vecinos, los franceses. Y la historia se repite. ¿Qué dice el expediente del «Vuelo 53», el único globo lanzado desde Aire-sur-l'Adour ese 17 de mayo? A la vista del empecinamiento de los militares, no tengo más remedio que aburrir al lector con los áridos pormenores de dicho lanzamiento. El rigor y la objetividad así lo exigen. Pero, esta vez, para sortear cualquier suspicacia, reproduciré gráfica-

Principales datos del «Vuelo 53», según el Centro de Lanzamiento de Globos de Aire-sur-l'Adour, en Las Landas francesas: el beneficiario fue la señorita Ponzi. El programa consistió en el análisis del aire. Para ello se utilizó un globo de 57 000 metros cúbicos, modelo «25 P-5», con un instrumental que pesó 230 kg. Peso total elevado: 298 kg y 400 gramos. El globo partió a las 06.18 horas de la mañana (TU). Una hora y 37 minutos después alcanzó el techo previsto: 33 000 metros. Duración del techo (y de los experimentos): dos horas y cinco minutos. La separación (y deshinchado del globo) tiene lugar a las 10 h (Z) (las once de la mañana). «Buen vuelo.»

CENTRE DE LANCEMENT DE BALLONS

Vol n° 53 du 17.05.68 Lieu : AIRE S/ADOUR

BENEFICIAIRE : Mademoiselle PONZI - C.E.S.R

PROGRAMME : Analyse d'air

BALLON UTILISE : 25 P 5 (57.000 m³)

POIDS DE L'EXPERIENCE : 230 kg

POIDS TOTAL ENLEVE : 298 kg 400

HEURE DE DEPART : 06 h 18 TU

DUREE DE LA MONTEE : 01 h 37

PLAFOND : 33.000 mètres

DUREE DU PLAFOND : 02 h 05

SEPARATION A 10 h 00

OBSERVATIONS : Bon vol

AIRE S/ADOUR, le 31 Mai 1968

Seguimiento, por radar y telemetría, del «Vuelo 53». A las 10 h (Z) se produce la «separación» *(Squibage)*. A partir de ese momento, el instrumental científico —provisto de paracaídas— va descendiendo suavemente, manteniendo un rumbo que oscila entre los 96 y 102°. A las 10.37 h (Z) (las 11.37 hora local) se lleva a cabo el último contacto-radar. El equipo se encuentra a 89 km y en dirección este-sureste, respecto al Centro de Lanzamiento (102°). Casi a las 12 h (local) finaliza la operación.

VOL N° 53 DATE : 17.05.68 LIEU : A.S.A

Durée du vol	Heure Z	Origine	Relèvement vrai	Distance N. M.	Km	Altitude Radar	Pression Baro.	Observations
Préavis	05.05	MM						
Départ	06.18	Top à MM						
	06.23	ASA - RADAR	170°		5	10.000		
	06.30	ASA - TM					660	
	06.31	ASA - radar	162°		8	21.000		
	06.35	ASA - TM					555	
	06.40	ASA - TM					450	
	06.45	ASA - TM					360	
	06.51	ASA - radar	150°		18	41.000		
	06.55	ASA - TM					215	
	07.00	ASA - radar	147°		28	50.000		
	07.00	ASA - TM					170	
	07.05	ASA - TM					132	
	07.05	ASA - radar	148°		33	56.000		
	07.10	ASA - radar	148°		35	62.000		
	07.10	ASA - TM					96	
	07.15	ASA - TM					73	
	07.20	ASA - TM					56	
	07.15	ASA - radar	146°		37	67.500		
	07.20	ASA - radar	146°		38	74.000		
	07.25	ASA - radar	146°		41	80.000		
	07.25	ASA - TM					36	
	07.35	ASA - radar	145°		42	93.000		
	07.40	ASA - TM					15,5	
	07.40	ASA - TM					15,5	
	07.41	ASA - radar	145°		42	102.000		
	07.45	ASA - TM					12	
	07.50	ASA - TM					10	
01.37	07.55	ASA - TM	Plafond				8	
	08.00	ASA - TM					8	
03.06	09.24	ASA - TM					7,7	
03.12	09.30	ASA - TM					7,8	

VOL N° 53 DATE : 17.05.68 LIEU : A.S.A

Durée du vol	Heure Z	Origine	Relèvement vrai	Distance N. M.	Km	Altitude Radar	Pression Baro.	Observations
	10.00	ASA - TM	Squibage					
	10.05	ASA - TM						
	10.04	ASA - TM					21	
	10.06	ASA - TM					47	
	10.08	ASA - TM					72	
	10.10	ASA - TM					100	
	10.12	ASA - TM					140	
	10.14	ASA - TM					185	
	10.15	ASA - radar	95°		78	43.000		
	10.16	ASA - TM					235	
	10.20	ASA - radar	100°		83	25.000		
	10.25	ASA - TM					470	
	10.29	ASA - TM					560	
	10.30	ASA - radar	101°		85	16.000		
	10.31	ASA - TM					630	
	10.37	ASA - TM					810	
	10.37	ASA - radar	102°		89	4.000		
	10.52		Fin d'opérations.					

mente parte de ese incuestionable dossier, que puede verse entre la ilustración de este capítulo.

Basta un superficial estudio de la trayectoria y área de aniquilación del globo estratosférico francés («Vuelo 53») para «deshinchar» las «consideraciones» del MOA. En el fondo —la verdad sea dicha— me produce tristeza. Hubiera sido tan fácil evitar semejante cúmulo de despropósitos...

Pero es que, prescindiendo incluso del demoledor hecho de que el «Vuelo 53» jamás cruzó la frontera hispano-francesa, las observaciones de los analistas del MOA son impropias de profesionales del aire, supuestamente capacitados.

Ejemplo número uno.

En su afán por hacer ver a la opinión pública que el ovni del 17 de mayo de 1968 era un globo estratosférico, el MOA nos «vende la burra» con dos argumentos insostenibles: los desplazamientos horizontal y vertical del objeto. A la altitud a que se encontraba el supuesto «globo» y con los fuertes vientos reinantes en dicho nivel, ¿cómo se puede asociar una velocidad horizontal de 20-25 km./h con el movimiento natural de un globo estratosférico?

Tampoco el desplazamiento vertical (siete metros por minuto) es atribuible a globo alguno. Cualquier meteorólogo sabe que, en general, esa velocidad ascensional es mucho mayor en los verdaderos globos estratosféricos: entre siete y ocho metros por segundo.

Ejemplo número dos.

Nadie duda que los numerosos avistamientos ovni, registrados en España entre el 13 y el 17 de mayo de 1968, «fueran coincidentes con el programa de lanzamientos de enormes globos estratosféricos del CNES», tal y como afirma el oficial de Inteligencia del MOA en sus «consideraciones». Pero, si ninguno de esos gigantescos artefactos se «coló» en el espacio aéreo español, ¿cómo debemos interpretar esa sutil «explicación» de los militares? Sencillamente, como una manipulación de la verdad. Al MOA no le consta lo que dice. Nunca solicitó información al CNES. Se ha fiado del «listado» de los «vampiros» —lo repetiré una y otra vez— porque así convenía a sus objetivos. Y ambos —«vampiros» y responsables de la desclasificación— han salido trasquilados...

Como defendía Manzoni, «por cada pícaro que inventa algo, hay, como todos saben, millares de crédulos que repiten».

Ejemplo número tres.

«El CNES —dice el MOA— empleó dos tipos de globos: los "tetraédricos" y los "esféricos".»

Nuevo error. En el año que nos ocupa, los franceses utilizaban, fundamentalmente, los «tetraédricos». El modelo «esférico» entraría en escena años más tarde. Pero aun admitiendo lo imposible —que el ovni detectado y perseguido sobre Lérida entre las diez y las once de la mañana fuera uno de esos globos «esféricos»—, la argumentación del oficial de Inteligencia falla estrepitosamente. En ese empeño por justificar las diferentes y anómalas formas del objeto —según los informes de los «cazas»—, el MOA recurre a las «importantes deformaciones que sufren dichos globos esféricos, en función de múltiples factores: altitud, temperatura, pérdidas de hidrógeno, etc.». El comentario —con el inequívoco «sello» de los «vampiros»— demuestra, por enésima vez, que, en el fenómeno ovni, la demagogia se disfraza de rigor científico. Y como no me gusta hablar, ni escribir, de oídas, echaré mano de los mismísimos archivos del CNES. En el dossier número 1 (diciembre de 1978), en la serie «La lettre du CNES» y bajo el título «Los globos: un vehículo espacial», se proporciona una exhaustiva información al respecto. Pues bien, en la página tercera de dicho dossier, al describir los globos estratosféricos abiertos, se afirma, justamente, lo contrario a lo expuesto por el MOA:

«... De día, la irradiación solar calienta el gas, que se dilata, siendo constante el volumen del globo, por lo que la evacuación se efectúa por los manguitos. Al final del día —subraya el CNES—, el gas se enfría, disminuye el volumen de gas y el globo se vuelve lacio. El empuje de Arquímedes disminuye y no es suficiente para mantener el vehículo. El globo empieza a descender de manera irreversible, si no hay intervención exterior.

»Los globos estratosféricos abiertos son, pues, unos vehículos de corta duración de vida...»

Si mis escasas luces han captado las explicaciones de los

expertos del CNES está claro que el supuesto «globo estratosférico» del 17 de mayo de 1968 sobre Lérida difícilmente podía deformarse a las diez o a las once de la mañana. Esas «importantes deformaciones» que esgrime el MOA se habrían producido, en todo caso, al anochecer. Entonces, de acuerdo con el principio de Arquímedes, sí habríamos asistido a la irreversible caída del globo. Una «caída» que sí se produjo —como hemos visto—, pero a las once de esa misma mañana, en territorio francés y programada desde tierra.

Ejemplo número cuatro.

El intento de explicación de los dos ecos próximos, captados por el radar de Calatayud, es enternecedor. Quiero suponer que el oficial de Inteligencia del MOA que se ha visto en la «obligación» de redactar este párrafo ha sufrido lo que no está en los libros... Y me expreso con conocimiento de causa. Sé quién es. Tengo su brillante historial profesional sobre mi mesa y, por ello, me reafirmo en lo dicho. Al obedecer órdenes no tuvo más remedio que formularse la pregunta que se haría cualquiera con un mínimo de información: ¿hasta dónde puede llegar la estupidez humana?

Repasemos ese modelo de intoxicación informativa:

«... La detección de dos ecos muy próximos por el radar de altura no es extraña, ya que del extremo inferior del globo propiamente dicho pende un cable de 250 metros, al que están sujetos un paracaídas estabilizador, un telemando, *un reflector radar* y, finalmente, la carga de instrumental científico.»

Y con el expediente en cuestión me fui al Centro de Lanzamiento de Globos Estratosféricos, en Las Landas. Y al leer la «aguda observación» del MOA, los expertos del CNES —por educación— reprimieron la carcajada.

Los analistas del MOA no saben —mejor dicho, no quieren saber— que aquellos globos estratosféricos de los años sesenta no eran «visibles» al radar. La razón es elemental: los materiales utilizados para fabricar la envoltura —me limito a transcribir las palabras de los expertos del CNES— consistían, básicamente, en una sustancia denominada «polietileno», con un espesor que oscilaba entre los 10 y 25 micrones. Es decir —para entendernos—, una suerte de «goma» difícil de cazar por el radar. Y el MOA tampoco ignora que era justa-

Mapa del CNES, con la trayectoria y lugar de caída del globo estratosférico «Vuelo 53», lanzando a las 06.18 h (Z) del 17 de mayo de 1968. Al alcanzar el «techo» (33 000 metros) *(zone plafond)*, el globo es empujado hacia el noreste. A las 10 h (Z) se produce la «separación» *(zone séparation)*. Y el instrumental y el globo caen a 89 km al este de Aire-sur-l'Aldour, en pleno territorio francés. Concretamente entre las ciudades de Auch y Toulouse.

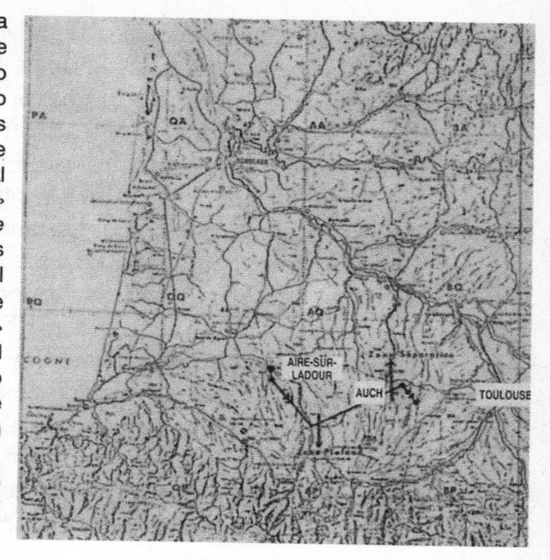

Esquema dibujado por Pierre Faucon, director del Centro de Lanzamiento de Globos Estratosférico del CNES. En él se observan la trayectoria y los horarios del «Vuelo 53».

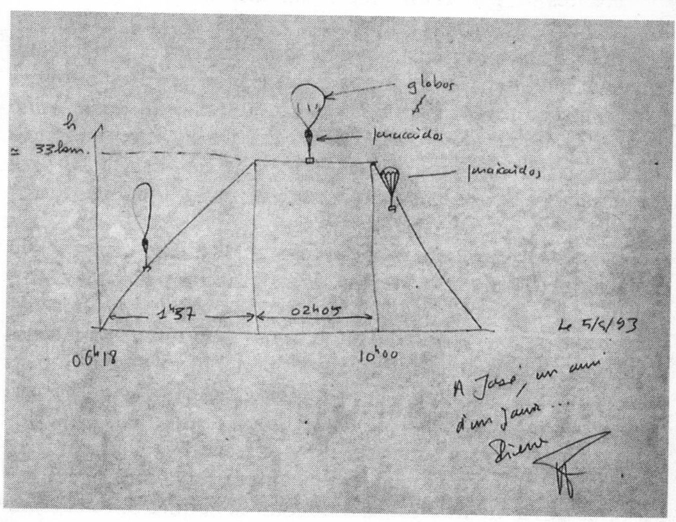

mente este inconveniente el que obligaba a colgar del globo esas pantallas o reflectores radar de dos o tres metros. No estamos hablando, por tanto, de un cuerpo metálico, como lo describieron los pilotos de los interceptores. Nos hallamos ante una masa de gas y de finísimo «polietileno» —insisto—, «invisibles» a los radares. Y el MOA sabe igualmente que esos «reflectores» metálicos que colgaban de los globos eran del todo insuficientes para un correcto seguimiento. Las «pérdidas» desde el Centro de Lanzamientos eran tan continuas como irritantes. De ahí que el CNES se viera en la necesidad de idear otro procedimiento para perfeccionar dicho rastreo radar: una fina vara o lámina de metal, ajustada a la «piel» del globo. Pero este invento —mis queridos «vampiros» y amigos del MOA— fue puesto en práctica en 1987...

En consecuencia, ¿cómo se puede tener la cara dura de justificar los «dos ecos próximos», basándose en la cercanía del globo con la pantalla metálica?

Si el objeto detectado por «Siesta» en la mañana del 17 de mayo de 1968 hubiera sido en realidad un globo estratosférico sólo habría ofrecido un eco. Y eso, con mucha suerte...

Y antes de proseguir, permítanme una breve recapitulación.

Si no hubo globo estratosférico francés en el espacio aéreo nacional —las pruebas son irrefutables—, ¿a qué obedece esta insostenible actitud por parte de los militares? Ya he dicho —y lo mantengo— que no acepto la incompetencia como solución al problema. Pues bien, si esto es así, los propios analistas del MOA están «cantando» la única respuesta posible:

Un desastre informativo de este calado tiene que responder al secreto deseo de confundir a la opinión pública. En definitiva, la receptora de los expedientes ovni desclasificados. Una «consigna» —todos lo sabemos— que nunca será reconocida por la cúpula militar española. Una «consigna», para más «inri», alimentada clandestinamente por aquellos que enarbolan el estandarte de la Ufología científica. Una vez más, para estos «fariseos», el fin —el desmantelamiento del fenómeno— justifica los medios: la mentira, la intoxicación y las verdades a medias. Tomen buena nota aquellos que, consciente o inconscientemente, están siendo «vampirizados». En palabras del dramaturgo inglés Otway son como los hombres honrados —blandos y muelles cojines— sobre los que los bribones reposan y se ceban. Unos bribones que, en el colmo del cinismo, declaran haber convencido a los militares para que procedieran a la apertura de los archivos ovni. Muy bien. Éste es el resultado. Como decía mi abuela, en el pecado llevan la penitencia.

Así se escribe la pequeña gran historia de la Ufología.

Pero retomemos el hilo de este interesante caso. Porque en esa mañana del 17 de mayo de 1968 ocurrieron otros hechos que, naturalmente, tampoco constan en el informe oficial. Unos «hechos» que, si analizamos la construcción del informe del jefe del EVA N.° 1, parece que fueron omitidos por dicho teniente coronel. ¿O intervino alguien más?

¿Fue el instinto el que me empujó a buscar al controlador que, justamente ese día, se hallaba de guardia en el mencionado EVA, en Calatayud?

Digamos que sí...

Y supongamos también que fue mi «buena estrella» la que me permitió llegar, un 19 de enero de 1993, hasta ese controlador, el hoy coronel del Ejército del Aire Manuel L. Zamora.

Zamora recordaba muy bien aquella singular experiencia. Al mostrarle el expediente desclasificado y, sobre todo, las «conclusiones» del Mando Operativo Aéreo, sonrió significativamente. Como proclamaba Huxley, «el gesto es el brazo armado de la verdad».

«... ¿Un globo estratosférico francés?»

El que fuera uno de los responsables de las pantallas de «Siesta» en aquella jornada habló con franqueza.

«... Imposible. Y te diré por qué.»

Manuel L. Zamora —lo adelantaré para acallar a los hipercríticos— disfruta de una dilatada e intensa trayectoria como controlador de interceptación. Entre 1964 y 1973 desempeñó esta labor en el citado EVA N.° 1. Allí obtuvo la capacitación de «apto» para alerta, «apto» para combate y «diestro», según el argot aeronáutico militar. Desde 1973 a 1977 permaneció en el Estado Mayor de la Defensa y, entre

1977 y 1985, trabajó en el Ala de Alerta y Control, tanto en equipos como desarrollando el cargo de jefe accidental de Operaciones, alcanzando el grado máximo de cualificación: «experto» en Sistemas Semiautomáticos. Tiene, pues, en su haber, veintiún años de experiencia. ¿Quién puede dudar de su capacidad profesional?

Pero sigamos con su testimonio, que cambia sustancialmente lo manifestado por el MOA:

> ... La primera noticia de aquel ovni la recibimos por la mañana. Yo estaba de guardia. Serían las nueve.

Y volvió a sonreír maliciosamente.

> ... Ese eco en las pantallas del radar de Calatayud no apareció, como reza el informe, en el espacio aéreo español. Lo captamos en Francia. Se trataba, en efecto, de un objeto no identificado que volaba hacia España y a unos 20 000 pies.
>
> ... Como es lógico se pidió información a los franceses. Y lo hizo la Sección de Movimiento e Identificación, ubicada en la sala de operaciones del EVA.
>
> ... Cuando se tuvo confirmación de que Francia no tenía nada que ver con aquel objeto recibimos la llamada de los «cazas» que realizaban la misión «Bravo 40». Eran Sabres, como sabes. Fue una coincidencia. Los F-86 lo vieron en el cielo, pero nosotros lo habíamos «cazado» bastante antes.
>
> ... Y al comprobar que los aviones del 102 Escuadrón no podían alcanzarlo se dio «scramble» a la pareja de alerta de Torrejón.
>
> ... Pero tampoco pudieron hacer gran cosa. «Aquello» pegaba unos «saltos» increíbles. En seis segundos, para que te hagas una idea, pasaba de 30 000 a 70 000 pies.
>
> ... Y en más de una ocasión se nos «escapó» del radar. La cobertura, en aquellos tiempos, era ligeramente superior a los 80 000 pies.
>
> ... Y esos «saltos» o «tirones» los repitió en varias oportunidades. Era asombroso.
>
> ... Y allí siguió, tan campante, hasta bien entrada la tarde. Como dice el EVA, hacia las 18 horas (Z) se abandonó el seguimiento. La verdad es que no tenía mucho sentido.
>
> ... ¿Por qué digo esto? Elemental. «Aquello», lo que fuera, demostraba una «inteligencia», una capacidad de navega-

ción y una perseverancia imposibles de igualar por nuestros reactores.

... Recuerdo que en las conversaciones con los «cazas» que intervinieron, que se prolongaron durante una hora o más, el desconcierto fue general. Uno de los capitanes, incluso, en su afán por aproximarse al ovni y tomar película, llegó a poner en peligro su seguridad. El objeto había ascendido a 81 000 pies. Y el 104 subió hasta casi 60 000, colocándose en un ángulo crítico. Total, que pasó lo que tenía que pasar...

Pero eso, mejor será que te lo cuente el protagonista.

Estaba claro. Aunque fue disimulado en el informe del jefe del radar —y sospecho el porqué—, el famoso ovni del 17 de mayo dio mucha más «guerra» que la que nos ha hecho creer el MOA.

No perdamos de vista, por ejemplo, que, en la primera detección radar, el objeto volaba sobre Francia y a poco más de seis mil metros de altitud (unos 20 000 pies). La alerta fue doble: por parte española y francesa. Pero de esto nada se dice en el expediente desclasificado. Como tampoco se menciona, ni se explica, el súbito y categórico cambio de nivel del objeto. Si los vientos, en esa región, según el radiosondeo del Instituto Meteorológico Nacional de las 00 horas, tenían una fuerza de 25 nudos y un rumbo de 010 grados, ¿cómo pasó —entre las nueve y las diez— de 6 000 a 25 400 metros? De acuerdo a los datos meteorológicos, una «hazaña» así es inconcebible en un globo estratosférico. Sabemos, además, que no era el «Vuelo 53». Pero, aun aceptando que lo fuera, si el «globo» había entrado en pérdida —descendiendo hasta esos 6 000 metros—, ¿cómo demonios se las arregló para volver a subir y hasta 76 200 pies?

¿Y qué decir de las «conversaciones» de los «cazas» con «Siesta»? ¿Dónde están? Las transcripciones deberían figurar en el expediente desclasificado, al igual que sucede en el caso del 3 de junio de 1967. Como era preceptivo fueron grabadas y confiscadas. ¿Por qué han sido suprimidas? ¿Quizás porque su contenido es incompatible con las «conclusiones» elegidas por el MOA? ¿Quizás por ese «desconcierto» al que hacía alusión el controlador de guardia? ¿O quizás porque no interesa que la opinión pública tenga cumplido conocimiento

Coronel Manuel L. Zamora, el controlador de interceptación que vivió la intensa experiencia ovni del 17 de mayo de 1968 en el EVA n.º 1 («Siesta»).

Los asombrosos cambios de nivel del ovni del 17 de mayo de 1968. Hacia las 09 h (local) es detectado sobre Francia a 20 000 pies de altitud. A las 10 h —ya sobre España— alcanza los 76 200. Poco después, a las 11 h, sube a 81 000 pies. A las 18 h —a 83 000— se da por concluida la búsqueda en el radar militar de Calatayud.

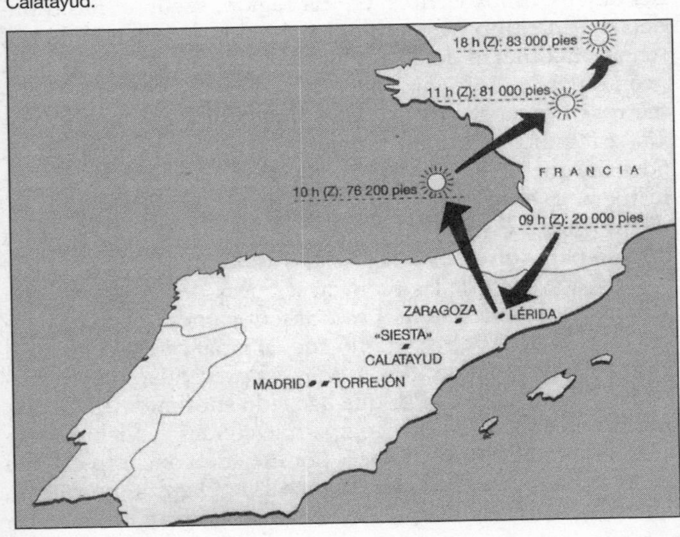

de que —por culpa de un ovni— uno de los «cazas» se vio en graves dificultades?

Quién sabe. Es posible que la mutilación haya tenido su origen en una mezcla de todas esas razones..., y en alguna más.

Y no exagero. En esa histórica mañana del 17 de mayo de 1968, uno de los reactoristas —no sé si por primera vez en la historia de la Ufología española— arriesgó la vida en el cumplimiento de su deber. Concretamente, en el intento de interceptación y filmación de un objeto volante no identificado.

Después de no pocas vueltas y rodeos —merced a la ayuda de uno de mis contactos en la Fuerza Aérea— tuve la fortuna de localizar al, hasta ahora, anónimo protagonista de este incidente. Se trataba del capitán que, justamente —¿de nuevo la casualidad?—, había redactado el informe que aparece en el dossier del Mando de la Defensa.

Este bravo y honesto piloto —hoy coronel— se brindó encantado a relatarme lo ocurrido en aquella mañana. Y lo hizo, como era de esperar, restándole importancia a lo sucedido. Es comprensible, tratándose de un hombre de noble y recto corazón. Un piloto de combate que —con estos veinticinco años de silencio— ha demostrado que la famosa sentencia de Voltaire está equivocada: «Me gustan poco los héroes —decía en *Lettre au roi de Prusse*— porque hacen demasiado ruido.»

El 7 de enero de 1993, fecha de mi primera entrevista con José Joaquín Vasco, este audaz militar desempeñaba el cargo de coronel comandante de la Base Aérea de Gando y jefe del Ala Mixta N.° 46, en Gran Canaria. En síntesis, éste fue su testimonio:

> ... Yo era capitán. Y me encontraba destinado en el 104 Escuadrón, en Torrejón.
>
> ... Esa mañana, mi pareja y yo nos disponíamos a realizar unos ejercicios rutinarios en la zona denominada «Delta 104», en Teruel.
>
> ... Y ya en pista, a punto de despegar, nos dieron orden de esperar. Y el jefe del Escuadrón, acompañado del sargento Bernal, se acercó a los aviones. Traían dos cámaras de fotos. Una para cada 104. Una «amefoto».

... Y despegamos con rumbo 030. Más o menos, hacia el Moncayo. Serían las once, hora local. El día era bueno. Cielo luminoso y excelente visibilidad.

... Y ya en el aire conectamos con el EVA N.° 1 («Siesta»). Nos dieron un nuevo rumbo —070 grados— y nos explicaron que íbamos a identificar un objeto extraño. Calatayud lo tenía en pantalla. También nos dijeron que los Sabres (los F-86) estaban volando más abajo.

... Y sobre la zona de Guadalajara empezamos a ver algo. Era un punto luminoso, pero muy lejos y muy alto.

... Aceleramos. Nos pusimos a 1,5 de mach y ascendimos. Y a cosa de catorce o quince millas del objeto tuvimos contacto radar. El ovni salió en las pantallas de los dos «cazas».

... Y cuando estábamos a diez millas, poco más o menos, el objeto ascendió. «Siesta» confirmó también el violento «tirón» del ovni.

... «Aquello» era muy extraño. Tal y como figura en el informe que redactamos el 21 de ese mes de mayo, al principio, cuando estábamos a quince millas, presentaba una forma relativamente parecida a un calamar.

... Subimos hasta casi 60 000 pies, tratando de filmar. Pero el objeto se hallaba mucho más arriba y prácticamente en nuestra vertical. Así que no hubo forma de alinear el avión para tomar fotografías.

... Y lo intenté por segunda vez. Aceleré de nuevo. Alcancé los 52 000 pies y con el reactor en un ángulo de sesenta grados disparé la «amefoto». Pero la película salió velada. En esos momentos, volando tan forzadamente, se paró el posquemador. Pero seguí subiendo. Y al poco me quedé también sin motor... Y el 104 se vino abajo. No te voy a engañar: fueron unos segundos tensos. Dramáticos. La «carlinga» parecía una verbena...

... Gracias a Dios pude recuperarme. Todo volvió a la normalidad. Y el objeto siguió allí arriba, a más de 80 000 pies.

Una hora y pico después del despegue, agotado el combustible, regresamos a casa. Y según supimos, «Siesta» continuó captándolo el resto de la jornada.

... Francamente, no sé qué era aquello. Cambiaba de forma. Tanto mi compañero como yo coincidimos en que, en determinados momentos, se asemejaba a una «punta de lanza». En otros parecía un «avión», colgado por la «cola». Y cuando lo tuve más cerca, poco antes de que se apagara el motor, juraría que tenía el aspecto de una esfera. Algo así como un balón de fútbol, con una gran luminosidad. Un brillo dorado o, quizás, plateado. Y eso es todo lo que puedo contarte...

«En condiciones muy precarias.»

Esta afirmación del MOA —contenida en el «resumen» que encabeza el expediente desclasificado— no me parece justa. Desde un punto de vista semántico es correcta. Pero —a qué ocultarlo— el capitán de aquel Starfighter se jugó la vida. José Joaquín Vasco Gil sabía muy bien que el «techo de combate» de su 104 era de 24 000 metros (unos 72 000 pies). Y a pesar de ello, con un pundonor que le honra, forzó la máquina, sabedor de las graves consecuencias que podía provocar una acción de esa naturaleza.[1]

Sólo lo mencionaré una vez. Entre otras razones, porque sé que estoy abusando de la paciencia de este modesto aviador.

Si el capitán Vasco no acierta a resucitar la planta motriz, aquel 17 de mayo de 1968 hubiéramos tenido el primer mártir militar de la Ufología española. Es de justicia, por tanto, reconocer su valor. Y así queda escrito —desde este instante— para la historia.

Y para rematar este caso —elocuente ejemplo de manipulación informativa—, el MOA introduce en la misma olla todos los sucesos ovni de aquel legendario mayo de 1968. Y lo hace sibilinamente. Al más puro estilo «vampiresco». Después de todo, han sido estos «eunucos» de la Ufología hispana quienes les han proporcionado información y «listados».

Leo el cuarto párrafo de las «consideraciones» de la Sección de Inteligencia:

«Del 13 al 17 de mayo de 1968 se produjo en España un gran número de avistamientos de características similares, coincidente con el programa de lanzamientos de enormes globos estratosféricos del CNES. Concretamente, en mayo de 1968 efectuaron 18 lanzamientos...»

El MOA no dice expresamente que los numerosos incidentes ovni detectados en aquellas fechas fueran «globos estratosféricos franceses». Pero lo dice... E insinúa algo más lamentable: que los miles de testigos eran subnormales profundos.

Si el MOA —o los «vampiros» (en este caso, tanto monta)— hubieran desplegado una investigación medianamente rigurosa habrían comprobado que los avistamientos de los días 13, 14, 15, 16 y 17 de mayo —por no salirnos de las fechas manejadas por los militares— nada tuvieron que ver con globos, ni con la madre que parió a los globos, con perdón. Es decir, con los franceses. La consulta al CNES fue determinante:

«Ninguno de esos dieciocho lanzamientos de globos estratosféricos, llevados a cabo, en efecto, en mayo de 1968, concluyó su viaje en España.»

Pero es que, analizando los testimonios de esos —insisto— miles de personas que vieron los ovnis en los referidos cinco días, las cuentas tampoco salen. Contemplemos —a vuelapluma— algunos ejemplos:

1. Huesca. Atardecer del 13 de mayo. Tres objetos luminosos, de color amarillento y formas triangulares se pasean en perfecta formación, igualmente triangular, ante el estupor de media provincia. Llevan rumbo sureste y toda la calma del mundo. De hecho son observados durante tres horas. Altitud aproximada: unos cuatro mil metros. Los objetos lanzaban fogonazos luminosos. Las primeras observaciones constatadas —hacia las 18 horas (local)— se registran en las localidades de Sabiñánigo y Biescas. Testigos de excepción: Víctor Fragoso del Toro, gobernador civil de Huesca, y Gorgonio Tobar Pardo, subjefe provincial del Movimiento y vicesecretario de Ordenación Económica de la Delegación Provincial de Sindicatos.

A las 18.30 horas, el teniente coronel de Infantería de Sabiñánigo telefonea al Gobierno Militar de Huesca, anunciando cómo dichos objetos se dirigen hacia la capital oscense. Y allí, repito, el «espectáculo» es presenciado por miles de ciudadanos (todos «subnormales profundos», claro está). Uno de estos testigos —Alejandro Brioso Lafuente, funcionario— lleva a cabo una meticulosa inspección de los ovnis, valiéndose de unos prismáticos de veinte aumentos. A las 19.45 h., uno de los objetos parece detenerse sobre la vertical de Huesca. Es brillante metálico. Triangular. La base izquierda pre-

El hoy coronel del Ejército del Aire, José Joaquín Vasco. En el mañana del 17 de mayo de 1968 se jugó la vida en su intento de filmar un ovni. (*Fotografía gentileza de la* Revista de Defensa.)

El «104» del capitán Vasco, en un forzado ángulo de sesenta grados, se quedó sin postquemador y, posteriormente, sin motor, entrando en grave pérdida. Su pericia y sangre fría evitaron un accidente de imprevisibles consecuencias. (*Ilustración de J. J. Benítez.*)

Uno de los ovnis sobre Huesca, según el testimonio de Alejandro Brioso Lafuente.

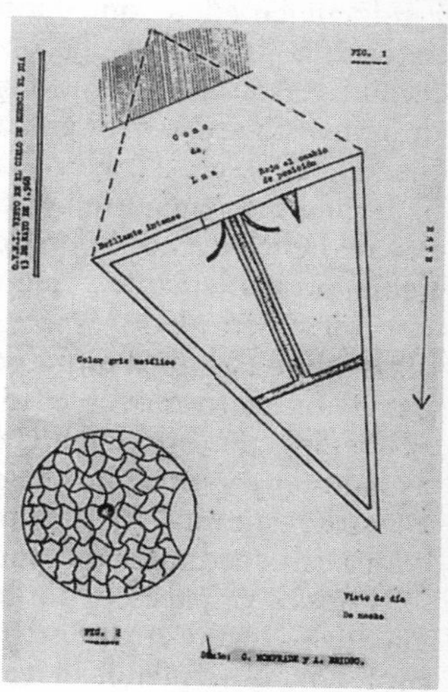

senta un color rojo-anaranjado. En realidad se desplaza a enorme lentitud. Hacia las 21.45 horas, coincidiendo con el crepúsculo, el objeto adquiere una tonalidad rojiza y desaparece. En el tiempo que dura la observación de los ovnis se registran importantes interferencias en radio y televisión.

Y el MOA y los «vampiros», montados en el burro de los «globos estratosféricos franceses».

Y este no menos «subnormal profundo» que suscribe se pregunta:

«¿Lanzados de tres en tres? ¿Y cómo se las ingenió el CNES para que dichos "globos" volaran en perfecta formación triangular? Y lo más bochornoso para el MOA y sus "aliados": si ese 13 de mayo, el único globo lanzado desde Aire-sur-l'Adour cayó en territorio galo, ¿qué fueron los objetos que cruzaron los cielos de Huesca?»

2. Valladolid y Palencia. Día 14 de mayo de 1968. Hacia las 16 horas (local), otros miles de ciudadanos divisaron en el cielo un extraño objeto —similar a una pelota de béisbol— rodeado de una gran luminosidad. Permaneció a la vista hasta las nueve de la noche. Según los testigos se elevó a gran velocidad, desapareciendo. Entre la infinidad de «subnormales e indocumentados» que contempló este enésimo «globo estratosférico francés» se hallaba uno de especial relevancia: el dominico Antonio Felices. Este religioso —pionero, además, en la investigación ovni en España— tuvo la posibilidad de observar el objeto a través de un telescopio de 135 aumentos. El artefacto se encontraba prácticamente en la vertical de la casa de Felices: el convento de «Arcas Reales», en Valladolid. Y muy probablemente —según los cálculos del dominico— a un nivel superior a los veinte mil metros. Durante esas cinco horas, el objeto no cambió de posición, detectándose únicamente un ligero movimiento de vaivén. Presentaba una no menos singular forma, similar a una «punta de flecha» o «delta», con un abombamiento en la «panza». En cuanto a las dimensiones resultaban igualmente desconcertantes: más de mil metros cuadrados de superficie.

Pues bien, pasando por alto la serie de ovnis más pequeños que —según otros testigos— entraba y salía de la gigantesca «delta», los datos meteorológicos registrados en esa región y a esas horas tampoco concuerdan con la sentencia de los militares. Los vientos en altura (por encima de los 100 milibares) oscilaron esa tarde entre los 20 y 25 nudos de velocidad, con rumbos 330-346 grados. Ningún globo hubiera podido hacer estacionario y mucho menos durante tanto tiempo.

El enorme ovni fue observado también por tres pilotos civiles: los hermanos Carrión y Ángel Rodríguez. El primero en detectar el objeto fue Heliodoro Carrión. Guiado por la torre de la base militar de Villanubla llegó a subir con su avioneta hasta catorce mil pies. Su testimonio es igualmente significativo:

«... Era enorme. Y se hallaba altísimo. Tenía forma de triángulo equilátero. Y parecía girar sobre sí mismo. En esos momentos vi pasar un avión comercial. Volaría a 30 000 o 35 000 pies. Pues bien, el ovni estaba mucho más arriba. Yo diría que era metálico, con una tonalidad plateada.»

La verdad es que la argumentación del MOA hace agua por todos los costados. Si los vientos dominantes, a partir de las 12 horas de ese 14 de mayo de 1968, fueron casi siempre de componente noroeste (300 a 350 grados), ¿cómo explica la «inteligente» Sección de Inteligencia la inmovilidad del supuesto «globo» y durante cinco horas?

3. Vizcaya. 15 de mayo de 1968. Otro buen puñado de «subnormales profundos» asistió maravillado a las evoluciones de dos objetos volantes no identificados que cruzaron el País Vasco con dirección este. El suceso se produjo también por la tarde. Los objetos fueron descritos como «ovoides» y con un gran brillo.

¿Más globos franceses? ¿Y cómo resuelve el MOA, o los «vampiros», la difícil papeleta de la ubicación de los objetos en el momento de la observación, por ejemplo, sobre Bilbao? Aire-sur-l'Adour, el centro de lanzamiento de globos estratosféricos, se encuentra a más de trescientos kilómetros al este de la capital vizcaína. Y los «ovoides» volaban, justamente, de poniente a levante. Tampoco pueden refugiarse en la excusa de los vientos. El sondeo de las 18 horas (Z), para Bilbao y a los niveles en que se movían los ovnis, arrojó unos vientos de 030 grados. Ningún globo hubiera podido volar paralelo a la cornisa cantábrica. En el mejor de los casos habría terminado internándose en la región centro. Si a esto añadimos lo ya sabido —que el «Vuelo 51» cayó en territorio francés a primeras horas de esa mañana del 15 de mayo—, ¿a qué conclusión podemos llegar? A una, harto conocida. Mejor dicho, a dos: que los ovnis vistos en esos cinco días de mayo no eran globos y que el MOA —torpemente auxiliado por los «vampiros»— ha vuelto a caer en el ridículo. Y no son palabras mías, sino del insigne Rochefoucauld: «El ridículo deshonra más que el deshonor.»

Y si no eran globos meteorológicos, ¿qué fue lo que sobrevoló España en ese mayo de 1968? En mi opinión, «algo» que irrita sobremanera a determinados militares y a los «torquemadas» y negadores profesionales del fenómeno ovni: naves «no humanas».

¿Pruebas?

Creo que han quedado muy claras. Pero, aun así, me remitiré a los datos proporcionados por los testigos y los radares.

1.ª Los objetos —según los equipos de altura de «Siesta»— ascendieron de 30 000 a 70 000 pies en seis segundos. Es decir, volaron a razón de 133 000 metros por minuto. O lo que es lo mismo: a 8 000 km./h. En mayo de 1968 —debemos recordarlo—, la velocidad máxima de un 104 era de 2 330 km./h a 11 000 metros (mach 2,2). Hoy, los espléndidos F-18, que entraron en servicio en la Fuerza Aérea española en julio de 1986, están programados para alcanzar 1,8 de mach a gran altitud.

Sin comentarios.

2.ª Cambios de forma —de estructura del ovni— «sobre la marcha». Lo hemos observado en sucesos anteriores, en el que nos ocupa y lo apreciaremos también en los incidentes que quedan por narrar. ¿Qué tecnología humana puede variar a voluntad la rígida aleación de un «caza», convirtiéndola en una «esfera», en un cuerpo doblemente fuselado o, en el colmo del «mimetismo», en un T-33 colgado del timón de «cola»? Y por si el testimonio de los pilotos de combate no es suficiente, ahí están las fotografías. Mientras los observadores —con prismáticos y telescopios— apreciaban unas muy concretas y determinadas siluetas, las películas (que no leen ciencia-ficción ni beben whisky) arrojaban unas formas diferentes. El MOA, claro está, puede atribuir estas asombrosas «variaciones» a un problema «psicológico»..., de la película.

Y concluyo con una tesis —tan indemostrable como la de los «globos estratosféricos franceses»— que, lo sé, hará saltar lágrimas de regocijo a los defensores de los «objetos volantes neciamente imaginados». En parte ya ha sido apuntada al desplegar la hipótesis «darnaudiana». Pero quiero ser consecuente con mis pensamientos. Veamos. Desde hace tiempo —y los continuos casos ovni siguen alimentando esta sospecha— me inclino a pensar que las civilizaciones que tripulan esas naves «saben» de los lanzamientos de globos. «Conocen» mejor que nosotros las características, trayectorias, etc., de dichos vuelos y «aprovechan» las coincidencias de tales lanzamientos para hacer sus apariciones.

Suponiendo que esto sea cierto, los «resultados» no pueden ser mejores. Me explico:

Nada más producirse un avistamiento, negadores, hipercríticos y demás ralea e investigadores «de fax» —como los ha bautizado muy acertadamente Josep Guijarro—, sin molestarse en interrogar a los testigos y peinar el escenario de los hechos, se apresuran a sentenciarlo con las bufonadas de todos conocidas. Y digo que los «resultados» son excelentes para «ellos», los tripulantes de esas naves «no humanas». Muy probablemente —aunque no encaja en nuestra lógica— ésa es su intencionalidad: restar importancia al avistamiento. Evitar, en lo posible, la alarma social. Concienciación de la sociedad, sí, pero lenta y muy discretamente. Ofreciendo cal y arena. Permitiendo que la confusión y la duda formen parte consustancial del suceso. Aunque parezca increíble, los «mecanismos» de esta compleja realidad están programados de forma que el fenómeno —en determinados momentos— se niegue a sí mismo. Sé que esta aparentemente retorcida teoría no es santo de la devoción de la casta de los científicos. «Si son tan avanzados e inteligentes —repiten como un disco rallado—, ¿por qué no bajan y se dan a conocer?» Quizás —se me ocurre— porque, precisamente, son inteligentes. Pero estas elucubraciones nos llevarían muy lejos y no es mi deseo apartarme, por ahora, de la idea que me quema en las manos.

¿Qué otras explicaciones pueden justificar tan frecuentes y sospechosas coincidencias? «Casualmente» —y repito que este concepto ha sido borrado de mi diccionario por absurdo y blasfemo—, muchos de los incidentes ovni se producen en plena campaña de lanzamiento de globos o, últimamente, más acorde con los tiempos, coincidiendo con las socorridas reentradas de chatarra espacial. Y la opinión pública respira tranquila.

Y esta loca (?) tesis —según mis escasas luces— encierra una no menos intuitiva segunda parte. A saber: si este planteamiento fuera correcto, esas civilizaciones extra o ultraterrestres sabrían igualmente que —con el paso de los años— unos voluntariosos investigadores «de campo» terminarán sacando a flote la verdad, a pesar de todos los «moas» y «vampiros». En otras palabras: nada es azar.

A fin de cuentas, ¿por qué extrañarnos? La historia de la humanidad está cuajada de acontecimientos en los que Dios ha batido sus propios récords.

Como repetía mi admirado Jesús de Nazaret, «quien tenga oídos...».

NOTA

1. El motor del 104 —un General Electric J79-GE-11A— proporcionaba un empuje en seco de 4 700 kg. En fase de poscombustión alcanzaba una potencia de 7 325 kilos.

12

Del globo francés al «rayo melonero»

Conmovedor.

Cuán cierto es que la obstinación nace de la estrechez de espíritu. Y en Ufología —como en el resto de los órdenes de la vida— lo más penoso no es el error, sino el error con orejeras.

Al encararme a este nuevo caso —desclasificado por el Ejército del Aire en octubre de 1992— lo sentencié con el adjetivo que encabeza este capítulo: conmovedor. Y quizás haya sido benevolente.

Cuando los militares no pueden «descafeinar» un suceso ovni a su entera satisfacción —recurriendo, por ejemplo, a los socorridos «globos estratosféricos franceses»— echan mano, incluso, del surrealismo. Y beneficiándose de los viciados dossiers de los «vampiros» —sus asesores en la sombra— dictaminan que el objeto que se aproximó en la noche del 17 de septiembre de 1968 a un avión de pasajeros que cubría la línea Tenerife-Las Palmas no era otra cosa que un «rayo globular o un *foo-fighter*».[1]

Conmovedor.

Y lo más tragicómico es que esta desvergonzada manipulación no ha hecho más que empezar. Cuando toque el turno a los casos destacados —«Manises», «Bardenas Reales» (Navarra), «Canarias» (5 de marzo de 1979), etc.— las «explicaciones y consideraciones» del MOA pueden ser de «pantalón largo». Y leeremos —si no se trunca antes todo el proceso de desclasificación— cómo esos ovnis fueron en realidad «misiles rusos» y «cazas» de la USAF jugando al escondite. Pero seamos tolerantes. No hagamos leña del árbol caído. Examinemos —como mandan los cánones— lo que ha liberado la Fuerza Aérea española en relación a este encuentro del 17 de

MANDO OPERATIVO AEREO	ESTADO MAYOR SECCION DE INTELIGENCIA

AVISTAMIENTO DE FENOMENOS EXTRAÑOS

LUGAR: - CANARIAS (IB-220 TENERIFE-LAS PALMAS)

FECHA: - 1968 / día 17 de Septiembre

RESUMEN:

- El día 17 de Septiembre de 1968, a las 21:45 horas, el vuelo de la Compañía SPANTAX IB-220 se encontraba a mitad del trayecto TENERIFE-LAS PALMAS, con condiciones meteorológicas buenas.- El Comandante observa un punto luminoso lejano que se acerca a gran velocidad, hasta situarse a la altura del plano izquierdo, en dirección NE.

En su posición mas próxima se estima un diámetro de 20 cm., con fuerte luminosidad propia rojo/azul, que ilumina la cabina. La luz se mantiene en esa posición 45" (estimado) efectuando movimientos oscilatorios verticales muy rápidos, y alejándose posteriormente a gran velocidad en la misma dirección en que se aproximó.

El fenómeno, a partir del momento en que se situó junto al plano del avión, fue también observado por el 2º Piloto y la Azafata.

Algunos pasajeros observaron un resplandor extraño, que achacaron a una posible tormenta, o situación meteorológica desfavorable.

CONSIDERACIONES

- Fenómeno observado por tres personas cualificadas, con testimonios coherentes.

- No existe una indicación precisa de distancia ("junto al plano izquierdo", "no muy lejano", "no determinable").- Sin embargo, el hecho de que se produjese iluminación apreciable del interior de la cabina de piloto y pasaje, unido a la clara percepción de rápidas oscilaciones verticales, hace suponer que la distancia era escasa y el tamaño real se ajustaba, con las lógicas reservas, al descrito por los testigos (20-25 cm. de diámetro).

- El fenómeno de "acercamiento-alejamiento" es mas cuestionable, sobre todo al producirse en una trayectorias coincidentes, estables y rectilíneas. Una evolución de tamaño real "punto-círculo-punto", desde una posición estable, puede dar una sensación muy convincente de "acercamiento-alejamiento", sobre todo si se produce de forma rápida.

- Las características de la observación se ajustan al conocido (aunque no suficientemente explicado) fenómeno denominado "FOO-FIGHTER" o "RAYO GLOBULAR".

ASPECTOS DESTACABLES: La discrepancia en la dirección de acercamiento-alejamiento (NORTH-OESTE en las transcripciones de las declaraciones de los pilotos, y NORDESTE en los testimonios firmados por el Comandante del IB-220 y el Jefe del Aeropuerto) pueden deberse a un error de interpretación. No debe considerarse significativa.

Tampoco reviste especial relevancia la discrepancia que se observa en la apreciación del color: "...gran luminosidad azulada..."-"...color no muy definido, entre rojo y azul..." (COMANDANTE) - "...iluminaba la cabina de un color azul intenso...disco luminoso de color blanco.." (COPILOTO) - "...resplandor rojo-azulado..." (AZAFATA).- Se observa coincidencia en el hecho de "iluminar con luz azul", aunque el color del disco luminoso resultaba difícil de precisar.

No se aprecian motivos que aconsejen mantener el expediente como CLASIFICADO.

PROPUESTA DE CLASIFICACION: **SIN CLASIFICAR**

Torrejón, a 23 de Octubre de 1992

EL OFICIAL DE INTELIGENCIA DEL MOA

DESCLASIFICADO			
Escrito: SESPA (MA/SA)	Nº: 158	Ref.: 10/1.4	Fecha: 11-01-93
OBSERVACIONES: n.º expediente 680917			

septiembre de 1968. Tiempo habrá de apuntar a la línea de flotación.

Reproduciré, en primer lugar, el inefable dictamen del Mando Operativo Aéreo en el que, como siempre, se hace un resumen de los hechos. (Véanse las páginas 244 y 245).

En el expediente oficial —que suma trece folios— aparece el correspondiente informe del juez responsable de la investigación: un comandante del Arma de Aviación, nombrado a tal efecto por el general jefe de la Zona Aérea de Canarias el 19 de ese mes de septiembre de 1968. Atención a esta fecha. El oficial informador del caso interroga a los principales testigos y reúne los datos necesarios a los dos o tres días de haberse producido el incidente. Para cualquier investigador honesto, esta circunstancia es vital. Aquel comandante «vivió» el suceso «en caliente». Fue un privilegiado a la hora de valorar y enjuiciar lo acontecido. El MOA, sin embargo, se enfrenta al asunto veinticuatro años después. Y sin molestarse siquiera en conversar con los pilotos de aquel avión fulmina el dilema, descalificando a todo bicho viviente.

Conmovedor...

Pero procedamos con orden. ¿Qué dejó escrito este juez informador? He aquí el texto, fechado —insisto— el 19 de septiembre de 1968:

ZONA AÉREA DE CANARIAS. BASE AÉREA
DE GANDO

INFORMACIÓN ABIERTA CON MOTIVO DE LOS HECHOS ACAECIDOS EN EL VUELO IB 220 TENERIFE-LAS PALMAS EL DÍA 17 DE SEPTIEMBRE DE 1968

INFORMADOR
Comandante del Arma de Aviación (S.V.)
DON ——— [*censurado*]

ZONA AÉREA DE CANARIAS. BASE AÉREA
DE GANDO

RESUMEN de la Información abierta con motivo de la visión de un objeto no identificado por la tripulación del avión

Fokker F-27 cuando realizaba el vuelo IB 220 (Tenerife-Las Palmas), el día 17 de Septiembre de 1968.

De las averiguaciones practicadas y declaraciones de la tripulación del avión, se desprende lo siguiente:

1.°) Que el vuelo citado se desarrolló con toda normalidad en lo referente al comportamiento de la aeronave y pasaje a bordo.

2.°) Que todos los componentes de la tripulación, cada uno desde su puesto, coinciden en haber visto un objeto de gran luminosidad y de un tamaño aproximado de veinte a veinticinco centímetros de diámetro, durante el trayecto del vuelo Tenerife-Las Palmas, habiendo permanecido dicho objeto al lado izquierdo del avión durante unos cuarenta y cinco segundos, con movimientos de zig-zag, alejándose en la misma dirección que se aproximó (North-Oeste) despidiendo destellos de luz sin color definido (rojo azulado).

3.°) Que el tiempo era bueno y totalmente despejado.

4.°) Consultado a la Central de Navegación Aérea sobre el tráfico controlado entre las 21.00 y 22.00 horas del indicado día, no existe ficha de ningún vuelo que pudiera haber cortado la ruta Tenerife-Las Palmas.

5.°) Por el Escuadrón de Alerta y Control N.° 8, no fue detectado en la pantalla ningún objeto extraño entre las citadas 21.00 y 22.00 horas del día 17.

Base Aérea de Gando, 19 de Septiembre de 1968.

COMANDANTE INFORMADOR
[*La firma aparece censurada por el MOA*]

En el dossier elaborado por este juez instructor —enviado al ministro del Aire por el general jefe de la mencionada Zona Aérea de Canarias— se incluyeron, entre otros documentos que comentaré más adelante, un escrito del jefe del aeropuerto de Las Palmas, las manifestaciones de los pilotos y de la azafata del Fokker y una fotocopia del parte redactado por el comandante de dicho vuelo y dirigido al referido jefe del aeropuerto de Gran Canaria.

Y por aquello de que el lector disponga de la misma (?)

información que ha controlado el MOA transcribiré —textualmente— esa triple documentación. Sólo así estaremos en condiciones de emitir un juicio lo más objetivo posible.

Primer documento:

DIRECCIÓN GENERAL DE AVIACIÓN CIVIL
Aeropuerto Nacional de Las Palmas. Número 777.

Excmo. Señor:

Tengo el honor de comunicar a V E que el Comandante-Piloto de la Cía. Spantax, Sr. D. ——— [censurado], que en la noche pasada del día 17 del actual cuando realizaba el vuelo IB 220 Tenerife-Las Palmas a las 21.45 horas aproximadamente a mitad de trayecto volando a nivel 70, con cielo totalmente despejado. Observó un punto luminoso al parecer muy lejano, que se acercaba a gran velocidad y agrandándose a medida que se acercaba quedando situado a la altura del plano izquierdo, en dirección Nordeste, pudiendo apreciar que el citado objeto era de un diámetro de 20 cm., con una gran luminosidad azulada iluminando el interior de la cabina del pasaje y de los pilotos, a pesar de estar ambas con luz. El citado objeto se mantuvo a la altura de nuestro plano aproximadamente 45 segundos, efectuando movimientos en zig-zag y alejándose seguidamente en la citada dirección, y a la misma velocidad. Este fenómeno fue observado por el auxiliar de vuelo, y parte del pasaje.

Dios guarde a V. E muchos años.

Gando, a 18 de septiembre de 1968.

EL JEFE DEL AEROPUERTO

Al pie del escrito figura el destinatario: Excmo. Sr. General Jefe de la Zona Aérea de Canarias. Estado Mayor. Las Palmas. Segundo documento:

MANIFESTACIONES DEL COMANDANTE DEL AVIÓN FOKKER F-28 EC ——— [ilegible] D. ——— [censurado].

Interrogado el anotado al margen sobre los hechos acaecidos durante el vuelo IB 220 Tenerife-Las Palmas el día 17 de los corrientes manifestó:

PREGUNTADO. — Explique con todo detalle lo ocurri-

do en el referido vuelo dijo: Que hacia la mitad del trayecto Tenerife-Las Palmas, cuando volaba a nivel setenta sobre las 21.50 horas aproximadamente, con cielo totalmente despejado, observó una luz lejana que se acercaba hacia el avión a velocidad vertiginosa, haciéndose mayor conforme se iba acercando, cuyo tamaño aproximado en el momento más cercano al avión tendría de veinte a veinticinco centímetros de diámetro, despidiendo potentes haces de luz de color no muy definido, entre rojo y azul. No debía estar muy lejos toda vez que iluminó la cabina de mando y la de pasaje con una intensidad superior a la de los instrumentos de vuelo nocturno. La dirección de aproximación fue aproximadamente del North-Oeste, alejándose en la misma después de haber permanecido unos cuarenta y cinco segundos describiendo movimientos muy rápidos hacia arriba y abajo y a la altura del plano izquierdo del avión. Al observar el fenómeno, llamó la atención del segundo Piloto, así como a la Azafata para preguntarle si el pasaje lo había observado.

PREGUNTADO. —*Si tiene algo más que manifestar, dijo: Que no.*

La firma del comandante ha sido igualmente semiborrada.

MANIFESTACIONES DEL SEGUNDO PILOTO
DON ——— [*censurado*].

Interrogado el anotado al margen manifestó:

PREGUNTADO. — *Manifiesta las irregularidades que observó durante el vuelo IB 220 Tenerife-Las Palmas el día 17 de los corrientes dijo: Que aproximadamente a la mitad del trayecto de dicho vuelo, a nivel setenta y con el cielo completamente despejado, observó que se iluminaba la cabina, de un color azul intenso, creyendo que era debido a tormenta, trató de observar por el lado derecho del avión la existencia de núcleos tormentosos, en el mismo momento fue avisado por el Comandante de la aeronave, diciendo: «mira», «mira», viendo que a una distancia que no puede determinar, había un disco luminoso de color blanco situado a la parte izquierda del avión en movimiento ascendente y descendente, después de efectuar varios movimientos de esta clase se alejó rápido en dirección North-*

Oeste. Que con posterioridad a estos hechos no se produjo ninguna anormalidad en el avión.

PREGUNTADO. —*Si tiene algo más que manifestar, dijo: Que no.*

[*Firma semiborrada*]

MANIFESTACIONES DE LA AZAFATA SRTA. ——— [censurado].

Interrogada debidamente[2] *la anotada al margen manifestó:*

PREGUNTADA. —*Manifiesta con detalle los hechos acaecidos en el vuelo IB 220 Tenerife-Las Palmas el día 17 de los corrientes, dijo: Que cuando se encontraba a la altura de la cuarta fila de butacas atendiendo a un pasajero, observó por la ventanilla del lado izquierdo del avión una especie de resplandor rojoazulado, en ese momento fue requerida por el timbre de llamada de la cabina de mando, donde se personó inmediatamente, observando nuevamente al penetrar en la misma que se encontraba iluminada intensamente con tonos rojo-azulados, la llamada por el Comandante del avión era para preguntarle si el pasaje se había dado cuenta del fenómeno, contestando que de momento nadie había hecho ninguna pregunta a tal respecto, durante su permanencia vio a la altura del plano izquierdo de la aeronave un objeto luminoso cuyo tamaño no puede determinar el cual hacía unos movimientos muy rápidos ascendentes-descendentes y que rápidamente se alejaba. Al regreso a la cabina de pasaje, dos pasajeros le preguntaron si hacía mal tiempo en Las Palmas (debido al resplandor que habían visto) contestándoles que en el viaje de ida el tiempo había sido bueno.*

PREGUNTADA. — *Si tiene algo más que manifestar, dijo: Que no.*

La firma de la azafata aparece censurada.

Tercer documento:

SPANTAX. Transportes Aéreos Air Charter.

Iltmo. Sr.

El que suscribe Cte de la Cía. Spantax, que en el día de la fecha realizaba el vuelo Iberia 220 Tenerife-Las Palmas a las 21.45 horas aproximadamente a mitad de trayecto volando a ni-

Nombramiento oficial del juez instructor que investigó el caso ovni del 17 de septiembre de 1968. Los nombres del comandante y del general que redacta la orden han sido censurados.

ZONA AEREA DE CANARIAS

ESTADO MAYOR
3ª Sección

TELEGRAMA POSTAL

Nº Ref. 2-06-6 Nº Núm. 9931

Las Palmas de G.C., 19 de Septiembre de 1968

El GENERAL JEFE DE LA ZONA AEREA

Al SR. COMANDANTE (S.V.) DON

TEXTO

Con el objeto de que instruya una información, sin caracter judicial, le remito antecedentes relativos a los hechos acaecidos en el vuelo IB-220, efectuado por un avión de "SPANTAX" el pasado día 17 del actual.

De O. de S. E.
EL JEFE DEL ESTADO MAYOR

Un extraño y luminoso objeto fue a situarse muy cerca del plano izquierdo del «Fokker-27» de Iberia. Y acompañó al avión durante cuarenta y cinco segundos, aproximadamente. (*Ilustración de J. J. Benítez.*)

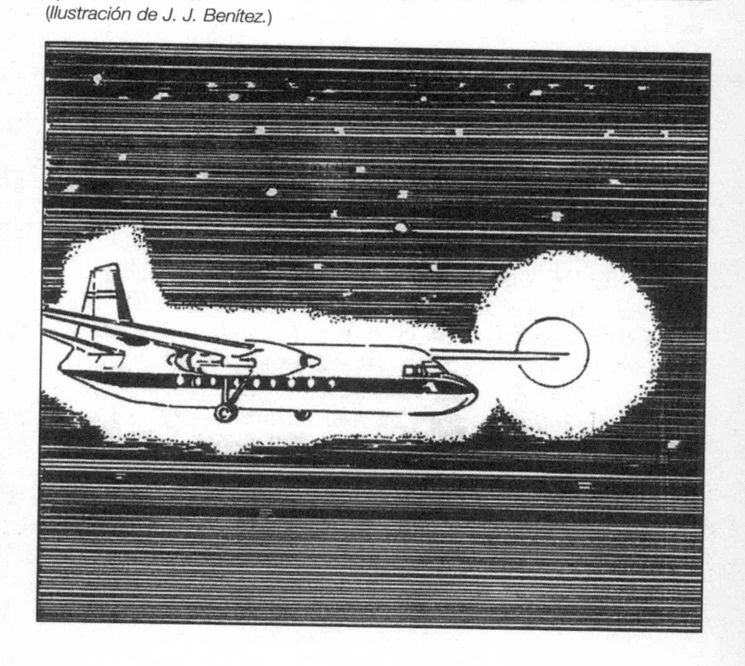

vel 70, con cielo totalmente despejado. Observé un punto luminoso al parecer muy lejano, que se acercaba a gran velocidad y agrandándose a medida que se acercaba quedando situado a la altura del plano izquierdo, en dirección Nordeste, pudimos apreciar que el citado objeto era de un diámetro aproximado de 20 cm., con una gran luminosidad azulada iluminando el interior de la cabina del pasaje y de pilotos, a pesar de estar ambas con luz. El citado objeto se mantuvo a la altura de nuestro plano durante aproximadamente 45 segundos, efectuando movimientos en zig-zag y alejándose seguidamente en la citada dirección, y a la misma gran velocidad. Este fenómeno fue observado por la auxiliar de vuelo, y parte del pasaje.

Sin otro particular le saluda atentamente. EL COMANDANTE.

La firma ha sido semiborrada por el MOA. Al pie del escrito aparece el destinatario: el jefe del Aeropuerto Nacional de Las Palmas.

Para finalizar la exposición de los papeles desclasificados por el Ejército del Aire dejaré constancia de un último documento, con los datos meteorológicos registrados esa noche por el observatorio de Las Palmas. La información —decisiva para enfocar el problema— se halla manuscrita, probablemente por el observador o el meteorólogo de turno. Dice textualmente:

CENTRO DE INFORMACIÓN DE VUELO Y ÁREA TERMINAL DE CANARIAS. COMUNICACIONES

Gclp. 2100 Z — 020/18. 9 kms. 1 Cu. 20 — 1 Sc. 25
22/16 1022 No sig.
2130 Z — S/Variación.
2200 Z — 020/12 9 kms. 1 Sc. 25 — 22°/16
1022 No sig.

Que en el lenguaje «de a pie» quiere decir lo siguiente:

Ese 17 de septiembre de 1968, Gclp. (indicativo de la estación meteorológica de Gran Canaria-Las Palmas) estableció —para las 21.00 horas (Z)— unos vientos de dirección 020 grados y 18 nudos de velocidad (020/18). Es decir, procedentes del norte y con una intensidad de treinta y seis kilómetros a la hora, aproximadamente.

La visibilidad horizontal fue de nueve kilómetros (9 km.), detectándose una nubosidad muy escasa —cúmulos— a dos mil pies de altura (1 Cu. 20). Un poco más arriba —a nivel 25 (2 500 pies)— se observaron igualmente algunos estratocúmulos (1 Sc. 25). (Tanto la anotación «1 Cu.» como la siguiente —«1 Sc.»— representan, en términos meteorológicos, 1/8 de cúmulos y estratocúmulos, respectivamente.)

Los signos 22/16 establecen la temperatura ambiente (22 grados centígrados) y la de rocío (16 grados centígrados).

La presión fue de 1 022 milibares y la expresión «No sig.» equivale a «no significativo». Es decir, «ningún cambio».

Media hora más tarde —a las 21.30 (Z)— los registros meteorológicos no habían sufrido modificaciones: S/Variación («Sin Variación»).

A las 22.00 h. (Z), el viento se mantenía prácticamente en los mismos valores de las 21.00: 020 grados y 12 nudos de velocidad (020/12).

La visibilidad era idéntica (9 km.), apreciándose 1/8 de estratocúmulos a 2 500 pies de altitud (1 Sc. 25). Los pocos cúmulos que flotaban en las observaciones precedentes habían desaparecido.

Temperatura y presión, iguales. Ningún cambio apreciable.

Creo no equivocarme si afirmo que, al menos para los estudiosos y seguidores del fenómeno ovni, la documentación desclasificada apenas aporta nada nuevo. El caso del 17 de septiembre de 1968 ha visto la luz pública en algunas ocasiones. En uno de mis ya lejanos libros —*Encuentro en Montaña Roja*— aparece un relato pormenorizado de lo vivido en aquella noche por la tripulación del Fokker. Lo que no figura en el expediente oficial son los comentarios de los pilotos y el importantísimo hecho de que —simultáneamente a la experiencia del IB 220— otros dos aviones comerciales presenciaran una gigantesca luminosidad verde que inundó el firmamento.

Pues bien, a mi corto entender y parecer, ambos capítulos también son dignos de consideración. En especial, el segundo.

Debemos partir de un punto que no es cuestionable. Tanto el comandante de aquel vuelo —Julián Rodríguez Bustamante— como el segundo piloto —José Luis Ibáñez Rubia— son profesionales de absoluta seriedad y altamente cualificados, con más de 20 000 horas de vuelo. Ninguno de ellos ha aprovechado esta historia para ganar publicidad. Al contrario. Recuerdo que en 1978, cuando entrevisté a Rodríguez Bustamante por primera vez, me costó convencerlo. Sencillamente, como ocurre tantas veces, no quería ni oír hablar del asunto. Es más: a pesar del encuentro ovni, el comandante siempre se ha mostrado escéptico. Pero, respecto a los hechos objetivos, los pilotos jamás han variado sus manifestaciones. Y tampoco ha habido cambios en lo que a los comentarios íntimos y subjetivos se refiere. Unos comentarios plenos de sentido común. Rememoremos los más significativos:

> ... No conozco máquina, ni artefacto humano, capaz de volar a tan extraordinaria velocidad. Si te digo 10 000 km./h puedo quedarme corto.
>
> ... Y tampoco sé de ningún aparato que, a semejante velocidad, pueda frenar en seco.
>
> ... Y que nadie trate de convencerme de que un «caza», un helicóptero, y mucho menos un globo sonda, han sido los posibles responsables de la violenta y suicida aproximación al Fokker. A tan corta distancia del plano izquierdo la colisión habría sido inevitable.
>
> ... ¿Y qué avión navega con esa única y extraña luz?
>
> ... Y dime: ¿conoces algún prototipo, por muy experimental que sea, que efectúe esos vertiginosos movimientos en zig-zag?
>
> ... Si fue un arma secreta, ¿por qué no la han utilizado? Estamos hablando de 1968...
>
> ... ¿Y qué me dices del radar? El «W-8» de Canarias no captó objeto alguno.
>
> ... ¿Un fenómeno meteorológico? Lo dudo. Las condiciones atmosféricas eran excelentes.
>
> ... ¿Y qué supuesto fenómeno meteorológico lanza haces de luz, inundando las cabinas del pasaje y de los pilotos?
>
> ... Por último, ¿qué aparato construido por el hombre tie-

Hacia las 21.45 h (Z), coincidiendo con la violenta aproximación del ovni al «Fokker» IB 220, otros dos Iberia —situados a unas ochenta millas de las islas— observaron cómo la noche «se volvía verde». Minutos antes, dos empleados del aeropuerto de Gando, en Las Palmas, uno de los chóferes del diario *El Eco de Canarias* y numerosos veraneantes de la playa del Inglés fueron testigos del vuelo silencioso de varios objetos de gran luminosidad.

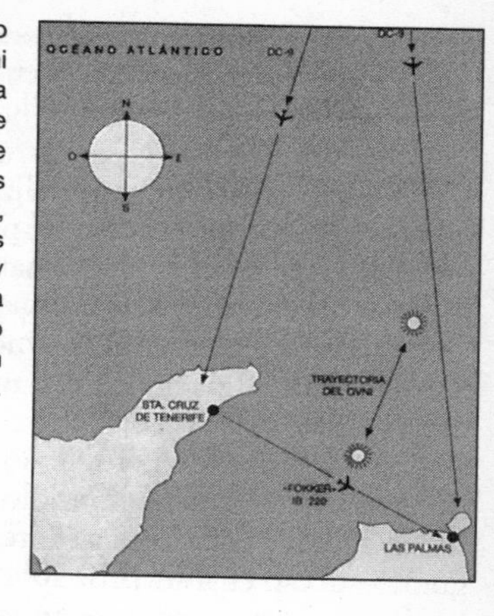

El comandante Julián Rodríguez Bustamante, protagonista del suceso ovni del 17 de septiembre de 1968. (*Gentileza de Antonio Tiedra* y la revista *Tiempo.*)

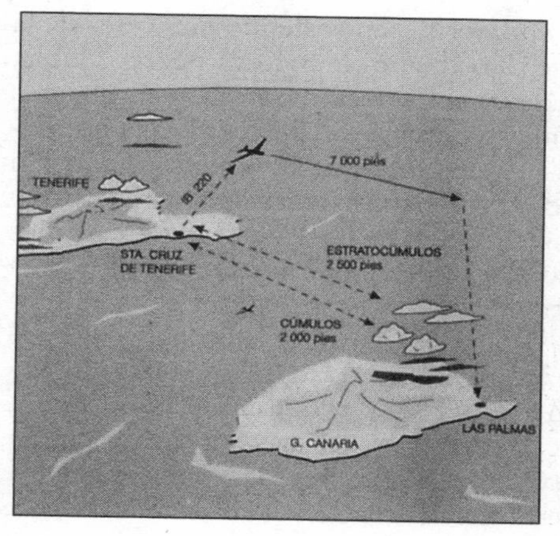

Esquema orientativo de la casi nula nubosidad existente esa noche del 17 de septiembre de 1968 sobre Gran Canaria. Meteorología registró cúmulos a nivel «20»: dos mil pies (algo más de 600 m). A 2 500 pies (poco más de 800 m), los estratocúmulos eran igualmente escasos. Entre el «Fokker», que volaba a 7 000 pies (alrededor de 2 300 m), y los estratocúmulos había una separación de 4 500 pies (1 500 m).

ne la facultad de pasar de «estacionario» a esa monstruosa velocidad de alejamiento y en segundos? Ni vimos toberas, ni rotores, ni nada por el estilo.

A estas acertadas puntualizaciones hay que añadir el no menos interesante fenómeno protagonizado por otros aviones de Iberia: dos DC-9 que habían despegado de Sevilla y se dirigían a Tenerife y Las Palmas, respectivamente.

«Cuando nos encontrábamos a unas ochenta millas de las islas —relató Rafael Gárate, uno de los comandantes—, la noche se volvió "verde". Fue como una formidable explosión. Y el "Tenerife", que iba por delante, me llamó alarmado. Y estuvimos comentándolo.»

A juzgar por la hora y el área en las que se registró este segundo suceso es muy probable que nos encontremos ante un fenómeno directamente «emparentado» con el que «sufrió» el Fokker-27. Recordemos que el IB 220 volaba a unas cuarenta millas de Las Palmas y los DC-9 se hallaban a ochenta. En Ufología, estas manifestaciones —ramificadas y circunscritas a zonas bien delimitadas— son tan abundantes que, sinceramente, aburren a los investigadores.

Y bien. Expuestos los hechos, penetremos en las «consideraciones» y «comentarios» de los jueces: el comandante informador y el MOA.

Curiosamente, el primero —aun estando más cerca de la verdad— se abstiene. No dice ni blanco ni negro. Habla, pura y simplemente, de «un objeto extraño». Comete algunos errores de poca monta —confunde la dirección en la que llegó y se alejó el ovni— y destaca «que el vuelo se desarrolló con toda normalidad». Esta matización tampoco es gratuita. En el Fokker viajaban el equipo de fútbol de Las Palmas y los obligados periodistas. La noticia, lógicamente, se filtró y la Prensa —como ocurriera en el caso del doble avistamiento de Villacisneros, el 14 de marzo de ese mismo año— exigió respuestas, cuestionándose la seguridad de los vuelos. El Ministerio del Aire, en esta ocasión, no difundió nota alguna. Quizás porque las características del avistamiento hacía insostenible una «explicación» digerible. E inteligentemente dio la callada por respuesta...

Pero, antes de iniciar la lidia del «miura» del MOA, quiero reparar en un «detalle» que —aunque sabido o supuesto— conviene no perder de vista. El expediente elaborado por la Región Aérea de Canarias tuvo un carácter secreto. Sólo ahora ha sido desclasificado. Es decir, lo manifestado por el comandante informador no fue concebido, ni redactado, pensando en la difusión pública. Contenía los hechos desnudos. La verdad, en definitiva. Y así fue enviado a Madrid. De ahí el notable valor de dicha documentación.

No podemos decir lo mismo del folio y medio que firma el oficial de Inteligencia del Mando Operativo Aéreo, con fecha 23 de octubre de 1992. «Resumen» y «consideraciones» sí han sido planificados de cara a la galería. La diferencia con el discreto y objetivo talante del primero es escandalosa.

Y dicho esto, siguiendo con el lenguaje taurino, analicemos al «miura» de marras.

«Las características de la observación —concluye el MOA— se ajustan al conocido (aunque no suficientemente explicado) fenómeno denominado FOO-FIGHTER O RAYO GLOBULAR.»

Conmovedor. El toro —desmochado e inválido de los cuartos traseros— aparece, además, manso de solemnidad. Y aclaro —para los legos en el arte de Cúchares— que el concepto «manso» implica, justamente, peligrosidad.

Primer capotazo de castigo:

El MOA —poco impuesto en terminología ufológica— da por hecho que *«foo-fighter»* y «rayo globular o en bola» son lo mismo. Si no he leído mal, el texto en cuestión afirma que el avistamiento se corresponde con el «conocido fenómeno», en singular. Es posible que, a más de uno, esta matización se le antoje desproporcionada. No opino igual. El desliz tiene más trascendencia de lo que parece. La negra capa de los «vampiros», una vez más, se destaca nítida detrás de esta demencial «consideración». Es casi seguro que el teniente coronel que recibió la documentación sobre «rayos globulares» —remitida desde Valencia o entregada en propia mano— terminó enredándose y, al fin y a la postre, confundió churras con merinas.

Si la Sección de Inteligencia hubiera investigado, habría

comprobado que en la bibliografía especializada en «rayos globulares» jamás se utiliza el sinónimo *foo-fighter*. Y viceversa. En Ufología, una cosa son los «cazas de fuego» o *foo-fighter* y otra muy distinta los «rayos en bola». Que para algunos sean lo mismo es algo que no está demostrado científicamente.

Y el «miura», en el primer lance, dobla las manos y entierra la testuz en la arena. Mal presagio. El «pienso compuesto» proporcionado por los «vampiros» no podía ser de peor calidad...

Probemos con la muleta.

Pero antes, en consideración a los que no saben, o no tienen claro, el significado de *foo-fighter* y «rayo en bola», permítanme un esbozo de lo que —SUPONEMOS— son uno y otro.

«Caza de fuego»:

Estas reducidas «esferas» luminosas —con diámetros que raras veces superan los cincuenta centímetros— son muy frecuentes en Ufología. El concepto, como dije, procede de la segunda guerra mundial. Fue acuñado por los pilotos de combate. En muchas refriegas e incursiones aéreas, estos brillantes «globos» se aproximaron a los «cazas», siendo fotografiados en diferentes oportunidades. Concluida la contienda, vencedores y vencidos comprobaron que no se trataba de armas secretas del enemigo. «Aquello» era otra cosa. Desde entonces —aunque las observaciones de estos enigmáticos objetos se remontan a la más lejana antigüedad— los investigadores hemos constatado la presencia de los *foo-fighter* como una manifestación íntimamente ligada al fenómeno de los «no identificados». En multitud de ocasiones, simultánea a la visión de naves de mayor porte. Unas naves de las que salen y entran dichos «cazas de fuego». Unos *foo-fighter* de extraordinaria movilidad. Silenciosos en la mayoría de los casos. Reportados por miles de observadores como «elementos» casi inmateriales, que atraviesan muros, ventanas o fuselajes. Que se comportan «inteligentemente». Que persiguen, escoltan y parecen «jugar» con toda clase de vehículos, personas y animales. Que desafían la ley de la gravedad. Que desarrollan velocidades prohibitivas para «nuestra» física. Que se «descomponen» en dos o más cuerpos de igual luminosidad y características. Que vuelven a reunirse —o no— en un solo «globo» de luz. Que esquivan las certeras piedras lanzadas por el testigo (caso protagonizado por mi buen amigo y mejor periodista Santi Arriazu). Que se «dejan» fotografiar a veinte metros (caso Arguedas, en Navarra).[3] Que se introducen entre las patas de una caballería, provocando la muerte de un paisano (caso «Colas», en Las Hurdes).[4] Que forman parte del no menos complejo fenómeno de las apariciones marianas (caso Fátima). Que son capaces de crear intensos campos electromagnéticos, silenciando motores o cortando el fluido eléctrico de automóviles, motocicletas o núcleos urbanos. La casuística, en fin, es tan rica y extensa que llenaría una docena de gruesos volúmenes.

¿Y qué SUPONEMOS que son?

Obviamente, teniendo en cuenta sus pequeñas dimensiones, no pueden ser objetos tripulados. La hipótesis menos mala —dentro de nuestra supina ignorancia— apunta hacia algo que podríamos interpretar como «sondas». Una especie de «ojo» teledirigido (?), utilizado por dichas civilizaciones «no humanas» en lugares y circunstancias en los que —por las razones que sea— no interesa o no es aconsejable la aproximación de un ovni de mayor envergadura. Hay quien aventura, incluso, otra teoría más audaz: los *foo-fighter* serían seres «vivos» de una naturaleza que, lógicamente, escapa a las fronteras de la razón.

Sea como fuere, lo cierto es que esos «cazas de fuego» están ahí. Los testimonios se cuentan por millares. Y lo que es seguro es que forman parte de una «tecnología» o de un «orden» tan desconcertantes para nosotros como podría haber sido un holograma o un sistema eléctrico para mi «primo» Atila (el de los hunos). Y me amparo en la feliz frase de Max Planck, padre de la mecánica cuántica, cuando, al formular la ley que lleva su nombre, manifestó: «... La visión imaginativa y la fe en el éxito final son indispensables. Aquí no tiene cabida el racionalista puro.» Después de todo, ¿qué nos enseña la historia? ¿No hubo una «ciencia» del siglo quinto? ¿No hay una «ciencia» del siglo veinte? ¿No habrá, quizás, una «ciencia» del siglo treinta? El ensayista británico Carlyle defendía que «un hombre puede lo que sabe». Y yo me atrevo a redondear: «Y un hombre imaginativo puede, incluso, más que el que sabe.»

«Rayo en bola o globular»:

Sería necio que me enfrascara en el intento de dar una clase «magistral» sobre este fenómeno de la naturaleza. Ni soy físico, ni meteorólogo, ni disponemos de un conocimiento científico, suficientemente riguroso y aquilatado, en torno al «cómo» y el «porqué» de los denominados «rayos en bola».

Tras una larga y nada fácil búsqueda de documentación, y después de haber consultado a un sinfín de profesionales de la meteorología, de la física y de la electricidad en general, entiendo que una definición aproximada —en base a las observaciones, que no, insisto, a un conocimiento exhaustivo de las «tripas»» del fenómeno— podría ser la siguiente:

«Globo de fuego o chispa esférica —generalmente con un diámetro de diez a veinte centímetros— que aparece después de un relámpago. Se desplaza en el aire, o sobre el suelo, con lentitud y evitando, en general, los obstáculos, ya que el signo de su carga eléctrica es similar a la de tierra. En consecuencia, rayo y objetos se repelen mutuamente. Puede deformarse al pasar por lugares estrechos. Cuando, finalmente, choca con cualquier obstáculo se produce una violenta explosión y el rayo en bola se desintegra.»

En otras palabras —y aunque suena a perogrullada—, un rayo globular o en forma de bola o melón no es otra cosa que un «rayo». En consecuencia —y en esto sí parecen estar de acuerdo todos los especialistas—,[5] al tratarse de un fenómeno de NATURALEZA ELÉCTRICA, tanto el nacimiento como su corta vida y, sobre todo, los efectos deben ajustarse a las leyes y condiciones que rigen la meteorología eléctrica. Esta premisa —como habrá intuido el lector— choca frontalmente con el singular e «inteligente» comportamiento de esos otros «primos lejanos» del rayo en bola: los *foo-fighter*. Y antes de reanudar la faena de muleta con el MOA, conviene aclarar otro extremo de especial interés: la mayor parte de las teorías formuladas hasta hoy por los científicos que se empeñan en desentrañar los secretos del rayo globular sólo son eso: puras teorías, construidas en base a dos pilares informativos. Uno: los testimonios de las personas que afirman haber visto un supuesto rayo en bola. Dos: los ensayos en laboratorio, creando y recreando «entidades» que se *asemejan* a un rayo esférico. Y he subrayado bien: «que se asemejan». Dadas las peculiares características de todo rayo, conseguir un «gemelo» en los laboratorios —sea o no «en bola»— es tarea harto difícil. Ejemplo: para que un rayo «normalito» cobre vida se necesita un campo eléctrico tan poderoso —hasta un millón de voltios por metro— que anule la capacidad aisladora del aire. En 1980, el eminente Barry aseguraba que en estos ensayos de laboratorio se había logrado la producción de «regiones de aire luminosas, autosustentadas y de larga vida, que "parecen" poseer las características descritas para el rayo en bola».

Una de dos: J. D. Barry es un optimista o ignora que estamos hablando de fenómenos eléctricos de colosales potenciales. ¿Qué tendrá que ver una «porción de aire luminosa» con una chispa que transporta una corriente que puede alcanzar los doscientos mil amperios o más? Una chispa, rayo o descarga con temperaturas asociadas de millones de grados centígrados.

A no ser que Barry y el resto de los científicos estén buscando y pretendiendo «algo» muy distinto a la generación —en laboratorio— de un rayo. Y avanzaré una sospecha que quisiera desarrollar más adelante: al leer los artículos y monografías de los expertos en torno al rayo globular me inclino a pensar que muchos de los testimonios que son admitidos como «rayos en bola» no son tales. Ello explicaría el singular comportamiento de dichos fenómenos que —repito— no se ajusta a la esencia primigenia de cualquier fenómeno eléctrico.

Me parece importante dejar bien asentado este último punto: un «rayo en bola» pertenece a la familia de los rayos. Leamos la nada sospechosa información que proporciona el Espasa en este sentido: «Siendo un rayo una descarga eléctrica, las leyes que gobiernan su curso no pueden apartarse de las que rigen los fenómenos eléctricos, aunque muchas veces es difícil precisar las condiciones en que la descarga tiene lugar...»

Bien. Si la ciencia no tiene más remedio que admitir que las leyes que provocan los rayos son las mismas que controlan el resto de los fenómenos eléctricos, veamos qué dice respecto al origen de los mismos.

Es un hecho científicamente demostrado —y la observación cotidiana lo ratifica— que la inmensa mayoría de los rayos aparece como consecuencia de muy concretas y específicas condiciones atmosféricas. La verdad es que repasar principios tan elementales produce rubor. Pero la manipulación del MOA no me deja otra salida...

Generalmente —y sigo echando mano de los textos de meteorología—, esas condiciones atmosféricas se traducen en lo que conocemos y denominamos como tempestades y tormentas. En definitiva, cuando la diferencia de potenciales entre una nube y la tierra es suficiente para que, a la distancia que se hallan, pueda verificarse la descarga, saltando la chispa. Si esa chispa va de la nube al suelo, o viceversa, recibe el nombre de rayo. Cuando el salto ocurre entre nube y nube lo llamamos relámpago.

En cuanto a los efectos, la ciencia los tiene igualmente delimitados. La peligrosa «familia» de los rayos puede ocasionar un sinfín de problemas y trastornos mecánicos, físicos, químicos, fisiológicos y magnéticos. Estas descargas, así reza en los tratados, aunque de corta duración, son auténticas corrientes eléctricas, poderosísimas, que despliegan en sus inmediaciones campos magnéticos de enorme intensidad.

¿Dónde quiero ir a parar? Muy sencillo. Si el «rayo globular» sólo puede tener una causa —idéntica a la que conduce a la aparición de su «hermano mayor», el rayo normal y corriente; es decir, un marco atmosférico tormentoso o una diferencia de potencial que favorezca la materialización de las chispas—, bueno y justo será que examinemos con lupa la situación meteorológica de aquella noche del 17 de septiembre de 1968 en las proximidades de Gran Canaria. El parte del observatorio de Las Palmas —reproducido en páginas anteriores— es rotundo. El Fokker-27 que pilotaba Julián Rodríguez Bustamante e Ibáñez Rubia navegaba en un cielo limpio y sin asomo de turbulencias o tempestad algunas. Entre las 21.00 y las 22.00 horas (Z), sólo se detectaron 1/8 de cúmulos y estratocúmulos. Y ambos, a 666 y 833 metros, respectivamente. El IB 220 —no lo olvidemos— viajaba a 2333 metros. Esta colonia de nubes era tan minúscula y poco consistente que, en el registro de las 22.00 horas, los cúmulos, incluso, ha-

«Foo-fighter» fotografiados durante la Segunda Guerra mundial.

«Foo-fighter» fotografiado en Navarra. La pequeña «luz», situada entre el árbol y la señal de tráfico (*a la derecha*), parecía «esperar» a Paco Azagra, el autor de la fotografía. (*Información completa del caso en* La gran oleada*, de J. J. Benítez.*)

Marcadas con los números, las respectivas posiciones de las «descargas estáticas» en el «Fokker» 27. En total, catorce vástagos metálicos. En opinión de los expertos, «no tiene sentido lógico que el supuesto núcleo de carga eléctrica se dirija al avión y no se combine con la carga electrónica del fuselaje y bordes de los planos. Esto tiene como única explicación que el potencial electrostático de la superficie del avión es del mismo signo que el del supuesto «rayo en bola». Pero, si esto es así, no se explica la atracción entre la «bola» y el «Fokker», ni tampoco la oscilación vertical respecto al plano izquierdo. Sí hubiera sido luminosa —admitiendo que fuese tal núcleo electrostático— y, caso de tener avión y «bola» carga electrostática del mismo signo, haberse producido un fenómeno de «huida» de la bola, manteniéndose siempre a la misma distancia del avión. Y el MOA y sus «confidentes» sin enterarse... (*Ilustración de J. J. Benítez.*)

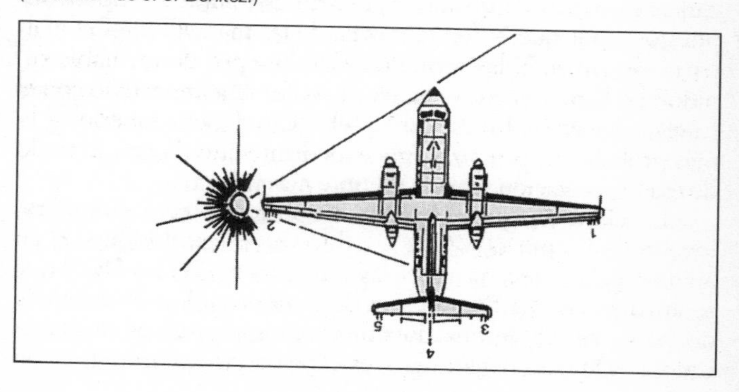

bían desaparecido. ¿Y qué dicen los meteorólogos y especialistas en electricidad atmosférica? Conclusión unánime:

«Esas formaciones nubosas jamás desencadenan una situación tormentosa.»

Y dicen más: las lluvias tempestuosas, por ejemplo, poseen con frecuencia campos de una potencia superior a los 10 000 voltios. En el caso de nubes como los cúmulos, la influencia en el cambio de potencial es insignificante. Casi nulo.

En definitiva:

NO EXISTIÓ CONDICIÓN ALGUNA PARA LA APARICIÓN DE RAYOS O FENÓMENOS ELÉCTRICOS.

Con la muleta, el «miura» del MOA resulta igualmente impresentable. Es un toro burriciego, que derrota peligrosamente.

Pero es que, aceptando incluso que, en un milagro de la madre naturaleza, esa tranquila noche «apareciera de la nada» un «rayo en bola», los analistas del MOA se han saltado a la torera —y no quiero ensañarme— las leyes que la ciencia fija y respeta como sagradas, en lo que al comportamiento de todo fenómeno eléctrico se refiere. Si aquel pobre y prostituido «rayo globular» era un socio de la familia de los rayos —y sigo con las perogrulladas—, su carga eléctrica (me remito a la definición de los científicos) tenía que ser la misma que la de la tierra: negativa. Pues bien —y aquí aparece la enésima incongruencia de los militares—, si voló a toda velocidad al encuentro del Fokker es porque uno y otro (supuesto «rayo en bola» y avión) ostentaban cargas eléctricas de distinto signo. En este supuesto de los supuestos, ¿por qué —¡oh maravilla de las maravillas!— el malparido «rayo en bola» terminó alejándose por donde había venido? Lo lógico es que —en teoría— hubiera impactado con el fuselaje del avión. En ese caso —el MOA debería saberlo—, lo más probable es que no habría expediente oficial ovni. El título de esa investigación tendría un tinte más trágico...

Lo cierto es que el «requetesupuesto» «rayo globular», inventado (?) por el MOA, sí debió hacer «explosión» (?) en alguna región cercana a las islas Canarias. Según los DC-9 que se aproximaban a Santa Cruz de Tenerife y Las Palmas, «la noche se volvió verde». Realmente, los científicos lo tienen crudo. ¿Qué «rayo globular» es capaz de tanto prodigio, con un broche de lujo como el reportado por los comandantes de los citados DC-9?

Y el «miura», en otro alarde de mansedumbre, en un desesperado esfuerzo por justificar lo injustificable, «explica» el fenómeno de «acercamiento-alejamiento», llegando al paroxismo del absurdo. Recordemos la genial interpretación del MOA:

«El fenómeno de "acercamiento-alejamiento" es más cuestionable, sobre todo al producirse en unas trayectorias coincidentes, estables y rectilíneas. Una evolución del tamaño real "punto-círculo-punto", desde una posición estable, puede dar una sensación muy convincente de "acercamiento-alejamiento", sobre todo si se produce de forma rápida.»

¡Y yo con estos pelos!... Y menos mal que «el fenómeno fue observado por tres personas cualificadas, con testimonios coherentes»...

Para el MOA está clarísimo que los «haces de luz» que emitía el malparido «rayo en bola» no cuentan para nada. Y mucho menos, el «insignificante detalle» de que la luminosidad procedente del objeto se «comiera» la existente en las cabinas de pilotos y pasaje. ¡Bobadas! Y uno, en su ignorancia, se atreve a preguntar: si el traído y llevado «rayo globular» aumentó de volumen a distancia —«punto-círculo-punto»—, ¿cómo acertaron a verlo los miembros de la tripulación? Según los científicos, estos fenómenos de la naturaleza tienen un tamaño medio de diez a veinte centímetros. ¿Y por qué iba a engordar su volumen? Más aún: si se hallaba distanciado del Fokker —como insinúa el sibilino MOA—, ¿cómo explican que los testigos se reafirmen una y otra vez en aquellos no menos extraños movimientos en zigzag?

Honradamente, ante semejante falta de casta, el «miura» sólo merece ser devuelto al corral.

Y el lector se preguntará de nuevo: si la explicación del «rayo en bola» no satisface a nadie con un mínimo de conocimientos científicos (yo diría que con unos escasos gramos de sentido común), y si los analistas militares que están pariendo la segunda desclasificación ovni no son unos incompetentes, que no lo son, ¿por qué se han prestado a una «solución» tan burda e inconsistente?

Llueve sobre mojado. Sencillamente, ésa fue la ponzoñosa

«sugerencia» trasladada por los «vampiros»..., bajo cuerda. Basta recorrer algunos de los escritos y artículos firmados por estos «sepulcros blanqueados», «torquemadas» y negadores profesionales del fenómeno ovni[6] para saber de dónde ha partido la «brillante propuesta» que intenta desmoronar el suceso del 17 de septiembre de 1968. Y al igual que ocurriera con los «listados» de lanzamientos de globos estratosféricos franceses, el MOA se ha frotado las manos. Un oportuno colectivo de memos —disfrazados de científicos y utilizando al momificado CEI (Centro de Estudios Interplanetarios) como aval de supuesta seriedad— ha colaborado en la «consigna» de la cúpula militar: «desguace» de los «no identificados»..., al precio que sea.

Y el MOA —no nos engañemos— ha seguido el juego, encantado de la vida. El poeta escocés Burns describió este oscuro conturbernio con sabias palabras: «Bribones y necios se amanceban de forma natural.»

Y despido al «manso» con una sospecha apuntada anteriormente. Cuando uno lee los estudios y monografías de los científicos sobre los todavía enigmáticos y escurridizos «rayos en bola» comprueba que, en efecto, se da un porcentaje de casos que no se ajusta a las leyes que rigen los fenómenos eléctricos en general.

«Rayos globulares» —mejor dicho, hablando con propiedad, supuestos «rayos globulares»— que aparecen en condiciones atmosféricas que poco o nada tienen que ver con las tormentas o tempestades. Que se comportan «inteligentemente» y que desarrollan dimensiones y tiempos de vida impropios de un «rayo en bola». Algunos estudiosos, como Mathias, hablan de casos en los que el «rayo melonero» (con perdón) ha disfrutado de hasta veinte minutos de existencia...

Pues bien, en mi opinión, estos científicos —que se basan casi exclusivamente en encuestas y relatos de ciudadanos concretos— están confundiendo el problema. La mayoría no quiere oír hablar de ovnis. Muy bien. Sin embargo, sí admite unos testimonios que, por sus características, duración, etc., se corresponden de lleno con las manifestaciones y la realidad de los *foo-fighter* o «cazas de fuego». Interesante contradicción, que merecería un ensayo aparte.

Antonio Botella Palop, jefe del aeródromo de El Aaiún y testigo de excepción del ovni del 17 de septiembre de 1968.

Como sucediera en el caso «Manises», un luminoso ovni provocó que los responsables del aeródromo de El Aaiún encendieran las luces de balizaje de la pista. (*Ilustración de J. J. Benítez.*)

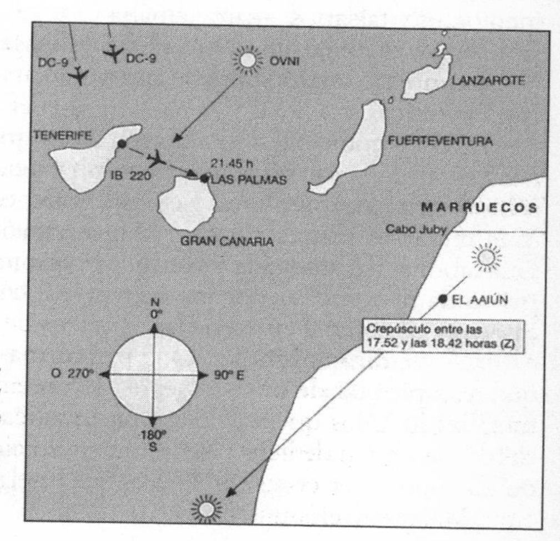

Todo un «festival» ovni en la tarde y noche del 17 de septiembre de 1968. Para el MOA «sólo» fue un «rayo globular»...

Repetición de la jugada:

Estos científicos, al no aprobar la existencia ovni, etiquetan como «rayo en bola» cualquier caso de *foo-fighter*, construyendo así un capítulo extra que bautizan como «anómalo». Y al parecer, en su ceguera, poco les importa que ese índice de «rayos globulares superextraños» viole las santas y sagradas leyes de la física y de la electricidad. Todo entra en la misma olla. Y el problema, naturalmente, se eterniza y se vuelve diabólico.

Pero más infernal es la actitud de los «vampiros» de la Ufología. Estos investigadores «de fax» aprovechan la confusión de los referidos científicos para arrimar el ascua a su sardina. Y apoyándose en los dictámenes —todos teóricos—, porcentajes y aseveraciones de dichos estudiosos (si son norteamericanos, tanto mejor), tratan de hacer ver a los incautos que «la mayor parte de los fenómenos ovni —modalidad *foo-fighter*— debe ser enjuiciada, a partir de ahora, como "rayos meloneros"». Y por esta falsa regla de tres, desde hace algún tiempo, se afanan en descalificar caso tras caso. Es la nueva moda. Una moda —bien condimentada, eso sí, de supuesto «cientificismo»— que está haciendo estragos entre los ingenuos y casi siempre confiados jóvenes investigadores. «A los mediocres y falsarios —proclamaba Ortega— les encanta disimular su veneno e impotencia bajo un lenguaje confuso y en el mareante río de pomposas y casi siempre inútiles citas y cifras científicas.»

Pero no conviene desanimarse ante estos cantos de sirena. La verdad —como la muerte— no precisa de engorrosas bibliografías y currículums. Le basta unas gotas de confianza. Y la mejor confianza nace de la investigación «de campo». Una labor seria, sosegada y sacrificada que no puede ser comprendida ni admitida por los «asnos que, con sus rebuznos, intentan cambiar el curso de las estrellas».

¿Y qué dirá el MOA? ¿Qué pensarán sus amancebados, los «vampiros», cuando, al seguir leyendo a este innoble y metalizado investigador, descubran que el «rayo melonero» del 17 de septiembre de 1968 también hizo acto de presencia en El Aaiun, a trescientos kilómetros de las islas Canarias?

¿Mala suerte?

Siempre he defendido que la «suerte» cae del cielo, pero en terreno abonado por el trabajo. Y este «hallazgo» viene a demostrar lo ya pregonado: la investigación «de campo» es clave en Ufología.

Fue en la mencionada mañana del 8 de abril de 1992 —atascado en el aeropuerto melillense por culpa de los vientos— cuando, en una larga conversación con Antonio Botella, jefe de dicho aeropuerto, tuve conocimiento de esta casi olvidada historia. Un suceso ocurrido ese mismo 17 de septiembre de 1968, cuatro horas antes del encuentro del Fokker y en pleno aeródromo de la ciudad de El Aaiun, en el antiguo Sáhara español. Un caso, en fin, que descabella sin paliativos ni misericordia a militares y «vampiros». A no ser, claro está, que esa noche asistiéramos a una prodigiosa lluvia de «rayos meloneros»...

El incidente fue protagonizado, al menos, por quince testigos, todos militares. Es decir —si nos ajustamos a la clasificación del Ejército del Aire— «personal altamente cualificado».

En El Aaiun se esperaba a un DC-4 de la compañía Spantax. Procedía de Las Palmas y transportaba flores, marisco, bebidas y todo lo necesario para la celebración de la fiesta grande de la Legión, que tendría lugar dos días más tarde: el 20 de septiembre.

Era el atardecer.[7] Tiempo despejado y apacible. En el aeródromo aguardaban un cabo y media docena de soldados y conductores caballeros legionarios. Y ocurrió algo insólito...

Pero dejemos que sea el propio Antonio Botella Palop —testigo de excepción— quien relate los hechos:

> ... De pronto, alguien dio la voz de alerta. En la lejanía se divisaba una luz.
>
> ... Era muy brillante. Tan potente como los faros de aterrizaje de un avión.
>
> ... Se movía, por supuesto. Y maniobró como lo hubiera hecho un tráfico normal. Traía rumbo 040. Es decir, en lo que llamamos «viraje final» y perfectamente «aproado» a la pista 04.
>
> ... Nos quedamos mirando, con el convencimiento de que se trataba del DC-4 procedente de Las Palmas.

... Y a los pocos minutos telefoneé al controlador, el brigada Francisco Sanmartín Labordena, un hombre de gran veteranía.

... Y empecé a comprender que pasaba algo extraño. La «luz» seguía aproximándose. Se hacía más grande y, sin embargo, el supuesto tráfico no contestaba a las sucesivas llamadas de Labordena.

... Como jefe del aeropuerto, lógicamente, me inquieté. Y pensé que el Spantax tenía algún problema con las comunicaciones.

... Y ahí surgió la discusión entre los legionarios, un auxiliar de Tráfico, Juan Santana, y yo mismo. La «luz», porque no podemos hablar de otra cosa, se comportaba como un avión que se dispusiera a tomar tierra. Presentaba, incluso, la altura aconsejada. Pero ¿por qué no respondía a la torre? Los pilotos, inexplicablemente, estaban incumpliendo el procedimiento.

... Y en ese «lío» me llamó el controlador. Me dijo que, por precaución, sería aconsejable encender las luces de balizaje de la pista. Le dije que sí y Labordena procedió a la operación.

... Pues bien, ante el estupor general, al encender las balizas, la «luz» se detuvo.

... Recuerdo que Paco Sanmartín volvió a telefonear al instante y, muy excitado, confirmó lo que todos estábamos comprobando: que el «avión»» se había parado en el aire.

... Labordena siguió insistiendo en sus llamadas, pero sólo obtuvo un impenetrable silencio.

... Y la increíble «luz» permaneció estática durante cosa de diez minutos.

... ¿Ruido? Ninguno. Amigo Juanjo, «aquello» era inexplicablemente silencioso.

... Y en ese lapsus de tiempo, con la «luz»» en lo alto, Labordena consiguió hablar con Las Palmas. Y le confirmaron que el DC-4 que pilotaba el comandante Barranco acababa de despegar y que estaría en El Aaiun en cuarenta o cuarenta y cinco minutos.

... Ya puedes imaginar las caras...

... Y justo al recibir la noticia del despegue del Spantax, la «luz» comenzó a moverse. Y despacio, fue alejándose con rumbo 220 grados. Es decir, en el sentido del otro extremo de la pista. Como sabes, estaba orientada en 04-22.

... Y se perdió en la lejanía, hacia el suroeste. Más o menos, en dirección a Villacisneros.

... Cuando el DC-4 aterrizó sin novedad en El Aaiun lo comentamos con los pilotos. Pero el Spantax no había visto nada.

Pocos comentarios pueden hacerse sobre este rotundo testimonio, ofrecido en rigurosa primicia y tras veinticinco años de silencio.

¿«Rayo en bola»? ¿En un cielo limpio? ¿Comportándose «inteligentemente»? ¿Deteniéndose cuando el controlador enciende las luces de balizaje? ¿Siguiendo —después de más de diez minutos— con rumbo 220 y tan fresco?

Lo dicho: los científicos que estudian los «rayos meloneros» lo tienen crudo. Y sus acólitos, los «vampiros», mucho más negro...

¿El planeta Venus? El MOA y sus «asesores» —de haber tenido conocimiento del suceso— tampoco habrían podido echar mano del socorrido «lucero del alba». Sencillamente, porque el ovni «apareció» por el lado opuesto: el noreste.[8]

¿Globo estratosférico francés? Un poco lejos de Aire-sur-l'Adour, creo yo...

¿Alucinación colectiva? ¿En personas distanciadas físicamente y comunicadas por teléfono?

¿Un misil? ¿Capaz de simular la maniobra de aproximación a un aeropuerto y de inmovilizarse en el aire durante diez minutos como un colibrí?

¿Un prototipo secreto, ruso o norteamericano, interesadísimo en los preparativos del aniversario de la Legión española en el perdido y desolado desierto?

¿Chatarra espacial? ¿La Virgen de Lourdes? ¿Un helicóptero fantasma? ¿El fantasma de mi abuela?...

¿Qué les queda a los pobrecitos negadores profesionales del fenómeno de los «no identificados»?

¡Cuán cierto es que el saco de la Verdad termina aplastando al ladrón que intenta robarla!

¿Y cuál es «mi» verdad?

A título especulativo —también sé que no está en mi mano, de momento, demostrar al cien por cien lo que me dicta el corazón—, ese atardecer y esa noche del 17 de septiembre de 1968, una o varias naves «no humanas» se pasearon por la región canariosahariana. Uno de eso ovnis —quizás el único— se «dejó ver» a placer sobre el aeródromo de El Aaiun. Y lo hizo muy «inteligentemente». En los primeros momentos, «aparentando» las formas y maneras de un tráfico. «Aproximándose» a la pista 04 como lo hubiera hecho un avión. «Dibujando» la maniobra de «viraje final» y perfectamente «aproado». En suma, «confundiendo» al personal hasta el extremo de lograr que los responsables del aeropuerto le encendieran las luces de balizaje.

Horas después, de esa u otra nave, un *foo-fighter* fue catapultado con la misión de aproximarse y acompañar al Fokker-27 por espacio de cuarenta y cinco segundos. Tiempo más que sobrado para que el comandante Julián Rodríguez Bustamante y su tripulación recibieran el «impacto» visual y psicológico.

¿Y para qué semejante «festejo»?

Quizás —ahora vuelve a hablar la intuición— para hacer buena la teoría del investigador Ignacio Darnaude. Quizás para que, en aquel tiempo (1968), y también hoy (1993), millares de seres humanos se detengan a reflexionar, aunque sólo sea fugazmente. Y se formulen una trascendental interrogante:

«¿De verdad estamos solos en el universo?»

Una cuestión que, algún día, mal que les pese a las cúpulas militares y a los «vampiros», cambiará el mundo. Nada más y nada menos.

Y si estas elucubraciones fueran ciertas —si el fenómeno ovni, como creo, es un monumental «teatro», milimétricamente diseñado—, ¿por qué el incidente de El Aaiun no llegó a conocimiento de las autoridades aeronáuticas?

Seguiré arriesgándome.

Probablemente, porque esas civilizaciones «no humanas» sabían de antemano el curso de los acontecimientos. Sabían de la futura apertura de los archivos ovni de la Fuerza Aérea española y de la intoxicación que acompañaría esa segunda desclasificación. ¿Y qué mejor forma de combatirla y denunciarla que guardar en la manga un «as» como el del aeródromo de El Aaiun?

Pero no es ése el único «as» que me queda por sacar en esta amañada partida de cartas...

Y agradezco a la Providencia que me haya regalado tantos enemigos. Como escribía Burke, «el que lucha con nosotros nos refuerza los nervios y perfecciona nuestra habilidad. El adversario no hace sino ayudarnos».

La Ufología resultaría muy aburrida sin los «torquemadas» y «vampiros» de turno. Y, sobre todo, este malvado que suscribe perdería la magnífica oportunidad de divertirse. Asomarse a la vejez, entre otras ventajas, permite que las injurias, ataques e improperios lleguen al cerebro y al corazón convenientemente filtrados por el escepticismo. Por eso, en general, los hombres maduros difícilmente discuten. Escuchan, sonríen y replican con el desdén.

NOTAS

1. La expresión *foo-fighter*, utilizada en Ufología, fue inventada durante la segunda guerra mundial por los pilotos norteamericanos. Podría traducirse como «caza de fuego» (*foo:* corrupción inglesa de «*feu*», «fuego» en francés, y *fighter*, «guerrero o avión de caza» en inglés). Con estas palabras, los pilotos de uno y otro bando designaban a las desconocidas bolas de fuego que avistaban en sus combates.

2. Maravillosa «precisión» del juez instructor, que no figura en los respectivos interrogatorios a los pilotos. Y uno malévolamente se pregunta: ¿qué quiso decir el comandante con lo de «interrogada debidamente»?

3. El suceso es recogido en el libro *La gran oleada*, de J. J. Benítez. *(Nota del Editor.)*

4. El extenso relato, en primicia, aparece en la obra *La quinta columna*, también de J. J. Benítez. *(Nota del Editor.)*

5. Entre la larga lista de científicos que estudian los rayos globulares desde hace casi sesenta años merece la pena destacar a los siguientes: Mathias, Warren Rayle, Bulkley, Ginsbug, Finkelstein, Powell, McNally, Barry, Friesen, Edgar, Turman, Campbell, Singer, Corliss, Stekolnikov, Cade y la Pontificia Academia de las Ciencias, entre otros.

6. Revista *Stendek*, del CEI (septiembre de 1978), *Cuadernos de Ufología* (abril de 1989), etc.

7. Ese 17 de septiembre de 1968, en las coordenadas correspondientes al aeródromo de El Aaiun (longitud: 13°, 12' Oeste y latitud: 27° 9' Norte), el sol comenzó a ocultarse a las 17.48 h. (Z). El crepúsculo propiamente dicho tuvo lugar entre las 17.52 y las 18.42 h. (Z). A las 17.48 h. (Z), el sol se hallaba en 00 y 41'.

8. Para la latitud de El Aaiun, Venus fue visible muy cercano al horizonte oeste-suroeste (azimut 256 grados).

13

«Me requisaron la copia de los radares» (comandante Lorenzo Torres)

«La escasez de datos impide aventurar *hipótesis justificativas* del fenómeno con un grado suficiente de fiabilidad.»

Ellos solos terminan desnudándose en público. No podía ser de otra manera cuando se despinta la verdad.

Ellos solos —los analistas del MOA—, sin proponérselo, descubren su juego.

He proclamado —y mantengo— que esta segunda histórica desclasificación de los informes ovni del Ejército del Aire español es un fraude. Pues bien, vamos a asistir a una nueva demostración de cuanto sostengo. Y ruego al lector que no olvide la sentencia que encabeza este sabroso capítulo. Aparece, a manera de «conclusión», en el folio redactado por el oficial de Inteligencia del Mando Operativo Aéreo de Torrejón y preside otro escuálido expediente oficial: el correspondiente al caso registrado el 4 de noviembre de 1968. Un encuentro que los investigadores conocemos desde los primeros meses de 1969.

Pero, como siempre, concedamos la prioridad informativa al texto oficial.

El expediente, que ha visto la luz en 1992, consta de cinco folios. Tres de ellos, casi en blanco. El primero —ya mencionado— es reproducido en la página 276.

El segundo —no menos interesante— contiene el «Índice de Documentos». Dice textualmente:

EXPEDIENTE: 681013.

1. — No consta referencia, Número ni fecha. — Transcripción de la conversación mantenida el 4 de noviembre de 1968, de 18.23 Z a 18.31 Z entre el IB 249 y ACC Barcelona.

Al pie del documento ha sido estampado el mismo sello de «DESCLASIFICADO» que figura en el folio inicial.

El tercer folio —en blanco— sólo presenta el ya citado sello de «DESCLASIFICADO».

Por último, el cuarto y quinto documentos dicen lo siguiente:

Copia de las comunicaciones registradas en cinta magnetofónica referentes a la posible observación de un OVNI efectuada el día 4 de Noviembre de 1968 por el avión Caravelle de IBERIA, vuelo 249 de Barcelona a Alicante.

Hora	*Estación*	*Mensaje*
1823	IB 249	BARCELONA ¿TIENEN USTEDES CONTROL RADAR EN ESTA ZONA?
	ACC	EN PRUEBAS HAY UNA PANTALLA FUNCIONANDO.
	IB 249	NOSOTROS ESTAMOS AHORA PROCEDIENDO A ALICANTE Y TENEMOS UNA LUZ MUY GRANDE AL ALCANCE DE NUESTRA POSICIÓN — SE HA APAGADO DE REPENTE Y HA BAJADO MUY DEPRISA AL MAR — HA SUBIDO OTRA VEZ Y LA SEGUIMOS TENIENDO EN EL MORRO — ES UNA LUZ CENTRAL MUY GRANDE CON DOS LUCES LATERALES — LA ESTAMOS MIRANDO TODOS DESDE LA CABINA — A VER SI LA PUEDEN USTEDES LOCALIZAR EN LA PANTALLA — ESTÁ COMO UN OVNI.
	ACC	249 RECIBIDO — EL ALCANCE DE ESTE RADAR ES SOLAMENTE DE 60 MILLAS — NO OBSTANTE REQUERIREMOS POR OTROS MEDIOS.
	IB 249	DE ACUERDO.
	ACC	249 — ¿ME QUIERE DECIR A QUÉ DISTANCIA ESTÁ USTED AHORA DEL VOR QUV?
	IB 249	BARCELONA — A 100 MILLAS JUSTAS DEL VOR — PENSAMOS QUE LO PERDEMOS — PARECE SER QUE ESTÁ ANTES DE VALENCIA — ESTÁ ENTRE VALENCIA Y SAGUNTO APROXIMADAMENTE.
1829	ACC	IB 249 — ¿PODRÍA PRECISAR LA ALTITUD EN QUE SE ENCONTRABA ESE OBJETO?
	IB 249	BARCELONA — 249 [ilegible] PORQUE NO SE VE PERFECTAMENTE — LO QUE SÍ PODEMOS DECIR ES QUE LO VEMOS CONSTANTEMENTE Y CONTI-

MANDO OPERATIVO AEREO	ESTADO MAYOR SECCION DE INTELIGENCIA

AVISTAMIENTO DE FENOMENOS EXTRAÑOS

LUGAR: -ENTRE VALENCIA Y SAGUNTO

FECHA: - 1968 / día 04 de Noviembre

RESUMEN:

- El día 4 de Noviembre de 1968, a las 18:23Z horas, el vuelo IB-249, un Caravelle de IBERIA de Barcelona a Alicante, comunica al Centro de Control de Barcelona que tiene a la vista una luz muy grande con dos luces laterales pequeñas. Poco después observan un movimiento descendente y la luz se apaga para, posteriormente, ascender y encenderse de nuevo. Finalmente se apaga y se pierde hacia el Mediterráneo. El ACC Barcelona no tuvo contacto radar (la posición estimada de la luz estaba fuera de su alcance).

CONSIDERACIONES

- Fenómeno observado por la tripulación del IB-249. Solo consta la transcripción de su conversación con el ACC. No hay investigación posterior.

- No constan datos relativos a apreciación de tamaño aparente o estimado, altura o velocidad. El efecto descenso-disminución de la luz sugiere la posibilidad de un foco ventral (faros de aterrizaje por ejemplo) que dejaría de verse cuando se observa desde un plano superior.

ASPECTOS DESTACABLES:

En la descripción de las evoluciones del fenómeno se hace referencia a movimientos realizados por una luz después de haberse apagado.

La escasez de datos impide aventurar hipótesis justificativas del fenómeno con un grado suficiente de fiabilidad.

No se aprecian motivos que aconsejen mantener el expediente como CLASIFICADO.

PROPUESTA DE CLASIFICACION: **SIN CLASIFICAR**

Torrejón, a 20 de Noviembre 1992

EL OFICIAL DE INTELIGENCIA DEL MOA

DESCLASIFICADO			
Escrito: JEMA	Nº: 9562	Ref.: 10/1.4	Fecha: 20.11.92
OBSERVACIONES: Expediente 681104			

Hora	*Estación*	*Mensaje*
		nuamos viendo tres luces — Un reflector muy grande y reflector pequeñito — Le diré que se apagó de repente y... [ilegible]... Hacia el mar — Lo hemos visto muy abajo y ahora ha subido otra vez y con la luz fija pero con un reflector muy fuerte.
	ACC	Recibido.
	IB 249	[ilegible]
	ACC	249 repita.
	IB 249	Que es correcto — está ahora sobre la vertical de Valencia aproximadamente.
	ACC	Recibido.
	IB 249	En este momento se acaba de apagar la luz y se han parado muy poco a poco y me han pasado muy rápidamente hacia la izquierda.
	ACC	249 Recibido — Entiendo hacia el interior de la Península.
	IB 249	Negativo — Hacia Palma — Hacia la izquierda mía — Se han parado poco a poco y se ha desplazado hacia la izquierda.
	ACC	Recibido — Hacia el mar — Por favor dígame ¿las tres luces que ha visto usted estaban sobre el objeto?
	IB 249	No — Una central muy fuerte y dos laterales pequeñitas.
	ACC	Recibida — Muchas gracias.
1831	IB 249	Estamos ahora sobre Sagunto — Nivel 280 — Estimo Alicante a los 45.
	ACC	Recibido — Puede pasar con Valencia a frecuencia 120.1.
	IB 249	Buenas noches.

Estaremos de acuerdo en que, tras la lectura de este parco expediente, el encuentro ovni del Caravelle de Iberia se presenta como un caso de «segunda división». Nada más engañoso y divorciado de la verdad. Y ello se debe a dos razones:

1.ª El MOA no ha profundizado en la investigación.

2.ª El MOA ha vuelto a mutilar el informe original.

La primera podría tener una discutible justificación. Quizás no sea el cometido del MOA, en lo que a incidentes «antiguos» se refiere. El teniente coronel Bastida lo dijo en los cursos de verano de El Escorial y lo ha repetido en diferentes oportunidades y medios de comunicación:

«El Mando Operativo Aéreo no dispone de hombres y medios suficientes.» No niego que el argumento de Bastida esté sobrado de razón. Pero, ante semejante falta de recursos, también es verdad que deberían haberse mostrado más cautos. Lo que no admito es que se entregue a la sociedad una caricatura de lo que, en realidad, fue el expediente oficial primigenio. Y una vez más debo contenerme. Como decía el Galileo, «demos a cada momento su afán».

Vayamos, pues, por partes. ¿Cuál es la versión completa de aquel suceso?

En beneficio de los que no la conozcan o que, lógicamente, debido al enorme tiempo transcurrido, la hayan olvidado, sacaré a flote parte de la documentación que conservo en mis archivos.

Mi primer contacto con Juan Ignacio Lorenzo Torres, comandante de aquel Caravelle (IB 249), se produjo hace quince años. Justamente —¿otra vez la casualidad?— en noviembre de 1978. Es decir, a los diez años de su experiencia.

Recuerdo con nostalgia aquel vuelo Buenos Aires-Río de Janeiro. Juan Ignacio era el comandante del avión. Y siguiendo mi antigua costumbre de interrogar a cuantos pilotos se cruzan en mi camino, Lorenzo Torres tuvo que padecer la pregunta de rigor:

«¿Ha tropezado alguna vez con un ovni?»

La cara del «Cabra» —nombre de guerra cuya paternidad se debe a S. M. el rey, don Juan Carlos, compañero de promoción de Juan Ignacio— se transformó. Y en un tono de extrema seriedad replicó:

«Tienes ante ti al primer piloto español que ha volado con un ovni pegado al "morro" de su avión.»

Y Lorenzo Torres procedió a relatarme su extraordinaria aventura.

Después de aquel providencial encuentro he tenido la fortuna de disfrutar de la amistad de este impecable profesional, hombre honesto y afable donde los haya. Hoy vuela en la flota Jumbo de Iberia. Empezó a pilotar a los quince años.

Fue oficial de la Fuerza Aérea española. Ha gobernado toda suerte de aparatos y lleva contabilizadas más de 28 000 horas de vuelo. Un historial, en suma, como pocos. ¿Quién puede ser el insensato que discuta su capacidad aeronáutica? Obviamente, sólo un «intoxicador» profesional.

Pues bien, en las numerosas ocasiones en las que he tenido el placer de conversar con él, siempre terminaba apareciendo el célebre incidente del 4 de noviembre de 1968. Y jamás entró en contradicción. Su testimonio, como los del resto de la tripulación que vivió aquella singular experiencia, se ha mantenido lineal, sólido y fresco. Intentaré resumirlo, centrándome en las circunstancias más sobresalientes. Unos hechos, como veremos, que dejan en evidencia el informe del Ejército del Aire:

> ... Procedíamos de Londres. Nuestro destino era Alicante. Había oscurecido.
>
> ... Estaban sirviendo la cena. Juan Celdrán García, el segundo piloto, y yo acabábamos de recibir las bandejas.
>
> ... Volábamos por la aerovía «B31» y, de pronto, Control Barcelona nos ordenó bajar de nivel. Y descendimos a «280» (28 000 pies). Nos extrañó. Pensamos que, quizás, se debía a la proximidad de otro tráfico. Concretamente, de un British Caledonia.
>
> ... Y al pasar de 31 000 a 28 000 pies, el Caravelle fue sacudido por una turbulencia. Y comentamos: «Nos han fastidiado la cena.»
>
> ... Entonces, por precaución, pedí al segundo que hiciera un poco de vigilancia exterior, con el fin de localizar al avión inglés. Nuestra intención —una vez consumado el cruce con el Caledonia— era solicitar a Barcelona que nos autorizase a remontar hasta el nivel precedente: «310». Así evitaríamos las molestas turbulencias.
>
> ... Y en eso, Juan Celdrán me puso en alerta.
>
> «Mira —dijo—, ahí está.»
>
> En un primer instante lo asociamos al Caledonia. Pero sólo fue un instante...
>
> ... Aquella «luz» era rarísima. Demasiado grande y poderosa para tratarse de un tráfico. E instintivamente le comenté que esperase. Que no reportara aún la presencia del supuesto avión. No me equivoqué.

... El susto fue de infarto. Venía de frente, en rumbo de colisión, y a gran velocidad.

... Nos deshicimos de las bandejas precipitadamente y ahí empezó el «festejo».

... «Aquello» se nos echó materialmente encima. Y cuando digo «materialmente encima» no exagero. Pudo estar a unos diez metros del «morro».

... ¿Te imaginas lo que eso significa? El ovni tuvo que decelerar, medir la distancia y emparejarse con el reactor. Eso no hay hijo de madre que pueda ejecutarlo. Ni en 1968 ni en la actualidad...

... Honradamente, Juanjo, creo que nunca lo había pasado tan mal. Al menos, en los primeros momentos.

... Era una luz central, de un tamaño aproximado al de un balón de fútbol, con una iluminación «pulsante» cobrizo-azulada. Es difícil explicarlo con palabras. ¿Cómo te diría? Tuvimos la sensación de que «respiraba». Era algo vivo.

Y a los lados se distinguían otros dos círculos luminosos, pero más pequeños y del mismo color.

... La proximidad era tal que, tanto Juan como yo, nos vimos parcialmente iluminados por su resplandor.

... En el interior del «foco» central observamos «algo» parecido a «venas». Unos conductos por los que circulaba un líquido o algo similar. En las luces laterales, en cambio, no se apreciaban detalles. Si tuviera que buscar un ejemplo, me arriesgaría a decir que el círculo mayor me recordó un ojo humano.

... Y antes de que pudiéramos pestañear, las tres «luces» se apagaron, descendiendo a enorme velocidad.

... Y al poco se presentaron de nuevo frente al Caravelle, con idénticas formas e iluminación.

... Llamamos a Barcelona y le dimos cuenta del «regalo» que nos acompañaba. Y solicitamos información. Pero el radar civil sólo tenía una cobertura de sesenta millas y, al parecer, no pudieron detectarlo.

... Como podrás comprender no se trataba de ningún avión, helicóptero, ni nada conocido. Daba la impresión de tres «cuerpos» que se movían al unísono o, quizás, de un solo objeto con tres «focos». Al día siguiente supimos que los radares militares habían captado tres ecos. Es decir, que podía tratarse de tres ovnis.

... Ante la lógica consternación de todos, incluido Pepe Cuenca Paneque, el mecánico de vuelo, tocamos el timbre, haciendo entrar en cabina a la azafata. La pobre se llevó un buen susto. Nos dijo que, en efecto, estaba viendo lo mismo que nosotros: tres luces frente al «morro». Y preguntó qué era «aquello». Nadie supo responderle.

... Entonces se distanció otra vez, regresando a los pocos segundos. Y comenzó un increíble «baile» en torno al Caravelle. Las maniobras de aquellas tres luces eran inconcebibles para la física humana. Tan pronto volaban describiendo un ángulo recto, como dibujaban hipérbolas, parábolas o saltaban de un punto a otro. ¡De locos!

... Finalmente se estabilizó frente al «morro». Fue entonces cuando intenté la comunicación.

... Y ocurrió algo sorprendente, que aún me pone los pelos de punta.

... Primero le hablé en inglés y español. Pregunté quiénes eran, de dónde procedían y no sé cuántas cosas más. No hubo respuesta. Y probé con las luces. Establecí un código rudimentario. Un cambio quería decir «sí» y dos representaban el «no».

... Fue emocionante. ¡Habían comprendido! Yo formulaba la pregunta. Apagaba y encendía los focos del Caravelle y el objeto aumentaba o disminuía su luminosidad con la cadencia previamente «pactada».

... Y siguiendo este procedimiento entendimos «que eran amigos», «que su origen estaba en nuestra galaxia»...

Es posible que formulara más de veinte cuestiones.

... Después prendí los focos de aterrizaje, con el fin de verlo mejor. Pero el objeto apagó sus luces y se alejó, tomando la dirección de Baleares.

Ya no volvimos a verlo.

... Al aterrizar en Alicante llegamos a un acuerdo para silenciar lo ocurrido. Eran tiempos difíciles...

... Meses después, sin embargo, la noticia fue difundida por la Prensa. Otros compañeros de Iberia tuvieron una experiencia parecida y, entre los testigos, se encontraba José Cuenca, el mismo mecánico que nos acompañaba aquel 4 de noviembre de 1968.

... A raíz de aquello he volado varios años con una cámara fotográfica en cabina. Pero no he tenido suerte. Jamás volvieron a aparecer.

No hace falta ser muy despierto para comprobar lo que adelantaba en el arranque de este capítulo: la semejanza entre lo vivido realmente por aquel Caravelle y lo desclasificado por el Ejército del Aire es casi nula. Pero hay más. Porque la «historia» protagonizada por el comandante Juan Ignacio Lorenzo Torres no concluye con la toma de tierra en Alicante. Lo que sucedió al día siguiente, 5 de noviembre de 1968, me parece de especial interés. Sobre todo, a la hora de enjuiciar las «consideraciones» del MOA.

«El Cabra» me lo ha relatado un sinfín de veces:

> ... A la mañana siguiente hicimos la línea Alicante-Barcelona-Madrid.
>
> ... Y a eso de las nueve, al aterrizar en Barcelona, estando todavía en cabina, el conductor del *follow-me* [el pequeño vehículo amarillo que suele guiar a los aviones hasta el aparcamiento] me pasó un aviso urgente: «el teniente coronel Aleu quería verme». Yo le conocía. En aquellas fechas era el responsable de la Red de Alerta y Control en el área de Barcelona. Francamente, pensé que había metido la pata en algo. En ningún momento imaginé la razón de su llamada.
>
> ... Y cuál no sería mi sorpresa cuando el bueno de Aleu comenzó a interrogarme sobre el incidente ovni del día anterior. Le di toda clase de explicaciones. Y conforme hablaba, su euforia fue en aumento. Aleu sí creía en los ovnis.
>
> ... Y en el transcurso de la charla, mientras tomábamos café, me confirmó algo que todos sospechábamos: mientras las «luces» evolucionaban alrededor del Caravelle la cobertura radar del Este español había detectado los ovnis. Creo recordar que fueron «cazados», incluso, por el EVA de Constantina, en Sevilla.
>
> ... Como sabes, Control Barcelona, al no poder «ver» el objeto u objetos en su pantalla, alertó a los radares militares de la zona. La verdad es que tampoco era necesario. Todos ellos registraron los ecos.
>
> ... El teniente coronel del Ejército del Aire me explicó que, en efecto, fueron tres los ovnis. Durante un tiempo se movieron al unísono. Después, las pantallas distinguieron trayectorias diferentes. Uno se desplazó en vertical. Otro se alejó unas veinte millas y el tercero se distanció en otra dirección.
>
> ... Pero la confirmación de Aleu no fue sólo verbal. Pletórico, me mostró una larga y estrecha tira de papel, escrita a máquina y con una inconfundible tinta azul, en la que pude

leer cuanto me había dicho. Allí aparecían los datos concretos y los registros de, al menos, tres o cuatro estaciones militares de radar.

... Me pareció una prueba tan contundente que me atreví a solicitar una copia.

... Al poco, rogándome máxima discreción, la puso en mis manos. La doblé y me la guardé. Y reanudé el vuelo.

... Y aquella copia estuvo en mi poder hasta la primavera del año siguiente.

... Hacia abril de 1969 me la quitaron.

... Como sabes, en febrero de ese año de 1969 se produjo otro encuentro ovni. Esta vez fue protagonizado por mis compañeros, los pilotos de Iberia Ordovás y Carvajal. Y dio la casualidad de que en aquel vuelo Palma-Barajas también volaba José Cuenca, el mecánico. Total, que el Ministerio del Aire abrió una investigación. Nuestro caso salió a relucir en los papeles y un buen día (?) recibí una llamada de los militares.

... Y se personaron en mi domicilio, en la calle O'Donnell, en Madrid.

... Fueron dos. Ambos de paisano. El teniente coronel Ugarte, juez instructor del caso, y un «jurídico».

... Al parecer ya habían interrogado a Ordovás y a Carvajal. Por mi parte respondí a las preguntas sobre el suceso del 4 de noviembre de 1968.

... Y, de pronto, en el transcurso de la amigable y correcta conversación, me comentaron: «Usted tiene algo que nos pertenece.»

Se referían, claro está, a la copia de los radares. Y tonto de mí entregué el papel que me había dado Aleu. ¿Qué otra cosa podía hacer? Recuerda que estábamos en 1969. Me jugaba la carrera.

Como vemos, la versión del comandante Lorenzo Torres no encaja en lo manifestado por el MOA en sus «consideraciones».

«... Sólo consta la transcripción de su conversación (del IB 249) con el ACC» (Centro de Control de Barcelona).

Si el entonces teniente coronel Ugarte —fallecido en accidente de tráfico— y el «jurídico» que le acompañó en la entrevista con el «Cabra» requisaron la copia proporcionada por Aleu, es lógico pensar que ese documento fue a engrosar los archivos ovni de la Fuerza Aérea. Un documento del que, por supuesto, ya tenía conocimiento el Ministerio. No olvidemos que intervinieron varios radares. Un documento que —bajo ningún concepto— podía ir a parar a manos de civiles. Curiosamente, el MOA sí ha sacado a la luz la transcripción de las conversaciones entre el Caravelle y Control Barcelona. Mejor dicho, «parte» de las conversaciones.

Y la pregunta es obvia: si el Ministerio del Aire ha conservado esas cincuenta y dos líneas —después de veinticinco años—, por qué razón iba a «perder» los registros de los radares militares?

El MOA puede replicar con la cantinela de siempre: «Nada sabemos. Quizás se haya perdido en un traslado. Quizás se lo ha llevado un general, amante de estos temas...»

Con todo mi respeto —y sin ánimo de ofender—, el MOA miente.

Como habrá percibido el lector —y espero seguir proporcionando nuevas pruebas—, en determinados sucesos ovni, cuando las ya familiares «explicaciones» (globos, rayo en bola, Venus, etc.) resultan insostenibles, la cúpula militar oculta la información radar o aparca el caso completo. La actitud habla por sí sola y coloca a cada cual en su lugar.

Y el ciudadano se preguntará con razón: ¿y por qué esa obsesión del MOA con las trazas captadas por los radares militares?

Elemental. Porque esas pantallas y los profesionales que las controlan son de absoluta fiabilidad. Esos datos van a misa. Y si los EVA certifican que «algo» inusual ha violado el espacio aéreo nacional, ¿cómo justificar las ridículas y mal intencionadas «explicaciones» que se han dado y se siguen dando a la opinión pública?

Sería estúpido atribuir al planeta Venus lo observado, por ejemplo, por una tripulación de Iberia cuando, por otro lado, los militares tienen constancia de lo registrado en los «picos» de radar. Es hora ya de que se nos caiga la venda de los ojos. Algunos militares pueden ser corruptos, manipuladores o mentirosos. Pero no tienen un pelo de tontos...

Hoy (1993), esa documentación que le fue incautada a Lorenzo Torres se halla, «a salvo», en una de las cajas fuertes del MOA, en Torrejón. En la segunda caja fuerte «descan-

Primer encuentro del comandante Juan Ignacio Lorenzo Torres con J. J. Benítez, en un vuelo Buenos Aires-Río de Janeiro (noviembre de 1978). (*Foto: Jaime Peñafiel.*)

Cuatro de noviembre de 1968. Por espacio de más de diez minutos, tres ovnis «acompañaron» a un Caravelle de Iberia, prácticamente «pegados» al «morro» del avión. Meses después, un matrimonio que circulaba por las proximidades de Peñaranda de Bracamonte, en Salamanca, vivió una experiencia con un ovni de similares características. (*Ilustración de J. J. Benítez.*)

san» las fotografías ovni y demás «soportes gráficos», como los denomina la «Instrucción General 40-5».

Y como me gusta ser meticuloso en todo cuanto emprendo, un 20 de enero de 1993, miércoles, establecí contacto —al fin— con el enigmático y prácticamente «desaparecido» teniente coronel Aleu.

Mi entrevista con el hoy retirado coronel Antonio Aleu Padreny tuvo lugar en su casa, en una recóndita finca balear. A pesar de su avanzada edad, Aleu disfruta de una magnífica memoria. Durante más de tres horas me relató un sinfín de anécdotas, relacionadas con su dilatada vida profesional en los radares y redes de Alerta y Control. Recordaba sin esfuerzo fechas, nombres y circunstancias. Me habló, por ejemplo, de un suceso ovni, registrado en la década de los años sesenta en Mallorca, citándome al controlador que vio el extraño resplandor hacia Pollensa —Damián Rullán Frontera— y al coronel jefe del aeropuerto —Amaro Gómez Pablos— que le ordenó «silencio absoluto» sobre dicho ovni.

Pero llegado el momento de la verdad, al preguntarle sobre la copia que había facilitado al comandante Lorenzo Torres, una «súbita y casi absoluta amnesia» le impidió recordar...

Y digo «casi absoluta» porque, en el transcurso del forcejeo dialéctico, Aleu cometió un par de errores.

Reconoció haber llamado esa misma noche del 4 de noviembre de 1968 al «pico» del Puig Major, en Mallorca.

«... Lo hice —confesó— por el teléfono "gris". Por microondas. Y el controlador militar, a mi pregunta de si estaban observando algo anormal en las pantallas, reconoció con nerviosismo que sí. Que "veían" un objeto raro, que ascendía a gran velocidad.»

Testigo de esta consulta —segundo error—, el entonces capitán Recasent y tres o cuatro oficiales más.

No cabía duda de que Aleu —consciente de su responsabilidad— no estaba dispuesto a admitir que había cometido la muy humana debilidad de entregar a un civil una copia de un documento confidencial. Entiendo su posición y comprendo que desee mantenerse al margen. Pero esta aparente contrariedad no empaña los hechos. La célebre copia estuvo en poder de Lorenzo Torres durante casi cinco meses. Y fue leída por otros compañeros. Entre ellos, el que fuera jefe de pilotos de Iberia Menéndez, alias *el Minero*. Finalmente, fue requisada por el teniente coronel Ugarte.

¿Quién falta a la verdad?

Evidentemente —a la vista de las «chapuzas» descritas en los casos precedentes— el MOA no ha hecho méritos para ser creído.

Y hablando de «chapuzas», no puedo pasar por alto «algo» que dejó perplejo al mismísimo comandante del IB 249. Lo he mencionado anteriormente. Las conversaciones entre la tripulación del Caravelle y Control Barcelona aparecen incompletas en el expediente desclasificado por el Ejército del Aire.

Cuando Juan Ignacio Lorenzo Torres examinó la copia de dichas comunicaciones —«registradas en cinta magnetofónica»— me miró atónito. Y preguntó:

«¿Esto es todo?»

Asentí y puntualicé:

«Esto es todo lo que ha liberado el MOA...»

«No puede ser —replicó el comandante—. Aquí faltan intervenciones mías. ¿Dónde están las conversaciones con la torre de Valencia y con Aitana, el radar militar? Este último, por ejemplo, me confirmó la presencia de los ovnis en pantalla y notificó que el EVA de Constantina deseaba hablar conmigo.

»Si te fijas, según esta transcripción, la conversación con Barcelona empieza a las 18.23 horas (Z). Y concluye a las 18.31. Eso suma ocho minutos. ¿Cómo es posible si los ovnis permanecieron a la vista por espacio de más de diez?

»¿Por qué la conversación se interrumpe a las 18.31 cuando, yo mismo, al notificar que estábamos sobre Sagunto, comunico a Control Barcelona que "estimo Alicante a los cuarenta y cinco"? Si el aterrizaje se produjo entre las 18.40 y las 18.45 horas (Z), ¿qué sucedió en esos nueve o catorce minutos? ¿Nos quedamos mudos? Si Barcelona siguió a la escucha (y no era para menos), ¿qué ha pasado con el resto de la grabación? ¿Por qué no aparecen las intervenciones de Valencia y, sobre todo, del radar de Aitana?

»¿Es qué en esos ocho minutos (con semejante "problema" en el "morro" del Caravelle) sólo se hablan trescientas y pico palabras?»

«Exactamente —le corregí—, trescientas treinta y siete, sin contar, claro está, las que figuran como "ilegibles".»

«¿Y dónde están las comunicaciones anteriores a las 18.23 horas? Recuerdo que Barcelona nos pidió que activásemos el "transponder", con el fin de localizarnos en pantalla. ¿Qué ha sucedido con los tensos minutos en los que estuve formulando preguntas en inglés y español? Todo eso quedó grabado...»

Las lógicas y más que justificadas interrogantes planteadas por Lorenzo Torres jamás serán aclaradas por el MOA. ¿Cómo explicarle y explicar a la opinión pública que esa tarde del 4 de noviembre de 1968 tres objetos no identificados se burlaron de los sistemas defensivos nacionales? ¿En qué cabeza cabe que, junto a la mutilada transcripción de las conversaciones, los militares cayeran en el error de incluir la copia de los radares, requisada por el teniente coronel Ugarte?

A cambio —en el colmo de la incongruencia—, los analistas del MOA se «quitan el muerto de encima» con una «consideración» que, a poco que se profundice en ella, descubre su oscuro juego. «La escasez de datos —recordemos la sutil sentencia— impide aventurar hipótesis justificativas del fenómeno...»

¿Escasez de datos? En todo caso, escasez de datos desclasificados. ¿Y por qué el Mando Operativo Aéreo tiene que aventurar una hipótesis justificativa? ¿Qué ocurre cuando, honradamente, no la hay? ¿Por qué hablar de «fenómeno no habitual»? ¿Por qué no «mojarse» y reconocer lo que es evidente?: que una o tres naves de origen y naturaleza desconocidos acompañaron a un Caravelle y fueron detectadas por los radares.

La «consigna» no puede estar más clara:

«Ocultemos la verdad.»

Lo que no saben —o no quieren saber— el MOA y sus «amancebados» es que la verdad es como el sol. Permite que «ratas y vampiros» se manifiesten durante la noche.

Y hablando de «vampiros» —una vez desclasificado el

caso del vuelo Londres-Alicante— no podía faltar la barbuda opinión de los acólitos del MOA. El 14 de febrero de 1993, en el diario *Levante*, el necio de turno, refiriéndose al encuentro ovni protagonizado por Lorenzo Torres, vomitaba la siguiente y brillantísima proposición:

«... tras estudiar la trayectoria del avión, analizar los testimonios y comprobar datos astronómicos, la tripulación debió observar el planeta Venus. A las 19.23 horas Venus estaba desapareciendo por el horizonte bajo el aspecto de un lucero muy brillante, situado prácticamente enfrente del avión. Las luces laterales se pueden explicar como un efecto de refracción atmosférica y los movimientos debieron ser los que el propio avión hizo.

»Esta hipótesis viene reforzada —atención a la solemne metedura de pata del «vampiro»— por el hecho de que el radar no detectara el objeto, dada su lejanía, circunstancia que el mismo piloto reconoció cuando dijo que no se veía "perfectamente".»

Como dice mi buen amigo Marvizón Preney, «si los necios volasen...».

Esa noche del 4 de noviembre de 1968, el ocaso de Venus se registró a las 18.40 horas (Z). Pues bien, a las 18.23, el «brillante lucero» se encontraba a una altura de 030 y 03', con un azimut sur-suroeste.[1] Es decir, visible con dificultad. Y por si el «detalle» no fuera suficiente, ahí va, en plan desplante, el adorno meteorológico: esa tarde (noche ya), en la región de Sagunto-Valencia, el cielo se hallaba abierto a razón de 5/8 de cirros. Altitud de dichas nubes: 20 000 pies. Es decir, a unos 8 000 pies por debajo del Caravelle. A los serios problemas, por tanto, para distinguir al planeta Venus (rozando casi el horizonte), había que sumar algo más de medio cielo cubierto. Y es que, en Ufología, como en la Atenas de Anacarsis, «los investigadores proponen y los necios desponen».

Para colmo de males, este vendido al «oro del MOA» no sabía que los ovnis de ese 4 de noviembre de 1968 SÍ fueron captados por los radares militares.

He aquí la «respetable ufología científica». El resto, los esforzados investigadores «de campo», sólo somos, naturalmente, una partida de saineteros y «bandidos intelectuales».

Lo más lamentable de estos intentos de descalificación del fenómeno ovni por parte de los «vampiros» y la procesión de negadores que los jalea es la viscosa baba que rezuman sus manifestaciones públicas o privadas. Es muy significativo que —no siendo profesionales de la aviación— pontifiquen y sentencien, como si fueran ellos los que iban sentados a los mandos del Caravelle. No puede darse actitud más anticientífica que la de juzgar unos hechos sin haberlos corroborado minuciosamente y —en la cumbre del endiosamiento— infravalorando la capacidad profesional y mental de los testigos. Una de dos: o estos mediocres sufren algún tipo de trastorno psíquico o «trabajan» para alguien, especialmente interesado en el desprestigio de la Ufología.

Curiosamente, a la hora de redactar las obligadas «consideraciones», en lo que al presente suceso ovni se refiere, el MOA debió renunciar a hacer suyas las «propuestas» de los «vampiros». Era lógico. La hipótesis de Venus era muy forzada. La copia de los informes de los radares, arrebatada a Lorenzo Torres en la primavera de 1969, planeaba amenazadora sobre el expediente oficial. Y el MOA optó por una «larga cambiada»: «la escasez de datos impide aventurar hipótesis justificativas del fenómeno».

Los «vampiros» —en esta oportunidad— salieron escaldados y con el rabo entre piernas.

Y aunque el encuentro del Caravelle reúne en sí mismo el suficiente número de datos como para considerarlo un caso aparte, tanto los analistas militares como los «sepulcros blanqueados» de la Ufología hispana han demostrado especial cuidado en no hacer alusión a los «otros» incidentes ovni que también se dieron en esas mismas fechas. Cualquier investigador honesto no puede olvidar, ni separar, el resto de los avistamientos ocurrido casi simultáneamente y, como digo, en idénticas o muy próximas áreas geográficas. Un análisis objetivo y riguroso exige la contemplación de la «minioleada» en su totalidad.

Pues bien, aunque la enumeración de los encuentros ovni en España a lo largo de ese otoño-invierno de 1968 sería interminable, refrescaré la memoria del lector con unas rápidas pinceladas sobre aquellos casos que, a mi entender, pudieron guardar una íntima relación con el protagonizado por el IB 249. Veamos:

1. Monegros (Zaragoza). Madrugada del 2 de noviembre de 1968. Es decir, dos días antes de la experiencia del «Cabra».

Cinco soldados viajaban desde Barcelona a Zaragoza, con el fin de disfrutar de un permiso. Hacia las cuatro y media, dejado atrás el pueblo de Bujaraloz, observaron a la izquierda de la carretera un luminoso objeto. Se hallaba a unos quinientos metros de distancia. Presentaba una forma lenticular y unas dimensiones enormes: «como el ruedo de una plaza de toros». La tonalidad naranja les recordó al sol cuando está saliendo. Conforme se aproximaban al gran disco la radio del automóvil dejó de funcionar, las luces «se vinieron abajo» y los relojes de pulsera se detuvieron. A los pocos minutos —ante la consternación y nerviosismo de los soldados—, el ovni se elevó en silencio y con lentitud, dirigiéndose hacia el sureste. De pronto aceleró, perdiéndose en la lejanía. Y tanto el coche como los relojes recuperaron la normalidad.

No creo que los «vampiros» tarden mucho en «descafeinar» este suceso, atribuyéndolo a algún tipo de alucinación colectiva. Apuesto por la «visión hipnagógica» (un estado de duermevela, maravilloso «cajón de sastre» donde —según estos mercachifles— todo es posible). Veremos cómo justifican los efectos electromagnéticos en luces, radio y relojes...

2. Chiclana (Cádiz). Noche del 6 de noviembre de 1968. Cuarenta y ocho horas después del encuentro del Caravelle, aproximadamente.

Un grupo de suboficiales del Ejército se hallaba cazando en los esteros de Bartiba. Ante la anormal ausencia de aves, los militares optaron por renunciar a la caza. De pronto, en uno de los esteros, surgió una brillante luz —«del color de los tubos fluorescentes»— que se alejó en dirección al mar. Cuando los cazadores proyectaron sus linternas al centro de la laguna percibieron cómo las aguas se hallaban extrañamente agitadas.

Y aprovecho el lance para apuntillar de nuevo a estos «mansos» de la Ufología. Resulta divertido comprobar cómo las escasas investigaciones que aciertan a desplegar «sobre el terreno» siempre son válidas. Cuando el caso, en cambio, ha sido levantado por un investigador que no se somete a la «santa autoridad» de estos calientapoltronas y a su vil «vampirismo», entonces —amigo Sancho—, «se hace imprescindible una reencuesta del suceso». Una «reencuesta» que, naturalmente, deben realizar los «vampirizados»...

3. Castellbisbal (Barcelona). Noche del mismo 6 de noviembre de 1968.

Una serie de vecinos de esta localidad próxima a la Ciudad Condal fue testigo de las evoluciones de varios objetos volantes no identificados. Los ovnis —de gran luminosidad— se pasearon sobre la zona hasta bien entrada la madrugada.

El Ejército del Aire abrió la correspondiente investigación. Pero el asunto tiene la suficiente «miga» como para darle un tratamiento aparte.

4. Constantina (Sevilla). Noche del 12 de noviembre de 1968. Un capitán del radar (EVA N.° 3) y cinco militares más observaron hacia las 19.45 un objeto de gran luminosidad. El ovni aumentó y disminuyó su brillantez en varias ocasiones. También las autoridades aeronáuticas tomaron cartas en el avistamiento, confeccionando el correspondiente informe.

5. Zafra (Badajoz). Noche del 14 de noviembre de 1968.

Un automovilista tuvo un encuentro cercano con un extraño ser que se hallaba apostado en el filo de la carretera. El incidente es ampliamente narrado, en primicia, en mi obra *La quinta columna*.

6. Lérida, Puente de Almuhey (León) y Santa Marta (Badajoz). Finales de noviembre y primeros días de diciembre de 1968.

En Santa Marta, un comandante de Artillería detiene el automóvil que conducía a un kilómetro y medio de dicha población extremeña. Ha observado problemas en el motor y decide renovar el agua. Cuando se encontraba inclinado sobre el vehículo siente unos intensos escalofríos en la espalda. Al levantar la vista descubre en el cielo un objeto circular —de un tamaño doble al de la luna llena— «que se enciende de color naranja». El disco permanece unos minutos sobre el atónito testigo y, acto seguido, se desplaza en silencio y a gran velocidad hacia el citado pueblo de Santa Marta. Cuando el comandante entra en la localidad comprueba que otros vecinos acaban de observar el paso del mismo disco.

En Puente de Almuhey, entre el 24 de noviembre y el 10 de diciembre, varios testigos asisten con idéntica perplejidad a la presencia de una partida de objetos no identificados de muy diferentes formas y luminosidad. Uno de los «discos» se descompone en tres objetos. También son observados los familiares *foo-fighter*. Uno de los ovnis permanece alrededor de tres horas sobre la población leonesa, emitiendo una luz blanca intermitente. Se nombra un juez instructor que interroga a los testigos. Este expediente ha sido igualmente desclasificado. Y prometo «meterle mano» en su momento.

En esas mismas fechas —primeros de diciembre—, el rector de Almenar y dos jóvenes que le acompañaban tienen la oportunidad de contemplar otro ovni en las cercanías de Almacellas, en Lérida. Detuvieron el coche y lo observaron «a placer». Poco después, al pasar de nuevo por el lugar, el sacerdote y sus dos acompañantes repitieron la experiencia. Esta vez, el disco se hallaba muy próximo. «Era similar —contaron— a los que presentan los periódicos.» Del objeto partían rayos rojizos y amarillos.

La relación de avistamientos, insisto, sería tan interminable como cansina. Y habría que preguntarse y preguntar al MOA: esos más de treinta casos conocidos —entre agosto y diciembre de 1968—, ¿fueron todos consecuencia de la confusión con el planeta Venus?

Cuando se investiga de verdad la secuencia completa, no hay MOA ni «vampiros» que sean capaces de «descafeinarla». Discos silenciosos, efectos electromagnéticos, tripulantes al borde de la carretera, etc., son «piezas» que ratifican lo ya apuntado en el encuentro del Caravelle: un buen puñado de naves de procedencia «no humana» desfiló esos días sobre España, «dejándose ver» sin pudor. Toda «solución» contraria a esta realidad son ganas de «marear la perdiz» o de «intoxicar» a la sociedad. Una sociedad, por cierto, que paga los sueldos de los analistas del Mando Operativo Aéreo...

Y como lo prometido es deuda, cerraré este suceso ovni del 4 de noviembre de 1968 con el caso de Castellbisbal, ocurrido dos noches después.

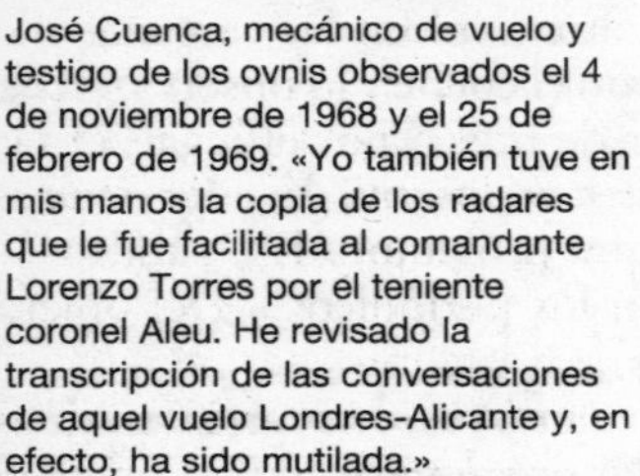

José Cuenca, mecánico de vuelo y testigo de los ovnis observados el 4 de noviembre de 1968 y el 25 de febrero de 1969. «Yo también tuve en mis manos la copia de los radares que le fue facilitada al comandante Lorenzo Torres por el teniente coronel Aleu. He revisado la transcripción de las conversaciones de aquel vuelo Londres-Alicante y, en efecto, ha sido mutilada.»

Comandante Lorenzo Torres: «Yo tuve en mi poder una copia de los informes de los radares militares.» (*Gentileza de Ernesto Walfichs, de la revista* Tiempo.)

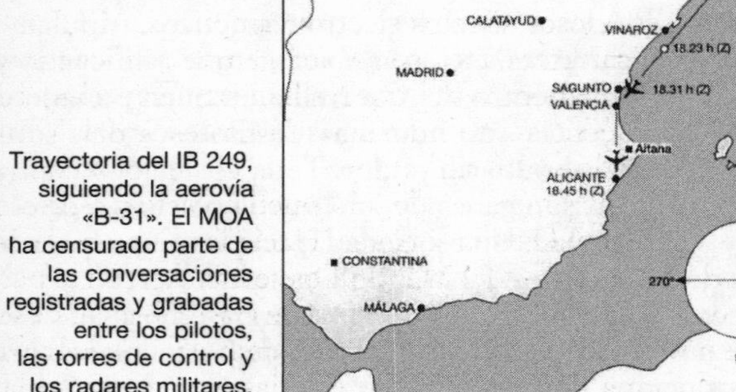

Trayectoria del IB 249, siguiendo la aerovía «B-31». El MOA ha censurado parte de las conversaciones registradas y grabadas entre los pilotos, las torres de control y los radares militares.

En este expediente —igualmente desclasificado por el Ejército del Aire— se dan dos circunstancias que conviene conocer. Por un lado, se fortalecen los testimonios de la tripulación del IB 249. Por otro, nos descubre «algo» que —a estas alturas del negocio— no puede sorprendernos: la manipulación del fenómeno de los «no identificados» por los militares es vieja como el sol.

¿Y por qué digo que fortalece lo manifestado por el comandante Lorenzo Torres? Porque Castellbisbal, laboriosa población que se asienta al noroeste de Barcelona, se encuentra ubicada a los pies de la aerovía «B31». Las «autopistas» del aire tienen una anchura de treinta millas. Basta asomarse al mapa para darse cuenta que el Caravelle sobrevoló casi la vertical de esta localidad. Dicho con otras palabras: los ovnis que «jugaron» con el IB 249 y los avistados por los vecinos de Castellbisbal se movieron prácticamente en la misma parcela aérea. Unos, en la tarde (casi noche) del día 4. Los otros, en la tarde, noche y madrugada del 6. Para los investigadores, estas «coincidencias» en tiempo y lugar son comunes en Ufología. Mis «amigos» tienen esa inveterada costumbre...

¿Y qué vieron los paisanos de Castellbisbal?

Resumiré los hechos. En realidad, en lo que a casuística ovni se refiere, tampoco pueden catalogarse como sobresalientes. Paradójicamente, estas observaciones son tan abundantes en el mundo que, una vez investigadas, terminan congeladas en los archivos. En estos momentos, sin embargo, los testimonios de aquellos vecinos adquieren un eco especial. Entre otras razones, porque desmoronan las torcidas pretensiones del MOA y sus «satélites», los «vampiros».

A diferencia de la Sección de Inteligencia que «juzga» el caso y de los «amancebados» que les han susurrado las «brillantes soluciones», este pecador sí visitó Castellbisbal. Y buscó e interrogó a los testigos.

La voz de alerta en el recogido pueblo catalán la dieron Manuel Aparicio y Diego Martínez. Hacia las cinco de la tarde —todavía con sol—, cuando ambos se hallaban en el paraje conocido como la Era, a las afueras de Castellbisbal, observaron en el cielo un extraño objeto, inmóvil y silencioso. «Tenía la forma de un sombrero eclesiástico, pero en blanco.» Y durante diez minutos permaneció quieto. Según los testigos se encontraba sobre la vertical del Sindicato. Por último, tras inclinarse, el disco se alejó a gran velocidad en dirección a Tarrasa.

Unas horas más tarde, hacia las siete y media, el maestro nacional Joaquín Temes Álvarez, al regresar a su domicilio en el Mirador del Llobregat, descubrió en la oscuridad otro singular objeto. Era circular. Se encendía y apagaba rítmicamente, proyectando una serie de haces luminosos, «como grandes reflectores». La observación —con prismáticos— se prolongó durante media hora. Y el maestro tuvo tiempo de avisar a otros convecinos.

Pero los ovnis volvieron. Y hacia la una de la madrugada, otro vecino de Castellbisbal —Antonio Juní— fue testigo de las silenciosas maniobras de dos luminosos objetos no identificados. Uno de los ovnis —el más grande y de una hermosa tonalidad azulanaranjada— se encontraba en la vertical del cauce del río. Allí permaneció siete u ocho minutos. Después, Juní vio llegar un segundo objeto, más pequeño e igualmente silencioso. Se fundieron en uno solo y se alejaron en dirección noroeste, hacia Montserrat.

Estos hechos, obviamente, fueron muy comentados en el pueblo. Hasta el extremo que —consciente de su importancia— el mencionado maestro nacional dirigió una carta al alcalde de Castellbisbal, exponiendo lo ocurrido con todo lujo de detalles. Este audaz gesto del señor Temes traería consigo la inmediata intervención del Ministerio. El cruce de cartas y oficios —porque no se puede hablar de una investigación propiamente dicha— ha salido ahora a la luz pública, en el expediente desclasificado por el Ejército del Aire.

Examinemos esos documentos. Resultan reveladores, tanto por lo que dicen como por lo que ocultan.

Con fecha 11 de noviembre de 1968, el entonces alcalde de Castellbisbal, José Puig Dinarés, remitió la carta del maestro al Gobierno Civil de Barcelona. Días más tarde —el 19 de ese mismo noviembre— el gobernador civil traslada al ministro del Aire, en Madrid, el siguiente escrito:

GOBIERNO CIVIL DE LA PROVINCIA DE BARCELONA. SECRETARÍA GENERAL. NEGOCIADO 2.° NÚMERO 2854. SECC: GOB. Y REG. INTERIOR.

El Sr. Alcalde-Presidente del Ayuntamiento de Castellbisbal, en escrito de fecha 11 de los corrientes, comunica a este Gobierno Civil lo siguiente:

«El Señor Maestro Nacional de esta localidad don ——— [censurado por el MOA], en escrito de fecha 8 del actual me dice lo siguiente: "Señor Alcalde. — Tengo el gusto de saludarle y dirigirme a VD. para comunicarle que al regresar a mi domicilio a las 19.30, del día seis del corriente, pude observar con cierta sorpresa, un fenómeno luminoso en el espacio que por su forma, dimensiones y demás características apreciadas, despertó mi curiosidad. — El hecho de tener mi residencia en un punto elevado, me permitió contemplar con detenimiento el objeto y más tarde con ayuda de unos prismáticos de gran alcance pude comprobar de una manera real, que el fenómeno era un círculo luminoso que, a una altura aproximada de unos cinco mil metros, se movía se apagaba para iluminarse nuevamente, despidiendo unos haces de luz, como si fuesen reflectores y girando en diversas posiciones, se mantuvo durante treinta y dos minutos en el espacio. — Al cabo de este tiempo, repentinamente, le vi desaparecer y ya no volvió a lucir. — No pude definir qué clase de objeto era pues, si bien en verdad, que en la prensa leo apariciones de platillos volantes, yo sinceramente no puedo afirmar qué clase de fenómeno era. — De lo que sí aseguro, que nunca había presenciado nada parecido, así como le sucedió a varios vecinos para que pudiesen admirar cuanto yo estaba contemplando. — Tengo el placer y el deber de informar a su Autoridad, de lo ocurrido enviándole mis cordiales saludos y respetos. — Firmado, —— [censurado por el MOA], Maestro Nacional." Lo que le traslado a V.S. por si tiene algún interés en ese Gobierno Civil.»

Lo que tengo el honor de trasladar a V.E. y por si fuera de algún interés lo manifestado en dicho escrito...

A partir de este «triple» oficio —superpuestos en uno solo—, aparecen en escena otras cuatro y sucesivas cartas. En ellas —como podremos percibir a continuación— se le «oculta» la información al ministro, se miente descaradamente al gobernador civil de Barcelona y, por último, sibilinamente, se intenta «convencer» al voluntarioso maestro nacional de que «no ha visto ovnis». Todo un récord de «juego limpio»...

Primer escrito. El Estado Mayor del Aire (3.ª Sección), en comunicación número 8575-T, con fecha 28 de noviembre de 1968, le dice a la Subsecretaría del Aire:

Informe Gobierno Civil de Barcelona sobre fenómeno luminoso.

Excmo. Sr.:

Tengo el honor de comunicar a V.E. que este Estado Mayor ha tomado nota, para constancia, de la información facilitada por el Gobernador Civil de Barcelona, relativa al fenómeno luminoso observado por el Maestro Nacional Sr. ——— [censurado por el MOA] en la localidad de Castellbisbal. De esta información no se ha comunicado nada a S.E. el Sr. Ministro. [*El subrayado es mío.*]

Adjunto se devuelve el informe original, por si V.E. considera conveniente ser contestado por esa Subsecretaría.

Dios guarde a V.E. muchos años.

Madrid, 28 de Noviembre de 1968.

EL JEFE DEL ESTADO MAYOR
P.D. EL GENERAL SEGUNDO JEFE

Segundo escrito. La mencionada Subsecretaría, en carta número 8275/3, se dirige al no menos voluntarioso gobernador civil de Barcelona y le comunica, con toda desfachatez:

SUBSECRETARÍA DEL AIRE. 3.ª Sección. 3.ª

Excmo. Señor:

En relación con el escrito de ese Gobierno Civil núm. 2854, Negociado 2.°, de fecha 19 de los corrientes, dirigido al Excmo. Sr. Ministro de este Departamento en el que se da traslado del comunicado del Sr. Alcalde Presidente del Ayuntamiento de

Castellbisbal, sobre el fenómeno luminoso observado por el Maestro Nacional de aquella localidad don ——— [censurado por el MOA], tengo el honor de comunicar a V.E. que S.E. ha quedado enterado de su contenido [*el subrayado también es de este malvado que suscribe*], *agradeciendo el interés que los citados señores han mostrado al transmitir dicha información; significándole que con esta fecha se ordena a la 3.ª Región Aérea, el nombramiento de un juez para que informe más ampliamente sobre el citado fenómeno.*

Dios guarde a V.E. muchos años.

Madrid, 29 de noviembre de 1968.

EL SUBSECRETARIO DEL AIRE

Y menos mal que, en efecto, dicha Subsecretaría da la orden de nombramiento de un juez instructor. Así reza el tercer escrito:

SUBSECRETARÍA DEL AIRE. 3.ª Sección. 3.ª
Documento n.° 8276/3.

Excmo. Señor.

De orden comunicada del Excmo. Sr. Ministro, adjunto tengo el honor de remitir a V.E., fotocopia del escrito recibido del Excmo. Sr. Gobernador Civil de Barcelona, y de la contestación dada al mismo, en relación con el fenómeno luminoso observado en la localidad de Castellbisbal; significándose que S.E. ha dispuesto que por esa Región Aérea se nombre un Juez que instruya la oportuna información sobre este asunto, la cual deberá ser remitida a este Departamento, para conocimiento de su Autoridad.

Dios guarde a V.E. muchos años.

Madrid, 29 de noviembre de 1968.

EL SUBSECRETARIO DEL AIRE

El oficio es dirigido al Excmo. Sr teniente general jefe de la Tercera Región Aérea (Zaragoza).

Cuarto escrito. Este mismo general subsecretario del Ministerio del Aire, en ese 29 de noviembre de 1968, envía otra carta —número 8281/3— al mencionado general jefe de la Tercera Región Aérea. Una «carta» para la historia...

Dice textualmente:

Mi querido amigo y compañero:

Con fecha de hoy te remito un escrito núm. 8276/3, fotocopia del recibido del Gobierno Civil de Barcelona, referente al fenómeno luminoso observado en la localidad de Castellbisbal, por el maestro nacional don ——— [censurado por el MOA] al objeto de que nombres un Juez Instructor que aclare todo lo referente al citado asunto.

El Sr. Ministro, quiere, que el Juez nombrado al efecto, desarrolle la información de tal forma, que sin herir la susceptibilidad del citado señor, sino todo lo contrario, haciéndole ver nuestro agradecimiento por su interés en este asunto, se le hagan preguntas, como por ejemplo: ¿Qué le hace suponer que la altura era de unos 5 000 metros ¿Con qué medios lo ha determinado? y otras por el estilo que puedan poner de manifiesto claramente y convencerlo que lo visto no tiene ese carácter de OVNI ni fenómeno extraño.

[*El subrayado es igualmente de este «Atila» de la Ufología.*]

Recibe un fuerte abrazo de tu amigo y compañero.

La firma ha sido semiborrada por el MOA.

No perdamos de vista la fecha en que fue redactada esta significativa carta: 29 de noviembre de 1968. Hace veinticinco años —la prueba no puede ser más comprometedora— las autoridades militares españolas ya estaban empeñadas en la labor de liquidación y derribo del fenómeno ovni. ¿Por orden o consejo de quién? No es dícil suponerlo. La injerencia de los norteamericanos en la política y en la milicia nacionales era sobradamente conocida.

Resulta inaudito, en un supuesto Estado de Derecho, que alguien se arrogue los papeles de juez y parte. Se da la orden de nombrar un juez instructor que investigue el caso de Castellbisbal y, al mismo tiempo, bajo cuerda —la carta de marras ha llevado el sello de confidencial hasta el 26 de marzo de

1993—, se «recomienda» a dicho juez que «convenza» al testigo de que lo observado nada tiene que ver con ovnis.

Revelador y detestable. Ante «maniobras» así, ¿qué argumentos pueden presentar los militares para convencer a la sociedad de que el proceso de desclasificación es limpio y democrático?

En este sentido, llamo la atención del lector respecto a otro «conmovedor» párrafo, incluido por el oficial de Inteligencia del MOA que firma la desclasificación de este expediente. Bajo el título «aspectos destacables», el Mando Operativo Aéreo —en un inútil esfuerzo por justificar la nefasta misiva de aquel general subsecretario— trata de «suavizar» la embarazosa realidad, haciendo creer a la opinión pública que «sólo pretendía tranquilizar al testigo».

El MOA, con este gesto, vuelve a menospreciar la inteligencia del ciudadano. Quien más, quién menos, sabe leer...

Pero reproduzcamos el informe del MOA (véase la página siguiente). Amén de disfrazar la verdad, comete la torpeza de «malcopiar» la información suministrada por los «vampiros».

En un alarde de nula investigación —el MOA se basa única y exclusivamente en la carta del maestro nacional—, el oficial de Inteligencia «deja caer» que lo más probable es que el señor Temes viera en realidad el socorrido planeta Venus. Y lo hace con un retorcimiento digno de elogio: «... no se aprecian aspectos de suficiente relevancia que descarten a Venus como origen de la observación.» O sea, que todo apunta al «matagañanes».

Si los responsables de la desclasificación se hubieran tomado la molestia de indagar mínimamente —además de comprobar que hubo otros testigos y a horas en las que Venus no era visible— habrían recogido datos tan interesantes como éstos:

1. La observación del maestro y del resto de los vecinos se produjo en dirección oeste-noroeste. Si el MOA consulta las tablas astronómicas observará con sonrojo que, esa noche, Venus brillaba por el sur-suroeste.

2. A la hora mencionada por el maestro, 19.30 (local), para la latitud y longitud correspondientes a Castellbisbal, 41° 20' Norte y 02° 15' Oeste, respectivamente, Venus apare-

MANDO OPERATIVO AEREO	ESTADO MAYOR SECCION DE INTELIGENCIA

AVISTAMIENTO DE FENOMENOS EXTRAÑOS

LUGAR: - CASTELLBISBAL (BARCELONA)

FECHA: - 1968 / día 06 de Noviembre

RESUMEN:

El Maestro Nacional de Castellbisbal observa, a las 19:30L, un círculo luminoso a unos 5000 m. de altura, moviéndose, apagandose y encendiéndose intermitentemente, despidiendo haces de luz como de reflectores y girando en diversas posiciones. La observación duró 32 minutos, transcurridos los cuales desapareció definitivamente.

CONSIDERACIONES

- A pesar de la falta de datos concretos (en particular los relativos a tamaño real o aparente) y de la complejidad de la descripción del fenómeno, no se aprecian aspectos de suficiente relevancia que descarten a Venus como origen de la observación.
- A la hora de la observación (19:30L) Venus se encontraba 10º sobre el horizonte y su visión a través de la atmósfera podía presentar los aspectos cambiantes descritos por el testigo, sobre todo al observarlo a través de prismáticos.

ASPECTOS DESTACABLES:

El documento num.5 (Ref.8281/3.- Carta del G.Subsecretario del Aire al Excmo.Sr.General Jefe de la 3ª Región Aérea) deja traslucir claramente la intención de tranquilizar al testigo, haciéndole ver que lo observado podía corresponderse con un fenómeno natural. Debe recordarse que el año 1968 fué un año especialmente fértil en avistamientos de presuntos OVNIs sobre España como consecuencia de la campaña de lanzamiento de globos del CNES, con la consiguiente aparición de un estado de inquietud social apreciable.

El expediente no incluye informe posterior. Se desconoce si llegó a elaborarse o si el Juez nombrado al efecto se limitó a mantener la entrevista sugerida por el General Subsecretario.

cía a una altura de «–10 grados y 12 minutos». Es decir, no había hijo de madre que pudiera verlo.

Y el lector volverá a preguntarse con asombro: ¿y por qué el MOA habla de un planeta Venus situado a 10 grados sobre el horizonte?

Porque la Sección de Inteligencia se ha fiado de un informe tan falso como manipulado. Un dato procedente de Valencia, en el que el «acólito» ha «olvidado» colocar el signo «menos» a esos diez grados.

En otras palabras: el «juicio» del MOA sobre el caso Castellbisbal no sirve. Queda pulverizado sin piedad.

Y en la memoria de este «incompetente bandido intelectual» que firma y rubrica aparece, de pronto, una declaración formulada a la Prensa el 5 de febrero de 1993. En ella, los «amancebados» del MOA agitaban —cómo no— el botafumeiro: «... de igual forma que se dice que nuestra transición política es exportable, también se puede afirmar que la forma en que se está haciendo la desclasificación de los expedientes ovni es un modelo a seguir por otros países.»

Como escribía Oscar Wilde, «el cínico conoce el precio de todas las cosas y el valor de ninguna».

Y antes de pasar la página y saltar al siguiente caso —más vergonzante si cabe—, colgaré en el ánimo del lector una percha repleta de interesantes interrogantes. Unas incógnitas que surgen tras la lectura de las tres líneas que cierran las mencionadas «consideraciones» del MOA.

«El expediente —afirma la Sección de Inteligencia— no incluye informe posterior. Se desconoce si llegó a elaborarse o si el juez nombrado al efecto se limitó a mantener la entrevista sugerida por el General Subsecretario.»

¡Cuánto ganaría la desclasificación si los responsables de la misma supieran guardar silencio a tiempo!

«Sé el primero en callar —defendía Séneca—, si quieres que los demás callen.»

¿Y por qué no existe ese informe?

Si el Ejército del Aire —como hemos visto— ha sido y es extraordinariamente escrupuloso en el cumplimiento de las órdenes, ¿por qué no fue redactado por el juez instructor? ¿O sí fue elaborado y, como especificaba el oficio al general jefe de la Tercera Región Aérea, remitido a la Subsecretaría del Aire?

Si el teniente general de Zaragoza se saltó las normas —cosa que no creo—, ¿qué razón pudo provocar semejante anomalía? Según mis cortas luces, que la investigación desarrollada en Castellbisbal no fue compatible con la torcida intencionalidad marcada en la carta del general subsecretario. ¿Se negó el maestro nacional a aceptar una «solución convencional»? ¿Se adoptó la salomónica «salida» —por parte de Madrid y Zaragoza— de «ignorar el incidente»? Pero, si esto fue así, ¿por qué no se destruyeron las cartas y oficios hoy desclasificados?

Efectivamente, algo huele mal en este nuevo embrollo.

NOTA

1. Altitud de Venus calculada en función de las coordenadas del avión (latitud 39°, 40' Norte y longitud 00°, 15' Oeste), a las 18.23 h. (Z).

14

«Los generales me pidieron que firmara que el ovni era Venus» (comandante Ordovás)

Que el fenómeno ovni es objeto de manipulación por la mayor parte de los países lo saben o sospechan hasta los menos informados. Y que detrás de esa conspiración mundial hay un «cerebro» —siempre en la sombra— que articula los hilos, también es algo que flota en la conciencia de cualquier sociedad medianamente madura. Y España —siento decirlo— no es una excepción.

¿De verdad somos libres?

El periodista francés Girardin sostenía que «la libertad es como el movimiento: no se define, se demuestra».

Y cierro el paréntesis con otra reflexión, consecuencia de lo anterior. Si en el asunto de los «no identificados» —un problema aparentemente marginal— ese «colegio invisible» que escribe y controla el destino de la Humanidad intoxica, miente y oculta, ¿qué se supone que ocurre en otras cuestiones más urgentes, tangibles y cercanas?

Siempre he defendido que el poder desemboca generalmente en el abuso. Por eso es tan difícil encontrar un sabio revestido de púrpura.

El caso que ahora me ocupa —que se remonta a la noche del 25 de febrero de 1969— es todo un ejemplo de falta de libertad. Una muestra más del abuso de los que ostentaban el poder. La enésima prueba de que el ovni incomoda a los Estados, y a esas «fuerzas subterráneas», desde que fue inaugurada la moderna investigación, hace cuarenta y siete años.

En el momento de redactar estas líneas el expediente al que hago alusión no ha sido liberado por el Ejército del Aire. El MOA ha vuelto a saltarse el orden de antigüedad que venía respetando. (Véase «listado» de casos entregado a Manuel Carballal.)

Pero no quiero pensar mal. Dejemos que el tiempo haga de árbitro. Si los militares no han desclasificado aún el informe «Ordovás», sus razones tendrán. Y tarde o temprano las conoceremos.

Parte de esta todavía secreta documentación, como quizás recuerden los seguidores del tema, fue entregada a la opinión pública el 20 de octubre de 1976, en la primera desclasificación de la historia de la Ufología hispana. El texto que me proporcionó el entonces general Galarza aparece recogido en mi libro *Ovni: alto secreto.*

Y como es obligado —antes de entrar en la harina de las maquinaciones de la cúpula militar respecto a este incidente ovni— presentaré una resumida secuencia de los hechos más notables, registrados en la noche de aquel martes 25 de febrero de 1969:

21.05 h. (Z) aproximadamente.

El vuelo Iberia 435 despega del aeropuerto de Son Sant Juan, en Mallorca. Cubre la línea Palma-Madrid. La salida se efectúa con un ligero retraso.

21.19 h.

El Caravelle, pilotado por el comandante Jaime Ordovás Artieda, y el segundo, Agustín Carvajal Fernández de Córdoba, asciende a la búsqueda del nivel de crucero. En esos instantes, el reactor se halla a 26 000 pies de altura (algo más de 8 600 metros). Rumbo: 288 grados. Distancia a la costa peninsular: unas ochenta millas (poco más de 140 kilómetros). Noche clara y despejada. La tripulación navega con el piloto automático, bajo la vigilancia de Carvajal.

De repente, frente al Iberia —entre las «12» y las «13» de su posición: a unos 18 o 20 grados a la derecha del «morro» y ligeramente más alta— surge una «luz» blanca. Se halla a una distancia difícil de estimar.

El segundo piloto advierte al comandante sobre la presencia de lo que, en un primer momento, «podría ser otro tráfico».

La torre de Barcelona responde negativamente a la pregunta del IB 435: «no hay tráfico alguno conocido en esa posición».

La «luz», que cambia del blanco al rojo y de éste nuevamente al blanco, presenta un tamaño aparente similar al de una naranja. En ocasiones, algo mayor.

El ovni —siempre por delante del Caravelle— les «acompaña» un total de diecinueve minutos, aproximadamente.

En ese dilatado período de tiempo se registra —y queda grabado— todo un «baile» de comunicaciones. Además de sus conversaciones con varias torres civiles, Ordovás y Carvajal intentan enlazar por la frecuencia de emergencia (121,5) con los radares militares de Aitana (Alicante) y Puig Major (Mallorca). No lo consiguen. La torre de Barcelona, en contacto telefónico con «Embargo»,[1] sí proporciona al radar las posiciones del Iberia y del objeto desconocido.

El comandante cronometra los cambios de coloración del ovni, fijando la secuencia «blanco-rojo-blanco» en diez-quince segundos. Los pilotos hacen señales con las luces. No hay respuesta.

21.34 h., aproximadamente.

El ovni desciende. La sensación de los pilotos es que llega hasta el suelo. Y reaparece frente al avión en unos tres segundos.

Continúan las mismas variaciones luminosas: blanco-rojo-blanco.

La «luz» se aleja. La tripulación —incluido José Cuenca, el mecánico de vuelo— sigue viéndola en la distancia, «como un punto luminoso».

21.35 h., aproximadamente.

El ovni regresa. Vuela de nuevo frente al Caravelle. En esta ocasión, al parecer, más cerca del «morro». Tanto Carvajal como Cuenca distinguen una forma triangular, con los vértices intensamente iluminados.

21.38 h., aproximadamente.

El artefacto acelera y se pierde en la oscuridad de la noche. No vuelven a verlo.

22.00 h.

El IB 435 aterriza en Madrid-Barajas sin novedad.

La intensa experiencia —vivida por la tripulación, una de las azafatas, las torres civiles y los radares militares— se filtra a la Prensa a los catorce días. El 10 de marzo, la agencia Cifra rebota el primer comunicado. A partir de esa fecha, los medios de comunicación «persiguen» a los pilotos y al mecánico, sucediéndose las entrevistas y reportajes en torno al singular suceso. Y el Ministerio del Aire —que tenía puntual conocimiento de lo ocurrido— se ve «obligado» a instruir las oportunas diligencias. Se designa un juez instructor y se abren las investigaciones.

Ordovás y Carvajal son reclamados por el Ejército del Aire. Y durante varias jornadas se suceden los interrogatorios. A las declaraciones de los pilotos asisten —e intervienen con especial interés— los entonces generales Cuadra Medina (que llegaría a ser ministro del Aire) y Pombo, fallecido en septiembre de 1970 en accidente de equitación.

El contenido de esos interrogatorios —que se prolongaron durante varios días— no se hizo público, como ya mencioné, hasta el 20 de octubre de 1976. El Ministerio, sin embargo, sí se dio prisa en difundir una ya «histórica nota» en la que —como analizaremos más adelante— «se tranquilizaba a la sociedad española, asegurando que la visión del IB 435 tenía su origen en el planeta Venus». Lo curioso es que en los testimonios firmados por los pilotos no se menciona —ni remotamente— la palabra «Venus». No es difícil imaginar que, en efecto, los militares volvían a las andadas. Pero antes de descubrir la «zona oscura» de aquella investigación oficial, entiendo que es importante que el lector disponga de un máximo de información. Sólo así podrá juzgar por sí mismo y con la necesaria imparcialidad.

¿Qué decían las declaraciones de Ordovás y Carvajal? Unas declaraciones —insisto— que fueron guardadas bajo siete llaves durante siete años y siete meses. Unas declaraciones —importantísimo— que no fueron formuladas «para la galería».

Veamos y recapacitemos:

DECLARACIÓN DE DON ——— [censurado por el Ministerio del Aire en octubre de 1976. Corresponde al Cte. Jaime Ordovás].

En Madrid, a tres de abril de mil novecientos sesenta y nueve.

Ante S.S., con mi asistencia, compareció el expresado al

margen, quien, enterado de la obligación que tiene de decir verdad y de las penas señaladas a los reos de falso testimonio, juró ser veraz en sus manifestaciones; preguntado por sus datos personales, dijo que se llama como ha expresado, de 32 años, profesión piloto de transporte, con domicilio en Madrid, calle Serrano, número 149, segundo, derecha.

PREGUNTADO *por los hechos que han motivado esta información, dijo que, al alcanzar el nivel de vuelo veintiséis mil pies, el segundo piloto observó una luz extraña a la misma altura; se lo hizo notar al declarante que llamó al Control de Barcelona para ver si había algún tráfico en su ruta, a lo que el Control contestó negativamente. Al observar la luz más detalladamente, vieron que cambiaba de intensidad alternativamente, pasando de un color rojo brillante a un color blanco brillante, con una periodicidad de unos diez a quince segundos. Intentaron enlazar con el radar militar en frecuencia 121/5 (canal de emergencia), no consiguiendo enlazar con ningún centro radar nada más que con las torres de control civil. A través de las torres de Barcelona, que estaba en contacto por teléfono con Embargo, notificaron a éste su posición y la situación aproximada del objeto que estaban viendo, hasta poco antes de desaparecer el objeto, que enlazaron con Embargo, directamente en frecuencia 123/1. El objeto se mantuvo durante unos quince minutos a la altura aproximada del avión, al cabo de los cuales realizó un descenso rápido aparentemente hasta el suelo, volviendo a la posición que tenía antes con respecto al avión. Se alejó aparentemente hasta que vieron un punto muy lejano, volviéndose a acercar (al cabo de) un poco más de un minuto a una posición más cercana de la que antes tenía; dice esto porque antes no apreciaron formas y en esta ocasión ofrecía la de un triángulo, con los vértices iluminados. Se mantuvo durante tres o cuatro minutos aparentemente a la misma marcha del avión y desapareció definitivamente, disminuyendo paulatinamente de intensidad hasta perder (perderse como) un punto en la lejanía.*

PREGUNTADO *por el día y hora, contestó: Que fue el día veinticinco de febrero último, a las 22.20 locales (21.20 Z).*

PREGUNTADO *cómo empezó a verlo; contestó: Que le avisó el segundo piloto y lo vio situado con respecto al eje longitudinal del avión de «doce y media a una».*

PREGUNTADO *qué rumbo magnético mantenía en ese momento, dice: Que 288°.*

PREGUNTADO *quién llevaba los mandos del avión en dicho momento, contesta: Que el piloto automático, vigilado por el segundo piloto.*

PREGUNTADO *si durante todo el tiempo de la observación del objeto extraño quitaron el piloto automático, dice: Que no, que continuó puesto.*

PREGUNTADO *si llevaba corrección de deriva, contesta: Que no.*

PREGUNTADO *por el nivel de vuelo, dice: Que 260.*

PREGUNTADO *qué situación meteorológica encontraron en la ruta hasta el momento del fenómeno, contesta: Que despejado y noche clara.*

PREGUNTADO *qué situación tenía el avión, dice: Que a ochenta millas de la costa.*

PREGUNTADO *por la situación meteorológica en el resto del viaje, dice: Que había algunos bancos de niebla o nubes bajas pegadas al suelo.*

PREGUNTADO *a qué hora llegaron a Madrid, contesta: Que a las 22.00 Z.*

PREGUNTADO *si permaneció el objeto siempre en la misma situación, manifiesta: Que daba la sensación de que se alejaba un poco hacia la derecha.*

PREGUNTADO *qué otros miembros de la tripulación lo vieron, o algún pasajero, contesta: Que* el Comandante, el mecánico, una azafata y quizás un auxiliar. [*El subrayado, a mano, es del Ejército del Aire.*]

PREGUNTADO *qué Centros de Control cree pudieron enterarse del fenómeno, dice: Que Zaragoza (Torre), Valencia (Torre), Control Barcelona y Palma, Kansas y Embargo, por llamar en frecuencia de guardia para enlazar con radares militares.*

PREGUNTADO *si en los contactos con estos controles relataron el hecho, manifiesta: Que sí, que dieron la posición del avión, la del objeto y lo que vieron.*

PREGUNTADO *a quién comunicaron el incidente al tomar tierra, contesta: Que rellenaron un informe, por separado, el Comandante y el declarante, y lo entregaron en la Flota de Caravelle (Jefatura).*

PREGUNTADO si recuerda que (en) alguna ocasión haya manifestado a algún periodista que el objeto se mantuvo paralelo a la marcha del avión, manifiesta: Que no, que siempre dijo que estaba delante.

PREGUNTADO si igualmente declaró alguna vez que los reflejos extraños que producía el objeto dieran la impresión de que salían por ventanillas o eran ventanas, contesta: Que no, que no era así.

PREGUNTADO si dijo alguna vez que el objeto volvió a aparecer en las proximidades del punto final del vuelo, dice: Que no.

PREGUNTADO si puede dar algún dato más aclaratorio, contesta: Que no hay nada más que añadir.

En este estado el Sr. Juez dio por terminada esta declaración, y leída por mí, el Secretario, por haber renunciado a hacerlo por sí, después de enterado del derecho que le asiste, se afirma y ratifica en ella, firmándola con S.S., de lo que doy fe.

(Al pie fueron estampadas tres firmas, censuradas por el Ministerio del Aire. Bajo el rotulador negro, los nombres aparecen perfectamente legibles. Una de las rúbricas es la de Carvajal. El secretario confundió los papeles.)

La segunda declaración —formulada por Carvajal, el copiloto— dice textualmente:

DECLARACIÓN DE DON ——— [censurado por el Ejército del Aire en octubre de 1976].

En Madrid a tres de abril de mil novecientos sesenta y nueve.

Ante S.S., con mi asistencia, compareció el expresado al margen, quien, enterado de la obligación que tiene de decir verdad y de las penas señaladas a los reos de falso testimonio, juró ser veraz en sus manifestaciones; preguntado por sus datos personales, dijo que se llama como ha expresado, de treinta años de edad, profesión piloto de transporte, con domicilio en Madrid, calle de Lagasca, número setenta.

PREGUNTADO por los hechos que han motivado esta información, dice: Que a unos quince o veinte minutos después de despegar de Palma, alcanzando el nivel 260, vio una luz aproxi-

madamente en el morro del avión, que en un principio podía confundirse con un tráfico, comprobándose con el Control de Barcelona que no había ninguno en la zona; que efectuaron llamadas en frecuencia 121/5 a los G.C.I. militares; contestó Kansas diciendo que llamaran a Embargo ya que tenía algunas dificultades; a la vez contestó el Control de Barcelona y otras torres y Barcelona dio la frecuencia 123/1 para enlazar con Embargo, al que se dio la posición del avión y del objeto, que era una luz blanca que pasaba al rojo y volvía al blanco cada diez o quince segundos. Se apreció un descenso aparentemente hasta el suelo y vuelta a la misma posición. Siguieron los cambios de luz y perdieron el objeto al alejarse aparentemente. Al poco tiempo volvieron a verlo aparentemente más cerca, ya que se apreciaban tres luces que coincidían con los vértices de una forma triangular, siendo estas luces de color rojo. Al poco tiempo aparentemente se alejó, dejando de verse dicho objeto.

PREGUNTADO *por el día y hora del suceso, contesta: Que fue el veinticinco de febrero último, a las 21.20 Z.*

PREGUNTADO *cómo empezó a verlo, dice: Que fue el primero que lo vio mirando al horizonte, de repente, y se lo comunicó al Comandante.*

PREGUNTADO *por la situación del objeto respecto al avión, dice: Que a unos quince o veinte grados a la derecha del morro del avión.*

PREGUNTADO *si llevaba los mandos del avión en ese momento, contesta: Que sí, con el automático.*

PREGUNTADO *si durante el tiempo de la observación continuó el automático puesto, manifiesta: Que sí.*

PREGUNTADO *por la situación meteorológica de la ruta hasta el momento de la observación y posterior, dice: Que era noche despejada y tranquila, con algún banco de nubes o de niebla en capa baja.*

PREGUNTADO *qué situación tenía el avión, contesta: Que a setenta u ochenta millas de la costa.*

PREGUNTADO *qué sensación de movimiento tenía el objeto según su observación, manifiesta: Que primero, quieto; luego, descenso aparente hasta el suelo; ascenso a la misma posición, desaparición, vuelta a aparecer un poco más cerca, aparentemente, y desaparición definitiva, aparentemente hacia la derecha.*

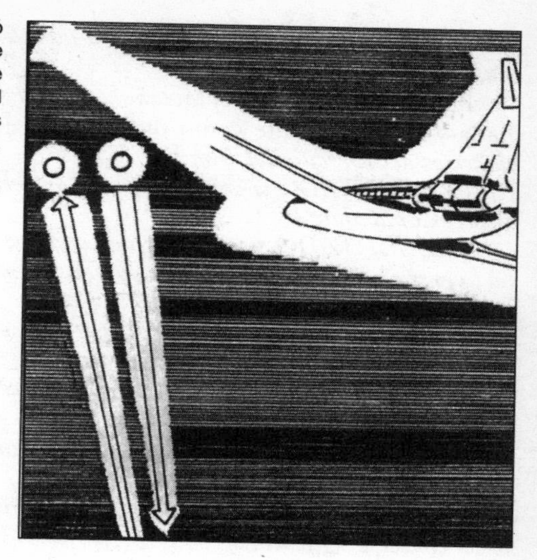

El ovni descendió vertiginosamente apareciendo de nuevo ante el Caravelle en unos tres segundos. (*Ilustración de J. J. Benítez.*)

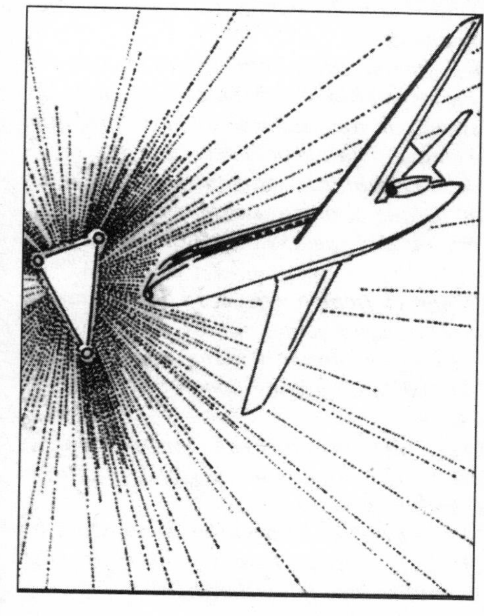

En la última aproximación al IB 435 el ovni presentaba una forma triangular, con los vértices intensamente iluminados en rojo. (*Ilustración de J. J. Benítez.*)

PREGUNTADO *si vio algún otro objeto brillante en esa zona, dice: Que no.*

PREGUNTADO *por el tamaño, contesta:* Que era aproximada y aparentemente como una naranja. [*El subrayado, a mano, es del Ejército del Aire.*]

PREGUNTADO *si cronometró los destellos, dice: Que lo hizo el Comandante.*

PREGUNTADO *si cree que descendió el objeto hasta el suelo en su bajada, contesta: Que aparentemente dio esa sensación.*

PREGUNTADO *por el tiempo que duró el fenómeno, manifiesta: Que poco menos de veinte minutos.*

PREGUNTADO *cómo dejó de verlo, dice: Que por la disminución de luz.*

PREGUNTADO *por qué notaba la sensación de alejamiento, dice: Que porque disminuía la luz.*

PREGUNTADO *si vio algún otro objeto brillante por esa zona, contesta: Que no.*

PREGUNTADO *por el tamaño, manifiesta: Que unos diez centímetros aproximadamente.*

PREGUNTADO *si fueron cronometrados los destellos o cambios de luz, dice: Que los cambios de luz tenían lugar cada diez o quince segundos, pasando de rojo brillante a blanco brillante.*

PREGUNTADO *en qué se funda para decir que bajó de altura hasta el suelo, y volvió a subir verticalmente, contesta: Que la sensación visual fue de que el objeto extraño descendía, no pudiendo precisar si era hasta el suelo, y volvía otra vez a la situación anterior.*

PREGUNTADO *por el tiempo que duró el fenómeno, dice: Que aproximadamente unos veinte minutos.*

PREGUNTADO *cómo dejó de verlo, manifiesta: Que poco a poco, a una velocidad bastante grande aparentemente, dirigiéndose hacia el nordeste.*

PREGUNTADO *qué otros miembros de la tripulación vieron el fenómeno, contesta: Que lo vieron el segundo piloto y el mecánico, y cree que también una azafata.*

PREGUNTADO *si en alguna ocasión ha declarado a los periodistas que el objeto se mantenía paralelo a la marcha del avión, manifiesta: Que nunca hizo tal declaración.*

PREGUNTADO si igualmente declaró alguna vez que del objeto salían extraños reflejos que se podían observar como si fueran ventanillas u otra salida, ya que a cada zona luminosa correspondía intercalada una zona oscura, contesta: Que no, y que no es verdad que se viera así.

PREGUNTADO si dijo alguna vez que el objeto volviera a reaparecer en las proximidades del punto final del vuelo, manifiesta: Que no.

PREGUNTADO si puede dar algun dato más aclaratorio, dice: Que las estrellas se veían bastante difuminadas porque había luna casi llena y la teníamos situada en cola.

PREGUNTADO si tiene algo más que manifestar, dijo: Que no.

En este estado el Sr. Juez dio por terminada esta declaración, y leída por mí, el Secretario, por haber renunciado a hacerlo por sí, después de enterado del derecho que le asiste, se afirma y ratifica en ella y la firma con S.S., de lo que doy fe.

(Al pie —tachadas igualmente con rotulador negro— se hallan impresas tres firmas. La ubicada a la derecha del folio corresponde a Jaime Ordovás. Como ya mencioné, el secretario confundió las declaraciones, haciendo firmar al comandante lo testimoniado por el segundo piloto y viceversa.)

Ojalá las siguientes «chapuzas» hubieran sido tan veniales coma ésta.

¿Venus? ¿En qué momento de las declaraciones de los pilotos sale a relucir el lucero del alba? Ni lo mencionan, ni parece estar en el ánimo de interrogadores e interrogados.

El juez instructor, en cambio, manifiesta un singular interés por «algo» que —sepultado por el farragoso lenguaje ministerial— casi pasa inadvertido: «¿vio algún otro objeto brillante por esa zona?»

¿Se trata de una pregunta rutinaria?

Yo diría que no. El teniente coronel que instruye las diligencias dispone de una información que jamás fue hecha publica: los partes de los jefes de los Escuadrones de Alerta y Control —los radares— que intervinieron en la localización de aquel ovni. ¿Y por qué insinuo esta nueva «maldad»? No sólo por puro sentido común. No olvidemos que Aitana y

Puig Major estaban al tanto. Hay «otros» motivos. Por el momento —a la espera de que el MOA desclasifique el caso— sólo mencionaré uno: en el expediente que me fue entregado en 1976 aparecen dos numeraciones, tan significativas como comprometedoras. La primera —el número «17»— encabeza la declaración de Jaime Ordovás. La segunda —el número «18»— aparece igualmente en la esquina superior derecha, presidiendo las respuestas de Carvajal.

¿Qué representan estos dígitos?

Sencillamente, los informes «17» y «18». En otras palabras: el expediente completo reúne, al menos, dieciséis «capítulos» más.

Veremos qué libera el MOA...

Y animo al lector a que no olvide esa pregunta —casi insinuación— del juez militar sobre «otro posible objeto en la zona». Si en el momento de formalizar los interrogatorios el Ministerio del Aire hubiera tenido, de verdad, el convencimiento de que lo avistado por el IB 435 podía ser el planeta Venus, la interrogante no habría tenido sentido. Si fue planteada es porque los radares detectaron, no uno, sino varios ovnis. Y el juez informador —en su afán por ratificar lo que ya sabía— casi descubrió su juego.

Lo que tampoco quedó sellado y rubricado —algunos militares, insisto, pueden ser corruptos, pero nunca tan estúpidos— es el secreto lance vivido por los pilotos, una vez consumados los interrogatorios. Dejaré que sea el propio Ordovás quien lo revele en primicia:

> ... ¿Cómo olvidarlo? En una de aquellas visitas al Ministerio, el general Pombo, inexplicablemente empecinado en que lo que habíamos visto era Venus, me extendió un documento. Y pidió que lo firmara.
>
> Lo leí y, atónito, me negué, por supuesto.
>
> ... Era una declaración formal en la que Jaime Ordovás reconocía que aquel encuentro en la noche del 25 de febrero de 1969, no era otra cosa que el planeta Venus.
>
> La inevitable discusión fue estéril. En todo aquello flotaba algo raro. A mi entender, el colonialismo yanqui se hallaba detrás, presionando a los generales.
>
> ... Y Carlos Pombo Somoza, contrariado por mi negativa

a colaborar en aquel montaje, manifestó que «daba igual». Ellos habían tomado ya la decisión y facilitarían una nota a la opinión pública, asegurando que la observación sólo tenía un origen: Venus.

... Y recuerdo que repliqué: «Usted, mi general, puede hacer lo que quiera, pero yo no estampo mi firma en una cosa así.»

... Y no sólo porque era falso, sino porque, como profesional de la aviación, con más de nueve mil horas de vuelo en 1969, hubiera perjudicado gravemente mi prestigio como piloto.

Y la cúpula militar española —cómo no— ejecutó lo planificado. Y el 10 de abril, jueves, de ese año de 1969 la mayor parte de los medios de comunicación publicaba la siguiente y vergonzosa nota, redactada por el Ministerio del Aire:

Primera visión del objeto extraño, a las 21.19 horas. Situación relativa: en los primeros momentos se observa delante del avión, aproximadamente en la misma ruta y algo más alto; posteriormente se ve algo a la derecha y a la misma altura del avión. El objeto produce destellos muy luminosos, de colores blancos y anaranjados. Los movimientos aparentes del objeto pueden resumirse así: primeros minutos (alrededor de quince), el objeto permanece aproximadamente en igual posición, su tamaño es aparentemente el de una naranja grande, si bien en ciertos momentos, por su mayor luminosidad en tres puntos de su periferia, aparece como un triángulo. Después de permanecer en igual situación, se produce aparentemente movimientos de alejamiento y vuelta a la situación primitiva, que son apreciados por disminución y aumento de la luminosidad. Tiene el objeto, posteriormente, un movimiento de descenso y ascenso a la posición primera; este último movimiento aparente vertical es efectuado, también aparentemente, en situación bastante alejada del avión. La terminación del fenómeno visual está claramente determinada: ocurre a las 21.38 horas, y la tripulación del Caravelle deja de ver el objeto, no instantáneamente, sino disminuyendo muy rápidamente su luminosidad.

No han podido confirmarse y han sido desmentidas por los pilotos del avión informaciones de Prensa.

Descartadas en la información que la causa de los efectos visuales descritos fuera otro avión, un globo sonda meteorológico, un satélite artificial o restos de cualquier ingenio aeroespacial, queda centrar la investigación sobre el planeta Venus, cuya situación es coincidente en la hora de la observación con el objeto que se trata de identificar.

POSIBILIDAD DE QUE SEA VENUS

El fenómeno visual comienza a las veintiuna diecinueve horas (enfrente del «morro» del avión, en su misma ruta y un poco más alto). En estos instantes la situación del planeta Venus (datos del Observatorio Astronómico de Madrid) coinciden. Posteriormente, el objeto se ve a la derecha y a la misma altura. La trayectoria de Venus describe una aparente curva hacia la derecha. El azimut aumenta al disminuir la altura. La luz blanca-anaranjada y la producción de destellos son características en la observación de Venus. La duración cronometrada por el piloto del avión es muy variable, de diez a quince segundos. Los movimientos de alejamiento y acercamiento se producen en la segunda mitad del tiempo de la observación. El planeta está ya muy cerca de su ocaso. La información meteorológica da cuenta de la existencia de nubosidad a baja altura. Los movimientos «horizontales» son apreciados por la variabilidad de la intensidad luminosa. Es aceptable creer que la sensación visual de estos desplazamientos se produjera por la interposición entre Venus y sus observadores de alguna nube o, simplemente, alguna capa atmosférica donde la humedad fuera mayor. El movimiento vertical también puede explicarse. Durante toda la observación se mantuvo conectado el «piloto automático». Es lógico suponer que toda la tripulación estuviera bastante distraída (las continuas llamadas de radio dan esta impresión) con el fenómeno, máxime siendo una noche despejada y «aeronáuticamente tranquila». El viento, a 30 000 pies, era de 70 nudos. ¿No ha podido el avión dar un suave cabeceo que, por la inmensa distancia de Venus, produjera el efecto de un rápido movimiento vertical del astro? Es una probabilidad muy admisible.

La terminación del fenómeno visual puede situarse con bastante exactitud a las 21.38 horas y el ocaso de Venus ocurre ese día a las 21.40 horas. Esta coincidencia de horario es muy significativa; la existencia de nubosidad cerca de la superficie puede explicar el adelanto de dos minutos de la «difuminación» o «aparente» alejamiento del objeto brillante. Por último, la supuesta forma de triángulo puede justificarse por los efectos de una constante y prolongada observación de los característicos destellos que produce este planeta; la situación cada vez más cercana al horizonte y la «cooperación» de la nubosidad existente ayudarían a dar esa impresión visual triangular.

En atención a lo expuesto, el jefe del Arma de Aviación, Servicio de Vuelo, que realizó la información, estima que de todas las hipótesis que se han podido plantear sobre la causa que produjo los efectos ópticos tenidos realmente por los tripulantes del avión Caravelle, parece que lo más verosímil es la de identificar al objeto extraño como el planeta Venus, ya que si el observado pudiera ser un satélite artificial o incluso cualquier otro ingenio volador, su situación tenía que coincidir sensiblemente en la posición del planeta Venus durante el tiempo de la observación. Los pilotos declaran taxativamente que sólo tenían un objeto brillante a la vista; luego si no era Venus, tendrían que ver a éste también; no lo veían porque el objeto no identificado debía ser precisamente el planeta Venus. La equivocación de la tripulación es posible y no puede calificarse de extraña, ya que hay constancia de otros casos en que expertos y veteranos pilotos sufrieron errores semejantes.

Pocas veces —en el mal avenido «matrimonio» ovni-milicia— se ha logrado sumar en un solo paquete oficial tantos errores, medias verdades, inventos e hipótesis sesgadas. Y todo, naturalmente, con una preconcebida y secreta intencionalidad: engañar a la opinión pública. Una sociedad que, en 1969, no tenía posibilidad de réplica. Si alguien hubiera tenido el atrevimiento de publicar en aquella época estas o parecidas líneas, el medio informativo habría sido secuestrado fulminantemente y el autor enjuiciado (?) y condenado por el código de Justicia Militar.

Hoy —toquemos madera— corren otros vientos. Al menos en teoría. Y ello hace posible que podamos desenmasca-

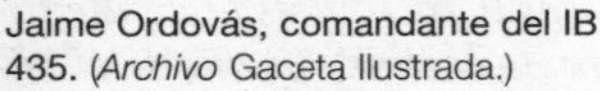

Jaime Ordovás, comandante del IB 435. (*Archivo* Gaceta Ilustrada.)

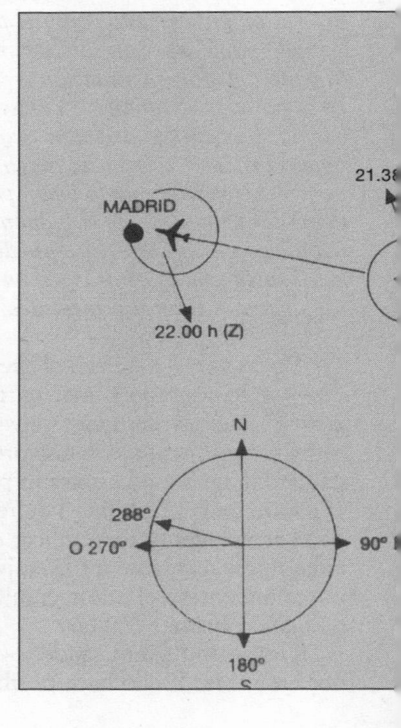

El IB 435 despega de Palma a las 21.05 h (Z), aproximadamente. A las 21.19 —a unas ochenta millas de la costa peninsular— se registra el primer encuentro con el ovni. Ya sobre tierra (21.24 h), cerca de Segorbe, tiene lugar el vertiginoso descenso y ascenso del objeto. El ovni se aleja del Caravelle. A las 21.35 regresa de nuevo y «acompaña» al avión por espacio de unos tres minutos. A las 21.38 desaparece definitivamente, alejándose hacia el noreste. Ordovás y Carvajal toman tierra en Madrid a las 22 h (Z).

Agustín Carvajal, segundo piloto del vuelo IB 435: «El problema con el entonces Ministro del Aire fue que nos exigieron como necesario el crepúsculo de Venus, porque así lo había decidido el ministro.» (*Foto: J. J. Benítez.*)

Teniente coronel Antonio Calvo Ugarte, Juez-Instructor del caso «Ordovás». Por orden del Estado Mayor del Aire se ocupó también de la requisa de la copia de los radares militares que obraba en poder del comandante de Iberia Juan Ignacio Lorenzo Torres. (*Gentileza de la familia Calvo Ugarte.*)

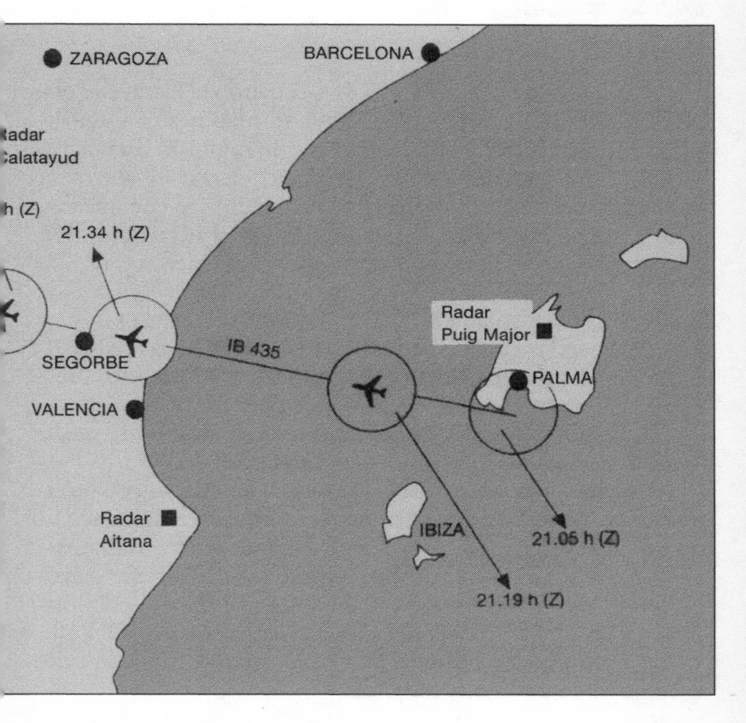

rar lo que constituyó una de las mayores farsas de la Ufología hispana.

En la nota del Ministerio del Aire, difundida por la agencia estatal Cifra, he contabilizado —siendo benevolente— catorce manipulaciones. Pero me ceñiré a las más torcidas y descaradas.

Situación de Venus

El fenómeno visual —aseguran los militares— comienza a las 21.19 horas (Z) (enfrente del «morro» del avión, en su misma ruta y un poco más alto). En estos instantes la situación del planeta Venus (datos del Observatorio Astronómico de Madrid) coinciden...

Falso.

A la referida hora —21.19 (Z)—, cuando el Caravelle observa el ovni por primera vez, Venus se encontraba a una altura sobre el horizonte de 01 grados y 46 minutos. Su magnitud máxima fue de «–5,5». Es decir, desde el suelo, el «matagañanes» no era visible prácticamente. Se encontraba, para que nos entendamos, muy «pegado» al horizonte. [Un minuto más tarde, para que nos hagamos una idea, a las 21.20 (Z), el astro se hallaba a 00° y 43 minutos.] Ahora bien, desde la altura a la que volaba el IB 435 —unos 8 600 metros— y en las coordenadas correspondientes a las 21.19 horas (Z) (latitud 39° y 44 minutos Norte y longitud 01° y 38 minutos Oeste) el planeta en cuestión sí era visible para los pilotos.

Pero, por supuesto, no se hallaba «a su altura». El avión —así lo declara la tripulación— llevaba nivel 260.

Y lo más increíble es que el Ministerio del Aire —con un cinismo que pone los pelos de punta— reconoce a renglón seguido que «esta situación se prolongó durante quince minutos».

En ese período de tiempo —como sabe cualquier astrónomo—, Venus terminó «perdiéndose» por debajo del horizonte: a las 21.34 h. (Z) la posición del astro era de —3° y 18'.

¿Cómo pueden afirmar, por tanto, que «la situación del extraño objeto y Venus coinciden»?

Destellos

La luz blanca-anaranjada y la producción de destellos —continúa el juez instructor en su «lección magistral»— son características en la observación de Venus. La duración cronometrada por el piloto del avión es muy variable, de diez a quince segundos...

En su enfermizo afán por intoxicar a la opinión pública que, lógicamente, no tiene por qué estar impuesta en Astronomía, la nota oficial mezcla ortegas con merinas. Estamos de acuerdo en lo de la luz blanca (incluso azulada). Venus se caracteriza por esos típicos «lamparazos», provocados generalmente por muy determinadas condiciones atmosféricas. Los destellos rojos, en cambio, son propios de otro astro: Marte, precisamente llamado el «planeta rojo».

En cuanto a la cadencia «blanco-rojo-blanco», cronometrada por el comandante Ordovás cada diez-quince segundos, no conozco un solo libro, artículo o tratado especializados en los que figure semejante «maravilla».

Meteorología

En lo concerniente a este capítulo, la nota de los militares roza la paranoia.

La información meteorológica —apunta el Ministerio en otro alarde de manipulación informativa— da cuenta de la existencia de nubosidad a baja altura. Los movimientos «horizontales» son apreciados por la variabilidad de la intensidad luminosa. Es aceptable creer que la sensación visual de estos desplazamientos se produjera por la interposición entre Venus y sus observadores de alguna nube o, simplemente, alguna capa atmosférica donde la humedad fuera mayor...

Verdad a medias.

Si consultamos el boletín del Servicio Meteorológico Nacional (número 56) de ese 25 de febrero de 1969, observaremos que esa noche, sobre la región centro, la nubosidad fue tan mínima como ridícula. (Considerando la posición del Caravelle en los minutos en los que tuvo lugar el avistamiento ovni, la zona centro peninsular puede estimarse como un «horizonte» razonable para los pilotos.) En la columna («synops») correspondiente a Madrid puede leerse: «34 600». Esto significa que había 3/8 de nubes (estratocúmulos) y a una altitud de 1 800 pies (alrededor de 600 metros). Y en esa misma columna, los registros meteorológicos aclaran que la cantidad de «nubes medias y altas» era, justamente, cero.

El Caravelle volaba a 26 000 pies. A esa altura, como sabe cualquier meteorólogo o profesional de la aviación, unos estratocúmulos que malviven a seiscientos metros de tierra y a muchas millas del reactor no son visibles. ¿A qué «nubosidad» se refiere el juez instructor? Si la tripulación sostuvo que el brillante objeto voló «a su mismo nivel» (al principio, incluso, un poco más alto), ¿cómo pueden argumentar que unos estratocúmulos que flotan a 1 800 pies son capaces de interponerse entre Venus —semioculto ya en el horizonte— y los observadores, sentados a 26 000?

Y alguien —con razón— me recordará lo manifestado por los pilotos en los interrogatorios: «había algunos bancos de niebla o nubes bajas pegadas al suelo».

Ordovás y Carvajal no se equivocaron. Pero esas declaraciones se hallan incompletas. Siguiendo con los datos meteorológicos —al alcance de todos, incluidos los militares— no es difícil verificar que, esa noche, los únicos bancos de niebla se dieron sobre el mar. Y así fue reportado por la tripulación. En la Península, en cambio, no se registró dicho fenómeno. Más aún: era imposible que prosperase. En el mencionado boletín del Servicio Nacional de Meteorología —columnas «TT», «Td Td» y «VV ww W»— se especifica que la temperatura fue de 09 (9 grados centígrados) y la de punto de rocío 0 grados. Es decir, para que las nieblas empezaran a formarse sobre el suelo, el aire debería de haberse enfriado entre ocho y nueve grados centígrados. Esto viene corroborado por la columa de «visibilidad» («VV ww W»), que marca «70 021». O lo que es lo mismo: esa noche, la visibilidad era de veinte kilómetros (70), el tiempo estable (02), y sin cambios (1).

¿Nubosidad? ¿Refracciones? ¿Interposición de alguna nube entre Venus y el Caravelle?
Mentiras podridas.[2]

Movimientos verticales del ovni

La «explicación» ofrecida por el juez instructor —con todos mis respetos— parece concebida para un público subnormal.

El movimiento vertical —dice el ilustre militar— también puede explicarse. Durante toda la observación se mantuvo conectado el «piloto automático». Es lógico suponer que toda la tripulación estuviera bastante distraída (las continuas llamadas de radio dan esta impresión) con el fenómeno, máxime siendo una noche despejada y «aeronáuticamente tranquila». El viento, a los 30 000 pies, era de 70 nudos. ¿No ha podido el avión dar un suave cabeceo que, por la inmensa distancia de Venus, produjera el efecto de rápido movimiento vertical del astro? Es una probabilidad muy admisible.

Los argumentos del Ministerio del Aire me recuerdan las salidas de «pata de banco» de los «vampiros».

Los responsables de esta nota oficial —todos pilotos— sabían muy bien que el «cabeceo» del Caravelle, con el sistema mal traducido por «piloto automático» y en una noche «aeronáuticamente tranquila», no era probable. El «piloto automático» —de tres ejes en el caso del Caravelle— estaba diseñado, precisamente, para evitar esos «cabeceos». Es en el vuelo manual en el que sí pueden darse esas alteraciones. Si el avión se hubiera enfrentado a turbulencias o fuertes vientos —leo en *Práctica del vuelo instrumental*, de Leonhard Ceconi—, la tripulación habría desconectado dicho «piloto automático». En estos casos «las fuerzas de los timones no son circunstancialmente suficientes para contrarrestar satisfactoriamente las turbulencias». Y no estamos hablando de «cabeceos» bruscos, consecuencia, generalmente, de la rotura del sistema o, como digo, de súbitas turbulencias o tormentas. El redactor de la nota —y sus «asesores»— plantean la posibilidad de un «suave cabeceo del avión». Pero —señores míos—, ¿qué tiene que ver ese hipotético «suave cabeceo» con lo manifestado por la tripulación? El objeto —aseguraron Ordovás y Carvajal (sin olvidar a José Cuenca, el mecánico)— descendió *vertiginosamente*, apareciendo de nuevo frente al reactor en cosa de tres segundos. Si el Iberia hubiera sufrido un violento «cabeceo» —circunstancia no registrada— lo lógico es que «todo el firmamento visible» se hubiera «movido» al unísono. Pero —¡oh, milagro!— el único que bajó y subió fue Venus...

La «uva» de los militares no pudo ser de peor cosecha. La cuestión era no aceptar —bajo ningún concepto— lo expuesto por unos profesionales «de primera categoría».

¿Cómo reconocer que una máquina gobernada inteligentemente puede desarrollar una velocidad de 61 920 kilómetros por hora? Eso sería como desnudarse ante el contribuyente, reconociendo que el aparato bélico no sirve de nada frente a esas civilizaciones. Y a la memoria de este malvado vuelve una respuesta del teniente coronel Bastida, en el coloquio que siguió a su «histórica» intervención en los cursos de verano de El Escorial, en agosto de 1992. Alguien le formuló la siguiente pregunta:

«Cuando los radares captan ecos que aceleran bruscamente, ¿es que alucinan?»

Y el bueno de Bastida —que cumplía órdenes— salió del trance como pudo.

«Posiblemente —replicó el entonces jefe de la Sección de Inteligencia del MOA— no sé si alucinan o no alucinan. Lo que sí es verdad es que tanto aquí como en cualquier parte del mundo, estos objetos han pasado de velocidad cero a mach tres o mach cinco en cuestión de segundos. Quién alucina entonces, ¿los físicos? Eso es humanamente imposible.»

El teniente coronel Bastida, sin querer, había dado en el clavo. «Esas velocidades son humanamente imposibles.» Por supuesto. Pero sólo «humanamente»...

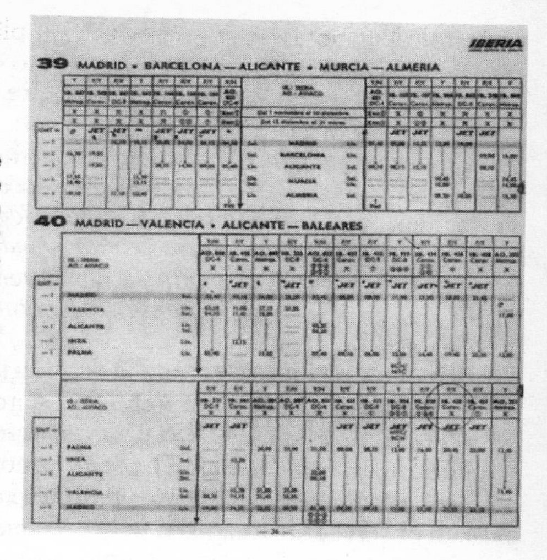

IBERIA

39 MADRID • BARCELONA — ALICANTE • MURCIA — ALMERIA

MADRID
BARCELONA
ALICANTE
MURCIA
ALMERIA

40 MADRID — VALENCIA • ALICANTE — BALEARES

MADRID
VALENCIA
ALICANTE
IBIZA
PALMA

PALMA
IBIZA
ALICANTE
VALENCIA
MADRID

Horario oficial de Iberia en febrero de 1969. Marcado coon el círculo, el vuelo IB 435. Salida de Palma a las 20.45 h. (local). Llegada a Madrid a las 21.55 h. (también local). A la izquierda, la expresión del horario «Z» (GMT): una hora menos. (Documento facilitado por el Servicio de Documentación de Iberia.)

General Cuadra Medina, segundo jefe del Estado Mayor del Aire en 1969.

General Pombo Somoza.

Nuevo error (?) del Ministerio del Aire.

La terminación del fenómeno visual puede situarse con bastante exactitud a las 21.38 horas (Z) y el ocaso de Venus ocurre ese día a las 21.40 horas (Z). Esta coincidencia de horario es muy significativa; la existencia de nubosidad cerca de la superficie puede explicar el adelanto en dos minutos de la «difuminación» o «aparente» alejamiento del objeto brillante.

Los datos proporcionados a la opinión pública no se ajustan a la verdad. El ocaso de Venus no se registró a las 21.40 horas (Z), sino a las 21.42. En otras palabras: cuando el ovni se quitó de en medio, a las 21.38, el lucero en cuestión aún permaneció a la vista (?) cuatro minutos más. [En realidad, para un observador situado en tierra, Venus era ya inobservable. A las 21.34 h. (Z), por ejemplo, su posición era de –3° 18'.] Si, para colmo, como reflejan los partes meteorológicos, los escasos estratocúmulos no dejaban pasar la luz de Venus, ¿en qué queda la «sesuda» argumentación de los militares? Sencillamente en una manipulación de la realidad.

Sibilinamente, como era de esperar, el Ministerio silencia que el objeto «desapareció por el noreste». ¿Cómo iban a declararlo? Venus se «fue» por el oeste y a una velocidad que nada tiene que ver con lo relatado por la tripulación. Y al decir que el «matagañanes» se eclipsó a las 21.40 horas (Z) también deformaron los hechos. Porque ese ocaso está tomado para un observador situado en tierra. Para el Caravelle —que volaba a 26 000 pies—, el planeta Venus, aunque con dificultades, pudo ser visible hasta casi la maniobra de aproximación a Madrid-Barajas. Recordemos que a las 21.19 h. (Z) presentaba una altura de 00° 43' sobre el horizonte. Volando hacia el oeste —como sabían las «águilas» del Ejército del Aire— los pilotos ganan visión. En consecuencia, ¿de dónde ha sacado el juez instructor que la tripulación del IB 435 «no veía» el planeta Venus? Lo natural es que sí lo vieran aunque —insisto— «rozando» la línea del horizonte y un poco difuminado, como el resto de las estrellas, por la claridad de la luna. En este sentido, la declaración del segundo piloto no es del todo correcta. Esa noche, a esas horas, la luna no se mostraba «casi llena», sino en fase creciente, con una iluminación del 60 al 66 por ciento. Pero vayamos a lo importante, Porque, insisto, no fue Venus lo que llamó la atención de la tripulación. De ser cierta esta confusión, Ordovás y Carvajal habrían caído en el error mucho antes. El despegue de Palma de Mallorca se produjo hacia las 21.05 horas (Z). Lo que provocó el incidente y la cadena de llamadas a las torres civiles y a los radares militares fue «algo» muy distinto. «Algo» que el Ministerio —menos mal— reconoce tenía forma triangular.

Triángulo

La ignorancia o male fe de los autores de la nota oficial —ya no sé qué pensar— son faraónicas.

Por último —reza el «histórico» escrito—, la supuesta forma de triángulo puede justificarse por los efectos de una constante y prolongada observación de los característicos destellos que produce este planeta; la situación cada vez más cercana al horizonte y la «cooperación» de la nubosidad existente ayudarían a dar esa impresión visual triangular.

Una de dos: o el juez informador —deberíamos calificarlo de «desinformador»— trató de hacer comulgar a la sociedad con ruedas de molino o no tenía idea de las «deformaciones» que puede experimentar este astro cuando concurren las circunstancias a las que alude. Las nubes, aceptando que floten en la visual Caravelle-Venus, son capaces de distorsionar la imagen del brillante lucero. Pero una cosa son los típicos «lamparazos» o la sensación de «movimiento» de Venus, experimentados por muchos pilotos, y otra muy distinta que se presente frente al «morro» de un Caravelle, en forma triangular y, en el colmo de los colmos, con los vértices intensamente iluminados en rojo...[3]

Predicaba «Blätters» que es más fácil que diez sabios oculten su doctrina que un ignorante su ignorancia.

Profesionalidad

Y con toda intención he dejado para el final este importantísimo comentario.

... Si [*lo*] *observado pudiera ser un satélite artificial o incluso cualquier otro ingenio volador —concluye el Ministerio—, su situación tenía que coincidir sensiblemente en la posición del planeta Venus durante el tiempo de la observación. Los pilotos declaran taxativamente que sólo tenían un objeto brillante a la vista; luego si no era Venus, tendrían que ver a éste también; no lo veían porque el objeto no identificado debía ser precisamente el planeta Venus.*

¡Cuán cierto es que la cerrazón mental es patrimonio de todos! No hay casta, sexo o credo que esté libre de dicha lacra. Y algunos militares —como vemos— tampoco son excepción.

¿Quién puede imaginar a un satélite artificial volando a 26 000 pies?

¿Y por qué la situación de ese «ingenio volador» tenía que coincidir con la posición de Venus? ¿Por qué convenía a los «objetivos» de la cúpula militar?

En cuanto a la postrera argumentación —amén de falsa— es digna de figurar en la antología del disparate: «no lo veían porque el objeto no identificado debía ser precisamente el planeta Venus». Dicho en lenguaje liso y llano: los pilotos eran unos ineptos. Unos «inútiles» —con nueve mil horas de vuelo— que hoy tripulan el «Jumbo» y «juegan» con las vidas de cientos de personas. Unos «chapuceros», que también fueron oficiales de la Fuerza Aérea española —como el juez que los descalifica—, que pierden el tiempo con las torres civiles y los radares militares a causa de la inofensiva presencia de un lucero. Claro que, según los negadores profesionales, «el testimonio ovni de los pilotos es equiparable al de una portera». (Dicho por el señor [?] F. Ares de Epi el 17 de agosto de 1992 en el programa radiofónico «Espacio en Blanco».)

La profesionalidad de los aviadores —catalogados por el propio Ejército del Aire como testigos de «primera categoría»— sólo cuenta cuando interesa. Cuando incomoda se les degrada, arruinando —incluso públicamente— su prestigio. ¿Qué otra lectura puede extraerse de la funesta nota oficial del 9 de abril de 1969?

Es bochornoso que, en las declaraciones tomadas a Ordovás y Carvajal, los militares hagan constar las «penas señaladas a los reos de falso testimonio» y, sin embargo, con un absoluto desprecio por la verdad y la honorabilidad ajena, en la versión entregada a la opinión pública sean ellos los que manipulan y declaran en falso.

Pero más vergonzante aún es la actitud de los «santos y separados» de la Ufología hispana que —por un plato de lentejas— se ponen del lado de estos militares que defraudaron a la sociedad. No hace mucho, en el número 13 (2.ª época, 1992) de *Cuadernos de Ufología*, una publicación al servicio de esta ralea de investigadores «de fax», dos colaboradores del MOA aplaudían el contenido del referido comunicado del Ministerio del Aire, afirmando que «la nota oficial difundida por el Ejército fue, esta vez, de una precisión astronómica, ya que describía con exacto minutaje el episodio vivido por los pilotos de Iberia».

También el literato inglés Overbury dibujó con «precisión astronómica» esta «actitud rabiosamente científica»: «un adulador es la sombra de un necio».

EL EXPEDIENTE «ORDOVÁS», DESCLASIFICADO

Cuando el presente capítulo se hallaba redactado, el Ejército del Aire dio a conocer —al fin— el expediente oficial, confeccionado en 1969 por el entonces Ministerio del Aire. Mejor dicho, en una primera desclasificación, los militares «liberaron» un total de cuarenta folios, pertenecientes —según el «Índice de Documentos» elaborado por la Sección de Inteligencia del MOA— a los cinco últimos apartados, de los quince que integran dicho informe. Cuando los investigadores nos interesamos por el resto de la documentación, la respuesta nos dejó perplejos: «Es posible que se hayan caído por los pasillos.»

MANDO OPERATIVO AEREO	ESTADO MAYOR SECCION DE INTELIGENCIA

CONFIDENCIAL

AVISTAMIENTO DE FENOMENOS EXTRAÑOS

LUGAR: - VUELO IB-435 PALMA-MADRID

FECHA: - 1969 / día 25 de Febrero

RESUMEN:

A las 2118Z, el IB-435 comunica a Barcelona ascenso para nivel 240, estimando Sagunto a las 2140Z. A las 2119Z pregunta si hay algún tráfico en su ruta, contestando Barcelona que existe uno viniendo de Madrid a la altura de Castejón. En 121.5 intenta contactar con un radar militar haciendo sucesivas llamadas a Samba, Safari y Kansas. A las 2127Z, enlaza con Kansas y le informa que tiene a la vista y en su misma ruta un objeto con destellos rojos y blancos, a una altura de unos 30.000 pies y a unas 20 millas de la costa de Valencia. En ese momento su posición es el radial 288 y 70 millas del VOR Palma. Confirma que los destellos se suceden alternativamente cada 15 segundos, variando su distancia con respecto a ellos.

A las 2133Z, llama a Barcelona para que informe a Embargo del objeto no identificado e indicando que lo ve muy lejos y que en ese momento está muy cerca del suelo, aproximadamente sobre Teruel.A las 2135Z enlaza con Embargo informándole de lo sucedido y a las 2138Z comunica haberlo perdido de vista.

CONSIDERACIONES

- La tripulación ve el objeto por primera vez a las 2119Z, lo tiene enfrente del morro, en su ruta y un poco mas alto. En ese instante la situación del astro Venus coincide completamente en ese punto. Posteriormente lo sitúan a la derecha y a la misma altura; la trayectoria relativa del astro describe una curva hacia la derecha y asímismo su Azimut va aumentando al disminuir su altura.

- La luz blanca y anaranjada y la producción de destellos son características clásicas en la observación de este astro.

- Es significativa la coincidencia de horario en el ocaso de Venus que ocurrió ese día, para el Observatorio de Madrid, a las 2140Z y los pilotos comunicaron el fin del avistamiento a las 2138Z.

- El fenómeno de la refracción atmosférica de los rayos de luz procedentes de un astro, mucho mas acusado cuando se encuentra próximo al horizonte, es responsable de efectos tan característicos como la deformación de la imagen del disco solar en el ocaso o el centelleo de las estrellas. Asímismo puede explicar sin dificultad los efectos descritos por los pilotos en cuanto a variaciones de intensidad y color o el desplazamiento aparente del objeto, e incluso la imagen triple visible hacia el final del incidente.

- Los pilotos definen la meteorología de esa noche como despejada y tranquila, con algún banco de nubes o de niebla en capa baja, siendo extraño que no tuviesen a la vista al planeta Venus, brillante en ese

CONFIDENCIAL

momento. Este argumento está a favor de la explicación oficial, puesto que la pregunta inmediata es ¿dónde se había metido el planeta Venus?.

ASPECTOS DESTACABLES:

El fenómeno observado por el IB-435 fue exaustivamente estudiado tanto por organismos civiles, Centro de Estudios Interplanetarios, como por militares, 3ª Sección del Estado Mayor del Aire.

Todos ellos dan una explicación científica al fenómeno, acompañando los informes con croquis que indican la situación de Venus con respecto al avión, situación que coincide plenamente con la indicada por los pilotos.

No se aprecian aspectos que hagan aconsejable mantener la condición de "MATERIA CLASIFICADA".

PROPUESTA DE CLASIFICACION: **DESCLASIFICADO**

Torrejón, a 29 de Abril de 1993

DESCLASIFICADO			
Escrito: EMA/DOP	Nº: 3180	Ref.: SESPA	Fecha: 12-05-93
OBSERVACIONES: Expte. 690225			

CONFIDENCIAL

Pues bien, un minucioso análisis de esos iniciales cuarenta documentos —aunque no modificaban la esencia de lo ya expuesto en páginas anteriores— sí logró sorprenderme..., una vez más. Sorprenderme, claro está, no por su transparencia y rigor informativos, sino por todo lo contrario. Saltándose el genuino concepto de «desclasificación» (es decir, la liberación íntegra y sin modificaciones de los documentos originales), la cúpula militar ha proporcionado a la sociedad lo que ha estimado oportuno y, además, manipulado. Como veremos, tanto las declaraciones de los pilotos de Iberia como la transcripción de las conversaciones del Caravelle con las diferentes torres civiles de control y los radares militares han sido mecanografiadas y redactadas de nuevo, con las consiguientes y estudiadas mutilaciones. Pero lo más increíble y bochornoso es que —veinticuatro años después— los responsables de la desclasificación, en lugar de revisar, investigar y corregir mínimamente las aberraciones vertidas por el juez informador, se ha limitado a bendecirlas y aplaudirlas. Y es lógico que así sea puesto que —como he repetido hasta el aburrimiento— la actual segunda desclasificación ovni es la mayor farsa concebida en la moderna era de la Ufología. Y reservaré la «gran traca» para el final. Ahora examinemos y juzguemos esos documentos, tal y como han sido entregados a los ciudadanos. (Véanse las páginas 332 y 333.)

En los documentos reproducidos se puede observar que, excepcionalmente, el «resumen» y las «consideraciones» del MOA aparecen sin la habitual firma del oficial de Inteligencia del Mando Operativo Aéreo. Según pude comprobar personalmente, el nombre y la firma fueron borrados en el Estado Mayor del Ejército del Aire. En este caso correspondían a Enrique Rocamora, sustituto de Ángel Bastida en el estudio y puesta a punto de la desclasificación del archivo ovni.

Una atenta lectura del «resumen, consideraciones y aspectos destacables», redactados por el MOA y firmados el 29 de abril de 1993, confirma lo ya enunciado: la cúpula militar da por buenos el expediente y la «brillante y científica solución» entregada a la Prensa en abril de 1969. Y en su obsesión por aparentar el máximo rigor, en otro alarde de cinismo, aseguran que «el fenómeno observado por el IB 435 fue exhaustivamente estudiado, tanto por organismos civiles como por el Centro de Estudios Interplanetarios...».

¿A qué organismos civiles se refieren? En los documentos desclasificados, el juez instructor, a lo sumo, hace mención de dos informaciones, facilitadas por el Observatorio Astronómico de Madrid (situación de Venus) y el Servicio Meteorológico Nacional (condiciones atmosféricas en la ruta Palma-Madrid-Oporto).

Pero la manipulación alcanza el delirio al citar al CEI. Torpemente, el MOA descubre el sucio y doble juego de los «vampiros», sus amancebados. En el expediente original —elaborado hace veinticuatro años— no consta estudio, informe o comunicación algunos, remitidos por el Centro de Estudios Interplanetarios, con sede en Barcelona, al teniente coronel Ugarte, responsable y juez (?) del caso. Ha sido ahora, a partir de 1992, al materializarse la desclasificación, cuando los fariseos valencianos y catalanes —bajo cuerda— han suministrado a los militares toda suerte de listados, documentación supuestamente científica y conclusiones que —repito— el MOA ha aprovechado para intentar desmantelar el incómodo asunto de los «no identificados». Hacer creer a la opinión pública que ese «exhaustivo estudio» del CEI formaba parte de la investigación oficial desplegada en 1969 es el colmo de la simulación. ¡Cuán adecuada resulta en este lance la sentencia de Publio Siro!: «El malo se hace pésimo cuando finge ser bueno.»

Prosigamos. En el expediente «liberado», tras el «Índice de Documentos», aparecen las declaraciones de los pilotos de Iberia. Pero, inexplicablemente (?), el texto, como ya adelanté, ha sido mecanografiado de nuevo. Veamos ambas «versiones». En primer lugar, en las páginas 336, 337 y 338, la que me fue entregada en 1976 por el general Galarza. A continuación, en las páginas 339, 340 y 341, la desclasificada en 1993.

Si uno compara los documentos salta a la vista que, en la «versión 1993», el MOA ha suprimido las frases iniciales, contenidas en los interrogatorios fechados el 3 de abril de 1969. Aquellas en las que la autoridad militar advierte a los pilotos de la obligación de ser veraces...

Y el lector puede pensar que dicha mutilación resulta

DECLARACION DE DON [redacted]

En Madrid, a tres de abril de mil novecientos sesenta y nueve.

Ante S. S., con mi asistencia, compareció el expresado al margen, quien, enterado de la obligación que tiene de decir verdad y de las penas señaladas a los reos de falso testimonio, juró ser veraz en sus manifestaciones; preguntado por sus datos personales, dijo que se llama como ha expresado, de 32 años, profesión piloto de transporte, con domicilio en Madrid, calle de Serrano, número 149, segundo, derecha.

PREGUNTADO por los hechos que han motivado esta información, dijo que, al alcanzar el nivel de vuelo veintiseis mil pies, el segundo piloto observó una luz extraña a la misma altura; se lo hizo notar al declarante que llamó al Control de Barcelona para ver si había algún tráfico en su ruta, a lo que el Control contestó negativamente. Al observar la luz más detalladamente, vieron que cambiaba de intensidad alternativamente, pasando de un color rojo brillante a un color blanco brillante, con una periodicidad de unos diez a quince segundos. Intentaron enlazar con el radar militar en frecuencia de 121/5 (canal de emergencia), no consiguiendo enlazar con ningún centro radar nada más que con las torres de control civil. A través de las torres de Barcelona, que estaba en contacto por teléfono con Embargo, notificaron a éste su posición y la situación aproximada del objeto que estaban viendo, hasta poco antes de desaparecer el objeto que enlazaron con Embargo directamente en frecuencia 123/1. El objeto se mantuvo durante unos quince minutos a la altura aproximada del avión, al cabo de los cuales realizó un descenso rápido aparentemente hasta el suelo, volviendo a la posición que tenía antes con respecto al avión. Se alejó aparentemente hasta que vieron un punto muy lejano, volviéndose a acercar un poco más de un minuto a una posición más cercana de la que antes tenía; dice esto porque antes no apreciaron forma y en esta ocasión ofrecía la de un triángulo con los vértices iluminados. Se mantuvo durante tres o cuatro minutos aparentemente a la misma marcha del avión y desapareció definitivamente, disminuyendo paulatinamente de intensidad hasta perder un punto en la lejanía.

PREGUNTADO por el día y hora, contestó: Que fue el día veinticinco de febrero último, a las 2220 locales (2120 Z).

PREGUNTADO cómo empezó a verlo; contestó: Que le avisó el segundo piloto y lo vio situado con respecto al eje longitudinal del avión de "doce y media a una".

PREGUNTADO qué rumbo magnético mantenía en ese momento, dice: que 288º.

PREGUNTADO quién llevaba los mandos del avión en dicho momento, contesta: Que el piloto automático, vigilado por el segundo piloto.

PREGUNTADO si durante todo el tiempo de la observación del objeto extraño quitaron el piloto automático, dice: Que no, que continuó puesto.

PREGUNTADO si llevaba corrección de deriva, contesta: Que no.

PREGUNTADO por el nivel de vuelo, dice: Que 260.

PREGUNTADO qué situación meteorológica encontraron en la ruta hasta el momento del fenómeno, contesta: Que despejado y noche clara.

PREGUNTADO qué situación tenía el avión, dice: Que a ochenta millas de la costa.

PREGUNTADO por la situación meteorológica en el resto del viaje, dice: Que había algunos bancos de niebla o nubes bajas pegadas al suelo.

PREGUNTADO a qué hora llegaron a Madrid, contesta: Que a las 2200 Z.

PREGUNTADO si permaneció el objeto siempre en la misma situación, manifiesta: Que daba la sensación de que se alejaba un poco hacia la derecha.

PREGUNTADO por qué notaba la sensación de alejamiento, dice: Que porque disminuía la luz.
PREGUNTADO si vio algún otro objeto brillante por esa zona, contesta: Que no.
PR EGUNTADO por el tamaño, manifiesta: Que unos diez centímetros aproximadamente.
PREGUNTADO si fueron cronometrados los destellos o cambios de luz, dice: Que los cambios de luz tenían lugar cada diez o quince segundos, pasando de rojo brillante a blanco brillante.
PREGUNTADO en qué se funda para decir que bajó de altura hasta el suelo y volvió a subir verticalmente, contesta: Que la sensación visual fué que el objeto extraño descendía, no pudiendo precisar si era hasta el suelo, y volvía otra vez a la situación anterior.
PREGUNTADO por el tiempo que duró el fenómeno, dice: Que aproximadamente unos veinte minutos.
PREGUNTADO cómo dejó de verlo, manifiesta: Que poco a poco, a una velocidad bastante grande aparentemente, dirigiéndose hacia el nordeste.
PREGUNTADO qué otros miembros de la tripulación vieron el fenómeno, contesta: Que lo vieron el segundo piloto y el mecánico, y cree que también una azafata.
PREGUNTADO si en alguna ocasiónha declarado a los periodistas que el objeto se mantenía paralelo a la marcha del avión, manifiesta: Que nunca hizo tal declaración.
PREGUNTADO si igualmente declaró alguna vez que del objeto salían extraños reflejos que se podían observar como si fueran ventanillas u otra salida, ya que a cada zona luminosa correspondía intercalada una zona obscura, contesta: Que no, y que no es verdad que se viera así.
PREGUNTADO si dijo alguna vez que el objeto volviera a reaparecer en las proximidades del punto final del vuelo, manifiesta: Que no.
PREGUNTADO si puede dar algún dato más aclaratorio, dice: Que las estrellas se veían bastante difuminadas porque había luna casi llena y la teníamos situada en cola.
PREGUNTADO si tiene algo más que manifestar, dijo: Que no.
En este estado el Sr. Juez dio por terminada esta declaración, y leída por mí, el Secretario, por haber renunciado a hacerlo por sí, después de enterado del derecho que le asiste, se afirma y ratifica en ella y la firma con S. S., de lo que doy fe.

DECLARACION DE DON [redacted] En Madrid a tres de abril de mil novecientos sesenta y nueve.

Ante S. S., con mi asistencia, compareció el expresado al margen, quien, enterado de la obligación que tiene de decir verdad y de las penas señaladas a los reos de falso testimonio, juró ser veraz en sus manifestaciones; preguntado por sus datos personales, dijo que se llama como ha expresado, de treinta años de edad, profesión piloto de transporte, con domicilio en Madrid, calle de Lagasca, número setenta.

PREGUNTADO por los hechos que han motivado esta información, dice: Que a unos quince o veinte minutos después de despegar de Palma, alcanzando el nivel 260, vio una luz aproximadamente en el morro del avión, que en un principio podía confundirse con un tráfico, comprobándose con el Control de Barcelona que no había ninguno en la zona; que efectuaron llamadas en frecuencia 121/5 a los G.C.I. militares; contestó Kansas diciendo que llamaran a Embargo ya que tenía algunas dificultades; a la vez contestó el Control de Barcelona y otras torres y Barcelona dio la frecuencia 123/1 para enlazar con Embargo, al que se dio la posición del avión y del objeto, que era una luz blanca brillante que pasaba al rojo y volvía al blanco cada diez o quince segundos. Se apreció un descenso aparentemente hasta el suelo y vuelta a la misma posición. Siguieron los cambios de luz y perdieron el objeto al alejarse aparentemente. Al poco tiempo volvieron a verlo aparentemente más cerca, ya que se apreciaban tres luces que coincidían con los vértices de una figura triangular, siendo estas luces de color rojo. Al poco tiempo aparentemente se alejó, dejando de verse dicho objeto.

PREGUNTADO por el día y hora del suceso, contesta: Que fue el veinticinco de febrero último, a las 2120 Z.

PREGUNTADO cómo empezó a verlo, dice: Que fue el primero que lo vio mirando al horizonte, de repente, y se lo comunicó al Comandante.

PREGUNTADO por la situación del objeto respecto al avión, dice: Que a unos quince o veinte grados a la derecha del morro del avión.

PREGUNTADO si llevaba los mandos del avión en ese momento, contesta: Que sí, con el automático.

PREGUNTADO si durante el tiempo de la observación continuó el automático puesto, manifiesta: Que sí.

PREGUNTADO por la situación meteorológica de la ruta hasta el momento de la observación y posterior, dice: Que era noche despejada y tranquila, con algún banco de nubes o de niebla en capa baja.

PREGUNTADO qué situación tenía el avión, contesta: Que a setenta u ochenta millas de la costa.

PREGUNTADO qué sensación de movimiento tenía el objeto según su observación, manifiesta: Que primero, quieto; luego, descenso aparente hasta el suelo; ascenso a la misma posición, desaparición, vuelta a aparecer un poco más cerca, aparentemente, y desaparición definitiva, aparentemente hacia la derecha.

PREGUNTADO si vio algún otro objeto brillante en esa zona, dice: Que no.

PREGUNTADO por el tamaño, contesta: Que era aproximada y aparentemente como una naranja.

PREGUNTADO si cronometró los destellos, dice: Que lo hizo el Comandante.

PREGUNTADO si cree que descendió el objeto hasta el suelo en su bajada, contesta: Que aparentemente dio esa sensación.

PREGUNTADO por el tiempo que duró el fenómeno, manifiesta: Que poco menos de veinte minutos.

PREGUNTADO cómo dejó de verlo, dice: Que por la disminución de luz.

DECLARACION DE DON , DE 32 AÑOS DE EDAD, NATURAL DE MADRID, CON DOMICILIO EN MADRID, CALLE DE NUMERO , SEGUNDO DERECHA, TELEFONO , COMANDANTE DE LA AERONAVE DE LA LINEA DE "IBERIA"-435, DE PALMA-MADRID.

RELATO DEL HECHO:

Al alcanzar el nivel de vuelo 26.000 piés el 2º piloto observó una luz extraña a la misma altura, me lo hizo notar y llamé al control Barcelona para ver si había algún tráfico en nuestra ruta. El control contestó negativamente. Al observar la luz más detalladamente, vímos que cambiaba de intensidad alternativamente pasando de un color rojo brillante a un color blanco brillante con una periocidad de unos 10 a 15 segundos. Intentamos enlazar con el radar militar en frecuencia de 121/5 (canal de emergencia), no consiguiendo enlazar con ningún centro radar nada más que con las torres de control civil. A través de las torres de Barcelona que estaba en contacto por teléfono con Embargo notificamos a éste nuestra posición y la posición aproximada del objeto que estábamos viendo, hasta poco antes de desaparecer el objeto que enlázamos con Embargo directamente en frecuencia 123/1. El objeto se mantuvo durante unos 15 minutos a nuestra altura aproximadamente, al cabo de los cuales realizó un descenso rápido aparentemente hasta el suelo volviendo a la posición que tenía antes, con respecto al avión. Se alejó aparentemente hasta que vímos un punto muy lejano, volviéndose a acercar en poco más de un minuto a una posición más cercana que la que antes tenía, digo esto porque antes no apreciamos forma y en esta ocasión ofrecía la forma de un triángulo con los vértices iluminados. Se mantuvo durante 3 ó 4 minutos aparentemente a la misma marcha nuestra y desapareció definitivamente disminuyendo paulatinamente de intensidad hasta perder un punto en la lejanía.

INTERROGATORIO

Día: 25 de Febrero de 1.969.

Hora: 2220 locales (2120 Z)

¿Cómo empezó a verlo?. Le avisó el 2º piloto y lo vió situado con respecto al eje longitudinal del avión de "doce y media a una"

¿Qué rumbo magnético mantenía en ese momento?. 288º

¿Quién llevaba los mandos del avión en ese momento?. El piloto automático vigilado por el 2º piloto.

¿Durante todo el tiempo de la observación del objeto extraño quitaron el piloto automático?. NO, continuó puesto.

¿Llevaba corrección de deriva?. No.

¿Qué nivel de vuelo?. 260

¿Qué situación meteorológica encontraron en la ruta hasta el momento del fenómeno?. Despejado y noche clara.

¿Qué situación tenía el avión?. A 80 millas de la costa.

¿Situación meteorológica en el resto del viaje?. Algunos bancos de niebla o nubes bajas pegadas al suelo.

¿A qué hora llegaron a Madrid?. A las 2200 Z.

¿Permaneció el objeto siempre en la misma situación?. Daba la sensación de que se alejaba un poco hacia la derecha.

¿La sensación de alejamiento por qué la notaba?. Porque disminuía la luz.

¿Vieron algún otro objeto brillante por esa zona?. NO.

¿Tamaño?. Unos 10 cm. aproximadamente

¿Los destellos o cambios de luz, fueron cronometrados?. De 10 a' 15 segundos, pasando de rojo brillante a blanco brillante.

¿En qué se funda para decir que bajó de altura hasta el suelo y volvió a subir verticalmente?. La sensación visual fue de que el objeto extraño descendía no pudiendo precisar si era hasta el suelo y volvía otra vez a la situación anterior.

¿Tiempo que duró el fenómeno?. Aproximadamente unos 20 minutos.

¿Cómo dejó de verlo?. Poco a poco a una velocidad bastante grande aparentemente dirigiéndose hacia el nordeste.

¿Qué otros miembros de la tripulación vieron el fenómeno?. El 2º piloto y el mecánico y creo que una azafata

¿Puede darme algún dato más aclaratorio?. Que las estrellas se veían bastante difuminadas porque había luna casi llena y la teníamos situada en cola.

Madrid, diecisiete de Marzo de mil novecientos sesenta y nueve.

DECLARACION DE DON DE 30 -
AÑOS DE EDAD, NATURAL DE , PROVINCIA DE GUIPUZCOA, CON
DOMICILIO EN MADRID, CALLE DE NUMERO , TELEFONO
2º PILOTO DE LA AERONAVE DE LA LINERA "IBERIA"-435, DE PALMA-MADRID.

RELATO DEL HECHO:

A unos 15 ó 20 minutos después de despgar de Palma, alcanzando el nivel 260 ví una luz aproximadamente en el morro del avión, que en un principio podía confundirse con un tráfico, comprobándose con control Barcelona que no había ninguno en esa zona. Se efectuaron llamadas en frecuencia 121/5 a los G.C.I. militares. Contestó Kan - sas diciéndonos que llamáramos a Embargo ya que tenía algunas difi- cultades, a la vez contestó control Barcelona y otras torres y nos dió Barcelona la frecuencia 123/1 para enlazar con Embargo, al que se dió nuestra posición y la del objeto. Dicho objeto era una luz blanca brillante que pasaba al rojo y volvía al blanco cada 10 ó 15 segundos. Se apreció un descenso aparentemente hasta el suelo y - vuelta a la misma posición. Siguieron los cambios de luz y perdi - mos el objeto al alejarse aparentemente. Al poco tiempo volvímos a verlo aparentemente más cerca, ya que se apreciaba tres luces que coincidían con los vértices de una figura triangular, siendo estas luces de color rojo. Al poco tiempo aparentemente se alejó dejando de verse dicho objeto.

INTERROGATORIO

Día y hora. 25 de febrero de 1969, a las 2120 z.

¿Cómo empezó a verlo?. Fuí el primero que lo ví mirando al hori- zonte, de repente, y se lo comuniqué al Comandante.

¿Situación del objeto con respecto al avión?. Unos 15 ó 20 gra - dos, a la derecha del morro del avión.

¿Llevaba Vd. los mandos del avión en ese momento?. Sí con el au- tomático.

¿Durante el tiempo de la observación continuó el automático pues- to?. SI.

¿Situación meteorológica de la ruta hasta el momento de la obser- vación y posterior?. Noche despejada y tranquila, con algún banco de nubes o de niebla en capa baja.

¿Qué situación tenía el avión?. A 70 ó 80 millas de la costa.

¿Según su observación qué sensación de movimiento tenía el obje- to?. Primero quieto, luego descenso aparente hasta el suelo, ascen- so a la misma posición, desaparición, vuelta a aparecer un poco más cerca, aparentemente, y desaparición definitiva aparentemente hacia la derecha.

irrelevante. En realidad, cotejando las respuestas, no se aprecian modificaciones de importancia. Es más: no voy a negar que la nueva redacción aparece más fluida y acorde con los tiempos. Pero, ante los continuos trapicheos y maquinaciones de la cúpula militar, uno, malvado y desconfiado, se pregunta: si en otros expedientes ovni se ha respetado la documentación primigenia (en ocasiones casi ilegible), ¿por qué en el caso del 25 de febrero de 1969 se han tomado la molestia de «pasar a limpio» algunos de los papeles originales? ¿No será que tienen perfecto conocimiento de «algo» ocurrido en aquel remoto 1969 y que —de ser descubierto— arruinaría la barbuda hipótesis del planeta Venus? Si esto fuera cierto —si llegáramos a detectar que los militares que participaron en aquella investigación (?) y que autorizaron la difusión de la conocida nota de Prensa mintieron e intoxicaron a la sociedad española— entonces, insisto, la supresión de esas líneas y, en definitiva, la moderna redacción sí tendrían justificación. Dicho de otra manera: la «versión 1993» no obedecería a un capricho estético. Estaríamos, una vez más, ante una fría y calculada distorsión. Y la sospecha de que ocultan «algo» verdaderamente grave se refuerza al proseguir la lectura de los siguientes documentos desclasificados. Veamos. No hace falta ser un lince siberiano para caer en la cuenta de que las denominadas «comunicaciones intercambiadas entre el avión de Iberia y las diferentes unidades de control» se hallan igualmente censuradas. Véanse las páginas 344 a 348. El MOA, en un fatal despiste, al liberar el informe del juez instructor (que incluyo más adelante, páginas 350 a 371), ha dejado intacto el párrafo 2,07. En él, el teniente coronel Ugarte menciona el resumen-guía de las comunicaciones entre el Caravelle y las torres, «con expresión del horario exacto en que se llevaron a cabo». Pues bien, como veremos a continuación en las ya mencionadas páginas 344 a 348, dicho horario no aparece por ningún lado. ¿Por qué? Y vuelvo a mi hipótesis: ¿no será que estamos ante ese «algo» inconfesable? Pero las mutilaciones en la transcripción de las conversaciones no se ciñen únicamente al horario. También las intervenciones de los radares militares han sido anuladas.

Al igual que en el caso vivido por el comandante Lorenzo

RESUMEN-GUIA DE LAS COMUNICACIONES REGISTRADAS EN CINTA MAGNETO FONICA INTERCAMBIADAS ENTRE EL AVION DE IBERIA, VUELO 435 DE PALMA A MADRID Y LAS DIFERENTES UNIDADES DE CONTROL Y DE LA DEFENSA AEREA, EFECTUADAS EL DIA 25 DE FEBRERO DE 1969.

===

- A las 2118 z (canal tres, frecuencia 127.7), IB 435 indica en su primera llamada a Barcelona estar ascendiendo para nivel 240, estimando Sagunto a 2140

- A las 2119 z pregunta si hay algún tráfico en su ruta, contestando Barcelona en sentido de que existe otro tráfico viniendo de Madrid que está a la altura de Castejón. El avión insiste sobre si hay otro tráfico, dando libre nivel 220.

- A las 2122 z IB 435 llama a Samba en 121.5 (canal tres) y le debe de salir Palma-Son San Juan, y le pide frecuencias para llamar al radar militar, llamando a continuación, siempre en 121.5, a Kansas y a Safari. Vuelve a llamar a Barcelona diciéndole que está llamando al radar militar, continuando a continuación sus llamadas a Kansas y Safari.

- A las 2127 z, enlaza con Kansas en 121.5 e informa que tiene a la vista y en su misma ruta un objeto con destellos rojos y blancos a una altura de unos 30.000 piés y a unas 20 millas de la costa de Valencia, indicando que su posición es en el radial 288 del VOR de Palma y aproximadamente a unas 70 millas de Palma, volviendo a confirmar los destellos blancos y rojos que se apagan y se encienden alternativamente cada 15 segundos aproximadamente, variando su distancia con respecto a ellos.

- A las 2133 z, llama a Barcelona para que informe a Embargo del objeto no identificado (OVNI) e indicando que lo ve muy lejos y que en ese momento ha bajado muy cerca del suelo, aproximadamente sobre Teruel.

- A las 2135 z, enlaza con Embargo, informándolo de lo sucedido y a las 2138 z dice haberle perdido de vista.

REPRODUCCION DE LAS COMUNICACIONES INTERCAMBIADAS ENTRE EL AVION DE IBERIA (VUELO IB-435) Y LAS DIFERENTES UNIDADES DE CONTROL GRABADAS EN CINTA MAGNETOFONICA POR EL CENTRO DE CONTROL DE BARCELONA.

C.BAR.- BARCELONA,(ilegible) adelante.

IB-435.- De Palma para Madrid nivel 200 ascendiendo para 260, estimando Sagunto a los 40.

C.BAR.- Recibido

C.BAR.- ¿........?.

IB-435.- Barcelona, IBERIA 435. ¿Por favor hay tráfico en mi ruta en la misma dirección o en dirección opuesta?.

C.BAR.- Afirmativo. Tiene Vd. un tráfico a 270, 270 una IBERIA Caravelle de Madrid a Palma, a 20 estima Sagunto, a 21 a las, ilegible Vd., pero a 270 o 275.

IB-435.- Recibido, gracias.

IB-435.- ¿No tiene ninguna otra cosa en mi ruta?, ¿no?.

C.BAR.- En su ruta pues tengo, NO negativo. No tengo nada más en su ruta.

IB-435.- Gracias.

(Barcelona IBERIA 582. Iberia Barcelona repita indicativo. 582 a nivel 210 de Valencia para Barcelona, estimando Reus a las 32)

IB-435.- 435, Barcelona.

C.BAR.- Barcelona, 435.

C. BAR.- ¿Nivel actual?.

IB-435.- Ilegible, 220.

C.BAR.- Recibido, gracias.

IB-435.- Safarie - Iberia 435.

C.BAR.- 435 - Barcelona.

IB-435.- Safarie Iberia 435.

C.BAR.- 435 - Barcelona.

C.BAR.- SON San Juan, Iberia 435 está tratando de llamar al radar militar ¿sabe su frecuencia más idónea para llamar?

IB-435.- De acuerdo, gracias, intentaré enlazar con él.

IB-435.- Safari Iberia 435.

IB-435.- KANSAS - Iberia 435

(Barcelona Iberia 309 actualmente sobre Reus a través de 190 para 250, Maella a los 3).

IB-435.- Safari Iberia 435.

IB-435.- Safari Iberia 435.

C.BAR.- Iberia 435 Barcelona

IB-435.- Barcelona 435 ¿me llama Vd. en 121,5?.

C.BAR.- Afirmativo. Entiendo está Vd. llamando para pruebas.

IB-435.- Estoy llamando al radar militar, muchas gracias. Si interfiero, ilegible.

¿ ? Barcelona Iberia 435 le está llamando.

IB-435.- Negativo. Muchas gracias, alcanzando 260 hora.

C.BAR.- Recibido.

IB-435.- Nada, muchas gracias. Valencia Iberia 435.

IB-435.- Kansas Iberia 435.

IB-435.- Safari Iberia 435.

(Barcelona Iberia 309 alcanzando y manteniendo 250,recibido, ilegible, 283 adelante Barcelona).

Kansas, adelante para 435 ¿quién llama?.

IB-435.- Afirmativo. Estaba llamando yo a Kansas. Es para informarles que según nos comunica Barcelona en nuestra ruta no hay ningún tráfico y tenemos a la vista nosotros un O.V.N.I. que da destellos rojos y blancos, aproximadamente en la misma ruta que nosotros de Palma para Madrid, a una altura de unos 30.000 pies, de 25 a 30.000 pies y a y a unas 20 millas de la costa de Valencia.

Kansas, ilegible.

IB-435.- Es muy difícil precisar la distancia en el mar. Está justo en nuestra ruta, quizá un poco más alto , y la distancia de este objeto al mar pues no la podemos identificar bien, porque, claro, como está enfrente de nosotros puede estar encima de tierra o encima del mar; pero está justamente enfrente de nosotros, nosotros llevamos, estamos en el radial 288 VOR-Palma, aproximadamente a unas 70 millas de Palma y la distancia entonces nosotros no la identificamos bien, pero la altura sí de 25 a 30.000 pies. Ilegible, rojos y luego blancos bastante intensos y luego rojos, se apaga el rojo y se pone como anaranjado y así sucesivamente.

(Barcelona, ilegible, 582).

IB-435.- Iberia 435 - Barcelona.

(Barcelona Iberia 582).

IB-435.- Pues, nada, ni idea, es un, es una cosa, es un O.V.N.I. que, que cambia de blanco a rojo. Al principio nos creíamos que era un avión, pero nos informa Barcelona que en nuestra ruta no hay ningún avión. Nos extrañaba que fuera un avión porque la duración del período rojo y blanco es bastante más larga que la normal de intermitencia de los planos, pero la distancia no la podemos precisar, puede ser bastante lejos o cerca, ya te digo, de todas maneras algunas veces es muy intenso y otras veces, como ahora, por ejemplo, es bastante apagado y se ve lejos y otras veces, sin embargo, le vemos más cerca. Ahora es muy difícil precisar la distancia.

(Barcelona, India Charlie, ilegible).

IB-435.- Sí, bastante. Por eso nos ha extrañado que en una extensión de que te diría yo, quizá 15 segundos que cambia de un color a otro. También es difícil precisar, porque ya te digo que está bastante lejos de nosotros. Ahora cada vez parece que está más, ilegible, ahora está brillantísimo y altura puede ser la misma o quizá un poco más alto que nosotros. Nosotros vamos a 26.000 pies.

(Barcelona, Iberia 582).

IB-435.- Sí, gracias, intentaremos llamar a Embargo. Ahora los únicos que nos habeis contestado sois vosotros. Intentaré llamar, gracias.

(Barcelona, Iberia 582. 582 Barcelona.582 pasamos Reus hace un minuto, nivel de vuelo 170, librando para 4.000 pies.Recibido. Notifique Villanueva).

IB-435.- Embargo Iberia 435, llamando a Embargo. Iberia 435 en 121,5, 435 Barcelona.

C.BAR.- Barcelona 435.

IB-435.- Iberia 435 Barcelona.

C.BAR.- Barcelona Iberia 435.

IB-435.- 435 Barcelona adelante.

IB-435.- Barcelona, ilegible, estaba llamando en otra frecuencia, un momento, ilegible 60, estimando Sagunto a los 40.

C.BAR.- Iberia 435 Barcelona.

IB-435.- Iberia 435 en 121,5 ¿recibe?.

IB-435.- Recibo, adelante Barcelona al 435.

C.BAR.- 435, diga si tiene algún mensaje para Embargo, que los llamaremos por teléfono.

IB-435.- Afirmativo. Es que tenemos desde hace rato un tráfico a la vista, no es un tráfico, no es un tráfico, porque Barcelona me ha informado que no lo hay. !Eh!, ahora mismo lo hemos perdido, ha desaparecido completamente, asi que ya dejenos en la llamada, pero de todas manera digale a Embargo que era un tráfico que daba un color rojo muy intenso seguido de uno blanco bastante intenso con una frecuencia de 15 segundos de un color a otro. Altura de 25 a 30.000 pies. Ahora vuelve a aparecer muy lejos, ahora bastante lejos y la posición aproximada, ahora que debe estar muy aproximada porque es la distancia delante, puede ser .... ahora ha bajado muchísimo a cerca del suelo, en fin apoyarse sobre Lérida, me pareció sobre Teruel o por ahí.

C.BAR.- Recibido, gracias. Lo hacemos. Avisamos a Embargo, no obstante, si quiere Vd. puede hacerlo, una llamada. Están en la escucha. Ahora en 125,5.

IB-435.- Embargo 435.

IB-435.- Embargo 435.

IB-435.- Iberia 435, 435 llamando a Embargo.Reciben?

IB-435.- Buenas noches. Iberia 435 de Palma para Madrid a, un momento, a 20 millas de la vista de Valencia en el radial 288 del VOR-de Palma. Tenemos desde hace rato en nuestra ruta un objeto brillante de, que da intensidad de colores de rojo a blanco con una periodicidad de unos 15 a 10 segundos bastante intensos.

(Iberia 582. Pasamos Villanueva, y liberando 60 para 4.0

IB-435.- Ha desparecido. En estos momentos aparece quizá más cerca, con una forma de triángulo, me parece que son como tres luces y la distancia no la podemos precisar, porque debido a la luz de noche ya saben que es difícil. La altura tampoco, puede ser a la misma nuestra . Vamos a 26.000 pies, y aproximadamente antes nos parecía que iba al mar. Ahora debe estar por encima de Tudela, quizá por esa zona.

IB-435.- Embargo 435, ¿recibido mensaje?.

IB-435.- Embargo 435, ¿recibe ahora?.

IB-435.- Embargo 435, ¿recibe ahora?.

IB-435.- Bueno, pues nada, ilegible.

IB-435.- Ha desparecido, no le vemos, muchas gracias, hasta otro, si no quiere nada.

IB-435.- Bueno, adios, ahora ha desaparecido, ya no vemos nada.

IB-435.- Kansas 435.

IB-435.- Pues lo siento, no llevamos UHF. Negativo.

— (Barcelona Iberia 438, buenas noches, pues lo siento tampoco tenemos, ilegible, la máxima es 1. 1270, ilegible, 58. Afirmativo. He recibido, ilegible. Afirmativo 341. De acuerdo, paso a 12).

IB-435.- Barcelona Iberia 435.

C.BAR.- 435 Barcelona adelante.

IB-435.- 435, ilegible ..... Sagunto, nivel de vuelo 260, estimando Castejón a los 56.

¿Ilegible, Madrid Zona de Control.

IB-435.- 435, buenas noches.

Torres, esta transcripción de las conversaciones, como digo, aparece incompleta. [Aunque lo reservo para un próximo volumen, puedo adelantar que —sometidos al análisis de expertos de la Policía Científica de tres ciudades españolas— muchos de los documentos desclasificados y supuestamente originales no son tales. Esto, incluso, plantea la anticonstitucionalidad de dicha desclasificación.] En el primer documento —el «resumen-guía»—, los militares confirman que el IB 435 consiguió enlazar con «Kansas» y «Embargo». Es decir, con los radares situados en Aitana (Alicante) y Puig Major (Mallorca), respectivamente. Y especifican que el Caravelle informó de lo que tenía a la vista. Sin embargo, cuando uno acude a esos párrafos, no hay respuestas-comentarios-contestaciones de los EVA. No es preciso ser un experto en navegación aérea para comprender que en dicha «reproducción de las comunicaciones» la censura militar ha sido implacable. La verdad es que llueve sobre mojado. Como hemos visto, y seguiremos viendo, el MOA parece obsesionado con la supresión de este tipo de informaciones. Pero entremos ya en el grueso del expediente: el informe que eleva el juez instructor al Ministro del Aire. Tampoco tiene desperdicio...

Véase reproducido lo desclasificado por el MOA entre las páginas 350 y 371.

Una sosegada exploración del informe elaborado por el juez instructor apenas añade novedades a lo ya desmenuzado anteriormente. [La totalidad del escrito, por supuesto, aparece igualmente mecanografiado en la actualidad. Ni siquiera han tenido la precaución de buscar folios de idéntica longitud a los utilizados en 1969...] Amén de algunas contradicciones, llama la atención —eso sí— la fiel y ciega obediencia a la «consigna» diseñada por sus mandos. No sé si en un intento de curarse en salud, el teniente coronel Ugarte deja escrito (apartado 3,23 del capítulo «Hipótesis») que, en realidad, la solución que terminará por imponerse (el planeta Venus) fue «sugerida» por el general segundo jefe del Estado Mayor. La «confesión», según mi corto conocimiento, encierra un interesante «mensaje», que viene a ratificar lo manifestado por los pilotos del Caravelle de Iberia:

ESTADO MAYOR DEL AIRE

3ª Sección

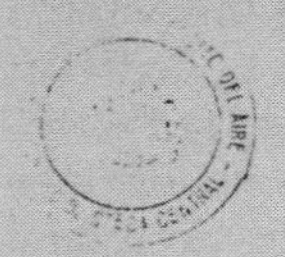

INFORME A S.E.

ASUNTO: Supuesta aparición de un objeto volador no identificado (O.V.N.I.) visto por la tripulación de un avión de IBERIA.

1. EXPOSICION

La mayoría de la prensa nacional ha difundido noticias sobre la aparición de un objeto aéreo no identificado, visto por los miembros de la tripulación de un avión tipo CARAVELLE perteneciente a la Compañía de Líneas Aéreas IBERIA, que el día 25 del pasado mes de Febrero hacía el vuelo IB-435, dirigiéndose de PALMA DE MALLORCA a MADRID.

Posteriormente, se han publicado, en los principales diarios y revistas, declaraciones de los pilotos de la mencionada aeronave: Comandante Don S y 2º piloto Don . De estas declaraciones, hechas en diferentes entrevistas, se ha querido deducir la certeza de la existencia de lo que ha dado en llamarse OVNI.

La difusión por la prensa de estas afirmaciones y los comentarios hechos por determinados periodistas o corresponsales

.../en

en un tono peyorativo hacia las autoridades que deben entender en estos asuntos; han hecho necesario llevar a cabo esta información con el fin de encontrar, dentro de lo posible, una explicación lógica y razonada sobre las causas que pudieron producir las sensaciones visuales relatadas por los citados pilotos.

2. ANTECEDENTES

Para realizar el estudio que motiva esta información, se han consultado y tenido en cuenta los siguientes antecedentes.

2,01 Nota informativa enviada por la Oficina de Prensa de este Ministerio a los medios informativos, con fecha 5 de Diciembre del pasado año, rogando a todas las personas que observen fenómenos que pudieran relacionarse con la presencia de los denominados OVNIS, se lo comuniquen a las Autoridades aéreas, "con el fin de que llegue la noticia a los órganos aéreos competentes y éstos puedan llevar a cabo las oportunas informaciones". (ANEJO Nº 1)

2,02 Circular dirigida por este Estado Mayor, con fecha 26 de Diciembre de 1968, a los Sres. Generales Jefes de Región y Zona Aérea, dando normas para realizar las oportunas averiguaciones e informaciones cuando, de acuerdo con la nota informativa publicada, cualquier persona notifique por escrito haber observado un OVNI. (ANEJO Nº 2)

2,03 Notificación escrita enviada por el Mando de la Defensa Aérea a este Estado Mayor, con fecha 26 de Febrero pasado

 ..../en

en la que se da cuenta del hecho, según comunicación del avión IB-435, recibida por "EMBARGO", a las 2140Z horas, en contacto radio y radar con el citado avión. (ANEJO Nº 3).

2,04 Informe emitido por el Comandante del Arma de Aviación (S.V.) Don , por Orden del Excmo. Sr. General Jefe del Sector Aéreo de Valencia, y en cumplimiento de lo ordenado en la Circular de este Estado Mayor a las Jefaturas de Región (citada en párrafo 2,02). Este informe, basado en el testimonio de los contactos radio y radar tenidos por el avión IB-435, y de las gestiones hechas por la Guardia Civil en las localidades de la zona, en su "CONCLUSION" insinúa, de forma poco concreta, que las sensaciones visuales percibidas por la tripulación del Caravelle pudieron ser producidas por la existencia de otros aviones en el área de Valencia, en coincidencia horaria con el avión IB-435. (ANEJO Nº 4).

2,05 <u>Noticias publicadas en la prensa nacional</u>. Día 11 de Febrero, según informes Agencia CIFRA, conoce el hecho pero no los nombres de los tripulantes. Días posteriores se publican entrevistas con los Sres. y . Día 16 de Marzo, concretamente el diario ABC hace comentarios sobre actuación de las autoridades que deben entender en estos asuntos, firmados por el corresponsal Don . (ANEJOS Nº 5-A, 5-B y 5-C).

.../2,06

2,06 Reproducción de las comunicaciones (completas) intercambiadas entre el avión de IBERIA, vuelo 435, de PALMA a MADRID, y las diferentes Unidades de Control, civiles y militares, efectuadas el día 25 de Febrero de 1969 y registradas en cinta magnetofónica en el Centro de Control de Barcelona. (ANEJO Nº 6-A).

2,07 Resumen-Guía de las comunicaciones citadas en el apartado anterior (2,06) con expresión del horario exacto en que se llevaron a cabo. Este horario está grabado en la cinta magnetofónica superpuesto a las conversaciones por medio de señales. (ANEJO Nº 6-B).

2,08 Declaraciones hechas ante el Teniente Coronel Informador por los Sres. y , 1º y 2º pilotos, respectivamente, del avión IB-435. (ANEJOS Nº 7-A y 7-B)

2,09 Información sobre la situación del planeta Venus a diferentes horas del día 25 de Febrero del presente año, facilitada por el Observatorio Astronómico de Madrid a requerimiento del Teniente Coronel Informador. (ANEJO Nº 8)

2,10 Información sobre la situación meteorológica en la ruta PALMA-MADRID-OPORTO, durante el día 25 de Febrero pasado, facilitada por el Centro de Análisis y Predicción del Servicio Meteorológico Nacional, a requerimiento del Teniente Coronel Informador. (ANEJO Nº 9).

2,11 Han sido también considerados como "ANTECEDENTES" todas las informaciones de otros casos de supuestas apariciones de OVNIS hechas en su día y enviadas a este Estado

Mayor por diferentes organismos del Ministerio del Aire, en cumplimiento de las normas incluídas en la Circular de este Estado Mayor, citada en el apartado 2,02. Estas informaciones, archivadas en el 2º Negociado de la 3ª Sección, han sido revisadas detenidamente por el Teniente Coronel Informador.

2,12 En escrito nº 494, de la Secretaría del Estado Mayor del Aire, el Excmo. Sr. General 2º Jefe comunica al Teniente Coronel Don que por Orden del Excmo Sr. Ministro del Aire ha sido nombrado Informador.

3. ESTUDIO

Para llevar a cabo de forma ordenada y lo más objetivamente posible este estudio, seguiremos los siguientes pasos:

1º. Reconstrucción de los hechos.

2º. Una vez lograda la versión más real de lo ocurrido, formularemos las hipótesis que pueden explicarlo.

3º. Escogeremos la hipótesis más razonable para explicar su posibilidad.

3,1 Como es lógico al intentar llegar a una versión objetiva de los hechos que dieron lugar a las sensaciones visuales percibidas por la tripulación del Caravelle, no tenemos más remedio que atender a lo declarado por los protagonistas. Ahora bien, de todos es sabido que al relatar muchas veces un suceso, los testigos incurren en diferen

.../cias

cias e incluso contradicciones que no son producidas deliberadamente, sino que ciertos detalles se van confundiendo en la memoria, y la misma persona puede narrar un suceso, en repetidas ocasiones, cada vez más diferente creyendo honradamente que dice la verdad y lo mismo siempre. Es por lo que, en este caso, no atenderemos sólo a lo expuesto por los Sres. y en la última declaración ante el Teniente Coronel Informador, sino que debemos tener en cuenta la conversación directa tenida mientras se producía el fenómeno visual, las declaraciones primeras hechas a los periodistas y por último, las contestaciones al interrogatorio de las declaraciones oficiales antes aludidas.

De acuerdo con lo expuesto, intentemos determinar la versión más cercana a la realidad:

- "Después del despegue en Palma el Caravelle IB-435 comienza el ascenso y toma el rumbo 288º (directo al radiofaro de Castejón) comunicando por primera vez con Control Barcelona a las 2118Z, sin dar novedad alguna."

- "A las 2119Z pregunta por primera vez a Control Barcelona si hay un tráfico en su ruta. Podemos tomar esta hora como el principio del fenómeno visual (un minuto antes, en la comunicación anterior, no había dicho nada). En este momento dice abandonar nivel 220."

.../- A las

- "A las 2127Z el avión informa a "KANSAS" que tiene a la vista y en <u>su misma ruta</u> un objeto con destellos rojos y blancos a una <u>altura de unos 30.000 piés</u> y a unas 20 millas de la Costa de Valencia."

- En las declaraciones del diario Madrid se lee: "El objeto lo tuvimos delante del morro del avión durante unos 20 minutos". En las declaraciones al periódico ABC leemos: "¿ Y los pasajeros ? (el cronista se refiere a si lo vieron) "NO, porque estaba delante de nosotros".

- Posteriormente, en las declaraciones oficiales ambos pilotos dicen haberlo visto al llegar al nivel 260 y a la derecha del eje longitudinal del avión (a las doce y media según O y 15 a 20º a la derecha según C).

<u>Esta primera parte del fenómeno visual podemos resumirla así</u>: <u>Primera visión a las 2119Z</u>. <u>Situación relativa del objeto</u>: <u>primero en el morro del avión y más alto</u>; <u>posteriormente</u>, <u>algo a la derecha y a la misma altura</u>. <u>Durante estos primeros minutos el avión llega a nivel 260 y estabiliza su altura</u>. <u>El objeto produce destellos blancos y anaranjados</u>.

Estudiemos ahora las características y movimientos aparentes del supuesto OVNI. Según el Informe del Comandante (Valencia) la Estación de Alerta y Control nº 5 (KANSAS) dice haber recibido un mensaje del avión Caravelle que decía "...está viendo un objeto

.../que

que emite a intervalos destellos de luz blanca y anaranjada, de una duración de 10 a 15 segundos y que dicho objeto estuvo siguiéndole unos 15 minutos, perdiéndose a gran velocidad a las 2150Z, aproximadamente. En la cinta magnetofónica del Control Barcelona figura a las 2133Z una llamada durante la cual se produce un movimiento vertical rapidísimo del objeto brillante "en este momento -dice la comunicación- ha bajado muy cerca del suelo y ha vuelto a nuestra altura" (Dícen también que la bajada al suelo la sitúan cerca de Teruel).

Las declaraciones oficiales de ambos pilotos, coincidiendo con lo que antes dijeron, acusan también un movimiento, no vertical, sino de alejamiento y acercamiento. El Sr. dice: "Daba la sensación de que se alejaba un poco a la derecha". ¿La sensación de alejamiento, por qué se notaba?. Porque disminuía la luz. ¿Tamaño?. Unos 10 cm. aproximadamente. El Sr. C declara al preguntarle la sensación de movimiento: "Primero quieto, luego descenso aparente hacia el suelo, ascenso a la misma posición, desaparición, vuelta a aparecer un poco más cerca y desaparición definitiva aparentemente hacia la derecha". ¿Tamaño¿. "Aproximadamente y aparentemente como una naranja."

Declaraciones del Sr. en ABC a la pregunta: ¿Se movía?. Primero se alejó sin desaparecer, hasta hacerse un punto luminoso; luego se acercó de nuevo hasta la posición anterior y descendió aparentemente hasta el suelo, subiendo de nuevo a velocidad vertiginosa.

.../Por

Por último, sobre la forma del objeto, en otras declaraciones admiten que a veces daba la sensación de ser un triángulo con tres luces más brillantes en los vértices.

Como resumen de esta segunda parte podemos aceptar:

- Tamaño: como una naranja grande

- Forma: algo imprecisa pareciendo en ciertos momentos un triángulo, por ser mayor su luminosidad en tres puntos de su periferia.

- Movimiento aparentes: De alejamiento y acercamiento por disminución y aumento de su luminosidad. De descenso y ascenso vertical muy rápido y volviendo a su posición anterior, efectuado este último, en situación, también aparente, bastante alejada del avión (Teruel).

Veamos ahora el final del fenómeno visual. Según las comunicaciones grabadas en la cinta magnetofónica de Barcelona, a las 2135Z enlaza con "EMBARGO" informando de lo sucedido y a las 2138Z dice haber perdido el objeto de vista. Aunque en la información de Valencia se dan las 2150Z como hora en que "se pierde a gran velocidad el supuesto OVNI", parece más exacto aceptar la hora grabada en la cinta, ya que ese es el momento en que durante la comunicación dicen desaparece.

- A la pregunta ¿Cómo dejaron de verlo?, hecha en la declaración oficial, se contesta: Sr. "Poco a poco a una velocidad bastante grande, aparentemente, diri -

 ..../giéndo:

giándose al nordeste". Sr.   "Una disminución de luz". En las declaraciones al diario MADRID figura "Al desaparecer, al contrario para el Comandante se fue y para el copiloto se difuminó".

- La terminación del fenómeno visual parece clara: a las 2138Z dejan de ver el objeto que desaparece no instantáneamente sino disminuyendo muy rápidamente su luminosidad.

3,2 Hipótesis

3,21 La primera hipótesis que intentaremos comprobar es la que, al igual que a la tripulación, se nos ocurre primero: ¿El objeto extraño era otro avión volando en la misma área de ruta?. Es oportuno hacer constar aquí que tanto por los antecedentes revisados así como por las conversaciones tenidas por el Teniente Coronel Informador con los miembros del Control Barcelona, en el espacio aéreo entre Sagunto y Valencia se han dado, de forma sistemática, muchas apariciones de objetos no identificados.

La explicación a esta circunstancia puede estar basada en los siguientes factores:

a) El tráfico aéreo comercial en el triángulo PALMA-VALENCIA-BARCELONA es bastante intenso.

b) La actividad aérea militar sobre el área de Valencia puede ser, sobre todo en días y noches despe-

                .../jadas

jadas, de bastante consideración (aviones C-5 - del Escuadrón 101, Base Aérea de Manises, y aviones de este tipo de otros Escuadrones se apoyan en Valencia en sus viajes nocturnos).

c) El Control Barcelona puede no tener en determinados casos, noticias de los vuelos militares, e incluso como ocurre en el caso que estamos estudiando, no conocer algún tráfico civil (Argel-Madrid).

d) La psicosis extendida a toda la Humanidad y debida a la contínua actividad periodística tratando esta materia, influye también en las tripulaciones aéreas.

En el caso que estudiamos la hipótesis de identificar al objeto extraño como otro avión tiene a su favor:

1º Efectivamente había otros aviones en el área. Según el informe del Sector Aéreo de Valencia -- (ANEJO Nº 4) "el Centro de Comunicaciones del - Area de Control de Valencia registra una comunicación de las 2139Z del avión IC KET, Grumman, - de Argel a Madrid, notificando su situación so - bre Sagunto a 16.000 piés de altura".

2º Igualmente en el mismo informe del Sector y en su párrafo titulado CONCLUSION admite la existencia de aviones a las 1930 y 2000 horas locales aproximadamente.

.../3º

3º Lo expresado en los puntos anteriores demuestra que pueden existir aviones en vuelo en el área de Valencia y Barcelona (CONTROL) no tener noticias.

4º La forma de triángulo, con luces brillantes en los vértices, puede favorecer pero de forma no muy convincente, la identificación del objeto como un avión.

Pero la hipótesis de otro avión, pese a lo expresado anteriormente, tiene en contra factores más positivos:

1º Ni el radar de a bordo del Caravelle ni los radares militares detectan ningún eco en el momento que se produce el hecho.

2º El avión IC KET, aunque en tiempo coincide con el Caravelle, permanece siempre a una altura de 10.000 piés menos y normalmente no puede ser visto sobre todo con la intensidad de luz descrita.

3º El tiempo que duró el fenómeno visual (aproximadamente 20 minutos), la permanencia continuada (4 ó 5 minutos) sin movimiento aparente y los "vertiginosos desplazamientos verticales" descartan la posibilidad de identificar, de forma convincente, al objeto con un avión, aún en el caso que dicho avión fuera un "caza militar". Hubo tiempo de sobra para una observación detenida y es de creer que la tripulación delCaravelle, está capacitada para determinar de forma concluyente, si lo visto

.../era

era otra aeronave. En otros casos, cuando un avión fue calificado de objeto extraño, el contacto visual fue muchísimo más corto.

4º Por otro lado, hay que hacer constar que los pilotos del Caravelle estuvieron emitiendo contínuamente (según sus declaraciones y las grabaciones de la cinta magnetofónica) en frecuencia 121,5 que corresponde al "canal de guardia". Cualquier avión en vuelo hubiera podido oirlo y dar noticia de su presencia, o por el contrario, al creer que cometía alguna infracción desaparecer inmediatamente; ninguno de ambos casos ocurrió.

3,22 Otra hipótesis que puede formularse, basada en similitud con otros casos ocurridos, es suponer que las sensaciones visuales fueron producidas, no por un avión, sino por otro objeto que circunstancialmente se encontrase en ese momento en el espacio aéreo: un globo sonda, un satélite artificial o restos de algunos de los muchos objetos que hoy giran alrededor de la Tierra, entrando en esos instantes en la atmósfera.

Consideremos estos casos. La suposición de un globo sonda, aparte de poder alegar otras consideraciones, debe descartarse porla brillantez que presentaba el objeto visto y los destellos que indudablemente producía el supuesto OVNI. No es aceptable creer que un globo pueda, de noche, reflejar otra

.../luz

luz que no sea la de la luna (por su altura) y que en estas condiciones produzca los destellos descritos. En otros casos, de día, el reflejo de la luz solar en los globos meteorológicos sí ha producido, como todos conocemos, efectos visuales equívocos.

La entrada en la atmosfera de restos de vehículos espaciales o "viejos" satélites artificiales, podría producir antes de su desintegración una luminosidad quizás fuerte y visible, pero incuestionablemente mucho más corta que la visión relatada, por la tripulación del Caravelle.

Por último, dentro de esta hipótesis, en el caso de tratarse de un satélite artificial (de los muchos que actualmente giran) quizás sí podría buscarse una explicación lógica al desarrollo del fenómeno en lo referente a su duración, movimiento y forma de producirse. Unicamente la dificultad en admitir esta suposición está en la gran intensidad de luz y los fuertes destellos que producía el objeto. No obstante, esta hipótesis del satélite artificial debe ser admitida como una de las más probables. Dada la similitud que tiene con la nueva hipótesis - que vamos a exponer a continuación, no nos extendemos ahora en un estudio más detallado.

3,23 Por sugerencia del Excmo. Sr. General 2º Jefe del Estado Mayor estudiamos ahora la hipótesis de que el objeto observado pueda identificarse como el planeta Venus.

.../En

En principio, esta suposición puede tener en su contra la profesión y categoría técnica de los observadores. Cuesta creer en una confusión de quienes están contínuamente volando y habituados a observar durante muchísimas horas el aspecto del firmamento. Pero la experiencia nos dice que otros pilotos más experimentados, han sufrido errores, no ya como puede ser el que estamos estudiando, sino mucho más incomprensibles. Es interesante hacer constar aquí que en las declaraciones oficiales de, ambos pilotos se les preguntó concretamente: ¿Vió algún otro objeto brillante en esa zona?. La contestación fue NO. Es indudable como más adelante demostraremos, que tenían que estar viendo al planeta Venus.

Al considerar la posibilidad de esta hipótesis se han requerido datos técnicos del Observatorio Astronómico de Madrid (ANEJO Nº 8); información meteorológica al Centro de Análisis y Predicción - (ANEJO Nº 9) y se han reproducido en un gráfico - (ANEJO Nº 10) las posiciones relativas de avión y astro de acuerdo con los datos proporcionados por los pilotos y el mencionado Observatorio.

Repasemos ahora de forma ordenada todos los síntomas del fenómeno visual de acuerdo con la versión objetiva deducia en el apartado 3,01 de este informe:

.../- La

- La tripulación ve el objeto extraño por primera vez a las 2119Z, lo tiene enfrente del morro, en su misma ruta y un poco más alto. En ese instante la situación del astro (ver croquis) coincide completamente. Posteriormente, las declaraciones de los pilotos lo sitúan algo a la derecha y a la misma altura. Efectivamente la trayectoria relativa de Venus describe una curva hacia la derecha, su Azimut va aumentando al disminuir su altura.

- La luz blanca y anaranjada y la producción de destellos son características clásicas en la observación de este astro. En la intermitencia de los destellos, que según el Sr. cronometró con duración de 10 a 15 segundos, podemos entender quizás lo contrario de lo que se pretendió al hacer esta declaración, es decir, no tenían tiempo fijo, podían producirse a los 10, 12, 13, 14 ó 15 segundos. Posteriormente hablaremos de la forma del objeto.

- Movimientos relativos. El movimiento de alejamiento y acercamiento, en un plano horizontal, se produce después de un largo rato de observación (el Sr. estima después de 15 minutos). Podemos considerar la situación del astro muy cerca ya del horizonte (Ocaso). Las declaraciones de ambos pilotos, ratificadas por la información meteorológica, nos dicen que existe cierta nubosidad (Sc, Cu, Ac) todo ella situada a baja altura. Los movimientos horizontales son apreciados por disminución de intensidad luminosa. Podemos aceptar que la falsa -

impresión de estos movimientos ha podido producirse por la interposición entre Venus y sus observadores de alguna nube o simplemente alguna capa atmosférica donde la humedad fuera mayor (no olvidemos que el movimiento descendente del astro al acercarse al horizonte se va acelerando).

- También puede tener una explicación lógica el vertiginoso movimiento vertical. Durante todo el tiempo de la observación, declaran los pilotos, han mantenido conectado el "piloto automático". Es lógico suponer que durante la duración del fenómeno luminoso toda la tripulación estuviera bastante distraída (las contínuas llamadas de radio dan claramente esta impresión). El viento a 30.000 piés, según datos de la información meteorológica, era de 70 nudos. ¿No ha podido el avión dar un suave cabeceo, que la distancia a Venus, produjera el efecto del rápido movimiento del astro?. Esta misma pregunta ha sido hecha por el Teniente Coronel Informador a otros pilotos de avión Caravelle, la contestación es afirmativa, e incluso han narrado casos semejantes en que otras tripulaciones, por estos movimientos relativos, estuvieron a punto de caer en errores similares al que ahora estudiamos. Naturalmente, si el objeto brillante estuviera más cerca del avión el cabeceo hubiera tenido que ser bastante fuerte y apreciable, incluso hacer saltar el control automático; pero la distancia a Venus permite que un movimiento casi

.../imperceptible

imperceptible del avión, produzca unos efectos visuales de grandes desplazamientos del astro.

- La terminación del fenómeno visual la situamos con bastante precisión a las 2138Z. Pero observemos que, el ocaso de Venus ocurre ese día, para el Observatorio de Madrid, a las 2140Z. La coincidencia de horario es muy significativa. Si no olvidamos la existencia de la nubosidad bastante cercana a la superficie terrestre, puede quedar explicado el adelanto en la hora y la "difuminación" o "aparente alejamiento" del objeto brillante. La pequeña diferencia de longitud (distancia) entre Madrid y la posición del avión, puede compensarse con la altura de su nivel de vuelo.

- Queda solo tratar de la supuesta forma triangular. Todo aquel que por curiosidad haya observado al planeta Venus ha podido, en cualquier momento de la observación, suponer figuras caprichosas formadas por sus destellos. En las declaraciones se da primeramente la forma de una naranja y más adelante, en los últimos minutos de la observación, es cuando parecen insistir en el aspecto triangular. La contínua observación, la situación del astro cada vez más baja y la "cooperación" de alguna nubosidad o simple humedad de la atmósfera han podido dar, junto a los destellos clásicos, esa impresión visual triangular.

.../4.

4. CONCLUSIONES

Del detenido estudio realizado pueden deducirse,como resumen,las siguientes conclusiones que dividiremos en dos clases:

1º Las que se refieren al caso particular del vuelo IB-435, y

2º Las que tienen un caracter más general pero con cierto interés para tenerse en cuenta.

4,1 Conclusiones referentes al vuelo IB-435.

4,11 Si recordamos ahora la detallada exposición de las hipótesis planteadas, podemos establecer una visión comparativa. Las suposiciones con más visos de ser realidad son, sin la menor duda, la referente al satélite artificial y al planeta Venus.

4,12 Para que el objeto visto pueda identificarse como un satélite artificial, su situación tenía que coincidir, casi completamente, con la posición del planeta Venus, en los momentos de la observación (ANEJO Nº 10) Los pilotos declaran taxativamente que sólo tenían un objeto brillante a la vista; si no era Venus, tendrían que ver también a este planeta. No lo veían, ¿por qué?, porque el objeto no identificado debía ser precisamente el planeta Venus.

4,13 La equivocación de los Sres. ´ .. es posible y no debe calificarse de extraña, ya dijimos

.../que

que existe constancia de otros expertos y veteranos pilotos que sufrieron errores semejantes. Admitido el equívoco es normal y lógico también el intentar establecer contacto con los centros militares de - Alerta y Control en la única frecuencia de radio - que podían hacerlo, "el canal de guardia"; lo que - ocasióno una gran difusión del hecho. Esta propagación involuntaria de la noticia, permitió a la Agencia Cifra conocerla. Una vez enterados los periodistas, es de creer que fuera difícil para la tripulación del Caravelle evitar su desmesurada importancia y sensacionalismo que fue adquiriendo.

4,2 Conclusiones de caracter general

4,21 Es evidente la gran "psicosis de OVNIS" sufrida por todo el mundo. Este estado de ánimo está extendiéndose a personas que por su profesión y preparación técnica debían estar más ajenos a ciertas impresiones.

4,22 La nota informativa (ANEJO Nº 1) publicada por este Ministerio no ha amortiguado la incontrolada actividad periodística, siempre sensacionalista y "comercial". El cumplimiento de lo ordenado en la mencionada nota, no logra impedir la intromisión de los reporteros en estos asuntos y sus publicaciones parece ser que ahora intentan culpar a las Autoridades aéreas de no exclarecer los hechos (ANEJO Nº 5-C).

.../4,23

4,23 Según las informaciones archivadas en la 3ª Sección de este Estado Mayor, han sido numerosas las perso - nas que se dirigieron a las Autoridades aéreas para prestar sus declaraciones sobre la aparición de supuestos OVNI'S. En muchos de estos expedientes no figuran conclusiones definitivas y, en ningún caso, existe constancia en el archivo, de que se hayan dado noticias de las gestiones realizadas a las personas interesadas. Es lógico suponer que los protagonis - tas de las sensaciones visuales extrañas, que se interesaron en prestar su testimonio, tengan curiosidad por saber que fue lo que vieron y extiendan sus inquietudes a otras personas, entre las cuales se encuentre algún corresponsal o colaborador de la - prensa.

4,24 Son varios los casos en que tripulaciones de las - Compañías de Líneas Aéreas han mantenido contacto radio con Centros de Control sobre la supuesta aparición deobjetos extraños, sin que este Ministerio haya tenido constancia, ni información de ello.

5. PROPUESTA

5,1 Parece recomendable hacer público, de vez en cuando, un resumen, lo más completo posible, de los resultados obtenidos en las informaciones que se realicen, para hacer patente la actividad de este Ministerio por desentrañar las causas de estos fenómenos visuales aéreos, y contra-

.../rrestar

rrestar así la desorbitada campaña periodística sobre la contínua aparación de OVNI'S.

5,2 Igualmente, puede ser conveniente requerir de las Compañías de Líneas Aéreas una mayor discreción de sus tripulaciones en estos casos y el inmediato envío de la información más completa posible a este Ministerio.

5,3 Finalmente, puede ser aconsejable que en cuantos casos de esta índole intervengan las Autoridades aéreas, una vez terminada la información y determinadas las causas del fenómeno visual, se comunique a los interesados los resultados obtenidos, sobre todo, si éstos no son publicados en la prensa. Una Oficina o Centro de Información y Análisis, que se creara, podría atender estas actividades. (Cuenta a S.E. el General Jefe de Estado Mayor de fecha 14 de noviembre de 1967. ANEJO Nº 11).

No obstante V.E. resolverá.
Madrid, 24 de Marzo de 1969.
EL TENIENTE CORONEL INFORMADOR,

«Los generales ya habían tomado la decisión. Poco importaba nuestro testimonio.»

La historia, en suma, se repite. Ugarte, al igual que ha sucedido con Bastida y Rocamora, cumplía órdenes. Y entre líneas, tímidamente, el juez militar del caso «Ordovás» deja entrever que no está muy conforme con la «sugerencia» del general Cuadra Medina, a la sazón segundo jefe del Estado Mayor. Pero, sujeto a la disciplina, al fin y a la postre se ve en la obligación de defender lo indefendible. ¿Y qué razón pudo empujar a la cúpula militar que gobernaba en 1969 para forzar una explicación tan peregrina? El propio informe oficial lo aclara. Las críticas vertidas en aquel mes de marzo contra las autoridades aeronáuticas[4] —así reza el primero de los capítulos («Exposición»)— obligaría al entonces Ministerio del Aire a buscar, al precio que fuera, una «explicación lógica y razonada» del fenómeno ovni protagonizado por el IB 435. La investigación, por tanto, nació viciada. Poco importaba el esclarecimiento del suceso. La auténtica y subterránea intencionalidad era otra: salvar la imagen del Ejército del Aire. Y para ello —no olvidemos que los hechos discurren en plena dictadura franquista— cualquier fórmula era válida. Y así fue.

Pero antes de encender la «traca final» no quisiera olvidar algunas de las sabrosas incongruencias contenidas en el mencionado informe del juez instructor.

Por ejemplo, al hablar del avión IC KET, Grumman, que volaba de Argel a Madrid y que a las 21.39 horas (Z) notificó su situación sobre Sagunto a 16 000 pies de altura, el teniente coronel Ugarte rechaza la hipótesis de que dicho tráfico militar pudiera ser el causante de la confusión por parte del IB 435. Y escribe textualmente: «... aunque en tiempo coincide con el Caravelle, permanece siempre a una altura de 10 000 pies menos y normalmente no puede ser visto sobre todo con la intensidad de luz descrita.»

La contradicción es escandalosa. Si los pilotos de Iberia no podían ver las luces del Grumman —situado a tres mil y pico metros por debajo del Caravelle—, ¿cómo acertaron a distinguir el planeta Venus, ubicado en el remoto horizonte? Y aprovecho para dejar constancia de otro dato que, si no recuerdo mal, todavía no he mencionado. En esas fechas, el «matagañanes» presentaba un diámetro aparente de 35,5 segundos de arco. Es decir —para que nos entendamos—, el equivalente a una peseta que pudiera ser observada a ¡125 metros! Si los pilotos del IB 435 describieron el ovni con unas dimensiones parecidas a las de una naranja, ¿cómo es posible que los militares asocien esa visión a la del planeta Venus? Cualquier aficionado a la astronomía sabe que un tamaño aparente de 35,5 segundos de arco nada tiene que ver con el diámetro de una naranja. A no ser, claro está, que intentaran «intoxicarnos».

En cuanto a la hipótesis del satélite artificial, mencionada por el juez instructor «como una de las más probables», el asunto es de psiquiatra. ¿Dónde se ha visto un satélite que vuele frente al morro de un Caravelle, a casi nueve mil metros de altitud y por espacio de veinte minutos? Que yo sepa, en 1969, las órbitas fijadas para esta clase de ingenios espaciales se hallaban, generalmente, por encima de los 180 kilómetros...

Pero la cadena de falsedades, errores y medias verdades no había concluido. En un primer momento, cuando la tripulación del Iberia me apuntó la «maniobra» ejecutada por los militares en 1969, sinceramente, dudé. «Aquello» era demasiado. Y lo interpreté como un posible error de los aviadores y del mecánico de vuelo. Su insistencia, sin embargo, me obligó a indagar. Y volví a repasar la documentación a mi alcance. Fue entonces, al estudiar los recortes de Prensa y verificar las declaraciones de Ordovás, Carvajal y Cuenca, cuando me percaté de «algo» que —¡torpe de mí!— había pasado inadvertido. Tanto el comandante como el segundo piloto hablaban siempre de las «nueve de la noche»:

«... Despegamos de Palma a las nueve y cinco.» *(Gaceta Ilustrada.)*

«... Vimos el ovni hacia las nueve y veinticinco.» (Agencia Cifra.)

«... Sucedió el 25 de febrero último, hacia las nueve y media de la noche.» (ABC.)

¿Cuál era la denuncia de los pilotos? Sencillamente, «algo» inconfesable. «Algo» tan grave que nadie se atrevió a desvelar. Las represalias, a buen seguro, hubieran sido «ejemplarizantes». [En aquella época —no lo perdamos de vista—, tanto el comandante como el segundo piloto podían ser reclamados por el Ejército del Aire, de acuerdo con la legislación vigente. Ordovás, por ejemplo, era considerado como «supernumerario». Eso hubiera significado el final de su carrera como pilotos civiles.]

Y es que —secretamente— la cúpula militar CAMBIÓ, en una hora, el momento del despegue del IB 435.

Cuando verifiqué el dato necesité un tiempo para reaccionar. Aquello era el colmo de la desvergüenza. En efecto, tal y como defendían los pilotos, el famoso vuelo Palma-Madrid del martes, 25 de febrero de 1969, tenía fijado el despegue a las 20.45 horas (LOCAL). Ése era el horario oficial. En este caso, la salida se produjo con un ligero retraso. Concretamente, a las 21.05 h. (siempre LOCAL). De acuerdo con la normativa aeronáutica internacional, la hora «Z» o «TU» correspondiente a esas 21.05 LOCAL era, obviamente, las 20.05. Es decir, una hora menos. Sin embargo, en el expediente abierto por el Ministerio del Aire, sólo se habla —una y otra vez— de la HORA Z. En ningún momento se hace alusión a la HORA LOCAL. Es más: con una astucia digna de elogio (?), al difundir la célebre nota de Prensa del 10 de abril de 1969, los militares, al relatar los sucesivos momentos del avistamiento ovni y la situación de Venus, evitan cualquier especificación. Allí sólo aparecen las «21.19 horas», las «21.38 horas», las «21.40 horas», etc. De cara a la opinión pública, estos datos fueron correctos. Correspondían a la hora real. No así, en cambio, la posición concedida a Venus.

Estamos, en consecuencia, ante un doble engaño.

Y el lector se preguntará:

¿Por qué la cúpula militar tuvo el cinismo de modificar la hora del despegue del IB 435?

Muy simple. Porque —casualmente—, cambiando la secuencia en una hora, la «solución Venus» podía «colar» con relativa facilidad. Veamos los parámetros astronómicos. Cantan por sí solos.

A las 21.19 horas (LOCAL), cuando el Caravelle comenzó a ver el ovni, la posición del planeta Venus era la siguiente:

Azimut: 274° y 10 minutos (Oeste).

Altura: 13° y 09 minutos.

En esos instantes, el rumbo del Iberia era 288° (magnético) y 282° (geográfico). Es evidente que a la mencionada hora —las 21.19 LOCAL— el Caravelle no se hallaba «alineado» con Venus.

Sin embargo, trasladando el momento del avistamiento a las 21.19 horas (Z), la situación presentaba una «cara» aprovechable. Una «cara» que, insisto, favorecía los torcidos planes de la cúpula militar. Porque a las 21.19 h. (Z) (las 22.19 LOCAL), también para una latitud de 39° 44' y una longitud de 01° 38' Oeste, el rumbo del IB 435 sí encajaba con la posición de Venus. He aquí la situación del astro:

Azimut: 283° y 35 minutos (Oeste noroeste).

Altura: 01° y 46 minutos.

283° y 282° son rumbos casi coincidentes. ¿Qué mejor argumento para hacer buena —aunque fuera con calzador— la «sugerencia» del general segundo jefe del Estado Mayor del Aire?

Lo tragicómico de esta historia es que a las 21.38 horas (Z) (las 22.38 LOCAL), cuando los militares determinan el final del encuentro ovni, el Caravelle se encontraba ya —desde hacía más de veinte minutos— perfectamente aparcado en el aeropuerto de destino: Madrid-Barajas.

Y el lector puede suponer —yo también lo pensé— que este «cambio» en las horas quizás fue consecuencia de un lamentable e involuntario error. De hecho, si analizamos los documentos que encabezan el expediente —aquellos que «se perdieron por los pasillos»— en dos, efectivamente, es fácil constatar que los firmantes equivocaron la hora real. En el primero, firmado por el teniente general del Mando de la Defensa (Estado Mayor. 2.ª Sección. Número 359. R: 69-57), se dice textualmente:

Excmo. Sr.: Amis Barcelona informa a las 21.39 Z que el Iberia 435,1 Caravelle, Comandante D. ——— en vuelo Palma a Barajas (Madrid), a la altura de Sagunto, vio un objeto extraño a su mismo nivel de vuelo, 26 000 pies, que despedía destellos de luces rojas y blancas, que con intervalos de 10 a 15 segundos se encendían, por lo que desechó la idea de que fuese un avión; y dicho objeto estuvo siguiéndole durante unos 15 minutos, perdiéndose a continuación a gran velocidad.

A las 21.40 Z IB 435 llama a Embargo dándole el mismo informe que pasó a Barcelona Control, y Embargo tiene contacto radio y radar con dicho avión, pero negativo con el objeto extraño, así como ninguna Estación de Radar tuvo contacto con dicho objeto desconocido.

Lo que tengo el honor de comunicar a V E para su conocimiento.

Dios guarde a V.E. muchos años.

Madrid, 26 de febrero de 1969.

El escrito aparece dirigido al teniente general jefe del Estado Mayor del Aire (Madrid).

Pocos días después —el 11 de marzo de 1969—, el ministro del Aire recibe un informe elaborado por un comandante del Arma de Aviación con sede en Manises (Valencia). En dicho escrito, de forma involuntaria sin duda, se repite el error. Veamos su contenido:

Excmo. Sr.: El día 25 de Febrero de 1969 el avión de las Líneas Aéreas Españolas IBERIA, tipo Caravelle, vuelo n.° 435 de Palma de Mallorca a Madrid, pilotado por el Comandante ——— y que despegó del Aeropuerto de Palma de Mallorca a las 21,10 horas Z, comunicó a la Estación de Alerta y Control N.° 5, a las 21,35 horas Z, el siguiente mensaje:

«Que estando a 26 000 pies de altura y comprobado con Barcelona Control que no había ningún tráfico en su ruta, está viendo un objeto que emite a intervalos, destellos de luz blanca y anaranjada, de una duración de 10 a 15 segundos y que dicho objeto estuvo siguiéndole unos 15 minutos perdiéndose a gran velocidad a las 21,50 horas Z aproximadamente.»

El Centro de Alerta y Control N.° 5 comunica al avión que el Control Radar de la Estación está inoperativo desde el día 4 a las 9,11 horas Z y que pase a Centro de Alerta y Control N.° 7 en Frecuencia 123'10.

El Centro de Alerta y Control N.° 7 establece contacto RadioRadar a las 21,41 horas Z con el avión de IBERIA y lo sitúa

José Lacalle Larraga, ministro del Aire en febrero de 1969.

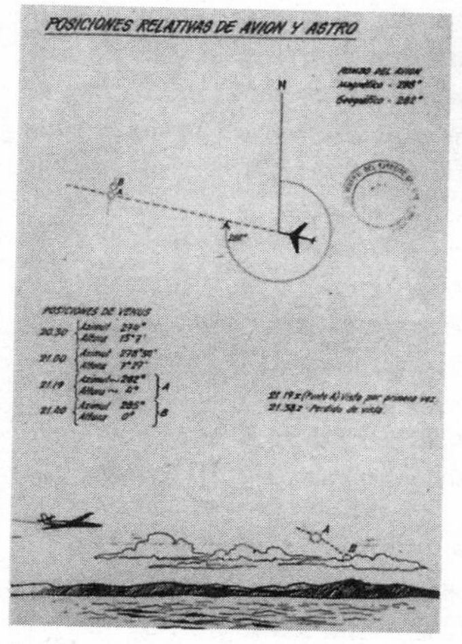

Gráfico incluido en el expediente oficial. Además de no ajustarse a la verdad aparece con errores importantes. Por ejemplo: a las 21.19 h (Z), la altura de Venus no era de 4° sino de 01° y 46 minutos. En cuanto a la posición «B», fijada para las 21.40 h (Z), si Venus se encontraba a una altura de 0°, tal y como reza el propio dibujo «oficial» (?), no es correcto situarlo entre las nubes. El astro, en esos instantes, estaba oculto tras el horizonte.

El firmamento, tal y como se presentaba a las 21.19 h (Z) del 25 de febrero de 1969. Las diferencias con las informaciones suministradas por los militares son evidentes. (Gentileza de Javier Peña, director de la revista *Cosmos*.)

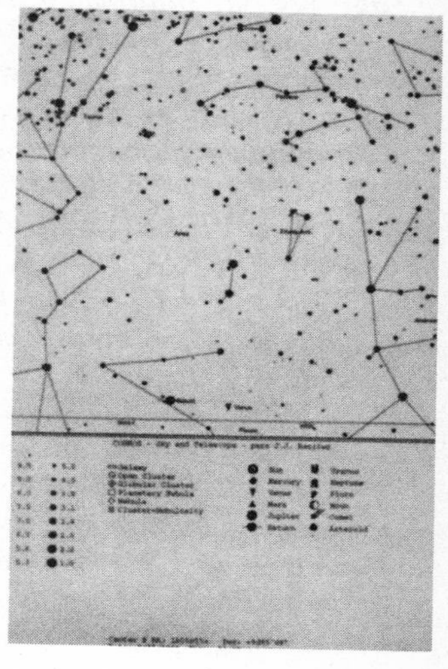

a 21 millas antes de Sagunto en el radial 110, sin registrar en la pantalla ningún otro eco que el de este avión.

El Centro de Comunicaciones del Área de Control de Valencia registra una comunicación a las 21,39 horas Z del avión IC KET, Grumman, de Argel a Madrid, notificando su situación sobre Sagunto a 16 000 pies de altura.

El Centro de Alerta y Control N.° 7 captó la traza de este avión a las 20,32 horas Z a 30 millas al Norte de Argel, dándole la designación F72P. Este avión de acuerdo con su Plan de Vuelo, notificó su situación sobre el Radiofaro de Son San Juan (MJV) a las 21,03 horas Z y 16 000 pies de altura y estimando Sagunto a las 21,23 horas Z y misma altura.

Ni en los Centros de Alerta y Control ni en el Área de Control de Valencia existe ningún otro Plan de Vuelo, contacto Radar, o notificación de posición de aviones que hayan podido sobrevolar el Radiofaro de Sagunto entre las 21,00 horas Z y las 22,00 horas Z.

El QAM de Valencia de las 21,30 horas Z es el siguiente: Viento = 280° 06 KTS; Visibilidad = más de 10 kilómetros; Tiempo presente = Despejado.

Hechas las oportunas y discretas indagaciones, el día 26 por la tarde, por este Informador, en Sagunto y Puerto de Sagunto, entre el vecindario y amistades, se deduce que no hay ningún observador visual que haya visto nada extraño a dicha hora en el espacio aéreo sobre dichas localidades.

De las investigaciones hechas por la 311 Comandancia de la Guardia Civil en las localidades de SAGUNTO, LIRIA, CHELVA, CHIVA, VILLAR DEL ARZOBISPO, VALL DE UXÓ, SEGORBE, JÉRICA, NULES, VIVER y LUCENA DEL CID, y según informe del Teniente Jefe de la Línea de Chiva, se deduce que a las 19,30 horas locales del día 25, el Guarda de la Hermandad de Labradores y Ganaderos de Chiva, ———, desde el lugar donde se hallaba sentado «Cuadrícula 545-856» Plano Militar 1: 50 000, dirección Liria-Casinos y a una distancia de unos 15 a 20 kilómetros, observó la figura de la letra M muy grande en humo negro que poco a poco se fue difuminando hasta desaparecer. El mismo día sobre las 20,00 horas locales, el motorista del motor de riego «San Lucas», situado en la cuadrícula 547-867, del mismo Plano, observó en el espacio un objeto luminoso a la altura del paraje denominado «La Serratilla», término municipal de Chiva, a una altura de unos 3 000 metros, desprendiéndose verticalmente del mismo un segundo objeto brillante más pequeño, desapareciendo ambos.

No se tiene conocimiento de aterrizajes de aeronaves a dicha zona, habiéndose reconocido por Fuerzas del Puesto de Chiva en el Cuadrante denominado «La Serratilla», sin resultado positivo.

El Centro de Comunicaciones del Área de Control de Valencia registró una comunicación a las 18,28 horas Z del avión IB 249, Caravelle, de Barcelona-Alicante, notificando posición [*ilegible en la fotocopia entregada por el Ejército del Aire*] *y otra comunicación a las 19,18 horas Z del avión IB 881, Caravelle, de Barcelona a Málaga, notificando su posición sobre Sagunto a nivel 260.*

CONCLUSIÓN: *De todo lo actuado se deduce que aunque el Centro de Alerta y Control N.° 7 no detectó sobre las inmediaciones de Sagunto nada más que el avión de IBERIA y que Barcelona Control le notificase no había ningún tráfico en su ruta, existía a dicha hora y en la misma zona y siguiendo su misma ruta el avión IC KET, bajo control del Área de Control de Valencia, cuya jurisdicción abarca niveles inferiores al 240 y este Informador estima normal que no fuese detectado por el Centro de Alerta y Control N.° 7 si este avión no lleva SIF y que Barcelona Control no le diese ningún tráfico en su ruta por iniciarse su jurisdicción a niveles superiores al 240.*

También existen aviones en el Área de Control de Valencia aproximadamente a la misma hora, en la que los observadores de Chiva dicen haber visto anomalías en el espacio *(19 h. 35' locales humo) (20 h. 00' locales luces).* [*El subrayado es del Ejército del Aire.*]

La llamada hecha al Centro de Alerta y Control N.° 5 por el avión de IBERIA, en el Canal de Guardia, frecuencia 125,5 notificándole su presunta anomalía en el vuelo, fue captada por la Torre de Control de la Base Aérea de Manises, y tanto ésta como la que hizo el avión a Barcelona Control, según informe recibido, no difiere de la recibida por el Centro de Alerta y Control N.° 5.

Manises, 4 de Marzo de 1969.

Por supuesto, estos errores no pasaron inadvertidos para la cúpula militar. Prueba de ello es que, en los siguientes documentos desclasificados, el teniente coronel Ugarte —una vez designado oficialmente como juez instructor del caso— solicita un par de importantes informaciones y, como veremos a continuación, concreta muy bien la hora real del avistamiento. El primero de los escritos, dirigido al jefe del Centro de Análisis y Predicción del Servicio Meteorológico Nacional, dice textualmente:

ESTADO MAYOR
3.ª Sección
Identificación de un objeto aéreo

Con el fin de efectuar una información ordenada por el Excmo. Sr. Ministro del Aire sobre la supuesta aparición de un objeto aéreo no identificado, el día 25 del pasado mes de febrero, ruego a Vd dé las órdenes oportunas para que sean facilitados a este Estado Mayor los datos siguientes.

— Ruta meteorológica sobre la Península Ibérica SAGUNTO-MADRID-OPORTO, con indicaciones de nubosidad total, vientos, turbulencias y estado higrométrico de la atmósfera a 30 000 pies, del día 25 del pasado febrero, de 20 a 21 horas Z.

Dios guarde a Vd. muchos años.

Madrid, 17 de marzo de 1969.

EL TTE. CORONEL JUEZ INFORMADOR

Por su parte, el segundo oficio, con destino al director del Observatorio Astronómico de Madrid, reza así:

ESTADO MAYOR
3.ª Sección — 4.° Negociado
Identificación de un objeto aéreo

Como continuación a mi escrito de fecha 15 de los corrientes,[5] *comunico a V.I. que, para continuar los trabajos de infor-*

mación sobre los objetos aéreos no identificados, ha resultado necesario conocer los siguientes datos:

Día 25 de febrero de 1969

— Situación del Planeta Venus a las 20 horas y 30 minutos Z (tiempo universal) del mencionado día 25.
— Situación de Venus a las 21 horas Z (Tiempo universal).
— Hora (Z-tiempo universal) del OCASO de Venus y situación en este momento.
Ruego a V.I., por tanto, dé las órdenes oportunas para que me sea facilitada la citada información.
Dios guarde a V.I. muchos años.

Madrid, 17 de marzo de 1969.

EL TTE. CORONEL JUEZ INFORMADOR

Más claro imposible. Si Ugarte y los generales del Estado Mayor no se hubieran percatado de las equivocaciones ya mencionadas, lo normal es que las solicitudes del juez instructor se habrían centrado en la meteorología y la situación de Venus entre las «21 y las 22 horas Z». Pero no. Las peticiones son nítidas y precisas: «ruta meteorológica de 20 a 21 horas Z». (El IB 435, recordémoslo una vez más, despegó de Palma a las 20.05 horas Z. Es decir, a las 21.05 local.)

En el escrito dirigido al Observatorio Astronómico de Madrid, la información reclamada traiciona definitivamente al teniente coronel. ¿Por qué solicita la situación de Venus a las 20 horas y 30 minutos Z? Y por aquello de las dudas, recalca lo de «tiempo universal» (TU). De haber seguido comulgando con el error, el juez instructor hubiera centrado su atención en la posición del astro a las 21 horas y 30 minutos (Z).

En conclusión: sí hubo un error inicial —así consta en los documentos—, pero fue «subsanado» de inmediato y a nivel interno. Y no puede decirse lo mismo del «cambio» —en una hora— del momento del despegue del IB 435. La cúpula militar, además de conocer por los propios pilotos el «minutaje» exacto en que se registró el incidente ovni, tenía a su disposición las cintas magnetofónicas («con expresión del horario») y la información aparecida en la Prensa. A esto hay que añadir el informe enviado por la compañía Iberia. Un informe, por cierto, que, sospechosamente, tampoco ha sido incluido en el expediente desclasificado...

Para qué continuar profundizando en tan maquiavélica maniobra. El frío y alevoso engaño descalifica sin paliativos la supuesta investigación oficial de 1969 y, obviamente, su «rigurosa y científica hipótesis». Esto explica, además, por qué el juez instructor ignora olímpicamente los valiosos testimonios de los testigos civiles que contemplaron los ovnis desde tierra. Dos de ellos, en el término municipal de Chiva (Valencia), observaron «fenómenos extraños» a las 19.30 y a las 20 horas locales, respectivamente. Es decir, entre dos y una hora y media antes del avistamiento protagonizado por el Caravelle. E idéntica suerte corrió la notificación del señor Cardo, vecino de Sagunto. En carta del 10 de abril de 1969 a las autoridades aeronáuticas, este voluntarioso pero ingenuo saguntino de la calle Teruel ponía en conocimiento de los militares que también su hermana había presenciado las evoluciones de varios luminosos objetos sobre la vertical de la plaza de Almenara. Unas observaciones coincidentes, en día y hora, con lo narrado por los pilotos del IB 435. Ramón Cardo recibiría una curiosa respuesta. La misiva —incluida en el expediente desclasificado— fue firmada por el general Cuadra Medina. Y decía textualmente:

Madrid, 23 de Abril de 1969

Sr. Don. ———

[*Censurado por el MOA*]

Muy Sr mío:

Contesto a su atta carta del 10 del corriente relativa a los puntos luminosos que tuvo ocasión de observar su dignísima hermana el día 25 de enero ppdo.[6]

Manifiesta Vd. que el planeta Venus no era visible porque el cielo estaba completamente nublado. Esto es cierto para un observador situado en la localidad de Sagunto, pero no lo es para un piloto de un avión que volaba a la altitud de 7 900 metros, ya que las nubes que cubrían Sagunto y algunas zonas más extensas de la Península eran unos estratos de muy poca altura.

Los pilotos por Vd. citados tenían, según su propia declaración, una visión perfecta de la bóveda celeste. El objeto luminoso por ellos observado, se mantuvo durante 20 minutos, coincidiendo con la posición que correspondía a Venus, extraordinariamente brillante en esas fechas.

Por ello, lo observado desde Sagunto no pudo ser el mismo cuerpo luminoso que el visto desde el avión.

Esto, se registra como caso diferente y queda constancia en espera de nuevas manifestaciones.

Permítame indicarle la posibilidad de que, con nubosidad baja, se reflejen en la parte inferior de las nubes las luces de los coches y también las de los faros para la navegación.

Sin otro particular, le saluda atentamente.

De poco sirvieron las protestas del señor Cardo ni las averiguaciones de la 311 Comandancia de la Guardia Civil. La decisión estaba tomada y, como digo, esa batería de testigos fue, sencillamente, arrinconada.

Uno de esos testimonios —puntualmente enviado al entonces Ministerio del Aire e igualmente ignorado— merece la pena ser «resucitado» de las hemerotecas. Fue publicado el domingo 16 de marzo de ese año de 1969, en la página diecisiete del rotativo valenciano *Las Provincias*. A raíz de la primera noticia que daba cuenta del incidente ovni vivido por el Iberia —distribuida por la agencia Cifra seis días antes—, el referido y valiente saguntino señor Cardo se decidió a revelar el avistamiento protagonizado por su hermana. He aquí el escrito enviado por dicho ciudadano a la redacción del periódico y la posterior entrevista llevada a cabo por Alejandro García Planas a la familia. A toda página (a cinco columnas) puede leerse:

UNOS VECINOS DE SAGUNTO CONFIRMAN LAS DECLARACIONES DE LOS PILOTOS DE IBERIA, SEÑORES ORDOVÁS Y CARVAJAL.

[*Subtítulo:*]

EL MISMO DÍA SE VIO EN AQUELLA CIUDAD UN EXTRAÑO FENÓMENO.

[*Texto de la información:*]

Ayer, se recibió en nuestro diario la siguiente carta:

Elena Cardo Núñez, vecina de Sagunto y testigo de excepción de un ovni que sobrevoló la ciudad valenciana la misma noche del encuentro del Caravelle de Iberia que hacía la ruta Palma-Madrid. (*Gentileza de Remedios Cardo.*)

Ramón Cardo, el saguntino que advirtió a los militares de la presencia de un ovni —a baja altura— sobre el castillo de la ciudad. Pero su valioso y oportuno testimonio fue arrinconado. Sencillamente, ponía en peligro la gran farsa urdida por la cúpula militar. (*Gentileza de Remedios Cardo.*)

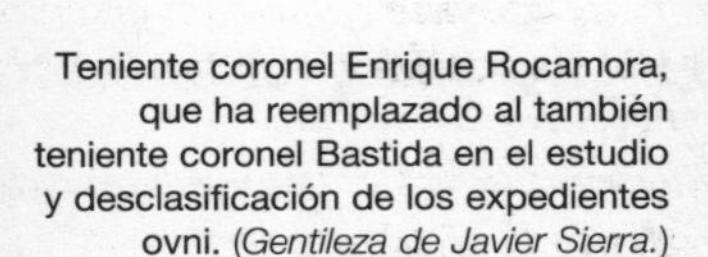

Teniente coronel Enrique Rocamora, que ha reemplazado al también teniente coronel Bastida en el estudio y desclasificación de los expedientes ovni. (*Gentileza de Javier Sierra.*)

«Señor Director de LAS PROVINCIAS. Valencia.

»Muy distinguido Señor:

»Acabo de leer en su distinguido periódico, un amplio reportaje sobre el "ovni" aparecido en la vertical de Sagunto, visto y detallado por el comandante del avión de Iberia y su copiloto, señores don Jaime Ordovás y don Agustín Carvajal.

»Pues bien, todo cuanto han manifestado dichos señores es verídico; coinciden la fecha y el lugar.

»Tengo una hermana, Elena Cardo, que subió al piso de nuestra casa para cerrar el balcón y las ventanas; esta casa nuestra da frente al castillo. Al cabo de un rato bajó toda asustada y nos dijo que por tres veces consecutivas, a la altura de dicho castillo, una potente luz que se movía fue vista por ella; yo le pregunté si era una estrella o si estaba en el mismo castillo y nos dijo que no, que era algo que ella nunca había visto. Subí yo y nada pude ver. Nosotros silenciamos el hecho por si pudieran ser alucinaciones de nuestra hermana. Pero hoy, al leer en LAS PROVINCIAS dicho reportaje le escribo a usted con el fin de demostrar que esos señores han dicho la verdad.

»Quedo suyo, "affmo. s.s. Ramón Cardo".»

Como se ve [continúa la información], la citada carta alude a la información que dimos hace muy pocos días aún sobre las declaraciones de dichos pilotos, que vieron un «ovni» sobre la vertical de Sagunto en el trayecto Palma de Mallorca-Madrid, manifestando que tenía características distintas a todo lo conocido.

Inmediatamente, nos trasladamos a Sagunto, para entrevistar a los protagonistas del hecho y del escrito.

Don Ramón Cardo Núñez es persona de buena presencia, simpatía innata, sin afectaciones, de regular estatura. Tiene dos hermanas: la citada doña Elena y doña Josefina. Ambas solteras; la primera de unos 60 años y la otra de unos 70. Al saber nuestro propósito, acceden inmediatamente a que conversemos en torno al caso aunque —digámoslo también— la protagonista del hecho se halla bastante nerviosa.

Es su hermano, quien acude en muchas ocasiones para ayudarle en la descripción de los hechos. Y dice:

—Como podrá comprobar, desde nuestro domicilio se divisan perfectamente el castillo y las montañas, ya que no existe edificación alguna enfrente.

»Pues bien, hace unas noches, a finales de febrero casi, mi hermana nos indicó de forma un tanto exaltada y nerviosa que subiera con ella para ver un enorme resplandor que venía de la zona citada.

—¿Cómo era ese resplandor, doña Elena?

—De un color anaranjado amarillento.

—¿Muy vivo?

—Sí, parecía salir como a ras del suelo. Era más grande que la Luna llena y lo vi en tres puntos distintos, no muy alejados uno de otro.

—¿Luego se movía?

—Eso fue lo que más me asustó. No era como un incendio, sino algo muy raro que yo no había visto nunca. Mi hermano, luego, me dijo si no sería una alucinación, pero contesté que no, que lo había visto muy bien y que lo recordaba con claridad, con viveza absoluta.

—¿No era una estrella seguro?

—¡Qué va!... Una estrella no se mueve así ni está nunca tan cerca de tierra.

—¿Y un avión?

—No, no; en absoluto. He visto muchas veces esas luces que llevan, rojas y verdes, y que se alternan en encenderse y apagarse. Vemos a diario los de los aviones que hacen el servicio Valencia-Barcelona y Palma de Mallorca-Madrid. No es posible que un avión volara, además, tan bajo.

—¿Se habla aquí, en Sagunto, mucho de los platillos volantes?

—No he oído nunca nada sobre eso. Yo, desde luego, no hablé nunca porque no sé bien lo que es un ovni, que dicen.

—¿Usted cree en la existencia de esos objetos volantes?

—No se me había ocurrido, hasta entonces, pensar en nada así. Pero desde la otra noche, yo creo que hay algo que no es normal. Por lo menos, conocido.

—¿Y usted, doña Josefina?

—Pienso que no puede haber nada que no sea lo que siempre hemos visto y conocido.

—¿Usted, don Ramón, qué criterio tiene sobre los ovnis?

—Creo que existen, le soy sincero. Pero no quisiera que habláramos de mis opiniones, sino de lo que me movió a escribir al diario.

—¿Y qué fue, concretamente, lo que le impulsó a redactar esa carta tantos días después?

—El final de lo que el comunicado de la Agencia Cifra expresaba sobre el piloto de Iberia y su acompañante.

—¿Y es?

—Se dejaba algo así como en duda el que hubieran ellos podido ver eso; había un temor de que fuera más imaginación que realidad. Entonces, apenas concluí la lectura, sin perder tiempo, quise aportar el testimonio de nuestra observación: lo que ellos vieron desde el aire, lo vio aquí mi hermana.

—¿Qué hora sería cuando ella observó aquello?

—¿Qué serían, las nueve, las diez?...

—Pues sí, porque íbamos a cenar —responde doña Josefina, a la pregunta de su hermano.

—Ni lo sé —aduce la otra hermana—, porque sólo pensaba en lo que había aparecido ante mi vista.

—No dijimos nada a los vecinos, para evitar comentarios. Porque yo —y perdóneme si insisto mucho en ello— creía en lo que ya expuse que Elena no había visto lo que decía. Hasta les pedí a las dos que me prometieran no comentarlo con nadie, lo que hicieron. Ahora, al leer lo que publicó LAS PROVINCIAS, *no dudo en que mi hermana tuvo razón.*

—¿Nadie más vio eso aquí?

—Al día siguiente se hablaba de que un grupo de vecinos de las casetas que hay al otro lado del castillo, había comprobado también un resplandor grande esa noche. Y en dos ocasiones, hace más tiempo, se dijo algo parecido.

Conviene aquí, quizás, decir que en las páginas de la región nuestro corresponsal nos escribió que al sur del monte del castillo apareció un objeto luminoso, de grandes dimensiones, que produjo alarma e incluso provocó el que una joven, cuyo nombre daba —y se publicó—, se indispusiera al ver tanta luz a aquellas horas de la noche.

—¿Quieren explicarnos alguna cosa más?

Nada añadieron. Nos limitamos a no poner cosa alguna por

nuestra parte. Hemos sido totalmente objetivos. Ahí está ese relato, para conocimiento del lector...

Entiendo que para un investigador honesto estos avistamientos, prácticamente simultáneos al del Caravelle, resultan de especial importancia. Pero los militares, como digo, ya habían montado la farsa...

Y ante semejante farsa, el investigador tiene la obligación de preguntarse:

¿Estaba el MOA al corriente de la conjura orquestada por aquellos generales? ¿Sabían —en el momento de la desclasificación de este expediente— que la hora del despegue del IB 435 había sido manipulada?

Dado que las pesquisas se hallan todavía abiertas[7] aplazaré mi opinión al respecto. Sea como fuere, lo que resulta innegable es que, al secundar y aplaudir las «conclusiones» de dicho informe —desclasificándolo «como si nada hubiera ocurrido»—, han caído en un nuevo y lamentable error.

«Todos ellos —escribe el oficial de Inteligencia refiriéndose a los organismos oficiales, CEI y militares de la 3.ª Sección del Estado Mayor— dan una explicación científica al fenómeno...»

¡Dios bendito! A la vista de lo expuesto, ¿quién, en su sano juicio, puede tener el descaro de bendecir esta segunda desclasificación ovni, calificándola de «modelo democrático»? ¿Quién, ante semejante cúmulo de embustes, chapuzas y maquinaciones, puede creer en la buena fe y en la liberalidad de la supuesta apertura de los archivos?

La respuesta es matemática: sólo aquellos que están colaborando y manchándose las manos en el desaguisado. «Aquellos» —los «amancebados» del MOA— que se han convertido en cómplices de uno de los mayores engaños de la Ufología moderna.

Y conviene que así conste para la Historia. Conviene que todos —sociedad e investigadores— sepamos a qué atenernos. Conviene conocer la verdad. Conviene saber que estos «vampiros» —disfrazados con el ropaje del «rigor científico»— son en realidad los «consejeros en la sombra» del MOA y la «fuente» que ha inspirado muchas de las «conclusiones» que encabezan los expedientes desclasificados. Y por si este repugnante «colaboracionismo» no fuera suficiente, con una egolatría enfermiza, van proclamando su «decisiva autoría» en el proceso de desclasificación. ¡Cuán cierto es que el necio busca escribir su nombre allá por donde pasa!

NOTAS

1. «Embargo»: nombre en clave del radar militar ubicado en el monte Puig Major en Mallorca. La instalación similar situada en la sierra de Aitana (Alicante) recibe el sobrenombre de «Kansas».

2. Para mayor abundamiento, he aquí una síntesis del estudio realizado por el meteorólogo Julio Marvizón Preney en relación al tiempo registrado sobre la Península en dicho 25 de febrero de 1969:

«Ese día, la mayor parte de la península Ibérica se encontraba con altas presiones, al menos relativas, aunque por el suroeste se aproximaba un frente de carácter cálido.

»Se produjeron algunas lluvias por la cornisa cantábrica, pero en el resto las precipitaciones registradas no fueron importantes.

»Prueba del aumento de la estabilidad es que tanto en Madrid, donde a las 18 horas solares de este día había 3 octavos de cielo cubierto y en Valencia 7 octavos, en la observación de las 00 horas del día 26 ya aparecen los cielos despejados. Luego, desde las 18 a las 00 horas del día siguiente la nubosidad desaparece del todo en ambos observatorios.

»Este tipo de situación, donde los cielos se despejan rápidamente durante la noche, puede dar lugar a formación de brumas o nieblas, pero no es el caso de este día, ya que a las 00 horas del día 26, todos los observatorios del Instituto Nacional de Meteorología presentan visibilidad por encima de los 10 kilómetros.

»A las 6 horas solares del día 26, la visibilidad más baja que se registra en los observatorios es de 6 km, sólo en dos observatorios: Sondica y Córdoba. Luego no se puede hablar de formaciones de nieblas. Ni tampoco de mucha nubosidad ya que los cielos se estaban despejando rápidamente.

»Los pilotos hablan de nubes bajas y posibles bancos de niebla, pero cuando se encontraban a mucha distancia de la costa; es decir, sobre el mar.

»La no formación de niebla se puede comprobar con la gran diferencia entre temperatura del termómetro seco y la del termómetro húmedo. En Madrid, a las 18 horas, 9 grados; a las 00 horas del día 26, 13 grados.

»En Valencia, al borde del mar, aunque no se registra niebla, las temperaturas estaban muy cerca, como corresponde a un puerto de mar: sólo había un grado de diferencia.

»Como la nubosidad media en el interior de la Península era del orden de 3 octavos y a una altura entre los 600 y los 1 000 metros, del tipo estratocúmulos, no se puede pensar en refracción de luces en ellas, ya que estas nubes son bastante densas y no dejan pasar la luz de una estrella o lucero. Además, la refracción se produce en nubes de cristales de hielo, nubes altas, como, por ejemplo, el halo de la luna o del sol.»

3. Cuando un avión vuela a dos veces la velocidad del sonido (2 de mach, por ejemplo), puede registrarse frente al «morro» una serie de fenómenos, provocados por la compresión del aire. En esos casos, si existe un determinado gradiente de humedad o una importante nubosidad, el piloto ve parcialmente falseada la realidad. Si Venus aparece entonces en la línea visual cabe la posibilidad de que se deforme, difuminándose o aumentando de tamaño. Pero jamás surge en forma de triángulo. En el incidente del 25 de febrero de 1969, el IB 435 volaba a 800 km/h. Esas «deformaciones», por tanto, eran inviables.

4. En el informe del juez instructor (apartado 2,05, «Noticias publicadas en la prensa nacional»), el teniente coronel Antonio Calvo Ugarte señala los comentarios periodísticos que provocaron la reacción del Ministerio del Aire. Se trata de una entrevista publicada el domingo, 16 de marzo de ese año de 1969, en las páginas 33 y 34 del diario *ABC*. El trabajo lo firmaba uno de los grandes pioneros de la Ufología hispana: Carlos Murciano. En él, Francisco Lezcano, escritor e investigador, responde a las preguntas de Murciano sobre el fenómeno ovni. Pues bien, el texto que, al parecer, irritó a los generales decía así:

«—El 15 de mayo de 1968, con motivo del vuelo inaugural de Iberia Las Palmas-París, uno de los pasajeros, don Alfredo González Retuerce, filmó con su Canon-Super 8, dotado de un *zoom* grande un tetrápodo metálico y brillante, inmóvil a unos diez mil metros por encima del DC-9. La película "desapareció" y me gustaría conocer su opinión al respecto.

»—El caso del señor González Retuerce —responde el entrevistado— es uno entre cientos. Y es indignante que, en materia de ovnis, determinadas autoridades continúen tratando al hombre de la calle como un menor de edad y, además sin derechos, ya que no sólo desvirtúan los hechos cuando éstos tienen visos de realidad, sino que se ridiculiza a los testigos, llegándose, incluso, a requisar pruebas sin el menor respeto. La película que el señor González Retuerce filmó en color desde la cabina del aparato y a petición de la tripulación del mismo hubo de ser entregada en Francia a personal de la compañía de acuerdo con lo ordenado por las autoridades españolas. Hasta la fecha, el testigo no ha podido recuperarla. Si se trataba de un globo meteorológico, como luego afirmaron, ¿por qué no se la devuelven? Y si era un ovni, ¿hasta qué punto es legal mantener al público en la ignorancia y acaparar la propiedad privada? Con esta actitud sólo se contribuye a crear mayor confusionismo. Yo sumo mi enérgica protesta a la de todos aquellos que, dentro y fuera de España, una y otra vez —y ello al margen de la auténtica naturaleza del ovni—, han sido, son y serán amordazados.»

Resulta increíble pero, veinticuatro años más tarde, estas audaces manifestaciones siguen conservando la misma frescura. ¿Quién puede decir que los tiempos han cambiado? En el expediente desclasificado en 1993, el MOA no ha incluido los recortes de Prensa que cita el juez instructor (Anejos números 5-A, 5-B y 5-C).

5. En el expediente desclasificado por el Ejército del Aire no figura este escrito.

6. La fecha está equivocada. El general Cuadra Medina se refiere al 25 de febrero.

7. La aparición, en el verano de 1993, de los documentos «perdidos por los pasillos» ha puesto de manifiesto otras «oscuras maniobras». Por imperativos técnicos de edición dichas manipulaciones serán dadas a conocer en un segundo volumen.

15

El enigma «Bañuls»

Que las Fuerzas Armadas en general, y el Ejército del Aire en particular, han ocultado —y siguen ocultando— información ovni no admite discusión.

Y apenas he empezado a desvelar lo que sé...

Pero, por si lo expuesto no fuera suficiente, conozcamos la opinión de alguien mucho más cualificado que este «mercader» que suscribe: el actual comandante en jefe del Mando Operativo Aéreo. En carta personal a este «bandido intelectual», el 2 de julio de 1992 el general Chamorro Chapinal reconocía que esa ocultación había sido una realidad:

«... La gran oleada de 1968/1969 provocó una inquietud general, por lo que no era lógico entonces divulgar datos que, en cierta medida, podrían haber realimentado tal situación...»

Entiendo que esta sincera y aplastante confesión lo dice todo.

Para la cúpula militar —es decir, el poder— la sociedad española de finales de los años sesenta no se hallaba preparada para afrontar el problema de los «no identificados». [Así se lo hizo saber, en 1969, el ministro del Aire, general Lacalle, al comandante de Iberia Juan Ignacio Lorenzo Torres.] Y aunque el juicio es discutible, lo que cuenta es que —a las puertas del siglo XXI— las cosas no parecen haber cambiado. El régimen de «ordeno y mando» desapareció hace dieciocho años. Pero sólo sobre el papel. Hoy, a las pruebas me remito, con la segunda desclasificación ovni, los más altos círculos militares están demostrando que las reveladoras palabras del jefe del MOA continúan vigentes. En suma: que el ciudadano no cuenta. Son ellos los que piensan y toman decisiones «en nombre» de los «minusválidos» que integramos esta nación.

Para ese colectivo —y para la poderosa «fuerza» que dicta las «consignas»— la democracia es un personaje indeseable que no debe sentarse en algunos sacrosantos sillones.

Pues bien, a pesar de este «bandolerismo» manifiesto, cuando se habla de la actual desclasificación, a los «vampiros» se les llena la boca. Y tenemos que soportar necedades como éstas:

«Nuestro Ejército del Aire se coloca en posición de honor en cuanto a la liberalidad y sentido democrático, con esta actitud.»

(Escrito por los editores de *Cuadernos de Ufología*, en el número catorce, 2.ª época. 1993.)

¡Ilusos!

Lo que no dice *Cuadernos de Ufología* —y dudo que tenga el coraje informativo para denunciarlo— es que algunos de sus asesores han colaborado en la elaboración de más de una —y, más de dos— de las «conclusiones» que presiden los expedientes desclasificados desde 1992, manchándose las manos en las intoxicaciones y manipulaciones ya expuestas. Y ciegos (?) —pregonando pública y privadamente su estrecha y decisiva participación a la hora de «convencer» (?) a los militares para que abrieran los archivos ovni— han caído en una trampa mortal. Como decía mi abuela, en el pecado llevan la penitencia.

Y aunque demasiado tarde, debo suplicar disculpas al lector. Me explico.

Si mi primigenia intención —al sentarme a redactar este trabajo— fue exponer una serie de casos ovni protagonizada por militares (es decir, testigos de «absoluta fiabilidad»), a la hora de la verdad, el libro ha gobernado por sí mismo, tomando un rumbo insospechado. Y a pesar de mis esfuerzos el timón se ha mantenido firme, navegando por el proceloso mar de las mentiras oficiales.

Haré lo que pueda. Y de vez en vez, cuando sea posible, trataré de «volver al guión original».

Pues bien, uno de esos más de trescientos encuentros ovni que esperan turno lleva por nombre «Bañuls». E intentaré narrarlo... con la venia del libro.

«Bañuls.»

Otro suceso en el que se vio inmerso un oficial de la Fuerza Aérea española. Una experiencia ovni nunca divulgada, que ha permanecido en el silencio durante veintitrés años. Un caso —lo adelanto ya— para el que mis cortas luces no encuentran explicación. Pero no conviene rendirse. Una vez conocido, los mercachifles, pijoteros y demás «vampiros» de la Ufología —siempre «chupando rueda»— seguro que ponen las cosas en su sitio. Seguro que lo vivido por aquel teniente guarda una estrecha relación, por ejemplo, con los «rayos meloneros»...

Miguel Bañuls se halla hoy en la reserva. Es comandante del Ejército del Aire. En las conversaciones que he mantenido con él he podido constatar que se trata de un hombre sin excesivo interés por el fenómeno de los «no identificados» y que tampoco ha conseguido desentrañar el misterio de lo acaecido, aquella tarde de otoño de 1979.

Aunque la fecha exacta no ha permanecido con claridad en su memoria, es muy posible que el incidente tuviera lugar el 26 de septiembre o el 3 de octubre. Pero demos paso ya a lo que importa, a su testimonio:

> ... Por aquel entonces yo era teniente. Trabajé muchos años en el radar del Puig Major y he sido testigo de «algunas cosas raras». Un año antes, siendo subteniente y estando de servicio en el «pico», a eso de las once y media de la noche recibí el aviso de uno de los soldados de guardia. Sobre el mar, frente a La Calobra, flotaba un objeto desconocido, silencioso y de gran luminosidad. Era rojo-azulado. Y de pronto descendió a gran velocidad, inmovilizándose sobre la superficie del agua. Allí aumentó de volumen. No podíamos dar crédito a lo que estábamos viendo. Y el objeto ascendió a idéntica e increíble velocidad. Y cayó de nuevo sobre el mar. Y esta operación la repitió varias veces...
>
> ... Pero, aun siendo importante, no tiene punto de comparación con lo ocurrido en 1979.
>
> ... Aquel sábado, al caer la tarde, siguiendo nuestra costumbre, abandonamos Palma con el objeto de pasar el fin de semana en Banyalbufar, en la costa norte de la isla.
>
> ... Me acompañaba Catalina, mi mujer. Montamos en el Ford Fiesta y a eso de las seis, ya oscurecido, dejamos atrás la ciudad.
>
> ... Conducía yo. La verdad es que llevo cincuenta años

Comandante Miguel Bañuls, caballero de la Real y Militar Orden de San Hermenegildo. Un testigo ovni de «primera categoria».

Una fortísima «luz» se precipitó sobre el coche que conducía Miguel Bañuls, entonces teniente del Ejército del Aire.
(*Ilustración de J. J. Benítez.*)

Otoño de 1979. El Ford Fiesta se dirigía de Palma a Banyalbufar. Tras el paso de una «luz», el turismo quedó, inexplicablemente, en dirección a la ciudad de Palma.

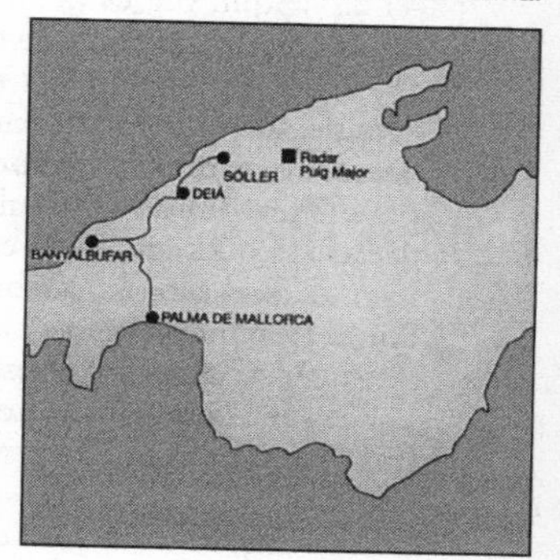

circulando por esa carretera. Como podrás comprender la conozco casi con los ojos cerrados.

... Y en cuestión de veinticinco o treinta minutos, cuando habíamos recorrido unos once kilómetros, al salir de una curva situada a kilómetro y medio de Esporles, apareció aquella «luz». Calculo que podía estar a unos doscientos cincuenta o trescientos metros.

... Era muy fuerte. Y me deslumbró. Recuerdo que le comenté a mi mujer: «¡Cabrito!... ¿No será capaz de poner las cortas?»

... Pero, nada. A pesar de mis insistentes cambios de luces, «aquello» siguió de frente, a gran velocidad y deslumbrándome.

... La carretera, además de estrecha, era bastante comprometida. Así que reduje. Metí la segunda y el coche se puso a cincuenta o cincuenta y cinco kilómetros por hora.

... La maldita «luz», sin embargo, continuó como si tal cosa. Después, en frío, atando cabos, me di cuenta que se trataba de un solo foco.

... Naturalmente me asusté. Y no digamos Catalina...

... En esos instantes creí que lo que se nos venía encima era otro coche. La «luz» avanzaba al nivel de la calzada. En realidad, de haberse tratado de un automóvil, lo más probable es que hubiéramos chocado frontalmente.

... Y aterrorizado, convencido de que nos estrellábamos, pisé el freno y el embrague.

... Pero no pasó nada. Quiero decir que no hubo colisión. La «luz», intensísima, voló por encima de nuestras cabezas, desapareciendo.

... «Aquello», evidentemente no era un turismo, ni una motocicleta, ni nada que yo conozca.

... El coche terminó parándose en cosa de metros. Y cuando acerté a reaccionar, el paso de la «luz» fue cuestión de una fracción de segundo, el susto fue aún mayor. Las piernas me temblaban y veía algo así como «estrellitas».

... ¿Puedes creer que el Ford Fiesta, inmóvil en el centro justo de la carretera, estaba mirando en dirección contraria a la que llevábamos?

... Aún se me ponen los pelos de punta.

... Agarrado al volante y con los pies presionando el freno y el embrague comprendí que había ocurrido algo muy extraño.

... Y me di cuenta de que estábamos al revés por la situación de los árboles y de uno de los muros existente junto a la cuneta.

... ¡Dios santo!, ¿cómo podía ser?

... Era imposible que hubiera hecho un giro de 180 grados. No hubo choque. El piso estaba seco. Se trataba, además, de una carretera de cuatro metros y medio de anchura. Para dar la vuelta eran necesarias, como mínimo, tres maniobras.

... Terminé bajándome y procedí al examen de la chapa y del asfalto. Todo presentaba un aspecto correcto. No había huellas de roce, ni tampoco abolladuras. Aquella inspección fue un poco absurda. De haberse producido una colisión, ¡Dios sabe lo que hubiera sido de nosotros!

... En cuanto a la «luz», ni rastro.

... Lo curioso es que, por espacio de algunos minutos, no acertó a circular ni un solo vehículo. En ningún sentido. Y digo que es extraño porque, en sábado, esa carretera es muy transitada.

... Así que, sin entender absolutamente nada, regresé al coche. Y al poner en marcha el motor le dije a Catalina: «Ya que estamos mirando hacia Palma, vámonos a dormir a la ciudad.»

... No voy a mentir. Estábamos nerviosos y asustados. A mi mujer se le saltaron las lágrimas y se ajustó el cinturón de seguridad, cosa que nunca hacía.

... No intercambiamos una sola palabra. Estaba tan excitado que el Ford se me «caló» dos veces. Y a eso de las siete y media u ocho menos cuarto entramos en Palma.

... Y una vez en casa me esforcé por resolver el «misterio». Sinceramente, no fui capaz. Y en todos estos años, aquel suceso ha estado siempre presente en nuestra memoria. Pero jamás pude hallar una explicación razonable.

... A los ocho o nueve días el coche comenzó a fallar. Y la cuestión es que era prácticamente nuevo, la matrícula era «PM-9090-K». Tenía mil quinientos o dos mil kilómetros. Total, que tuvimos que cambiar la batería.

... Y hoy, insisto, sigo preguntándome lo mismo: ¿cómo pudimos aparecer en dirección contraria?

... La «luz» era silenciosa. ¿Un helicóptero? Ni hablar... El tiempo era bueno. Tampoco hice un «trompo». El coche se hallaba inmóvil y en el centro exacto de la calzada. Y con el motor parado.

... Durante un tiempo, cada vez que me tocaba transitar de noche por esa carretera, lo hacía asustado.

... Después supe que a otro matrimonio le había ocurrido lo mismo y en la misma ruta.

Al repasar una y otra vez el increíble incidente, Miguel Bañuls, que, como digo, no ha querido plantearse nunca el «porqué», fue a caer en la cuenta de otro detalle que había pasado inadvertido.

Si en los instantes previos a la «cuasi-colisión» accionó el freno y el embrague simultáneanente —sin tocar la palanca de las velocidades—, ¿por qué se apagó el motor? Bañuls, una vez que la «luz» les rebasó, continuó presionando los pedales.

Lo cierto es que, tras el suceso, ni el conductor ni su esposa sufrieron anomalías físicas o psíquicas de importancia. No hubo ensueños ni pesadillas relacionados con el siempre complejo mundo ovni y sus vidas, en suma, discurrieron con normalidad.

Y al llevar a cabo las obligadas comprobaciones en el escenario de los hechos, las argumentaciones del comandante Miguel Bañuls se vieron ratificadas. Lo angosto de la carretera[1] hacía impracticable que un turismo de estas características pudiera efectuar un giro de 180 grados sin el auxilio de cuatro maniobras, como mínimo. El tiempo invertido en dicha operación nunca fue inferior a los cuarenta y un segundos.

Por otra parte, consultados los correspondientes expertos, se llegó a la siguiente conclusión: para levantar en el aire un automóvil como el que conducía Bañuls hubiera sido necesario el concurso de una grúa de siete toneladas. El Ford —modelo 1 100— pesaba setecientos kilos en vacío. Añadiendo los ciento cuarenta kilogramos equivalentes al peso de los ocupantes, los ochocientos cuarenta kilogramos resultantes podrían haber sido alzados y cambiados de posición en un mínimo de cinco minutos. Ninguna de las pruebas, en definitiva, encajaba con lo sucedido.

Tampoco los registros meteorológicos arrojaron luz. La ausencia de precipitaciones hacía impensable que el coche hubiera sufrido el clásico «trompo». En cuanto a un hipotético derrame de aceite o de cualquier otro producto, que pudiera justificar igualmente el giro del vehículo, las consultas cerca de la Jefatura de Tráfico dieron un resultado negativo.

¿Qué nos quedaba?

Sencillamente, la aceptación de un hecho insólito que —lo sé— no tiene explicación con la lógica humana. Un hecho absurdo, también lo sé. Pero, ¿es que existe algo más opuesto a «nuestra razón» que el fenómeno ovni? Algunos supuestos científicos enarbolan sin cesar la bandera de la «metodología científica», imprescindible —proclaman— para «destripar el enigma de los no identificados». Y digo yo: amén de las investigaciones ¿qué clase de «método científico» puede aplicarse a un caso como el de Bañuls? ¿Cómo repetir en el laboratorio un suceso tan escurridizo y extraordinario?

¿No será —como escribía san Francisco de Sales— que el verdadero científico es aquel que, sin renunciar a la crítica, sabe de la fragilidad de los dogmas y postulados?

NOTA

1. En la actualidad dicha carretera se encuentra ensanchada y remodelada.

16

«Sáez-Benito-Carvayo»: otro caso que «nunca existió»

Supongo que el escritor francés Berther jamás se interesó por los ovnis. Sin embargo, una de sus sentencias más afortunadas parece especialmente dirigida a ese cortejo de «torquemadas» de la Ufología, tan de moda en esta última década del siglo XX.

«Las tonterías que se cometen —escribía en su obra *Maximes nouvelles*— pueden a veces ser remediadas; las que se dicen no tienen remedio.»

Pues bien, como malvado prólogo al suceso que me dispongo a narrar, expondré a la vergüenza pública unas «perlas» escritas y pronunciadas por estos «equilibrados y rigurosos representantes (?) de la Ciencia». Unas afirmaciones que formarán parte —por derecho propio— de la pequeña gran historia de la Ufología y que vienen al pelo en el caso protagonizado en la mañana del 4 de noviembre de 1970 por el personal de un radar militar y los pilotos de dos «cazas» de la Fuerza Aérea española.

Entre la hermosa colección de frases lapidarias que abundan en las hemerotecas he seleccionado la siguiente y regocijante muestra:

- *«Los ovnis están muy bien como argumento para películas y novelas y pueden ser muy socorridos como tema de conversación. Sirven también para satisfacer el morbo de los amantes del misterio y para alimentar un saneado negocio que se basa en la ingenuidad de muchos incautos y, sobre todo, en la ignorancia.»*

  (José Pardina, director de la revista *Muy Interesante.*)

- *«Los aviadores tienden a ver objetos voladores, puesto que sus mentes los asocian inconscientemente con aeronaves. Otras personas creen asistir a apariciones de la Virgen o simplemente ven fantasmas. En última instancia, lo avistado depende de la voluntad del investigador.»*

- *«Creer en los ovnis es volver al irracionalismo y a la anticiencia en este fin de milenio.»*
- *«La Ufología es la historia del mundo contada por un idiota, lleno de ruido y furia.»*
- *«Ni naves extraterrestres ni fenómeno paranormal. Los ovnis son "objetos voladores neciamente imaginados".»*
- *«Los pilotos, tanto civiles como militares, tienen a menudo la ocasión de ver ovnis. Pero no saben lo que están viendo sus ojos.»*
- *«Mientras se vendan tan bien, habrá platillos volantes.»*

  (J. Armentia, astrofísico y director del Planetario de Pamplona.)

- *«El asunto ovni es un buen negocio para algunos.»*

  (A. Gámez, miembro del grupo Alternativa Racionalista a las Pseudociencias.)

- *«Sólo acudo a estas ferias —se refiere a congresos y conferencias ovni— si me becan.»*

  (Mercedes Quintana, directora ejecutiva de ARP en carta personal a María Ferraz.)

- *«Los que creen en los ovnis son una congregación de fieles religiosos que adoran a los extraterrestres.»*
- *«El 99 por ciento de los ufólogos cree en un dios extraterrestre. Cuando investigan lo hacen con anteojeras.»*
- *«Ya sabes que mi pensamiento está muy cerca del racionalismo crítico... Por supuesto la crítica a las ideas no a las personas... Me gustaría mucho dedicar unas horas a entendernos. Y te lo digo con toda sinceridad, a ti estoy dispuesto a dedicar muchas más horas que al resto de la mesa... y sobre todo al representante femenino, al que no estoy dispuesto a dedicarle más allá de media hora.»*

  (F. Ares de Blas, presidente de ARP, en carta personal al investigador Manuel Carballal y refiriéndose a la mesa redonda sobre ovnis celebrada en los cursos de verano de

El Escorial, en agosto de 1992. El «representante femenino» fue la excelente investigadora Carmen Pérez de la Hiz.)

• *«Habitualmente mis honorarios por conferencia son 250 000 pesetas (si es internacional algo más, pues me cuesta mucho más trabajo prepararla en inglés). En los honorarios se incluye el texto escrito y los derechos de publicación de la conferencia.»*

(F. Ares de Blas en carta personal al investigador Chema Carrasco.)

• *«Ejemplo de objeto volador no identificado: un avión que está demasiado alto. Algunos lo ven y otros no lo ven.»*

(Miguel Ángel Alario, académico de la Real Academia de Ciencias Exactas, Físicas y Naturales.)

• *«No sería perdonable que en una Universidad se pueda llegar a afirmar que los ovnis están gobernados por unos visitantes ajenos a la humanidad y procedentes de otros planetas.»*

• *«Reflexionar en serio sobre el fenómeno ovni puede tener un cierto interés, desde luego muy relativo, pero hablar de extraterrestres que nos visitan, de planetas Ummos o de platillos volantes tripulados es jugar a la ciencia-ficción y al engaño superlativo.»*

(Manuel Toharia, meteorólogo.)

• *«Yo no soy una persona que vea ovnis... No tenemos la evidencia de que el ovni corresponda a una máquina.»*

(J. Ballester, perito industrial —mejor dicho, ingeniero técnico industrial— y «autor» de la actual desclasificación militar.)

• *«El fenómeno ovni no es más que un mito.»*

(I. Cabria, antropólogo y consejero de *Cuadernos de Ufología.*)

• *«Decir que se estudian los ovnis es una imbecilidad. Ejemplo: decir que vamos a estudiar los no identificados es decir que vamos a estudiar los "no vasos".»*

- *«He aquí un magnífico razonamiento: testimonios de ovnis a millones; luego es falso.»*
- *«La mayor parte de lo que se publica en este país sobre el tema ovni es basura pseudocientífica.»*
- *«Llamamos Falacia del Residuo a esos casos inexplicables a los que se pueden agarrar para decir que son platillos volantes. ¡Pero también pueden ser eructos de gallina!»*

(F. Ares de Blas presidente del colectivo Alternativa Racionalista a las Pseudociencias.)

Reconozco humildemente que, a pesar de mis veintiún años de continua e intensa investigación, jamás había caído en la cuenta. ¿Habrá descubierto este «docto y preclaro científico» la difícil solución al enigma de los «no identificados»?

Eructos de gallina...

La «explicación» —desde un punto de vista estrictamente científico— constituye el gran «hallazgo» de la Ufología moderna, digno de una candidatura al Premio Nobel.

Sin embargo, mucho me temo que los controladores de interceptación del radar militar de Calatayud y los oficiales que pilotaban los Sabres en aquella mañana del 4 de noviembre de 1970 no se muestren muy conformes con esta brillantísima «falacia del residuo» que propone el no menos lúcido «científico». El término «falacia», por cierto, significa «engaño, fraude o hábito de emplear falsedades en daño ajeno». Algo a lo que nos tienen muy acostumbrados estos negadores profesionales.

Y decía que la deslumbrante «solución» no convencerá a los protagonistas de aquel caso porque, entre otras razones, el vuelo de las gallinas, como el de estos impresentables, es tan bajo como corto. Y en esta historia, como veremos a continuación, la «gallina» en cuestión se permitió el lujo de volar a 40 000 pies...

Pero entremos ya —en serio— en esta importante experiencia ovni. Un caso, por sus características, que difiere notablemente de los anteriores. Un suceso que reúne los elementos suficientes para demostrar —a quien se halle libre de fanatismos— que estamos frente a unas civilizaciones «no humanas». Una persecución aérea que los militares han ocultado celosamente. Que no figura en el célebre «listado» oficial

El entonces capitán Juan Alfonso Sáez-Benito, junto al «Sabre» con el que persiguió al ovni.

Luís Carvayo, protagonista de un encuentro-ovni en 1970. Un caso «inexistente» para el Ejército del Aire.

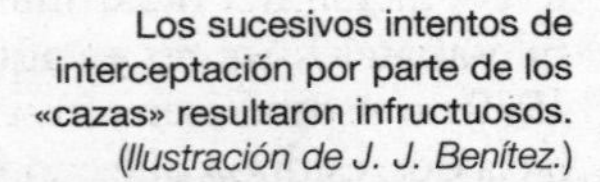

Los sucesivos intentos de interceptación por parte de los «cazas» resultaron infructuosos. (*Ilustración de J. J. Benítez.*)

de expedientes ovni. Sencillamente: un asunto, que «NO EXISTE» y que, como ocurre con otros avistamientos que revelaré en su momento, dudo sea reconocido y, mucho menos, desclasificado. La razón es obvia: la claridad y contundencia del mismo hacen inviables las tópicas y sofisticadas explicaciones convencionales de siempre. Y en otro gesto de «transparencia informativa», la cúpula militar española optó por sepultarlo. Y hoy (1993), veintitrés años después, el secreto continúa. Y si alguien se atreve a preguntar, las respuestas —fría y meticulosamente estudiadas— serán las «habituales»:

«Eso quisiéramos saber nosotros»... «Se habrá traspapelado»... «Quizás se ha perdido en algún traslado.»

Como escribía el autor del *Barbero de Sevilla*, «la política es el arte de fingir que se ignora lo que se sabe y fingir saber lo que se ignora».

Pero vayamos a los hechos.

Tuve conocimiento de este frustrado intento de interceptación ovni en los primeros años de la década de los setenta. Sin embargo, la palabra dada me obligó a guardar silencio.

En aquellas fechas, uno de los protagonistas continuaba en activo en las Fuerzas Aéreas. Este piloto —el entonces capitán Juan Alfonso Sáez-Benito— falleció el 17 de mayo de 1990, como consecuencia de un derrame cerebral. Desde ese momento, lamentablemente, quedé liberado de dicha promesa.

Sáez-Benito llegó a ser coronel jefe del Ala N.° 15, en la Base Aérea de Zaragoza. Fue un militar de enorme prestigio, de reconocida lealtad y con un historial de vuelo igualmente brillante.

El segundo y destacado testigo —Luis Carvayo Olivares, que en 1970 desempeñaba el cargo de teniente— abandonaría el Ejército del Aire para prestar sus servicios en la aviación civil. Se trata de otro piloto de probada capacidad, con treinta años de experiencia.

Resumiré en primer lugar el testimonio del que fuera coronel jefe de la Base Aérea de Zaragoza:

> ... Aquella mañana nos encontrábamos en situación de alerta de «cinco minutos». Mi «punto», es decir, mi compañero, era, en efecto, el teniente Luis Carvayo.

... Ambos nos hallábamos a bordo de sendos F-86, dispuestos a tomar parte en un ejercicio rutinario y simulado. Un «Red-Eye» («Ojo-Rojo»). Estas maniobras se efectuaban conjuntamente con la USAF. Consistían, básicamente, en la interceptación de aviones «enemigos» que penetraban en nuestro espacio aéreo.

... Y hacia las once nos fuimos al aire.

... El día era bueno. Soleado. Sin problemas meteorológicos.

... Y «Siesta», el radar de Calatayud, nos dirigió hacia unas coordenadas. Ese punto, a unas cincuenta millas náuticas[1] al norte de Gijón, era el lugar de espera. Allí debíamos permanecer, dando vueltas, hasta recibir nuevas instrucciones. Como ves, todo normal. Ni Luis ni yo teníamos idea de lo que nos aguardaba.

... Se trataba, insisto, de unas prácticas rutinarias. Hasta esos momentos, «Siesta» no había pronunciado la palabra «ovni».

... Y cuando llevábamos cinco o diez minutos orbitando sobre el Cantábrico, el controlador radar nos asignó una «traza». Para que me entiendas: un blanco desconocido. Y salimos hacia el objetivo. Nuestra velocidad, prácticamente durante toda la operación, fue de ochocientos kilómetros por hora.

... En esos minutos, mientras procedíamos a la aproximación, el radar nos fue proporcionando rumbo y distancia. El eco en cuestión —que suponíamos un avión «enemigo»— aparecía con claridad en las pantallas.

... Y cuando estábamos a unas tres millas del «desconocido», la voz del controlador nos alertó: «Lo tenéis a las "doce"[2] y 2 000 pies más bajo.» Nosotros volábamos entonces a 27 000 pies (unos nueve mil metros).

... Pero no hubo forma de localizarlo. El radar insistía. Lo tenía en pantalla.

... Proseguimos la interceptación, llegando, incluso, a una milla del eco. Nada. Seguíamos sin verlo.

... «Reatacamos» por segunda vez, maniobrando con celeridad. Fue inútil. Las continuas notificaciones de «Siesta» resultaron estériles. El supuesto «avión» parecía invisible.

... Como puedes imaginar, aquella situación empezó a irritarnos. Una y otra vez solicitamos información al radar. Y el controlador, tan perplejo como nosotros, repetía que el «desconocido» estaba allí, a 25 000 pies de altura.

... Lo intentamos por tercera vez. Pero el «avión» no daba la cara. Para ser exactos: nosotros fuimos incapaces de localizarlo.

... Y en esas estábamos cuando, en una de las ocasiones en que solicitamos a «Siesta» la altura del «desconocido», el controlador, sin poder disimular su perplejidad, manifestó que el «eco» variaba vertiginosamente de nivel, pasando de 10 000 a 40 000 pies, y viceversa, en segundos o décimas de segundo.

... En un primer momento, tanto Carvayo como yo pensamos que estaba de broma. Pero el hombre hablaba en serio. Ya lo creo...

... La cuestión es que empezamos a tener problemas de combustible. Llevábamos ya unos cincuenta minutos de vuelo y, de acuerdo con la estación radar, cancelamos la misión. Y dejamos atrás la zona de Valladolid, sobre la que se había desarrollado la frustrada y frustante interceptación, poniendo proa a Zaragoza.

... Pero la asombrosa historia no había concluido.

... De pronto, en el viaje de regreso a la base, el controlador del radar nos advirtió de algo que terminó de confundirnos: un eco no identificado nos perseguía a unas dos millas. No había posibilidad de confusión. En pantalla, según «Siesta», aparecían los tres ecos con nitidez y desplazándose. Pero, por más que miramos, el supuesto «caza enemigo» seguía sin aparecer.

... Y muy cerca del Moncayo, Luis, que volaba a mi derecha, me dio aviso. El «desconocido» se hallaba a nuestra izquierda.

... En efecto. Divisé un reflejo a las «ocho» de mi posición y algo más alto.

... Y a pesar de la escasez de combustible, picados por la curiosidad, decidimos ir a por él.

... Giramos rápidamente y empezamos a subir. Y sucedió algo increíble. No conseguimos «ponerle el morro». Cada vez que intentábamos enfilarlo, «aquello» se disparaba en vertical, desapareciendo vertiginosamente.

... Ya sé que resulta difícil de creer. Me limito a contar lo que vimos y lo que captó el radar.

... Era evidente que conocía las tácticas de combate. «Nos hizo la percha.» Es decir, no sólo evitaba el «morro» de los Sabres, sino que «saltaba», situándose a la cola de los «cazas». ¡De locos!

... Lo intentamos varias veces. Y, como si de un juego se tratase, el objeto repitió las maniobras con una limpieza y velocidad inconcebibles.

... «Siesta» asistió atónito a esta penúltima fase. La «escena» se desarrolló entre los 27 000 y 33 000 pies, aproximadamente. Pues bien, según el radar, aquella «cosa» subía y bajaba ante nuestras narices con una facilidad pasmosa. Imposible cazarlo.

... Y ante lo crítico del combustible no tuvimos más remedio que olvidarnos del «intruso» y efectuar un rápido descenso, a la búsqueda de la base.

... Pues bien, asómbrate. Cuando navegábamos a unos 2 500 pies, en lo que llamamos el «tramo inicial de tráfico», Carvayo, muy excitado, me comunicó que el aparato aquel estaba de nuevo a la vista.

... Lo llevaba en su cola y un poco más alto.

... ¡Qué pesadilla! Era un objeto metálico, ovalado y de color gris brillante. En el extremo superior presentaba una superficie plana. Una especie de «tejadillo» cuadrado o rectangular. También observamos varias zonas oscuras y redondas. Sin lugar a dudas, lo que entendemos por ventanillas.

... Esta última visión fue breve. Súbitamente ascendió a gran velocidad y dejé de verlo.

... Luis Carvayo, que lo tuvo más cerca, podrá darte más y mejores detalles.

... Cuando, al fin, acertamos a tomar tierra, la camisa no nos llegaba al cuello. Sinceramente, pasamos un mal trago.

... ¿Por qué? ¡Hijo mío, qué cosas preguntas! «Aquello» era desconocido. Y muy superior. Y aunque es cierto que en ningún momento dio señales de hostilidad, ¿quién puede estar seguro en esas circunstancias? Nuestra obsesión era aterrizar.

... ¿Una explicación lógica? Le he dado mil vueltas y, honradamente, no la tengo. Creo que sé lo que es un avión. Y también un globo meteorológico. Aquel aparato nada tenía que ver con lo que conocemos en la Tierra. Su forma era antiaerodinámica. Y a pesar de ello volaba y maniobraba infinitamente más rápido que los Sabres.

... ¿Tripulado? No lo sé. Lo que sí te diré es que se comportaba inteligentemente. Si no estaba pilotado, alguien lo teledirigía. ¡Y de qué forma! Además, ¿por qué presentaba ventanillas? Eso, en buena lógica, significa que «alguien» necesita ver el exterior.

... Hasta ese día había sido escéptico respecto a los ovnis. Otros compañeros habían hablado de encuentros con estos objetos. Pero me costaba aceptarlo. Hoy sería un insensato si me atreviera a negarlo.

... Como es preceptivo dimos cuenta a nuestros mandos. Redactamos los correspondientes informes. Cada uno por separado y con el obligado dibujo. Y coincidimos. Y estos partes fueron entregados al jefe del 102 Escuadrón, el entonces teniente coronel Narciso Unciti Villanueva.

... Sí, claro: se nos prohibió hablar del tema.

... ¿Dudas? Muchísimas. ¿Quiénes son? ¿Por qué no se dan a conocer? ¿Cómo es posible que supieran nuestras tácticas de combate? ¿Qué pretenden? ¿Por qué no se dejó ver cuando lo perseguíamos sobre Valladolid y, sin embargo, después nos acompañó hasta las proximidades de la base? ¿Creen en el mismo Dios que nosotros? ¿Por qué nos eligieron si en el cielo, esa mañana, había un buen puñado de aviones? ¿Son felices?...

Interesantes preguntas. Tan atractivas como difíciles de contestar.

Pero antes de este singular encuentro ovni repasemos el segundo testimonio, proporcionado por el entonces teniente del Ejército del Aire Luis Carvayo, de la diecinueve promoción. Una declaración en la que, en beneficio de la agilidad del relato, he suprimido algunas secuencias, anteriormente expuestas por Sáez-Benito:

... Sí, nos llevamos un buen susto. Si te digo la verdad, jamás he pasado tanto miedo.

... Entiendo que el encuentro con aquel ovni fue una casualidad. Cuando abandonamos el punto de espera y salimos hacia el blanco detectado por «Siesta», ni Alfonso ni yo sabíamos de qué se trataba. Mejor dicho, suponíamos que era un avión «enemigo», de acuerdo a lo establecido en el ejercicio.

... Las complicaciones surgieron cuando, a pesar de los datos facilitados por el radar, el «desconocido» se hizo prácticamente «invisible». Eso era imposible. En un cielo azul, tarde o temprano, tendríamos que haber visto la estela del «caza».

... Y al poco, como sabes, el controlador de tierra volvió a informarnos:

«Ahora lo tenéis a las "seis" y cuatro mil pies más bajo.»

Sáez-Benito y yo no supimos qué pensar. Pocos segundos antes, «Siesta» había reportado una posición y nivel muy diferentes: «a las "doce" y dos mil pies por debajo de los Sabres». Y recuerdo que comentamos: «Un poco de seriedad.»

... Pero el radarista, que no era piloto, continuó en sus trece: «Sí, sí, lo tengo perfectamente.» Y añadió: «¿Será un Phantom americano?»

... Y algo «mosca» le dije: «Oye, que aún no han inventado el Phantom que haga esto.»

... Pero el radar siguió pasándonos diferentes posiciones, con unas velocidades ascensionales alucinantes. El supuesto «caza enemigo» hacía maravillas. Un Phantom, por el hecho de disponer de radar, sí podría haber jugado con los Sabres. Lo que era del todo imposible es que pudiera pegar semejantes «tirones», saltando de un lugar a otro en segundos.

... Y ya de regreso a la base terminé viéndolo. Volaba a las «once» de mi posición y más alto. Al principio fue un destello. Quizás, de no haberse producido el reflejo, habría pasado igualmente desapercibido. «Siesta» continuaba desgañitándose, asegurando que nos perseguía en cola.

... Se lo dije a Alfonso. Lo vio y, un tanto cabreados, decidimos «cazarlo».

... Ascendimos y ocurrió algo increíble. Nos «sobrechutó». En los combates aéreos, como sabes, una de las tácticas «standard» consiste en buscar la cola del enemigo. Pues bien, cuando intentamos «ponerle el morro», el objeto salió catapultado, dejándonos con tres palmos de narices.

... Los Sabres no iban armados. Nuestra intención, al enfilarlo, era filmar. Fue imposible. Parecía adivinar cada movimiento. Estaba claro que conocía muy bien el sistema de ataque convencional. No permitió jamás que lo centráramos en el visor.

... Y a los dos o tres minutos, con la gasolina al mínimo, tuvimos que dar la vuelta y volar hacia Zaragoza. En esta postrera persecución, al subir, los motores habían chupado mucho combustible.

... Y al descender volví a verlo por el espejo retrovisor. Se desplazaba muy cerca de mi cola. «Siesta» lo confirmó. Los ecos del Sabre y el ovni se solapaban.

... Fueron unos minutos, tres o cuatro, pero me parecie-

Teniente Luis Carvayo: «Aquella increíble máquina se pegó a la cola de mi "F-86".» (*Ilustración de J. J. Benítez.*)

Esquema aproximado de los sucesivos intentos de interceptación del ovni por parte de la pareja de «Sabres» en 1970. El Ejército del Aire, naturalmente, «no sabe y no contesta».

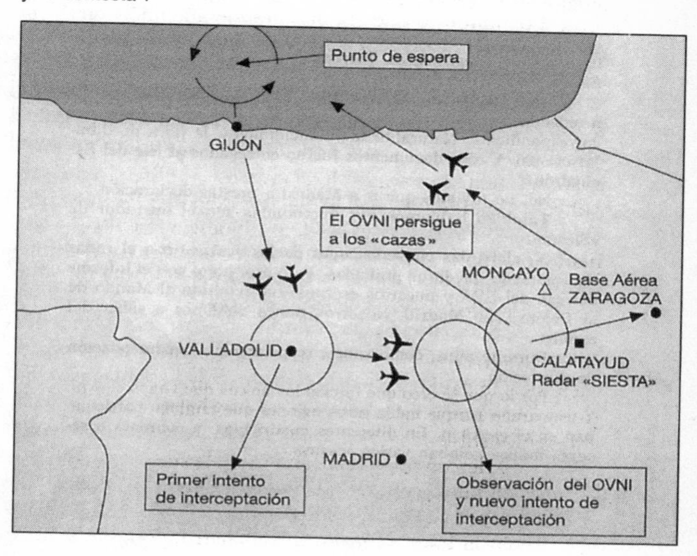

ron siglos. Y en ese tiempo lo pensé todo. Incluso, no te rías, la posibilidad de que me desintegrase. «Aquello», amigo Juanjo, era extraordinario.

... Tenía la forma de un «huevo», con algo plano en la parte de arriba. Si tuviera que buscar un ejemplo, diría que se parecía al birrete de los graduados. Y en ese tercio superior, varias ventanillas redondas, como «ojos de buey».

... No distinguimos alas, toberas, estela, ni letras o indicativos. Sólo una superficie metálica y gris.

... Y lo pasmoso es que volaba confortablemente pegado a mi cola y ofreciendo toda la superficie al viento. Imagínate un melón o un huevo volando... Pues eso.

... Recuerdo que el avión de Alfonso corría más que el mío. Y empezó a distanciarse. Y me preguntó: «¿Qué hacemos?» Yo le repliqué: «Tú eres el jefe.» Pues nada: para abajo. Pero «aquello», sin inmutarse, siguió detrás del Sabre.

... En esos críticos instantes, como te digo, pasan mil cosas por tu cabeza. Y aunque el descenso siempre significa un mayor consumo de gasolina, seguramente hicimos lo apropiado. Pensamos que, quizás bajando, el objeto podía ser visto también por la gente de los pueblos. Y esto le obligaría a desistir. Y en efecto. Al poco desapareció.

... Por supuesto que era más grande que mi avión. Siempre permaneció vertical y sin movimiento rotatorio.

... Yo iba temblando.

... No hubo alteraciones en los instrumentos. Aunque, si te digo la verdad, no presté mucha atención. Sólo sé que el motor funcionaba. Mis cinco sentidos estaban fijos en aquel artefacto.

... Con el tiempo, al rememorar el suceso, no tengo más remedio que maravillarme. Era una máquina asombrosa. Con una tecnología envidiable que nada tiene que ver con lo que conocemos. ¿Cómo es posible que algo con forma de «huevo» pueda volar y con semejante agilidad?

... Su desaparición fue fulminante. Ascendió, prácticamente perpendicular a mi trayectoria. Y el radar lo «vio»: «Sí, lo tengo», nos dijo. Y escapó al alcance de la pantalla.

... En aquellos momentos podíamos volar a 0,8 de mach. Pero su velocidad era muy superior. Si hubiera querido atacarnos nos habría destrozado.

... En los últimos instantes, muy cerca de Zaragoza, el controlador del radar nos comunicó que iba a sacar un avión más rápido. Creo que habló de un 104 de Torrejón. Pero tengo entendido que no llegó a producirse el «scramble». De todas formas, el ovni ya había desaparecido.

... Y aunque declaramos «corto de combustible», el aterrizaje, gracias a Dios, fue normal.

... El susto fue de tal calibre que, al saltar del avión, olvidé escribir el parte de vuelo. Eso, en el Ejército, es impensable. Viene a ser como no quitarse la ropa antes de acostarse...

... Y a la media hora, el amigo Blanco, el suboficial que cuidaba de mi F-86, fue a buscarme y, alterado, me recordó que no había rellenado el parte.

«Mi teniente, mi teniente —me dijo—, el libro... ¿Qué le ha pasado? Ha bajado pálido...»

Nosotros no habíamos comentado nada.

... Entonces acudimos al Escuadrón y dimos un primer parte verbal. Nuestros jefes eran el teniente coronel Unciti, un navarro magnífico, ya fallecido, y el comandante Salazar.

... Contamos lo ocurrido y nos pidieron discreción. Después llamaron de «Pegaso», en Torrejón, para repetirnos lo mismo: discreción.

... Que yo sepa no se designó juez instructor. Nos limitamos a redactar un informe. Cada uno por separado. Y con el «mono» correspondiente. Naturalmente, coincidimos a la hora de dibujar el ovni. Y esos documentos fueron entregados al jefe del Escuadrón.

... No, no tuvimos que ir a Madrid a prestar declaración.

... También hablamos por microondas con el operador de «Siesta».

... Sí, claro, las conversaciones de los «cazas» con el radar de Calatayud quedaron grabadas. Pero eso, junto con el informe del jefe del EVA y nuestros escritos, fue remitido al Mando de la Defensa, en Madrid. Nosotros nunca volvimos a saber del asunto.

... Durante años, como sabes, respetamos la recomendación de discreción.

... Por lo que sé creo que fuimos los únicos que vimos el ovni. Y es extraño porque había otros aviones que también participaban en el ejercicio. En diferentes cuadrículas, a cuarenta o sesenta millas, volaban varios «cazas».

... ¿Cómo resumir la experiencia? Lo expresamos en los informes y lo repetimos en las reuniones que celebramos con los compañeros y pilotos de la Base de Zaragoza. Tanto Alfonso como yo nos sentimos impotentes. Fue sobrecogedor.

No le faltaba razón a Luis Carvayo. Es preciso vivir una situación así para comprender mínimamente las reacciones y sentimientos de los testigos. Pilar Suescun, la viuda de Sáez-Benito Toledo, insistió siempre en el impacto psicológico que provocó aquel suceso en el ánimo de su marido:

«Alfonso era un profesional sereno y equilibrado. Y aquel día le noté nervioso. A pesar de sus habituales reservas en las cuestiones de trabajo, aquello fue imposible de disimular. Jamás había visto una cosa igual...»

En honor a la verdad, poco puede añadirse a un incidente ovni tan completo y espectacular.

El objeto fue captado en las pantallas de radar. Quedó constancia de sus formidables velocidades, de sus increíbles «saltos», de cómo evitaba a los «cazas» y de su audaz persecución, a la cola de los F-86. Los pilotos lo vieron físicamente. Trataron de interceptarlo. El ovni «jugó» con ellos, descendiendo, incluso, a poco más de ochocientos metros del suelo. Por último, en segundos, escapó del alcance del radar, pasando de 2500 a más de 80000 pies.

¿Qué puede argumentarse en contra?

¿Eructos de gallina? ¡Viva la Ufología científica!

¿Venus? ¿En una soleada mañana?

¿Un globo estratosférico francés? ¿Con ventanillas?

¿Un prototipo secreto? ¿En forma de «huevo»?

¿Un «rayo melonero»? ¿Más grande que el F-86 y en un cielo sin asomo de tormentas? (Recordemos que los Sabres medían 11,91 metros de envergadura por 11,45 de longitud.)

¿Una alucinación? ¿También por parte del radar?

¿Una «historia contada por un idiota, lleno de ruido y furia»? ¿Y por qué la cúpula militar solicitó máxima discreción? ¿Discreción a unos «idiotas»?

¿O se trataba de una «congregación de fieles religiosos que adoraban a los extraterrestres»?

¿Podemos hablar —como proclaman los negadores profesionales— de un «buen negocio para algunos»? ¿Y qué «negocio» hicieron Carvayo y Sáez-Benito?

¿Un mito? ¿Metálico y conocedor de las tácticas de combate aéreo?

¿Un «no vaso»?

Como decía Dumas hijo, «a veces es preferible tratar con un malvado, antes que con un imbécil. Aquél, al menos, descansa».

Y no conviene pasar por alto una de las interesantes aclaraciones de los pilotos:

«Nos pidieron discreción.»

¿Y a santo de qué si los ovnis «no existen»? Muy simple. Porque los militares SABÍAN de qué se trataba. Lo SABÍAN y lo SABEN. Y esa conjura —a las pruebas me remito— continúa vigente. De no ser así, cuando el MOA se enfrente a la desclasificación de los casos ocurridos en la década de los setenta, el incidente protagonizado por los «cazas» de la Base Aérea de Zaragoza saldrá a la luz... A no ser, claro está, que la documentación «se haya perdido en un traslado». En ese supuesto tendremos que pensar que la «pérdida» habrá afectado a los más de sesenta minutos de conversaciones grabadas. Una cinta —me consta— que fue «confiscada» a las pocas horas. Una cinta en la que quedaron registradas las voces de Sáez-Benito, Carvayo y el controlador de interceptación de «Siesta». Y también habremos «perdido» el obligado informe del jefe del EVA, remitido al Mando de la Defensa, en Torrejón. Y con él, las hojas con las «trazas». Y —cómo no— los partes y los dibujos elaborados por los aviadores.

Desde mi corto conocimiento, demasiadas «pérdidas»...

Digámoslo con claridad y valentía: el encuentro ovni vivido por el capitán Sáez-Benito y el teniente Carvayo resultó tan comprometedor que se ha convertido en un secreto de Estado. Y hoy, al igual que otros «acontecimientos» de similar o parecida índole, es custodiado en las cajas fuertes del Mando Operativo Aéreo. ¿Es esto democracia? ¿Podemos calificar esta ocultación como «ejemplo de liberalidad»?

Quizás sea éste el momento apropiado para recordar al lector —es decir, al contribuyente que paga los sueldos del estamento militar— algunas sentencias, pronunciadas en público y recogidas por los medios informativos, que dicen muy poco del rigor de quienes las formularon. Que cada palo aguante su vela.

Veamos las más «brillantes y oportunas»:

En los documentos (ovni) del Ejército del Aire no hay absolutamente nada interesante.

Agosto de 1992. Declaraciones al diario Ya del señor F. Ares de Blas, descubridor de los «eructos de gallina», meses antes de materializarse la segunda desclasificación. D'Houdetot definió muy bien a esta clase de individuos: «Los charlatanes son los hombres más discretos. Hablan incensantemente, para no decir nada.»

En cuanto a lo que supuestamente se esconde, nada más lejos de la realidad, está clarísimo que no existe un archivo secreto.

Algunos de los que antes criticaban su confidencialidad, no contentos con la desclasificación, dicen ahora que existe un segundo archivo secreto con casos que sí son muy relevantes. Pero tengo pruebas para demostrar que es totalmente falso.

Diciembre de 1992. Recogido en la revista *Karma-7* y en el semanario *Gaceta Universitaria*, respectivamente. Autor: J. Plana C., otro defensor del «talante democrático» de la segunda desclasificación ovni. Naturalmente, estamos ansiosos por saber si, entre esas «pruebas», figura el caso Sáez-Benito-Carvayo. En mi poder figuran varias cartas personales de los señores Plana y Redón, dirigidas en 1989 al fallecido coronel jefe del Ala N.° 15 de la Base de Zaragoza, en las que se demuestra que tenían conocimiento de dicho suceso.

El tema ovni nunca fue prioritario para el Ejército. Siempre fue tratado como algo marginal.

El tema ovni es poco importante para el Ejército del Aire. No les interesa para nada y sé que tienen deseo de que este tema escape de sus manos porque saben que no es un asunto militar sino de investigación científica.

Nosotros, que en 1991 colaboramos a que el Ejército del Aire cambiara su actitud de secretismo respecto a los ovnis e iniciara un proceso que ha acabado en la desclasificación efectiva de los primeros documentos oficiales, hemos podido vigilar muy de cerca la apertura de 1992 y entendemos que no hay motivo para creer que las Fuerzas Aéreas españolas estén escamoteando informes al público...

En resumen, puede concluirse que el Ejército del Aire español no retiene a conciencia información de índole ufológica. Pensar de otra manera es conjeturar sin base y desconocer cómo se han ocupado los militares del tema ovni.

Febrero de 1993: diario *Levante*; octubre de 1991: diario *Alerta*, y diciembre de 1992: revista *Más Allá*, respectivamente. Autor: V. Ballester, el «genio» que se jacta de haber «convencido» a los militares para que levantaran el secreto ovni. Y menos mal que la «vigilancia» —según proclama— «fue muy cercana»... Decía Schopenhauer que los engreídos y vanidosos hablan siempre a destiempo.

Aunque la respuesta al enigma ovni no se encuentra en esos papeles (archivo militar), al menos se desvelará y desmitificará uno de los misterios que rodean al fenómeno ovni, el relativo a los presuntos secretos que ocultaban las Fuerzas Aéreas que, como se verá, ni son tales secretos, ni tantos como se pensaba, ni aportan esa solución que algunos esperan.

Número 12. Segunda época. 1993: *Cuadernos de Ufología*. Oportunísima opinión de J. Arcas y J. Ruesga, editores. ¡Que santa Lucía les conserve la vista!

Lo que se ha enviado al MOA es todo lo que había en el Estado Mayor del Ejército del Aire. Ahí posiblemente ha habido extravíos, ha habido cosas que se han podido quedar en cajas, y me consta que no hay nada que esté localizable en ese momento que no esté en el Mando Operativo Aéreo.

Agosto de 1992. Palabras del teniente coronel Bastida en el curso sobre ovnis celebrado por la Universidad Complutense en El Escorial. Está claro que el entonces jefe de la Sección de Inteligencia del MOA —cumpliendo órdenes, por supuesto— no se salió un milímetro de lo previamente «establecido» por sus superiores. ¿Puede decirse que faltó a la verdad? No, desde un punto de vista estrictamente semántico. Pero tampoco dijo «toda la verdad». En ningún momento habló, por ejemplo, del caso «Sáez-Benito-Carvayo». Ni tampoco de las mutilaciones y «maquillaje» que sufrirían algunos expedientes, liberados meses más tarde.

En un determinado momento —respondiendo a las preguntas del público que llenaba la sala—, Bastida se vio seriamente comprometido. La interrogante en cuestión fue la siguiente:

¿En algunos casos, los aviones interceptadores llegaron a avistar los ovnis a simple vista?

El representante del Ejército del Aire replicó textualmente:

Eso sería entrar en detalles que, insisto, siguen siendo confidenciales. Aunque me atrevería a decirle que, en la mayoría de los casos, no llegaron a una aproximación suficiente como para lograr una identificación de ese tipo.

La respuesta de Bastida —inteligente y correcta— encerraba una lectura, «entre líneas», de enorme trascendencia. ¿Qué quiso decir con la expresión «en la mayoría de los casos»? Sencillamente: que sí ha habido «algunos sucesos» en los que los pilotos han tenido el ovni o los ovnis a una distancia «mínima», lo suficientemente corta como para distinguirlos y saber de qué se trataba. Es muy posible que el teniente coronel —enfrascado en la difícil «lidia» que le tocó en suerte— no recuerde la significativa mirada que intercambiamos en aquellos momentos. ¿Tuvimos el mismo pensamiento? Yo, al menos, rememoré la intensa y nítida experiencia de los Sabres en 1970. Y también el no menos formidable incidente registrado en julio de 1975 en el radar militar de Aitana, en Alicante. Y el tiroteo contra unos extraños «seres» en una playa de las islas Canarias o el luminoso disco sobre el EVA de Rosas, en 1991...

Pero no quiero adelantar acontecimientos. Me limitaré a cerrar este capítulo con una sentencia de Gellio, el escritor latino: «la verdad es hija del tiempo». Y el tiempo —lo estamos viendo— ha empezado a poner las cosas en su lugar.

Para los amancebados del MOA, sin embargo, lo expuesto es sólo «demagogia».

NOTAS

1. Una milla náutica: 1,8 kilómetros, aproximadamente.
2. En el argot aeronáutico: frente al «morro» del avión.

17

Los ovnis que «espiaron» a Franco

¿Demagogia? Evidentemente, los «vampiros» de la Ufología no conocen siquiera el genuino significado del término. Según la Real Academia de la Lengua, «demagogia es la utilización de planteamientos o argumentos radicales para convencer y movilizar a las masas, principalmente con fines políticos».

¿Hicieron demagogia el capitán y el teniente del 102 Escuadrón de la Base Aérea de Zaragoza? ¿Fue «Siesta», el radar de Calatayud, un demagogo?

En todo caso, a quien se puede acusar de demagogia es a la cúpula militar que usa la desinformación para desvirtuar la realidad.

Por suerte, la mayor parte de los militares vive ajena a estas maquinaciones, deplorando —a nivel privado— el oscurantismo de algunos de sus generales. Como ha quedado visto y demostrado, muchos de estos profesionales de la milicia se muestran abiertos y encantados de colaborar en lo que a la difusión de la verdad ovni se refiere. Y merced a esa sincera y democrática actitud, los investigadores vamos salvando y reconstruyendo toda clase de acontecimientos que, algún día, no lo dudemos, entrarán en la Historia. Éste es el caso de los ovnis que «espiaron» a Franco. Un suceso inédito que hoy —gracias a la buena voluntad de uno de los testigos, en la actualidad un alto jefe de la Guardia Civil— ve la luz pública por primera vez. Otra experiencia de «máxima fiabilidad» que, en opinión de este «demagogo» que suscribe, reúne los requisitos necesarios para hacerla casi inexpugnable. A saber:

1. Los testigos —a excepción del primero, un civil— fueron todos militares. Es decir, de «primera categoría».

2. El hecho jamás fue divulgado, permaneciendo en la sombra durante veintidós años. Nadie puede tacharles, por

tanto, de afán de protagonismo o de oscuros intereses económicos.

3. El fenómeno se repitió dos veces.

Y añadiría un cuarto factor, no menos interesante, que deja abierto el horizonte de la especulación:

«¿Por qué en ese lugar y en esos momentos? ¿Por qué sobre la residencia donde descansaba el general Francisco Franco?»

Ahorraré al lector las mil peripecias en las que me vi envuelto, a la hora de esclarecer el incidente. Lo que en verdad cuenta son los hechos. Y así me fueron narrados por los protagonistas:

1971. Noche del sábado 18 de diciembre. Lugar: castillo de Mudela, en el municipio de Viso del Marqués, a poco más de quince kilómetros al suroeste de la localidad de Santa Cruz de Mudela, en la provincia de Ciudad Real.

Según los partes meteorológicos, cielo despejado. A nivel del suelo, vientos flojos y variables con predominio de componente sur. A 850 milibares (unos 1 500 metros), calma. Frío intenso.

En el referido castillo —hoy propiedad del Patrimonio Nacional— los ilustres acompañantes del entonces jefe del Estado conversan apaciblemente, al amor de la chimenea. Están a punto de retirarse a descansar. A la mañana siguiente —con el alba— deberán participar en una intensa jornada de caza. Es la temporada de la perdiz.

Junto al general Franco se hallan su esposa, doña Carmen Polo, su yerno, el marqués de Villaverde, y los siguientes invitados: el presidente de Portugal, Américo Tomás; el ministro de Justicia portugués, almirante Teixeira, y los también aficionados a la caza de la perdiz señores Guiao, Machado, Mello y Bencindo. Entre los incondicionales españoles figuran los ministros de Agricultura y Hacienda, Fierro y Mora Figueroa.

En el recinto que rodea el palacete la noche discurre monótona. La seguridad vigila. Franco, llegado esa misma tarde, permanecerá en la finca hasta el anochecer del domingo. En el circuito más cercano al edificio han sido establecidos cuatro puestos, formados por los miembros de la Sexta Compañía. Su misión es controlar los accesos a la casa. En un segundo «cinturón» —llamado exterior—, un total de quince guardias civiles de la Séptima Compañía hacen lo propio, distribuidos en cinco puntos estratégicos. Su trabajo de vigilancia de los alrededores del castillo exige una permanente y escrupulosa atención. Al frente se halla un capitán, también de la Benemérita. Este magnífico profesional —hoy coronel— es el hombre que me proporcionó la primera noticia en torno al singular suceso vivido esa noche. Junto a él, como digo, fueron testigos de excepción un cabo y una docena de números. Ninguno de ellos desea revelar su identidad.

La guardia transcurre apaciblemente. Las bajas temperaturas de diciembre obligan a los militares a protegerse con gruesos capotes. Pasean y conversan en voz baja. Las luces continúan encendidas. Señal de que Franco y sus amigos permanecen aún de tertulia.

23 horas.

Isidro Pradas Toledo, guarda de la finca, sale del castillo y se dirige a su residencia, en una de las casitas que se levanta al socaire del palacete, a poco más de un centenar de metros. Este experto cazador y conocedor de la zona es el encargado desde 1954. Atiende a Franco dos o tres veces al año, siempre que el Caudillo decide cazar en los pagos de la Encomienda de Mudela. Es un hombre tranquilo, discreto y, como todo buen cazador, con una afilada capacidad de observación. Pero dejemos que sea él mismo quien relate la primera parte de este suceso ovni:

> ... Nunca he podido explicarme por qué abandoné el castillo antes de lo habitual. La costumbre, siempre que el Generalísimo se alojaba en el palacete, era esperar a que se acostara. Pero esa noche, no sé por qué, decidí salir.
>
> ... Y de pronto, cuando caminaba hacia mi casa, vi «aquello».
>
> ... Eran cuatro «luces». Pasaron por mi vertical. Marchaban despacio y a no demasiada altura.
>
> ... En un primer momento pensé en aviones. Pero al punto comprendí que estaba equivocado.
>
> ... Eran silenciosas. Volaban en una formación perfecta. Dos en cabeza y otras dos atrás. La separación entre ellas no era muy grande.

Isidro Pradas, guarda de la finca Encomienda de Mudela. Primer testigo de los ovnis que «espiaron» a Franco.

El castillo sobre el que permanecieron cuatro ovnis en diciembre de 1971. (*Foto: J. J. Benítez.*)

El general Franco —oficialmente— nunca supo de los ovnis que sobrevolaron el castillo en el que pernoctaba.

... Brillaban intensamente. Con un color blanco importante...

... Me quedé mirando, embobado. Y pasaron despacio. Sin prisas. Llevaban dirección Almagro. Y las vi «caer» por la finca que llamamos «Casa Lato».

... Y desaparecieron. A los quince minutos, más o menos, bastante confuso, retorné al castillo. Y recuerdo que se lo comenté al chófer del Caudillo y también a don Federico Pajares, el ingeniero. Estaban jugando a las cartas. Pero, al parecer, nadie había visto nada.

... Total, que no le presté mayor atención. Allí todo seguía igual. Y entré en la residencia.

... Entonces sucedió algo raro. No sé si tendrá relación con las «luces» pero, por si acaso, se lo contaré. Franco había solicitado un electricista. La lámpara del techo del dormitorio acababa de fundirse. Y provisto de mis herramientas subí hasta las habitaciones del general. Doña Carmen estaba en la cama, leyendo. Franco me pidió un destornillador e intentó soltar los tornillos del enchufe. No fue posible. Y le dije que me dejara intentarlo. Tampoco pude. Y se fue la luz. A decir verdad, nunca entendí aquel «apagón». Total, que el Caudillo pasó su brazo por mi hombro y comentó: «¡Qué artistas somos!»

... Minutos más tarde, hacia las once y media, todos se retiraron a dormir. Y el castillo quedó en silencio.

Y la noche, en efecto, fue avanzando. Hacia las cuatro de la madrugada, mi confidente, el entonces capitán de la Guardia Civil, decidió salir de la casa y comprobar cómo discurría el servicio. Y los ovnis regresaron.

Éste fue su testimonio:

... Nada más pisar el recinto que rodea el palacete, el cabo me salió al encuentro. Y dijo:

«Sin novedad, mi capitán... salvo que tenemos compañía.»

... Y señaló con la cara hacia el cielo. Y al seguir la dirección indicada vi las «luces».

... Eran cuatro y aparecían inmóviles sobre nuestra vertical.

... Dos presentaban un mayor tamaño. Eran blancas y muy brillantes.

... Los guardias, según me explicaron, las habían visto llegar poco antes. Y allí permanecían, silenciosas.

... Encendimos un cigarrillo y comentamos el asunto, sin dejar de mirar.

... ¿Qué podía ser aquello? ¿Estrellas? ¿Aviones?...

... Y en eso estábamos cuando, súbitamente, dos de las «luces» se hicieron más grandes. E interpretamos que habían descendido. Eran las que, inicialmente, aparentaban un menor tamaño o, quizás, se hallaban más altas. Y adoptaron un volumen y una intensidad luminosa superiores a los de sus «compañeras».

... Y al instante se detuvieron de nuevo.

... Estaba claro que no eran estrellas, ni tampoco aviones.

... Y comentamos entre nosotros: ¿serán reflejos? Y al momento, como si nos hubieran oído, una de ellas emitió un haz de luz hacia el suelo.

... Y asombrados, a punto de terminar el cigarrillo, los cuatro ovnis se pusieron en movimiento, alejándose en dirección a Madrid.

... Y lo hicieron a gran velocidad, sin ruido ni estampido alguno. Desde luego volaban más rápidos que un «caza».

... Se alejaron manteniendo la misma altura que habían sostenido sobre el castillo.

... Incluso, al distanciarse, las dos más luminosas seguían manteniendo aquella gran potencia lumínica, distinguiéndose perfectamente del resto.

... El «espectáculo» fue visto por todos mis hombres.

... ¿Duración? Alrededor de quince o veinte minutos.

... No, ¡por Dios! Nadie desenfundó las armas. «Aquello» no dio muestras de hostilidad. Además, ¿qué hubiéramos hecho? ¿Disparar? Habría sido tan absurdo como inútil. Sinceramente, nos limitamos a observar.

... El responsable era yo y no consideré oportuno telefonear a Madrid. Ignoro si el Mando de la Defensa los detectó en sus radares.

... Que yo sepa, los ovnis no volvieron. Y la noche concluyó sin incidencias.

... Honradamente, jamás había presenciado una cosa igual.

... Desde mi punto de vista, aquellos objetos actuaban inteligentemente. Alguien tenía que dirigirlos.

... Ninguno de nosotros pudo hallar una explicación racional.

... No avisamos a Franco. El Caudillo era muy serio y práctico. De haberle despertado a esas horas seguramente se habría enfadado.

... Sí, como hipótesis entra dentro de lo posible: si permanecieron sobre el castillo fue por algo. ¿Sabían que Franco estaba allí? ¿Nos «espiaron»?

... Yo tengo la mente abierta. Para alguien que disfrute de una tecnología tan perfecta, no creo que fuera muy complicado.

... A la mañana siguiente lo comentamos con el resto de la gente. Y fue entonces cuando el guarda lo asoció a lo que él había visto, unas horas antes.

... Nadie, insisto, se atrevió a decírselo al Caudillo. Franco salió de caza y no hubo más comentarios.

... No redactamos parte alguno. El hecho, simplemente, permaneció en nuestra memoria como algo fuera de lo común. Y así te lo hemos transmitido. Ésta es la primera vez que el suceso llega a conocimiento de un investigador. Ahora sois vosotros, los especialistas, quienes tenéis que valorarlo.

En esas fechas —diciembre de 1971— se registraron otros muchos e interesantes incidentes ovni. Uno de ellos, en particular, ocurrido tres noches más tarde, merece la pena ser destacado, aunque sólo sea breve y fugazmente.

El múltiple encuentro fue vivido por el matrimonio Del Castillo —ambos abogados— cuando viajaban en automóvil de Cádiz a Granada.

Ocurrió en la noche del 21 al 22 de diciembre —explicaron—, en el tramo Utrera-Arahal-Loja.

Era una noche clara, estrellada y sin viento. De pronto advertimos una luz junto al cristal trasero del coche. No era muy intensa. Y nos persiguió durante kilómetros.

Aceleré cuanto pude —manifestó el marido—, pero el vehículo no pasaba de cuarenta kilómetros por hora.

Nuestro perro se mostraba muy inquieto, saltando y resoplando sin cesar. Olfateaba en dirección al techo, buscando sacar la cabeza por la ventanilla. Y la radio se llenó de interferencias.

Cuando aparecían otros coches o camiones, aquella «luz» se quitaba de en medio. Pero, acto seguido, se colocaba de nuevo sobre el cristal.

Fuimos parando en todas las poblaciones. Estábamos asustados. Pero, al reanudar la marcha, «aquello» volvía a perseguirnos.

Y al entrar en una curva nos encontramos con otro objeto, tan grande como un autocar y repleto de focos. Eran unas luces blancas y potentes. Se hallaba muy próximo a la carretera y a un metro del suelo, aproximadamente. Al cruzar frente a él escuchamos un pitido, muy agudo.

Al llegar a Loja, la «luz» que nos había seguido desapareció definitivamente.

Decía Pascal que «el último paso de la razón consiste en reconocer que existe una infinidad de cosas que la superan».

Pues bien, a la vista de lo expuesto, suscribo plenamente la verdad formulada por el insigne filósofo y matemático francés. Si hemos de ser humildes y sinceros, lo acaecido sobre el castillo de la Encomienda de Mudela y en la carretera de Cádiz a Granada desborda la razón y la lógica humanas. El coronel de la Guardia Civil estaba en lo cierto cuando apuntaba que éramos los investigadores quienes debíamos interpretar lo sucedido. Pero, aun reconociendo que los estudiosos podemos disponer de un nutrido arsenal informativo, cuán lejos estamos de la posesión de esta escurridiza y ramificada verdad...

Una vez analizados los hechos —rechazadas las posibles explicaciones convencionales—, ¿qué nos queda?

Ni astronómica ni meteorológicamente hablando hay solución para esas cuatro poderosas «luces» que sobrevolaron el castillo de Mudela a las once de la noche y a las cuatro de la madrugada. El cielo se hallaba despejado y en calma. La socorrida hipótesis de una escuadrilla de «rayos en bola» sólo podría ser defendida por un paranoico.

Ningún avión comercial o de combate es capaz de hacer estacionario, excepción hecha del Harrier. Pero los «Matadores» llegaron a España a finales de 1976.

¿Helicópteros? ¿Sin ruido? Además, ¿en qué cabeza cabe que la Fuerza Aérea española decidiera volar sobre la residencia de Franco a altas horas de la noche y sin previo aviso?

¿Globos estratosféricos franceses? ¿Volando en formación y a escasos cientos de metros del suelo? Si los vientos

Cuatro intensas y silenciosas «luces» dieron una primera pasada sobre el castillo de Mudela a las 23 horas del sábado 18 de diciembre de 1971. (*Ilustración de J. J. Benítez.*)

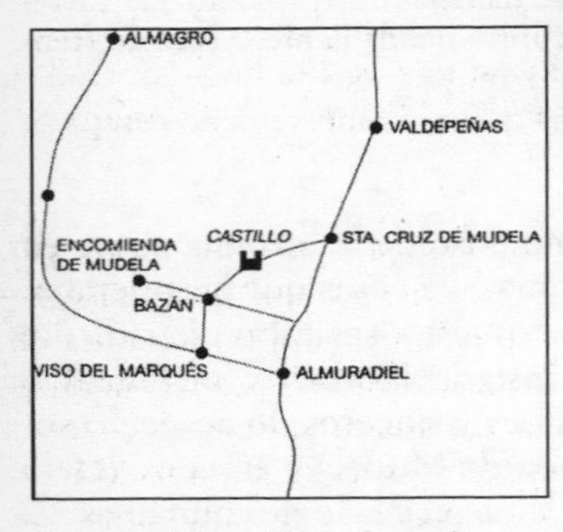

Situación del castillo de Santa Cruz de Mudela.

Cuatro de la madrugada. Los ovnis volvieron, estacionándose sobre el castillo en el que dormían el general Franco, el presidente de Portugal y varios ministros. (*Ilustración de J. J. Benítez.*)

eran flojos y de componente sur, ¿cómo explicar que se alejaran hacia el noroeste (Almagro) y hacia el norte (Madrid), en cada uno de los avistamientos?

¿Chatarra espacial? ¿Desde cuándo los restos incendiados de un cohete o de un satélite artificial son capaces de inmovilizarse en el aire durante quince o veinte minutos, cambiando de trayectoria y lanzando un haz de luz hacia tierra?

¿Venus? ¿Santa Claus? ¿Objetos volantes neciamente imaginados? ¿Eructos de gallina?...

Insisto: ¿qué nos queda?

Amparándonos justamente en la lógica —pero una lógica tolerante y sin prejuicios— sólo es posible admitir que cuatro ingenios de origen «no humano» se pasearon esa noche y madrugada sobre el palacete en el que descansaban el general Franco y sus invitados. Unos artefactos, máquinas o naves —el término es lo de menos— infinitamente superiores a todo lo concebido por el hombre.

Unos objetos que parecían «entender» las dudas de los testigos. Mejor dicho, para ser exactos, unos «tripulantes» que parecían extraordinariamente «atentos» a lo que sucedía entre los servicios de seguridad. Ante los comentarios de los guardias civiles —«¿serán estrellas?»—, dos de las «luces» descendieron automáticamente de nivel. Y para despejar las últimas vacilaciones —«¿serán reflejos?»—, uno de los ovnis proyectó un haz de luz hacia el suelo.

Y voy más allá en esta arriesgada tesis. ¿Fueron esos «pilotos» los que «provocaron» la inusual e injustificada salida del castillo de Isidro Pradas, el guarda? ¿Y por qué no? Su testimonio resultaría tan importante como complementario.

Pero no esquivaré por más tiempo la que, en mi opinión, constituye la clave de este suceso:

«¿Por qué precisamente sobre el castillo en el que dormía el general Franco?»

Y surge de nuevo la teoría «darnaudiana».

¿Casualidad? ¿Pura coincidencia o un «plan» minuciosamente programado? ¿Por qué no fueron a situarse sobre cualquiera de las muchas poblaciones o aldeas que rodean dicha finca? ¿Qué tenía de particular aquel lugar?

En lo más íntimo, «algo» me dice que aquellos cuatro ovnis no escogieron el palacete de la Encomienda de Mudela de forma gratuita. La civilización o civilizaciones que gobernaban esas naves «sabían» muy bien «quién» lo habitaba en esos momentos. Y si esto fue así, ¿cuáles eran sus objetivos?

Llegados a este punto, la imaginación, obviamente, se dispara. Pero, como clamaba Joubert, ¿no es cierto que los poetas tienen cien veces más sentido común que los filósofos?

¿Qué buscaban, qué pretendían los ovnis que «espiaron» al anterior jefe de Estado?

¿Controlaron su salud? ¿Estaban al corriente de las graves dolencias que le conducirían a la muerte cuatro años más tarde?

¿Penetraron en su subconsciente a través del sueño? ¿Condicionaron sus pensamientos y sus decisiones políticas? ¿Sabían del irreversible proceso de disgregación a que se hallaba sometido el régimen? ¿Qué ocurrió en la vida de Francisco Franco a partir de aquel 18 de diciembre de 1971? He aquí otro apasionante tema de estudio para historiadores y biógrafos. Por mi parte —fiel a mi malévolo estilo— dejaré en suspenso cuanto he «descubierto». E invito al lector a que se embarque en la aventura de descubrirlo por sí mismo.

18

31 de marzo de 1993: la penúltima traición de los «vampiros»

Las mentes retorcidas gustan del factor sorpresa. Actúa como un *flash*. Ciega momentáneamente. Distrae. Desvía la atención de la auténtica intencionalidad. Y los ingenuos y poco avisados son presa del canto de sirena. Pero estos golpes de efecto —como reza el proverbio japonés — son tan peligrosos para el que los promueve como agacharse en un campo de melones para atarse el zapato. Los que observan a distancia, sencillamente, pueden sospechar otra cosa. Esto, ni más ni menos, fue lo ocurrido en mayo de 1993 cuando el Ejército del Aire —en pleno proceso de desclasificación ovni— sorprendió a propios y extraños con un inesperado e insólito miniexpediente. Un «informe» (?) de tres folios. Sesenta y dos líneas que confirman y demuestran lo ya repetido hasta la saciedad: que la cúpula militar no juega limpio. Que no le interesa la investigación seria y rigurosa. Que sólo cuenta, en definitiva, la consigna de pulverización del fenómeno de los «no identificados». Y el tiro volvió a estallarles en plena cara...

Pero ajustémonos a los hechos.

Con fecha 30 de abril del mencionado año del Señor de 1993, el EMA (Estado Mayor del Aire) estampaba el sello de «DESCLASIFICADO» en dos de los tres documentos remitidos por el familiar MOA. Algunos días después, de acuerdo al procedimiento habitual, el miniexpediente quedaba depositado en la Biblioteca del Cuartel General del Aire, a disposición de la opinión pública. En las páginas 432 a 434 podemos ver —íntegra— la «joya» en cuestión.[1]

Entiendo que la parquedad en el «resumen» del MOA (dos líneas) respecto a los sucesos ovni registrados en la madrugada del 31 de marzo de 1993 constituye, de entrada, un insulto al ciudadano. El expediente oficial, sencillamente,

MANDO OPERATIVO AEREO	ESTADO MAYOR SECCION DE INTELIGENCIA

AVISTAMIENTO DE FENÓMENOS EXTRAÑOS

LUGAR: - MADRID

FECHA: - 1993 / día 31 de Marzo

RESUMEN:

Notificaciones a medios de comunicación de avistamientos de fenómenos luminosos en Barcelona, Lérida y Gerona, a las 02:00L.

CONSIDERACIONES

- Información recibida del SEPRA (CNES)- Service d'Expertise des Phénoménes de Rentrée Atmosphérique - indica la coincidencia, en hora y trayectoria, de los fenómenos observados y la re-entrada en la atmósfera de la tercera fase de un cohete ruso, lanzado el 30 de Marzo a las 18:00Z (20:00L) para la puesta en órbita del satélite de observación COSMOS 2238.

ASPECTOS DESTACABLES:

No hubo detección radar ni notificación expresa de los avistamientos a organismos el Ejército del Aire.

No se aprecian datos que introduzcan suficientes elementos de "extrañeza" en la observación como para realizar investigación detallada.

No se aprecian aspectos que hagan aconsejable establecer la condición de "MATERIA CLASIFICADA".

PROPUESTA DE CLASIFICACIÓN: **DESCLASIFICADO**

Torrejón, a 19 de Abril de 1993

EL OFICIAL DE INTELIGENCIA DEL MOA

DESCLASIFICADO			
Escrito: EMA/DOP	Nº: 2911	Ref.: SESPA	Fecha: 30-04-93
OBSERVACIONES: Expte. 930331			

EXPEDIENTE:	01MOA93

ÍNDICE DE DOCUMENTOS

1 - Nota del SEPRA (CNES) sobre la re-entrada en la atmósfera de la tercera fase del cohete ruso, portador del satélite de observación COSMOS 2238.

INFORMATIONS -

Paris, le 6 avril 1993

Le CNES étudie un phénomène de rentrée atmosphérique observé en France dans la nuit du 30 au 31 mars 1993

Le 31 mars 1993 au matin, le SEPRA (Service d'Expertise des Phénomènes de Rentrée Atmosphérique) du CNES à Toulouse était contacté par des dizaines de témoins (particuliers, brigades de Gendarmerie, aviation civile, observatoires) au sujet d'un phénomène aérospatial non identifié aperçu dans de nombreuses régions de France. Le SEPRA mettait aussitôt en place une enquête qui consistait à recueillir les données des témoignages et à en vérifier la corrélation. Les termes employés par les témoins étaient cohérents et permettaient de noter les dénominateurs communs de témoignages : observation vers 02 h 10 / 02 h 14 (heure française) d'un phénomène aérospatial traversant le ciel du Nord-Ouest au Sud-Est.

La description du phénomène par les témoins, l'heure d'observation et la durée d celle-ci (de l'ordre de 30 à 60 secondes environ), ont permis de constater qu' s'agissait du même phénomène observé en différents lieux.

Le SEPRA, avec le support des services d'orbitographie du CNES, a procédé à de travaux de corrélation des observations recueillies avec la rentrée dans l'atmosphè du 3ème étage d'une fusée russe ayant mis en orbite le satellite d'observatio COSMOS 2238. Ce lancement a eu lieu le 30 mars à 18 h 00 TU (20 h 00 heu française). Les données transmises au CNES, via la NASA, par l'organisatio americaine NORAD ont permis de reconstituer la trajectoire du 3ème étage montra le survol de la France le 31 mars entre 00 h 10 et 00 h 12 TU, soit 02 h 10 et 02 h 1 (heure française).

L'ensemble des éléments recueillis, coordonnés entre eux, montrent la relation cause à effet entre les observations et la rentrée dans l'atmosphère du 3ème éta de la fusée russe.

Un cas similaire s'était produit le 5 novembre 1990 à l'occasion du lancement d' satellite de télécommunications russe GORIZON 21.

Rappelons qu'en phase de rentrée dans l'atmosphère, un corps artificiel est soum à un échauffement important (pouvant aller jusqu'à 4000°C en fonction de sa vites et de son poids) et génère des phénomènes lumineux.

NO INFORMA. No expone lo ocurrido. Pero —eso sí— se apresura a echar mano de una aparentemente muy buena explicación: los supuestos ovnis no fueron otra cosa que chatarra espacial. Y como la fuente informativa (?) llevaba el cuño yanqui-galo, miel sobre hojuelas...

Extraña forma de desclasificar y, sobre todo, de informar al contribuyente.

Es por ello, por respeto a esa opinión pública, que antes de medir mis armas con el MOA, siguiendo el curso de lo que debe ser una investigación mínimamente objetiva y presentable, trataré de exponer una síntesis de lo acaecido en dichas fechas. Una vez conocidos los hechos —y sólo entonces— será el momento de valorar el fondo y el trasfondo del miniinforme.

Y digo bien. Porque, a la vista de los cientos de testimonios localizados, no tengo más remedio que limitarme a ofrecer una muestra. La enumeración exhaustiva de los avistamientos conocidos hasta hoy terminaría agotando al lector. Y adelanto también que, como veremos, los «fenómenos luminosos» a que se refiere el Mando Operativo Aéreo no tuvieron lugar únicamente en Barcelona, Lérida y Gerona. Si el MOA hubiera desplegado una investigación medianamente seria habría comprobado que esos mal llamados «fenómenos luminosos» fueron observados —en idénticas o muy cercanas horas— en Aragón, Baleares, costas levantinas, Francia, Reino Unido e Irlanda.

En este caso —ajustándome a los escenarios mencionados en el expediente del Ejército del Aire— centraré mi atención sobre España y Francia. La selección, a mi entender, resulta elocuente.

Las investigaciones *in situ* y la recopilación de datos han estado a cargo de ufólogos «de campo». Investigadores honestos y de dilatada experiencia. Hombres como Bruno Cardeñosa, Josep Guijarro, Vicente Moros, Pedro Palao, Pedro Penella y Carmen Doménech, entre otros. Por parte francesa, las informaciones proceden de Jean-Paul Vigneaud, François Barrare, Christine Letellier, Jean-Pierre Troadec y Jean-Pierre Ségonnes.

A esta brillante batería de jóvenes investigadores he añadido mis propias pesquisas y consultas, desarrolladas en Baleares, Castellón, Cataluña y Francia, fundamentalmente.

Pues bien, pasemos a los testimonios concretos. Unos hechos que, como recordará el lector, fueron rápida y profusamente divulgados por los medios de comunicación. Y no era para menos. Porque esa madrugada del 31 de marzo de 1993 decenas de testigos bloquearon las centralitas telefónicas de emisoras de radio, aeropuertos, observatorios meteorológicos y astronómicos, gendarmerías, policías locales y periódicos, atónitos y maravillados ante el «espectáculo celeste» que acababan de presenciar. Un «espectáculo» que, en realidad, comenzó días antes, prolongándose también a las primeras jornadas de abril. Pero, insisto, por aquello de no salirme del tiesto del MOA, renunciaré momentáneamente a la inclusión y examen de los avistamientos «anteriores y posteriores» al 31 de marzo de 1993. Y sé que hago mal. Esta clase de fenómenos —los estudiosos lo conocen a la perfección— debe ser investigada y analizada como un «todo».

Veamos, pues, la «película» de aquel múltiple incidente ovni, ajustándonos, repito, a los casos más sobresalientes:

MARTES 30 DE MARZO DE 1993

• *12 horas (aproximadamente)*

La directora de Radio Cornellá recibe una llamada. Varias personas de la mencionada ciudad barcelonesa aseguran estar viendo sobre la vertical de la población un extraño objeto brillante, en forma de «cigarro puro».

MIÉRCOLES 31 DE MARZO DE 1993

• *01.50 horas (aproximadamente)*

Una pareja que circula en automóvil desde el barrio del ACTUR, en Zaragoza capital, a la zona del Pilar, observa la presencia en el cielo de tres objetos volantes no identificados. Dos de ellos se desplazan «en paralelo», dejando una blanca y llamativa estela. Ambos presentan una «luminosidad blanquísima». El tercero, de idéntica coloración, fue descrito como «algo que revoloteaba anárquicamente por delante y por encima de las luces paralelas».

El conjunto se movía despacio. La observación se prolongó durante un minuto, más o menos. Los ovnis se perdieron de vista al ocultarse por detrás de los edificios. La sensación de los testigos fue muy clara: «parecía como si descendieran».

Elevación de los ovnis: entre 25 y 30 grados. Rumbo: de este a oeste.

• *Entre 01.45 y 01.55 horas*

Mar Mediterráneo. A unas dieciséis millas al norte de las islas Columbretes.

Tres tripulantes del pesquero *Padri Gustavo*, con base en el puerto de Burriana (Castellón), son sorprendidos por un «fenómeno» desconcertante. Antonio Zalmerón, patrón del barco; Lázaro Rodríguez, cuñado de Zalmerón, y Manuel Castillo, motorista, describieron así el brillante y silencioso objeto:

«Aquello pudo durar entre dos y tres minutos. Volaba de poniente a levante. Y no demasiado alto. Era "algo" rarísimo. En la "proa", para que nos entendamos, llevaba una luz muy potente. Después otras muchas lucecitas y, por último, en la "popa", otros focos más poderosos.

»Tenía que ser muy largo. Y lo más increíble es que no hacía ruido. Nos quedamos con la boca abierta. Hizo un giro delante del barco y desapareció.»

• *Entre 02 y 02.15 horas*

Mar Mediterráneo. A unas doce millas de la costa, frente a Benicarló.

El pesquero *Atrevida*, con base en Vinaroz, se halla fondeado. Parte de la tripulación está levantando las redes. Junto al barco, en un radio de dos a tres millas, faena una docena de buques de similares características. Todos, prácticamente, son testigos del paso de un extraño objeto, «en forma de tren». Sólo Andrés Beltrán Aiza, patrón del *Atrevida*, su hijo Beltrán López y el tripulante Jorge Martínez se deciden a contar lo que han visto. He aquí una síntesis de sus testimonios:

«Lo vimos aparecer por el norte. No volaba muy alto, ésa es la verdad. Puede que a unos trescientos metros del agua. Pasó por estribor y con dirección a Mallorca, más o menos.

»Era "algo" increíble. En el "morro" llevaba tres luces blancas, muy intensas. Tipo *flash*. Detrás, formando el "cuerpo" del objeto, se distinguían tres hileras de lucecitas, pero más débiles y de una tonalidad rojiza-amarillenta.

»En total podía haber entre veinte y veinticinco lucecitas. Quizás más.

»Es difícil precisar la distancia. Puede que cruzase a unos dos kilómetros del barco.

»Desde luego era inmenso. Si la *Atrevida* mide catorce metros, "aquello" no bajaba de 150 o 200.

»Se movía en total silencio. Sinceramente, nos asustamos.

»La sensación general es que se trataba de un solo objeto y perfectamente gobernado.

»Nos recordó las ventanillas iluminadas de los trenes. Algo así como si colocáramos tres trenes, uno encima del otro.

»Y a los tres o cuatro minutos hizo un giro y se perdió en la oscuridad. Lo curioso es que las hileras de lucecitas doblaron todas a un tiempo.

»No percibimos viento alguno. Tampoco oleaje. La mar estaba en calma y así siguió.

»Jamás habíamos visto cosa semejante. "Aquello" volaba despacio, silencioso como una tumba e impecablemente paralelo a la superficie del mar.

»Los que luego dijeron que se trataba de los restos de un cohete ruso son unos perfectos imbéciles.»

• *02.10 horas*

Rhône-Alpes y Loira (Francia). Más de cuarenta civiles y una docena de gendarmes son testigos del vuelo de muy diferentes objetos. A las observaciones registradas en la región de Rhône hay que sumar otros muchos testimonios procedentes de los departamentos de Bouches-du-Rhône, L'Hérault, La Vienne, La Vendée, La Nièvre, La Gard y L'Indre.

A la mencionada hora (02.10), una patrulla de la Gendarmería de St. Symphorien-de-Lay (Loira) descubre en el cielo, hacia el sureste, a la derecha del monumento a los muertos existente en el centro de dicha población, un objeto luminoso inmóvil y silencioso. Y lo describen así:

«Era más brillante por el costado derecho. En el izquierdo, en cambio, la luminosidad era menor, destacando un punto amarillo.

»Se hallaba a poca altura. El conjunto presentaba una forma triangular.

»Al cabo de unos instantes, el objeto se desplazó, quedando oculto por el campanario de la iglesia. Entonces subimos al coche patrulla y avanzamos unos cincuenta metros. Nos detuvimos. Salimos nuevamente del vehículo y tuvimos tiempo de observarlo por segunda vez.

»Aquello podía estar a unos doscientos metros de nosotros y a baja altura. Se movió despacio, silenciosamente y se alejó en dirección a St. Étienne. Aún tuvimos ocasión de disparar la cámara fotográfica. Lo hicimos dos veces pero la película, de 100 ASA, no registró nada.»

De entre el torrente de llamadas recibidas a esa hora en las gendarmerías de la región cabe destacar las siguientes:

«Aeropuerto de Lyon-Satolas. Cuatro miembros del personal de la torre de control comunican haber observado "tres puntos formando un triángulo". Los radares civiles no registran objeto alguno.

»Una masa oscura con dos grandes haces de luz, similares a los que proyectan las máquinas de cine. Volaba a doscientos metros de altura. Observación: alrededor de cuarenta y cinco segundos.

»Un haz de centellas rojizas, dirigiéndose de norte a sur.

»Objeto extremadamente transparente, de cincuenta metros de longitud por diez de ancho.

»Tres puntos en forma de triángulo. Masa luminosa estacionaria y de grandes dimensiones. Sin ruido.

»Objeto silencioso, de unos cincuenta metros, sobrevuela el techo de un garaje. Presenta una luz azul en la parte delantera. Deja un rastro o estela luminoso.

»Objeto como un "cigarro puro", volando a escasa altura y con destellos rojizoanaranjados. Desplazamiento horizontal. Deja un rastro de humo.

»Enjambre de puntos luminosos azules y rosas. Observación: un minuto.»

• *02.11 horas*

Autopista A-7. Proximidades de Sant Celoni (Barcelona).

El matrimonio Sisó circula en dirección a la salida once (Sant Celoni). De pronto, la mujer descubre algo extraño en la oscuridad del cielo. El marido, que conduce el automóvil, reduce la velocidad. Hace descender el cristal de su ventanilla y ven pasar sobre su vertical «algo» insólito:

«Un objeto silencioso y, sin duda, de considerables proporciones. Nos pareció que se hallaba «dividido» en dos partes bien diferenciadas. La delantera tenía forma de proyectil o, quizás, de punta de flecha. Era claramente metálica. Detrás se distinguían como barras "al rojo". Lo vimos alrededor de dos minutos. Después se alejó hacia el este.

»Mantenían —suponiendo que se tratara de dos objetos— una velocidad constante. No excesiva. Tampoco consideramos que volaran a demasiada altitud.

»Fue un espectáculo grandioso. Ésa es la palabra.»

• *02.13 horas*

Burdeos (Francia). Avenida de Victor Hugo.

El joven Marek Czura, especialista en informática, decide salir a la terraza para relajarse un poco.

«Mi reloj señalaba las 2 horas y 13 minutos exactamente. Y vi aquella "cosa". Estaba sobre mi cabeza. No sabría decir si era oval o redonda. Quedé perplejo. No hacía ruido. Podía encontrarse a cien o doscientos metros de altura. Por su zona posterior emitía dos potentes haces de luz blanca, parecidos a los que vemos en las salas de cine. Llegué a contemplarlo durante casi un minuto. Traía dirección noroeste y se alejó hacia el Garona. Recibí tal impresión que no fui capaz de moverme y entrar en la casa para hacerme con los prismáticos.»

A la misma hora, el observatorio de Burdeos (Floirac) y el aeropuerto de la mencionada ciudad se veían acosados por una multitud de llamadas. Cientos de personas de este departamento, de Gironde y de Niort (en los Deux-Sèvres) repor-

El investigador Pedro Penella (izquierda) con los testigos Marta Riera y su marido, Sergio Sisó, en la redacción de la revista *Karma-7*. (*Fotos: J. J. Benítez.*)

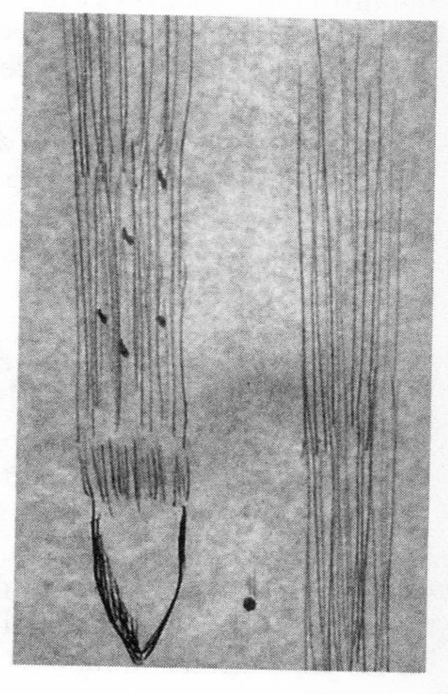

A las 02.11 h un gigantesco ovni con forma de proyectil sobrevoló la autopista «A-7», en las proximidades de Sant Celoni. (*Cortesía del matrimonio Sisó.*)

Dibujo realizado por el matrimonio Sisó, pocos minutos después del avistamiento.

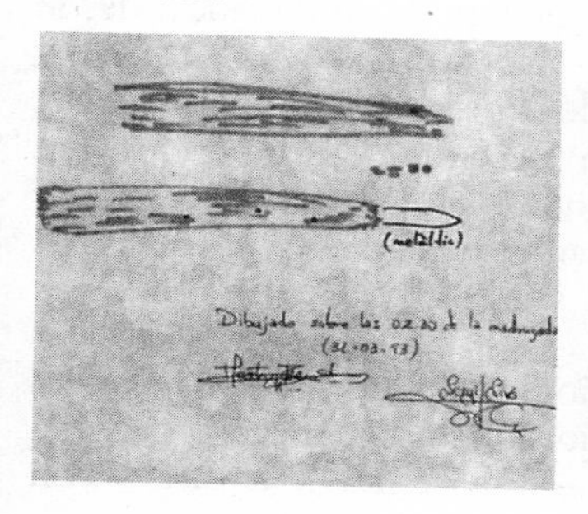

taban la visión de un objeto volador de características similares. Los radares, en cambio, continuaban «mudos».

En Rouillac (Charante), otra patrulla de la Gendarmería sería testigo de excepción del silencioso paso del ovni.

Torre de control del aeropuerto de Montpellier. El jefe de servicio recibe dos mensajes —casi simultáneos— de otros tantos aviones en vuelo sobre el departamento. Se trata de pilotos de la compañía Aire Litoral. Los comandantes denuncian la presencia, a unos 12 000 metros de altura, de «una forma alargada con la parte frontal incandescente. Su velocidad es lenta y el vuelo horizontal».

También a las 02 horas y 13 minutos, el vigilante de la Capitanía del puerto de Palavas ve cruzar dos «meteoritos» con rumbo sureste. Así queda anotado en el libro de incidencias.

• *02.15 horas*

Barcelona capital. Dos jóvenes estudiantes —Laura Pascual y Martí Nadal— observan unas extrañas luces a través de la ventana. Salen al balcón y, por espacio de algo más de un minuto, contemplan «dos líneas paralelas, formadas por luces blancas y azules, moviéndose con lentitud en dirección a Tarragona». Tampoco percibieron ruido alguno.

En esos momentos (02.15 horas), el personal de guardia en el hospital de Montpellier asiste desconcertado al paso de «algo parecido a un enjambre de puntos luminosos, azules y rosas, con una especie de estela incandescente». El inmenso rastro brillante y coloreado se dirigía de noroeste a sureste y fue igualmente detectado por cientos de ciudadanos, desde Montpellier a Palavas.

A la misma hora, vecinos de Torres de Segre y Seo de Urgel, en la provincia de Lérida, descubren en los cielos «un punto de luz muy intenso al que siguen otras pequeñas luces». Los ovnis se movían a gran velocidad.

• *02.16 horas*

Lérida capital. El matrimonio Sánchez Tico es testigo, desde el balcón de su domicilio, en el casco urbano, del vuelo de «dos esferas luminosas —una detrás de la otra— con rumbo oeste. Cada esfera, de un tamaño como la mitad del diámetro lunar, lucía un color blanco, con una ligera tonalidad rosada en su parte inferior. Se desplazaban en línea recta». Durante los treinta segundos que duró el avistamiento, el matrimonio observó una especie de «palpitación» en cada uno de los ovnis. «Era algo parecido a un destello y se registraba cada tres o cuatro segundos.»

Los testigos, que se hallaban escuchando la radio, pudieron afinar la hora con exactitud ya que la aparición de los objetos no identificados fue a coincidir con el anuncio de la hora por parte de la citada emisora.

• *Entre 02 y 02.20 horas*

Vilanova del Vallés (Barcelona). Una patrulla de la policía local de Las Romanas, de servicio en la urbanización de Cambos, asiste a otro «espectáculo» desconcertante:

«Al entrar en una curva —explicó el policía Cándido Herrero— observamos dos luces brillantes de color blanco y amarillento. "Aquello" continuaba en algo parecido a un "tubo", de una tonalidad naranja intensa. Y de éste salía una estela de colores: blancos, amarillentos y naranjas. Nos encontrábamos a unos cuatrocientos o quinientos metros de altitud, en una montaña. El movimiento era muy lento. Procedía de la zona de Montserrat y desapareció en dirección al mar. Tuvimos la sensación de que volaba muy bajo y muy cerca de nosotros. En la parte inferior creímos ver unas sombras curvadas.»

Proximidades de Reus (Tarragona). Un avión de la compañía Air Truck, que hacía la línea Madrid-Barcelona, desciende a 14 000 pies, iniciando la maniobra de aproximación al aeropuerto del Prat. En esos momentos, los pilotos —Julio Fernández y Enrique Fernández Feito— observan por delante del avión y a las «11» de su posición una extraña formación de luces. Aparentemente, los siete u ocho objetos —de colores blancoverdosos— parecen sobrevolar la ciudad de Barcelona. Al cabo de un minuto, aproximadamente, la «escuadrilla ovni» desaparece por el mar. Según el testimonio de los pilotos, las luces mantenían una misma velocidad e idéntica separación entre ellas.

Hospitalet de Llobregat (Barcelona). Otra patrulla de la guardia urbana asiste perpleja a un fenómeno para el que no encuentran explicación. El sargento Ramón Andreu redactaría esa misma madrugada del 31 de marzo el siguiente parte oficial:

«Ayuntamiento de L'Hospitalet.

»Servicio de la guardia urbana.

»*Informe*

»El sargento núm. 113, asignado al turno tercero de esta policía local, informa:

»Que cuando eran aproximadamente las 2.20 horas de la noche del 30 al 31 de marzo, y mientras patrullaba en el acceso del Polideportivo Norte, una unidad comunicó por la emisora que miráramos por encima del mencionado polideportivo. Al hacerlo, el que suscribe, al igual que los componentes de las patrullas con distintivo P-5 y C-2 y de la ambulancia de esta guardia urbana que se encontraban de servicio en las inmediaciones, vieron una formación de luces que se desplazaba en línea recta y con velocidad estable. Este hecho y la altura a que lo hacía, lo diferenciaban de identificarlo con cualquier objeto conocido (como pudieran ser fenómenos atmosféricos o aviones). Estas luces siguieron una trayectoria que las llevó a desaparecer por encima de la ciudad hasta la montaña de Montjuïc donde desaparecieron.

»Que dispuso que central se comunicara con el aeropuerto del Prat, desde donde indicaron no haber detectado nada. No obstante, en el transcurso de la conversación les llegó la noticia de que el comandante de un vuelo que procedía de Madrid manifestó que desde la ciudad de Reus le habían estado siguiendo unas siete luces hasta su llegada a Barcelona.

»Que con posterioridad se recibió una llamada del jefe de sala de la guardia urbana de Barcelona comunicándonos que un radioaficionado también había presenciado lo expuesto. De igual manera se han recibido diversas llamadas de la sala de la policía nacional de Barcelona y de la de L'Hospitalet en el mismo sentido.

»Que han llamado asimismo de la emisora Catalunya Ràdio pidiendo información sobre estos hechos, a los que se ha remitido a esta jefatura para un comunicado si se cree oportuno.

»Es lo que se comunica para su conocimiento y a los efectos que pudieran proceder.

»L'Hospitalet de Llobregat, 31 de marzo de 1993.

»El sargento núm. 113.»

• *02.30 horas*

Observatorio de Marsella (Francia). Decenas de llamadas telefónicas colapsan la centralita. Los testigos coinciden en sus descripciones: «Un extraño objeto, con un haz de destellos rojizos, ha cruzado los cielos de norte a sur.»

Barcelona. Tarragona. Portbou. Reus. Gerona. Cientos de testigos tratan de comunicarse con las emisoras de radio, policías locales, aeropuertos, observatorios astronómicos y periódicos. Todos ellos han contemplado el vuelo y las evoluciones de ovnis. Los avistamientos presentan una duración media de uno a dos minutos.

• *02.36 horas*

Lyon (Francia). La estación de policía recibe nuevos avisos. Varios automovilistas describen el paso de cuatro o cinco esferas de luz —siguiendo un eje norte-sur— con una estela verdosa.

• *02.45 horas*

Tarrasa (Barcelona). Dos miembros de la Agrupación Astronómica de esta ciudad se hallaban contemplando el planeta Júpiter. En esos instantes distinguieron en el cielo una veintena de puntos brillantes de distintos colores, con predominio del verde y el rojo. Según Miguel Carpena y Luis Parellada, la formación luminosa se movía de norte a sureste, hacia la costa barcelonesa.

• *03 horas (aproximadamente)*

Parte de la tripulación del pesquero *Manuel Albior*, situado entre San Carlos de la Rápita y La Cala, observa el vuelo silencioso —desde tierra al mar— de un objeto ovalado que deja una estela blanca. El ovni se desplazaba en vuelo paralelo al agua y a cosa de quince o veinte metros de la superficie del mar.

La relación de avistamientos, en fin, sería interminable. Cientos de personas —puede que miles—, de todas las categorías sociales y profesionales, asistieron atónitas a un fenómeno que, a la vista de lo expuesto, debemos considerar como un «múltiple caso ovni». Toda una «lluvia» de objetos no identificados —de muy diferentes características y dimensiones— que evolucionaron sobre extensas áreas de Europa por espacio, que sepamos, de más de una hora.

¿Y cuál fue la reacción de algunos círculos científicos? Como viene siendo habitual, lejos de preocuparse por reunir y estudiar una información mínimamente objetiva y rigurosa, se lanzaron a tumba abierta, formulando las más peregrinas y absurdas hipótesis. Y la sociedad en general —eso sí— respiró tranquila.

He aquí —seleccionadas al azar— algunas de esas pintorescas y precipitadas opiniones:

«La causa más probable del fenómeno fue la caída de un satélite espacial o de un meteorito.» (Centro de Estudios Avanzados de Blanes. Publicado el 1 de abril de 1993 en el *Diario de Gerona.*)

»El fenómeno pudo producirse a partir del lanzamiento de un cohete.» (Observatorio Astronómico Fabra de Barcelona. Publicado el 1 de abril de 1993 en *El Periódico* de Cataluña.)

«Las luces se pueden deber al vuelo bajo de un avión militar que llevara en marcha el dispositivo antiradar.» (Estación Agrometeorológica de Veciana. Publicado el 1 de abril de 1993 en *El Periódico* de Cataluña.)

«Las luces, probablemente, fueron los restos de algún satélite que, al entrar en contacto con la atmósfera, ardieron, tornándose incandescentes.» (Departamento de Astronomía y Meteorología de la Universidad de Barcelona. Publicado el 1 de abril de 1993 en *Avui.*)

«A partir de los detalles dados por los testigos —un gran cigarro, luces vivas alrededor y por detrás— cabe pensar que se trata de un objeto satelizado. La fase de un cohete, por ejemplo. Especialmente un tercer cuerpo que, una vez liberado, en virtud de la fuerza de la gravedad de la Tierra, atraviesa la atmósfera a razón de ocho a diez kilómetros por segundo antes de estallar y caer en fragmentos diminutos.» (Jean-Jac-

Un inmenso y silencioso ovni —«como un tren volador»— permaneció a la vista del pesquero *Atrevida* en la madrugada del 31 de marzo de 1993. La observación se prolongó durante tres o cuatro minutos. (*Ilustración de J. J. Benítez.*)

Cristina Cepera, testigo del paso de tres ovnis sobre la capital zaragozana a las 01.50 h del 31 marzo de 1993. (*Foto: Bruno Cardeñosa.*)

Lázaro Rodríguez (*izquierda*) y Manuel Castillo, testigos de uno de los ovnis de la madrugada del 31 de marzo de 1993 (*Foto: J. J. Benítez.*)

ques Velasco, del CNES. Publicado el 1 de abril de 1993 en *Sud Ouest*.)

«El fenómeno se debió a la entrada en la atmósfera de un meteorito, que se desintegra al contacto con el aire. Un fenómeno muy corriente.» (Bernard Pellquer, del Observatorio de Aniane. Publicado el 1 de abril de 1993 en *Le Midi Libre*.)

«Con toda probabilidad se ha asistido a la desintegración de un satélite.» (Michel Marcellin, astrofísico del Observatorio de Marsella. Publicado el 10 de abril de 1993 en *Le Provençal*.)

Y la «bomba» llegaría el 6 de abril. Un comunicado del SEPRA francés (Servicio de Estudio de Fenómenos de Reentrada Atmosférica), dependiente del CNES, reducía la totalidad de la casuística registrada esa madrugada a «pura ceniza espacial». El informe, sin firma, aunque elaborado por el referido «monsieur Velasco» e incluido íntegramente en las páginas de ilustración, sentenciaba el asunto con una no menos ridícula «explicación». La culpa —cómo no— la tenían los rusos. Y creo que es importante destacar uno de los párrafos del genial comunicado:

«... El SEPRA, con la ayuda de los servicios de orbitografía del CNES, ha procedido a efectuar unos trabajos de correlación de las observaciones recogidas con la entrada en la atmósfera de la tercera fase de un cohete ruso que puso en órbita el satélite de observación COSMOS 2238. Este lanzamiento tuvo lugar el 30 de marzo a las 18 h 00 "TU" (20 h. 00, horario francés). Los datos transmitidos al CNES a través de la NASA por la organización americana NORAD han permitido reconstruir la trayectoria de la tercera fase, señalando el vuelo sobre Francia el 31 de marzo, entre las 00 h 10 y las 00 h 12 "TU", es decir, 02 h 10 y 02 h 12 (hora francesa).»

Analicemos la hipótesis del SEPRA. Y hagámoslo con rigor y sin precipitaciones.

Aceptando que la tercera fase del cohete ruso ingresó en la atmósfera entre los minutos fijados —02.10 y 02.12—, ¿cómo justifica «monsieur Velasco» las siguientes y anómalas circunstancias que rodearon la caída de la referida chatarra espacial?:

1.ª Observaciones «anteriores y posteriores» a esos dos minutos. Recordemos algunos de los testimonios:

Zaragoza: 01.50 horas. Tres ovnis que terminan ocultándose por detrás de los edificios.

Lérida: 02.16 horas. Dos ovnis que vuelan hacia el oeste.

Hospitalet: 02.20 horas. Formación de ovnis que desaparecen hacia el noreste.

Lyon: 02.36 horas. Cuatro o cinco ovnis con rumbo norte-sur.

Costa mediterránea (frente a Castellón): 03 horas. Un ovni a quince o veinte metros del agua, volando de oeste a este.

2.ª Si la tercera sección del cohete comenzó a incendiarse a partir de los cien kilometros de altura (frontera aproximáda en la que empieza a materializarse la atmósfera), ¿cómo se explica que muchos de los testimonios hablen de «objetos inmóviles y a baja altitud»?

Ejemplo: patrulla de la Gendarmería de St. Symphorien-de-Lay (Loira). A las 02.10 horas descubren un objeto que permanece estático y silencioso sobre el centro de la población. «Al ponerse en movimiento, el ovni quedó oculto por el campanario de la iglesia.»

3.ª ¿Desde cuándo los restos de un cohete en ignición se permiten el lujo de la «bilocación»?

Ejemplo: Barcelona y Montpellier, separadas más de trescientos kilómetros. A las 02.15 horas —la supuesta chatarra espacial se había desintegrado tres minutos antes—, los testigos notifican el paso de ovnis por ambas ciudades.

4.ª Si la trayectoria de la tercera fase —según el SEPRA— fue norte-sur, ¿por qué la chatarra rusa sobrevoló primero la autopista A-7 (proximidades de Sant Celoni) (02.11 horas), dejándose ver dos minutos después (02.13 horas) en la vertical de Burdeos? La ciudad gala, que yo sepa, se encuentra a más de cuatrocientos kilómetros al noroeste del mencionado enclave catalán.

5.ª Si el inexorable destino de cualquier chatarra de esta naturaleza es incendiarse y desintegrarse entre cien y cincuenta kilómetros de altitud, aproximadamente, ¿cómo justifica el ínclito «monsieur Velasco» la visión del «tren volador» que desfiló en las cercanías del pesquero *Atrevida*? ¿Por qué el gigantesco ovni desarrollaba un vuelo paralelo al mar? Lógicamente, de haberse tratado de los restos ardientes del cohete ruso, la masa habría terminado precipitándose en el agua. Nada de esto ocurrió. Al contrario. El «tren volador», con sus veinte o veinticinco lucecitas y los tres grandes «faros» en la proa, se paseó frente al barco durante tres o cuatro minutos, cambiando de rumbo y desapareciendo hacia las islas Baleares.

6.ª Si la traza luminosa originada por la reentrada pudo prolongarse entre treinta y sesenta segundos —así reza el comunicado del SEPRA—, ¿cómo demonios fue detectada por dos veces consecutivas y con intervalos de tiempo de 15, 17 y 26 minutos, respectivamente.

Ejemplo: sobre Lyon a las 02.10 y a las 02.36 horas. Sobre Marsella a las 02.13 y a las 02.30 horas. Sobre Barcelona a las 02.15 y a las 02.30 horas.

Es obvio que si la tercera fase del cohete ruso fue vista a las 02.10, 02.13 y 02.15 horas, difícilmente pudo volver a quemarse a las 02.30 y 02.36.

Resumiendo: cualquiera de estos hechos —por separado o valorados conjuntamente— convierte en «basura científica» la tesis del SEPRA francés. Y la historia se repite por enésima vez. Una investigación exige siempre un mínimo de tiempo, de información, de cautela y de objetividad. Y si esto es así, si la «explicación» del SEPRA carece de fundamento, ¿qué debemos deducir tras la lectura del miniexpediente desclasificado por el Ejército del Aire español? Las «consideraciones» del MOA —recordémoslo— se sustentan en el papel mojado difundido por «monsieur Velasco». La respuesta —supongo— habrá aparecido ya en la mente del ciudadano: los militares han vuelto a patinar..., ¡y de qué forma!

Y el oficial de Inteligencia que redacta y firma el texto del múltiple caso ovni del 31 de marzo de 1993 termina cubriéndose de gloria cuando, en el párrafo titulado «aspectos destacables», asegura con toda felicidad:

«No se aprecian datos que introduzcan suficientes elementos de "extrañeza" en la observación como para realizar investigación detallada.»

El investigador «de campo» Vicente Moros (derecha), interrogando a los pescadores de la *Atrevida*, en Vinaroz. (Gentileza de Vicente Moros.)

Algunas de las regiones y ciudades de Francia y España donde fueron observados los ovnis en la madrugada del 31 de marzo de 1993, con expresión de los horarios en que tuvieron lugar dichos avistamientos.

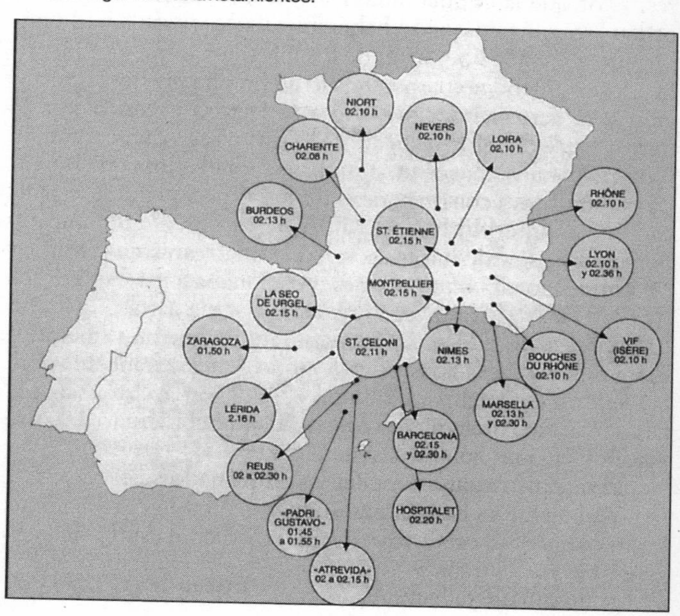

¡Dios bendito! Cuán cierto es que no hay peor ciego que el que no quiere ver...

Pero en torno a este desafortunado miniexpediente oficial hay más. Mucho más. Si analizamos con detenimiento ese último párrafo del MOA comprobaremos que los responsables de la desclasificación han caído en otra lamentable contradicción. Y me explico. Si «no se aprecian datos suficientes como para abrir una investigación», ¿qué es lo que se está desclasificando? ¿Un comunicado de Prensa del SEPRA francés? El asunto, verdaderamente, no tiene sentido. En buena lógica, dadas las circunstancias que expone el MOA, deberían haberse ahorrado el trabajo de sacar a la luz pública esos tres documentos. A no ser, claro está, que la «maniobra» obedeciera a unos muy concretos y sutiles objetivos. Unos fines que nunca figurarán por escrito y que, sin embargo, como hemos visto, aparecen subliminalmente en todo el proceso de desclasificación ovni. Lo he mencionado en páginas anteriores. ¿Por qué la cúpula militar, de pronto, altera el riguroso orden cronológico que se había impuesto, y proclamado públicamente, en la liberación de los informes sobre «no identificados»? ¿Debemos considerarlo como una graciosa aportación a la actualidad? No es ésa la lectura extraída por la mayor parte de los investigadores y estudiosos del fenómeno. Nos inclinamos, más bien, por una estudiada finta que buscaría reforzar las «conclusiones» de los expedientes desclasificados con anterioridad. El MOA, al recibir el comunicado del SEPRA, se frotó las manos. Todo un organismo científico (?) internacional —que además mencionaba a los sacrosantos NORAD y NASA norteamericanos— venía a comulgar con las hipótesis lanzadas en los veintitantos informes liberados hasta esos momentos. En cierto modo, la tesis francesa sobre la chatarra espacial rusa fue una «bendición apostólica» a la labor de desmantelamiento practicada por el Ejército del Aire español. ¿Cómo no aprovechar el lance?

Pero el tiro volvió a estallarles en plena cara.

Y el lector se hará la pregunta que también nos hicimos los investigadores al recibir el miniexpediente del 31 de marzo de 1993:

¿Cómo llegó el comunicado del SEPRA al Mando Operativo Aéreo? ¿Preguntó el MOA al CNES o a la sede del SEPRA en Toulouse?

Por supuesto que no. De haber sido así —tal y como figura en otros expedientes—, el MOA habría dejado constancia de ello en el mencionado informe oficial.

La realidad es tan sencilla como vergonzante. Ese comunicado fue rápidamente remitido desde Valencia, en primer lugar al responsable, en esos días, de la desclasificación ovni y, poco después, a la Oficina de Relaciones Públicas del Cuartel General del Aire en Madrid. Este segundo «envío» fue leído por este pecador que suscribe, en la sede de la citada Oficina de Relaciones Públicas. El fax en cuestión aparecía encabezado por una hoja en la que, escrito a mano, figuraba el nombre de uno de los capitanes responsable de dicho departamento. Ese mismo fax —cómo no— fue difundido desde la Ford, en Almusafes, a otros destinatarios civiles. Que traducido al cristiano quiere decir: de acuerdo a lo planeado secretamente entre el MOA y los «vampiros», éstos se apresuraban a informar de lo «último» en materia de ovnis. Y el MOA, naturalmente, supo beneficiarse (?) de la sucia colaboración de estos traidores a la Ufología. Que conste para la Historia...

Y concluyo este desafortunado caso de desclasificación con algo que, obviamente, nunca veremos reflejado en los documentos oficiales: mi versión personal sobre lo acaecido esa intensa madrugada del 31 de marzo de 1993.

Curiosamente, los hechos se repiten. Parece como si el fenómeno ovni gozara de la asombrosa facultad de «saber el futuro». Desde mi punto de vista —a juzgar por las investigaciones efectuadas—, toda una «colección» de naves no humanas, de los más dispares «modelos», se precipitó sobre buena parte de Europa. Y lo hizo, justamente, de forma y manera que «coincidiera» con la reentrada de los restos de un cohete espacial humano. Ello, en el fondo —y así sucedió—, restó un máximo de hierro a la pequeña gran oleada de objetos no identificados.

Quien tenga oídos...

NOTA

1. Como indica el «índice de documentos» del segundo documento, se adjuntaba un comunicado con fecha 6 de abril del SEPRA, organismo dependiente del CNES. He aquí su traducción:

«El CNES estudia un fenómeno de reentrada en la atmósfera observado en Francia la noche del 30 al 31 de marzo de 1993.

»En la mañana del 31 de marzo de 1993, el SEPRA (Servicio de Examen de Fenómenos de Reentrada Atmosférica) del CNES en Toulouse entraba en contacto con decenas de testigos (particulares, brigadas de Gendarmería, aviación civil, observatorios) a propósito de un fenómeno aeroespacial no identificado observado en numerosas regiones de Francia. El SEPRA ponía en marcha, al instante, una investigación que consistía en recoger los datos de los testimonios y en comprobar su correlación. Los términos empleados por los testigos eran coherentes y permitían anotar los denominadores comunes de los testimonios: observación hacia las 02 h. 10 / 02 h. 14 (hora francesa) de un fenómeno aeroespacial que atravesaba el cielo de Nor-Oeste a Sur-Este.

»La descripción del fenómeno por los testigos, la hora de observación y la duración de ésta (del orden de 30 a 60 segundos, aproximadamente), han permitido comprobar que se trataba del mismo fenómeno observado en diferentes lugares.

»El SEPRA, con la ayuda de los servicios de orbitografía del CNES, ha procedido a efectuar unos trabajos de correlación de las observaciones recogidas con la reentrada en la atmósfera de la tercera fase de un cohete ruso que puso en órbita el satélite de observación Cosmos 2238. Este lanzamiento tuvo lugar el 30 de marzo a las 18 h. 00 TU (20 h. 00 horario francés). Los datos transmitidos al CNES a través de la NASA, por la organización americana NORAD han permitido reconstruir la trayectoria de la tercera fase, señalando el vuelo sobre Francia el 31 de marzo, entre las 00 h. 10 y las 00 h. 12 TU, es decir, 02 h. 10 y 02 h. [ilegible] (hora francesa).

»El conjunto de los elementos recibidos, coordinados entre sí, señalan la relación de causa a efecto entre las observaciones y la reentrada en la atmósfera de la tercera fase del cohete ruso.

»Un caso semejante se había producido el 5 de noviembre de 1990 con ocasión del lanzamiento de un satélite de telecomunicaciones ruso Gorizon 21.

»Recordemos que en fase de reentrada en la atmósfera, un cuerpo artificial está sometido a un recalentamiento importante (que puede llegar hasta los 4 000 °C en función de su velocidad y de su peso) y genera unos fenómenos luminosos.»

«OTI»: las grandes incógnitas

Muy a mi pesar debo concluir este primer trabajo sobre «ovnis y militares». En los archivos aguardan turno más de trescientos casos, la mayoría inéditos y fascinantes. Una colección de experiencias que supera con creces cuanto el ser humano pueda imaginar. Una información, en definitiva, que viene a demostrar lo que la ciencia oficial niega por sistema: que otras inteligencias extra o ultraterrestres están aquí. Y resulta tristemente paradójico —al menos para los investigadores «de campo»— que determinados organismos internacionales, incluida la NASA, estén consumiendo esfuerzo y dinero en localización e interpretación de «señales extraterrestres» cuando esos visitantes del espacio aterrizan en nuestro mundo, persiguen aviones, son captados por los radares, y observados por las gentes desde siempre. Si el presupuesto concedido al proyecto SETI —mil millones de pesetas anuales— pudiera ser destinado a la investigación ovni, es más que probable que la gran incógnita se viera notablemente despejada. Pero la miopía humana —como en otros órdenes de la vida— provoca estas demenciales contradicciones.

Y no quiero cerrar esta aproximación al fenómeno de los «no identificados» sin antes vaciarme interiormente. Y lo haré —al igual que en los capítulos precedentes— sin rodeos ni falsos pudores. Como defendía Scott, «dejemos las sutilezas y medias verdades para los mediocres y vacilantes». Es hora ya de tomar posiciones.

Y adelanto que mis certezas son tan escasas, como numerosas las interrogantes. Aun así —tras veinte años de investigación— me siento en la obligación moral de defender y compartir esas pocas seguridades. En el fondo, en palabras de Verhaeren, «bueno es ver crecer las dudas; mañana quizás den fruto».

A estas alturas de la moderna Era Ovni, nadie con un mínimo de información y un espíritu limpio y abierto pierde ya su tiempo en la trasnochada polémica sobre la «existencia o no existencia de los ovnis». Sólo los intoxicadores y aquellos que buscan popularidad con la técnica de la «negación a ultranza» continúan hipotecados en esa absurda discusión. Los auténticos investigadores —la Ufología más avanzada en definitiva— hace tiempo que se liberaron de semejante lastre. Y luchan por esclarecer el problema de fondo. Un problema que, desde mi corto entender y parecer, se divide en tres apasionantes incógnitas: lo que he bautizado como el «dilema OTI». A saber:

ORIGEN,
TECNOLOGÍA,
INTENCIONALIDAD.

Y una vez más —entiendo que es crucial insistir en ello— las palabras, al intentar desplegar cualquiera de estas formidables interrogantes, terminan convirtiéndose en inválidos, con una mermada capacidad de expresión.

«La verdad —afirma mi compadre y excelente reportero Fernando Múgica— gusta de pocas palabras. Por eso es fácil fotografiarla.»

No podemos olvidar que nos hallamos frente a lo desconocido. Frente a un misterio tan antiguo, profundo y solemne como, quizás, el de la muerte. El día que retornemos al «lenguaje» de las imágenes caerán las barreras, las incomprensiones, la intolerancia y, sobre todo, nuestra natural impotencia a la hora de comunicarnos. En el fondo, la mayor parte de los infortunios provocada por el ser humano tiene su origen en los «malos entendidos», ocasionados generalmente por la palabra. Y aun sabiendo que las palabras sólo son imágenes en sillas de ruedas, buscaré expresarme con la mayor transparencia y concreción.

Origen

¿De dónde proceden? ¿Quiénes son?

Millones de indicios, testimonios de máxima credibilidad

y descripciones detalladas nos dicen que no son humanos. El aspecto físico de muchos de estos seres, sin embargo, sí es humano, aunque con diferencias morfológicas más o menos acusadas. Esta interesante «coincidencia» suele provocar una pregunta que lo dice todo respecto al «aldeanismo» y egocentrismo, que pesan todavía sobre el hombre:

«¿Y por qué tienen que parecerse a nosotros?»

Y algunos investigadores —con gran acierto— responden con otra pregunta:

«¿No será que nosotros nos parecemos a ellos?»

La cuestión —que nos arrastraría muy lejos— podría simplificarse en esta sencilla tesis:

Si la Naturaleza es económica por excelencia, ¿por qué rechazar que muchas de las «humanidades» hayan seguido la misma línea evolutiva que la del «rey de la creación»?

Y también sabemos que otros «seres» —observados a cientos no presentan lo que entendemos por configuración humana. ¿Y por qué extrañarnos? ¿Es que Dios o la Suprema Inteligencia es un anciano con barbas blancas?

Si la vida es capaz de crear seres tan dispares como un lenguado o un virus, ¿por qué tiene que repugnarnos la posibilidad de «inteligencias» que hayan prosperado por caminos evolutivos distintos a los nuestros? En su extremada juventud como especie, el ser humano tiene la natural tendencia a considerar que «sólo existe» lo que acierta a ver desde los barrotes de su cuna...

Tecnología

He aquí —para quien no haya caído en la fosilización mental —la gran «ventana al futuro». Los cientos de miles de encuentros ovni registrados en el planeta nos están gritando lo que, sin duda, será espléndida realidad en los siglos venideros. La «tecnología» (?) esgrimida por estas naves y sus tripulantes es el «mañana» del actual progreso. Pero, lamentablemente, la ciencia permanece «ciega» ante semejante regalo.

Enumeraré algunos de los más espectaculares:

«Luz sólida.»

Esas civilizaciones la utilizan. ¿Podemos imaginar un mundo que haya aprendido a «congelar», «modelar» y «domesticar» una fuente energética como la luz? Ese día, los hombres de la Tierra —por citar un ejemplo— olvidarán la piedra y levantarán sus ciudades con «ladrillos luminosos». Unos edificios susceptibles de ser «anulados» y «transportados» en un pequeño maletín.

¿Ficción? ¿Y qué hubiera pensado el bueno de san Pablo de haber tenido a su alcance esa sencilla máquina que llamamos «fax»?

«Desmaterialización.»

Quizás la clave de los viajes interestelares. La respuesta, en suma, a la permanente y gran interrogante de los científicos: ¿cómo pueden viajar desde tan lejos?

Basta echar una ojeada a nuestra corta Historia para comprender que el concepto «viaje» ha experimentado un continuo y afortunado «cambio» físico y psíquico. De las velas y la fuerza bruta de los caballos hemos saltado —en poco más de cien años— a los motores y a la navegación espacial. ¿A qué fecha se remonta la construcción del primer automóvil eficaz de gasolina? Karl Benz lo hizo realidad en 1885... ¿Cómo podemos ser tan limitados? ¿Quién es capaz de predecir los sistemas de transporte dentro de cinco mil años? El problema es sencillo. Si esas civilizaciones «no humanas» nos visitan es porque están más avanzadas. Pero ¿hasta dónde llega ese abismo? Si su antigüedad, respecto a nosotros, fuera de un millón de años, ¿quién estaría en condiciones de asimilar sus métodos y «tecnología»? ¿Qué reacción hubiéramos podido esperar de un hombre de Cro-Magnon sentado a los mandos de un avión Jumbo? ¿Cómo invitar a Miguel Servet a ejecutar un trasplante de corazón? ¿Cómo explicarle a Colón que, quinientos años después de su descubrimiento, la hazaña podría haber sido televisada en directo?

«Control del tiempo.»

Los investigadores sabemos que, en multitud de ocasiones, los seres que gobiernan esas naves han demostrado que el «tiempo» es susceptible de modificación. Manipulan esa aparente férrea «flecha», acelerándola o haciéndola retroceder y sumiendo a los testigos en la más violenta de las confusiones.

El célebre cabo Valdés, en Chile, «vivió» en quince minutos el tiempo cronológico equivalente a cinco días. Otros protagonistas han «visto» su futuro mientras permanecían bajo la influencia de un ovni. Y también en las proximidades de estos objetos, algunos atónitos automovilistas han presenciado «escenas» pertenecientes a un pasado remoto.

¿Ciencia-ficción?

¿Y cómo hubiera reaccionado el rey Arturo ante la proyección de un video que recogiera toda su vida?

¿Por qué negar que otras «humanidades» del espacio —más viejas o, simplemente, distintas— hayan descubierto el dominio del tiempo y de la materia? ¿No ha iniciado el hombre la fascinante y peligrosa carrera del control genético? ¿Quién habría sido capaz de convencer a la ciencia oficial que condenó a Galileo de la increíble realidad de los individuos clónicos o de los «bebés-probeta»?

No es sólo la cerrazón de algunos científicos la que obstaculiza la definitiva aceptación del fenómeno ovni. También cuenta el «provincianismo» del ser humano...

Intencionalidad

Con seguridad, la más irritante de las incógnitas y a la que los investigadores estamos dedicando mayor esfuerzo.

¿Qué pretenden? ¿Son únicamente exploradores? ¿Qué papel juegan en la evolución y destino de la Humanidad? Y en especial, ¿qué misión desempeña el hombre en semejante laberinto?

Mentiría si dijera que conozco la respuesta. Cuanto más investigo, cuanto más me introduzco en la «tela de araña», menos sé. Y hago mía la reflexión de Isaac Newton: «No parece sino que yo haya sido tan sólo como un muchacho que en la orilla del mar se divertía hallando, de vez en cuando, una piedrecita más bruñida o una concha más linda de lo corriente, mientras que el gran océano de la verdad continuaba abriéndose inexplorado, ante mí.»

Mi única certeza es la ya expuesta al desarrollar la hipótesis «darnaudiana»: es muy probable que, entre otros cometidos, estas civilizaciones estén preparando al mundo para ese todavía lejano pero ineludible «apretón de manos» cósmico. Creo haberlo repetido hasta la saciedad: el planeta Tierra es nuestra casa. Pero el futuro de la Humanidad son las estrellas.

Y sé también que los científicos ortodoxos sonreirán burlones y autosuficientes ante esta simplificada exposición. Y argumentarán con y sin razón:

«Metodología científica. He ahí la clave para despejar el incómodo asunto ovni.»

Y servidor se pregunta: ¿cómo aplicar el método científico a un objeto con forma de «huevo» que se burla del radar y de los aviones de combate? ¿Cómo llevar al laboratorio a los cuatro ovnis que «espiaron» a Franco? ¿Cómo medir el encuentro del comandante Lorenzo Torres? ¿Cómo repetir un suceso tan anómalo como el vivido por Miguel Bañuls y su esposa?

Hablemos de «metodología científica», sí, pero siempre y cuando la experiencia sea controlable. ¿Y qué sucede cuando el fenómeno «no se deja medir»? ¿Zanjamos el problema con el cómodo veredicto, de «no existe»?

¡Cuántas realidades son consustanciales al hombre y, sin embargo, nadie ha logrado someterlas al método científico! Y no por ello negamos su existencia.

¿Quién dispone del sistema técnico para demostrar la realidad física del pensamiento? Quizás, algún día, la ciencia se sorprenda y nos sorprenda con la materialización en el laboratorio de las ideas. Pero hasta ese momento ¿quién es el necio que se atreve a ponerlas en duda por el hecho de que no sean verificables? Recuerdo una cita de Tolstoi que ilustra y complementa esta reflexión: «Dentro de algunos siglos, la historia de eso que ahora llamamos actividad científica del progreso será un gran motivo de hilaridad y de compasión para las generaciones futuras.»

¿Qué regla de cálculo es capaz de darnos la medida de la belleza?

¿Qué computadora puede ofrecer el valor exacto de un beso?

¿Qué balanza ha pesado jamás la desesperación?

¿Qué espectroscopio ha analizado alguna vez la negra radiación del odio?

¿En qué laboratorio se ha obtenido artificialmente el fenómeno de la bondad?

¿Qué científico se considera capacitado para diseccionar la envidia?

¿Es el amor una verdad que se deje conducir por el método científico?

¿Quién, entre los preclaros hombres de ciencia, ha confinado a Dios en un tubo de ensayo?

He aquí la gran tragedia de la ciencia mal llamada moderna: el primitivo y genuino espíritu científico —aquel que movía al descubrimiento por el placer del descubrimiento— ha sido sustituido por el afán de publicar, por el afán de figurar, por el afán de «hacer curriculum» y por el afán del dinero. Stassart, con una brillante visión de futuro, definió con pulcritud la moda que degrada hoy a muchos de los científicos: «El sabio de fecha reciente es un pordiosero disfrazado que nos agobia con sus riquezas.»

Y al igual que proclamaba Montaigne, yo también prefiero «una ignorancia pura, pero transmitida enteramente a los demás, que toda esa ciencia verbal y vana, nodriza de presunción y de temeridad».

Será necesario, pues, saber esperar. Aguardar a que la ciencia recupere su natural pulso y, tras descender del pedestal, se ocupe no sólo del «conocimiento», sino, sobre todo, del «desconocimiento» de las cosas. Una ciencia, en suma, con conciencia.

En Landaluce, a 30 de septiembre de 1993, siendo las 0.45 horas.

Agradecimientos

Entre las muchas personas que me han prestado su generosa y desinteresada ayuda quiero mencionar a las siguientes:

Julio Marvizón Preney, analista predictor del Grupo de Predicción y Vigilancia del Centro Meteorológico de Sevilla.
Carlos González Cutre, meteorólogo (Santiago de la Ribera, Murcia).
Javier Ruiz, del Servicio de Publicaciones del Instituto Nacional de Meteorología (Madrid).
Julio Campuzano, Juan Carlos Salinas, Asunción Gil y M. Dolores Urrutia, del Gabinete de Relaciones Informativas y Sociales del Gobierno Civil de Vizcaya.
Adolfo Aparicio, inspector de Policía.
Joaquín Fernández, técnico de mantenimiento de aviones (Murcia).
Jesús Moreno, jefe de Seguridad del aeropuerto de San Javier (Murcia).
Ángel Gómez Roldán, del Instituto Astrofísico de Canarias.
Javier Rodríguez Pacheco, físico de la Universidad de Alcalá de Henares.
Javier Peña, director de la revista *Cosmos* (Valencia).
Isidro Pradas Fernández (Madrid).
Federico Pajares, ingeniero (Madrid).
Pedro Ibáñez Obregón, jefe de la Policía Municipal de Baracaldo (Vizcaya).
Félix González Ramos y Salvador Barceló Pozo, suboficial y cabo de la Policía Municipal de Baracaldo, respectivamente.
Marisa Canduela, responsable de Personal del Ayuntamiento de Baracaldo.

Félix Lobato Bilbao (Baracaldo).
Juan Antonio Sánchez, José Ejarque Pérez, Climent Bas y Felipe Villa, de la Policía Municipal de Castellbisbal (Barcelona).
Arsenio Álvarez, catedrático de Latín y Griego (Lejona, Vizcaya).
Agustín Remesal, corresponsal de TVE en París.
Coronel Muñoz, jefe de la Comandancia de la Guardia Civil de La Salve (Bilbao).
Subteniente Pedro Reina, de la Comandancia de la Guardia Civil de La Salve (Bilbao).
Manuel Catalán, almirante y director del Observatorio Astronómico de San Fernando (Cádiz).
Javier Fuentes, Alberto Schommer y Fernando Múgica, fotógrafos.
Paloma Balbas, jefe del Centro de Documentación de Iberia.
Generales del Ejército del Aire:
José Tomás Mora
Alfredo Chamorro Chapinal
Santiago San Antonio Copero
Carlos Idígoras
Miguel Ruiz-Nicolau
Ricardo Garrido Jiménez
Emiliano Alfaro Arregui
García Conde Ceñal
Ramón Fernández Sequeiros
José Méndez.
Coroneles del Ejército del Aire:
Alfonso Ruíz Crespo
Antonio Munaiz
Luis Ferrús Gabaldón
Julio Rocafull García
Darío del Valle
Aquilino Sanesteban Cao.
Capitanes del Ejército del Aire:
David Libreros
Pablo Bres
Javier Marcos.
Investigadores:

Andrés Gómez Serrano (Algeciras)
Carmen Doménech (Mallorca)
Luis Jiménez Marhuenda (Alicante)
Andreas Faber Kaiser (Barcelona)
Joaquín Mateo Nogales (Sevilla)
P. Antonio Felices (Valladolid)
Rafael Farriols (Barcelona)
Manolo Molina (Granada)
Ignacio Darnaude Rojas-Marcos (Sevilla)
Jesús Borrego (Cádiz)
Manuel Carballal (Galicia)
Bruno Cardeñosa (Zaragoza)
Francisco Padrón (Canarias)
Saturnino Mendoza (Extremadura)
Rafael Vite (Cádiz)
Javier Sierra (Madrid)
Vicente Moros (Valencia)
Pedro Palao (Barcelona)
Pedro Penella (Barcelona)
Josep Guijarro (Barcelona).

Índice onomástico

Las cifras en cursiva remiten a las ilustraciones